D1141188

DE BELONING

Van Barbara Taylor Bradford zijn verschenen:

De macht van een vrouw
Erfenis van een vrouw*
De stem van het hart*
Koester mijn droom*
De erfgename*
De vrouwen van Maxim*
Afscheid van het verleden*
Engel*
De kracht van een vrouw*
Een gevaarlijke man*
Een nieuw geluk*
Sleutel van het hart*
Een geheime liefde*
Een sterke vrouw*
Een succesvolle vrouw*
Een vrouw uit duizenden*
De wereld aan haar voeten*
Drie weken in Parijs*
Het geheim van een vrouw
Onverwacht geluk
De beloning

*In POEMA-POCKET verschenen

BARBARA TAYLOR BRADFORD

DE BELONING

SIJTHOFF

Oorspronkelijke titel: *Just Rewards*
Vertaling: Carla Benink
Omslagontwerp: Pete Teboskins
Omslagfotografie: Anjolique Bridal Collection

ISBN 90 245 5505 1 / 9789024555055
NUR 343

www.boekenwereld.com

Voor Bob, met veel liefs

DE DRIE CLANS

DE FAMILIE HARTE
(in volgorde van afstamming)

Emma Harte. Matriarch. Stichtster van de dynastie en het zakenimperium.

KINDEREN VAN EMMA

Edwina, douairière gravin van Dunvale. Onwettige dochter van Edwin Fairley.
Christopher 'Kit' Lowther. Zoon van haar eerste man, Joe Lowther.
Robin Ainsley. Zoon van haar tweede man, Arthur Ainsley. Tweelingbroer van Elizabeth.
Elizabeth Ainsley Deboyne. Dochter van haar tweede man, Arthur Ainsley. Tweelingzus van Robin.
Daisy Ainsley. Onwettige dochter van Paul McGill.

KLEINKINDEREN VAN EMMA

Anthony Standish, graaf van Dunvale. Zoon van Edwina en Jeremy Standish, graaf en gravin van Dunvale.
Sarah Lowther Pascal. Dochter van Kit en June Lowther.
Owen Hughes. Zoon van Robin Ainsley en Glynnis Hughes. (Buitenechtelijk.)
Jonathan Ainsley. Zoon van Robin en Valerie Ainsley.
Paula McGill Harte Amory Fairley O'Neill. Dochter van Daisy en David Amory. Zus van Philip.
Philip McGill Harte Amory. Zoon van Daisy en David Amory. Broer van Paula.
Alexander Barkstone. Zoon van Elizabeth Ainsley en Tony Barkstone. Broer van Emily, Amanda en Francesca. (Overleden.)

Emily Barkstone Harte. Dochter van Elizabeth Ainsley en Tony Barkstone. Halfzus van Amanda en Francesca.
Amanda Linde. Dochter van Elizabeth en haar tweede man Derek Linde. Tweelingzus van Francesca. Halfzus van Emily.
Francesca Linde Weston. Dochter van Elizabeth en haar tweede man, Derek Linde. Tweelingzus van Amanda. Halfzuster van Emily.

ACHTERKLEINKINDEREN VAN EMMA

Tessa Fairley Longden. Dochter van Paula en Jim Fairley (haar eerste man). Tweelingzus van Lorne.
Lorne Fairley. Zoon van Paula en Jim Fairley. Tweelingbroer van Tessa.
Lord Jeremy Standish. Zoon van Anthony en Sally Standish, graaf en gravin van Dunvale. Broer van Giles en India.
Toby Harte. Zoon van Emily en Winston Harte II. Broer van Gideon en Natalie.
Gideon Harte. Zoon van Emily en Winston Harte II. Broer van Toby en Natalie.
Natalie Harte. Dochter van Emily en Winston Harte II. Zus van Toby en Gideon.
Hon. Giles Standish. Zoon van Anthony en Sally Standish, graaf en gravin van Dunvale. Broer van Jeremy en India.
Lady India Standish. Dochter van Anthony en Sally Standish, graaf en gravin van Dunvale. Zus van Jeremy en Giles.
Patrick O'Neill. Zoon van Paula en Shane O'Neill (Paula's tweede echtgenoot). Broer van Linnet, Emsie en Desmond. (Overleden.)
Linnet O'Neill. Dochter van Paula en Shane O'Neill, (Paula's tweede man). Halfzuster van Tessa en Lorne. Zus van Emsie en Desmond.
Chloe Pascal. Dochter van Sarah Lowther Pascal en Yves Pascal.
Fiona McGill Amory. Dochter van Philip McGill Amory en Madalena O'Shea Amory (overleden).
Emsie O'Neill. Dochter van Paula en Shane O'Neill. Zus van Linnet en Desmond.
Desmond O'Neill. Zoon van Paula en Shane O'Neill. Broer van Linnet en Emsie.
Evan Hughes. Dochter van Owen en Marietta Hughes.

DE FAMILIE HARTE (VERVOLG)

Winston Harte. Oudere broer en zakenpartner van Emma.
Randolph Harte. Zoon van Winston en Charlotte Harte.
Winston Harte II. Zoon van Randolph en Georgina Harte.
Sally Harte Standish, gravin van Dunvale. Dochter van Randolph en Georgina Harte. Zus van Winston Harte II en Vivienne.
Vivienne Harte Leslie. Dochter van Randolph en Georgina. Zus van Winston Harte II en Sally Harte Standish.
Toby Harte. Zoon van Winston Harte II en Emily Harte. Broer van Gideon en Natalie.
Gideon Harte. Zoon van Winston Harte II en Emily Harte. Broer van Toby en Natalie.
Natalie Harte. Dochter van Winston Harte II en Emily Harte. Zus van Toby en Gideon.
Frank Harte. Jongere broer van Emma.
Rosamund Harte. Dochter van Frank en Natalie Harte.
Simon Harte. Zoon van Frank en Natalie Harte. Broer van Rosamund.

DE FAMILIE O'NEILL

Shane Patrick Desmond, 'Blackie', O'Neill. Stichter van de dynastie en het zakenimperium.
Bryan O'Neill. Zoon van Blackie en Laura Spencer O'Neill.
Shane O'Neill. Zoon van Bryan en Geraldine O'Neill.
Miranda O'Neill James. Dochter van Bryan en Geraldine O'Neill. Zus van Shane en Laura.
Laura O'Neill Nettleton. Dochter van Bryan en Geraldine O'Neill. Zus van Shane en Miranda.
Patrick O'Neill. Zoon van Shane en Paula O'Neill. Broer van Linnet, Emsie en Desmond. (Overleden.)
Linnet O'Neill. Dochter van Shane en Paula O'Neill.
Emsie O'Neill. Dochter van Shane en Paula O'Neill. Zus van Desmond en Linnet.
Desmond O'Neill. Zoon van Shane en Paula O'Neill. Broer van Linnet en Emsie.

DE FAMILIE KALLINSKI

David Kallinski. Stichter van de dynastie en het zakenimperium.
Sir Ronald Kallinski. Zoon van David en Rebecca Kallinski.
Michael Kallinski. Zoon van Ronald en Helen 'Posy' Kallinski. Broer van Mark.
Mark Kallinski. Zoon van Ronald en Helen 'Posy' Kallinski. Broer van Michael.
Julian Kallinski. Zoon van Michael Kallinski en diens ex-vrouw, Valentine Kallinski. Broer van Arielle en Jessica.
Arielle Kallinski. Dochter van Michael Kallinski en Valentine Kallinski. Zus van Julian en Jessica.
Jessica Kallinski. Dochter van Michael Kallinski en Valentine Kallinski. Zus van Julian en Arielle.

PROLOOG

Londen: 2000

Proloog

De man stond in het portiek van een winkel, ineengedoken in een hoek om beschutting te zoeken tegen de ijzige wind. Het was een bitterkoude morgen in januari, en hij kwam in de verleiding naar het nabijgelegen Hyde Park Hotel te gaan en daar een stevig Engels ontbijt te nemen.

Maar hij kon zich er nog niet toe brengen de plek te verlaten waar hij altijd stond wanneer hij naar het gebouw aan de overkant wilde kijken waarop hij al zo lang zijn zinnen had gezet.

Hij leunde naar voren om het indrukwekkende bouwwerk nog beter te kunnen zien. Het stond er al ruim tachtig jaar, maar het zag er nog prachtig uit, onbeschadigd en onaangetast door de tijd. Hij beschouwde het als een bolwerk van macht, onschendbaarheid en rijkdom.

Het hoorde van hem te zijn.

Maar ze hadden hem bedrogen. Het gebouw was in handen gevallen van Paula O'Neill, die vond dat niet hij, maar zij de rechtmatige eigenaar was.

Halverwege de jaren tachtig was het hem bijna gelukt het vlaggenschip van het Harte-imperium in Knightsbridge en de filialen in het land van haar af te troggelen, toen ze bij een handelsovereenkomst een aantal fouten had gemaakt. Ze had zich zo vergist dat hij handenwrijvend op de afloop had gewacht.

Helaas was hij, net toen hij wilde ingrijpen en de warenhuizen wilde overnemen, bedrogen. Als gevolg van dit onverdiende, onverwachte verraad was Paula O'Neill in staat geweest om hem te slim af te zijn.

Ze was jarenlang zijn rivale geweest, maar vanaf dat moment was ze zijn vijand. Toen had hij gezworen dat hij wraak zou nemen. Dat zou binnenkort gebeuren, en dan zou hij eindelijk de overwinnaar zijn.

Plotseling stapte hij uit het portiek en staarde naar twee jonge vrouwen die haastig uit de winkel naar buiten waren gekomen en op de stoep bleven staan om de etalages aan de kant van Knightsbridge te bekijken.

Een van hen had rood haar en hij wist meteen wie ze was: Linnet O'Neill, de dochter van Paula. Hoewel ze nu Linnet Kallinski heette, nadat ze vorige maand met de erfgenaam van de Kallinski's was getrouwd. Zijn gedachten gingen terug naar het kerkje in Pennistone waar het huwelijk had plaatsgevonden. Het zou geen kunst zijn geweest het tot aan de grond te laten afbranden en zo alle huwelijksgasten naar de andere wereld te helpen, dat zou al zijn problemen hebben opgelost.

Zwijgend vervloekte hij Mark Longden om zijn lafheid. Wat een slappeling en een huichelaar was die man, dat was wel gebleken. Paula O'Neill had hem naar Australië verbannen, en hij verdiende niet beter.

De andere vrouw kon hij eerst niet plaatsen. Ze had een dikke wollen cape om en een lange sjaal half om haar gezicht gewikkeld, zodat hij haar niet meteen herkende. Maar toen ze zich omdraaide en hij haar markante profiel zag, wist hij wie ze was.

Zijn borst verkrampte en er welde een golf van woede in hem op terwijl hij zijn blik gericht hield op Evan Hughes. Zij was zijn nieuwe rivale: de Amerikaanse vrouw die de familie was binnengedrongen en op het punt stond ook een Harte te worden. Hij mompelde een verwensing, want ze wás al een Harte, dankzij een seksuele uitspatting van zijn vader in het verleden. En nu was haar bestaan een bedreiging voor iedereen, vooral voor hem. Daarom had hij het, naast Paula en die roodharige dochter van haar, ook op Evan gemunt.

Met een zelfvoldane glimlach op zijn knappe gezicht keek hij nog even strak naar de twee vrouwen voordat hij wegliep in de richting van het hotel om te gaan ontbijten. Toen hij de kraag van zijn dure, onberispelijk gesneden vicuñawollen jas opzette en zijn pas versnelde, bleef de glimlach hangen.

Tijdens de wandeling liet hij zijn gedachten over het plan gaan dat hij onlangs had bedacht. Het was zo'n duivels knap idee dat het van prins Machiavelli zelf had kunnen komen, zo sluw dat de val van de Hartes deze keer onvermijdelijk zou zijn. Dat wist hij zeker.

Jonathan Ainsley begon hardop te lachen. Ze zouden hun verdiende loon krijgen, daar zou hij voor zorgen.

DEEL EEN

Kwartet

Afgunst vernietigt zichzelf met zijn eigen pijlen.
Middeleeuws gezegde, ANONIEM

1

Zilveren sneeuwvlokjes dwarrelden in de wind, gleden langs de etalageruiten van Harte's en plakten op de gezichten van de twee mooie jonge vrouwen die de uitstallingen erachter zo aandachtig stonden te bekijken.

Evan Hughes hief een gehandschoende hand en veegde haar wangen droog. Rillend in de ijzige, bijtende kou trok ze haar donkergroene loden cape nog strakker om zich heen en ging iets dichter bij Linnet O'Neill Kallinski staan.

Linnet wierp een blik op Evans gezicht en riep: 'O jee, wat onnadenkend van me dat ik je op een dag als vandaag mee naar buiten sleep om etalages te bekijken! Je rilt van de kou. Kom maar gauw weer mee naar binnen, we hebben al genoeg gezien.' Ze pakte Evan bij de arm en trok haar snel mee naar een van de dubbele toegangsdeuren van het warenhuis.

'Ik kan er heus wel tegen!' protesteerde Evan toen ze achter Linnet aan door de cosmetica-afdeling liep. Een beetje geërgerd voegde ze eraan toe: 'Ik ben geen kasplantje, hoor. Ik knak niet meteen om.'

'Je hebt een ijzeren wil, dat weet ik,' antwoordde Linnet ferm. 'Maar de temperatuur is gezakt naar het vriespunt, en als je kouvat en ziek wordt, zal Gideon me de mantel uitvegen.'

Zoals altijd moest Evan lachen om Linnets voorkeur voor ouderwetse uitdrukkingen. Ze schrok nog vaak van de manier waarop Linnet ongezouten haar mening kon geven, op het botte af, maar ze vond het nichtje dat ze nog niet zo lang geleden had ontdekt een bijzondere vrouw. Inmiddels werkten ze ongeveer een jaar samen, en in die tijd waren ze erg op elkaar gesteld geraakt en zelfs boezemvriendinnen geworden.

Toen ze tussen de oogverblindende toonbanken vol cosmeticaproducten en parfums liepen, werden Evans versteende ledematen langzamerhand weer warm. Ze trok de sjaal van haar hoofd, knoopte de cape los en streek met een hand over haar dikke buik. 'Ik voel me net een enorme walvis op het droge, Linny,' vertrouwde ze haar nichtje toe. 'Ik zal blij zijn als ik de bevalling achter de rug heb.'

Linnet keek haar meelevend aan. 'Dat kan ik me voorstellen. En dan heb je een tweeling, Evan. Een tweeling! Voor Tessa, India en mij was het een schok toen we dat hoorden, want we waren

helemaal vergeten dat er in onze familie vaker tweelingen voorkomen. Omie heeft een tweeling gekregen en mama ook, toen ze met Jim Fairley was getrouwd. Opeens zijn we ons ervan bewust dat de kans bestaat dat wij ook een tweeling produceren, net als jij. Denk je ook niet?' Ze keek Evan glimlachend aan.
'We hebben een heleboel dezelfde genen, dus dat zou best kunnen.'
'Julian hoopt het en ik ook. Een tweeling zou gemakkelijker zijn dan een paar kinderen achter elkaar. Je hebt meteen een gezin en je hoeft er minder tijd voor vrij te nemen.'
'Daar komt het wel op neer, ja,' zei Evan met twinkelende ogen. Het amuseerde haar dat Linnet ook wat dit onderwerp betrof in de eerste plaats praktisch was, maar ze bewonderde Linnets verstandige houding.
Inmiddels stonden ze voor de liften. Toen er een stopte en de deuren opengleden, stapten ze in. Zwijgend stegen ze naar de kantoorverdieping en liepen daar snel de lange gang door.
Toen ze de nis bereikten waar het beroemde portret van Emma Harte aan de muur hing stonden ze als vanzelfsprekend stil, keken elkaar glimlachend aan, wuifden naar hun overgrootmoeder en liepen door. In de loop van het jaar was dit een soort ritueel van hen geworden, ook als ze alleen waren. Het was een symbool van hun trots omdat ze een nazaat van Emma waren en in het door haar opgerichte, wereldberoemde warenhuis werkten.

Even later zaten ze comfortabel in Evans kantoor. 'Vertel me nu maar hoe je de etalages vindt,' zei Linnet.
'Ik ben het met je eens, Linnet, ze doen inderdaad een beetje ouderwets aan. Ze zijn natuurlijk prachtig, heel smaakvol en zo, en ze laten precies zien wat voor soort warenhuis we zijn, maar het zou allemaal best wat eh... sjeuïger kunnen.'
'Wat flamboyanter, bedoel je?'
'Nee, niet flamboyanter, dat past niet bij Harte's.'
'Dat is waar,' beaamde Linnet. Ze leunde achterover op haar stoel en keek Evan, wier mening ze op prijs stelde, verwachtingsvol aan.
Evan beet op haar lip en schudde haar hoofd. 'Het woord dat ik bedoel, is... betovering, denk ik. Dan heb ik het vooral over de mode-etalages. Die zouden wat uitnodigender moeten zijn, wat opvallender. Ze moeten de klanten aanspreken, zo van: kom binnen, pas dit of dat eens aan, koop het!'

Linnets gezicht lichtte op en ze knikte. 'Precies, je slaat de spijker op de kop.'
'Je bent net terug uit New York en daar heb je ook naar etalages gekeken,' zei Evan. 'Nu vind je die van ons een beetje saai.' Haar grijze ogen keken Linnet bedachtzaam aan. Toen Linnet niet antwoordde, vroeg ze: 'Zo is het toch?'
'Zo is het, maar ik weet niet of mama het met ons eens is.'
'Heb je het dan al met Paula over de etalages gehad?' vroeg Evan een beetje bezorgd.
'Nee, daar heb ik nog geen kans voor gekregen. Papa en zij zijn deze week in Yorkshire om bij te komen van de kerst en oud en nieuw en alle festiviteiten. Ze willen even vrij hebben en lekker uitrusten op Pennistone Royal. Ze vinden het fijn om samen thuis te zijn en dingen te doen die ze vroeger ook samen deden.' Linnet schudde haar hoofd. 'Dus begin ik er niet over tot ze weer op kantoor is. Bovendien wil ik nog een paar andere dingen met haar bespreken, een paar veranderingen die ik wil aanbrengen.'
Evan ging rechtop zitten, maar ze zei niets. Ze trok alleen haar wenkbrauwen op en keek Linnet vragend aan.
'Waarom kijk je zo verbaasd?' vroeg Linnet.
'Omdat ik verbaasd ben. Wat wil je dan veranderen?'
'Dat zal ik je zo uitleggen, maar eerst wil ik nog iets zeggen. Zoals je weet, was onze modetentoonstelling vorige zomer een groot succes. We kregen er een heleboel nieuwe klanten bij en de verkoop steeg, maar na een tijdje daalde die weer. Niet alleen moeten we ervoor zorgen dat we onze bestaande klanten houden, maar ook is het erg belangrijk dat er steeds nieuwe bijkomen. Ik ben ervan overtuigd dat warenhuizen een nieuwe tijd zijn ingegaan, wat betekent dat bij ons winkelen een unieke ervaring moet worden. En we moeten ook nieuwe diensten gaan aanbieden.'
'Je hebt hier blijkbaar al goed over nagedacht en allerlei ideeën gekregen,' zei Evan voorzichtig, maar ze vroeg zich af of Paula Linnets mening dat er in de winkel in Knightsbridge dingen moesten veranderen, zou delen.
'Ja, dat is waar,' gaf Linnet toe. 'Ik vind bijvoorbeeld dat we een schoonheidssalon moeten hebben waar je een hele dag op een zalige manier allerlei luxueuze behandelingen kunt krijgen.'
'Dat klinkt inderdaad goed,' zei Evan enthousiast, maar toen betrok haar gezicht. 'Hebben we daar dan ruimte voor?' vroeg ze.
Linnet grinnikte. 'Volgens mij kunnen we er best een saaie afdeling aan opofferen, bijvoorbeeld matrassen. We vinden heus wel

een plek. Ik ken elke centimeter van deze winkel en ik weet dat we ruimte kunnen maken.'
'Zo'n schoonheidssalon hoeft natuurlijk niet supergroot te zijn, alleen heel bijzonder.'
'Precies. En vind jij ook niet dat we meer plekken moeten hebben waar je iets kunt eten? Hier en daar een snackbar of zo? Vooral op de begane grond, in de buurt van de voedselafdeling. Een hoekje waar je bijvoorbeeld schaaldieren, pizza's, hotdogs, broodjes of pastagerechten kunt eten. Een snelle hap, die bovendien lekker is. Ik weet zeker dat daar veel mensen op af zouden komen, zowel klanten als mensen die in Knightsbridge en omgeving werken.'
'Dat vind ik ook een goed idee,' zei Evan. 'Snackbars zouden inderdaad mensen trekken; ik begin al te watertanden bij de gedachte. Een schaal oesters, mmm...'
'Met roomijs waarschijnlijk,' zei Linnet grinnikend. 'Dat is tegenwoordig toch je lievelingslunch?'
Evan schudde haar hoofd. 'Zo erg is het nu ook weer niet, hoewel ik de laatste tijd wel snak naar heel vreemde combinaties.'
Linnet leunde naar voren en keek Evan dringend aan. 'Ik wil ook graag ideeën van jou horen, Evan. Je bent erg creatief en ik vind echt dat we ons warenhuis moeten verjongen. In elk geval een beetje.'
Evan knikte. 'Dat ben ik met je eens.' Ze dacht even na en ging aarzelend verder: 'Een poosje geleden kwam er al iets bij me op. We zouden een hele verdieping als bruidsafdeling kunnen inrichten en die BRUID noemen. Daar zouden we natuurlijk bruidsjurken verkopen, en jurken voor bruidsmeisjes en pakjes voor bruidsjonkers en zo, maar we zouden er ook bijpassende schoenen en sieraden kunnen verkopen en zelfs lingerie. En cadeautjes voor bruidsmeisjes. In de Verenigde Staten huren bruidsparen tegenwoordig vaak een *wedding*-planner, iemand die de hele trouwerij regelt. Die service zouden wij ook kunnen verlenen, ik denk dat er dankbaar gebruik van zou worden gemaakt.'
'Wat een briljant idee, Evan! En wat dacht je van een bruidscollectie van Evan Hughes? Want die zou je dolgraag willen ontwerpen, dat weet ik zeker. Hoe lijkt je dat?'
Evan dacht even na. 'Dat lijkt me erg leuk. Ik zou het inderdaad fijn vinden meer te ontwerpen,' ging ze enthousiast verder, 'en we hebben vragen gehad over jouw bruidsjurk. Een heleboel vrouwen hebben je trouwfoto's in de krant zien staan en ons gebeld.'

'Dat kan ik me voorstellen, want die jurk was een droom. Oké, laten we dat model gaan verkopen,' voegde ze er vastberaden aan toe. 'Ik vind het een fantastisch idee om een hele verdieping als bruidsafdeling in te richten en ik zou het op prijs stellen als je al je ideeën daarover op papier zou zetten. Zo gauw mogelijk.'
'Ik heb al een heel bestand in mijn computer. Ik zal hem voor je printen voordat ik naar Yorkshire ga.'
'Dank je. Wanneer ga je naar Pennistone Royal?'
'Over drie dagen. Gideon en ik rijden er zaterdag naartoe. Gelukkig, want eerlijk gezegd word ik een beetje nerveus. Ik heb het gevoel dat de bevalling elk moment kan beginnen.' Evan zei het lachend, maar daar was ze inderdaad bang voor.
Linnet maakte zich daar eveneens zorgen om, maar ze deed opgewekt haar best om Evan gerust te stellen: 'Het zal allemaal perfect verlopen, lieverd. Julian en ik komen het weekend ook, dan kan ik je met de laatste voorbereidingen voor je huwelijk nog een handje helpen.'
'Dat is lief van je, dankjewel, maar ik geloof niet dat er nog veel te doen is. Er komt toch alleen maar familie.'
'Je ouders komen ook, hè?'
'Ja, en mijn zussen. Mijn moeder is er al, ze is een paar dagen geleden aangekomen. De anderen komen volgende week. Robin is heel behulpzaam en aardig, hij heeft aangeboden dat mijn ouders en zussen bij hem op Lackland Priory logeren.'
'Dat is inderdaad erg aardig van hem, maar je mag niet vergeten dat jij zijn leven een nieuwe impuls hebt gegeven, Evan. Mama zegt dat hij er weer een stuk beter uitziet. En oudtante Edwina loopt volgens India over van joie de vivre, ze straalt gewoon.'
'Dat heb ik ook gehoord, maar ik denk dat dat komt omdat India deze zomer in Clonloughlin met Dusty trouwt. Een groot, schitterend huwelijksfeest is echt iets voor haar,' zei Evan lachend.
Dat beaamde Linnet, en toen stond ze op en pakte haar jas. 'Nu moet ik gaan, want ik moet nog stapels papieren doorwerken. Bedankt dat je naar me hebt geluisterd en met me mee hebt gedacht, daar had ik behoefte aan.' Bij de deur draaide ze zich om en wierp Evan een kushand toe. 'Tot straks,' zei ze glimlachend, voordat ze de deur achter zich dichttrok.
Evan staarde nog even naar de deur en haar gezicht betrok. Ze wist dat Linnet zich lang niet zo zelfverzekerd voelde als ze zich voordeed en dat ze absoluut niet gerust was op de reactie van haar moeder wanneer die te horen kreeg wat Linnet voor de win-

kel in Knightsbridge in gedachten had. Hoewel het helemaal niet zulke radicale ingrepen zouden zijn, wist Evan nu al dat Paula zou protesteren. Als nieuwkomer bezag ze Paula O'Neill vanuit een heel andere hoek dan haar dochters en haar nichtje India Standish dat deden. Hun bazin was geen flexibele vrouw, als ze dat al ooit was geweest. Ze was vastbesloten om het traditionele beeld van het warenhuis in stand te houden, er mocht niets aan veranderen. Niet dat Linnets plannen dat beeld zouden verstoren, maar Paula zou ervan schrikken. Ze was de kleindochter en erfgename van Emma Harte en zoals Emma vroeger alles had geregeld, zo wilde ze het houden. Al ruim dertig jaar, sinds voor Emma's dood, had ze de teugels van de winkelketen stevig in handen en had ze geen enkele verandering aangebracht, en dat zou ze nu ook niet willen doen.

Het zal op een botsing uitlopen, dacht Evan met een bang voorgevoel. Ze zullen tegenover elkaar komen te staan.

Om haar ongeruste gevoel te onderdrukken, zocht ze op de computer naar haar ideeën voor een bruidsafdeling. Ze hoopte dat het haar zou afleiden, maar dat gebeurde niet. Het akelige voorgevoel bleef, haar gemoedsrust was verdwenen.

2

Hij zag haar hoog boven zich op de roltrap staan, op weg naar een van de bovenste verdiepingen. Met haar felrode haar, dat als een vurig aureool haar gezicht omkranste, en haar slanke figuurtje in een chic zwart pakje met alleen een wit biesje langs de kraag en de manchetten, was ze een opvallende verschijning.

Ze leek sprekend op Emma Harte en dat wist ze, want dat werd al jarenlang tegen haar gezegd. En ook dat ze net zo intelligent en slim was als haar overgrootmoeder, en dat ze haar levenslust en energie eveneens aan Emma te danken had. Maar, vroeg Jack Figg, het hoofd van de beveiligingsdienst en een oude vriend van de familie, zich opeens af, had iemand haar ooit verteld dat zij als enige van de hele clan bofte omdat ze ook Emma's betoverende charme en elegantie had geërfd? Linnet had veel meer glamour dan Paula of haar halfzus, Tessa Fairley. Wat glamour betrof, stak ze met kop en schouders boven de anderen uit.

Glamour was een moeilijk te omschrijven begrip, dacht Jack toen hij naar de roltrap liep. Je kon het niet aanleren; je had het of niet. Het was een aangeboren eigenschap, iets wat van binnenuit kwam. Het had niets te maken met de lengte of de kleur van iemands haar, een mooie huid, een knap gezicht of een goed figuur, maar des te meer met een sterke persoonlijkheid en charisma. Degenen die het geluk hadden deze boeiende eigenschap te bezitten, en dat konden zowel mannen als vrouwen zijn, trokken overal aandacht. Alle hoofden draaiden zich altijd naar hen om, iedereen wilde met hen praten.
Met een glimlachje stapte hij op de roltrap en hij besefte een beetje schaapachtig dat hij wat Linnet O'Neill betrof nooit objectief kon zijn. Zij was zijn lievelingetje, dat was ze altijd geweest. Van de hele jonge generatie van de familie sprak zij hem het meest aan. Zij en haar neef Gideon Harte waren de besten van allemaal. Niet dat hun broers, zussen, neven en nichten dom of saai waren, integendeel. Maar het kwam erop neer dat deze twee de anderen op elk gebied een heel eind voor waren. Toch was het een heel bijzondere familie en hadden ze allemaal genoeg hersens om het ver te schoppen. En niet alleen werkten ze hard en waren ze loyaal en betrouwbaar, ze waren ook allemaal erg aantrekkelijk om te zien, net als Emma en haar twee broers dat waren geweest.
Zijn gedachten gingen naar Gideon Harte, die over tien dagen zou trouwen met Evan Hughes.
Evan Hughes... Een nieuw gezicht in de familie, een Amerikaanse die nog maar kortgeleden was opgedoken. Wat een verhaal! Ze was een jaar geleden door haar stervende Engelse grootmoeder, Glynnis Hughes, vanuit New York naar Londen gestuurd om Emma Harte te zoeken en daar had ze te horen gekregen dat Emma al dertig jaar dood was. Ze was toevallig bij de Hartes terechtgekomen doordat ze op de dag na haar aankomst Gideon had ontmoet en meteen voor hem gevallen was, en hij voor haar. Liefde op het eerste gezicht, dat was iets heel moois. En Linnet was zo van Evan onder de indruk geraakt dat ze haar in dienst had genomen, wat ertoe had geleid dat Paula zich in Evans verleden had verdiept en uiteindelijk achter de waarheid was gekomen. Ze had ontdekt dat Evan de kleindochter was van haar oom, Robin Ainsley, Emma's lievelingszoon.
Toen was de hele geschiedenis aan het licht gekomen. Robin had in de Tweede Wereldoorlog een verhouding gehad met Glynnis, waaruit een zoon was geboren: Owen. Maar pas na haar huwe-

lijk met een Amerikaanse soldaat, Richard Hughes, was ze van hem bevallen, en Richard had de jongen geadopteerd. Na de oorlog had hij zijn bruid – ze kwam uit Wales – en zijn zoontje mee teruggenomen naar New York, en daar was Glynnis tot haar dood blijven wonen. De relatie tussen Robin en Glynnis was hechter geweest dan vroeger was gedacht, wist Jack nu ook. Ze wisten het allemaal.

Alles was openbaar gemaakt, er waren geen geheimen meer. Ruimdenkend als ze waren, had de hele familie Evan met open armen ontvangen en daarna ook haar ouders, Owen en Marietta Hughes. Zonder wrok of protest waren ze opgenomen in de clan.

Alleen Jonathan Ainsley vormde een uitzondering. Hij weigerde de familie Hughes te accepteren. Het zwarte schaap, dacht Jack terwijl zijn mond vertrok van ergernis. Robins wettige zoon was jaren geleden uit de familie verbannen wegens bedrog, ontrouw en het oplichten van de tak van Harte Enterprises die hij destijds bestuurde.

Paula, haar vader David Amory en haar neef Alexander hadden hem weggestuurd, en sindsdien was hij de familie vijandig gezind. David was inmiddels overleden en al Jonathans haat was nu gericht op Paula. Zij was nu zijn grootste vijand.

Vanwege de gevaarlijke spelletjes die Jonathan speelde, liet Jack hem waar ook ter wereld schaduwen – meestal was dat in Parijs of Hongkong. Jack wilde precies weten waar Jonathan mee bezig was en vooral wat hij van plan was.

Op dit moment was Jonathan in Londen, en daar maakte Jack zich zorgen om. Nu hij Harte's weer dag en nacht moest bewaken, voelde hij zich verantwoordelijk voor elk lid van de familie. De aanwezigheid van Jonathan Ainsley bij hen in de buurt was een tijdbom.

Voorlopig was het huwelijk van Gideon en Evan het belangrijkste wat stond te gebeuren. Het zou op zaterdag 19 januari in het kerkje van Pennistone worden voltrokken. Hoewel het geen groot feest zou worden en alleen naaste familie het zou bijwonen, was de kans groot dat Jonathan de verleiding tot kwaad stichten niet zou kunnen weerstaan.

Jack was ervan overtuigd dat Jonathan het behalve op Paula en Linnet nu ook op Evan en haar vader had gemunt. Dat Linnet Emma's evenbeeld was, zou hem nog kwader maken dan hij al was. Vanzelfsprekend haatte hij Owen Hughes, zijn halfbroer,

ook al was Owen een onwettig kind. Evan was de kleindochter waarnaar zijn vader altijd had verlangd. Jonathans huwelijk was ontbonden en hij had geen kinderen.
Op de bovenste verdieping stapte Jack van de roltrap en keek om zich heen. Linnet, die hij net nog had gezien, was verdwenen.

Nadat Jack even had rondgelopen, zag hij Linnet in het auditorium staan. Hij duwde de glazen deuren open en riep: 'Goeiemorgen, Linnet!'
Ze draaide zich om en toen ze Jack zag, glimlachte ze stralend en liep meteen naar hem toe. Ze omhelsde hem, deed een stap achteruit en zei: 'Wat een leuke verrassing, Jack! Hoe wist je waar ik was?'
Hij grinnikte. 'Ik ben een echte speurneus, dat weet je toch? Ik zag je op de roltrap en ben achter je aan naar boven gegaan. Je ziet er geweldig uit, Beauty. Ik ben blij dat je weer thuis bent. Hoe was de huwelijksreis?'
'Fantastisch. Het was erg warm op Barbados. En koud in New York, maar heel leuk. We hebben op beide plekken een heerlijke tijd gehad. Maar het is fijn om weer thuis te zijn en ook om jou weer te zien.'
Linnet kende Jack Figg al haar hele leven en voor haar was hij eerder een soort lievelingsoom dan een collega. Ze gaf hem vertrouwelijk een arm en samen liepen ze naar een paar stoelen vlak voor het podium.
'Ik was van plan je straks te bellen om over Gideons huwelijk te praten,' vervolgde ze.
Ze gingen zitten en Jack zei: 'Alles is geregeld en we zullen jullie net zo streng bewaken als bij jouw huwelijk vorige maand. Je hoeft je echt geen zorgen te maken.'
Linnet knikte en leunde naar hem toe. 'Mama is in Yorkshire om uit te rusten. Zo noemt ze het. Maar ze is er gebleven om samen met tante Emily en oom Robin de receptie voor te bereiden, omdat die op Pennistone Royal wordt gehouden. Mama kan het natuurlijk best alleen af, maar de anderen willen per se meehelpen. Robin vanwege Evan en Emily omdat Gideon haar lieveling is. Voor hem is het beste nog niet goed genoeg, vindt ze.'
'Zijn er dan mensen die toegeven dat iemand zijn of haar lieveling is?' vroeg Jack, en zijn blauwe ogen rimpelden in de hoeken. 'En nog wel in deze familie?'
Linnet lachte om zijn plagende toon. 'Nee, maar toch weten we

het allemaal. Iedereen is trouwens dol op Gid, dat weet je. Hij is een bijzonder mens.'
Jack dacht meteen aan Gideons broer Toby, die zijn jongere broer als een rivaal beschouwde. Toby was jaloers op Gideon, maar dat hield Jack voor zich. 'Dat is waar,' zei hij alleen maar. Toen vervolgde hij: 'Je moeder heeft me Emily's gastenlijst gegeven en Gideon heeft me een paar dagen geleden ook die van hem gestuurd. Ik krijg de indruk dat er alleen familieleden zijn uitgenodigd.'
'Ja, dat is zo.'
Ze zwegen allebei, tot Jack de stilte verbrak en ernstig zei: 'Ik moet je iets vertellen, Linnet. Jonathan Ainsley is weer in Londen. Ik vind dat je dat moet weten.'
'Hij komt altijd op het verkeerde moment boven water!' riep Linnet geërgerd uit.
'Maar we houden hem in de gaten,' stelde Jack haar vlug gerust. 'Mijn mensen volgen hem overal, daarom weten we dat hij nu in Londen is.' Omdat hij haar niet ongerust wilde maken, zei hij er niet bij dat Ainsley een paar uur geleden nog vanaf de overkant van de straat naar het warenhuis in Knightsbridge stond te kijken. Op de kalme, geruststellende toon die hem eigen was, vervolgde hij: 'Ik vertel het je omdat ik je heb beloofd je van zijn doen en laten op de hoogte te houden. Ik wil alleen maar dat je het weet en dat je een beetje oplet... Je weet wel wat ik bedoel.'
'Ja, dat weet ik. Heb je het ook tegen Gideon gezegd?'
'Nee, nog niet.'
'Zal ik Evan waarschuwen?'
'Nee, doe dat maar niet. Dan raakt ze misschien van streek en ze kan elk moment bevallen, dus...'
'Ze houdt het goed vol en de bevalling wordt pas in de laatste week van maart verwacht. Maar je hebt gelijk, het is waarschijnlijk beter dat ze niet weet dat Ainsley in het land is. Zij en Gideon gaan zaterdag naar Yorkshire en blijven tot het huwelijk op Pennistone Royal. Daar kan ze uitrusten en een beetje bijkomen.'
'En daar is ze veilig,' zei hij met een hoofdknik. 'Dat huis is tegenwoordig net Fort Knox.'
'Daar heb jij voor gezorgd. En ik denk dat Gid je ook heeft gevraagd Beck House te beveiligen. Met een alarmsysteem en zo.'
'Inderdaad,' antwoordde Jack glimlachend. 'Het is een heel mooi oud huis en ze zijn er allebei dolblij mee. Vooral Gideon, omdat het ooit van zijn vader was.'

'En van papa, toen ze nog jonge, ondernemende kerels waren. Gid zei dat het al bijna bewoonbaar is.'
'Dat is waar. Maar om terug te komen op de gastenlijst, denk je dat er op het laatste moment nog meer mensen zullen worden uitgenodigd? Mensen die geen lid van de familie zijn?'
'Dat denk ik niet. Evan heeft buiten de familie geen vrienden gemaakt, Jack. Ze brengt het grootste deel van haar vrije tijd met Gideon door, en de rest met India, Tessa en mij. O, wacht even, behalve dat echtpaar van dat hotel, George en Arlette Thomas. Dat zijn vrienden van haar vader. Die nodigt ze denk ik wel uit, maar...'
'Dat heeft ze al gedaan,' viel Jack haar in de rede. 'Ze staan op Gideons lijst.'
'Dan zou ik het echt niet weten.'
Jack knikte. 'Zoals ik al zei, zal er voldoende bewaking zijn, maar toch heb ik ergens je hulp voor nodig, als je het niet erg vindt.'
'Waarvoor dan?'
'Van de hele familie ben jij degene die iedereen kent. Jij zou een vreemde eend in de bijt meteen opmerken, sneller dan ik of mijn personeel. Bovendien kan ik niet overal tegelijk zijn. Daarom wil ik graag dat jij ook je ogen openhoudt. Dat je op iedereen let en het onmiddellijk aan mij of een van mijn ondergeschikten doorgeeft als je iemand ziet die je niet kent. Onmiddellijk.'
Linnet knikte. 'Ik zou een microfoontje kunnen dragen en zo'n luisterding in mijn oor. Net als jij toen ik trouwde.'
Jack lachte. Hij leunde achterover op zijn stoel en keek haar met een geamuseerde blik aan. Linnet was een unieke vrouw, net zo uniek als Emma toen ze nog leefde. Emma zou precies hetzelfde hebben voorgesteld.
'Waarom lach je?' vroeg Linnet onschuldig.
'Omdat alleen jij of je overgrootmoeder zoiets zou kunnen bedenken. Mijn god, wat lijk je toch veel op haar.'
'Daar ben ik blij om. Maar om op het huwelijk terug te komen, het is toch niet zo'n vreemd voorstel van mij om een microfoontje te dragen? Waarom niet, Jack? Daar kan toch niemand bezwaar tegen hebben?'
'Dat is waar, maar sommigen zouden ervan kunnen schrikken. Oudtante Edwina bijvoorbeeld.'
'Ben je mal, Jack! Edwina? Je weet wel beter. Als Edwina zou zien dat ik een microfoontje op mijn revers had, zou ze er zelf ook een willen. Zij is onze generaal; ze wil altijd de baas zijn en

iedereen vertellen wat er moet gebeuren. Maar het is een lief mens.'
'Dat is ze.' Jack onderdrukte een glimlach. Linnet deed hem keer op keer versteld staan. Ze was een flinke, vastberaden, intelligente vrouw en in de toekomst zou zij de baas zijn. Zij zou de leiding van het bedrijf van Paula overnemen, dat wist hij zeker. Ze was een ster.
'Wat vind je, Jack? Mag ik een microfoontje?' drong Linnet aan.
'Eigenlijk is het geen slecht idee, Linny,' antwoordde hij, maar hij vroeg zich af of Paula het goed zou vinden. Zou ze het overdreven vinden dat haar dochter bij een familiefeest met een microfoontje rondliep?
Alsof ze zijn gedachten kon lezen, zei Linnet: 'Mama zou bezwaar maken als ze het wist, maar ze hoeft het niet te weten. Ik kan het microfoontje verstoppen onder een grote corsage en niemand zal zien dat ik iets in mijn oor heb. Mijn haar valt eroverheen.' Ze kamde met haar vingers het losse haar naast een oor omhoog en haar groene ogen keken hem indringend aan.
'Je haar is inderdaad lang genoeg,' zei Jack, en met een blik op zijn horloge stond hij op. 'Weet je wat? Ik zal het je later in de middag laten weten, dan kan ik er eerst nog even over nadenken. Eigenlijk denk ik niet dat het nodig is, omdat er maar zo weinig mensen komen.'
Hij liep naar de deur, maar halverwege draaide hij zich om. 'Ik moet je toch nog iets vragen, Linnet. Je moeder zei dat het personeel voor de receptie zal bestaan uit lokale mensen die al eens eerder op Pennistone Royal hebben gewerkt. Wil je ook kijken of je hen allemaal herkent?'
Linnet knikte terwijl ze opstond en naar hem toe liep. 'Ik zal het er dit weekend met Margaret over hebben en op de receptie controleren of het allemaal bekenden zijn.'
'Dank je, Beauty.'
Linnet liep mee naar de deur en voordat ze de gang in stapten, legde ze even haar hand op zijn arm. 'Jack?'
'Ja?' Hij keek haar vragend aan.
'Denk je echt dat Jonathan Ainsley opnieuw zal proberen een rel te schoppen of iets krankzinnigs uit te halen?'
'Nee, dat denk ik niet. Daar is hij te slim voor. Maar voor alle zekerheid wil ik er wel op voorbereid zijn.'

3

Evan pakte een dikke viltstift en schreef in haar grote, ronde handschrift het woord BRUID op de map. Vervolgens schoof ze hem opzij en gaf er glimlachend en bijna liefdevol een paar klapjes op. Pas toen ze een uur geleden in haar computer het bestand met ideeën over een hele verdieping voor bruiden had opgezocht en het had geprint, had ze beseft hoeveel tijd ze er al aan had besteed. En toen ze alles had gelezen wat ze weken geleden had opgeschreven, wist ze dat ze een uitgebreid, praktisch plan had gemaakt.

Ze vond het een goed plan, en ze hoopte dat Linnet het met haar eens zou zijn. Waarschijnlijk wel. Maar wat zou Paula O'Neill ervan vinden? Zou hun bazin ermee instemmen dat ze ten koste van andere afdelingen een hele verdieping aan bruiden zouden wijden?

Ze dacht er een poosje over na, maar ze had geen flauw idee. Ze had nog steeds het onbestemde voorgevoel dat er akelige dingen gingen gebeuren. Vastberaden schudde ze het van zich af, want ze had vandaag geen zin in problemen. Ze had andere katten te meppen, zou Linnet zeggen.

Evan stond op en liep naar de lange werktafel aan de andere kant van haar kantoor. Een paar dagen geleden had ze er de foto's van het huis in Yorkshire op uitgespreid, het oude landhuis dat Gideon had gekocht, en opeens wilde ze die dolgraag nog eens bekijken.

Ze ging aan de tafel zitten en terwijl ze de foto's nogmaals een voor een oppakte, welden opnieuw de opwinding en de blijdschap in haar op als ze eraan dacht dat ze daar zouden gaan wonen. Ze verlangde hevig naar de dag dat ze er in zouden trekken.

Toen ze de foto's van de tuin en de buitenkant van het huis bestudeerde, dacht ze terug aan de zaterdagmorgen in oktober, nog maar drie maanden geleden, waarop ze het huis voor het eerst had gezien.

Gideon had haar meegenomen naar het schilderachtige dorp West Tanfield en in de auto had hij gezegd dat hij haar daar een oud huis wilde laten zien. 'Ik heb het altijd een mooi huis gevonden en nu staat het te koop,' had hij gezegd. 'Ik ben alleen bang dat het erg vervallen is en dat er heel veel aan moet worden gedaan.

Maar we kunnen er wel doorheen lopen en het bekijken, vind je niet?'
Evan was het met hem eens geweest, al had het haar verbaasd dat hij een huis in Yorkshire wilde hebben terwijl ze allebei in Londen woonden en werkten. Als ze aan de stad wilden ontsnappen, konden ze altijd bij zijn ouders of op Pennistone Royal logeren. Maar hij had haar duidelijk gemaakt dat hij daar zelf een huis wilde bezitten, vooral na de geboorte van de tweeling, omdat zijn appartement in Londen, dat hij nu met haar deelde, vrij klein was. En het idee van een huis in de Dales trok haar ook wel aan.
Onderweg naar het huis kwam ze erachter dat West Tanfield halverwege lag tussen Pennistone Royal, het grote landgoed dat Paula van Emma had geërfd, en Allington Hall, het huis van Gideons ouders, dat vroeger door zijn grootvader Randolph Harte was gekocht.
Vlak voordat ze het dorp binnenreden, begon Gideon zacht te lachen en vertelde hij haar dat het huis dat ze gingen bekijken jaren geleden het eigendom was geweest van zijn vader en Shane O'Neill. Winston en Shane waren even oud. Ze waren jeugdvrienden en hadden samen in Oxford gestudeerd. Ze hadden het huis destijds gekocht als een investering, met de bedoeling het op te knappen en het met veel winst van de hand te doen.
Maar terwijl ze het huis aan het opknappen waren, begonnen ze het zo mooi te vinden dat ze besloten er zelf te gaan wonen. Ze gebruikten het als weekendhuis tot Winston trouwde met Emily Barkstone, Gideons moeder. Shane was nog een jaar op Beck House blijven wonen, maar zonder zijn oude vriend had hij het te eenzaam gevonden en hij had tegen Winston gezegd dat hij het wilde verkopen. Winston had ermee ingestemd en een koper had niet lang op zich laten wachten. Daarna was het nog een keer in andere handen overgegaan.
'Papa vertelde me dat het weer te koop was,' zei Gideon toen hij de auto bij het huis parkeerde. Het stond onder aan een heuvel aan de rand van het dorp. 'Hij zei ook dat we ons niet te veel zorgen hoeven te maken over de staat waarin het verkeert, omdat hij en Shane het bijna helemaal hebben verbouwd. Maar goed, laten we eerst eens gaan kijken, schat. De makelaar heeft me de sleutel gegeven. Daarna kunnen we beslissen of dit ons toekomstige thuis zal worden.'
Hij stapte enthousiast uit de auto en liep er snel omheen om haar

te helpen uitstappen. Samen liepen ze langzaam naar het zwarte ijzeren hek in een oude stenen muur. Het was een vrij hoge muur; tussen de stenen groeiden allerlei mossen en erachter stonden grote bomen.
'BECK HOUSE,' las Evan hardop toen ze even later voor het hek stonden. 'Een mooie naam, Gid.'
Hij glimlachte en nam haar mee door het hek en over het pad naar de voordeur. 'Het heet Beck House omdat er een beekje door de tuin loopt,' legde hij uit.
Al bij de eerste aanblik van het huis zelf was Evan er weg van en wist ze dat ze er, hoe het er vanbinnen ook uitzag, wilde wonen. Het was een plaatje.
Het lag pittoresk in een kom, omringd door een halve cirkel van platanen en reusachtige eiken. Het was gebouwd in de elizabethaanse stijl, laag en breed, van natuursteen uit de omgeving. Het had hoge schoorstenen en glas-in-loodramen, en de voorgevel bestond uit vakwerk in de tudorstijl.
Door de verhalen van haar grootmoeder Glynnis Hughes had Evan altijd een bepaald beeld voor ogen gehad van hoe een Engels landhuis eruit hoorde te zien. Op die koele, zonnige oktobermorgen werd dit beeld werkelijkheid. Verrukt en opgewonden stak ze de grote oude sleutel in het slot van de voordeur, popelend om naar binnen te gaan.
Ze wist dat ze nooit zou vergeten hoe ze zich voelde toen ze over de drempel stapte en de hal rondkeek: vervuld van een wonderbaarlijke vreugde en een diep besef dat ze hier met Gideon en hun kinderen zou gaan wonen. Ook wist ze absoluut zeker dat ze hier gelukkig zouden zijn. Het huis omarmde haar en stelde haar op haar gemak. Het heette haar welkom.
Ze herinnerde zich die morgen nog heel goed. Ze waren door de grote, kale kamers gelopen – kamers waarin geen meubels stonden, maar waar stofjes dansten in het zonlicht en waar een vredige sfeer hing – en door de enorme, ouderwetse keuken met donkere plafondbalken, ramen met verticale stijlen en een grote stenen schouw. Het was een woonkeuken, het hart van het huis, een keuken die elke vrouw zou aanspreken. Tot haar opluchting waren de kamers beneden allemaal groot en goed geproportioneerd, en de slaapkamers boven waren klein en knus.
'Een perfect huis voor een gezin,' had ze tegen Gideon gezegd. 'Precies geschikt voor ons. Bovendien hoort het terug te komen in de familie, vind je niet?'

'Dat vind ik ook,' had hij met vrolijke ogen beaamd. Hij had haar een kus op de wang gegeven en gevraagd: 'Zullen we het dan maar kopen?'
'Heel graag,' had ze geantwoord. Maar met opgetrokken neus had ze eraan toegevoegd: 'Als het tenminste geen krot blijkt te zijn.'
'Ik geloof niet dat het een krot is, in elk geval niet vanbinnen,' had Gideon gezegd. 'Het houtwerk buiten moet opnieuw worden geschilderd en de stenen muren moeten worden gerepareerd, maar verder is het volgens mij een schitterend huis. Papa zei dat het structureel solide is, dat het een stevig skelet heeft, en volgens mij heeft hij gelijk.'
Zo hadden ze meteen in wat de woonkamer zou worden een besluit genomen, en drie weken later was het huis hun eigendom.
Evan pakte hier en daar een foto om voor de zoveelste keer te kijken. Inmiddels was het huis vanbinnen helemaal opgeknapt: de muren en deuren waren geschilderd, de vloeren waren hersteld en gepolijst, de schoorstenen waren geveegd en alle ramen waren gezeemd.
Beck House was klaar en stond op hen te wachten. Wanneer ze volgende week in Yorkshire waren om zich voor te bereiden op hun huwelijk, zouden Gideon, zijn moeder Emily en zij toezicht houden op het ophangen van de gordijnen, het leggen van de vloerbedekking en de tapijten en het plaatsen van de meubels. Emily en Paula hadden hun een heleboel antieke spullen gegeven. Ze waren op hun eigen zolders gaan rondsnuffelen en hadden er prachtige dingen voor hen gevonden.
Evan had computerfoto's van de mooiste stukken naar haar vader in New York gestuurd en hij had haar kort daarna per e-mail laten weten dat ze inderdaad waardevol waren. Het waren allemaal meubels uit de Georgian periode, en hij verheugde zich erop ze volgende week met eigen ogen te kunnen zien.
Ze leunde achterover op haar stoel en las zijn laatste, liefdevolle e-mail nog eens door. Ze was opgelucht dat hun relatie weer net zo hecht was als vroeger. Haar vader leefde weer oprecht met haar mee en de breuk was gelijmd.

Ze hief haar hoofd toen er licht op de deur werd geklopt. Voordat ze kon reageren, stak Ruth Snelling, haar nieuwe secretaresse, haar blonde hoofd al om de deur.
'Kan ik nog iets voor je doen, Evan?' vroeg ze vriendelijk. Al van-

af de eerste dag dat Ruth bij Harte's was komen werken, was ze hartelijk en zorgzaam voor haar werkgeefster.
'Eigenlijk niet, Ruth, dankjewel. Nou ja, misschien kun je me een flesje water brengen, zonder prik?'
'Het komt eraan.'
'Ruth, wacht even!' riep Evan. 'Wil je dan ook iets aan Linnet geven? Ze zit op haar kantoor.' Evan stond op, liep langzaam terug naar haar bureau, pakte de map en gaf die aan Ruth.
Met een glimlach nam Ruth de map van haar aan. 'Ik ben zo terug,' zei ze, terwijl ze haastig naar de deur liep en verdween.
Evan moest erom lachen. Ruth was een heel bereidwillige, efficiënte jonge vrouw. Niets was haar te veel. Sinds Evan haar een paar weken geleden had aangenomen, liep alles op rolletjes. Evan vroeg zich af hoe ze het ooit zonder haar had kunnen stellen. Ik liep eigenlijk altijd een beetje achter mezelf aan, dacht ze. Ze ging weer aan haar bureau zitten om te zien of er nog nieuwe e-mails waren gekomen. Nee, gelukkig niet, constateerde ze. Ze vond haar werk de laatste tijd nogal vermoeiend; ze snakte naar de rust en de stilte van Pennistone Royal.
Paula had erop aangedrongen dat ze tot haar huwelijk over tien dagen bij haar in Yorkshire zou logeren, en dat deed ze graag. In het grote huis op het landgoed waar ze het afgelopen jaar bijna elk weekend had doorgebracht, voelde ze zich thuis. Haar overgrootmoeder had het landgoed in de jaren dertig gekocht en een van de redenen dat Evan er zo graag kwam, was dat ze er de geest van Emma Harte nog voelde rondwaren. Een andere reden was dat ze met het huis vertrouwd was geraakt en ervan was gaan houden. Iedereen had haar op haar gemak gesteld en Margaret, de huishoudster, was inmiddels net zo vriendelijk en zorgzaam voor haar als voor de anderen. De laatste tijd was ze zelfs extra bezorgd.
Emily vond het niet erg dat ze niet op Allington Hall zou logeren. Ze had gezegd dat ze volkomen begreep waarom Evan liever naar haar geliefde Pennistone Royal ging. Gideons moeder was een van de liefste vrouwen die Evan ooit had ontmoet. Ze kon ontzettend geestig zijn en gaf altijd eerlijk haar mening, soms op het botte af, net als Linnet.
Toen Evan dat een keer tegen Paula had gezegd, had die met een twinkeling in haar viooltjesblauwe ogen geknikt en lachend gereageerd: 'Ja, dat hebben ze allebei van Emma. Zij wond ook nergens doekjes om, en vooral Linnet geeft er de voorkeur aan om

net als Emma te zeggen waar het op staat. Mijn grootmoeder zei altijd precies wat ze bedoelde en dat doet Linnet ook.'
'Geen achterbaks gedoe,' had Evan gezegd, en ze hadden allebei gelachen.
Winston Harte, Gideons vader, was net zo'n schat als Emily. Vanaf het moment dat zij en Gideon een stel waren geworden, hadden beiden haar met alle zorgen omringd. Net als de rest van de familie hadden ze haar hartelijk ontvangen, en ze hadden haar duidelijk laten merken dat ze haar een geschikte vrouw vonden voor hun zoon. Ze had zich geen betere schoonouders kunnen wensen, en ook geen betere schoonzus dan Natalie, die net terug was uit Australië. Ze was een knap, aardig meisje en ze hadden elkaar meteen gemogen.
De enige die afstandelijk en zelfs een beetje kil tegen haar deed, was Toby, Gideons broer. Linnet had haar een keer toevertrouwd dat Toby ontzettend jaloers op Gideon was. 'Zijn huwelijk met een actrice is maar van korte duur geweest, dus waarschijnlijk gunt hij het Gideon niet dat hij zo'n leuke vrouw als jij heeft gevonden.'
Omdat ze niet de indruk wilde wekken dat ze Gideon afviel door over zijn broer te roddelen, had ze alleen geknikt. Tot Evans opluchting had Linnet op dat moment beseft dat ze laat was voor een vergadering en was ze weggehold, en daarna hadden ze het nooit meer over Toby gehad.
Moeizaam stond Evan op en liep weer naar haar werktafel, waar ze zich weer op de stoel liet zakken. Deze keer keek ze langzaam en aandachtig naar de foto's die Gideon had gemaakt van de huwelijkscadeaus. Iedereen had heel royaal prachtige geschenken gestuurd, allemaal dure en bijzondere dingen. 'We hoeven er niets van op zolder te zetten en te vergeten,' had Gideon grinnikend gezegd. 'We kunnen alles gebruiken.' Ze had het lachend beaamd.
'Hoi Evan! Hoe gaat het met je?'
Evan draaide zich geschrokken om. Ze had niet gehoord dat er iemand binnenkwam. Ongelovig staarde ze naar haar drieëntwintigjarige zus Angharad, die in de deuropening stond. Helemaal in het rood, compleet met een lange kasjmieren sjaal en hooggehakte leren laarzen. En dat niet alleen: ze had haar haren platinablond laten verven.
Evans mond hing open van verbazing en even was ze sprakeloos. 'Hemelse goedheid!' bracht ze ten slotte uit. 'Hoe kom je nu al hier? Mama zei dat je pas volgende week naar Londen zou komen.'

'Ik ben eerder vertrokken om nog iets van Londen te kunnen zien voordat ik naar het noorden ga.'
Evan stond op, liep naar haar zusje toe en begroette haar met een kus op haar wang. 'Je hoeft hier niet te blijven staan, hoor! Kom alsjeblieft binnen,' zei ze hartelijk.
Dat liet Angharad zich geen tweemaal zeggen. Haar bruine ogen keken vrijmoedig rond terwijl ze door het vertrek drentelde. 'Wat een fantastisch kantoor heb je, zeg! Jij krijgt het toch altijd maar weer voor elkaar dat ze je een mooie werkplek geven, mooier dan van een ander.'
Evan negeerde de hatelijke opmerking en zei kalm: 'Het is hier warm. Hang je jas en sjaal maar in de kast achter je.' Ze liep terug naar haar werktafel en begon een aantal van de foto's op een stapeltje te leggen om te voorkomen dat Angharad ze zou zien. Maar Angharad was altijd erg nieuwsgierig en Evan was al te laat, haar zus kwam al naar haar toe. Evan ging met haar rug naar de tafel staan en zei: 'Zullen we op de bank gaan zitten? Dat is een stuk comfortabeler. Wil je iets drinken? Thee, koffie?'
Maar Angharad bleef midden in de kamer staan en schudde haar hoofd. Ze nam Evan van top tot teen op en zei verbaasd: 'Wat ben je dik geworden, gewoon ongelooflijk! Je bent enorm!' Ze begon te lachen, op een scherpe, onaardige manier. 'Je ziet eruit alsof je een olifantentweeling gaat baren in plaats van kinderen.'
Evan verbeet zich en zei niets, maar instinctief legde ze beiden handen om haar buik, alsof ze haar zoontjes wilde beschermen. Ze herinnerde zich deze klank van Angharads stem maar al te goed. Haar zusje was jaloers op haar, dat was ze vroeger ook altijd geweest en dat had ze nooit kunnen verbergen. Ze had voortdurend de behoefte om met Evan te wedijveren en ze zou het nooit nalaten haar te bekritiseren of een neerbuigende opmerking over haar te maken. Ze was niets veranderd.
Evan haalde diep adem en zei zacht: 'Ik neem aan dat mama en jij in het hotel van George logeren.'
'Ja. Mama komt zo. We dachten dat het gezellig zou zijn met ons drieën te gaan lunchen. Ga je mee?'
'Ja natuurlijk,' zei Evan vlug, ook al ergerde het haar dat haar moeder haar niet eerst even had gewaarschuwd. Ze had nog een heleboel te doen en was niet van plan geweest ergens te gaan lunchen. Voordat ze met zwangerschapsverlof ging, wilde ze haar werk af hebben.
Plotseling stapte Angharad om haar heen en keek naar de foto's

van Beck House. Meteen ging haar blik naar die van de meubels.
'Allemaal uit de Georgian periode,' zei ze, en ze liet haar blik langzaam over de tafel glijden. Ze pakte een van de foto's op en bestudeerde hem aandachtig. Toen draaide ze zich om naar Evan en vroeg: 'Waar komt dit meubelstuk vandaan?'
'Van de zolder van Pennistone Royal. In dat huis heeft Emma Harte vroeger gewoond en nu is het van haar kleindochter, Paula O'Neill, mijn werkgeefster. Paula heeft ons dat buffet gegeven omdat niemand het meer gebruikt. Het is een afdankertje.'
'Een afdankertje? Wie dankt zoiets af? Het is een prachtstuk! Heb je de waarde al laten vaststellen?'
'Nee, ik wilde het eerst aan papa laten zien. Ik heb hem die foto's alvast gestuurd, zodat hij ze van tevoren kan bekijken. Tenslotte is hij een expert op het gebied van Georgian meubels.'
'Dat weet ik, ik ben immers zijn assistente. Wanneer heb je hem die foto's gestuurd?'
'O, een week of drie, vier geleden.' Evan keek Angharad onderzoekend aan.
'Ik snap niet dat hij ze niet aan mij heeft laten zien,' zei Angharad geërgerd. Met een boos gezicht kneep ze haar lippen op elkaar.
'Misschien heeft hij er alleen maar een blik op geworpen en ze gedachteloos weggeborgen,' opperde Evan, hoewel ze zich ook afvroeg waarom hij ze niet had laten zien aan de dochter die hem assisteerde in zijn antiekzaak in Connecticut. De dochter die hij altijd de hand boven het hoofd hield.
'Is dat het huis?' Angharad leunde over de tafel en bekeek de andere foto's.
'Ja, dat is Beck House.'
'Heel mooi, echt heel mooi,' mompelde Angharad, terwijl ze geboeid naar de verschillende foto's van het interieur keek en ook nog eens naar die van de meubels die Emily en Paula op hun zolders hadden gevonden.
Na een poosje rechtte ze haar rug en draaide zich om. Met een kille blik keek ze Evan aan en zei verbitterd: 'Je hebt het dus weer goed voor elkaar, hè? Zoals gewoonlijk, zolang ik me kan herinneren. Toen je nog thuis woonde, danste ook iedereen al naar je pijpen. Mama, oma Glynnis en vooral papa en opa. Jij was altijd hun lievelingetje. Dan kwam Elayne en dan ik pas.'
'Maar dat is helemaal niet waar,' zei Evan op zachte, sussende toon. 'Jij kwam helemaal niet het laatst. Niemand kwam het

laatst, en ik kwam beslist niet het eerst. Papa behandelde ons alle drie hetzelfde.'

'Laat me niet lachen. Je hebt het tegen mij, Evan. Niet tegen Elayne, maar tegen míj. Ik had het heus wel door, hoor. Ik was geadopteerd, ik was geen familie. Het bloed van de familie Hughes stroomde niet door mijn aderen, ik was niet zoals jij. Niet bij lange na. Jij was veel belangrijker, het lievelingetje.'

'Ach Angharad, doe toch niet zo mal! Elayne is ook geadopteerd en papa houdt net zo veel van jullie als van mij!' riep Evan uit.

'Als je dat gelooft, ben je stekeblind.'

Evan schudde haar hoofd en liep naar haar stoel. Opeens voelde ze zich niet lekker en moest ze gaan zitten. Het was altijd weer hetzelfde liedje en het klonk nog even dramatisch als vroeger. Angharad zong het al jaren; ze was er rotsvast van overtuigd dat zij in de rangorde van de familie helemaal onderaan stond. Hun grootmoeder had zich altijd gruwelijk aan het geklaag en het zelfmedelijden van Angharad geërgerd. Hun vader had het genegeerd, en hun moeder had Angharad juist extra veel aandacht gegeven en verwend. Daardoor had Elayne, de tweede geadopteerde dochter, zich op haar beurt verwaarloosd gevoeld.

'Jij bent zijn prinses,' vervolgde Angharad. 'Jij bent de intelligentste, de liefste en de mooiste. Jij was altijd ons stralende voorbeeld. Wij moesten net zo stralen als jij.'

'Ik begrijp echt niet waarom je dat denkt.' Evan deed haar best om kalm te blijven. 'Zo was het helemaal niet.'

Maar Angharad wilde niet luisteren. 'Je wordt ons nog steeds tot voorbeeld gesteld, dat moet je nu toch wel weten. Onze geweldige Evan! De achterkleindochter van de beroemde Emma Harte! Getalenteerd en slim genoeg om een hoge functie bij Harte's te krijgen, zonder er iets voor te hoeven doen. Zo mooi en betoverend dat ze de sprookjesprins van de familie Harte heeft weten in te palmen: de bijzonder aantrekkelijke, steenrijke Gideon. En nu heeft ze ook nog zijn wens vervuld door binnenkort een erfgenaam te produceren. Maar hemeltjelief, niet één erfgenaam, het zijn er zelfs twee! En Gideons vader is al net zo weg van onze fantastische Evan als de bruidegom zelf, want binnenkort heeft hij twee kleinzoons!'

'Hou alsjeblieft op,' smeekte Evan. Ze werd er zenuwachtig van en langzamerhand zo boos dat ze voelde hoe haar lichaam zich spande. Het leek wel of er opeens een wolk van triestheid om haar heen wervelde.

'Waarmee?' vroeg Angharad kil.
'Met ruzie zoeken. Dat deed je vroeger ook, en niemand kon winnen.'
'Ik zoek helemaal geen ruzie,' verweerde Angharad zich, en ze werd rood van woede. 'Ik zeg alleen maar de waarheid. En Elayne is net zo doodziek als ik van dat gewauwel over je verdomde huwelijk. Papa praat nergens anders meer over dan dat hij straks met jou aan zijn arm door het middenpad van de kerk naar het altaar mag lopen. Als hij niet gewoon over je praat. De bruid der bruiden.'
'Waarom ben je dan gekomen?' vroeg Evan scherp, opeens verontwaardigd genoeg om van zich af te bijten. 'Als je er zo over denkt, waarom ben je dan niet gewoon weggebleven?'
'Mama wilde dat we meegingen.'
'Je hoeft me heus geen plezier te doen, hoor!' schreeuwde Evan. Ze deed een stap naar achteren en greep de leuning van haar comfortabele bureaustoel vast, maar de stoel rolde weg en ze viel met een smak op de grond. Ze slaakte een kreet en sloeg haar armen om haar buik.
Geschrokken bleef Angharad als aan de grond genageld staan, met grote angstige ogen. Ze slikte een paar keer moeizaam en vroeg fluisterend: 'Is alles in orde met je, Evan? Evan? Kun je opstaan?'
Evan kreunde en trok haar knieën tegen haar buik, nog steeds met haar armen eromheen. Ze zag spierwit en gaf geen antwoord.
'Evan, zeg alsjeblieft iets,' smeekte Angharad, en ze liep naar haar zus toe. 'Is er iets misgegaan?'
'Ik weet het niet,' antwoordde Evan zacht. 'Ga mijn secretaresse halen... Ruth.'
Maar dat hoefde al niet meer. Op dat moment kwam Ruth met een flesje water en een glas het kantoor binnen, gevolgd door Linnet en Marietta Hughes.
'O mijn god!' riep Marietta toen ze haar dochter op de grond zag liggen. Zonder op de anderen te letten, duwde ze hen opzij en liep haastig naar Evan toe.
'Wat is er gebeurd? Mijn god, Evan, wat is er gebeurd?' Marietta liet zich op haar knieën zakken en staarde haar dochter in paniek aan.
'Bel de dokter! Ik wil mijn baby's niet verliezen, dat mag niet!' jammerde Evan. Ze begon zachtjes te huilen.

4

Gideon Harte opende de deur van de wachtkamer van het Queen Charlotte-ziekenhuis in Chelsea, waar Evan naartoe was gebracht, en liep met een gespannen, bezorgd gezicht naar binnen. Drie paar vrouwenogen keken hem aan en voordat hij iets kon zeggen, sprong Linnet op en liep haastig naar hem toe.

'Het gaat goed met haar, Gid,' zei ze, omdat ze hem onmiddellijk gerust wilde stellen. 'Er is niets beschadigd.' Ze pakte hem moederlijk bij een arm.

'Goddank,' zei hij opgelucht. 'Ik heb me de hele weg hierheen verschrikkelijk zorgen gemaakt.'

Marietta stond ook op, liep naar hen toe en gaf Gideon een kus op zijn wang. Hij sloeg zijn vrije arm om zijn toekomstige schoonmoeder heen, een vrouw die hij erg aardig vond, en vroeg: 'Hoe is het gebeurd, Marietta? Toen Linnet me op de krant belde, zei ze dat jullie net binnenkwamen toen Evan viel.'

'Ik heb het ongeluk niet gezien, Gideon,' antwoordde Marietta vlug, terwijl ze haar hoofd schudde. 'Toen ik binnenkwam, lag Evan al op de grond. Dus weet ik niet wat er is gebeurd. Ik rende naar haar toe en toen ik geknield naast haar zat, zei ze dat de stoel was weggerold en ze was gevallen. Ze vroeg of ik de dokter wilde bellen. Linnet was erbij en zij heeft gebeld, en toen hebben we haar hierheen gebracht.'

'Is ze dan uit de stoel gevallen?' vroeg Gideon met gefronste wenkbrauwen. 'Bedoel je dat?'

'Nee, dat niet. Evan zei dat ze de stoel met een hand naar zich toe had getrokken en wilde gaan zitten, maar dat de stoel wegrolde en zij viel. Maar alles is in orde, Gideon, zoals Linnet net zei. Ik denk dat ze vooral geschrokken is.'

'Ja, dat zou kunnen. Maar de verpleegkundige achter de balie zei dat de dokter nog steeds bij haar is. Waarom? Weet jij dat, Marietta? Of jij, Linnet?' Hij keek eerst de een en toen de ander vragend aan.

'Meteen nadat we hier aankwamen, heeft de dokter haar grondig onderzocht en daarna kwam hij ons vertellen dat er niets beschadigd is en dat alles in orde is. Toen is hij naar haar teruggegaan.' Marietta schudde haar hoofd en haalde tegelijk licht haar schouders op. 'Ik weet niet waarom, dat heeft hij niet gezegd.'

'Ik hoop dat hij niet te lang op zich laat wachten,' zei Gideon. Hij wierp een blik op de zwijgende, blonde jonge vrouw die in een hoek zat. Ze was helemaal in het rood gekleed, wat hij nogal opzichtig vond. Hij vroeg zich af wie ze was, want hij kende haar niet.

Marietta zag zijn nieuwsgierige blik en riep: 'O jee, wat ongemanierd van me! Mag ik je voorstellen aan mijn jongste dochter Angharad, Evans zusje?'

Toen Angharad haar naam hoorde, sprong ze op en kwam naar het groepje toe. Ze stak een hand naar Gideon uit en zei: 'Hallo Gideon, wat geweldig dat ik je eindelijk leer kennen!'

Gideon vond haar meteen onsympathiek. Helaas kon hij niets anders doen dan de uitgestoken hand schudden, een hand die zo akelig koud was dat hij hem meteen losliet. 'Dag Angharad,' zei hij op beleefde, maar koele toon.

Ze nam hem brutaal van hoofd tot voeten op.

Hij keek met een schattende blik terug. Ze was knap om te zien, dat kon hij niet ontkennen. Ze had een fijn getekend gezicht met een perfecte huid en grote donkerbruine ogen. Toch stond iets in haar hem zo tegen dat hij onwillekeurig een stap achteruit deed. Voor dit meisje moest hij oppassen, wist hij intuïtief, alsof er een alarmsysteem in zijn hoofd in werking was getreden. Dit meisje zou alleen maar last veroorzaken.

De gedachte kwam bij hem op dat ze er met dat platinablonde haar niet in slaagde het duister in haar binnenste op te lichten, en het beeld flitste door zijn hoofd van een donker schepseltje dat zich in hoekjes verstopte, door sleutelgaten loerde en mensen bespiedde en afluisterde om daar zelf beter van te worden. Hij verbaasde zich over zijn snelle, bizarre oordeel, maar hij wist zeker dat hij Angharad Hughes in één oogopslag had doorzien. Ze deugde niet, daar was hij van overtuigd.

Hij draaide zich om en liep met grote stappen bij haar weg, terug naar de deur. Met zijn hand op de deurknop keek hij Linnet aan en zei: 'Ik ga weer met de verpleegkundige praten, want ik wil Evan nu zien.' Toen hij de deur opende, stond hij oog in oog met Charles Addney, Evans gynaecoloog.

'Ah, meneer Harte, ik wilde u net komen halen!' zei de arts. 'Zullen we samen naar miss Hughes gaan?'

Gideon knikte, stapte de gang in en trok de deur achter zich dicht. 'Ik heb begrepen dat alles in orde is. Dat is toch zo?'

'Dat is zo, behalve dat ze haar stuitbeentje heeft gekneusd. Daar

is ze met een smak op terechtgekomen. Maar dat kan geen kwaad en de baby's zijn nog kerngezond.'
Gideon slaakte een zucht van opluchting. 'Dus kan ik haar mee naar huis nemen?' vroeg hij.
De arts bleef staan en keek Gideon aan. 'Ik zou niet weten waarom niet, maar ze moet wel de rest van de dag in bed blijven. Ik heb haar grondig onderzocht en er is niets aan de hand, maar ik vind wel dat haar zwangerschapsverlof vandaag moet ingaan. Nu meteen.'
'Ik ben het helemaal met u eens,' zei Gideon, en ze liepen door. 'Ik probeer haar al een paar weken over te halen te stoppen met werken. We gaan zaterdag naar Yorkshire, maar misschien is het beter dat we morgen al vertrekken. Het probleem is dat ze haar werk niet kan loslaten...' Hij zweeg.
'Dat weet ik, en daar heb ik het zojuist met haar over gehad. Ik heb gezegd dat ze haar werk een poosje moet vergeten. Ik denk dat ze er nu wel in zal toestemmen om morgen te vertrekken. Hoewel ze wel zei dat ze haar laptop zou meenemen,' voegde dokter Addney er grinnikend aan toe.
'Dat spreekt vanzelf.' Gideon lachte met hem mee.
'Hier ligt ze.' De arts bleef voor een van de deuren staan. 'Zullen we naar binnen gaan?' Hij opende de deur en liet Gideon voorgaan de kamer in.
Gideon liep vlug naar het bed en zag tot zijn opluchting dat Evan er nog net zo uitzag als die morgen, alleen was ze iets bleker. Ze zat rechtop, tegen een stapel kussens, en maakte een gezonde indruk.
'Gideon!' riep ze toen ze hem zag. 'Kijk niet zo bang, ik mankeer echt niets, hoor!' Ze keek hem stralend aan, met een blijde lach en een liefdevolle uitdrukking in haar grote blauwgrijze ogen.
'Ik was vreselijk ongerust,' fluisterde hij toen hij zich over haar heen boog. Hij sloeg zijn armen om haar heen, gaf haar een kus op haar wang en streelde haar donkere haar. 'Eerlijk gezegd was ik doodsbang. Ik zou het niet kunnen verdragen als er iets met jou of de tweeling zou gebeuren, Evan. Ik hou ontzettend veel van jullie.'
'Met ons gebeurt niets, lieve Gideon. We zijn alle drie kerngezond. Echt waar. Ik hou ook van jou. En de jongetjes gaan ook van je houden, als ze er eenmaal zijn.'
Charles Addney keek vergenoegd toe. Wat heerlijk als twee mensen zo veel van elkaar hielden. Het deed hem goed dat deze twee

mensen elkaar in de onzekere, gevaarlijke wereld waarin ze tegenwoordig leefden, hadden gevonden. Hij liep de kamer uit, deed de deur zacht achter zich dicht en liet hen alleen met hun geluk.

'Vertel me nu eens hoe het kwam dat je viel,' zei Gideon. Hij zat op de rand van het bed, met haar hand in de zijne, en keek naar het gezicht dat hij het afgelopen jaar zo goed had leren kennen en dat hem nu zo lief was.
Ze schudde met een lachje haar hoofd. 'Ik weet het echt niet, liefste. Door mijn stunteligheid, denk ik.'
'Stunteligheid? Jij doet nooit stuntelig, je bent een van de meest gracieuze vrouwen die ik ken. Je moeder zei dat het een ongelukje was. Leg me dus alsjeblieft uit hoe het is gebeurd.'
Evan tuitte haar lippen, kneep haar ogen samen en probeerde het zich te herinneren. Eigenlijk wist ze het zelf ook niet. Ze schraapte haar keel en begon: 'Ik stond achter mijn bureau met Angharad te praten... O, heb je haar al ontmoet? Ze is met mama en Linnet mee naar het ziekenhuis gekomen.' Ze trok vragend haar donkere wenkbrauwen op.
'Ja, ik heb haar ontmoet.' Hij keek haar indringend aan. 'Dus zij was erbij?'
'Ja, ze was naar mijn kantoor gekomen om me te begroeten. Ik verwachtte haar niet, ik wist niet eens dat ze al in Engeland was.'
Gideons stekels gingen overeind staan en hij rechtte zijn rug. 'Dus zij was erbij,' zei hij nadrukkelijk. 'Jij stond achter je bureau, en toen?'
'Ik stak een hand naar achteren en trok mijn stoel naar me toe, mijn bureaustoel. Toen ik dacht dat hij achter me stond, ging ik zitten, maar hij was een stukje naar opzij gerold en dus viel ik op de grond. Met een smak.'
Gideon knikte, maar hij zei niets. Hij vroeg zich af of Angharad de oorzaak van het ongeluk was geweest, maar hoe zou dat kunnen? Zij had vóór het bureau gestaan, had Evan gezegd. Toch had hij het gevoel dat Angharad iets met Evans val te maken had.
'Schoot ze je meteen te hulp?' vroeg hij.
'Ja, ze kwam naar me toe, maar ze was doodsbang dat ik me had bezeerd en vroeg alleen maar of alles in orde was. Ik voelde een steek in mijn buik en trok mijn knieën op, om de jongetjes te beschermen. Toen kwam Ruth binnen met het flesje water waar ik om had gevraagd, met mama en Linnet op haar hielen. Mama

kwam vlug naar me toe en knielde naast me neer, en ik zei dat ze de dokter moest bellen.'
Evan liet zich op de kussens vallen en zei zacht en een beetje verbaasd: 'Ik begrijp zelf ook niet hoe ik zo onvoorzichtig heb kunnen zijn en zo heb kunnen vallen.'
'Je was niet onvoorzichtig, lieverd. Het was, zoals je zelf ook zei, een raar ongelukje. Goddank heb je er niets aan overgehouden. Maar nu moet je je aankleden. Dokter Addney zegt dat je naar huis mag, maar je moet wel de rest van de dag in bed blijven. Dan gaan we morgenavond in plaats van zaterdag naar Pennistone Royal.'
'Maar ik...'
'Geen gemaar, Evan. Ik wil geen protesten horen. Het is mijn beslissing. De dokter zei dat je vanaf nu met zwangerschapsverlof moet gaan. Dus je gaat niet meer naar kantoor, althans niet voordat de tweeling is geboren. Harte's moet het maar een poosje zonder jou stellen.'
'Niet alle Hartes, hoop ik. Vooral die ene niet,' zei Evan glimlachend.
'Ik hoop dat je mij bedoelt.'
'Natuurlijk, schat. Jij bent toch degene van wie ik zo veel hou?'

Later kwamen er weer allerlei dingen bij haar op, dingen die ze dacht te zijn vergeten. Toch waren ze ooit belangrijk geweest, maar ze had ze wíllen vergeten. Elk van deze herinneringen had met hetzelfde te maken, namelijk Angharads jaloezie.
Evan lag onder het dekbed in de slaapkamer van Gideons flat. Hun slaapkamer, sinds ze een paar maanden geleden bij hem was ingetrokken. Nadat ze had ontdekt dat ze zwanger was, hadden ze besloten te gaan samenwonen. Bovendien was Gideons zus Natalie teruggekomen van haar verblijf in Sydney en omdat Evan tijdelijk in haar flat had mogen wonen, moest ze eruit.
'Waarom zou je dan niet bij je toekomstige man intrekken?' had Gideon gevraagd. 'Kom bij me wonen en word mijn geliefde, dan zullen we al het genot beleven...' had hij eraan toegevoegd.
'Wat zeg je dat mooi.'
'Ja, maar het zijn niet mijn woorden, ze zijn van Christopher Marlowe. Maar ze geven wel precies weer wat ik voel.'
En wat ik voelde, dacht Evan nu, en ze trok het dekbed nog iets hoger op. Dokter Addney en Gideon hadden allebei nog een keer nadrukkelijk gezegd dat ze de rest van de dag moest rusten, en

ze wist dat ze gelijk hadden. Er was niets ergs gebeurd en alles was in orde, maar ze was wel erg geschrokken en daar moest ze nog een poosje van bijkomen.
Angharad.
De naam bleef in haar hoofd hangen.
Ze had de afkeer in Gideons stem gehoord toen hij het over haar zusje had en ze begreep heel goed waarom hij zo had geklonken. Met dat platinablonde haar en die knalrode kleren had Angharad er veel te opvallend en eigenlijk een beetje goedkoop uitgezien. Vooral naast haar moeder, gekleed in beige tinten en perfect verzorgd, en Linnet in haar chique zwarte pakje met witte biesjes van Chanel.
Evan rilde bijna bij de gedachte aan al dat rood. Al was Angharad een knap meisje, ze had er nog nooit zo onaantrekkelijk uitgezien. Dat kwam ook door het haar, dat absoluut niet bij haar paste. In al dat rood en met dat witte haar leek ze precies mevrouw de Kerstman, wat Evan onder andere omstandigheden misschien amusant had gevonden. Maar vandaag niet, vandaag had ze zich voor haar zus geschaamd. En Angharad was erg gemeen tegen haar geweest.
Plotseling kwam haar een beeld voor ogen van wat er een keer lang geleden met Kerstmis was gebeurd. In Connecticut. Zij was toen een jaar of zeven en Angharad was bijna vier, en al hevig jaloers. Hun grootmoeder had Evan een puppy gegeven, een mooie donkerbruine labrador met groene ogen, wat heel bijzonder was. Ze hadden hem Hudson genoemd, naar de rivier.

'Oma! Oma! Ik kan Hudson niet vinden, hij is weg!' riep Evan. Met een angstig gezicht rende ze de grote woonkeuken in, waar haar grootmoeder aan de langwerpige eikenhouten tafel bezig was met de voorbereidingen voor de kerstmaaltijd. Glynnis maakte vulling voor de kalkoen en jus erbij, appelmoes en allerlei andere lekkernijen klaar.
Haar grootmoeder keek om en zei: 'Ik heb hem zonet nog achter Angharad aan zien draven. Kijk eens in de serre, lieverd. Misschien is hij daar met zijn tennisbal aan het spelen.'
Evan rende terug naar de hal en vandaar de gang door naar de serre. Toen ze de deur opende, zag ze tot haar schrik dat Angharad de puppy naar buiten de sneeuw in duwde en vlug de deur weer dichtdeed.
'Angharad, wat doe je?' riep Evan ontsteld. Haar schoenen klet-

terden op de terracotta tegels toen ze de serre in rende. 'Het is ijskoud buiten, Hudson zal doodvriezen! Het is veel te koud voor een puppy van nog maar negen weken. Je bent een stout meisje, heel stout!'
Evan trok Angharad ruw bij de deur weg en riep nog een keer: 'Het is heel stout wat je hebt gedaan!' In paniek deed ze de deur van het slot en rende naar buiten, waar ze zoekend rondkeek. Maar ze zag het hondje niet, en haar ogen vulden zich met tranen.
'Hudson! Hudson! Waar ben je?' riep ze met trillende stem. Hij kon niet ver weg zijn, dacht ze wanhopig.
Angharad was ook naar buiten gekomen, maar was op de treetjes voor de deur blijven staan. 'Ik ben helemaal niet stout!' riep ze tegen Evan. 'Ik haat die puppy! Ik haat jou! De hond is stout, hij heeft een plas gedaan in mijn kamer! Het is zijn eigen schuld!' Ze ging weer naar binnen, trok de deur met een klap dicht en draaide de sleutel weer om.
Evan luisterde niet eens, ze was te ongerust over Hudson en druk aan het zoeken. Opeens zag ze afdrukken van zijn pootjes in de sneeuw. Rillend trok ze haar vest om zich heen en verweet zichzelf dat ze niet eerst een jas had aangetrokken.
Even later vond ze haar hondje, dat in een berg sneeuw tegen de muur van het terras was gezakt en luid jankte.
Toen ze zich over de sneeuwhoop boog om Hudson eruit te halen, viel ze er bijna zelf in. De puppy was nat en koud, en hij trilde van angst. Ze pakte het jankende diertje stevig vast en tilde het op.
'Kom maar, Hudsy, nu ben je weer veilig, zo meteen ben je weer warm,' suste ze, terwijl ze haar vest om hem heen sloeg en hem tegen zich aan drukte. Zo liep ze op een sukkeldrafje terug naar de serre.
Toen ze naar binnen wilde, zaten de openslaande deuren weer op slot. Angharad stond aan de andere kant van het raam gekke gezichten te trekken. Ze stak haar tong naar Evan uit en begon te lachen.
'Doe open!' riep Evan. Boos bonsde ze op een ruitje. Ze kreeg het steeds kouder.
'Nee!' Angharad stak nogmaals haar tong uit en liep weg.
Evan rende om het huis heen naar de keuken. Glynnis draaide zich om naar de deur toen ze de koude luchtstroom voelde en ze keek verbaasd toen ze Evan binnen zag komen.

'Je vat kou als je in dit weer zonder jas naar buiten gaat, kind,' zei ze bestraffend. Toen zag ze dat Evan de puppy in haar armen hield en dat ze allebei rilden van de kou.
'Hemelse goedheid, wat is er met hem gebeurd? Hij is kletsnat!' riep ze met een bezorgd gezicht. 'Geef hem maar gauw aan mij, Evan, dan wikkel ik hem in een handdoek. Trek jij gauw dat vest uit en ga voor de haard staan, dan ben je zo weer warm.'
'Ja oma,' zei Evan gehoorzaam. Ze gaf Glynnis het hondje, trok haar vest uit en spreidde het uit voor de haard.
Toen Hudson even later droog en warm in een nestje van handdoeken in zijn mand lag, vroeg Glynnis: 'Evan, wat is er precies gebeurd?'
Evan zuchtte diep. 'Ik ben geen klikspaan.'
'Dat weet ik. Maar hoe is Hudson buiten gekomen?'
'Hij lag in een berg sneeuw,' ontweek Evan het antwoord.
'Hudson kan zelf geen deuren openen, dus moet iemand hem buiten hebben gezet. Dat is het antwoord, Evan. Was het soms een klein meisje dat Angharad heet?'
'Ja, het was Angharad,' zei Elayne toen ze de keuken binnenkwam. 'Ik heb gezien dat ze Hudson buiten de sneeuw in duwde, oma.' Elayne trok een gezicht. 'Ze is altijd jaloers op Evan, en ook op mij.'
Glynnis knikte. 'Dat weet ik. Wil je haar even gaan halen, Elayne, en haar naar me toe brengen? Nu meteen?'
Elayne rende weg.
Glynnis keek Evan streng aan. 'Ik weet dat je geen ruzie met Angharad wilt maken, maar nu is ze te ver gegaan.'
Evan zei niets.
'Dat weet je toch?'
'Ja, oma.'
Even later kwam Elayne terug en trok Angharad met zich mee. Elayne was vijf; ze was groter en sterker dan Angharad, die kwaad keek en tegenstribbelde.
Toen ze voor Glynnis stonden, zei hun grootmoeder zacht: 'Het was erg wreed van je, Angharad, dat je een hulpeloos hondje in de ijzige sneeuw hebt gezet. Hudson zou algauw doodgevroren zijn, dat is zeker. Het was erg gemeen van je. Ik gebruik dat woord niet graag, al ben je soms erg ondeugend, maar deze keer verdien je niet beter.' Ze boog voorover, keek Angharad recht aan en zei: 'Leg me nu eens uit waarom je zoiets wreeds hebt gedaan.'
'Hij heeft in mijn kamer geplast,' mompelde Angharad.

'O ja? Dat vind ik vreemd, want je doet de deur altijd dicht. Zullen we dan even gaan kijken? Allemaal.'
Met een streng gezicht nam Glynnis haar drie kleindochters mee de trap op naar de slaapkamer die Angharad met Elayne deelde. 'Wijs me nu eens aan waar de puppy heeft geplast,' beval ze.
Angharad wachtte even en rende toen naar een vochtig plekje op het lichte vloerkleed. 'Daar,' wees ze.
'Dat ziet er niet uit als een plas,' zei Glynnis. Ze liep ernaartoe, knielde en rook aan het vloerkleed. Toen keek ze Angharad streng aan. 'Dit plekje ruikt nergens naar. Volgens mij is het water.'
'Dat is het ook, oma,' zei Elayne. 'Ze heeft het gisteravond gemorst.'
'Dat dacht ik wel.' Glynnis stond op. 'Nu heb je ook nog gelogen, Angharad. En met meisjes die liegen, kun je maar één ding doen. Je zet ze ergens neer waar ze kunnen nadenken over de waarheid, over hoe belangrijk het is altijd de waarheid te vertellen. Meisjes die liegen horen niet bij andere mensen te zitten.'
'Ik lieg niet!' Angharad keek Elayne woedend aan.
'Ik denk het wel,' zei Glynnis. 'En dat is niet voor het eerst. Je blijft in je kamer tot je vader en moeder samen met opa terugkomen uit New York. Dan zien we wel verder.'
Glynnis liep naar de deur en wenkte de twee andere meisjes. Toen die in de gang stonden, zei ze tegen Angharad: 'Ik doe de deur niet op slot, maar waag het niet uit je kamer te komen.'
Toen ze weer in de keuken waren, gaf Glynnis Evan en Elayne ieder een grote kom kippensoep met groente en een boterham met kip. Ze aten alles zwijgend op en Glynnis zweeg ook.
Toen Evan in de namiddag met Hudson in de keuken speelde, hoorde ze haar oma met haar moeder praten. 'Dat kind deugt niet, Marietta,' zei Glynnis. 'Ze liegt en ze doet wrede dingen.' Marietta begon te protesteren, maar Glynnis vervolgde: 'Ze was een weeskind en we weten niet waar ze vandaan komt, Marietta. Dat moet je toch toegeven.'
'Dat ontken ik niet,' zei Marietta zacht, 'maar ze is een schatje om te zien en ze kan ook heel lief zijn.'
'Inderdaad, wanneer je haar haar zin geeft en verwent,' zei Glynnis.
Marietta zweeg.
Evan hield zich muisstil, want ze wilde niet dat de twee vrouwen zouden ontdekken dat ze alles had gehoord.
Toen de herinnering vervaagde, bekende Evan zichzelf dat An-

gharad niet erg was veranderd. Ze was nog net zo jaloers en gemeen als vroeger. Waarschijnlijk was ze vandaag naar het warenhuis gekomen om een ruzie met Evan uit te lokken, om haar met opzet van streek te maken. Als ze zich niet zo had opgewonden, was ze ook niet gevallen...
Evan rilde en dook dieper onder het dekbed. Opgelucht bedacht ze dat ze Gideon niets over de ruzie had verteld. Ze wist zeker dat hij al op het eerste gezicht een afkeer van Angharad had gekregen, dat had ze gehoord aan zijn stem. En hij zou niet van mening veranderen, daar was ze van overtuigd.

5

'Hij is prachtig,' zei India Standish, terwijl ze naar de diamanten tiara keek die op een lap zwart fluweel op de eettafel lag in Niddersley House. 'Ik zou het geweldig vinden hem op mijn trouwdag te dragen.' Ze aarzelde even en vroeg: 'Maar vindt u het niet een beetje overdreven, oma?'
'Bedoel je te voornaam, India?' vroeg Edwina. De douairière gravin van Dunvale keek vanaf de andere kant van de tafel naar haar enige kleindochter en lievelingskleinkind.
'Ja, zoiets,' gaf India toe. 'Een beetje te plechtstatig.' Ze keek haar grootmoeder met opgetrokken blonde wenkbrauwen aan. 'Voor deze tijd, bedoel ik.'
Edwina gaf niet meteen antwoord. Met een schuingehouden hoofd en een peinzende blik staarde ze een poosje naar de tiara. 'Nee,' zei ze ten slotte, 'hij is niet te voornaam voor deze tijd. Voor geen enkele tijd, lieverd. Het is een vrij eenvoudig model. Twee rijen diamanten,' beschreef ze, 'die aan elkaar zijn bevestigd door in elkaar grijpende cirkels van diamanten. In de grootste cirkel in het midden zit een kleinere cirkel met een diamanten ster erin.' Ze knikte en legde uit: 'Het is een victoriaanse tiara en hij is van Adèle Fairley geweest, mijn grootmoeder en jouw betovergrootmoeder. Daarom dacht ik dat je het fijn zou vinden hem op zo'n belangrijke dag in je leven te dragen. Hij maakt deel uit van je familiegeschiedenis.'
'Dat begrijp ik, en ik vind hem erg mooi, oma,' zei India. 'Zal ik hem eens passen om te zien hoe hij staat?'

'Dat lijkt me een goed idee.' Edwina wees naar de spiegel die aan de muur tussen twee ramen hing. 'Ga maar voor die spiegel staan, dan kun je het goed zien.'
India stond op, boog over de tafel en tilde de tiara met beide handen op. Ze liep ermee naar de spiegel, zette hem op en bekeek zichzelf. Ze zag dat Edwina gelijk had. Nu ze hem op had, zag hij er lang niet zo plechtstatig uit als ze had verwacht. Dat kwam waarschijnlijk doordat ze een dikke bos haar had en het inderdaad een eenvoudig model was. Hij stond haar goed, dat moest ze toegeven, en hij zat comfortabel op haar hoofd. Ze probeerde zich voor te stellen hoe ze eruit zou zien als er een sluier aan de tiara hing, en het beeld beviel haar. Ze draaide zich om en vroeg: 'Hoe vindt u hem staan, oma?'
Edwina's goedkeurende blik sprak voor zichzelf. 'Hij staat je prachtig, India, helemaal niet plechtstatig, zoals je zonet zei. Hij zal je sluier perfect op zijn plaats houden. Vertel me nu eens hoe je bruidsjurk eruit zal zien, je zei dat Evan die ontwerpt.'
'Dat is waar. Ik heb alleen nog maar een paar schetsen gezien en die vind ik erg mooi. We hebben de stof al uitgezocht: een licht ivoorkleurige tafzijde, die niet zwaar is. Want de jurk heeft een wijde rok met een gazen petticoat eronder, zoals een ouderwetse baljurk. Het lijfje is strak, met een boothals die de schouders een stukje bloot laat, en het heeft ballonmouwen. Eigenlijk is het een victoriaans model, oma, nu ik erover nadenk. Ik heb Evan gevraagd hem eenvoudig te houden, zonder borduursels of zo.'
'De jurk klinkt beeldschoon, lieverd, en ik weet zeker dat de tiara er perfect bij zal passen. Een victoriaanse tiara bij een victoriaanse jurk. Wil je deze oude dame dus een plezier doen en de tiara op je huwelijksdag dragen?'
India glimlachte tegen haar grootmoeder en keek opnieuw even in de spiegel voordat ze antwoordde: 'Ja oma, ik wil uw tiara dolgraag dragen. Dank u wel dat u eraan hebt gedacht.'
Edwina glimlachte even liefdevol terug. 'Adèles tiara, zo noem ik hem. Wil je hem vandaag meenemen of vind je het veiliger hem nog een poosje hier te laten?'
'Ik denk dat ik hem liever hier laat. U hebt een grote brandkast en ik heb in mijn flat zelfs geen kleintje. Bovendien is het nu januari, oma, en ik trouw pas in juni. Ja, ik denk dat hij beter nog een halfjaar hier kan blijven.'
'Dat is goed, lieverd.' Edwina ging wat gemakkelijker zitten en keek naar India toen ze terugkwam naar de eettafel, de tiara af-

deed en hem weer op het zwarte fluweel zette. India was een lieftallige jonge vrouw geworden, bedacht ze. Ze had de fijne, aristocratische trekken en het lichtblonde haar van Adèle Fairley, net als haar nichtje Tessa. Ze hadden zusjes kunnen zijn en daar zagen buitenstaanders hen soms dan ook voor aan.
'Zal ik hem weer in de doos doen, oma, of hebt u liever dat Frome het doet?'
Edwina lachte. 'Doe jij het maar, want Frome wordt steeds langzamer. Hij zou een halfuur nodig hebben om de tiara in de doos te leggen, laat staan in de brandkast te zetten. Hij wordt oud, helaas.'
India keek haar grootmoeder geamuseerd aan. 'Ik vind het erg grappig zoals u Frome oud noemt, oma, terwijl hij pas een jaar of vijftig is.'
'Ja, dat is waar,' beaamde Edwina grinnikend. 'Toch wordt hij de laatste tijd steeds trager. Je weet best dat ik alles veel vlugger doe, ook al ben ik vijfennegentig.'
'U bent een verbazingwekkende vrouw.'
'Emma was pas zestien toen ik werd geboren, stel je dat eens voor. Ze heeft me door haar nichtje Freda in Ripon laten grootbrengen, tenminste toen ik nog een baby was...' Haar stem stierf weg en ze staarde uit het raam, met een verlangende blik in haar ogen, alsof ze zich iets herinnerde van heel lang geleden.
India bleef even naar haar kijken en vroeg zacht: 'Is er iets, oma?'
'O, nee hoor, India, er is niets. Ik voel me nog prima en ik hoop dat dat zo blijft tot jij en Dusty getrouwd zijn.' Ze stond een beetje moeizaam op en vroeg: 'Moeten we niet weg om met hem op Willows Hall te gaan lunchen?'
'Ja, laten we gaan,' antwoordde India. Ze legde de tiara terug in de oude, zwarte leren doos waarin hij al die jaren had gelegen en spreidde de lap fluweel eroverheen. Ze sloot het deksel, maakte het slotje vast en vroeg: 'Zal ik hem meteen in de brandkast zetten?'
'Ja, doe dat maar, dat bespaart tijd. Loop maar even mee, lieverd, dan laat ik je zien waar hij staat. En dan gaan we. Wat lief van je dat je me bent komen halen, India. Maar Rupert had me ook naar Dusty's huis kunnen brengen, hoor. Als chauffeur heeft hij tegenwoordig nog maar weinig te doen.'
'Ach oma, het is een kleine moeite, ik doe het graag. Ik vind het fijn u te zien en een poosje rustig met u te kunnen praten.'
Samen liepen ze door de hal en de gang naar de kamer waar een

enorme brandkast stond. Terwijl India achter Edwina aan liep, vervolgde ze: 'Als ik u was, zou ik een warme jas aantrekken, oma. Het is ijskoud vandaag en misschien gaat het weer sneeuwen.'
'Dat zal ik doen, lieverd. Paula heeft me een heel mooie doorgestikte jas gegeven. Van Harte's, dat spreekt vanzelf.'

'Neem me niet kwalijk dat ik u lastigval, meneer Rhodes, maar een mevrouw Roebotham wil u spreken. Ze is met Atlanta meegekomen,' zei Paddy Whitaker vanuit de deuropening van het atelier.
Dusty hief abrupt zijn hoofd op en keek zijn huismeester verbaasd aan. 'Atlanta?'
'Ja, meneer Rhodes,' bevestigde Paddy. 'Ze zijn in de keuken. Atlanta mag Angelina graag, zoals u weet.'
Ook al schrok Russell Rhodes, de wereldberoemde kunstenaar, van het onverwachte nieuws, hij liet het niet merken. Voorzichtig legde hij zijn penseel neer en hoewel zijn maag opeens ineenkromp, slaagde hij erin uiterlijk rustig te reageren. Razendsnel probeerde hij te bedenken wat er met de grootmoeder van het meisje kon zijn gebeurd. Want dat er iets was gebeurd, was zeker. Daarom was Atlanta gekomen.
Hij keerde zijn schildersezel de rug toe en vroeg: 'Wat is er aan de hand? Heeft die mevrouw Roebotham dat al gezegd?'
'Nee, maar ze heeft een koffer bij zich. Voor Atlanta. En ze maakt een nerveuze, bezorgde indruk. Maar ze wilde niet zeggen waarom ze zijn gekomen, meneer Rhodes. Ze zei alleen maar een paar keer dat ze u wilde spreken en niemand anders.'
'Vooruit dan maar. Ik loop met je mee, Paddy.' Dusty, zoals Russell door iedereen werd genoemd, wierp een blik op zijn horloge toen hij haastig door zijn atelier liep op weg naar de deur. 'Is alles klaar voor de lunch?' vroeg hij.
Paddy, die in de deuropening was blijven staan, knikte. 'Angelina heeft de tafel in de eetkamer gedekt en Valetta is nog aan het koken. Het ruikt allemaal erg lekker, zoals gewoonlijk. Ik heb witte wijn in de koelkast gezet, Pouilly Fumé. Wat de lunch betreft, zijn er geen problemen, meneer.'
'Dat geloof ik graag. Dank je, Paddy. Zorg er wel voor dat het in de eetkamer lekker warm is. De gravin heeft het tegenwoordig gauw koud, heeft lady India me verteld.'
'De haard brandt en ik heb de radiator van de centrale verwar-

ming vanmorgen al opengedraaid. Maar wel op een lage stand.'
'Uitstekend.' Dusty bleef even bij de deur staan en omdat hij betwijfelde dat hij die dag nog naar het atelier terug zou gaan, knipte hij de lichten uit. Toen pakte hij zijn schapenleren jas van de kapstok, deed de deur achter zich op slot en liep met Paddy mee naar het schitterende palladiaanse huis dat een eindje verder boven op de heuvel stond.

Toen ze naar binnen gingen, zei Dusty: 'Voordat ik Atlanta ga begroeten, kan ik beter eerst luisteren naar wat mevrouw Roebotham me wil vertellen over de reden van hun komst. Wacht even tot ik me heb opgefrist en breng haar dan naar de bibliotheek, Paddy.'
'Goed, meneer. Intussen zal ik haar nog een keer een kopje thee aanbieden, dat heeft ze zonet afgeslagen. Misschien is ze, nu ze weet dat u tijd voor haar heeft, van mening veranderd.'
'Doe dat.' Dusty liep snel door de marmeren hal naar de grote bibliotheek. In de aangrenzende badkamer waste hij de verf van zijn handen, spoelde zijn gezicht af met koud water en trok een kam door zijn dikke zwarte haar.
Hij bekeek zich in de spiegel en vond dat hij er moe uitzag. Een beetje afgepeigerd zelfs. En zorgelijk. Hij haalde diep adem om tot kalmte te komen en ging terug naar de bibliotheek, terwijl hij zijn trui rechttrok. Hij pakte zijn tweed jasje, dat over de rug van zijn bureaustoel hing, en trok het aan. Toen ging hij aan zijn bureau zitten en pijnigde zijn hersens met veronderstellingen van wat er kon zijn gebeurd.
Er moest iets aan de hand zijn met Molly Caldwell, Melinda's moeder, besloot hij. Waarom zou een vreemde anders zijn kind komen brengen? Tenzij er een probleem was met Melinda en haar moeder naar de kliniek was gegaan om haar op te zoeken. Maar als dat zo was, waarom had mevrouw Caldwell hem dan niet gebeld? Dat deed ze anders ook altijd, omdat ze hem op de hoogte wilde houden van alles wat met zijn kind te maken had. Ze was een goed mens.
Hij zette zijn ellebogen op het bureau en liet zijn hoofd op zijn handen zakken. Waarom vandaag? Waarom nu juist vandaag? India was op weg naar hem toe en ze bracht haar grootmoeder mee, de douairière gravin van Dunsdale. Juist vandaag wilde hij dat het een prettige lunch zou worden. Hij had absoluut geen zin in problemen.

Maar hij wist nu al zeker dat er een probleem was ontstaan dat hij niet kon vermijden.
Hij bereidde zich voor op wat hem te wachten stond. Een onaangename boodschap, dat voorvoelde hij. Zijn intuïtie had hem nog nooit bedrogen.

'Praat nu eens met me over Emma, over omie,' zei India toen ze de oprit van Niddersley House afreed en links afsloeg Knaresborough Road in. 'U hebt me eeuwen geleden beloofd dat u dat zou doen en u hebt het nog steeds niet gedaan.'
'Er is zo veel te vertellen dat ik niet eens weet waar ik moet beginnen,' zei Edwina zacht, en ze ging wat gemakkelijker zitten. 'Bevalt deze auto je, India?' vroeg ze, op een ander onderwerp overgaand. 'Je vader heeft hem van mij gekregen, dat weet je toch?'
'Ja, dat heeft hij me verteld. Ik ben dol op mijn Aston Martin.' India wierp snel een blik opzij en vroeg: 'Zit u goed, oma?'
'Uitstekend, dank je.' Edwina wendde haar hoofd af en keek uit het raampje.
'Om terug te komen op Emma Harte, ik heb een idee. Zal ik u gewoon een paar vragen stellen?'
'Dat is een heel goed idee, India. Maar je vader heeft je toch al een heleboel over haar verteld? Hij aanbad haar.'
'Ja, natuurlijk, en mama ook. Papa zegt altijd dat hij een van haar pretoriaanse lijfwachten was.'
Edwina schaterde het uit en lachte zachtjes na. 'Dat was hij. Hij, Paula, Emily en haar overleden broer Sandy en Winston beschouwden het als hun plicht om Emma op alle mogelijke manieren te beschermen. Ik moet bekennen dat ik je vader wel eens plagend heb gevraagd of ze ooit in de verleiding zijn gekomen om haar van kant te maken, zoals de oorspronkelijke Romeinse lijfwachten soms de neiging hadden hun leider om te brengen.' Edwina lachte opnieuw.
India lachte mee en vroeg: 'Wat zei mijn vader dan?'
'Hij vond het afschuwelijk dat ik zoiets kon zeggen. Dat het een plagerijtje was, ging volledig aan hem voorbij. Hij en zijn neven en nichten wilden geen kwaad woord over Emma horen.'
'Maar u dacht er anders over, hè oma?' Toen Edwina geen antwoord gaf, drong India aan: 'U hebt lange tijd geen contact met haar gehad. Dat weet ik, want dat heeft papa me verteld.'
Edwina zuchtte zacht en bleef nog een poosje zwijgen. Toen zei

ze: 'Ja, dat is waar. We verbraken het contact vlak voordat ik nog een extra jaar naar school ging in Zwitserland, en een aantal jaren daarna hebben we elkaar nauwelijks gesproken.'
'Waarom? Wat was er dan gebeurd?'
'Dat is een heel lang verhaal, lieverd, en ik raak tegenwoordig altijd van streek als ik het moet vertellen. Ik beloof je dat ik het je een andere keer precies zal uitleggen, en nu zeg ik verder alleen maar dat ik het totaal bij het verkeerde eind heb gehad. De schuld lag bij mij, niet bij mijn moeder, en toen ik me daar eindelijk van bewust was geworden, heb ik mijn best gedaan om het goed te maken. Daarna zijn we heel liefdevol met elkaar omgegaan.'
'U klinkt spijtig, oma,' zei India zacht en meelevend.
'Ik heb ook spijt, zelfs nu nog. Wat ik het ergste vind, is dat ik haar, toen ik een jonge vrouw was, zo veel jaren niet heb meegemaakt. Ik was toen getrouwd met je grootvader Jeremy en we woonden in Clonloughlin. We waren erg gelukkig en stapel op je vader, ons enige kind, en ik dácht zelfs niet meer aan mijn moeder. Een hele tijd niet.'
'Mijn vader heeft me verteld dat hij haar is gaan opzoeken en dat hij u daarvan niet eens op de hoogte had gesteld.'
'Dat klopt. Mijn oom, Emma's broer Winston Harte, vertelde me daarna dat het een heel bijzondere ontmoeting was geweest. Hij zei dat Emma en Anthony op slag van elkaar waren gaan houden. Ze zijn altijd dol op elkaar gebleven.' Edwina draaide haar gezicht naar India toe en vervolgde: 'Ik ben blij dat je vader zo flink is geweest om tegen mijn zin alleen naar zijn grootmoeder toe te gaan. Hun hechte relatie was voor hen allebei erg belangrijk.'
'U hebt me al verteld dat Emma u had ondergebracht bij haar nichtje Freda in Ripon. Was dat een van de dingen waarover u zo boos was?'
Opnieuw zei Edwina een poosje niets, alsof ze over het antwoord nadacht. Ten slotte zei ze waarheidsgetrouw: 'Nee, eigenlijk niet. Ik was toen nog een baby en er is daar heel goed voor me gezorgd. Freda woonde in een mooie, landelijke omgeving en ze was een lieve jonge vrouw. Toen ik ouder was, wist ik diep vanbinnen dat Emma had gedaan wat het beste voor me was. We waren arm, ze moest hard werken om ons te onderhouden en ze had geen tijd om voor me te zorgen. Ze kende niemand in Armley die dat wel kon doen. Ze had de juiste beslissing genomen, ook al nam ik haar dat later soms kwalijk. Maar ik was veel te jong om al die dingen te begrijpen. Later begreep ik ze wel.'

'Ik heb grote bewondering voor u, oma. Omdat u uw fouten toegeeft en uzelf verantwoordelijk stelt voor de dingen die u verkeerd hebt gedaan. Omdat u spijt hebt. De meeste mensen kunnen dat niet, toegeven dat ze het mis hebben gehad.'
'Dat is maar al te waar, India,' zei Edwina zacht. 'En dat jij dat op jouw leeftijd inziet, betekent dat je een heel intelligente vrouw bent. Ik ben ook trots op jou, lieverd. Maar nu hebben we het lang genoeg over het verleden en over Emma gehad, nu wil ik jouw plannen horen.'
'Nog één vraag, oma, en dan houd ik erover op,' zei India smekend. 'Dan vertel ik u mijn plannen of wat u ook maar wilt horen.'
'Vooruit, nog één vraag. Wat wil je weten?'
'Iedereen zegt dat Linnet Emma's evenbeeld is. Is dat waar? Dat kunt u beter beoordelen dan wie dan ook van de familie.'
'Ja, Linnet lijkt sprekend op Emma toen zij zo oud was als Linnet nu is, toen ik weer bij haar woonde. Maar het is niet alleen haar uiterlijk, Linnet lijkt ook wat andere dingen betreft op haar. Dat zit waarschijnlijk in de genen. Ook in haar doen en laten heeft ze veel van mijn moeder en soms klinkt ze precies zo. Ze heeft hetzelfde karakter. Linnet kan net zo abrupt en bot zijn als mijn moeder soms was. Ze zegt altijd wat ze op het hart heeft en ze draait nergens omheen. Ik zeg vaak tegen Paula dat Linnet een open boek is, en dat was Emma ook.'
Edwina rechtte haar rug en keek naar haar kleindochter. 'Misschien kun je het nauwelijks geloven, India, maar soms als Linnet bij me is, heb ik het gevoel dat ik weer een klein meisje ben en zij mijn moeder is. Dan val ik terug in mijn herinneringen, dan ga ik terug in de tijd. Ik moet toegeven dat het heel bizar is.'
'Dat is het natuurlijk ook, maar elke keer dat ik langs dat portret van Emma in het warenhuis loop, heb ik het gevoel dat het Linnet is. Nou ja, de vrouw die Linnet later zal worden.'
Er gleed een glimlachje over Edwina's gezicht en na een poosje zei ze: 'Vooruit, nu moet jij me vertellen wat je binnenkort allemaal gaat doen. Welke plannen hebben jij en Dusty gemaakt? Hij heeft een dochtertje, hè? Komt zij na jullie huwelijk bij jullie wonen?'
'Ik denk het niet, oma. Dusty vindt het beter dat ze bij mevrouw Caldwell blijft, de grootmoeder van het meisje. Hij wil haar leven niet verstoren door haar naar Willows Hall te halen. Boven-

dien heeft hij Melinda, de moeder van het meisje, beloofd dat hij Atlanta nooit bij haar zou weghalen.'
'Dat begrijp ik. En dat is misschien maar beter ook, vind je niet? Is dat meisje niet beter af bij haar moeder?'
Maar al toen Edwina het zei, kreeg ze een akelig voorgevoel. Er waren problemen op komst, dat wist ze zeker.

DEEL TWEE

Trio

'De drie clans staan als één familie naast elkaar. Harte, O'Neill en Kallinski tegenover alle vijanden.'
EMMA HARTE, *De macht van een vrouw*

6

Linnet wilde dolgraag naar de hei, maar ze wist dat het die morgen onmogelijk was. Het had de afgelopen nacht gesneeuwd en de bergtoppen aan de horizon waren glinsterend wit.
Ze wist dat het bitter koud zou zijn op de 'toppen'. Zo noemden de plaatselijke bewoners de hoogste delen van de hei en de steile rotsen die abrupt de grens vormden met de veel lagere Dales. De sneeuw was er onbegaanbaar en dan moest je ook nog rekening houden met de wind. Daarboven waaide het altijd, ook bij mooi weer, en vandaag zou het een ijzige wind zijn.
Al zolang ze zich kon herinneren hield Linnet ontzettend veel van de hei in de omgeving van Pennistone Royal, het mooie oude huis in Yorkshire waar ze was geboren. Ooit had haar overgrootmoeder Emma Harte in dat huis gewoond en op een dag zou het van haar zijn. Dat had haar moeder haar in vertrouwen verteld. Het was een groot geheim, niemand anders mocht het weten.
Al toen ze nog maar een peuter was, had haar moeder haar vaak meegenomen naar de hei om er tussen het lage struikgewas te spelen, onder een lucht zo blauw als de ereprijs die, als het warm genoeg was, bloeide op de lagergelegen velden.
De hei was Linnets speciale plek, haar toevluchtsoord wanneer ze zorgen had. Haar moeder had haar lang geleden verteld dat ze die liefde voor de hei van Emma had geërfd.
'Je bent net als omie,' zei Paula vaak met een tolerante glimlach. 'Als je ook maar even de kans krijgt, ga je naar de hei, vooral als je met iets in je maag zit. Dat deed je overgrootmoeder ook altijd.'
Op deze koude zaterdagochtend had Linnet het gevoel dat ze werd belaagd door problemen. Zorgelijke gedachten tolden door haar hoofd. Met een zucht liep ze over het grindpad naar het rododendronlaantje, terwijl ze probeerde haar zorgen in volgorde van belangrijkheid op een rij te zetten.
In de eerste plaats maakte ze zich ongerust om de aanwezigheid van Jonathan Ainsley. Jack Figg had haar een paar uur geleden gebeld om te zeggen dat Jonathan niet meer in Londen was, maar dat hij naar zijn huis in Thirsk was gegaan. Dat zat haar absoluut niet lekker. Jack noemde hem vaak een ongeleid projectiel en het idee dat hij daar wel eens gelijk in kon hebben, beangstigde haar. Ze kon zich niet meer ontspannen.

En nu maakte ze zich ook zorgen om Evans familie. Oom Robin had hen allemaal uitgenodigd om ter gelegenheid van het huwelijk bij hem te logeren, maar opeens vond Jack dat geen goed idee meer. Volgens hem waren de leden van die familie allemaal schietschijven als Jonathan zou besluiten zijn vader op Lackland Priory onverwachts een bezoek te brengen.
'Maar hij kan ze toch niet doodschieten, Jack,' had ze geprotesteerd. 'Hij kan alleen maar heel onbeleefd tegen ze zijn, en gemeen tegen zijn vader. Maar daar is oom Robin nu wel aan gewend, denk ik.'
'Kunnen ze niet ergens anders logeren?' had Jack gevraagd, en ze had voorgesteld dat hij dat met haar moeder zou overleggen. 'Ik neem aan dat ze ook wel bij ons op Pennistone Royal kunnen logeren,' had ze gezegd, 'of bij tante Emily en oom Winston in Middleham. Allington Hall is ook groot genoeg. Mama zal wel een oplossing bedenken. Maar oom Robin zal het niet leuk vinden als ze zijn plannen doorkruist, dat kan ik je nu alvast vertellen.'
Jack had gezegd dat Paula het hoofd van de familie was en dat hij haar meteen zou bellen. 'Wat zij beslist, moet gebeuren,' had hij eraan toegevoegd voordat hij het gesprek had beëindigd.
Linnet had met een hoofdknik de hoorn neergelegd, want Jack had gelijk.
Behalve om Jonathan Ainsley, een neef van Paula en hun grootste vijand, maakte ze zich ook een beetje zorgen om Evan. Gelukkig mankeerde haar niets en was alles met de baby's ook in orde, maar het was raar dat Evan zo hard was gevallen.
Evan was een heel gracieuze vrouw; ze bewoog zich altijd soepel en elegant. Linnet begreep niet hoe ze zo onhandig kon zijn geweest om naast de stoel te gaan zitten en op de grond te ploffen. Het was een bizar voorval en het bleef haar dwarszitten.
Evan en Gideon waren donderdag naar Pennistone Royal gekomen, eerder dan ze van plan waren geweest. Gisteravond had ze, toen zij en Julian waren komen eten, Evan opnieuw naar het ongeluk gevraagd. Maar Evan had gelachen en gezegd dat het niets had voorgesteld, en toen was Linnet er niet op doorgegaan. Wat ze vooral onbegrijpelijk vond, was dat Angharad in Evans kantoor over Evan heen gebogen had gestaan en geen hand had uitgestoken.
Angharad had met zo'n eigenaardige uitdrukking op haar gezicht naar haar zus staan kijken dat Linnet haar scherp had opgenomen, en toen had ze tot haar verbazing gezien dat Evans ge-

adopteerde zusje leedvermaak voelde. Dat deze vreemde jonge vrouw onverwachts veel eerder was gekomen dan ze had aangekondigd, beviel haar net zomin. Ze hadden Angharad Hughes pas volgende week in Londen verwacht. Ik moet haar in de gaten houden, dacht Linnet. Ze trok haar dikke cape wat strakker om zich heen en begon sneller de heuvel af te lopen. Ik wil wedden dat zij ook tot alles in staat is.

Toen Linnet gisteravond op Pennistone Royal was aangekomen, had haar moeder gevraagd of ze de hele week wilde blijven om te helpen met alles wat er bij Evans huwelijk kwam kijken. 'Evan kan niet veel doen, lieverd,' had Paula gezegd. 'De bevalling komt al in zicht en na die afschuwelijke val in haar kantoor vinden Emily en ik dat ze zich niet meer moet inspannen. Ze kan beter rust houden.'

Linnet had meteen gezegd dat ze zou blijven. Zij en Paula hadden een hechte band en als ze Paula's lasten op de een of andere manier kon verlichten, deed ze dat graag.

Aan het begin van de week had ze overwogen of ze dit weekend alvast met haar moeder over de veranderingen die ze in het warenhuis in Knightsbridge wilde doorvoeren zou praten, maar ze had beseft dat dit niet het geschikte moment was om zo'n delicaat onderwerp aan te roeren. Ze moest wachten tot na volgende week zaterdag, wanneer ze het huwelijk van Evan en Gideon achter de rug hadden.

Haar moeder had het net zo druk met de voorbereidingen als tante Emily, de moeder van de bruidegom, dus kon ze beter niet beginnen over ouderwetse etalages die aan de moderne tijd moesten worden aangepast. Of uitleggen hoe belangrijk een schoonheidssalon was, of hoe bijzonder een hele afdeling zou zijn die was gewijd aan bruiden en wat er allemaal nog meer bij een huwelijk kwam kijken.

Haar moeder zou niet eens luisteren, of ze zou alleen maar boos worden. Paula werd helaas steeds minder flexibel; ze ging zich steeds meer tegen veranderingen verzetten.

Je kunt beter nog een poosje wachten, hield Linnet zich voor, terwijl ze stevig doorstapte. Het rododendronlaantje was ruim vijfendertig jaar geleden aangelegd door haar moeder, speciaal voor Emma Harte. Ze was op het idee gebracht door een laan omzoomd door rododendrons in het park van Temple Newsam, een landhuis in de buurt van Leeds. Paula was dol op tuinieren, en ze had het voorbeeld precies gevolgd.

In de zomermaanden bood de laan een prachtige aanblik. Dan bloeiden de enorme struiken met hun glanzend groene bladeren met grote bloemen in allerlei kleuren: van wit, lila en roze tot dieppaars en rozerood. Een adembenemend schouwspel. Nu was het winter en waren de struiken wit beijzeld.
Linnet stond stil en keek naar de lucht. Hij zag er dreigend uit, somber en koud. De wind deed zijn best om de staalgrijze wolken weg te blazen en opeens kwam er een bleek zonnetje tevoorschijn, een lichte zilveren schijf tegen een stukje blauw. Ze was eraan gewend dat het weer in Yorkshire plotseling kon omslaan, vooral in de Dales, waar ze was opgegroeid. Het hele jaar door regende het er veel, maar blijkbaar werd het vandaag toch niet zo'n natte, donkere dag als ze had verwacht, dacht Linnet verheugd.
Neuriënd zette ze haar wandeling voort, maar in gedachten bleef ze bezig met de familie Hughes.
Ze wist dat oom Robin erg teleurgesteld zou zijn als Owen en zijn gezin niet bij hem zouden logeren. Robin Ainsley was, toen Evan in zijn leven was gekomen en hij had gehoord dat ze de dochter was van een onbekende zoon van hem en Glynnis Hughes, helemaal opgefleurd. Hij had er in jaren niet zo goed uitgezien.
Maar de familie Hughes zorgde nu ook voor problemen, en dat kwam doordat Jonathan Ainsley in Yorkshire was. Iedereen wist dat hij het afschuwelijk vond dat hij opeens een halfbroer bleek te hebben, Owen Hughes. En zoals Jack Figg had gezegd, wist je niet wat een ongeleid projectiel voor schade zou aanrichten.
Jack Figg was van mening dat Jonathan Ainsley gevaarlijk was en zij moest hem geloven, want Jack had het zelden mis. Vooral als het hun veiligheid of die van hun huizen en de warenhuizen betrof, was het verstandig om naar Jack te luisteren.
Misschien kon haar moeder met oom Robin gaan praten en hem duidelijk maken dat zijn nieuwe familieleden, nu Jonathan in de buurt was, bij hem misschien niet veilig waren. Maar Robin was een koppige man, overtuigd van zijn eigen gelijk. Hij was jarenlang parlementslid geweest en hij was jurist, al had hij nooit als zodanig gewerkt. Met zijn politieke loopbaan had hij bewezen dat hij bijzonder intelligent, zelfs briljant was. Zou hij bereid zijn in deze kwestie naar zijn achternichtje te luisteren, de dochter van zijn halfzuster Daisy, met wie hij tegenwoordig zo'n hechte band had?

Nee, wacht even, maande Linnet zichzelf. Opeens was het bij haar opgekomen dat de beste persoon om met Robin te praten zijn andere halfzuster was, Edwina. Hij en Edwina hadden hun hele leven een hechte band gehad en veel geheimen en problemen met elkaar gedeeld. 'Twee handen op één buik,' had haar moeder onlangs over hen gezegd, toen ze had uitgelegd dat het Edwina moest zijn geweest die Robin had geholpen zijn lange relatie met Glynnis in stand te houden.

Ja, dat is veel beter, dacht Linnet, en ze besloot meteen als ze thuiskwam oudtante Edwina te bellen om de situatie uit te leggen. Weliswaar was Paula het hoofd van de familie, maar de vijfennegentigjarige Edwina was de oudste. En ze was geestelijk nog helemaal bij, wist Linnet. Naar haar zou Robin in elk geval luisteren en haar raad zou hij opvolgen.

Ze keek op haar horloge en besefte dat oudtante Edwina op dit moment niet op Niddersley House zou zijn. Toen ze gisteren in het warenhuis in Leeds India had gesproken, had haar nichtje haar verteld dat ze Edwina vandaag zou ophalen en meenemen naar Dusty's huis om daar te lunchen. Dus India en haar grootmoeder waren inmiddels op weg naar Willows Hall, in de buurt van Harrogate.

'Verdorie,' mompelde Linnet, terwijl ze verder liep tussen de rododendrons, en ze bedacht wat ze zou doen. Na de lunch zou ze Willows Hall bellen en dan met Edwina praten. Ze twijfelde er niet aan dat oudtante Edwina haar met plezier te hulp zou komen. Edwina had altijd iets gehad van een Engelse generaal voor zijn troepen; ze deed niets liever dan de baas spelen, vooral over haar broers en zussen.

Op Pennistone Royal stond Julian Kallinski voor het raam van de slaapkamer die hij met Linnet deelde, dat uitkeek op de tuin. Op deze koude zaterdag was het gras bedekt met een laagje ijzel en aan de kale, donkere takken van de bomen hingen ijspegels die hem aan stalactieten deden denken. Het landschap dat zich voor hem uitstrekte leek een schilderij in grijze tinten, met als achtergrond een mooi contrasterende bleke lucht.

In de verte zag hij Linnet vanuit het rododendronlaantje weer naar huis komen, met haar lievelingscape stevig om zich heen geslagen. De cape was knalrood en zelfs op grote afstand herkende hij haar. Zijn ogen lichtten op en glimlachend dacht hij: mijn vrouw, ze is mijn vrouw.

Opeens vroeg hij zich af wat hij zou hebben gedaan als Linnet niet van gedachten was veranderd en de dwaze verwijdering tussen hen niet ongedaan had gemaakt.
Nee, ze hadden zich niet van elkaar verwijderd, zij had zich teruggetrokken. Hij had nooit afstand genomen van haar. Hij had haar vreemde gedrag absoluut niet begrepen en het had hem diep gekwetst.
Nadat ze elkaar een paar maanden nauwelijks hadden gesproken, had hij haar gedwongen er met hem over te praten en de lucht te klaren. Gelukkig had hij daar het juiste moment voor gekozen en was ze maar al te bereid geweest om weer bij hem terug te komen. Toen ze zich eindelijk helemaal aan hem overgaf, had ze hem in die hartstochtelijke uren verteld dat ze van hem hield en had ze er eindelijk in toegestemd met hem te trouwen.
Maar wat zou er zijn gebeurd als zijn frustratie en boosheid hem er niet toe hadden gedreven het heft in handen te nemen? Dan was alles misschien heel anders gelopen. Stel dat ze toen hun hart niet voor elkaar hadden geopend, wat zou hij dan hebben gedaan? Hij kon zich een leven zonder haar niet voorstellen.
Bovendien zou de situatie heel ingewikkeld zijn geworden, omdat hun families zo met elkaar verweven waren. Ook al waren ze voorgoed uit elkaar gegaan, ze zouden elkaar nog steeds regelmatig zijn tegengekomen.
De drie clans – de Hartes, de O'Neills en de Kallinski's – waren al ruim een eeuw innig met elkaar verbonden. Dat was begonnen op de dag dat Emma Harte, Blackie O'Neill en David Kallinski elkaar aan het begin van de twintigste eeuw in Leeds hadden ontmoet en vrienden voor het leven waren geworden. Tot de dood hen had gescheiden.
Dan had ik mezelf moeten verbannen, dacht Julian. Dan had ik uit Engeland weg moeten gaan en in New York de Amerikaanse afdeling van Kallinski Industries moeten gaan leiden. Dat zou de enige oplossing zijn geweest. Maar ik zou het afschuwelijk hebben gevonden, mijn hart zou gebroken zijn. Mijn leven zou leeg en waardeloos zijn zonder haar, zonder mijn mooie, lieve, roodharige Linnet.
Maar zo was het niet gegaan. Ze waren inmiddels vijf weken getrouwd. Ze waren getrouwd zoals ze dat al in hun jeugd van plan waren geweest. Hun droom van een leven samen was werkelijkheid geworden.
Glimlachend en diep gelukkig draaide Julian zich om en liep naar

het bureau in de hoek van de kamer. Toen hij langs de oude Queen Anneladekast liep, viel zijn blik op hun mooiste trouwfoto in een zilveren lijst.
Hij bleef er even naar staan kijken. Linnet en hij stonden in het midden en de hele familie stond om hen heen. Zijn ouders, haar ouders, haar oma Daisy en oudtante Edwina, de grootvaders O'Neill en Kallinski, en alle broers en zussen, neven en nichten, ooms en tantes. De drie clans in volle glorie.
Julian keek naar zijn grootvader sir Ronald Kallinski, die het was gelukt tot na hun huwelijk te blijven leven. Helaas was hij drie dagen daarna in zijn slaap overleden, net toen Linnet en hij tijdens hun huwelijksreis op Barbados waren aangekomen.
Zijn vader, Linnets ouders en vooral grootvader O'Neill hadden erop aangedrongen dat ze niet voor de begrafenis weer naar huis zouden komen.
'Dat zou hij niet hebben gewild, Jules,' had zijn vader nadrukkelijk gezegd. 'Hij was zielsgelukkig dat hij nog mocht meemaken dat jij en Linnet trouwden en dat de drie clans nu ook door een huwelijk met elkaar verbonden zijn. "Allemaal samen in één pot," zei hij op de receptie tegen me. Toen kon hij ons eindelijk loslaten en is hij als een gelukkig mens vredig in zijn slaap gestorven. We zullen hem zonder poespas begraven en ik zal een herdenkingsdienst regelen, waar jullie wel bij zullen zijn.'
Julian had tegen zijn vader gezegd dat hij bij de herdenkingsdienst betrokken wilde zijn en Michael Kallinski had beloofd dat ze die samen zouden organiseren. 'Vergeet niet dat hij al in de negentig was,' had hij ook nog gezegd. 'Hij heeft een geweldig leven gehad, een belangrijk leven. Maar hij was klaar om te gaan, hij was erg ziek. En doodmoe. Maar zoals ik al zei, erg gelukkig vanwege jullie tweeën. Geniet dus van je huwelijksreis. Tot ziens.' Hij had het gesprek beëindigd en Julian had beseft dat zijn vader gelijk had. En dat het geen zin had meteen naar Engeland terug te keren.
Linnet had hem liefdevol getroost en hem meelevend en met wijze woorden door de eerste verdrietige dagen heen geholpen. Nadat ze er lang en breed over hadden gepraat, hadden ze besloten de raad van hun familie op te volgen en hun huwelijksreis voort te zetten.
Julian liep door en ging aan het bureau zitten. Hij dacht aan de komende week, die hij zou doorbrengen in het kantoor van Kallinski Industries in Leeds. Vooral daar zou hij zijn grootvader

missen. Het afgelopen halfjaar had sir Ronnie, zoals iedereen hem noemde, het kantoor in Leeds als zijn hoofdkwartier gebruikt, omdat hij niet meer in staat was om naar Londen te reizen.
Zijn invloed deed zich nog overal gelden. De prachtige postimpressionistische schilderijen en de beelden van Barbara Hepworth in de lobby waren door hem aangekocht, en dankzij hem was het op de verdiepingen daarboven altijd koel. Hij had erop gestaan dat de airconditioning altijd aanstond, ongeacht het jaargetijde. Hij wilde in een koel kantoor zitten, daarom noemden veel van de vrouwen die er werkten Kallinski House 'het ijzige Noorden' of 'IJsland'.
Julian keek op toen de deur werd opengegooid en een glimlach verdreef de peinzende uitdrukking op zijn gezicht.
Daar stond ze, zijn mooie Linnet.
Ze kwam lachend naar hem toe, sloeg haar armen om hem heen en drukte hem tegen zich aan.
'Is er iets? Je keek zo triest toen ik de deur opendeed,' fluisterde ze tegen zijn wang.
'Nee hoor, er is niets. Ik dacht aan mijn grootvader.'
'Ja, dat begrijp ik.' Linnet trok haar hoofd iets terug en keek naar zijn donkerblauwe ogen, die bijna dezelfde paarsachtig blauwe kleur hadden als de ogen van haar moeder. 'Vergeet niet wat de Hartes altijd zeggen over een gestorven geliefde: voorgoed in mijn hart.'
'Ja,' zei hij zacht, 'dat weet ik.'
'En het is waar.'
'Ja, Linnet, het is waar. Ik heb ook echt het gevoel dat ik mijn grootvader voorgoed in mijn hart zal bewaren. Dat motto van je familie spreekt me erg aan.'
Ze glimlachte meelevend en streelde met een vinger zijn gezicht. 'Weet je wat gek is? Ook al heb ik Emma nooit gekend, ik heb toch het gevoel dat ik haar in mijn hart bewaar. Soms denk ik dat ze om me heen is en me liefdevol leidt en beschermt.' Ze hield haar hoofd schuin en vroeg: 'Vind je dat raar? Vind je dat ik me dat verbeeld, Jules?'
'Natuurlijk niet. Ik zou het niet in mijn hoofd halen zoiets arrogant af te wijzen. Er zijn nog een heleboel dingen die we niet weten, over deze wereld en die andere. Ik vind het fijn dat je het idee hebt dat ze je beschermengel is.'
Linnet ging op haar tenen staan, gaf hem een kus op zijn mond en vroeg: 'Heb je Gideon en Evan vanmorgen al gezien?'

'Ja,' antwoordde Julian, en hij trok haar mee naar de bank bij het raam. 'Laten we hier even gaan zitten, want ik moet je een paar dingen vertellen. Emily kwam langs en Gideon en ik hebben met haar koffie gedronken. Daarna heeft ze je moeder meegenomen naar Beck House in West Tanfield. Gideon rijdt daar met Evan straks ook naartoe, en hij heeft gevraagd of wij er vanmiddag komen theedrinken om het huis te bekijken. Heb je daar zin in?'

'Ja, leuk! Ik wil dolgraag zien hoe het er nu uitziet. Maar wil dat zeggen dat we samen lunchen? Alleen wij tweeën?'

'Nee, dat niet,' antwoordde hij met een twinkeling in zijn ogen.

'O nee? Wie is er dan gekomen?'

'Je broer Lorne.'

'O, wat fijn! Sorry, Jules, dan gaat ons tête-à-tête niet door. Dat vind je toch niet erg?'

'Helemaal niet, schat. Ik heb altijd een zwak voor Lorne gehad. Maar dat is nog niet alles. Hij heeft zijn tweelingzus en haar Franse vriend meegebracht.'

'Je bedoelt dat Tessa en Jean-Claude er ook zijn?' vroeg Linnet verbaasd.

'Ja. En Tessa heeft gezegd dat zij vanavond zal koken, dus staat ons een heerlijke maaltijd te wachten.' Hij lachte. 'Ze maakt haar specialiteit.'

'O mijn god, we krijgen toch geen coq au vin, hè?'

'Nee hoor, dat maakt ze niet meer, zei ze. Ze zal ons een stoofpot van lamsvlees voorzetten.'

Linnet begon te lachen. 'Laten we dan maar gauw naar de keuken gaan om te zien wat daar allemaal gebeurt. Intussen zal ik je vertellen over het telefoontje van Jack Figg vlak voordat ik ging wandelen.'

'Was het belangrijk?'

'Hij wilde me laten weten dat die afschuwelijke Jonathan Ainsley inmiddels naar zijn huis in Thirsk is gegaan. Daar maakt Jack zich zorgen om.'

'Dat kan ik me best voorstellen,' zei Julian, en hij liep achter Linnet aan de slaapkamer uit. 'Die man is levensgevaarlijk.'

7

Dusty stond op van zijn bureaustoel en ging voor het vlammende haardvuur staan. Met een strak gezicht stak hij zijn handen in zijn zakken en warmde zijn rug.

Sinds Paddy de komst van zijn dochtertje en mevrouw Roebotham had aangekondigd, maalden de gedachten door zijn hoofd. Dat de vrouw een koffer met Atlanta's spullen had meegebracht kon maar één ding betekenen, namelijk dat Atlanta bij hem zou blijven. Dat betekende ook dat Molly Caldwell niet meer voor haar kon zorgen. Als er iets met Melinda was gebeurd, zou mevrouw Caldwell hem hebben gebeld.

'Dit is mevrouw Roebotham,' kondigde Paddy vanuit de deuropening aan. Hij bracht de vrouw naar Dusty toe.

Dusty liep haar tegemoet en stak glimlachend een hand uit. 'Dag mevrouw Roebotham. Ik ben Russell Rhodes.'

Ze gaf hem verlegen een hand en antwoordde zacht: 'Prettig met u kennis te maken, meneer Rhodes.'

Paddy verontschuldigde zich en verdween. Dusty nam de vrouw mee naar de haard. Al bij de eerste aanblik wist hij wat voor soort vrouw ze was, ook al had hij haar nooit eerder ontmoet. Ze moest een jaar of veertig zijn en alles aan haar was smetteloos schoon. Haar gezicht was niet opgemaakt en ze zag er onberispelijk, maar smaakvol uit in donkere, eenvoudige kleren. Haar dikke haar was netjes opgestoken. Ze had een smal, vrij knap gezicht met hoge jukbeenderen en lichte, grijsblauwe ogen. Ze was slank en vrij gespierd, van gemiddelde lengte, en ze had iets bijzonders. Misschien was dat omdat ze vastberadenheid uitstraalde, en oprechtheid. Hij was meteen van oordeel dat ze een goed mens was. Leeds, dacht hij. Ze komt uit de arbeidersklasse in Leeds. Ze heeft dezelfde achtergrond als ik. Ik wil wedden dat ze net als ik is opgegroeid in een rijtjeshuis uit de victoriaanse tijd. Ze hadden veel gemeen, maar dat wist zij niet.

'Neemt u plaats, mevrouw Roebotham,' zei hij ferm.

'Ik heet Gladys, meneer Rhodes. Iedereen noemt me Gladys,' zei ze met haar zachte stem. Ze ging in de stoel zitten die hij haar aangewezen had, kruiste haar enkels, zette haar tas op schoot en legde haar handen eroverheen.

'Dan zal ik je ook zo noemen. Wil je iets drinken? Thee, koffie of iets anders? Of misschien iets eten?'

'Nee, dank u, meneer Rhodes. Uw kokkin heeft me al een kopje thee gegeven.'
Hij knikte en onderdrukte de aandrang om tegen haar te zeggen dat ze hem Dusty moest noemen. Hij wist dat ze dat niet zou doen en dat hij haar met het voorstel in verlegenheid zou brengen. Ze was waarschijnlijk diep onder de indruk van zijn huis en geïntimideerd door zijn roem. De arme jongen uit Leeds die het had gemaakt. De kranten in Yorkshire waren zijn grootste fans; ze beschreven alles wat vermeldenswaardig was, noemden hem een genie en prezen zijn schilderijen hemelhoog.
Hij ging tegenover haar zitten en vroeg: 'Wat is er met Molly Caldwell gebeurd?'
'Ze heeft een hartaanval gehad,' antwoordde Gladys kalm. Maar haar handen friemelden aan haar tas en verrieden hoe nerveus ze nog steeds was.
Hij schrok. 'Hoe erg is het?' vroeg hij, terwijl hij haar doordringend aankeek.
'Heel erg, maar de dokter heeft goede hoop,' antwoordde ze. Ze deed haar best om geruststellend te glimlachen, maar dat ontging hem.
'Wanneer is het gebeurd? Vanmorgen?'
'Nee, gistermiddag. Gelukkig was ik bij haar. Ik help haar drie dagen in de week in de huishouding en ik stond in de keuken te strijken toen ze in elkaar zakte. Ik heb meteen dokter Bloom gebeld en hij heeft een ambulance gestuurd. Ze ligt in het ziekenhuis in Leeds, daar hebben ze haar naartoe gebracht.'
'En voordat ze haar naar het ziekenhuis brachten heeft ze tegen jou gezegd dat je Atlanta naar mij toe moest brengen?' vroeg Dusty.
'O nee, ze was... Nou ja, ze wist niet meer wat er om haar heen gebeurde,' legde Gladys uit. 'Maar ik wist dat ik dat moest doen, meneer Rhodes, dat ik Atlanta naar u toe moest brengen. Dat had Molly me duidelijk gezegd. Ze zei dat ik, als zij ooit ziek zou worden of zo, het meisje bij u moest brengen. Bij niemand anders, alleen bij u. In de keukenla lag een envelop met uw adres erop en genoeg geld voor taxi's.'
'Ik ben blij dat ze je heeft verteld wat je in geval van nood moest doen, Gladys. Erg blij. En je hebt het goed gedaan. Dank je wel.'
'Ik wilde Atlanta eigenlijk gisteravond al brengen, maar toen ze Molly meenamen naar het ziekenhuis, was het al zeven uur en lag Atlanta al in bed. Het leek me beter vannacht in Molly's huis

te blijven en het kind te laten slapen, omdat ik haar niet bang wilde maken. Daarom ben ik pas vandaag gekomen. Voordat ik hierheen ging, heb ik het ziekenhuis gebeld en ze zeiden dat Molly's toestand stabiel is.'
Dusty knikte. 'Wat is de prognose, hebben ze dat ook gezegd? Heb je de dokter gesproken?'
'Ja. Hij zei dat het een ernstige hartaanval was geweest, maar dat het niet levensbedreigend is. Dokter Bloom denkt dat ze over een week naar huis mag.'
'Dat is goed nieuws, daar ben ik blij om,' zei Dusty glimlachend en opgelucht.
'Ze ligt nog op intensive care, meneer Rhodes. Ik ga op de terugweg even bij haar langs, ook al mag ik misschien alleen naar haar zwaaien,' zei Gladys.
'Dat is erg aardig van je. Ik zal deze week ook een keer op bezoek gaan. Die dokter Bloom, woont hij in Meanwood?'
'Ja, hij is onze huisarts. Al jaren. Hij woont maar drie straten bij Molly vandaan en ook niet ver van mij. Ik heb zijn telefoonnummer voor u opgeschreven, meneer Rhodes. Ik dacht dat u hem misschien zelf wilde spreken.' Ze rommelde in haar tas, haalde er een papiertje uit en gaf het aan hem.
'Dank je wel, Gladys. En nogmaals bedankt dat je Atlanta hebt gebracht. Hoe heb je haar trouwens uitgelegd waar haar oma naartoe is?' Hij wierp een blik op het papiertje en stak het in zijn zak.
'Zij was degene die me kwam vertellen wat er was gebeurd. Ze zei dat haar oma was gevallen en haar been pijn had gedaan, omdat ze niet kon opstaan. Dus toen de ziekenauto kwam, heb ik tegen haar gezegd dat ze haar oma meenamen om ervoor te zorgen dat haar been weer beter werd. Dat vond ze heel normaal, en toen ik zei dat ik haar vandaag naar u toe zou brengen, was ze dolblij en praatte ze nergens anders meer over.' Gladys ontspande zich een beetje.
Dusty stond op. 'Dankjewel voor alles wat je hebt gedaan, Gladys. Nu kan ik maar beter naar Atlanta gaan, maar ik wilde eerst jouw verhaal horen voordat ik mijn dochtertje begroette. Ga je mee naar de keuken, Gladys? Dan kun je daar een hapje eten. Daarna zal ik regelen dat je terug wordt gebracht naar Leeds. Eerst naar het ziekenhuis om Molly te zien en daarna naar huis.'
'Ach meneer, dat is toch helemaal niet nodig! Ik kom zelf wel thuis, maar eerst wil ik Atlanta nog even gedag zeggen. Het is

een lief meisje, meneer Rhodes. In een heleboel dingen is ze al erg volwassen.'
'Ja, dat weet ik, ze is een schat,' zei hij, en hij liet haar voorgaan de kamer uit. 'Ik ben je erg dankbaar, Gladys, en ik laat je niet gaan zonder dat je iets hebt gegeten. En ik sta erop dat mijn chauffeur je brengt naar waar je heen wilt. O ja, wil je me ook jouw telefoonnummer geven? Dan kan ik je bereiken.'
Ze knikte. 'Dat zal ik doen. Ik woon niet ver van mevrouw Caldwell vandaan, een paar straten maar.' Ze aarzelde even en voegde er zacht aan toe: 'Dank u wel dat u zo aardig voor me bent.'
Hij glimlachte zonder commentaar. Ze liepen door de hal naar de keuken. Hij zag dat ze naar zijn schilderijen keek, maar ze zei er niets van en hij ook niet.

'Papa! Papa! Papa!' riep Atlanta toen ze hem de keuken in zag komen. Schaterlachend huppelde ze naar hem toe. Ze was lang voor een meisje van drie, en tenger en gracieus. Hij noemde haar zijn 'bonenstaakje'.
Toen hij haar opving in zijn armen, was duidelijk te zien dat ze zijn kind was. Net als hij had ze pikzwart haar en lichtblauwe ogen. Ze had niets van Melinda, vond hij. Hij drukte haar even tegen zich aan, gaf haar een kus op haar wang en zette haar weer op de grond. 'We gaan samen een heleboel leuke dingen doen tot oma's been beter is,' zei hij glimlachend.
'Doet haar been pijn, papa?' vroeg Atlanta, terwijl ze hem vragend aankeek. Zonder op antwoord te wachten voegde ze eraan toe: 'Ze huilde niet.'
'Nee, ik geloof niet dat het pijn doet, liefje,' antwoordde hij. Hij keek Gladys aan en herhaalde: 'Blijf alsjeblieft lunchen, Gladys, het is al halfeen. Je hebt vast wel trek.'
Voordat Gladys iets kon zeggen, zei Atlanta tegen haar: 'Valetta heeft spaghetti gemaakt, Gladys. Met tomaten.'
'Ik denk niet dat ik kan blijven lunchen, Atlanta, want...'
'O jawel, alsjeblieft, alsjeblieft...' viel Atlanta haar in de rede. Ze keek weer naar Dusty en smeekte: 'Zeg dat Gladys moet blijven, papa, alsjeblieft.'
Dusty lachte tegen zijn dochtertje en zei: 'Ik lunch zo meteen met je vriendin India, en na de lunch mag je met ons mee uit. Als jij ook hier in de keuken eet, zal Valetta nog meer lekkere dingen voor je maken en dan gaan we vanmiddag een eindje rijden.'
Atlanta knikte. 'Mag ik Indi dan even zien? Ik vind haar lief.'

'Ze is er nog niet, maar natuurlijk mag je haar straks even begroeten. Ze brengt haar oma mee.'
'O. Lijkt ze op mijn oma?' Atlanta keek hem verwachtingsvol aan.
Dusty onderdrukte een lach en zei: 'Nee, helemaal niet. Ze is heel anders. Maar ze is wel net zo aardig als jouw oma.'
'O, dat is goed.' Atlanta liep naar Gladys en pakte haar hand. 'Jij zult Indi ook aardig vinden. Ze vertelt me verhaaltjes en leest me voor.'
'Ik weet hoe leuk je dat vindt. Maar ik moet echt weg, lieverdje. Ik zie je vriendin Indi wel een andere keer.'
'Nee Gladys, je mag niet weg!' Het kind hield Gladys' hand stevig vast.
'Ik moet naar je oma toe,' legde Gladys uit. Maar toen ze zag dat Atlanta's ogen zich vulden met tranen, zei ze: 'Nou ja, vooruit dan maar. Ik blijf nog even om samen met jou iets te eten.' Met een guitig lachje voegde ze eraan toe: 'Ik wil eigenlijk best wel een hapje pikken.'
'Net als de vogels!' riep Atlanta lachend. 'Dat zeg je altijd. Een hapje pikken, net als de vogels!'
'Dan is dat geregeld,' zei Dusty. 'Als jullie allebei daar aan tafel gaan zitten, zal Valetta jullie een bord lekkere spaghetti geven en wat je allemaal nog meer wilt hebben. Goed, Valetta?'
'Goed, meneer Rhodes,' zei de kokkin met een vrolijke blik in haar donkere ogen. Met een pollepel in haar hand draaide ze zich om naar het fornuis en begon in een pan te roeren. 'Het is bijna klaar.'
Toen Dusty zijn dochter en Gladys Roebotham meenam naar de tafel aan de andere kant van de grote eetkeuken, hoorde hij buiten over het grind van de oprit een auto aankomen. Hij gaf Atlanta een kus op haar donkere haar en zei zacht: 'Drink een beetje water, liefje. Ik kom zo terug.'
'Ja papa,' zei Atlanta gehoorzaam terwijl ze op een stoel klom. Ze pakte haar kleine glas en nam een slokje. 'Drinken net als de eendjes,' zei ze vrolijk tegen Gladys.

Dusty liep vlug door de hal naar de voordeur om India en haar grootmoeder op het bordes te verwelkomen. Toen hij de deur opende en naar buiten liep, zag hij hen langzaam naderen.
Hij was zo verstandig hen niet tegemoet te gaan. De douairière gravin van Dunvale was een beetje een kenau met een scherpe

tong, die erop stond dat ze zichzelf kon redden. Ze sloeg alle hulp van anderen af en dat begreep hij heel goed. Ze was een onafhankelijke vrouw, en hij bewonderde haar om haar buitengewone volharding en kracht. Hoewel ze al vijfennegentig was, was ze geestelijk nog volkomen gezond. Hij was de laatste die iets zou doen wat haar zelfvertrouwen zou kunnen ondermijnen.
India zwaaide en hij zwaaide terug. Hij vroeg zich af wat ze zou zeggen als ze hoorde dat Atlanta minstens een week bij hem zou blijven. Wanneer ze zo meteen in de zitkamer een aperitief dronken, zou hij het haar vertellen. Haar grootmoeder dronk voor de lunch graag een borrel, en hij vond het amusant dat ze dan altijd om 'een glaasje sherry' vroeg. Hij zou India precies uitleggen wat er met Molly Caldwell was gebeurd, om misverstanden te voorkomen. Een paar maanden geleden had ze hem ervan beschuldigd dat hij had 'gelogen door te zwijgen', en dat wilde hij niet nog een keer te horen krijgen.
Hij wist dat India net zo op Atlanta was gesteld als Atlanta op haar, en de aanwezigheid van zijn dochter zou dan ook, voor zover hij kon zien, geen problemen veroorzaken. 's Morgens, wanneer hij schilderde, konden zijn huishoudster Angelina en zijn kokkin Valetta op haar passen, en 's middags kon hij het kind bezighouden. India bracht haar werkdagen door in het warenhuis in Leeds en ze woonde nog op Pennistone Royal. Ze bracht alleen de weekends bij hem op Willows Hall door. Nee, het kind zou hun relatie niet verstoren, besloot hij. Opeens kwam het bij hem op dat Gladys Roebotham hem misschien kon helpen. Hij had gemerkt dat Atlanta op haar gesteld was en dat leek wederzijds. Misschien zou Gladys ermee instemmen een deel van de week naar Willows Hall te komen om voor Atlanta te zorgen.
'Meneer Rhodes?' zei Paddy vanuit de hal.
Dusty draaide zich om. 'Ja, Paddy?'
'Ik heb een karaf met amontillado in de zitkamer gezet. Kan ik nog iets anders voor u doen?'
'Nee, dank je, dat denk ik niet. We lunchen over een halfuurtje. O ja, Paddy, zou jij een auto willen bestellen voor mevrouw Roebotham? Om haar thuis te brengen, maar onderweg wil ze even bij mevrouw Caldwell langs in het ziekenhuis in Leeds. En wil je tegen haar zeggen dat ik haar voordat ze weggaat nog even wil spreken?'
'Natuurlijk, meneer.' Geruisloos liep Paddy weg.

'Goedemorgen, gravin,' zei Dusty toen India en haar grootmoeder eindelijk voor hem stonden.
'Goedemorgen, Dusty. Ik vind gravin veel te formeel, dat heb ik toch al eerder gezegd? Noem me alsjeblieft Edwina.'
'U weet best dat ik dat niet kan,' antwoordde hij lachend. 'Dat vind ik veel te amicaal.'
Ze lachte ook. 'Wat vind je dan van tante Edwina?' stelde ze voor. 'Of oma, tenzij je nog een oma hebt.'
'Nee, mijn oma's zijn overleden.' Hij glimlachte liefdevol tegen India en gaf haar een kus op haar wang. 'Dag liefste,' fluisterde hij in haar haren. Toen nam hij hen mee naar binnen.
Even later zat Edwina in een gemakkelijke stoel bij de open haard, terwijl India op de bank ging zitten en wachtte tot hij de sherry had ingeschonken en rondgedeeld.
'Op jullie gezondheid, dames,' zei hij, terwijl hij zijn glas hief. Hij ging naast India zitten.
'Proost,' zeiden India en Edwina tegelijk.
India keek Dusty onderzoekend aan. 'Je hebt een rare uitdrukking op je gezicht. Wat is er?'
Wat kende ze hem toch goed, en zoals niemand anders hem ooit had gekend.
Omdat hij zich had voorgenomen haar meteen en zonder een omslachtige inleiding alles te vertellen, viel hij met de deur in huis. 'Er is iets gebeurd met mevrouw Caldwell. Ze heeft gisteren in de namiddag een hartaanval gehad. Haar hulp in de huishouding heeft vanmorgen Atlanta naar mij toe gebracht.'
'O, wat erg!' riep India uit. 'Van die hartaanval, bedoel ik. Hoe gaat het nu met haar?'
'Het schijnt ernstig te zijn, maar niet levensbedreigend. Ze moet een week in het ziekenhuis blijven. Mevrouw Roebotham zegt dat de prognose gunstig is. Ik zal de dokter zelf bellen, en Atlanta moet een paar dagen bij mij blijven. Of liever, tot haar grootmoeder weer beter is.'
'Kijk niet zo bezorgd, Dusty,' zei India glimlachend. 'Het is fijn haar een poosje hier te hebben, ik vind het prima. Dan kunnen we in het weekend iets leuks met haar gaan doen. Waar is ze nu?'
'Ze zit samen met mevrouw Roebotham in de keuken haar lunch te eten. Ze verheugt zich erop je straks te zien.'
'Ik vind het ook leuk haar weer te zien. Dan kunt u Dusty's dochtertje ook ontmoeten, oma. Ze is een schatje.'
Edwina knikte en nam een slokje sherry. Ongetwijfeld was At-

lanta een schatje en India was oprecht op het meisje gesteld, maar het was maar goed dat ze pas drie was, vond ze. Dus nog te vormen. Ze twijfelde er geen moment aan dat Dusty en India het meisje uiteindelijk zouden moeten grootbrengen. Zijn ex-vriendin was aan het afkicken van een ernstige verslaving aan verdovende middelen en haar moeder had blijkbaar een gammel hart. Waarschijnlijk zou ze niet oud worden, en die dochter... Een verslaving was je niet zomaar kwijt.

8

Tessa Fairley stond in gedachten verzonken in haar kamer op Pennistone Royal. De laatste tijd vroeg ze zich steeds af hoe de rest van haar leven eruit zou zien. Wat hield de toekomst voor haar in petto? Wat was haar lotsbestemming?

De enige zekerheid in haar leven was haar toewijding aan haar driejarige dochtertje Adèle. Haar liefde voor Adèle was onwrikbaar, al het andere was vaag. Ze had haar leven niet meer in de hand, dat gevoel had ze tenminste.

Zou haar moeder haar tot directeur van de Harte-warenhuizen benoemen? Zou ze die dan helemaal alleen mogen besturen, wat ze altijd al had gewild? Of zou haar moeder besluiten het bestuur van de warenhuizen over te dragen aan haar en Linnet samen? De afgelopen paar maanden was de term gedeelde verantwoordelijkheid al een paar keer gevallen. Ze was ervan geschrokken en het had haar teleurgesteld. Nu was ze op haar hoede. Als er iets was wat ze nooit had gewild, was dat de verantwoordelijkheid met haar zusje delen.

Wat ze ook kon doen, was haar carrière opgeven. Ze kon haar ambities en de droom om ooit de nieuwe Emma Harte te worden vergeten en trouwen met Jean-Claude Deléon.

Ze glimlachte toen ze bedacht dat hij haar nog niet eens ten huwelijk had gevraagd. Maar als hij dat wel deed en ze zijn aanzoek aannam, zou haar leven en dat van haar kind drastisch veranderen.

Omdat hij in Parijs woonde en werkte, zou zij het Kanaal moeten oversteken en aan de andere kant een leven met hem moeten opbouwen. Zou ze in Frankrijk gelukkig kunnen zijn?

Nu moest ze hardop om zichzelf lachen. Natuurlijk zou ze dat! Ze was dol op Frankrijk en vooral op Parijs; ze kende de lichtstad net zo goed als Londen. Nou ja, bijna. Jaren geleden, voordat ze Jean-Claude had ontmoet, was ze regelmatig in Parijs geweest. Shane O'Neill, haar stiefvader, bezat daar een van de duurste hotels van de stad, aan de chique Avenue Montaigne, een zijstraat van de Champs-Elysées.

Bovendien had Jean-Claude ook nog een huis op het platteland, waar hij meestal de weekends doorbracht. Het was een schilderachtig landhuis in de buurt van Fontainebleau en het heette Clos-Fleuri. Toen ze er de afgelopen zomer voor het eerst was, had ze het meteen een heerlijk huis gevonden. Ze voelde zich er helemaal thuis. Het mooie huis met daaromheen een park met een prachtige tuin hadden haar het gevoel gegeven dat ze baadde in luxe en comfort. Bovendien was het daar heerlijk vredig.

Afgezien van dit alles was ze veel van Jean-Claude gaan houden. Vanaf het begin van hun relatie had ze geweten dat ze met hem overal gelukkig kon zijn.

Tessa had nooit eerder zo'n man als Jean-Claude ontmoet. Hij was een ontzettend aardige man; hij was altijd even lief voor haar en hij aanbad Adèle. Behalve dat ze van hem hield, had ze respect en bewondering voor hem. Hij was intelligent, ondernemend en wereldwijs, en hij was briljant in zijn werk. Ondanks zijn grote intelligentie gaf hij haar nooit het gevoel dat ze dom was. Ze waren echte vrienden geworden, wat niet het geval was geweest in de relatie met haar ex-man Mark Longden. Mark had haar altijd vernederd en mishandeld, zowel geestelijk als lichamelijk.

Jean-Claude Deléon, een van de beroemdste mannen van Frankrijk en misschien wel ter wereld, was op het eerste gezicht verliefd op haar geworden. En zij op hem. Hij noemde het een *coup de foudre*. 'Het was een soort blikseminslag,' zei hij soms met een tedere glimlach.

Dat was vorig jaar augustus gebeurd. In de vijf maanden daarna hadden ze zo veel mogelijk tijd met elkaar doorgebracht in Parijs, Londen, op Clos-Fleurie en in het huis van haar moeder in Yorkshire. En in die tijd was hun relatie steeds inniger geworden, op elk niveau. Ze waren voor elkaar bestemd, dat wisten ze allebei.

Ze had maar één probleem: wat moest ze doen als ze met hem trouwde? Ze had altijd gewerkt. Een Harte werkt hard, daar waren ze allemaal van doordrongen, en dat gold ook voor haar. Ze

was grootgebracht met het principe dat discipline, toewijding en ambitie bij het leven hoorden. Zou ze zich niet vervelen als ze geen baan had?
Natuurlijk zou ze zich vervelen. Vooral omdat Jean-Claude zelf ook hard werkte. Hij schreef boeken, filmscripts, toneelstukken en artikelen voor kranten en tijdschriften. Hij maakte documentaires en gaf lezingen. Hij had het altijd druk.
Hij was er in Frankrijk beroemd mee geworden. Hij was de grote filosoof, een vriend van presidenten en politici, een lid van de Parijse elite. En beroemdheid bracht verplichtingen met zich mee. Dat wist Tessa, omdat haar geliefde tweelingbroer Lorne een beroemde acteur was. Die beroemdheid kostte hem veel tijd, net als bij Jean-Claude. Ze moesten overal hun gezicht laten zien, interviews geven, evenementen bijwonen... Het hoorde bij hun werk.
Tessa zuchtte diep en ging aan haar bureau zitten. Er dwarrelden zo veel vragen door haar hoofd waarop ze geen antwoord wist.
Ze keek naar de stapel post die ze uit Londen had meegebracht. Toen ze alle brieven en e-mails had gelezen, stopte ze ze terug in de map en schoof die naar de rand van haar oude Franse *bureau plat*, een meubel waaraan ze gehecht was. Vervolgens liet ze haar blik door de kleine zitkamer naast haar slaapkamer dwalen. Deze twee knusse kamers waren altijd van haar geweest. Ze hield van de primula-gele muren en de geel-met-rode *toile-de-Jouy*-gordijnen voor de ramen. Hier werd ze omringd door geliefde bezittingen: snuisterijen, boeken en schilderijen die ze in de loop der jaren had verzameld en die de kamer gezellig maakten. Deze kamer verried haar persoonlijkheid en haar smaak, hier had ze haar eigen plek.
Ze keek op haar horloge en zag dat het tijd was om naar beneden te gaan om Jean-Claude en de anderen voor de lunch iets te drinken aan te bieden. Haar moeder, die met tante Emily naar West Tanfield was gegaan, had haar gevraagd goed voor de gasten te zorgen.
Toen ze vanmorgen met Margaret, de huishoudster, had gepraat, had die erop gestaan de lunch klaar te maken. 'U hebt het al druk met het avondeten, juffrouw Tessa,' had ze gezegd. Dus liet ze de lunch aan Margaret over, die een poosje geleden boven was gekomen om te vertellen wat er op het menu stond: prei-aardappelsoep, kippastei, gehaktpastei, viskoekjes voor wie lichtere kost wilde, sla, kaas en vers fruit.
'En wat wilt u met al die lamsragout, juffrouw Tessa?' had Mar-

garet gevraagd. 'U hebt veel te veel vlees besteld. Genoeg voor een heel leger.'
Tessa had vlug geantwoord dat er aan het lamsvlees veel botten zaten en dat ragout de volgende dag nog lekkerder was.
Margaret had iets gemompeld en was met een geërgerd gezicht teruggegaan naar de keuken. Misschien is ze boos op me omdat ik me weer op haar domein begeef, dacht Tessa schouderophalend. Ze hield van koken en als zij vanavond kookte, kon Margaret vrij nemen. Maar zo zag Margaret het niet.
Tessa stond op en liep naar de slaapkamer, waar ze een grijsgroen jasje uit de kast haalde. Ze trok het aan, draaide zich om en bleef nog even naar haar bed staan staren.
Niemand had ooit eerder dit bed met haar gedeeld. Haar broers en zusjes vroeger niet, en Mark Longden al helemaal niet. Wanneer Mark en zij na hun huwelijk op Pennistone Royal kwamen logeren, had ze haar moeder altijd gevraagd of ze in de Blauwwitte Suite mochten slapen. Toen had ze haar eigen kamers nog steeds als haar privéplek gebruikt, waar ze alleen kon zijn om uit te rusten of te werken. Tijdens haar huwelijk was deze suite net als vroeger haar toevluchtsoord gebleven. Haar geel-met-rode kamers waren heilig voor haar. Niemand mocht er komen.
Tot gisteravond. Toen het stil was in huis en iedereen sliep, was Jean-Claude op haar uitnodiging naar haar slaapkamer gekomen. Hij was bij haar in bed gestapt en had haar in zijn armen genomen, en ze hadden elkaar heel teder bemind. Ze had ervan genoten dat hij daar bij haar was. Hij was haar grote liefde, haar zielsverwant, de enige man die ze wilde hebben. Waar zij was, mocht hij bij haar zijn. Daarom had ze haar toevluchtsoord voor hem geopend, vol vreugde.
Ze maakte zich nooit zorgen om het leeftijdsverschil tussen hen, maar dat deed hij wel. Hij was ruim twintig jaar ouder dan zij en dat vond hij een probleem. Soms zei ze dat hij niet zo dom moest zijn, en dan knikte hij glimlachend en begon over iets anders te praten. Ze wilde graag nog een kind, maar alleen van hem, zelfs als ze niet met elkaar zouden trouwen. Maar steeds wanneer ze erover wilde beginnen, slikte ze haar woorden weer in. Misschien was dit weekend een goede gelegenheid...
De rinkelende telefoon onderbrak haar gedachten. 'Hallo?'
'*C'est moi, chérie*,' zei Jean-Claude.
'Hé, ik zat net aan je te denken!'
Hij lachte zacht. 'Ik hoop dat het prettige gedachten waren.'

'O ja, héél prettige gedachten.'
'Kom je beneden, Tess? Ik wil graag iets met je bespreken.'
'Ik kom eraan.'
'Dan wacht ik op je in de bibliotheek.'
'Tot zo.'
Ze legde de hoorn neer en wierp een blik in de spiegel. Ja, dat jasje stond mooi bij de roomwitte trui en roomwitte wollen broek. Ze droeg altijd lichte kleuren, omdat ze die mooi vond bij haar lichtblonde haar, en Jean-Claude had ook liever dat ze lichte kleuren droeg.
Vlug liep ze de slaapkamer uit, de gang door en de brede, in een bocht lopende trap af op weg naar de bibliotheek. Wat zou hij met haar willen bespreken?

Er was niemand in de grote Stenen Hal, maar er brandde een uitnodigend vuur in de open haard. Samen met de potten met goudgele, witte en bronskleurige chrysanten en met witte orchideeën maakte dat de sfeer extra gezellig. Haar moeder zorgde ervoor dat er altijd mooie planten in de Stenen Hal stonden, volgens de traditie waarmee Emma lang geleden was begonnen. Paula was dol op tuinieren, en in haar kassen kweekte ze veel planten voor in huis.
Tessa's hooggehakte laarzen klikten op de tegels toen ze door de Stenen Hal naar de bibliotheek liep.
Jean-Claude draaide zich om toen ze binnenkwam en liep vlug naar haar toe om haar een kus op haar wang te geven.
Zijn gezicht voelde koud aan en ze vroeg verbaasd: 'Ben je toch een eind gaan wandelen?'
'*Mais oui, chérie*. Ik wilde even uitwaaien. Om beter te kunnen nadenken.' Hij pakte haar hand en trok haar mee de grote kamer in. 'Laten we daar bij de tuindeuren gaan zitten,' stelde hij voor. Toen ze zich daar hadden geïnstalleerd, keek hij haar onderzoekend aan, alsof hij wilde weten in wat voor stemming ze was.
'Wat is er?' Tessa fronste haar wenkbrauwen. 'Je kijkt ernstig, zelfs een beetje bezorgd.' Ongerust vroeg ze zich af wat er mis was.
'Nee, niet bezorgd. Wel ernstig waarschijnlijk. Ik wil iets zeggen, Tess, en ik zal maar gewoon met de deur in huis vallen. Ik weet niet hoe ik het anders moet doen.'
Ze voelde dat ze verstijfde, alsof ze zich schrap zette om de klap

op te vangen, en ze keek hem scherp aan. 'Waar heb je het over? Het klinkt alsof je me iets heel akeligs wilt vertellen. Gaat het over ons?'
'*Non, non chérie*, het gaat niet over ons. Ik heb een belangrijke opdracht gekregen, voor een Franse televisiezender, en ik wil je uitleggen... Ik zal een tijdje niet in Parijs zijn, misschien een paar weken. Hooguit een maand, denk ik. Ik vind het afschuwelijk je achter te laten, Tessa, maar het is zo'n belangrijke opdracht dat ik die niet kan weigeren.'
Tessa slaakte een zucht van verlichting en riep: 'O, maar dat geeft toch niet? Dat begrijp ik best!' Ze lachte zwakjes en voegde er met een grimas aan toe: 'Ik dacht dat je iets heel vreselijks zou zeggen, bijvoorbeeld dat je genoeg van me had. Dat onze relatie voorbij was of zo.'
Geschrokken omdat ze blijkbaar zo weinig vertrouwen in hem had, keek hij haar teder aan en zei zacht: 'Dat zal nooit gebeuren, daar hoef je je nooit zorgen om te maken. Dat is waar ook, ik heb nog iets voor je.' Hij haalde een leren doosje uit zijn zak, gaf het aan haar en wachtte zwijgend.
Tessa pakte het aan, opende het deksel en staarde met grote ogen van verbazing naar de glinsterende diamanten verlovingsring.
'Jean-Claude!' riep ze verrast. 'Wat een prachtige ring!'
Hij begon te lachen. 'Vind je hem echt mooi?'
Ze knikte. 'Natuurlijk, ik vind hem schitterend! Ik hou van je, Jean-Claude.'
Hij pakte het doosje uit haar handen, haalde de ring eruit en schoof hem aan haar vinger. 'Denk je dat ik Shane om je hand moet vragen of is dat erg ouderwets?'
Ze vond het zo'n komische vraag dat ze hard begon te lachen. 'Je hoeft hem niets te vragen en mijn moeder ook niet, hoor. Ik ben immers al een gescheiden vrouw? Nou ja, nog niet helemaal gescheiden.'
'Wil je mijn vrouw worden zodra je wel gescheiden bent, Tessa?' vroeg hij ernstig, terwijl hij haar indringend aankeek.
'Ja, Jean-Claude, ik wil niets liever!'
Hij boog voorover en kuste haar mond. 'Dan maak je me erg gelukkig, liefste. Dan ben ik een heel gelukkige man.'
'En ik ben een gelukkige vrouw.' Ze stak haar hand uit en keek vol bewondering naar de ring. 'Hij is heel mooi, Jean-Claude. Dank je wel.'
'Het is een oude ring, waarin ik de stenen opnieuw heb laten zet-

ten. Hij past bij je.' Hij glimlachte teder. 'Jij hoort altijd diamanten te dragen.'
'Ik zal eraan denken,' antwoordde ze vrolijk. 'Maar je hebt me nog niet verteld waar je naartoe gaat,' vervolgde ze op iets ernstiger toon. 'Waar is die opdracht?'
'Afghanistan.'
Ze keek hem verbijsterd en even sprakeloos aan. Toen riep ze: 'O nee, je gaat toch niet naar Afghanistan? Moet je daar de oorlog verslaan? Je kunt er gewond raken! Je kunt er zelfs worden vermoord!'
'*Non, non, jamais*... Nooit. Er zal me heus niets overkomen, chérie. Je weet toch wel dat ik dit al veel vaker heb gedaan? Ik ben oorlogscorrespondent, Tessa. Dat mag je niet vergeten. En ik heb lang geleden al geleerd geen risico's te nemen.'
'Maar Jean-Claude, oorlogscorrespondenten lopen voortdurend risico, wat je ook zegt!' protesteerde Tessa.
'Dat ontken ik niet, maar ik heb wel ervaring en ik ben geen heethoofd. Ik zoek het gevaar niet op. En ik was er ook bij toen Rusland Afghanistan binnenviel, ik ken het gebied.'
'Ik zal me elke minuut ongerust maken,' zei ze. Ze was nog bleker geworden dan ze al was, ze trilde zelfs en keek hem paniekerig aan.
'Dat weet ik, maar de tijd zal omvliegen. Ik blijf hooguit een maand weg. En goddank kunnen we elkaar met onze mobieltjes elke dag bellen.'
'Ga daar alsjeblieft niet heen...'
Hij hield zijn hand omhoog. 'Je weet wat ik doe, Tess, wat mijn werk inhoudt. Ik moet gaan, ik heb geen keus. Daar moet je mee leren leven,' zei hij ferm, op een toon die geen tegenspraak duldde.
'Het moet echt?' vroeg ze zacht.
'Het moet echt.'
'Dan zal ik ermee leren leven,' zei ze, en ze knipperde de opwellende tranen weg.
Jean-Claude zag de tranen. Hij sloeg zijn armen om haar heen en drukte haar tegen zich aan. 'Er zal me daar heus niets overkomen, dat beloof ik je,' suste hij. 'Ik kom veilig bij je terug. En zodra je scheiding is uitgesproken trouwen we en dan blijven we voor altijd bij elkaar.'
Tessa zweeg, ze kon van emotie geen woord meer uitbrengen. Terwijl ze elkaar omhelsden, bad ze dat hij daar inderdaad veilig zou zijn en dat hij gezond en wel bij haar terug zou komen.

9

'Ik wil even met je praten.'
Lorne keek naar zijn tweelingzus en knikte. Hij zat op de vensterbank in hun vroegere speelkamer op de bovenste verdieping van Pennistone Royal, op de zolder na. Als kind had hij daar ook vaak gezeten.
Tessa stond bij hun oude hobbelpaard, Gallant Lad. Voordat zij en hun neefjes en nichtjes erop hadden gezeten, hadden hun moeder, tantes en ooms ermee gespeeld. De oorspronkelijk felle kleuren rood, groen, geel en wit waren verbleekt, gebarsten en afgebladderd, en de zwarte manen waren in de loop der jaren aardig uitgedund, maar o, wat was dat geliefde paard door veel kinderen Harte bereden, omhelsd en geaaid.
Geduldig wachtte Lorne tot ze verderging met praten. Hij hield van haar en had altijd geduld met haar; ze waren dikke vrienden en hij wist dat ze niet het monster was waarvoor veel familieleden haar aanzagen. Het viel hem op dat ze een beetje verstrooid was en hij zag de bezorgdheid in haar zilvergrijze ogen, net zulke ogen als de zijne, en meteen dacht hij aan die rotzak met wie ze nog steeds getrouwd was. Gelukkig zou dat niet lang meer duren. Maar zou Mark Longden toch nog weer een streek hebben uitgehaald? Steeds wanneer Lorne aan hem dacht, kon hij de man wel villen. Hij had Tessa mishandeld en misbruikt, en daar kon hij volgens Lorne niet zwaar genoeg voor worden gestraft. Hij is een schurk, dacht Lorne. Een ouderwets woord, maar het past precies bij hem.
'Vooruit, voor de dag ermee! Spreek, Oude Vrouw,' zei hij, haar aansprekend met de naam die hij voor haar had bedacht toen ze een jaar of vijf waren en zij hem had meegedeeld dat ze vijf minuten eerder was geboren dan hij en daarom de erfgename van hun moeder was. Tot haar ergernis liet hij haar die kinderlijke grootspraak nooit vergeten.
Tessa schonk hem de glimlach die speciaal voor hem was en gaf het hobbelpaard een duwtje, zodat het begon te hobbelen. Toen keek ze haar broer ernstig aan en zei: 'Jean-Claude gaat naar Afghanistan. Om voor een Franse televisiezender de oorlog daar te verslaan.'
'O ja? Fantastisch, dat is echt iets voor hem. Hij is een uitstekende oorlogscorrespondent...' Lorne zweeg toen hij zag hoe ver-

drietig ze keek en vervolgde vlug: 'O god, Tessa, wat stom van me! Je maakt je natuurlijk zorgen, dat kan ik me goed voorstellen. Het is natuurlijk ook best gevaarlijk om een oorlog te verslaan. Maar...' – hij leunde naar voren en keek haar doordringend aan – 'hij doet dit soort werk al jaren. Hij heeft veel ervaring. Hij is geen groentje meer, hij doet geen domme dingen. Je moet proberen om er niet al te veel over in te zitten.'
'Dat is gemakkelijker gezegd dan gedaan, broertje.' Ze schudde langzaam haar hoofd. 'Ik vind het erg moeilijk om niet meteen in paniek te raken.'
Hij knikte met samengeknepen lippen, omdat hij precies wist wat ze bedoelde. 'Jou kennende, heb je hem natuurlijk verteld hoe vreselijk je het vindt.'
'Inderdaad. Ik heb hem gevraagd de opdracht te weigeren.'
'En?'
'Hij zei dat hij geen keus had en dat ik moet leren ermee te leven. Zijn besluit staat vast, dus wat moet ik dan nog zeggen?' Ze haalde haar slanke schouders op. 'Protesteren heeft dan geen zin meer.'
'Dat is waar,' beaamde Lorne. 'En dan heb jij ook geen keus, dan moet je je erbij neerleggen. Per slot van rekening is hij een man van drieënvijftig die al zijn hele leven doet wat hij wil, vooral wat zijn loopbaan betreft. Hij is wie hij is, een onafhankelijk mens. Ik denk niet dat iemand hem ooit van een besluit kan afbrengen, zelfs jij niet. En dit is zijn werk, dat wat hij het liefste en het beste doet.'
'Dat is waar. En in de afgelopen paar jaar is hij een expert geworden wat het Midden-Oosten betreft, het fanatisme en het militarisme daar. Onlangs zei hij nog tegen me dat het een politieke filosofie is, die oorlog tegen westerse democratieën. Hij wil die filosofie doorgronden en erover schrijven. Dat is een van de redenen dat hij het zo spannend vindt erheen te gaan.'
'Dat begrijp ik wel. Hij heeft met mij ook veel over het Midden-Oosten gepraat, vooral het afgelopen jaar. Maar de berichten uit Afghanistan worden steeds positiever, Tess, sinds december. Het gaat vooruit daar, en we mogen niet vergeten dat hij dat land kent. Hij was er ook toen de Russen binnenvielen.'
'Dat weet ik, daar heeft hij me wel eens iets over verteld. En ik heb zijn boek gelezen, *Krijgers*, dat gaat ook over die tijd.'
Tessa liep van het hobbelpaard naar de vensterbank en Lorne schoof een eindje opzij om plaats voor haar te maken, zoals hij

toen ze nog klein waren ook altijd had gedaan. Tessa leunde tegen zijn schouder en zei zacht: 'Ik ben ontzettend bang dat hij daar zal worden gedood.'
'Hij kan ook worden overreden op de Champs-Elysées,' zei Lorne. 'Het komt heus wel goed,' suste hij, terwijl hij een arm troostend om haar heen sloeg.
Tessa knikte. Ze rechtte haar rug, stak haar hand in een zak van haar jasje en haalde er de verlovingsring uit. Ze draaide zich om naar haar broer en zei: 'We zijn verloofd.' Ze liet hem de ring zien.
Lorne keek ernaar en floot bewonderend. Met twinkelende ogen zei hij: 'Dat vind ik geweldig! Gefeliciteerd! Ik ben erg blij voor je.' Toen begon hij te lachen en keek haar geamuseerd aan.
'Wat is er?' vroeg ze nieuwsgierig, en ze trok niet-begrijpend haar wenkbrauwen op.
'Toen ik jullie aan elkaar voorstelde, kwam het geen moment bij me op dat het zou uitdraaien op een vaste relatie.'
'Zie je wel!' riep Tessa, en ze gaf hem een duw tegen zijn arm. 'Op ons eerste afspraakje zei ik al tegen Jean-Claude dat jij erachter zat dat we elkaar leerden kennen en dat je waarschijnlijk wilde dat we een verhouding zouden krijgen.'
'En ben je daar nu niet blij om?'
'Natuurlijk!' Glimlachend schoof ze de ring aan de ringvinger van haar linkerhand en hield hem die voor. 'Kijk eens, Lorne.'
'Het is een schitterend ding en dat ben jij ook,' zei hij vrolijk. Op serieuzere toon vervolgde hij: 'Jean-Claude is een prima kerel, Tess, een goed mens. En jullie passen perfect bij elkaar. Wanneer gaan jullie trouwen?'
'Zo gauw mogelijk, het liefst voor juni. Ik wil de voorbereidingen voor India's chique huwelijk in Ierland niet in de war sturen.'
'Je hebt gelijk. Mag ik getuige zijn?'
Tessa grinnikte. 'Zo ver zijn we nog niet, hoor. Hij heeft me de ring pas vanmorgen gegeven. Maar ik weet zeker dat hij het je zal vragen.'
Lorne knikte. 'Wanneer vertrekt hij naar Afghanistan?'
'Over twee weken. Hij gaat maandag terug naar Parijs, maar hij zal donderdag vanuit Parijs rechtstreeks naar Yorkshire vliegen. Hij zei dat hij zo'n gelegenheid als een huwelijk in onze familie niet wil missen.'
'Om alvast te kijken hoe dat gaat?' zei Lorne plagend.

'Dat denk ik. Dankjewel, Lorne, dat je ons destijds aan elkaar hebt voorgesteld. Het betekent heel veel voor me dat je dat voor me hebt gedaan, dat je zo met me begaan was.'
'Hé, doe niet zo mal, zeg. Maar waarom draag je die ring niet? Als je hem in je zak houdt, mag je wel oppassen dat je hem niet verliest.'
'Ik zal hem vanavond dragen, nadat ik het mama en papa heb verteld. Ze weten het nog niet, want ze zijn niet thuis.'
'Dan zullen we het vanavond vieren.'
'Goed idee. Lorne?'
'Wat is er? Waarom klink je nu weer zo droevig?'
'Als ik met Jean-Claude getrouwd ben, zal ik hier niet meer kunnen werken. Ik heb hier altijd gewerkt. Ik bedoel dat ik mijn baan bij Harte's kwijt zal raken.'
Haar tweelingbroer keek haar bedachtzaam aan en schudde zijn hoofd. 'Vind je het nog steeds belangrijk om bij Harte's te blijven?'
'Ja. Nee. Ik weet het niet.'
'Je bent tweeëndertig, schat, en je hebt het al ver geschopt in het bedrijf. Maar laten we niet vergeten dat je met Mark Longden een afschuwelijke tijd hebt gehad. Een slecht huwelijk waaruit niets goeds is voortgekomen.'
'Behalve Adèle.'
'Ja, natuurlijk. Ik weet hoeveel je van haar houdt, wat ze voor je betekent. Maar je bent nog een jonge vrouw, je hoort ook eens gelukkig te zijn met een man, voldoening te vinden in je leven. Hoe vaak komt het voor dat je de ware vindt? Degene die voor jou is bestemd? Ik heb de ware nog niet gevonden, maar jij wel. Jean-Claude is de ware voor jou, en je zult het heel druk krijgen als zijn vrouw en als moeder van Adèle. En stel dat jullie nog meer kinderen krijgen?'
'Je hebt gelijk, Lorne,' zei Tessa zacht, terwijl ze voor zich uit staarde.
'Ik ken je, Tessa, en ik weet dat je aan Linnet denkt. Aan Linnet als directeur van Harte's, en dat vind je een afschuwelijk idee. Heb ik gelijk of niet?'
Tessa keek hem aan en beet op haar lip.
Ze zwegen allebei.
Lorne verbrak de stilte. 'Je moet niet langer zo jaloers zijn. Jullie zijn al jaren rivalen en dat doet de relatie tussen jullie geen goed. En we lijden er allemaal onder.'

'Dat weet ik, maar ze wil ook zo wanhopig graag de baas worden.'
'Dat zal waarschijnlijk ook gebeuren. Dat moet je onder ogen zien. Jij zult met je man in Parijs wonen. Zij blijft hier, waar ze nodig is. Het spreekt vanzelf dat mama haar tot haar opvolgster zal benoemen.'
'Ik wou dat ik heen en weer kon reizen.'
'Doe niet zo belachelijk, dat zou toch helemaal niet werken? Je kunt maar beter accepteren dat jij niet de baas over de warenhuizen zult worden, Tessa, en aan je huwelijk denken. Ik denk niet dat je allebei kunt hebben. En volgens mij zul je gelukkiger worden als madame Jean-Claude Deléon dan als de nieuwe Emma Harte. Die rol is bestemd voor Linnet. Accepteer dat nou maar.'
Tessa staarde hem aan en zei niets meer.

'Met Linnet O'Neill. Ik wil graag de gravin van Dunvale spreken, Paddy.'
'O, goedemiddag mevrouw O'Neill,' zei Paddy Whitaker vriendelijk. 'Ik verbind u door naar de eetkamer.'
'Ach nee, als ze zitten te lunchen, wil ik niet storen.'
'U stoort niet, ze zijn al klaar. Een ogenblikje, mevrouw O'Neill.'
In de eetkamer nam India op en zei: 'Hallo Linnet, ik hoor dat je oma wilt spreken.'
'Even maar, India. Als het geen ongeschikt moment is.'
'Nee hoor, helemaal niet. We zijn klaar met eten en wachten op de koffie. Ik zal haar roepen.'
Een paar minuten later kreeg Linnet de beroemde welluidende stem van Edwina aan de lijn: 'Hier ben ik, Linnet. Waaraan heb ik deze eer te danken? Je belt zelden onverwachts.'
'O jee, tante Edwina, zeg dat alstublieft niet. U geeft me een schuldgevoel.'
'Doe niet zo mal. Schuld is tijdverspilling.'
'Dat is zo, tante Edwina.' Vlug vervolgde Linnet: 'Ik moet met u praten over oom Robin en Evans familie. Het is dringend.'
'Hoezo? Is er iets gebeurd?'
'Nee, maar er kan iets gebeuren. Hebt u morgen tijd voor me? Ik wil graag naar u toe komen.'
'Vandaag komt me beter uit, lieverd. Als het dringend is, is dat toch ook beter? Of kun je me door de telefoon uitleggen waar het om gaat?'

'Ik bespreek het liever persoonlijk, tante Edwina. Ik heb een idee. Hebt u zin om vanavond bij ons te komen eten? Tessa kookt, ze maakt haar beroemde lamsragout.'
'Het klinkt heerlijk, maar ik weet niet of ik nog een keer zo veel kan eten,' aarzelde Edwina, hoewel ze dolgraag wilde weten wat Linnet met haar te bespreken had.
'U hoeft helemaal niet veel te eten, hoor. U kunt ook zo nu en dan een hapje nemen, zoals modellen doen.'
Edwina lachte. 'Nou ja, ik heb vanavond niets anders, dus...'
'Dan nodig ik oom Robin ook uit, tante Edwina, dan slaan we twee vliegen in één klap,' viel Linnet haar in de rede. 'Kom alstublieft, het is erg belangrijk.'
'Waar gaat het dan over?'
'Het is te ingewikkeld om telefonisch uit te leggen, maar ik kan u alvast wel waarschuwen dat ik u nodig heb om met oom Robin te praten. Over de logeerpartij van de familie Hughes. Want die gaat niet door.'
'Waarom niet?'
'Omdat Jonathan Ainsley onverwachts naar Yorkshire is gekomen en hij roet in het eten kan gooien. Vooral in dat van Owen Hughes.'
'Ach ja, natuurlijk, Linnet, daar heb je gelijk in.' Edwina zweeg even. Toen haalde ze diep adem en vervolgde op haar bekende, gezaghebbende toon: 'Ik kom vanavond en jij moet ervoor zorgen dat Robin ook komt. Je ziet het juist, net als je overgrootmoeder altijd deed. Ik ben de enige die mijn broer kan overtuigen.'
'Dank u wel voor uw instemming,' zei Linnet, opeens veel opgewekter. 'Zal ik u laten ophalen?'
'Nee, nee, dat is niet nodig. Ik heb zelf een chauffeur. Vertel me alleen nog hoe laat je me verwacht, dan zal ik er zijn.'
'Het lijkt me het beste als u er vóór borreltijd bent, om ongeveer halfzeven, als u dat uitkomt. Dan kunnen wij samen praten voordat oom Robin komt, onder vier ogen. U hoeft zich niet netjes aan te kleden, tante Edwina, we zijn onder ons.'
'Ik kleed me altijd netjes aan, lieverd. Vooral voor het diner.'

'Ik wil graag even met je praten, Gladys,' zei Dusty, toen hij door de keuken naar de eethoek liep waar Gladys en Atlanta net hun lunch hadden gegeten.
'Dat is goed, meneer Rhodes.' Gladys stond op en zei tegen At-

lanta: 'Muisstil blijven zitten hoor, ik ben zo terug.' Atlanta klapte lachend in haar handen om het woord 'muisstil', en Gladys liep met Dusty mee.
Dusty glimlachte liefdevol naar zijn dochtertje en zei tegen Gladys: 'Dat woord heb ik al heel lang niet meer gehoord. Mijn moeder zei het ook altijd.' Hij keek weer naar Atlanta en moest lachen om haar vrolijke gezicht.
Gladys lachte mee en zei: 'Het is grappig dat veel gezegdes iets met dieren te maken hebben, hè? Atlanta vindt ze steeds weer even leuk.'
'Dat is zo.' Dusty nam Gladys mee de keuken uit naar een kleine hal die toegang gaf tot de tuin.
'Waar wilt u met me over praten, meneer Rhodes?' vroeg Gladys nieuwsgierig.
'Ik wilde je vragen of je zo nu en dan hier wilt komen om op Atlanta te passen. Als het nodig is. Ze is blijkbaar erg op je gesteld en jij kunt goed met haar omgaan.'
Gladys' gezicht betrok en ze antwoordde langzaam en op spijtige toon: 'Ik zou het erg graag doen, echt waar, maar het komt me op het ogenblik helemaal niet uit. Ik heb een familielid te logeren dat niet in orde is, zodat ik overdag niet lang weg kan. Het spijt me erg, meneer Rhodes.'
'Mij ook.' Dusty dwong zich te glimlachen, al was hij teleurgesteld. Tijdens de lunch was hij ervan overtuigd geraakt dat Gladys beschikbaar zou zijn en hem vanzelfsprekend zou helpen.
Gladys, die de teleurgestelde blik in zijn ogen zag, zei vlug: 'Maar misschien kan ik over een poosje wel helpen. Als Molly dan nog in het ziekenhuis ligt en Atlanta nog bij u is, bedoel ik.'
'Als dat zo zou zijn, zou ik het erg fijn vinden, Gladys. En ik wil je nogmaals bedanken dat je zo goed voor Atlanta hebt gezorgd. Laten we nu maar gauw teruggaan naar de keuken. Als je klaar bent met eten, zal Paddy een auto laten komen. Die kan hier over vijf minuten zijn en zal je overal naartoe brengen waar je wilt.'
'Dank u wel, meneer Rhodes, u bent erg vriendelijk voor me. Wilt u dat ik een boodschap doorgeef aan mevrouw Caldwell als ik haar mag zien?'
'Ja, natuurlijk. Wens haar beterschap namens mij en zeg dat ze het ziekenhuis moet laten bellen als ze iets nodig heeft. O ja, zeg ook maar dat ik maandag langskom.'
'Dat zal ze erg op prijs stellen,' zei Gladys glimlachend. Wat een

aardige man is hij, dacht ze. Absoluut geen hufter, zoals Melinda Caldwell altijd beweert. Hij is een echte heer.

10

Paula zat boven in de zitkamer aan het oude bureau van haar grootmoeder een lijst te maken van dingen die ze nog moest doen voor de trouwerij. Toen er zacht op de deur werd geklopt, keek ze op en riep: 'Binnen!'

De deur zwaaide open en Margaret kwam binnen met een vol dienblad. 'Dacht u dat ik uw thee was vergeten, mevrouw O'Neill?'

'Nee, Margaret. Jij vergeet nooit iets,' antwoordde Paula. Ze legde haar pen neer, stond op en liep naar de open haard.

De huishoudster zette het blad op de lage tafel, richtte zich weer op en keek naar Paula, die op de bank was gaan zitten. 'Ik heb de gemberkoekjes gebakken die u zo lekker vindt, juffrouw Paula.' Ze legde een schijfje citroen in een porseleinen theekopje en vroeg: 'Zal ik vast inschenken of wilt u op meneer O'Neill wachten?'

'Schenk maar vast in, Margaret,' antwoordde Paula glimlachend. De huishoudster was op Pennistone Royal opgegroeid en de twee vrouwen kenden elkaar al hun hele leven. Paula beschouwde Margaret als een lid van het gezin en negeerde haar kribbige buien of soms te familiaire gedrag. 'Ik ben blij dat Tessa heeft aangeboden vanavond te koken,' vervolgde ze, 'want dan heb jij een avond vrij.'

Margaret schudde haar hoofd en zei vastberaden: 'Nee, ik moet een handje helpen, mevrouw O'Neill. Tessa kan het niet alleen af.'

Paula keek Margaret verbaasd aan. 'Niet alleen? Voor lamsragout draait ze haar hand niet om! Waarom heeft ze hulp nodig?'

'U weet blijkbaar nog niet dat er vanavond gasten komen, juffrouw Paula.'

'O ja?' vroeg Paula ongelovig.

Margaret knikte. 'Tien kilo lamsvlees, dat heeft Tessa bij de slager besteld! Het lijkt me erg veel, maar toen ik dat tegen haar zei, antwoordde ze dat er in nek- en schouderdelen erg veel botten zitten. En dat is natuurlijk waar.'

'Ja, dat weet ik,' zei Paula een beetje ongeduldig. 'Maar wie komen er dan eten? Wie hebben ze uitgenodigd?'
'Juffrouw Linnet heeft meneer Robin en de gravin uitgenodigd, en Tessa heeft me verteld dat Emily en Winston komen en waarschijnlijk India en meneer Rhodes.'
'Grote goedheid! Met z'n hoevelen zijn we dan? Een stuk of zestien?'
'Zeventien. Grootvader O'Neill eet 's avonds toch ook altijd mee?'
'Dat is waar. Misschien heeft Tessa dan toch niet te veel vlees besteld.'
'Ik neem meestal een half pond per persoon, omdat er ook veel groente in die stoofpot gaat.' De huishoudster glimlachte zelfvoldaan; op haar terrein wilde ze altijd het laatste woord hebben. 'Tessa overdrijft het een beetje.'
Paula knikte. 'Je hebt zoals altijd gelijk, Margaret. En het spijt me dat je nu toch moet helpen, terwijl we hadden besloten je een avond vrij te geven. Misschien is het beter dat ik Tessa help.'
'Nee, nee, mevrouw, dat is echt niet nodig!' riep Margaret, nu weer formeel. 'Ik zal juffrouw Tessa helpen het vlees met bloem te bestuiven en aan te braden, en de anderen zijn op dit moment al groente aan het snijden.'
'De anderen?' Paula trok haar donkere wenkbrauwen op.
'Emsie snijdt uien, meneer Julian schraapt wortels en Lorne schilt aardappels.' Bij de laatste naam glimlachte Margaret vol genegenheid. 'Hij is zo'n schat, meneer Lorne, altijd bereid om te helpen. Een geweldige jongen. De vrouw die hem krijgt, is een bofferd, een gezegende vrouw.'
Paula deed haar best om haar gezicht in de plooi te houden en niet te lachen. De hele familie wist dat Margaret altijd dol op Lorne was geweest en dat hij in haar ogen geen kwaad kon doen. Nu hij een beroemde acteur was, had ze hem op een nog hoger voetstuk geplaatst. Margaret was zijn grootste fan en wanneer hij thuis was, verwende ze hem schandelijk. 'Ja, Lorne is een bijzonder mens,' gaf Paula toe, en nu glimlachte ze ook. 'Waar zijn meneer Deléon en Linnet? Die heb je niet genoemd.'
'O, juffrouw Linnet is aan het telefoneren, ik denk voor haar werk, zoals gewoonlijk.' Met een trotse glimlach vervolgde ze: 'Ze is net als mevrouw Harte, ze is vierentwintig uur per dag en zeven dagen in de week met haar werk bezig. De appel valt niet ver van de boom, dat zie je maar weer.'
Paula lachte. 'En meneer Deléon?'

'Hij zit in de keuken koffie te drinken en met juffrouw Tessa te praten. Je kunt wel zien dat hij haar aanbidt.'
'Ik neem aan dat Adèle bij Elvira is?'
'Ja, juffrouw Paula. Ze drinken thee in de kinderkamer.' Terwijl Margaret naar de deur liep, voegde ze eraan toe: 'Ik vind het heus niet erg om juffrouw Tessa met het vlees te helpen, hoor. Ze is tenslotte altijd een goede leerling van me geweest, een heel goede leerling.'
'Je hebt gelijk, Margaret. Jij hebt haar leren koken, en daar ben ik je erg dankbaar voor. Ik hoop dat je het niet erg vindt dat ze zo nu en dan je domein binnendringt.'
'Dat vind ik helemaal niet erg, mevrouw O'Neill. Ik eet vanavond lekker mee van haar ragout en Joe ook, want er zal genoeg over zijn. Bovendien is het mijn recept.' Met een knikje en een tevreden glimlachje liep Margaret de kamer uit.
Even later keek Paula op toen de slaapkamerdeur openging en Shane binnenkwam. 'Wat een prachtig type is ze toch, hè liefste?' zei hij lachend, terwijl hij doorliep naar de open haard. 'Soms is ze een tiran, dan weer met een natte vinger te lijmen. Ze is echt uniek. En niemand kan zo gemakkelijk omschakelen van formeel naar ongedwongen gedrag als zij.'
'Ik let er allang niet meer op, Shane,' zei Paula glimlachend. 'Ik weet nooit hoe ze me zal aanspreken, en dat geldt ook voor de anderen. Ik vind het ook helemaal niet erg. Ze is een deel van de familie; haar ouders hebben hun hele leven voor omie gewerkt. Ze is echt zo'n ouderwetse bediende; zij vindt ook dat ze bij onze familie hoort. Bovendien zijn we samen opgegroeid en is ze maar een jaar of vier ouder dan ik.'
Shane knikte. Hij pakte de theepot en schonk zich een kopje thee in. 'Maar ik geloof niet dat Winston en Emily vanavond komen. Daar heeft Winston, toen we vanmiddag lunchten in de Drum and Monkey, tenminste niets over gezegd.'
'Emily heeft ook niets tegen mij gezegd toen we op Beck House waren. Maar Emily is dol op Evan en in de wolken met de komst van de baby's, dus...'
'Maar die worden vanavond toch nog niet geboren?'
'O Shane, niet plagen, je weet best wat ik bedoel! Emily vindt het fijn om bij Evan in de buurt te zijn, en vergeet niet dat Gideon haar lievelingskind is.'
'Pas maar op dat Toby en Natalie dat niet horen,' waarschuwde hij. Hij nam een slokje thee en pakte een gemberkoekje.

'Vanzelfsprekend.' Paula zweeg en keek bedachtzaam naar haar man, met een vragende blik in haar paarsblauwe ogen. Toen leunde ze hoofdschuddend achterover.
Shane, die haar altijd haarscherp aanvoelde, vroeg: 'Wat is er? Vertel me maar wat je dwarszit.'
'Tessa maakte onlangs een vreemde opmerking. Ze zei dat Toby niet langer haar beste vriend is en dat ze nooit meer iets van hem hoort. Nou ja, bijna nooit meer. Ze klonk een beetje verdrietig.'
'Die twee zijn hun hele leven de beste maatjes geweest, dus verbaast het me niets dat ze het erg vindt dat hij niets meer van zich laat horen. Maar ik vind het wel begrijpelijk, Paula. Ze liggen allebei in scheiding, hij weet eigenlijk niet waar hij het zoeken moet en zij heeft al een ander terwijl haar scheiding nog niet eens een feit is. Waarschijnlijk voelt Toby zich een beetje gepikeerd. En volgens mij was hij ook altijd een beetje verliefd op Tessa.' Toen Paula niets zei, vroeg hij: 'Volgens jou niet?'
'Misschien wel,' gaf ze met een glimlachje toe. 'Maar ik weet niet of een liefdesrelatie tussen die twee zou hebben gewerkt, ik denk het eigenlijk niet. Ze lijken te veel op elkaar.' Ze leunde over de tafel naar voren. 'Ik vind Jean-Claude een goede man voor haar. Ze heeft iemand nodig die ouder is, die oprecht van haar houdt en haar steunt. Maar ik denk niet dat die romance op een huwelijk zal uitlopen.'
'Vanwege haar carrière?' vroeg Shane. Toen Paula geen antwoord gaf, keek hij haar peinzend aan. 'Toe nou, Paula, dat weet je best. Ze is erg ambitieus, dat is ze altijd geweest. Tessa wil de hoogste baas van Harte's worden en ze zal haar uiterste best doen om haar zin te krijgen. Uiteindelijk zal ze dat belangrijker vinden dan Jean-Claude.'
'Wat je zegt, is waar. Maar ik dacht aan hém, aan Jean-Claude. Misschien wil hij niet met haar trouwen, Shane.'
'Dat weet ik net zomin als jij, maar ik weet wel dat Tessa, hoewel ze er broos uitziet en de indruk wekt dat ze bescherming nodig heeft, een sterke vrouw is. Ze kan zelfs keihard zijn. Ook zij is een echte Harte, Paula.'
'Dat is zo, en het is me opgevallen dat ze tegenwoordig zelf zegt dat ze een Harte is. Vroeger beweerde ze altijd dat ze een echte Fairley was. Het is een totale ommekeer.'
'Dat weet ik, maar...'
'Stoor ik?' vroeg Linnet vanuit de deuropening. Zonder het antwoord van haar ouders af te wachten, liep ze naar hen toe. Ze

gaf Paula een kus op haar wang, plofte naast haar vader op de bank en omhelsde hem. 'Ik ga zo weer weg,' zei ze. 'Ik weet heus wel dat jullie op dit moment van de dag graag met z'n tweetjes zijn.'
'Je stoort niet,' zei Shane, terwijl hij zijn dochter liefdevol aankeek. Het trof hem opnieuw hoeveel ze op Emma Harte leek. Ze droeg een rode broek met een rode trui, Emma's lievelingskleur, die haar net zo goed stond als haar overgrootmoeder.
'Ik wil wedden dat Margaret al heeft gezegd dat ik tante Edwina en oom Robin te eten heb gevraagd, want Margaret kan nooit haar mond houden,' begon Linnet.
'Dat heeft ze me inderdaad verteld,' zei Paula. 'Maar ik weet niet waarom je dat hebt gedaan, tenzij je alleen aardig wilde zijn.'
'Nee mama, er is een reden voor,' zei Linnet. 'En voordat Robin komt, moet ik even met Edwina praten. Ik moet haar uitleggen waarom zij Robin de zaak moet uitleggen, zodat hij het begrijpt.'
'Wat moet hij dan begrijpen?' vroeg Paula.
'Dat de familie Hughes tijdens de huwelijksfestiviteiten niet bij hem op Lackland Priory kan logeren. Want dat kan allerlei problemen veroorzaken.'
'Hoezo?' vroeg Shane.
Opeens drong het tot Paula door wat Linnet bedoelde. Jonathan! dacht ze. Het heeft met Jonathan te maken. Ontdaan leunde ze achterover en bleef doodstil zitten. De gedachte aan haar valse neef maakte haar altijd van streek.
'Jack Figg belde me vanmorgen om te vertellen dat Jonathan Ainsley naar zijn huis in Thirsk is gegaan,' legde Linnet uit. 'Jack denkt dat de kans bestaat dat hij bij zijn vader langsgaat en dan zou hij daar Owen Hughes tegen het lijf kunnen lopen, zijn halfbroer. En volgens Jack kan dat een gevaarlijke ontmoeting worden.'
'Mijn god, hij zou wel eens gelijk kunnen hebben!' riep Shane geschrokken.
Paula bleef zwijgen.
'Heb jij Jack nog niet gesproken, mama? Hij zei dat hij jou ook zou bellen.'
Paula schudde haar hoofd. 'Ik ben de hele dag met tante Emily op Beck House geweest en ik denk dat mijn mobieltje niet aanstond. Dus Jack kon me niet bereiken, als hij dat wilde. Maar ik had ook met oom Robin kunnen praten, Linnet. Hij luistert ook naar mij.'

'Maar jij hebt met alle voorbereidingen voor het huwelijk en de receptie al genoeg te doen, en na jou leek Edwina me de geschiktste persoon om oom Robin ervan te overtuigen dat de familie Hughes ergens anders moet logeren,' antwoordde Linnet diplomatiek.
'Dat is waar,' gaf Paula toe.
'Ik had vanmiddag beter wel naar Beck House kunnen gaan,' zei Linnet op spijtige toon. 'Maar Julian en ik hadden andere dingen te doen. Dan had ik je het vanmiddag al kunnen uitleggen.'
'Het doet er niet toe, lieverd.'
'Maar waar moeten ze dan wel logeren?' vroeg Shane.
'Bij tante Emily en oom Winston, dacht ik. Tenslotte trouwt hun zoon met Owens dochter. En ze hebben meer dan genoeg plaats. Ook voor de adoptievelingen.'
'De adoptievelingen?' zei Shane misprijzend. 'Wat een vreemde benaming voor Evans zusjes, want ik neem aan dat je die bedoelt.'
'Geadopteerde zusjes, papa,' verbeterde Linnet zichzelf en hem.
'Wees voorzichtig hoe je ze noemt, Linnet,' maande Paula. 'Je mag niet kwetsend of neerbuigend klinken.'
'Ik krijg de indruk dat je hen niet mag,' zei Shane. 'Ik wist niet eens dat ze er al waren.'
'Ze zijn er ook nog niet,' zei Linnet. 'Nou ja, een van hen is er wel. Angharad. Een heel vreemd meisje, papa.'
'O. Maar je moeder heeft gelijk, Linny. Je moet voorzichtig zijn als je over ze praat. Tegen wie dan ook.'
'Ja, papa.' Tegen haar moeder vervolgde Linnet: 'Ik hoop dat je het niet erg vindt dat ik dit probleem probeer op te lossen, mama.'
'Natuurlijk niet.'
'Je begint al aardig op Margaret Thatcher te lijken, Linnet,' zei Shane plagend.
'Alle vrouwen in Yorkshire lijken op Margaret Thatcher, papa. Het zijn allemaal bazige types. Dat weet je toch wel?'
Shane schudde lachend zijn hoofd. 'Je wilt nog steeds altijd het laatste woord hebben, hè?'
Paula keek met een geamuseerde glimlach van haar man naar haar dochter. Ze nam zich voor niet aan Jonathan Ainsley te denken of aan de problemen die hij kon veroorzaken. En ze zou zich ook niet met Robin bemoeien. Kalm en een beetje opgelucht zei ze: 'Ik denk dat Jack gelijk heeft als hij vindt dat de familie Hughes ergens anders moet logeren, Linnet. Dankjewel dat je deze zaak

wilt regelen. Je bent er al mee bezig, dus ga gewoon door. Praat jij maar met Edwina en Robin, ik leg me overal bij neer.'
'Dank je, mama, ik ben blij dat je het zo opvat. Oké, dan ga ik me nu even verkleden in iets nets voor het diner.' Linnet sprong op, wierp kushandjes naar haar ouders en liep snel de kamer uit.
Toen Paula en Shane weer alleen waren, zei Shane: 'Ik vind dat ze elke dag meer op Emma lijkt.' Hij stond op en ging voor de haard staan. 'Ze is even pienter en doortastend.'
Paula stond ook op en liep naar hem toe. Ze sloeg haar armen om hem heen en legde haar hoofd tegen zijn borst. 'Ik weet dat ze intelligent en scherpzinnig is, dat hoef je me niet te vertellen. Ze lijkt inderdaad precies op omie. Dat vind ik soms heel vreemd...' Paula zweeg even en vervolgde: 'Soms heb ik het gevoel dat ik naar mijn grootmoeder luister, alsof ze is gereïncarneerd in mijn dochter.'
'Misschien is dat wel zo,' antwoordde Shane. Hij was een mystieke Kelt, dus vond hij dit een heel acceptabele gedachte.
'En steeds weer zweeft het spookbeeld van Jonathan Ainsley om ons heen...' vervolgde Paula, en ze drukte zich steviger tegen haar man aan.
'Laten we de zaak niet opblazen,' zei Shane nuchter. 'Hij heeft een huis in Yorkshire, dus spreekt het vanzelf dat hij hier af en toe komt.'
'Maar waarom is hij nu hier, nu er weer een huwelijk voor de deur staat? Hij wil opnieuw roet in het eten gooien, net als toen Linnet en Julian trouwden.'
'Ach welnee, hij is hier toevallig, dat is alles,' stelde Shane haar vlug gerust. Maar hij vroeg zich af of Paula gelijk had. Zijn gedachten werden onderbroken door een klop op de deur en voordat hij of Paula iets kon roepen, kwam Tessa binnen met Jean-Claude achter zich aan.
Shane en Paula lieten elkaar vlug los en Paula zei: 'Ik heb gehoord dat je een lekkere lamsragout maakt voor het diner, lieverd.' Glimlachend wenkte ze hen dichterbij. 'Hoe gaat het met je, Jean-Claude?' vroeg ze, en ze liep naar hem toe.
Shane liep achter haar aan en stak ook zijn hand naar de Fransman uit. Na de begroeting zei Tessa: 'Ik hoop dat we niet storen.'
'Helemaal niet,' antwoordde Paula. 'Zullen we bij de haard gaan zitten?'
Toen ze zaten, keek Tessa eerst haar moeder en daarna haar vader aan en zei: 'We hebben ons verloofd.'

'Kind, wat heerlijk!' riep Paula blij verrast. 'Hartelijk gelukgewenst, Tessa... en Jean-Claude.'
'Dank u,' zei Jean-Claude. 'Ik ben blij dat u ermee instemt.'
'Dat doen we,' zei Shane. 'Van harte gefeliciteerd.'
Tessa keek haar ouders stralend aan en stak haar hand op om haar verlovingsring te laten zien.
'Wat een prachtige ring,' zei Paula. Ze keek beurtelings naar Tessa en Jean-Claude en vervolgde: 'We hebben vanavond dus iets te vieren! Wat gezellig dat een heleboel van de anderen ook komen. Ik wil je graag verwelkomen in onze familie, Jean-Claude. Je bent van harte welkom.'

11

De man haalde een sleutel uit zijn zak en stak hem in het slot van de achterdeur. Hij draaide hem om en glimlachte toen de deur gemakkelijk openging. Hij stapte de keuken in, deed de deur achter zich dicht en keek rond.
Het was laat in de middag en het was schemerig in de keuken, maar hij knipte het licht niet aan. Hij liep door naar de hal, trok zijn jas uit, hing hem in de kast en maakte een ronde door de vertrekken op de benedenverdieping.
Bij zijn inspectie had hij af en toe de neiging om hardop te lachen om de sluwe manier waarop hij te werk ging. Paula O'Neill zou een hartaanval krijgen als ze wist dat hij een sleutel van dit huis had. Toch had hij er een bemachtigd. Glimlachend liet hij hem weer in zijn zak glijden. Hij had ook een sleutel van de achterdeur van Pennistone Royal. Als Paula dát wist, overleefde ze het niet. Nu schalde zijn lach door het lege huis.
Wat was hij vroeger, toen hij nog een tiener was, toch een slimme jongen geweest. Toen al had hij de sleutels laten namaken, wat niemand had gemerkt. Zelfs zijn schrandere grootmoeder niet. En niemand had de sloten van Pennistone Royal ooit laten veranderen, noch die van dit huis in Scarborough: Heron's Nest. Dom, dacht hij. Mijn neven en nichten zijn oliedom. Vooral Paula O'Neill. Zij had beter moeten weten. Je moest sloten regelmatig laten veranderen. Je moest altijd voorzorgsmaatregelen nemen tegen mensen zoals hij. Zelfs Jack Figg was een domme man.

Alsof hij niet wist dat Figg hem liet schaduwen. Hij lachte weer. Het was geen kunst een achtervolger van je af te schudden.
In alle kamers waren de meubels bedekt met lakens en de gordijnen half dichtgetrokken, wat de sfeer een beetje sinister maakte. Niet dat hij daar last van had. Hij geloofde niet in bovennatuurlijke verschijnselen, bovendien had hij stalen zenuwen. Hij liet zich niet bang maken, nooit.
Toen hij naar boven ging, viel het hem op dat het huis smetteloos schoon was. Eens per week kwam de beheerder langs om de verwarming en de waterleiding te controleren. Hoewel de familie het huis niet vaak meer gebruikte, vooral 's winters niet, zorgde Paula O'Neill ervoor dat alles in goede staat bleef. Ongetwijfeld als een bespottelijk soort eerbewijs aan Emma Harte, die van al haar vakantiehuizen hier het liefst kwam.
Toen hij de kamer in liep waar hij als jongen had geslapen, kwam het niet bij hem op dat zijn nicht net zoveel van dit huis hield als zijn grootmoeder had gedaan en dat ze heel veel goede herinneringen had aan de tijden die ze er had doorgebracht. Hij had nergens goede herinneringen aan.
Jonathan Ainsley schoof de gordijnen open en keek door het raam naar de tuin met daarachter de oneindige zee. Heron's Nest stond op een kleine landtong, en hij was altijd van mening geweest dat je vanuit zijn kamer een van de beste uitzichten had. Dat vond hij nog steeds.
Het water glinsterde in het bleke zonlicht. De zee was glad, er waren nauwelijks golven, en de grijsgroene glans deed hem denken aan antieke jade. Automatisch stak hij zijn hand in zijn zak en krulde zijn vingers om het stukje witte jade waarvan hij geloofde dat het hem geluk bracht, omdat het op een heel bijzondere manier door een mooie, charmante vrouw was gezegend: Jasmine Wu-Jen. Hij bleef even aan haar denken; tijdens zijn verblijf in Parijs en Londen had hij haar gemist.
Een paar keer was hij van plan geweest haar uit Hongkong te laten overkomen, maar op het laatste moment had hij zich bedacht. Ze zou hier een buitenbeentje zijn. Ze was te exotisch, te anders. Ze zou onrust veroorzaken. Ze kon beter blijven waar ze thuishoorde, in haar huis op de berg boven de drukke stad. In het huis waar hij zich ook thuis voelde en dat hij aan haar had gegeven toen ze de zijne was geworden.
Hij wendde zich af van het raam en liet zijn blik door de kamer glijden, en over de eigendommen uit zijn jeugd. Hij had ze niet

meegenomen, hij wilde ze liever hier op de boekenplanken laten staan. Het waren geen dure spullen: bijzondere kiezels en schelpen van het strand, een oude koperen mijnwerkerslamp, een opgezet vogeltje onder een glazen stolp, een grote pot met gekleurde stuiters en een glazen doosje met een oude Romeinse munt. De munt had hij toen hij een tiener was op de hei in de heuvels bij Scarborough gevonden en gekoesterd als zijn kostbaarste bezit.

Hij wandelde nog steeds graag op de hei en over de kliffen langs de zee, net als vroeger. Als jongen hield hij van geschiedenis en had hij zich de veldslagen en schermutselingen in de heuvels en ook de zeeslagen goed kunnen voorstellen. De felle, bloedige gevechten uit het verleden, die een onderdeel waren van de geschiedenis van de eilandbewoners van wie hij afstamde.

Hij draaide zich weer om naar het raam en staarde opnieuw naar buiten, terwijl hij dacht aan het verleden met al zijn oorlogen tussen verschillende volken en ook vaak tussen familieleden. Broer tegen broer of neef tegen neef als het om grote belangen ging, zoals de Engelse troon. Het Koninklijk Huis van York, dat in een dodelijk gevecht was gewikkeld met het Koninklijk Huis van Lancaster – neven die streden om de hoogste macht: het koningschap van Engeland. De hoofdprijs.

Er is niets nieuws onder de zon, dacht hij opeens. Ik ben bereid te vechten met Paula O'Neill om te krijgen wat ik hebben wil. Dat is niet langer Harte's, want dat zal me nooit lukken, dat besef ik nu. Maar ik kan wel wraak op haar nemen door te vernietigen wat haar lief is. Haar man Shane, die lang geleden mijn vriend was. Haar kinderen en natuurlijk haar oogappel Adèle Longden, haar enige kleinkind.

Hij dacht aan Mark Longden en kreeg een bittere smaak in zijn mond. Aan die man had hij zijn tijd verspild, wat een lafaard was dat. Hij wist zeker dat Mark hem vorig jaar november had verraden door Jack Figg te waarschuwen dat er tijdens het huwelijk van Linnet O'Neill en Julian Kallinski een stel rouwdouwen naar Pennistone zou komen om het feest te verstoren. Als Mark niet op het laatste moment bang was geworden, zou zijn plan zijn geslaagd.

Aan het eind van de hoofdstraat ging de vrouw langzamer rijden, en even later parkeerde ze de auto op een zanderige plek onder een oude boom. Toen ze was uitgestapt en de auto op slot had gedaan, keek ze naar de boom en de knoestige wortels die als knokige vingers boven de grond uitstaken, alsof ze zich hardnekkig vastklampten aan het leven. Hij zag er nog bijna hetzelfde uit als toen ze hier vroeger met haar moeder kwam, hij was nauwelijks veranderd. Deze boom had haar altijd gefascineerd.

Ze stak de hoofdstraat over en zag nergens iemand lopen. Maar het was koud en er waaide een gure wind vanuit zee. Niet veel mensen waagden zich met dit weer naar buiten, zelfs hondeneigenaars niet, die anders toch bijna dagelijks hun huisdier uitlieten op het pad over het klif.

Toen ze ten slotte zelf op het klifpad hoog boven de Noordzee stond, zag ze het huis op de landtong in de verte liggen. In stevige pas liep ze ernaartoe. In de diepte kolkte het water schuimend om stapels rotsblokken, maar iets verder lag de zee kalm en glad te glinsteren in het bleke zonlicht. De donkergrijze lucht weerspiegelde zich in het grijsgroene water.

Het pad leidde rechtstreeks naar het hek achter het huis en de wandeling duurde precies negen minuten. Toen ze klein was, had ze er, op een drafje naast haar moeder, tweemaal zo lang over gedaan.

Ze was een lange, slanke vrouw met een dikke bos zwart krullend haar, die ze in een paardenstaart droeg. Ze had koolzwarte ogen onder zwarte, perfect gewelfde wenkbrauwen, een breed voorhoofd, een smalle, vrij grote neus en een lange hals. Hoewel ze geen klassieke schoonheid kon worden genoemd, was ze een opvallende, bijzonder aantrekkelijke vrouw.

Toen ze klein was, noemden haar vriendinnetjes haar Gypsy vanwege haar lichtbruine huid en pikzwarte haar. Ze kon een kind zijn van de zigeuners die van de ene naar de andere kermis het land door trokken, in woonwagens woonden en de toekomst voorspelden door handpalmen te lezen, in een glazen bol te turen of theebladeren te bestuderen.

Maar ze was geen zigeunerin, ze was van Iers-Schotse komaf. Haar moeder had vroeger vaak tegen haar gezegd dat ze een echte Kelt was, maar dan een met de kenmerken van haar donkere Ierse voorouders. Zij waren afgestamd van de Spaanse zeelieden die schipbreuk hadden geleden toen hun grote armada in de tijd van koningin Elizabeth I ter hoogte van Ierland ten onder was gegaan.

De manier waarop ze zich kleedde, paste precies bij haar. Ze droeg elegante, dure kleren in felle kleuren. Ze was geen bedeesd

type en ze koos altijd dingen die haar flatteerden en de aandacht trokken.
Nu was ze helemaal in het paars. Ze droeg een paarse wollen jas met een ceintuur en met een kraag en manchetten van beverbont, met daarbij paarse leren laarzen over een paarse broek. Als contrast had ze er knalrode wollen handschoenen bij uitgezocht en een rode kasjmieren sjaal, die wapperde in de wind.
Haar naam was Priscilla Marney. Ze was opgegroeid in Scarborough, maar nu woonde ze in Harrogate, waar ze een succesvol eigen bedrijf had.
Tijdens de wandeling dacht ze aan haar bedrijf en maakte ze zich zorgen omdat haar personeel het op een drukke zaterdag zonder haar moest zien te redden. Maar ze had Jonathan de vorige keer dat hij in Yorkshire was niet gezien, en later had ze er veel spijt van gehad dat ze niet haar best had gedaan om tijd voor hem vrij te maken.
Toen hij haar gisteren onverwachts belde, had hij haar overgehaald naar hem toe te komen. Hij had niet lang hoeven te smeken, want meestal vond ze het erg moeilijk hem iets te weigeren. Jonathan Ainsley.
Bij de gedachte aan hem ging ze sneller lopen.
Hoelang kenden ze elkaar al? Even denken... Een jaar of veertig? Ze kon het nauwelijks geloven, maar het was waar. Ze fronste verbaasd haar wenkbrauwen. Ze kende hem al bijna haar hele leven! Nu ze zich dat realiseerde, vond ze het heel bijzonder.
Ze hadden elkaar leren kennen toen haar moeder vroeger in de zomermaanden de secretaresse was van Emma Harte wanneer die op Heron's Nest woonde. Elk jaar aan het begin van de grote vakantie nam Emma al haar kleinkinderen mee naar haar vakantiehuis in Scarborough en leerde hen daar zo veel mogelijk op eigen benen te staan. Ze wilde dat ze zelfstandig werden.
'Emma's rekrutenkamp', zo hadden de kleinkinderen hun vakantieverblijf betiteld. Ze hadden Priscilla vaak toevertrouwd dat ze hun grootmoeder een veeleisende vrouw vonden en veel te streng. Ze hadden ieder hun eigen ervaringen met haar, maar ze hielden veel van hun omie, zoals ze haar noemden.
Priscilla was als schoolmeisje verliefd op Jonathan geworden en hij op haar. Ze hadden voor het eerst gevrijd toen zij veertien was en hij niet veel ouder. Ze hadden samen ontdekt wat seks inhield en ze waren er voluit voor gegaan – zo had Jonathan het ooit beschreven. Ze hadden ervan genoten.

In de jaren daarna hadden ze elkaar zo nu en dan gezien en zo nu en dan het bed gedeeld. Hij was getrouwd en gescheiden van Arabella Sutton en niet opnieuw getrouwd, zij had twee huwelijken achter de rug. Haar eerste man, Conner Malone, was, toen hij een keer voor zaken in Manchester was, door een bus aangereden en gedood. Van haar tweede man, Roger Duffield, leefde ze gescheiden. Voorlopig.
Roger smeekte haar bij hem terug te komen, maar daar voelde ze niet veel voor. Ze hadden geen goede relatie en ze was niet gelukkig met hem geweest. Sinds kort was ze ervan overtuigd dat ze beter alleen kon blijven. De dochter uit haar huwelijk met Conner, Samantha, die in de twintig was, was het met haar eens. Ze moedigde haar moeder aan een onafhankelijke vrouw te zijn.
Priscilla wist heel goed dat haar relatie met Jonathan geen toekomst had. Maar ze kende hem al zo lang en vond het moeilijk hem uit haar leven te bannen. Bovendien vond ze het spannend hem in het geheim op Heron's Nest te ontmoeten en daar met hem te vrijen, net als toen ze jong waren. Het wond haar op en hem ook, dat wist ze. En allebei vonden ze het heel bijzonder dat hun seksuele relatie met elkaar de langdurigste was die ze tot nu toe ooit met iemand hadden gehad.
Toen Priscilla vlak bij het huis was, pakte ze haar mobieltje en belde Jonathan. Hij nam op met een kort: 'Hallo?'
'Ik ben het. Ik sta zo bij het hek.'
'Ik heb net de keukendeur opengedaan, ik ben boven,' zei hij, en meteen verbrak hij de verbinding.

In de keuken deed Priscilla de deur achter zich op slot en liep door naar de hal. Het was er halfdonker, maar ze durfde geen licht aan te doen. De vrouw die toezicht hield op het huis woonde vlakbij, en Jonathan was altijd bang dat ze zou zien dat er in het huis, waar 's winters niemand logeerde, licht brandde.
Ze haalde een kleine zaklantaarn uit haar zak, knipte hem aan en beklom de trap, die met een bocht naar boven liep. Op de overloop stond Jonathan op haar te wachten. Blij lachte ze hem toe.
Hij lachte terug en kwam haar tegemoet. Eerst bekeek hij haar aandachtig en toen trok hij haar in zijn armen en drukte haar innig tegen zich aan. Zo bleven ze een poosje staan.
'Het is fijn je weer te zien, lieve Pris. Je ziet er fantastisch uit.' Hij duwde haar iets achteruit om haar nog een keer helemaal op te

nemen. Inderdaad, ze zag er schitterend uit, prachtig gekapt en gekleed. Hij hield van elegante vrouwen.
'Dank je, en jij ook, Jonny. Blakend van gezondheid. Ik heb altijd gezegd dat Hongkong goed voor je is.'
Hij antwoordde niet, maar pakte haar bij een arm en nam haar mee de gang door in de richting van zijn kamer. 'Je gaat straks toch ook met me mee ergens eten?' vroeg hij.
'O jee, Jonny, dat weet ik nog niet.' Ze schudde haar hoofd. 'Mijn personeel staat er alleen voor en het is erg druk.'
'Je kunt ze toch bellen?' Hij duwde de deur van zijn kamer open en trok haar mee naar binnen.
'Ja, dat kan.'
'Doe dat dan nu, zodat we geen haast hoeven te hebben,' stelde hij voor, terwijl hij haar veelbetekenend aankeek.
Ze toetste het nummer van haar kantoor in op haar mobieltje en even later had ze haar assistente aan de lijn. 'Het gaat hier prima, Priscilla,' antwoordde de vrouw op haar vraag. 'Je hoeft vandaag niet terug te komen, hoor, we redden het best.'
Toen ze het goede nieuws doorgaf aan Jonathan, grinnikte hij opgelucht en zei: 'Raad eens waar ik je mee naartoe neem? Het Grand Hotel in Scarborough.'
'Goeie hemel, hoe kom je daar nou bij? Hoe is het eten daar tegenwoordig?' vroeg ze hoofdschuddend.
'Dat weet ik niet, maar dat doet er toch niet toe? Ik wil erheen om onze vriendschap te vieren. Weet je nog hoe we daar vroeger stiekem uitgebreid gingen theedrinken? We mochten er niet alleen naartoe en we vonden het oerspannend ongehoorzaam te zijn. Weet je nog?'
'Ja, vooral als we daarna terugkwamen en nog ongehoorzamer waren.' Ze bloosde en keek verlangend naar het bed.
Jonathan zag haar blik. 'Aha, je hebt er zin in, hè?' vroeg hij met een geamuseerde twinkeling in zijn ogen.
'Met jou heb ik er altijd zin in, net als jij met mij,' antwoordde ze zacht en een beetje hees. 'Dat is toch normaal? We hebben elkaar al heel lang niet gezien.' Ze liep naar hem toe, sloeg haar armen om hem heen en kuste hem op zijn mond.
Hij kuste haar vurig terug en voelde zijn hartstocht opwellen, zoals altijd als hij bij Priscilla was. Hij vroeg zich af of dat kwam omdat ze zijn eerste vriendinnetje was geweest. Maar hij had geen tijd om daarbij stil te staan, want hij wilde haar zo gauw mogelijk op het smalle bed hebben. Hij wilde alles met haar doen wat

ze als tieners ook hadden gedaan, met bulderende hormonen, toen ze hadden gebrand van verlangen naar seks en elkaars kleren bijna van hun lichaam hadden gescheurd.
Zoals hij haar vroeger had uitgekleed, deed hij dat nu ook. Hij hielp haar met haar jas, haar trui en haar laarzen. Even later trok hij zijn eigen kleren uit en ging naast haar op het bed liggen, waar ze al op hem lag te wachten.
Hij boog over haar heen, kuste haar wang en trok haar tegen zich aan. Even later gleed zijn hand naar haar buik en fluisterde hij in haar oor: 'Ik weet nog hoe je ineenkromp toen ik dit voor het eerst deed.' Zijn hand lag tussen haar benen en hij raakte haar daar zacht aan. 'Maar even later lag je te kreunen en te smeken dat ik niet mocht ophouden. Weet je nog wel? En dat doe je zo meteen ook, hè Prissy?'
'O ja, ja, dat weet je toch?' hijgde ze, terwijl hij met zijn liefkozingen doorging. Hij boog zich weer over haar heen, kuste haar borst en zoog erop. De passie laaide nog hoger in haar op. Ik ben al in de vijftig, hoe bestaat het dat ik dit voel? Dat ik gloeiend en nat van hartstocht naar hem verlang? Die vraag flitste door haar heen. Omdat ik me weer veertien voel, gaf ze zichzelf antwoord.
Ze opende haar ogen en keek hem recht aan terwijl hij op haar ging liggen en haar met zijn handen onder haar billen naar zich toe trok.
'Voelt dit net zo fijn als toen ik nog een jongen was?' vroeg hij toen hij bij haar naar binnen gleed.
'O ja, Jonathan... Ja...'
Ze zaten in de bar van het Grand Hotel in Scarborough, nipten aan een droge martini en haalden herinneringen op aan hun jeugd. Ze hadden niet vaak de gelegenheid om na een amoureuze ontmoeting nog samen iets te drinken en uit eten te gaan, omdat ze vaak haast hadden om op tijd een andere afspraak na te komen. Daarom vonden ze het op deze ijskoude zaterdagavond in januari erg prettig dat ze tijd hadden om zich te ontspannen, samen een borrel te drinken en iets te eten. Na hun hartstochtelijke vrijpartij van die middag hoefden ze zich absoluut niet te haasten.
Ze praatten over zichzelf en hun unieke vriendschap, en over hun leven. Opeens zei Priscilla: 'Je neef en nicht waren ook al heel jong verliefd op elkaar, en Shane en Paula ook.'
Jonathan schrok toen ze zomaar over de familie begon en wist even niet hoe hij moest reageren. 'De vrouwen van de familie Harte krijgen altijd wat ze hebben willen, wat het ook is,' zei hij

een beetje verbitterd. Hij kneep zijn lippen opeen en staarde met een harde blik in zijn ogen voor zich uit.
Priscilla fronste haar wenkbrauwen en keek hem onderzoekend aan. 'Wat zeg je dat raar, Jonny. Is er iets? Was je ertegen dat Emily met haar neef Winston Harte trouwde?'
Jonathan vermande zich, geschrokken omdat hij Priscilla bijna zijn ware gevoelens had laten blijken. Met een geforceerd lachje antwoordde hij kalm: 'Nee hoor, dat vond ik helemaal niet erg, Pris. In onze familie komt dat inderdaad regelmatig voor, hè? Dat neven en nichten met elkaar trouwen, bedoel ik.' Hij haalde zijn schouders op en met veel moeite produceerde hij een goedmoedige glimlach en zei op zo vriendelijk mogelijke toon: 'En ze zien eruit alsof ze allemaal nog steeds gelukkig met elkaar zijn, wat omie een genoegen zou doen als ze het wist.'
'Nu we het toch over huwelijken hebben, ga je aanstaande zaterdag naar dat van Gideon?' vroeg Priscilla nieuwsgierig.
'Helaas niet, Pris. Ik heb volgend weekend een afspraak met mijn Franse partner en zijn vrouw in Parijs. Mijn zaken nemen veel tijd in beslag. Maar daarna kom ik weer naar Yorkshire en dan hoop ik dat we elkaar weer kunnen zien.'
Haar zwarte ogen keken hem stralend aan. 'O ja, Jonny, dat zou fijn zijn! Wanneer kom je dan terug?'
'Die zondagavond of maandagmorgen.'
'Zullen we elkaar dan weer in het huis ontmoeten?' vroeg ze enthousiast, en ze pakte zijn hand. 'Ik vind het altijd zalig om met jou op Heron's Nest te zijn. Het is ontzettend spannend daar samen in het donker zo'n risico te lopen, altijd een beetje bang dat de beheerder langs zal komen. Maar ik geniet er vooral van omdat het zo doet denken aan onze jeugd. Het is net alsof die dan weer even terugkomt.'
'Ik weet precies wat je bedoelt.' Hij boog naar haar toe en fluisterde in haar haren: 'En je bent zo'n stout meisje, Pris. Veel stouter en vindingrijker dan toen. Ah, ja, wat ben je nu een heerlijk stoute meid.'
Ze voelde dat ze bloosde en zei zacht: 'Jij bent net zo stout. Bijna pervers, maar ik vind het zalig wat je met me doet.'
Jonathan rechtte zijn rug en zei: 'Laten we de volgende keer maar niet naar het huis gaan. Het is inderdaad een risico, je weet nooit of de beheerder het niet in haar hoofd haalt er even een kijkje te gaan nemen. Maar zou je het leuk vinden naar mijn huis te komen? In Thirsk? Het is bijna klaar.'

'O ja, dat zou ik erg leuk vinden!' antwoordde ze enthousiast, en ze glimlachte blij bij het vooruitzicht.
'Kom dan die woensdag, dan weet ik zeker dat ik uit Frankrijk terug ben. In de namiddag, dan gaan we na onze stoeipartij lekker uit eten. Wil je soms ook blijven slapen?'
Priscilla leunde achterover op haar stoel en keek hem recht aan. Ze kon haar oren niet geloven. Hij had haar uitgenodigd om bij hem thuis te komen en te blijven slapen. Dat was iets heel bijzonders, een nieuwe fase in hun relatie. Zou het zo doorgaan? Ze nam hem verlangend op: zijn aantrekkelijke verschijning, zijn knappe gezicht met de heldere, intelligente ogen, zijn kleren... Die kwamen van een uitstekende kleermaker. Een sportief kasjmieren jasje. Een mooie donkere broek van gabardine. Dure kleren, alles aan hem was duur. Hij was een succesvolle zakenman, dat kon je zo zien, en hij leidde een riant leven. Zou hij willen dat ze dat met hem ging delen? Waarom eigenlijk niet?
'Geef eens antwoord, Prissy. Blijf je dan slapen of kan dat niet?'
'Natuurlijk blijf ik slapen, Jonny! Dat zou ik zalig vinden.'
'Het spijt me dat ik niet naar die trouwerij kan gaan,' kwam hij terug op wat ze eerder hadden besproken, 'maar zoals ik al zei, ben ik dan niet in Yorkshire. Bovendien houd ik eigenlijk niet van een huwelijksplechtigheid in de morgen.'
'Je vergist je, Jonathan. Het is niet in de morgen. Gideon en Evan trouwen in de middag. Om twee uur.'
'O ja? Dan heb ik me inderdaad vergist. Nou ja, ik ben in elk geval in Parijs.'
'Dan mis je ook de receptie op Pennistone Royal,' vervolgde Priscilla. 'Wat jammer. En het feest na de late lunch.'
'Ja, dat is zo.' Tevreden bedacht hij dat hij nu zeker wist dat de receptie en de lunch in die stenen kolos van zijn grootmoeder zouden worden gehouden en niet in het huis van zijn vader. Pris was altijd overal van op de hoogte. Als hij haar maar voorzag van genoeg borrels en seks, dan kon hij vast nog veel meer te weten komen.

12

'Tante Edwina!' riep Linnet. Snel liep ze door de Stenen Hal naar het oudste en belangrijkste lid van de familie. 'Dank u wel dat u zo vroeg bent.'
Linnet pakte Edwina's hand en boog naar haar toe om haar een kus op haar wang te geven.
'Het leek me een goed idee om extra vroeg van huis te gaan, zodat we ruim de tijd hebben om met elkaar te praten. Onder vier ogen, zoals je wilde,' zei Edwina met een veelbetekenende blik.
Glimlachtend pakte Linnet haar tante bij een arm en nam haar mee naar de open haard. 'Dat broekpak staat u geweldig, tante Edwina. Wat een mooie bordeauxrode kleur. Erg flatteus.'
Edwina's gezicht lichtte op. 'Dank je, lieverd. Het is, behalve een paar truien, het enige wat ik kon vinden dat je "iets gemakkelijks" zou kunnen noemen, want je zei dat ik me niet speciaal voor de gelegenheid hoefde te kleden.'
'Dat is zo, en u ziet er perfect uit. Wilt u iets drinken?'
'Een glaasje champagne, als je dat hebt.'
Linnet grinnikte en liep naar de tafel met de dranken. 'Natuurlijk. We hebben Pol Roger, is dat goed?'
'Heerlijk, dank je.' Edwina ging op een stoel bij de haard zitten en draaide zich om naar Linnet terwijl zij de champagne inschonk.
Wat ziet ze er weer elegant uit, dacht Edwina. Ze is altijd even smaakvol gekleed. Linnet droeg een witte zijden blouse met lange wijde mouwen en een zwarte zijden broek, en ze had een zwart vest om haar schouders gedrapeerd. Om haar hals hingen een paar lange parelsnoeren – geen echte, wist Edwina. Maar de oorbellen die ze erbij droeg waren wel echt, want die had Edwina haar vlak voor haar huwelijk cadeau gedaan. Op Linnet viel werkelijk niets aan te merken, dacht Edwina. Op geen enkel gebied.
Met twee flûtes champagne kwam Linnet terug naar de haard. Ze gaf er een aan Edwina, ze tikten met hun glazen tegen elkaar en Linnet ging tegenover haar tante zitten.
Nadat Edwina een slokje had genomen, zei ze: 'Vertel me nu maar wat je op het hart hebt, kind.'
'Het heeft te maken met Jonathan Ainsley, zoals ik door de telefoon al zei. Jack Figg belde me vanmorgen om me te waarschuwen dat Jonathan in Yorkshire is. In zijn huis in Thirsk. Omdat

hij zo vlak voor Evans huwelijk is gekomen, denkt Jack dat er iets achter steekt, dat Jonathan kwaad in de zin heeft.'
'Dat zou best kunnen.' Edwina kneep haar ogen samen en tuitte haar lippen. 'Maar Jonathan zal nooit iets doen wat echt niet door de beugel kan. Hij is een bullebak, en bullebakken zijn lafaards, dat weet je toch wel?' Ze keek Linnet vragend aan.
'Ja, dat weet ik. Hij zal zelf niets uithalen, omdat hij inderdaad een lafaard is. Maar hij is er wel toe in staat anderen het karwei te laten opknappen.' Linnet zweeg even, haalde diep adem en vervolgde met een ernstig gezicht: 'Jack heeft ontdekt dat hij mijn huwelijk had willen verstoren door een stel herrieschoppers op ons af te sturen, en wie weet wat die hadden moeten doen. Dat heeft Jack me pas later verteld, want hij wilde me niet bang maken.'
'En Jack denkt dat Jonathan volgende week zaterdag net zoiets van plan is? Bedoel je dat?' vroeg Edwina, opeens ongerust.
'Misschien niet net zoiets, maar Jack denkt wel dat Jonathan, terwijl hij hier is, een bezoek zal brengen aan zijn vader. En als Owen Hughes en zijn gezin dan op Lackland Priory logeren, zal hij die beslist tegenkomen. Dat wilde ik u uitleggen, tante Edwina. Het is veel beter dat de familie Hughes ergens anders gaat logeren, al zal oom Robin dat niet leuk vinden. Om een confrontatie te voorkomen.'
'Waarschijnlijk heb je gelijk, Linnet.' Edwina keek Linnet recht aan en vervolgde: 'Hoewel ik niet geloof dat Jonathan dan meer zal kunnen doen dan zich vreselijk ongemanierd gedragen.' Ze schudde haar hoofd. 'Ik denk niet dat hij ze in hun bed zal vermoorden. Ik heb Jonathan nooit gemogen. Hij was altijd al een akelige jongen, hij haalde allerlei streken uit. Dat wist mijn moeder ook, hoor. Emma had hem goed door. Daarom heeft ze haar testament laten veranderen.'
Linnet leunde meteen naar voren en richtte haar groene ogen nieuwsgierig op haar tante. 'Wat vond omie dan van hem?'
'Ze zei dat hij onbetrouwbaar was, en ze had het zelden mis. Laten we dus vlug bedenken wat we moeten doen, voordat Robin binnenkomt. Als Owen en zijn gezin niet op Lackland Priory kunnen logeren, waar vind jij dat ze dan naartoe moeten?'
'Naar Allington Hall. Emily en Winston zullen hen met open armen ontvangen, dat weet ik zeker. Tenslotte trouwt hun zoon met Owens dochter. En als ze alleen Owen en Marietta te logeren willen hebben, kunnen de adoptievelingen bij oom Robin slapen. Of misschien bij u, tante Edwina, op Niddersley?'

'Hemeltjelief, Linnet, daar moet ik nog even over nadenken, hoor. Met de adoptievelingen bedoel je zeker de twee zusjes van Evan?'
'Ja, die bedoel ik. En ik wil u graag toevertrouwen dat ik een van hen, Angharad, absoluut niet mag. Zij is de jongste en ik heb haar al ontmoet. Ze is erg vreemd, vind ik.'
'Angharad. Een bijzondere naam,' zei Edwina.
'Een naam uit Wales.'
'Ja, dat weet ik.' Er gleed een glimlach over Edwina's gerimpelde gezicht en haar wijze oude ogen begonnen te twinkelen. 'Glynnis Hughes was dol op namen uit Wales. Ze was zelf ook erg Welsh, ze hield van Keltische verhalen en zo. We konden het goed met elkaar vinden. Ik mocht haar graag en ik denk...' Edwina zweeg en schudde haar hoofd. 'Ik vermoed dat ik haar liefdesrelatie met Robin een kans heb gegeven.'
'Ja, ik heb het verhaal over Glynnis en Robin gehoord. Dat ze elkaar nooit hebben opgegeven. Vijftig jaar lang niet. Evan heeft het me, toen ik onlangs terugkwam uit New York, verteld. Wat een romantisch verhaal.'
Edwina knikte. 'Dat is het. Maar het was erg moeilijk voor hen; ze liepen veel risico. Ze zijn meerdere keren bijna betrapt.'
'Ze hadden allebei moeten scheiden en met elkaar moeten trouwen, dat zou veel beter zijn geweest,' zei Linnet. Ze klonk net zo praktisch en zakelijk als Emma Harte zou hebben gedaan, dacht Edwina.
'Dat wilde Glynnis niet, lieverd,' vertrouwde ze Linnet toe. 'Zij was degene die vond dat ze bij hun respectievelijke eega's moesten blijven. Robin mocht niet bij Valerie weg omdat hij dan zijn politieke carrière had kunnen vergeten.'
'Zou dat echt zo'n schande zijn geweest? Zou dat echt het einde van zijn loopbaan hebben betekend?' vroeg Linnet nieuwsgierig.
'Ongetwijfeld. Dan had hij zijn zetel in het Parlement moeten opgeven.'
'Jemig, dat zou nu niet meer gebeuren. Politici halen tegenwoordig van alles uit en komen ermee weg. Ze moeten zo ongeveer een moord plegen voordat ze de laan uit worden gestuurd.'
'Ja, zo gaat het nu. Maar vroeger, in de jaren vijftig, ging het anders. De hele maatschappij was toen anders; de mensen waren lang niet zo tolerant of vergevingsgezind als nu. Het minste of geringste was al een schande en kon grote schade aanrichten. Maar laten we het weer over de familie Hughes hebben, kind. Ik zie niet in waarom die niet bij Emily zou kunnen logeren, met z'n

allen. Maar als dat niet kan, mogen Evans twee zusjes bij mij komen.'
'Dank u wel, tante Edwina, ik wist wel dat u zou helpen.' Linnet leunde ontspannen achterover en nam een slokje champagne. Ze vroeg zich af wat Edwina van Angharad zou vinden en begon bijna hard te lachen. Het meisje zou als de dood zijn voor Edwina. Of toch niet? Dat zusje van Evan had iets wat ze niet kon benoemen. Opeens wist ze het: Angharad was een intrigante. Dat meisje was niet alleen een ster in het manipuleren, maar ze was ook een opportunist en een onrustzaaier. Ik moet er met Gideon over praten, besloot ze. Ik moet hem op de man af vragen hoe hij over Evans zusje denkt. Ze vermoedde dat hij Angharad niet kon luchten of zien.
Plotseling hoorde ze voetstappen hun kant op komen. Ze leunde naar voren en zei tegen Edwina: 'Daar komt oom Robin aan, hij is vroeg.' Ze zette haar glas neer en stond op. Voordat ze wegliep, fluisterde ze nadrukkelijk: 'Denk eraan dat hij begrijpt dat ze echt niet bij hem kunnen logeren, hoor.'
Edwina knikte en antwoordde zacht: 'Ik weet heus wel wat ik moet zeggen, kind. Laat dat maar aan mij over.'
'Oom Robin! We zitten hier bij de haard!' Linnet liep vlug naar hem toe en schonk hem ter begroeting alvast een warme glimlach. Halverwege de Stenen Hal bleven ze tegenover elkaar staan. Linnet gaf hem een kus op zijn wang en vroeg: 'Wat wilt u drinken? Whisky? Champagne?'
'Ah, champagne. Een glaasje prikwijn lijkt me heerlijk, Linny. Wat fijn dat ik je weer zie. Je ziet er goed uit, je straalt gewoon.' Hij liep door naar de haard en riep van een afstandje: 'Goedenavond, Edwina. Je bent nog eerder gekomen dan ik, zie ik. De vroege vogeltjes vangen de wormpjes.'
Linnet liep naar de tafel met dranken en schonk voor haar oudoom langzaam champagne in een kristallen flûte, om de twee oude mensen even alleen te laten. Robin Ainsley was Emma's lievelingszoon en Edwina's lievelingsbroer. Edwina had bijna altijd zijn kant gekozen en hem door dik en dun gesteund, had haar moeder gezegd toen ze Linnet lang geleden iets van de geschiedenis van de familie Harte had verteld. Linnet luisterde graag naar die verhalen; ze was er trots op dat ze ook een Harte was en vooral dat ze Emma's evenbeeld was, zoals haar vaak werd verzekerd.
Ze zette de fles Pol Roger terug in de zilveren ijsemmer en liep

met het glas champagne naar Robin, die inmiddels op de grote bank met dikke kussens met Edwina zat te praten.
'Op jullie gezondheid,' zei Robin, en hij hief met een glimlach eerst het glas naar Edwina en toen naar Linnet.
'Op uw gezondheid,' wenste Linnet.
'Proost,' zei Edwina met haar welluidende stem. Ze nam ook een slok uit haar glas en bedacht dat ze alleen op Pennistone Royal altijd Pol Roger dronk. Ze keek naar Robin en vervolgde langzaam: 'Ik probeer me te herinneren waarom onze moeder Pol Roger zo lekker vond. Ik geloof dat het met haar broer Frank te maken had.'
'Nee, met Churchill,' verbeterde Robin. 'Hij was haar held en blijkbaar was dit zijn lievelingschampagne. Daarom ging zij die ook drinken.'
'Dat is zo, maar dat is niet het hele verhaal.' Edwina keek haar halfbroer een beetje zelfvoldaan aan en legde uit: 'Haar broer kende Winston Churchill. Frank was journalist, weet je nog wel, en hij schreef al over Churchill nog voordat die eerste minister werd. Frank had Emma verteld dat Churchill alleen Pol Roger dronk en daarom kocht zij die voortaan ook. Frank hield er ook van. Nu weet ik het weer.'
'Je hebt een geheugen als een olifant, Edwina, dat moet ik toegeven. Wat Churchill betreft, heb je gelijk. Moeder heeft hem in de oorlog een keer ontmoet, ergens in Londen waar bommen waren gevallen en waar het een enorme ravage was. Ze gaf ons nooit de kans te vergeten dat hij haar een hand had gegeven en haar had bedankt voor haar hulp in de oorlog.'
'Ja, dat is waar. Ik woonde toen in Ierland, maar oom Winston heeft me het verhaal verteld.'
Ze waren alle drie even stil. Toen schraapte Robin zijn keel en vroeg: 'Toen je me belde om te vragen of ik kwam eten, zei je dat ik wat vroeger moest komen, Linnet. Omdat Edwina ook vroeg is, neem ik aan dat je een familiekwestie wilt bespreken.'
'Het gaat niet over ons, maar over de familie Hughes, oom Robin. Ik moet u uitleggen wat er aan de hand is en dan zal Edwina er ook nog iets over zeggen.'
Een beetje geschrokken liet Robin zich tegen de geborduurde kussens zakken. Hij fronste zijn wenkbrauwen en keek van de een naar de ander, en toen Linnet haar mond hield, zei hij ongeduldig: 'Nou, voor de draad ermee. Vertel me waar het over gaat.'
'Weet u waar Jonathan op dit moment is?'

Robin schudde zijn hoofd. 'Hij is in Londen geweest en ik dacht dat hij terug was gegaan naar Parijs voordat hij weer naar Hongkong gaat.'
'Hij is in Yorkshire, oom Robin. In zijn nieuwe huis in Thirsk.'
Het was duidelijk dat dit een verrassing voor Robin was. Hij ging rechtop zitten en schudde zijn hoofd. 'Ik heb niets van hem gehoord. Meestal belt hij wanneer hij hier is, ook al kun je onze relatie niet bepaald hecht noemen. Hoelang is hij er al?'
'Een paar dagen. Jack Figg belde me vanmorgen om het me te vertellen. Jack maakt zich zorgen, oom Robin. Hij denkt dat Jonathan Owen of Evan onheus zal behandelen als hij hen zou tegenkomen.'
'Maar dat gebeurt toch niet, Linnet! Hoe kom je erbij!' Weer schudde Robin zijn hoofd. 'Waar moet hij hen in vredesnaam tegenkomen?'
'Op Lackland Priory. Bij u thuis. U wilt dat de familie Hughes bij u logeert, en het kan zijn dat Jonathan u onverwachts komt opzoeken. Of misschien hoort hij dat ze bij u logeren en dan zal hij beslist bij u langsgaan, alleen maar om op de een of andere manier last te veroorzaken, de boel op stelten te zetten. Zo is hij nu eenmaal, hij zal het niet kunnen laten.'
'Och nee, kind, nu zie je echt spoken. Jonathan komt zelden bij me langs, dat weet je toch? Vooral nu hij weet dat zijn erfenis veilig is gesteld, hoeft hij me niet meer lastig te vallen of bij me in de buurt te blijven. Een confrontatie met Owen of Evan zou hem niets opleveren, dus waarom zou hij daar moeite voor doen?'
'Omdat hij jaloers is, en een pestkop, en omdat hij het leuk vindt u van streek te maken,' antwoordde Linnet. 'Uit wraak omdat u het lef hebt gehad om nog een zoon op de wereld te zetten. Zo kan ik nog wel een paar redenen bedenken.'
'Volgens mij overdrijf je, Linnet,' zei Robin, en hij schudde opnieuw zijn hoofd.
'Maar bent u dan vergeten, oom Robin, dat Evan bijna bij een auto-ongeluk is gedood? In een van uw auto's? Waar iemand mee had geknoeid? Het had ook gekund dat u nu rouwde om uw enige kleinkind, de vrouw die u binnenkort twee achterkleinzoons zal schenken, in plaats van volgende week haar huwelijk bij te wonen.'
Robin beet op zijn lip en staarde ongelukkig voor zich uit. Zwijgend dacht hij na over wat Linnet allemaal had gezegd.
Ten slotte zei Edwina vastberaden: 'Je kunt maar beter goed naar

Linnet luisteren, Robin. Ze heeft gelijk. Ik vermoed dat Jonathan naar Yorkshire is gekomen vanwege het huwelijk van Evan en Gideon. Ik vertrouw die zoon van je niet, ik heb hem nooit vertrouwd. Onze moeder vertrouwde hem evenmin, zij vond hem een onbetrouwbare schurk. Als de oudste en het hoofd van de familie sta ik erop dat je toestaat dat de familie Hughes ergens anders dan op Lackland Priory gaat logeren. Jouw huis is verboden terrein voor hen, tenminste als logés. Je mag de goden niet verzoeken. Als Jonathan zou horen dat ze bij jou logeerden, zou hij meteen naar je toe gaan en dan had je de poppen aan het dansen.'

'Maar hoe zou hij kunnen weten dat ze bij mij logeerden?'

'O, dat zou hij onmiddellijk horen,' zei Linnet. 'Ik heb altijd gezegd dat hij in ons kamp nog steeds een spion heeft, al wil niemand me geloven.'

'Toch niet die afschuwelijke secretaresse van het kantoor in Leeds?' Robin keek Linnet ontsteld aan.

'Nee, niet Eleanor, zij niet. U hoeft niet zo bezorgd te kijken, oom Robin. Jonathan gaat echt niet met haar trouwen. Die romance is allang voorbij. Nee, het is iemand anders, al heb ik geen flauw idee wie het kan zijn. Maar iemand geeft een heleboel informatie over ons aan hem door, dat weet ik zo zeker als twee keer twee vier is. Ik wou dat ik kon bedenken wie het is.'

'Kan Jack daar niet achter komen?' vroeg Edwina.

'Nee, omdat we geen idee hebben waar we moeten zoeken. Hij heeft alle mogelijke kandidaten al lang geleden onder de loep genomen. Maar ooit zullen we de schuldige vinden. Intussen weet Jonathan waarschijnlijk al dat Owen, Marietta en de adoptievelingen maandag in Yorkshire aankomen en uw geëerde gasten zullen zijn, oom Robin.'

'Het is niet aardig om die meisjes adoptievelingen te noemen, Linnet,' zei Robin verwijtend. 'Glynnis was erg op hen gesteld.'

Edwina lachte honend en zei: 'Hoe kom je erbij, Robin? Ze hield alleen van Evan. Haar biologische kleindochter was de enige die haar na aan het hart lag, omdat ze verwant was aan jou, dat weet je best. Laten we niet vergeten dat je de schijn niet langer hoeft op te houden, Robin. De hele familie weet dat je relatie met Glynnis tot haar sterfdag heeft geduurd. Nou ja, bijna dan. Evan was absoluut geen verrassing voor je. Je wist dat ze bestond en je hebt Owen van zijn jeugd af gekend. Luister nu eens goed naar me, lieverd.' Edwina boog naar hem toe en vervolgde op een toon die

geen tegenspraak duldde: 'De familie Hughes moet bij Emily en Winston op Allington Hall logeren. Als daar geen ruimte is voor de meisjes, voor Angharad en Elayne, dan komen zij bij mij op Niddersley. Zo regelen we het, en daarmee is de zaak afgedaan.'
'O, maar Edwina, ik heb me er vreselijk op verheugd Owen een poosje bij me te hebben! Vergeet niet dat hij mijn hele leven heel ver bij me vandaan heeft gewoond en de zoon is van de enige vrouw van wie ik ooit heb gehouden! Ik vond het juist zo fijn dat hij zou komen...'
'Ach man, wees toch niet zo'n sentimentele ouwe zeur!' viel Edwina hem kribbig in de rede. 'Je kunt naar Allington Hall gaan om hem op te zoeken wanneer je wilt, en als Jonathan na het huwelijk terug is naar Hongkong, kan Owen ook bij jou langskomen. En je kunt over een poosje bij hem in Amerika gaan logeren. Niemand zal je dat beletten.'
'Nee, ik denk niet dat ik sterk genoeg ben om naar New York te reizen,' wierp Robin tegen.
'Je ziet er anders fit genoeg uit.' Edwina gaf hem een paar klapjes op zijn hand. 'Laten we zo goed mogelijk ons best doen om ervoor te zorgen dat er bij het huwelijk tussen Evan en Gideon niemand roet in het eten gooit. Als ze eenmaal op Beck House wonen, kunnen jij en Owen doen wat jullie willen. Ik denk nu alleen maar aan die kleindochter van je, want zij is de enige die jouw tak van de familie voortzet. Vergeet dat niet.'
'Goed dan,' zei Robin gedwee. 'Je hebt gelijk, Edwina. Ik kan me trouwens niet herinneren dat je ooit ongelijk hebt gehad, behalve die jaren dat je moeder niet meer wilde zien. Maar wat je vanavond hebt gezegd, is allemaal waar. Evan is de belangrijkste. We moeten, ik moet, vooral aan haar denken.'
'Dank je, Robin.' Edwina liet zich opgelucht tegen de rugleuning van haar stoel zakken.
Linnet glimlachte tegen Robin. Eindelijk kon ze zich vandaag een beetje ontspannen.

Edwina zat zoals het een gravin betaamt kaarsrecht op haar stoel en begroette iedereen glimlachend op haar eigen charmante, elegante manier.
Toen ze er eindelijk allemaal waren, ontspande ze zich, nipte aan haar champagne en nam het tafereel in de Stenen Hal aandachtig op.
De Stenen Hal zag er vanavond net zo gezellig uit als in de tijd

van haar moeder, vond ze. Overal stonden bronskleurige chrysanten en witte orchideeën, het haardvuur brandde, kaarslicht flakkerde en de schemerlampen gaven een warme gloed. Het was een plek om je thuis te voelen.

Bij het geroezemoes van gedempte gesprekken liep iedereen rond om een praatje met de anderen te maken. De gemoedelijke, intieme sfeer deed Edwina genoegen.

Mijn moeder zou trots zijn als ze dit had kunnen meemaken, dacht ze. De meesten hier zijn haar nakomelingen en het zijn bijzondere mensen, al zeg ik het zelf. En knappe mensen om te zien. Ze glimlachte. Wat je ook van de Hartes mocht denken, je kon niet ontkennen dat ze stuk voor stuk erg aantrekkelijk waren. In het verleden had ze vaak schampere opmerkingen over hun uiterlijk gemaakt, maar dat deed ze allang niet meer. Tenslotte was ze behalve een Fairley zelf ook een Harte.

Ze keek naar Tessa en vervolgens naar Lorne. De tweeling was ook half Fairley en dat was duidelijk te zien. Ze hadden de blanke huid, de zilvergrijze ogen en het lichtblonde haar van de vermaarde schoonheid Adèle Fairley, de moeder van Edwin. Edwin was Edwina's vader, ze was naar hem vernoemd.

Edwina's blik ging naar de Fransman en ze vroeg zich af of zijn relatie met Tessa toekomst zou hebben. Zou hij haar ten huwelijk vragen? Ze hoopte het. Met hem trouwen zou voor Tessa het beste zijn.

Edwina mocht de sympathieke, intelligente Jean-Claude graag. Ze was ervan overtuigd dat hij een loyale, liefhebbende man voor Tessa zou zijn en dat hij een goede invloed op haar had. Wat zag Tessa er vanavond trouwens weer beeldschoon uit, als een engel. Ze droeg een broek met smalle pijpen, een hemdje met een boothals en een getailleerde jas tot op haar knieën, die iets weghad van de Indiase Nehru-jas. Het pak was van zilvergrijze tafzijde, en ze droeg er een ketting en oorbellen van zilvergrijze parels uit Tahiti bij. Een toonbeeld van perfectie, oordeelde Edwina. Je zou nooit denken dat ze de halve dag in de keuken heeft gestaan. Maar Linnet had haar verteld dat Tessa had gekookt.

Edwina's blik gleed verder en bleef rusten op Bryan O'Neill, die met zijn zoon Shane stond te praten. Ze was blij dat Bryan er na zijn bronchitisaanval weer zo goed uitzag. Hij maakte weer een ijzersterke indruk. Hij was een lange man met brede schouders en zilvergrijs haar, en hij leek precies op zijn vader, Blackie O'Neill. Hij was ook net zo goed van de tongriem gesneden.

Even, toen ze vol genegenheid aan Blackie dacht, vielen de jaren weg en stond ze weer in het verleden. Hij was tot aan zijn dood de beste en dierbaarste vriend van haar moeder geweest. En hij was in haar jeugd erg goed voor Edwina geweest, ook al had ze zich jegens hem vaak erg onaardig gedragen.
Edwina zuchtte licht toen ze eraan dacht hoe oneerlijk ze Blackie had behandeld, terwijl hij net zoveel van haar had gehouden als van zijn eigen kinderen. Nadat ze haar geboortebewijs had gekregen, had ze nog een poosje geloofd dat hij haar vader was, omdat zijn naam erop stond. Maar later was gebleken dat Edwin Fairley haar vader was en dat Blackie haar alleen een naam had gegeven.
Een goed mens, Blackie O'Neill, dacht Edwina nu. En zijn zoon Bryan ook. Goeie genade, Bryan moest minstens vijfentachtig zijn! Daar zag hij beslist niet naar uit.
Vervolgens keek ze naar Shane. Een zwartharige Ier, net als zijn vader en grootvader, en ook een goed mens. Haar moeder had ooit, toen hij nog klein was, gezegd dat hij een betoverende charme had, en die had hij nog steeds.
Shane was een prima kerel. Hij had Paula altijd gesteund en geholpen, al toen ze nog klein waren. Hij was haar rots in de branding. Edwina herinnerde zich hoe erg ze het had gevonden toen het fout ging tussen Paula en Jim Fairley en hun huwelijk op de klippen liep. Ze had er Paula de schuld van gegeven, maar dat was onterecht geweest. De schuld had bij Jim gelegen. Hij was een echte Fairley en hij had veel van de slechte gewoonten van Adèle geërfd, zoals haar ijdelheid en haar alcoholprobleem. Hij was alcoholist geweest, net als Adèle en zijn oom Gerald Fairley. Het zat in de genen, dacht ze. Alles zit in de genen en daar kun je niet omheen.
Ondanks haar bange voorgevoel had Emma ermee ingestemd dat Paula met Jim Fairley zou trouwen, omdat ze een eerlijke vrouw was en inzag dat ze de kleinzoon de wrede houding van zijn grootvader niet mocht verwijten. Maar ze had wel altijd gezegd dat het niet goed zou gaan, en ze had gelijk gehad. Jim was geen geschikte man voor Paula geweest en waarschijnlijk had Paula, zonder zich ervan bewust te zijn, altijd al van Shane gehouden.
Maar uiteindelijk was Paula, lang nadat Jim in Chamonix door een lawine was gedood, met Shane getrouwd, bij wie ze haar geluk had gevonden. Dat was te merken aan alles wat ze deed. Ze was een vrouw met vrede in haar hart, wist Edwina.

Net toen ze dit dacht, kwam Paula aanlopen en ging naast Shane staan. Ze stak haar arm door de zijne en leunde licht tegen hem aan. Hij keek glimlachend op haar neer en trok haar met een intiem gebaar dicht naar zich toe.
Zoals altijd was Paula een elegante verschijning. Vanavond droeg ze een lichtpaarse kasjmieren jurk tot op haar enkels met bijpassende suède laarzen. De kleur van de jurk paste precies bij haar ogen, die altijd direct opvielen.
Edwina leunde iets naar voren om haar nichtje beter te kunnen opnemen. Ze ziet er moe uit, dacht ze, doodmoe. Ze is bleek, veel te bleek. Ze straalt geen energie uit, zoals anders. Is ze ziek? Of maakt ze zich zorgen? Misschien om die afschuwelijke Jonathan Ainsley? Ja, dat zal het zijn. Ze is bezorgd, niet ziek. Nee, ze is niet ziek. Dat kan niet. De Hartes zijn sterke, kerngezonde mensen, die allemaal stokoud worden.
'Een cent voor uw gedachten, tante Edwina,' zei Lorne, die naar haar toe kwam. 'Zal ik u nog eens inschenken?'
'Ik weet het eigenlijk niet, lieve Lorne. Ik wil niet teut worden.'
Hij lachte en met twinkelende ogen pakte hij haar glas en liep ermee naar de tafel met dranken. Edwina keek hem na en bedacht dat het tijd werd dat ook hij eens ging trouwen.
Even later kwam Lorne terug en gaf haar weer een vol glas champagne. Met zijn glas tikte hij tegen het hare en zei: 'Proost.'
Ze glimlachte boven de rand van haar flûte, antwoordde: 'Gezondheid' en nam een flinke slok.
'Nogmaals een cent voor uw gedachten, tante Edwina.'
'Ik dacht na over je moeder,' bekende Edwina. 'Ze ziet er niet goed uit, Lorne. Of verbeeld ik me dat?'
'Nee, dat verbeeldt u zich niet,' antwoordde hij. Hij legde zijn arm op de rugleuning van haar stoel en boog naar haar toe. Op zachte, vertrouwelijke toon vervolgde hij: 'Volgens mij voelt mama zich helemaal niet goed, al een hele poos niet. Het lijkt wel of ze leeg is, een ander woord kan ik er niet voor bedenken. Ik heb haar en ook papa gevraagd of er iets met haar aan de hand is, en ze zeggen allebei van niet. Ze waren zelfs verbaasd dat ik het vroeg.'
'Kan het zijn dat ze zich zorgen maakt omdat Jonathan Ainsley in Yorkshire is?' vroeg Edwina, terwijl ze hem scherp aankeek.
'Eerlijk gezegd vind ik dat iedereen veel te veel aandacht aan Ainsley besteedt, dat ze het belang van zijn aanwezigheid overdrijven. Ik beschouw hem eerder als een spookbeeld dan een bedreiging.

Maar om op uw vraag terug te komen, ja, ik denk dat ze zich daar wel zorgen om maakt. Te veel, vind ik.'
Edwina knikte. Toen riep ze: 'Aha, daar heb je die aardige Jack! Linnet heeft me niet verteld dat hij ook zou komen. Ik mag die man erg graag, Lorne.'
'Iedereen mag hem graag,' zei Lorne lachend. 'Vooral vrouwen. Ik geloof dat ik nog heel wat van hem kan leren.'
'Ik weet zeker dat jij net zo populair bent als hij,' zei Edwina plagend. 'Daar is Emsie ook, maar waar is Desmond?'
'Op kostschool, tante Edwina.'
'Ach ja, natuurlijk. Je moeder wenkt je,' vervolgde ze dringend. 'Hemeltjelief, het lijkt wel of ze een mededeling wil doen.'
Toen Paula door de Stenen Hal naar de trap liep, wist iedereen dat ze iets bijzonders ging zeggen. Alle aankondigingen aan de familie werden op de trap gedaan, daar was Emma mee begonnen.
Shane volgde Paula en voordat Lorne ook naar zijn moeder liep, gaf hij Edwina een paar klapjes op haar arm. Linnet en Emsie liepen samen naar de trap om zich bij hun ouders en broer te voegen.
'We hebben heerlijk nieuws voor jullie,' begon Paula. Ze pakte Shanes hand en trok hem naar zich toe. 'Shane en ik hebben het genoegen jullie te vertellen dat Tessa en Jean-Claude zich hebben verloofd!'
Tessa en Jean-Claude liepen nu ook naar het groepje toe en bleven glimlachend staan toen iedereen gelukwensen begon te roepen.
Boven het rumoer uit riep Shane: 'Laten we het glas heffen op Tessa en Jean-Claude en hen een gelukkig leven toewensen!'
Iedereen deed wat Shane had voorgesteld, en daarna liep Tessa weer een paar stappen naar voren en trok Jean-Claude mee. 'Dank je wel allemaal,' zei ze. 'Als deze onverwachte mededeling jullie verbaast, kan ik jullie vertellen dat het voor mij ook een verrassing was. Jean-Claude heeft me vanmorgen voor de lunch ten huwelijk gevraagd en ik moet toegeven dat ik even sprakeloos was. Maar dat duurde maar heel even, en toen heb ik ja gezegd. Onmiddellijk.' Ze draaide zich om naar Jean-Claude, wiens hand ze nog steeds vasthield, en zei: 'Ik bof ontzettend dat je me wilt hebben.'
Jean-Claude sloeg zijn armen om haar heen en gaf haar een kus op haar wang. Toen keek hij de kring familieleden rond en zei:

'Ik dank jullie voor jullie gelukwensen, en ík ben degene die boft.' Tegen Paula en Shane voegde hij eraan toe: 'Ik beloof jullie dat ik Tessa altijd zal koesteren en voor haar zal zorgen. Bij mij is ze veilig, daar kunnen jullie op rekenen.'
'Dat weten we,' zei Paula. Shane liep naar Jean-Claude toe en gaf hem een hand.
Daarna werd er druk gekust en omhelsd. Linnet, Emsie en Lorne sloegen hun armen om Tessa heen en gaven Jean-Claude een hand. De anderen kusten Tessa en feliciteerden het verloofde paar.
Ten slotte zei Tessa: 'Bedankt, allemaal, maar nu moet ik naar de keuken, anders krijgen jullie vanavond niets te eten!'
'Ik ga met je mee, chérie,' zei Jean-Claude.
'Nee, nee, dat hoeft niet, Margaret helpt me een handje. Jij kunt beter hier blijven om mijn familie wat beter te leren kennen, Jean-Claude, althans degenen die hier vanavond zijn. Ik zal je nog maar niet vertellen wie er allemaal níét zijn.'

Bryan O'Neill liep langzaam naar Linnet, het kleinkind dat hem het liefst was. Toen ze hem zag aankomen, verontschuldigde ze zich met een glimlachje tegen Lorne en liep haar grootvader haastig tegemoet. 'Ik zie dat u me zoekt, opa. Kan ik iets voor u doen?'
'Je kunt me nog een paar jaar op aarde geven, zodat ik ook je kinderen kan laten paardjerijden op mijn knie,' antwoordde hij. Hij pakte haar bij een arm en nam haar mee naar een hoek van de Stenen Hal. Ze gingen zitten, waarna hij naar haar toe leunde en zei: 'Ik denk niet dat ze haar ambities vergeet nu ze met Jean-Claude gaat trouwen, Linnet. Ik ken Tessa goed genoeg om te weten dat ze van mening is dat ze best in Parijs én in Londen kan wonen, en dat ze heen en weer kan reizen om het bedrijf te runnen. Zij wil per se de baas worden, Linnet. Dat weet je toch, hè?'
'Dat weet ik, opa. En ik ben het met u eens dat Tessa waarschijnlijk denkt dat ze het bedrijf ook vanuit Parijs kan leiden. Maar laten we niet vergeten dat mama nog steeds de baas is en dat zij niet van plan is binnenkort met pensioen te gaan. Ze is pas begin vijftig, dus hoeft dat ook nog lang niet.'
Bryan nam glimlachend haar hand in de zijne. 'Wat een kleine, capabele handen heb je toch,' zei hij zacht. 'Net als Emma. Ik kan me haar handen nog goed herinneren, want zij heeft toen ik klein was voor me gezorgd. Maar dat verhaal ken je. Wees voor-

zichtig, Linnet. Houd Tessa goed in de gaten. Ook al doet ze op dit moment erg aardig tegen je, ze is nog steeds je rivale. Vergeet dat nooit.'
'Ik zal het niet vergeten, opa. We weten allemaal dat ze zich zo opstelt omdat ze de eerstgeborene is, de oudste.'
'Ja, maar daar hield Emma geen rekening mee. Degene die het meest geschikt was, kreeg de baan. Ik weet zeker dat je moeder er net zo over denkt, zij is tenslotte door Emma opgeleid.'
Linnet knikte en leunde nog iets dichter naar hem toe. 'Ik heb een paar goede ideeën om het warenhuis een beetje te moderniseren. Het moet nodig een nieuwe uitstraling krijgen. Na het huwelijk wil ik daar met mama over praten.'
'Het lijkt me beter dat je daar nog even mee wacht, Linnet,' waarschuwde Bryan. 'Je moeder staat al sinds de kerst onder zware druk. Pak het alsjeblieft heel voorzichtig aan.'
'Dat zal ik doen, opa. O, daar staat Evan, ze kijkt onze kant op. Laten we vragen of we iets voor haar kunnen doen. Ze ziet er een beetje bezorgd uit.'
'En alsof ze elk moment kan bevallen,' voegde Bryan er zacht aan toe. 'Weet je zeker dat ze daar tot na het huwelijk mee zal wachten?'
Linnet lachte. 'Dat zal wel moeten, hè?'
Bryan glimlachte en zei niets meer, terwijl ze door de Stenen Hal naar de plek liepen waar Evan was blijven staan en hen wenkte. Bryans blik ging naar Robin Ainsley, die op het punt stond overgrootvader te worden. Dat zal Jonathan niet leuk vinden, dacht hij, en hij vroeg zich af of het zwarte schaap van de familie van plan was aanstaande zaterdag een spaak in het wiel te steken. Hij hoopte van niet.
Toen ze voor Evan stonden, zei die: 'Ik moest even stilstaan om op adem te komen. Tante Edwina wil je spreken, Linnet. Ze vraagt of je even bij haar wilt komen.'
'Natuurlijk. Voelt ze zich niet lekker?'
'Jawel, hoor, ze voelt zich prima. Ze wil je spreken omdat ze een lumineus idee heeft.'
Lachend liep Linnet door naar Edwina. Het gezicht van de oude vrouw lichtte op toen ze Linnet zag aankomen.
'Wat is uw lumineuze idee, tante Edwina?' vroeg Linnet, terwijl ze zich bij de stoel van haar tante op haar hurken liet zakken.
Edwina trok Linnet nog iets dichter naar zich toe en zei: 'Ik geloof dat ik het probleem met die vreselijke Jonathan Ainsley heb

opgelost. Gideon en Evan moeten er samen vandoor gaan en ergens in het geheim trouwen. Zo gauw mogelijk.' Ze keek Linnet triomfantelijk aan.
'Dat klinkt verstandig,' antwoordde Linnet lachend, al wist ze dat het vanwege Evans conditie onmogelijk was. De tweeling kon elk moment geboren worden. Dat bracht ze Edwina in herinnering.
'O ja, je hebt gelijk, dat was ik vergeten. Hè, verdorie. Ja, we moeten natuurlijk ook aan de baby's denken. Mmm. Ach jee, ze hadden veel eerder in het geheim moeten trouwen. Dan hoefde iedereen nu niet bang te zijn dat Jonathan zaterdag de pret zal bederven.'
Linnet zei niets meer, want ze had net zelf een lumineus idee gekregen. 'Ik kom zo terug, tante Edwina,' zei ze, en ze ging op zoek naar Jack Figg om hem te vragen wat hij ervan vond. Want het was een briljant idee, dat wist ze zeker.

Jack stond met Julian te praten en toen ze bij hen ging staan, keken de twee mannen haar vol genegenheid aan. Haar man sloeg een arm om haar heen en trok haar naar zich toe. Jack schonk haar een brede glimlach.
'Je bent vanavond mooier dan ooit, Beauty,' zei hij. Tegen Julian voegde hij eraan toe: 'Je bent een bofkont, weet je dat?'
'Ja hoor, dat weet ik.' Julian grinnikte tegen de oudere man, die hij al bijna zijn hele leven kende.
'Dank je, Jack, voor je compliment. Maar ik kom jullie vertellen dat ik net een geweldig idee heb gekregen. Zullen we even daarginds gaan staan, een eindje bij de anderen vandaan? Dan zal ik het jullie vertellen.'
Jack knikte en ze drentelden onopgemerkt naar de deur van de bibliotheek, terwijl de rest van de groep zich om de open haard had geschaard.
'Als we naar de bibliotheek gaan, zullen ze ons missen,' waarschuwde Linnet, 'maar hier kunnen ze ons ook niet horen. Wat ik te zeggen heb, duurt niet lang.'
'Ik luister,' zei Julian.
'Oké, meisje, voor de dag ermee,' zei Jack.
'Tante Edwina zei zonet tegen me dat Gideon en Evan eigenlijk beter weg konden gaan om ergens anders in het geheim te trouwen. Om eventuele problemen met die ellendige J.A. te vermijden. Ik heb haar uitgelegd dat het niet mogelijk is dat ze naar Gretna Green of waar dan ook gaan omdat de tweeling elk mo-

ment ter wereld kan komen. Dat begrijpt ze natuurlijk.' Linnet zweeg even en keek van Julian naar Jack. 'Toen kreeg ík een geweldig idee. Je zou het zelfs een openbaring kunnen noemen.'
'En?' drong Julian aan.
Zacht en terwijl ze Jack aankeek, legde ze het plan uit dat opeens bij haar was opgekomen.
Toen ze was uitgesproken, knikte Jack met een nadenkend gezicht. 'Weet je zeker dat ze ermee zullen instemmen?' vroeg hij.
'Eerlijk gezegd weet ik dat niet, Jack. Maar Gideon en ik zijn al ons hele leven dikke vrienden en ik denk dat hij wel zal begrijpen hoe verstandig het zou zijn.'
'Laten we het hopen,' verzuchtte Jack ernstig. Lachend voegde hij eraan toe: 'Je bent een slim meisje, Linnet. Een heel slim meisje.'
'Dat is ze,' beaamde haar man. 'En ik denk dat Gideon het meteen met haar eens zal zijn en dat hij de rest van de familie ervan zal overtuigen dat het op die manier veel beter is.'
'Zullen we nu weer naar de anderen gaan?' zei Linnet, en ze ging de twee mannen voor naar het midden van de Stenen Hal. 'Laten we het plan morgen uitwerken, Jack. Je blijft hier toch slapen?'
'Je ouders staan erop,' antwoordde Jack. 'Ze willen niet dat ik met een paar borrels op in de auto stap.'
'En je moet wel drinken, want je moet straks nog een keer het glas heffen op de verloving van Tessa en Jean-Claude,' zei Linnet bondig.
'Inderdaad. En dat wordt weer een heel ander verhaal.' Jack keek eerst Linnet en toen Julian veelbetekenend aan.
Linnet zei niets. Haar gezicht stond net zo ondoorgrondelijk als dat van Emma Harte wanneer het verstandig was niets van haar gedachten of emoties te laten merken. Mond houden en goed nadenken, was Emma's motto geweest, en dat had Linnet van haar overgenomen.

13

Dusty twijfelde er niet aan dat Molly Caldwell een doodzieke vrouw was. Ze was er veel erger aan toe dan Gladys Roebotham zaterdag had gezegd.

Op maandagmiddag stond hij naast haar bed op de afdeling intensive care van het ziekenhuis in Leeds en dwong zichzelf te glimlachen toen ze hem met haar donkerbruine ogen doordringend aankeek. Ze was lijkbleek en lag aan een infuus, maar de verpleegkundige had de slang uit haar mond gehaald zodat ze kon praten.
'U mag maar heel even blijven,' had de verpleegkundige gewaarschuwd voordat ze de kamer uit was gelopen om hen alleen te laten.
'Atlanta?' fluisterde Molly. Ze keek alsof ze nog meer wilde zeggen.
Hij stak een hand op en zei zacht: 'Span je alsjeblieft niet in, Molly. Laat mij maar praten. Atlanta is bij mij, gezond en veilig op Willows Hall. Gladys heeft haar gebracht, zoals je haar had opgedragen.'
Molly's gezicht klaarde op. Ze knipperde met haar ogen en zei schor en hakkelend: 'Gladys is een lieve vrouw. Heeft Atlanta... naar me gevraagd?'
'Ja, dat heeft ze. Maar Gladys heeft haar verteld dat je iets aan je been hebt en dat laten we maar zo. Ze denkt dat de dokter je been beter maakt en dat je gauw weer thuis zult zijn. En dat is ook zo, Molly. Ik heb vanmorgen met de dokter gepraat en hij denkt dat je weer helemaal beter zult worden.'
Molly glimlachte zwakjes en zei zo zacht dat hij het bijna niet kon verstaan: 'Ze mag niet naar Melinda, Dusty. Nooit.' Ze zweeg even om op adem te komen en fluisterde: 'Dat moet je me beloven.'
Dusty keek haar even verbaasd aan, maar vlug zei hij: 'Natuurlijk beloof ik je dat. Melinda is niet in staat om voor haar te zorgen, ook al zit ze nu in die kliniek om af te kicken.'
Molly ging er niet op in en zei nadrukkelijk: 'Jij moet Atlanta grootbrengen, hoe dan ook. Jij moet voor haar zorgen.'
Hij keek haar onderzoekend aan. Toen knikte hij en zei op geruststellende toon: 'Ik zal haar grootbrengen, dat beloof ik je. Ze blijft bij mij wonen tot ze naar kostschool gaat en ik zal voor haar zorgen tot ze volwassen is. Als dat nodig zou zijn, want ze blijft natuurlijk bij jou, Molly. Over een paar dagen mag je naar huis, lieverd, en dan komt Atlanta bij je terug. Ik zal een verpleegster voor je regelen en alle andere hulp die je maar nodig zou kunnen hebben.'
Molly zei niets meer, maar ze bleef hem aankijken en haar ogen vulden zich met tranen.

Hij zag de tranen en schrok ervan. Hij was niet gekomen om haar overstuur te maken. Ze had rust nodig, dat had de dokter gezegd.
'Maak je alsjeblieft geen zorgen, lieve Molly. Ik zorg voor jou en voor Atlanta, en ook voor Melinda.'
'Ze verdient je niet,' mompelde Molly. 'En ze mag het kind niet hebben.'
Dusty keek naar Molly Caldwell en vroeg zich af wat er allemaal in haar omging. Hij pakte haar hand, gaf er een kneepje in en zei: 'Ik kom morgen weer langs, lieverd.'
Ze glimlachte zwak, en de blik in haar ogen vertelde hem dat ze hem volkomen vertrouwde.

Toen Dusty weer in de gang stond, haalde hij diep adem en leunde even tegen de muur. Het ging niet goed met Molly. Hij wist intuïtief dat ze erg ziek was, en hij vermoedde dat ze de rest van haar leven een zwak hart zou hebben. Hoewel de dokter had gezegd dat ze over een week naar huis mocht, wist hij niet of hij dat kon geloven. Molly zag er uitgeput uit, ze was zichzelf niet meer. Het leek wel of ze na hun korte gesprekje nog verder was ingestort.
Maar ze had afgelopen vrijdag een hartaanval gehad, hield hij zich voor. Natuurlijk was ze nu niet zichzelf. Hij vermande zich en keek de gang in, terwijl hij overwoog of hij nog een keer met de dokter zou praten. Dokter William Larchmont, Molly's cardioloog. Zou de man nog iets kunnen toevoegen aan wat hij een halfuur geleden had gezegd? Waarschijnlijk niet. En dokter Bloom had, toen hij hem vanmorgen in zijn praktijk in Meanwood had gebeld, niets kunnen beloven. 'Het komt wel weer goed,' had hij gezegd. 'Ze redt het wel.' Daar moest hij het mee doen.
Dusty trok zijn schapenleren jas weer aan, beende de hal door, knikte naar de verpleegkundige achter de balie en stapte in de lift naar beneden. Op de begane grond liep hij door de lobby naar de glazen deuren van de ingang, en toen hij buiten stond, betreurde hij het dat hij Paddy Whitaker met de auto terug had gestuurd naar Harrogate. In het uur dat hij in het ziekenhuis was geweest, was het weer een stuk slechter geworden.
Het was opeens ijzig koud, waterkoud, met de specifieke, gure vochtigheid van het noorden, die tot in je botten doordrong. Hij keek naar de lucht, die egaal loodgrijs was geworden, ondoordringbaar, zonder een enkele speelse wolk. De lucht hangt als een

lijkwade boven ons, dacht Dusty rillend. Hij zette zijn kraag op, stak zijn handen in de zakken van zijn jas en liep zo snel mogelijk weg.

Hij had Leeds nooit een prettige stad gevonden. In zijn jeugd had de onpersoonlijke, drukke, grauwe industriestad in het noorden van het land hem een bedrukt gevoel gegeven, en hij was dolblij geweest toen hij een beurs had gekregen voor de kunstacademie in Londen. Gek genoeg had hij zich daar meteen thuis gevoeld, zonder schuldgevoel. Hij had een kamer gevonden in Belsize Park, aan de rand van Hampstead. In Londen was er een last van hem afgevallen, misschien omdat hij toen ouder was? Hij wist het nog steeds niet. Of ja, natuurlijk wist hij het wel. Londen was bouwkundig gezien een prachtige stad, en schoonheid, op welk gebied dan ook, bracht hem altijd in vervoering. Het vervulde hem van vreugde en verwachting, van hoop voor de toekomst. Zijn toekomst.

Maar daar wilde hij nu niet aan denken. Waar zou hij iets warms kunnen drinken? Hij had tijd over voordat hij naar Harte's moest om India op te halen. Ze zou met hem meegaan naar Willows Hall en daar blijven slapen. Hij wist dat ze dol was op Atlanta en het kind op haar, maar hij wilde de relatie tussen zijn verloofde en zijn dochtertje niet aanmoedigen, omdat hij niet wist wat er zou gebeuren. Hij wilde India niet belasten met een kind dat niet van haar was, hoewel ze hem keer op keer had verzekerd dat Atlanta absoluut geen last was.

Hij moest zijn best doen om India te geloven en haar beter te begrijpen. Zijn gebrek aan begrip had in het verleden voor problemen tussen hen gezorgd. India was een goed mens, een opgewekte, intelligente jonge vrouw en o, wat hield hij veel van haar. Van haar schoonheid, haar verleidelijke charme en haar persoonlijkheid. Van de manier waarop ze met iedereen omging, zo ontspannen en zonder onderscheid te maken, of het nu de kokkin, de huishoudster, Atlanta, hijzelf of haar grootmoeder, de douairière gravin van Dunvale was. Ze was altijd zichzelf.

Een glimlach verdreef zijn sombere uitdrukking. Hij had een zwak voor Edwina. Ze was een bijzondere vrouw, een vrouw met karakter, en ook een beetje een tiran. Toch was ze ook aardig en zorgzaam; zij was degene geweest die hem op zijn gemak had gesteld toen hij zich een beetje ongelukkig had gevoeld omdat India's ouders van adel waren.

'Dat is allemaal flauwekul, daar moet je je niets van aantrekken,'

had Edwina een keer tegen hem gezegd, maar toen had hij zijn hand opgestoken om haar woordenstroom te stoppen.
'Nee, luister eerst eens naar mij,' had hij ferm gezegd. 'Ik schaam me niet voor mijn achtergrond of voor mijn ouders. Ik ben een arbeidersjongen uit een voorstad van Leeds en ik heb me nooit anders voorgedaan. Ik ben er juist trots op, en ik ben trots op wat ik heb bereikt. Ik ben ook absoluut niet onder de indruk van titels of adeldom. Dat vind ik allemaal flauwekul, om uw eigen woorden te gebruiken.'
'Wat is dan het probleem?' had Edwina gevraagd, terwijl ze hem over de eettafel op Willows Hall scherp aankeek. Willows Hall, het schitterende landhuis waarop hij eveneens trots was. Zijn eigen kasteeltje.
'Ik denk dat ik aristocraten en adellijke titels associeer met het verleden, met een heel andere tijd,' had hij geantwoord. 'Met snobisme en een klassenmaatschappij, waarin de lagere klassen slecht werden behandeld. Dat is eeuwenlang zo geweest. Maar het is nu *Cool Britannia*, niet langer *Rule Britannia*. Talent maakt geen onderscheid meer tussen mensen, van Tony Blair tot Jan met de pet. We zijn een ander land geworden.'
Edwina begreep precies wat hij bedoelde. Het meeste van wat hij zei, kwam voort uit zijn jeugd, al wilde hij dat zelf niet toegeven. Wat hij zelf ook geloofde, zijn afkomst zat hem wel degelijk in de weg, in elk geval een beetje. Dat zei ze zonder omhaal van woorden, en hij luisterde geduldig naar haar toelichting.
'Misschien hebt u gelijk,' had hij gezegd toen ze uitgesproken was. Hij wilde de discussie beëindigen, het onderwerp interesseerde hem eigenlijk niet meer. 'Laten we nu over iets anders praten.'
Maar Edwina, gravin van Dunvale en oudste dochter van Emma Harte, had zich niet van haar stuk laten brengen. 'Luister nu eens goed naar me, jongeman,' had ze gezegd. 'Mijn moeder, Emma Harte, was geboren als arm meisje in een fabrieksstadje op de heide van Yorkshire. Toen ze ontdekte dat ze zwanger was, is ze naar Leeds gegaan. Daar is ze geholpen door haar oude vriend Blackie O'Neill, die toen bootwerker was op vrachtschepen op de kanalen, en door Abraham Kallinski, een joodse kledingfabrikant die uit Rusland was gevlucht toen de joden daar werden vervolgd. Ik ben dat kind dat ze verwachtte toen ze zelf nog maar zestien was, en ik was onwettig. Edwin Fairley had haar zwanger gemaakt. Hij was de zoon van de landheer op Fairley Hall,

waar ze dienstmeisje was geweest. Toen ik nog maar zes maanden oud was, bracht mijn moeder me naar haar nichtje Freda in Ripon, zodat ze geld kon verdienen om me een veilige jeugd te geven. Emma was van mening dat geld bescherming bood en macht gaf, en daar had ze gelijk in. Zo is het immers altijd geweest? Later stuurde ze me naar kostschool, een heel goede, en vervolgens heb ik mijn opleiding afgerond op een meisjesschool in Zwitserland. Daarna ben ik naar Londen gegaan en daar mocht ik op het debutantenbal aan het hof worden voorgesteld, omdat mijn moeder inmiddels een succesvolle zakenvrouw was geworden. De beroemde Emma Harte. Ze had genoeg geld en aanzien om me op die manier te introduceren in de hogere kringen. Al heel gauw ontmoette ik Jeremy Standish, de graaf van Dunvale, en hij werd verliefd op me. Tot over zijn oren, zoals hij zelf zei. We trouwden en kregen een zoon, Anthony. Hij is India's vader. De enige aristocraten in deze geschiedenis zijn de Dunvales, niet de Hartes, Dusty. Dat kan ik je verzekeren.'
Ze had hard gelachen en hij had meegelachen. Toen had hij ontspannen achterovergeleund op zijn stoel en haar aandachtig aangekeken, terwijl hij zich afvroeg of zij net zoveel van de graaf had gehouden als hij van haar. Tot zijn eigen verbazing had hij die vraag opeens hardop gesteld en had ze die zonder aarzelen beantwoord.
'Ik hield ontzettend veel van hem, Dusty. Jeremy was voor mij de ideale man. Ik aanbad hem gewoon, wat misschien verkeerd was. Hij was ouder dan ik, ruim twintig jaar ouder, en ik denk dat dat een van de redenen was dat ik zo veel van hem hield. Toen ik jong was, verlangde ik soms heel erg naar een vaderfiguur, en Jeremy beschermde en verwende me op een bijna vaderlijke manier. Maar begrijp me niet verkeerd, Dusty, want we hielden zielsveel van elkaar en hadden een hartstochtelijk huwelijk. We verlangden altijd naar elkaar en het is eigenlijk vreemd dat we niet meer kinderen hebben gekregen. We bedreven de liefde wanneer we maar konden.'
Ze was zo openhartig geweest dat het hem had verbijsterd. Een vrouw van vijfennegentig die met hem over seks praatte, dat was bijna bizar. Hij had haar nog aandachtiger aangekeken, maar nu met de ogen van een kunstenaar, en achter de rimpels en de hoge leeftijd had hij haar opeens gezien zoals ze vroeger moest zijn geweest: een beeldschone vrouw. Toen ze jong was, moest ze het evenbeeld zijn geweest van India nu, daar twijfelde hij niet aan.

Halverwege zijn wandeling onderbrak hij zijn overpeinzingen met de vraag of hij zou doorlopen naar Harte's om daar in het restaurant een kop thee te drinken, maar in plaats daarvan liep hij het eerste café in dat hij zag.
Binnen schoof hij op een bank en bestelde een pot thee. Toen hij wachtte tot die werd gebracht, werd hij zich bewust van het armzalige interieur en rook hij een mengsel van bekende geuren uit zijn jeugd: aangebrand eten, een pan kool op het fornuis, gebakken spek, een vleugje gas uit een lekkende pijp en de vochtige lucht van wasgoed dat hangt te drogen. Verval. Armoede. Vervuilde straten.
Hij hield het niet uit. Hij werd overmand door slechte herinneringen en hij vloog zo abrupt overeind dat de serveersters zich naar hem omdraaiden. Zonder een woord te zeggen wierp hij een biljet van vijf pond op het tafeltje en beende kokhalzend naar buiten, de frisse lucht in.
Hij sloeg een straat in naar City Square en liep er zo snel mogelijk naartoe, terwijl hij met diepe teugen ademhaalde en alle gedachten aan zijn verleden onderdrukte. Hij wilde zijn jeugd, die erg verdrietig was geweest, vergeten, want de herinnering eraan deed te veel pijn.
Het was een opluchting weer buiten te zijn, zelfs in dit gure weer.

Even later stak hij de straat over en liep het plein in het centrum op. Bij de beelden in het midden bleef hij staan en toen hij ze weer eens bekeek, vond hij ze erg laag-bij-de-gronds. Vroeger had hij ze prachtig gevonden, toen ze levensgroot boven hem uit torenden. Nu zag hij ze door de ogen van een volwassene en hadden ze hun glans verloren.
De schaars geklede nimfen die met fakkels in de hand op sokkels stonden, waren onwaarschijnlijk gezelschap voor de figuur die ze omringden: Edward, de Zwarte Prins. De geliefde zoon van Edward III, een van de grootste koningen van Engeland, zat in zijn wapenrusting op een zwart paard, net zo krijgshaftig als zijn vader was geweest. Maar wat deden die nimfen daar eigenlijk?
Toen hij naar de beeldengroep stond te kijken, voelde hij de ijzige wind niet meer. Even was hij volkomen in de ban van het beeld dat hem als jongen zo had gefascineerd.
De tijd viel weg.
Het heden verdween.
Hij stond weer in het verleden.

En hij werd overspoeld door herinneringen, door beelden die hij zo lang uit zijn geheugen had gebannen. Opeens kon hij ze niet meer verdrijven, hier in de stad waar hij was geboren.

'Wie is die man op dat paard, papa?' vroeg Dusty. Hij keek op naar zijn vader en trok aan diens hand toen Will Rhodes niet meteen antwoord gaf.
Will keek naar zijn zoon, zijn enige kind, zijn lieveling. Hij glimlachte en zei op zijn zachtaardige manier: 'Het is een beeld van Edward, de Zwarte Prins. Hij was een erg dappere prins.'
'Waarom noemen ze hem dan de Zwarte Prins?'
'Omdat hij altijd een zwart harnas droeg. Ik geloof tenminste dat het daarom was, Russell.'
'Het is een erg groot paard, hè papa?'
'Ja jongen, en zo zwart als roet.'

Roet.
Kolengruis.
Kiezelstof die jarenlang wordt ingeademd.
Stoflongen.
De dood.
Dusty wendde zich af van het standbeeld van Edward, de Zwarte Prins op zijn pikzwarte paard, en stak de straat over naar het Queen's Hotel.
Onderweg dacht hij aan zijn vader. Will Rhodes was mijnwerker geweest; hij had jarenlang in Castleford onder de grond gewerkt. Eigenlijk zijn hele leven, want hij was al als jongen de mijn ingegaan. En de mijn had hem gedood. Zijn longen waren kapotgemaakt door het werk dat hij deed om zijn gezinnetje te onderhouden: zijn lieftallige vrouw Alice en zijn geliefde zoon Russell. Zijn zoon zou nooit de mijn ingaan, dat zou Will nooit goedvinden. Nooit. Zijn zoon zou kunstenaar worden. Een beroemd kunstenaar. De jongen had een talent 'dat scheen als de heldere zomermaan', zei Will altijd.
Dusty's vader was jong gestorven. Hij was pas veertig. Het was verbazingwekkend dat hij het nog zo lang had uitgehouden.
Dusty had geweten dat zijn vader binnenkort zou sterven. Dat kwam door de manier waarop hij zich opeens gedroeg en de dingen die hij zei: 'Zorg goed voor je moeder, jongen. Zorg goed voor mijn Alice.' Toen Will dat zei, had hij er nog heel normaal uitgezien, maar hij moest hebben geweten dat de dood voor de

deur stond. Een maand later was hij gestorven. Op de avond dat zijn vader die vreemde woorden tegen hem had gezegd, had Dusty geweten dat er iets ergs met hem zou gaan gebeuren. Het was een soort onheilstijding geweest.
Silicose. Daar was Will aan gestorven. Het zwarte stof had het leven uit hem verdreven. Terwijl hij nog veel te jong was om te sterven.
Dusty slikte moeizaam toen hij het hotel naderde. Wanneer hij aan zijn vader dacht, kreeg hij altijd een brok in zijn keel. Hij had erg veel van zijn vader gehouden, maar dat had hij hem nooit verteld. Daar had hij nog altijd spijt van. Nu wist hij dat je altijd tegen je geliefden moest zeggen dat je van hen hield. Dat had hij vroeger nooit gedaan. Uiteindelijk had hij het wel tegen India Standish gezegd, zijn verloofde, met wie hij binnenkort zou trouwen. In juni. In Ierland. In Clonloughlin. Lady India Standish, de vrouw van zijn dromen.

Toen hij de lobby van het hotel in liep, het beste hotel van Leeds, kwam het personeel van alle kanten vol respect naar hem toe. Ze wilden hem allemaal ter wille zijn, want hij was hun held, de jongen uit de buurt die het helemaal had gemaakt. Zelfs meer dan dat, want hij was rijk en beroemd geworden, een bekende persoon.
Glimlachend bedankte hij hen beleefd en liep door naar de lounge, waar hij zijn schapenleren jas uittrok.
Onmiddellijk kwam er een kelner aan, die zijn bestelling van een pot thee opnam en vlug wegliep. Dusty maakte het zich gemakkelijk op de bank en keek om zich heen. Hij was in geen jaren in het hotel geweest en het viel hem meteen op dat het opnieuw was ingericht, op een smaakvolle manier. Er hing een gezellige sfeer en je voelde je meteen op je gemak. Hij werd langzaam warm en toen pas besefte hij hoe koud hij het op het plein had gekregen. Terwijl hij in gedachten terug was gegaan naar het verleden, had hij dat niet eens gemerkt.
Het verleden, dat je niet kon veranderen en dat je altijd met je meedroeg. Sommigen noemden het hun bagage, maar zo zag hij het niet. Zijn verleden had hem gevormd tot wat hij nu was. Hij wás zijn verleden.
Zijn gedachten gingen terug naar zijn vader.
Hij was zestien toen Will overleed. Vlak nadat hij was begonnen aan zijn opleiding aan de kunstacademie in Leeds. Dat had zijn

vader tenminste nog meegemaakt, en hij was er erg trots op geweest. 'Wat ben ik blij dat jij de mijn niet in hoeft, jongen,' had hij glimlachend gezegd toen Dusty na zijn eerste dag op de academie thuiskwam. 'Jij zult veel beter terechtkomen dan ik, dat weet ik zeker.' En zijn moeder Alice, een pientere vrouw, had eraan toegevoegd: 'Ja, op de koninklijke academie voor de schone kunsten in Londen als hij achttien is.'

Dusty zag het gezicht van zijn vader weer heel duidelijk voor zich, met de brede, trotse glimlach en de onverwachte twinkeling in de donkerblauwe ogen. Hij had de ogen en het donkere haar van zijn vader, maar verder leek hij niet op hem. Hij was veel forser dan zijn vader was geweest en hij had grovere trekken, terwijl Will Rhodes een tengere man was geweest met een bijna delicaat gezicht. Hij had de bouw van Ron en Ray, de tweelingbroers van zijn moeder, met hun gespierde lijven, brede schouders en knappe, donkere uiterlijk.

Dusty leunde achterover en sloot zijn ogen om het beeld van zijn vader even vast te houden.

Will glimlachte gelukkig omdat zijn enige kind een beurs had gekregen voor de kunstacademie in Leeds. Hij was van mening, net als Alice, dat er geen enkele reden was waarom hun talentvolle, kunstzinnige zoon straks niet ook een beurs voor de kunstacademie in Londen zou kunnen krijgen. Ze waren er eigenlijk al van overtuigd dat dit zou gebeuren. En ze hadden gelijk gekregen, maar toen was Will al dood.

Hij schrok van het gerinkel van porselein en knikte tegen de kelner toen deze vroeg of hij de thee alvast mocht inschenken. Met een bedankje nam hij het kopje aan.

Terwijl hij met kleine slokjes genoot van de thee, die hem opwarmde en verfriste, vroeg hij zich opeens af of mensen die wisten dat ze binnenkort zouden overlijden, probeerden om hun geliefden, degenen die achter zouden blijven en om hen zouden rouwen, te waarschuwen. Of voor te bereiden.

Een maand voor zijn dood had zijn vader hem opgedragen voor zijn moeder te zorgen. En zijn oma, de moeder van zijn vader, had een jaar later net zoiets gedaan. Zonder enige aanleiding had ze tegen Dusty gezegd dat hij nooit mocht vergeten wie hij was, waar hij vandaan kwam en wat belangrijk voor hem was. 'En houd je moeder in ere, jongen. Ga veel naar haar toe en zorg voor haar. Ze is de moedigste, liefste vrouw die ik ken. Onthoud dat goed, Russell. Wees een steun voor haar.' Hadden

mensen een voorgevoel dat ze er binnenkort niet meer zouden zijn?
Hij wist het niet. Maar zijn moeder had het wel geweten. 'Ik ben stervende, Dusty,' had ze tien jaar geleden tegen hem gezegd. Toen ze hem zag verbleken van schrik terwijl hij door de woonkamer naar haar toe liep, had ze dapper geglimlacht en eraan toegevoegd: 'Er is niets meer aan te doen, lieverd. De kanker knaagt steeds harder aan me en ik word steeds zwakker. Het is beter dat je dit weet, Dusty, dan hoef ik het niet meer te verbergen of tegen je te liegen.'
Hij was naast haar gaan zitten op de bank en hij had haar hand vastgepakt, en toen hij in de zachte, grijsblauwe ogen in haar lieve gezicht had gekeken, had hij even geen woord kunnen uitbrengen. Ze was altijd zijn steun en toeverlaat geweest en ze had keihard gewerkt zodat hij ook naar de academie in Londen kon gaan. Hoewel hij opnieuw een beurs had gekregen, had het nog veel geld gekost en met een baantje in het weekend had hij niet genoeg verdiend om al zijn onkosten zelf te kunnen betalen. Zijn moeder had hem zonder ooit te klagen gegeven wat hij nodig had. Joost mocht weten hoe haar dat was gelukt. Maar goddank was hij bijna meteen na zijn opleiding succesvol geworden en toen had hij voor haar kunnen zorgen. Toen zijn schilderijen geld gingen opleveren, had hij haar in de watten kunnen leggen zoals ze verdiende. Uiteindelijk had hij een huisje in Leeds voor haar gekocht en geëist dat ze ophield met werken, en ze had hem terugbetaald door hem te laten merken hoe blij ze met haar comfortabele leven was. Maar in de eerste plaats was ze trots op hem, en hij had het fijn gevonden dat de toekomst waarvan zijn ouders voor hem hadden gedroomd, werkelijkheid was geworden.
'Je bent een geweldige zoon, Dusty,' had ze jarenlang met een liefdevolle blik gezegd. 'Maar denk eraan dat je nooit vergeet wie je bent, hoor. Je bent de innig geliefde zoon van Alice en Will Rhodes. En je hebt alles wat je nodig hebt. Talent, intelligentie en een knap gezicht. Dat knappe gezicht telt ook mee, jongen. Geloof nooit dat dat onbelangrijk is.'
Alles wat ze ooit tegen hem hadden gezegd, had hij onthouden. Will, zijn oma en zijn moeder. Dankzij hun liefde, toewijding en opofferingen was hij geworden wie hij nu was. En dankzij hun geloof in hem en zijn talent. Zijn talent verbijsterde hem soms; hij had geen flauw idee hoe hij eraan kwam. Soms kon hij alleen maar vol ongeloof en dankbaarheid zijn hoofd schudden. Zijn ta-

lent was de kern van zijn persoonlijkheid, daar was hij zich inmiddels van bewust.
Nu was hij tweeënveertig, een volwassen man. Nou ja, meestal wel. En hij stond op het punt te gaan trouwen. Nu moest hij háár gelukkig maken, een goede echtgenoot worden. En hij moest haar vertrouwen, zich verlaten op haar oordeel en haar gezond verstand. Sinds ze bij hem terug was, na hun pijnlijke ruzie en de tijd dat ze uit elkaar waren, had hij dat kunnen doen. Hij had zelfs tegen haar gezegd dat hij van haar hield, en dat was voor het eerst geweest.
En hij had een kind. Een kind van hem en Melinda. Molly had hem laten beloven dat hij haar zou grootbrengen. Ze had hem gewaarschuwd – was dat het juiste woord? – dat hij haar niet bij Melinda mocht laten. Omdat Melinda verslaafd was aan drugs en daardoor tot de ergste dingen in staat was? Of om een andere reden? Hij wist het niet.
Molly had hem gewaarschuwd, ze had hem voorbereid op haar dood.
Ze wist dat ze zou sterven, zoals zijn vader, zijn oma en zijn moeder dat hadden geweten. Zij hadden hem ook voorbereid, opdat het geen al te grote schok voor hem zou zijn als het gebeurde. Toch was het altijd een schok als iemand van wie je hield overleed, ook als je het had verwacht.
Molly Caldwell lag op sterven. Dat wist ze, en nu wist hij het ook. Dusty leunde opnieuw achterover en haalde diep adem. Een golf van verdriet welde in hem op en zijn keel trok dicht van ontroering. Molly Caldwell was een goede moeder en een goede grootmoeder, en ze verdiende het niet dat haar dochter haar zo veel ellende had bezorgd. Melinda was al jarenlang een bron van zorgen voor haar.
Opeens ging hij rechtop zitten. Als Molly inderdaad binnenkort zou overlijden, moest hij Melinda voor zijn. Ze zou hem de voogdij over Atlanta niet gunnen. Ze zou het kind zelf willen hebben, om als wapen tegen hem te gebruiken. Zo was ze nu eenmaal. Hij dacht aan Tessa Fairley en haar gevecht met haar ex-man Mark Longden. Zou hem hetzelfde te wachten staan?
Maar er was altijd een manier om dit soort problemen op te lossen. Geld regeerde de wereld. En Melinda's reputatie deed haar geen goed. Ze was meestal dronken of high, ze versierde de ene na de andere man en in het afkickcentrum was ze kind aan huis. Ongeschikt als moeder? Geen twijfel aan.

Dusty bleef nog een halfuur zitten en probeerde de situatie van alle kanten te bekijken. Wat waren de struikelblokken? Eén ding was zo helder als glas: hij moest India op de hoogte brengen. Vanavond nog. Hij moest haar zijn vroegere relatie met Melinda uitleggen en haar duidelijk maken wat hem te doen stond. En hij moest haar vertellen over zijn jeugd. Ze had er vaak naar gevraagd, maar tot nu toe had hij nooit antwoord willen geven. Vanavond. Dat was hij haar verschuldigd. Ze zou binnenkort zijn vrouw worden, dus hoorde hij geen geheimen voor haar te hebben.

14

De klok in de toren begon te beieren.

De slagen weergalmden oorverdovend door de kerk. Evan, die had zitten mijmeren, schrok op. Het lawaai ging nog even door en toen werd het tot haar opluchting weer stil en vredig om haar heen.

Ze leunde tegen de houten bank en bleef zitten wachten tot Gideon en de anderen terug zouden komen. Ze hadden haar bij de kerk afgezet en waren doorgereden naar de pastorie om met de dominee te praten. Ze konden elk moment terug zijn, maar intussen vond ze het heerlijk dat ze haar een poosje alleen hadden gelaten. De kerk had een mooi altaar met hoog daarboven drie prachtige glas-in-loodramen. De warme kleuren van het glas schitterden als edelstenen in het zonlicht en wierpen regenbogen op de lichte natuurstenen muren. De kerk was negenhonderd jaar oud; hij dateerde uit de tijd van de Noormannen en werd beschouwd als een van de kostbaarste erfgoederen in de omgeving. Evan keek genietend om zich heen en voelde zich intens gelukkig. Gisteren hadden de bloemist en zijn assistenten onder leiding van Paula en Emily de hele dag gewerkt om decoratieve bloemstukken voor de huwelijksplechtigheid te maken. De hele kerk was ermee versierd. In alle hoeken en nissen, op de treden naar het altaar en op de vensterbanken stonden witte en roze orchideeën te stralen, vulden rijen witte en roze anjers de ruimte met een zoete geur en gaven lange witte lelies en groene bladeren het interieur een winters accent. Het zag er adembenemend uit. Pau-

la en Emily, haar toekomstige schoonmoeder, hadden hun uiterste best voor haar gedaan.
Nu ze hier zo ontspannen zat, moest ze opeens denken aan haar overgrootmoeder Emma Harte. Zij had deze oude Noorse kerk laten opknappen en onderhouden, en ze had er centrale verwarming in laten aanbrengen. 'Je zult het niet koud krijgen,' had Gideon pas nog geruststellend tegen haar gezegd, omdat hij wist hoeveel last ze de laatste tijd had van de kou.
Op dit moment voelde ze zich behaaglijk in haar lange lichtgrijze jas met een bijpassende broek en een trui. Ze was gezond, al voelde ze zich topzwaar. Ze zou blij zijn als de bevalling achter de rug was. Ze kon nauwelijks wachten tot ze eindelijk haar twee jongetjes zou zien, en dat gold ook voor hun vader.
Glimlachend dacht ze aan haar genen en die van Gideon. Bij de Hartes waren meerdere tweelingen geboren en zij zette de traditie voort.
Ze vroeg zich af of het zou gaan sneeuwen. Wiggs, de hoofdtuinman op Pennistone Royal, had gezegd dat er dit weekend een pak sneeuw zou vallen. Een huwelijk in de sneeuw zou extra romantisch en schilderachtig zijn, vooral op het platteland, dat zou worden omgetoverd tot een prachtig winters tafereel. Haar moeder was het met haar eens.
Evan dacht aan het gesprek dat ze afgelopen woensdag met haar moeder had gehad. Marietta had haar een vreemd verhaal verteld. Er was die morgen iets gebeurd waarover ze zich zo veel zorgen maakte dat ze zich gedwongen had gevoeld het met haar dochter te bespreken. Toen Evan het verhaal had gehoord, was ze net zo ongerust geworden als haar moeder.
Marietta was die morgen met Angharad naar Pennistone gereden om in de dorpswinkel een paar boodschappen te doen.
'We waren een paar ansichten en nog wat andere dingen aan het uitzoeken toen er een knappe man binnenkwam,' had Marietta verteld. 'Hij bladerde door wat tijdschriften die op het rek lagen en toen keken hij en Angharad elkaar aan en kon ik mijn ogen niet geloven! Ze begonnen druk met elkaar te praten, alsof ze elkaar heel goed kenden. En Angharad flirtte met hem! Ik werd boos omdat ze zich tegen een onbekende zo onfatsoenlijk gedroeg en rekende vlug af, en we liepen de winkel uit. Maar even later merkte ik dat ik mijn bril had laten liggen en ging ik terug, en toen hoorde ik dat de vrouw achter de toonbank de man aansprak met meneer Ainsley. Ik schrok ervan,

Evan. Ik heb vlug mijn bril gepakt en ben weer naar buiten gelopen.'
Toen had haar moeder even gezwegen en Evan bezorgd aangekeken. 'Denk je dat die man Jonathan zou kunnen zijn?' had ze gevraagd.
'Waarschijnlijk wel,' had Evan geantwoord, met een onbehaaglijk gevoel. 'Behalve Robin is hij de enige die ook Ainsley heet.'
Evan herinnerde zich haar ontsteltenis toen ze dit verhaal van haar moeder hoorde. Wat vreselijk jammer dat het nu net Angharad was die Jonathan Ainsley had ontmoet. Ze was niet alleen een flirt, maar ook was ze erg impulsief en liet haar beoordelingsvermogen veel te wensen over. Al sinds haar veertiende ging ze met Jan en alleman naar bed. Ze zou blij zijn als het huwelijk achter de rug was en haar familie terugging naar Londen en daarna naar New York. Ze hield van haar ouders en van Elayne, maar al sinds heel lang geleden deed ze haar best om Angharad te ontwijken. Angharad was niet te vertrouwen. Gideon mocht haar ook niet, dat wist ze, en Linnet liep met een grote boog om haar heen. Maar woensdagmiddag had ze om haar moeder gerust te stellen kalm gezegd: 'Ik weet zeker dat Angharad en Jonathan elkaar niet nog een keer zullen tegenkomen, mama. Die kans is te klein, echt waar.'
Marietta had dat beaamd en leek opgelucht.
Maar Evan had zich de rest van de dag zo veel zorgen om de vreemde ontmoeting gemaakt dat ze het verhaal ten slotte aan Gideon had verteld. En toen Linnet die avond terugkwam van het warenhuis in Harrogate, hadden ze haar ook op de hoogte gebracht.
Linnet had aandachtig geluisterd en steeds bezorgder gekeken. 'Ik zal het meteen doorgeven aan Jack,' had ze gezegd. 'De kans is groot dat Ainsley wist wie Angharad was. Misschien was het helemaal geen toeval, misschien had hij het precies zo gepland. Volgens Jack is hij een heel sluwe kerel. Bovendien weet ik zeker dat iemand hem informatie over ons doorgeeft. Zijn jullie nu niet blij dat we mijn plan gaan uitvoeren?'
Dat hadden ze allebei beaamd. Linnets Plan, met een hoofdletter P. Zo noemde ze het zelf, en het was al in gang gezet. Gelukkig maar, dacht Evan. Nu kon ze zich weer heerlijk ontspannen, dankzij Linnet.
Ze hoorde geluid achter zich en vlug keek ze om. Linnet, Julian en Gideon kwamen de kerk binnen met de dominee van het dorp

Pennistone Royal, de eerwaarde Henry Thorpe. Ze glimlachte en zwaaide naar hen.

De knappe jonge dominee liep voorop toen ze over het middenpad naar de voorste bank kwamen, waar Evan zat. Ze stond op toen hij haar hartelijk begroette en gaf hem glimlachend een hand. Ze maakten een praatje tot Gideon zacht, maar vastberaden vroeg: 'Kunnen we beginnen, dominee?'

'Natuurlijk, Gideon. Daarom zijn we gekomen.'

In de vredige oude kerk vol bloemen en zonlicht werden Evan Hughes en Gideon Harte in het bijzijn van twee getuigen door de dominee in de echt verbonden. Op zaterdagochtend om precies kwart over acht beloofden ze elkaar met duidelijk uitgesproken woorden en gouden ringen trouw.

De geheime plechtigheid, uren voordat de oorspronkelijke huwelijksvoltrekking zou plaatsvinden, was het plan dat Linnet een week geleden had bedacht. Ze had erop gestaan dat niemand anders erover zou worden ingelicht.

'Het moet geheim blijven,' had ze tegen Jack gezegd.

Toch had hij geëist dat ze het Paula zouden vertellen. 'Zij moet het weten,' had hij koppig volgehouden. 'En Shane, Emily en Winston horen het ook te weten. Zij zijn de hoofden van de families, van de clans, zij hebben het voor het zeggen. Ik kan je met de hand op het hart verzekeren dat ze hun mond zullen houden, maar je moet het hun wel vertellen. Ik ben het met je eens dat het voor de anderen geheim moet worden gehouden, dat is veiliger. Zelfs Evans ouders en Robin mogen het niet weten. Zij krijgen het later te horen. Net als de rest van de familie.'

Linnet had instemmend geknikt. 'Goed, dan zijn alleen Julian en ik erbij als getuigen. Niemand mag in de gaten hebben dat er op dat moment een huwelijk wordt voltrokken.'

En zo was het gegaan.

Na de eenvoudige plechtigheid volgden ze de dominee naar de consistoriekamer om het kerkregister te tekenen. Daarna bedankten ze hem voor zijn medewerking.

Toen ze de kerk verlieten, stond Jack Figg daar met een paar van zijn bewakers te wachten. Hij kwam naar hen toe om de bruid en bruidegom te feliciteren. Even later bracht hij Gideon, Evan, Julian en Linnet naar zijn Land Rover. Toen ze allemaal zaten, liep hij terug naar de dominee, die nog op het bordes voor de kerk stond.

'Dank u wel, dominee. Zonder uw medewerking was dit niet gelukt.'

De dominee grinnikte. 'Niet als het een wettige huwelijksvoltrekking moest zijn,' zei hij. 'Ik ben blij dat ik jullie van dienst kon zijn, en ik zie jullie straks op de receptie.'
Jack knikte glimlachend, liep snel terug naar de auto en reed het nog slapende dorp uit. Het was een pak van zijn hart dat alles goed was gegaan en dat Gideon en Evan nu voor de wet man en vrouw waren. Daar was het hem om te doen geweest: dat de huwelijksvoltrekking vlot zou verlopen.

Toen ze terugkwamen op Pennistone Royal, hing er een geheimzinnige sfeer. Onderweg had Gideon Paula met zijn mobieltje gebeld en geroepen: 'Het is gebeurd! We zijn getrouwd! En niemand heeft het gemerkt.' Dus toen ze een minuut of tien later de oprit van het huis opreden, kwamen Paula en Shane vlug naar buiten om hen te verwelkomen.
Paula kuste Evan en Gideon en wenste hen geluk, en Shane volgde haar voorbeeld. Daarna ging ze hen voor naar de ontbijtkamer en legde uit: 'Margaret heeft voor ons zevenen het ontbijt klaargemaakt, maar ze weet niet waar jullie zijn geweest. Dat weet niemand.' Ze keek met een liefdevolle glimlach naar haar dochter en vervolgde: 'Ik ben blij dat je dit plan hebt bedacht, Linnet, en dat jullie het op deze manier hebben gedaan. Je bent een slim meisje.'
'Dank je, mama. Toch vind ik het erg vervelend dat ik Evan haar veel mooiere huwelijksplechtigheid heb afgenomen.' Ze keek Evan met een verontschuldigend gezicht aan.
'Ik voel me absoluut niet tekortgedaan,' zei Evan meteen. 'Ik vind het een voorrecht dat ik lid ben van deze familie en ik vond het een heel mooie plechtigheid, met alleen jij en Julian als getuigen.'
'Ze heeft gelijk, Linny,' viel Gideon haar bij. 'Het belangrijkste is dat we nu getrouwd zijn, en door jouw plan heeft niemand Evan iets aan kunnen doen. Goddank.'
Ze gingen om de ronde tafel in de erker van de ontbijtkamer zitten en even later kwam Margaret binnen met ham, roereieren, toast, schaaltjes met boter en marmelade, en grote potten thee en koffie.
Toen Margaret de kamer had verlaten, zei Jack zacht tegen Paula en Shane: 'In het dorp lag bijna iedereen nog te slapen en liep er geen kip op straat. Zoals je me hebt gevraagd, Paula, heb ik de dominee verzocht straks de belangrijkste mensen te bellen om

ze te vertellen dat het huwelijk vanwege Evans conditie vanmorgen in alle rust is voltrokken. En hij regelt dat de Vereniging van Plattelandsvrouwen morgen thee schenkt in het dorpshuis om een beetje goed te maken dat de dorpelingen een huwelijk van de familie Harte zijn misgelopen, terwijl ze dat altijd zo'n prachtige gebeurtenis vinden.'
'Dat is aardig van hem,' zei Shane. 'Het is misschien een goed idee om een doos champagne te laten brengen voor hun feestje. Wat denk jij, Paula?'
'Dat vind ik inderdaad een goed idee, schat. Ik zal tegen Joe zeggen dat hij dat morgenochtend moet doen.'
Gideon keek Paula aan en zei grinnikend: 'Ik wil wedden dat het niet meeviel mijn vader en moeder te beletten hier ook te komen ontbijten!'
Paula lachte. 'Inderdaad. Vooral Emily wilde dolgraag komen om jou en Evan meteen te feliciteren. Maar ten slotte moest ze toegeven dat het aardiger zou zijn als ze met de ouders van Evan op Allington Hall bleef. Het enige alternatief was hen mee te brengen, maar het leek me beter hier zo weinig mogelijk ruchtbaarheid aan te geven. Na het ontbijt kan Evan uitrusten en zich voorbereiden op de receptie zonder dat ze zich om anderen hoeft te bekommeren. Ik zal Emily zo meteen bellen, dan kan zij Evans ouders op de hoogte stellen van wat er inmiddels is gebeurd.'
'We krijgen het er druk mee,' zei Shane, 'want we moeten nog veel meer familieleden bellen om te zeggen dat ze, omdat de plechtigheid al achter de rug is, om drie uur hier thuis worden verwacht in plaats van om twee uur in de kerk.'
'Geven jullie iedereen dezelfde reden op?' vroeg Julian, en hij keek Paula en Shane om beurten aan.
'Ja, dat lijkt ons het beste, Jules,' antwoordde Shane. 'Evan ziet eruit alsof ze elk moment kan bevallen, dus is het logisch dat het ons beter leek de huwelijksvoltrekking te vervroegen voor het geval dat de tweeling wat eerder komt dan we hadden verwacht. Volgens mij zal niemand dat vreemd vinden.'
'En wie dat wel vindt, nou ja, jammer dan,' zei Linnet. 'Als we de echte reden zouden uitleggen, zouden ze ons een stel paranoïde pessimisten vinden.'
'Dat zijn jullie ook,' zei Lorne vanuit de deuropening. Hij zag er vlot uit in een witte coltrui en een rijbroek, en kwam breed glimlachend naar hen toe. 'Ik neem aan dat je het over Jonathan Ainsley had, Linnet, maar volgens mij maken jullie je veel te druk om

die man en denken jullie dat hij tot alles in staat is. Hij ís geen bedreiging, dat denken jullie alleen maar.'
'Misschien heb je gelijk,' gaf Linnet toe, 'maar hij heeft vorige maand toevallig wel geprobeerd het huwelijk van Julian en mij te verstoren. Vertel het hem maar, Jack.'
Jack Figg knikte en keek naar Lorne, die naast Shane ging zitten.
'Mijn mannen en ik hebben een stel boeven kunnen oppakken die van plan waren in Pennistone de boel op stelten te zetten. Gelukkig konden we voorkomen dat ze de kerk beschadigden en de huwelijksgasten nog ergere dingen aandeden.'
'Hoe heb je dat ontdekt?' vroeg Lorne.
'Informatie van een betrouwbare bron,' antwoordde Jack. 'Van iemand die erbij betrokken was. Maar ik noem liever geen naam.'
Gideon leunde naar voren en vroeg Paula en Shane: 'Zal ik jullie helpen met de telefoontjes? Ik vind ook dat Evan een paar uur moet rusten, want het zal een lange dag worden, maar ik ben vrij.'
'Helemaal niet,' zei Linnet op plagerige toon. 'Je bent nu voorgoed bezet.'
'Dat is waar, en wat een geluk,' beaamde Gideon met een stralende lach.

15

Het vruchtbomenhouten kistje met zilverbeslag stond al Paula's hele leven op de Queen Anneladekast. In het verleden had ze haar grootmoeder vaak gevraagd waar het sleuteltje was, en dan had Emma steeds geantwoord dat ze dat kwijt was. Iedereen had het altijd een geheimzinnig kistje gevonden, omdat Emma nooit had willen zeggen of er iets in zat of dat het leeg was.
Nu was het geheim ontsluierd. Het zilveren sleuteltje zat weer in het zilveren sleutelgatplaatje en de hele familie wist wat er in het kistje had gezeten: brieven die Glynnis Hughes, de grootmoeder van Evan, in de jaren vijftig had geschreven aan Emma Harte op Pennistone Royal. Die brieven hadden onthuld wie Evan was. Toen Paula het sleuteltje had gevonden en het kistje had geopend, had ze ontdekt dat Robin Ainsley, Emma's lievelingszoon, de vader was van Owen Hughes, de zoon van Glynnis,

en dat Evan dus Emma's Amerikaanse achterkleindochter was. Met haar gedachten bij Evan liep Paula door de zitkamer op de eerste verdieping naar haar slaapkamer en rechtstreeks naar het kistje. Ze pakte het van de kast en nam het mee naar haar ovale Georgian schrijftafel voor het raam. Daar ging ze zitten, zette het kistje voor zich neer en streek met haar hand over het deksel met het zilveren plaatje met de initialen E.H.: Emma Harte. Evan had sinds een paar uur dezelfde initialen. Misschien was zij in de familie degene die dit mooie oude voorwerp voortaan onder haar hoede hoorde te nemen. Tenslotte had het een heleboel geheimen bevat van haar grootmoeder Glynnis, geheimen die deel uitmaakten van haar familiegeschiedenis.

Ik geef het aan haar, besloot Paula. Ze sloeg het deksel open en keek naar het verschoten rode fluweel waarmee de binnenkant was bekleed. Het kistje was nu leeg, omdat Paula het met een blauw lint samengebonden bundeltje brieven van Glynnis aan Emma al een jaar geleden aan Evan had gegeven. En ik moet haar ook de diamanten ster geven, dacht Paula. Hij past bij de stervormige diamanten oorbellen die Emily haar als huwelijksgeschenk heeft gegeven.

Met een brede glimlach stond Paula op en liep vlug naar haar toilettafel. Ze deed haar juwelenkistje open en haalde er de victoriaanse broche in de vorm van een ster uit. Emma had de antieke broche en de bijpassende oorbellen gekregen van de moeder van Arthur Ainsley toen ze in de jaren twintig met Arthur trouwde. Paula lachte hardop toen het haar te binnen schoot dat haar nichtje Emily heel vroeger een keer aan Emma had gevraagd of ze 'die oude oorbellen van je, omie' mocht lenen. Emma had hoofdschuddend geantwoord: 'Ik wist niet dat diamanten oud werden, Emily, maar je mag ze natuurlijk lenen.' Later had Emma ze aan Emily gegeven, omdat haar moeder Elizabeth een Ainsley was.

Evan was via Robin ook gedeeltelijk een Ainsley, dus behoorde zij de broche te hebben die bij de oorbellen paste, vond Paula. Dan was alles netjes geregeld. Ze kon zich nog goed herinneren dat haar grootmoeder ervan hield alles op orde te hebben, zowel in haar zakelijke als haar persoonlijke leven. Netjes geregeld, dat was een uitdrukking van Emma geweest.

Toen ze de zitkamerdeur hoorde opengaan en Lorne hoorde roepen: 'Ben je hier, mama?' liep ze vlug naar hem toe, met de broche in haar hand.

'Wat is er lieverd?' vroeg ze, terwijl ze hem onderzoekend aankeek.
'Kunnen we even praten?' Lorne liep met haar mee naar de open haard en ging op een van de banken zitten.
'Natuurlijk. Je klinkt ongerust, Lorne. Gaat het wel goed met je?'
'Met mij wel, mam. Maar ik maak me erg veel zorgen om jou. Je ziet er de laatste tijd ontzettend moe uit.'
'Ik ben ook erg moe, Lorne. Als sinds de kerst. Maar als we deze trouwdag van Gideon en Evan eenmaal achter de rug hebben, knap ik vast wel weer op. Ik heb me nogal druk gemaakt.'
'Vanwege die verdomde neef van je?'
'Voor een deel wel, ja. Maar ook omdat ik samen met Emily een heleboel dingen moest regelen, omdat ze wilde dat Gideon een perfecte huwelijksdag zou hebben. Voor haar is daar door de inzegening vanmorgen vroeg een beetje de klad in gekomen, wat ik heel sneu voor haar vind.'
'Omdat ze Evan niet door het middenpad van de kerk naar voren heeft zien lopen en samen met Gideon voor het altaar heeft zien staan? Vind je dat sneu?'
'Ja, dat bedoel ik. Maar meteen toen Linnet met haar plan voor een geheime huwelijksvoltrekking kwam, begreep ze dat dat veel verstandiger zou zijn. En het zal een heel mooie, feestelijke receptie worden. Daarna zal ze Gideon en Evan als eersten de dansvloer op zien gaan, wat moet goedmaken dat ze de kerkelijke plechtigheid heeft gemist.'
Lorne schudde zijn hoofd. Toen keek hij zijn moeder scherp aan en vroeg zacht: 'Denk je echt dat Ainsley een gevaarlijke kerel is?'
'Helaas wel. Maar hij laat anderen het vuile werk doen. Hij is te sluw om zelf het risico te lopen dat hij wordt betrapt. Tenslotte is hij ook een Harte, en je weet wat dat betekent.'
'O jee,' mompelde Lorne. 'Jack zei onlangs tegen me dat ik ook voorzichtig moet zijn,' vervolgde hij. 'Dat Ainsley het ook op mij kan hebben gemunt omdat ik je zoon ben, en dat ik een gemakkelijke prooi ben omdat ik als acteur meer opval dan anderen.'
'Je moet doen wat hij zegt,' maande Paula nadrukkelijk. 'Want hij heeft gelijk. Misschien moet je een lijfwacht nemen, die hebben een heleboel andere acteurs en actrices ook.'
'Dat is niets voor mij, mam. Maar bedankt voor de suggestie. Ik zal goed om me heen kijken en voorzichtig zijn, zoals Jack heeft aangeraden.' Zijn blik viel op de diamanten broche. 'Wat heb je daar in je hand? De beroemde Ainsleybroche?'

Paula glimlachte. 'Die geef ik vandaag aan Evan omdat zij ook een nakomeling van Arthur Ainsley is. Emily heeft haar de bijpassende oorbellen al gegeven, die zij jaren geleden van omie had gekregen. Dan is de hele set weer bij elkaar.'
'Wat aardig van jou en Emily om erfstukken door te geven. Een leuke traditie. Maar ik wilde je ook vragen wat er vanmiddag gaat gebeuren, nu alle festiviteiten hier plaatsvinden.'
'Er is niets veranderd, Lorne. Om drie uur zullen Evan en Gideon hun entree maken in de Oranje Salon, niet vanuit de kerk, maar van... boven.' Ze lachte; haar gevoel voor humor liet haar nooit in de steek.
Lorne lachte mee en knikte. 'Oké, en dan volgt de receptie met champagne in de Oranje en de Grijze Salon, met daarna een late lunch in de Stenen Hal. Na de lunch wordt er gedanst en gefeest.'
'Juist, lieverd. En nu de huwelijksplechtigheid achter de rug is, kan ik me ontspannen en er ook van genieten. Ik heb echt het gevoel dat er een last van me af is gevallen, Lorne.'
'Daar ben ik blij om, mama. Je maakt je altijd veel te veel zorgen. Nu ga ik naar de keuken om Margaret te vragen of ze een boterham voor me wil smeren, en dan ga ik een poosje rondlummelen voordat ik me in mijn nette pak hijs. Ik zal vroeg beneden komen voor het geval dat ik kan helpen.'
'Je zult de knapste man zijn die er rondloopt, lieverd.'
'Behalve papa.' Lorne stond op en liep naar de deur. Daar keek hij nog even om. 'Of kan ik je nu nog ergens mee helpen?'
'Nee, Lorne. Maar dank je dat je het aanbiedt.'
'Je hoeft me alleen maar te roepen, hoor.'
'O ja, er is toch iets wat je voor me kunt doen. Wil jij erop letten dat Desmond er netjes uitziet straks? Vroeger zag hij er altijd uit om door een ringetje te halen, maar de laatste tijd loopt hij er vreselijk slordig bij, vind ik.'
'Dat doen alle jongelui tegenwoordig, maar ik zal hem inspecteren,' beloofde Lorne, voordat hij de deur zacht achter zich dichttrok.
Paula bleef nog even op de bank zitten en bedacht hoe ze bofte met een zoon als Lorne. Ze had zich nooit zorgen om hem hoeven te maken, werkelijk nooit. Hij was bijna te aardig voor iedereen, en ze was vaak bang dat mensen van hem profiteerden, vooral vrouwen. Ze zuchtte, stond op en liep terug naar haar bureau. Ze legde de broche in het vruchtbomenhouten kistje en sloeg

het deksel dicht. Straks zou ze de broche in het bijbehorende fluwelen doosje leggen en dat samen met het kistje naar Evans kamer brengen, met een brief erbij waarin ze de geschiedenis van beide voorwerpen uit de doeken deed.

'Je weet dat je alles van me gedaan kan krijgen, jongen,' zei Margaret, en ze glimlachte tegen haar lieveling. Hij stond met zijn handen in zijn zakken voor het grote keukenraam en zag er ongelooflijk aantrekkelijk uit, vond ze. 'We hebben het erg druk, dat zie je, maar ik maak wel een broodje met kip voor je. Maar je moet het ergens anders opeten, hoor, anders zit je de cateraars in de weg. Ik ben blij dat je moeder heeft besloten de lunch door anderen te laten klaarmaken, want dat zou te veel voor me zijn geweest.'
'Inderdaad, lieve schat.' Lorne boog voorover en gaf Margaret een kus op haar voorhoofd. 'Je moet goed voor jezelf zorgen, hoor. Soms vind ik dat je veel te hard werkt.'
Margaret grinnikte. 'Dat is de vloek van de hele familie, Lorne. Je overgrootmoeder is ermee begonnen en omdat zij een werkverslaafde was of hoe je dat tegenwoordig ook noemt, verwachtte ze dat alle anderen dat ook waren. Emma was een slavendrijfster, hoor.'
Lorne begon te lachen en draaide zich abrupt om toen iemand hem begroette met zijn naam. Achter hem stond de cateraar, die hij al zijn hele leven kende. 'Hallo Prissy,' zei hij vriendelijk tegen Priscilla Marney, die voor grote feesten en recepties van zijn moeder meestal de catering verzorgde. 'Hoe gaat het met je? En met Samantha?'
'Met haar gaat het prima en met mij ook. Je ziet er goed uit, Lorne. Ik verheug me al op je volgende film.'
'Hij komt over een paar maanden uit, en in maart begin ik met de repetities van een toneelstuk in het West End.'
'Dan gaan we daar ook naartoe. Sam en ik zijn je grootste fans,' zei Priscilla.
Lorne glimlachte, en het viel hem op dat ze er lang niet zo flamboyant uitzag als anders. Meestal droeg ze felpaarse en rode kleren, en dan had ze iets dramatisch dat hem als acteur wel aansprak. Met haar lengte en donkere uiterlijk was ze een bijzonder knappe vrouw, vond hij. Maar vandaag zag ze er ongewoon eenvoudig uit. Ze had haar bos zwarte krullen netjes opgestoken en ze droeg een zakelijk zwart broekpak met een witte blouse.

'Als je me voor de première van het toneelstuk belt, zal ik ervoor zorgen dat je kaarten krijgt, Priscilla,' beloofde hij.
'Dank je wel, Lorne, dat is erg aardig van je.' Ze keek naar de klok aan de muur. 'Moet je je niet verkleden? Je moet toch zo meteen naar de kerk?'
'Dan kan ik maar beter opschieten,' zei hij, en hij liep naar de deur. Hij beschouwde het niet als zijn taak de cateraar op de hoogte te stellen van de verandering van het programma. Ze wist natuurlijk nog niet dat het huwelijk al een paar uur geleden in het geheim was voltrokken. Dat had hij zelf pas gehoord toen hij met zijn ouders en de anderen aan de ontbijttafel zat.
Margaret kwam haastig naar hem toe en gaf hem een bord. 'Alsjeblieft, jongen, je broodje met kip,' zei ze. 'Maak nu dat je wegkomt, dan zie ik je straks wel weer.' Ze duwde hem bijna de gang in.
Lorne liep naar de ontbijtkamer. Zijn moeder dacht dat Margaret ook niet wist wat er die morgen was gebeurd, maar daar was hij helemaal niet zo zeker van. Zijn moeder had de neiging hun huishoudster te onderschatten, terwijl Margaret veel schranderder was dan de familie vermoedde. De manier waarop ze hem de keuken uit had gezet toen Priscilla naar de klok had gekeken, had hem het idee gegeven dat ze meer wist dan ze liet blijken. Niet dat het erg was als Priscilla Marney het nu zou horen in plaats van straks om drie uur, want ze werkte al jaren voor de familie. Iedereen mocht Prissy graag, en ze was de beste cateraar in Yorkshire.
In de ontbijtkamer trof hij zijn halfbroer Desmond, die aan tafel een schaaltje fruitsalade zat te eten.
'Hallo Des, waar ben jij de hele morgen geweest? Ik had je nog niet gezien,' zei Lorne, terwijl hij tegenover hem ging zitten.
Desmond kreunde. 'Ik heb huiswerk gemaakt. Papa heeft me ervanlangs gegeven omdat ik er de kantjes afloop.'
'Heb je hulp nodig?'
'Nee, maar bedankt dat je het vraagt. Ik neem aan dat we ons moeten optutten voor het huwelijk. Wat een ellende.'
Lorne begon te lachen. 'Maar dat is toch niet zo erg, Des? Je gaat er niet dood aan als je een paar uur een pak en een das aan moet, hoor. En gelukkig is het een normaal pak, geen jacquet. Ik haat die flappen aan mijn jas en een hoge hoed.'
'O god, ik ook!' riep de zeventienjarige Desmond uit. 'Mama wil dat ik mijn nieuwe donkerblauwe pak aantrek. Wat trek jij aan, Lorne?'

'Ze wil dat ik ook een donkerblauw pak draag. En papa en opa moeten dat ook.'
Desmond trok een gezicht. 'Ik wou dat ik niet hoefde te gaan. Ik haat trouwerijen.'
'Ik weet wat je bedoelt. Al die familieleden en al dat gedoe... Niet te vergeten de ruzies die ze af en toe maken. Soms is het inderdaad een ellende. Maar vergeet niet dat dit de reden is dat je een weekend naar huis mocht.'
'Dat is waar,' erkende Desmond met een glimlach tegen zijn geliefde broer. 'Heb je nog geen nieuwe vriendin, Lorne?' vroeg hij. Hij trok een van zijn zwarte wenkbrauwen op – hij had het donkere Ierse uiterlijk van zijn voorvaderen – en begon plagend te grinniken. 'Ik wil wedden dat mama vaak tegen je zegt dat je ook maar eens moet trouwen.'
'Dat doet ze, maar ik kan niet trouwen voordat ik een vrouw heb gevonden, Des.'
Desmond knikte en leunde naar voren. 'Mag ik straks bij jou in de buurt blijven, Lorne? Ik moet altijd oppassen dat de tantes en nichtjes me niet levend verslinden.'
Daar moest Lorne hard om lachen, want dat was ook zijn lot geweest toen hij net zo oud was als zijn broer nu. Hij wist precies hoe Desmond zich voelde.

Jack Figg opende de dubbele deuren van de Oranje Salon op Pennistone Royal en bleef even op de drempel staan om rond te kijken. Van het prachtige oude landhuis vond hij dit de mooiste kamer en het verbaasde hem dat er in de afgelopen veertig jaar nauwelijks iets aan veranderd was.
De salon was leeg, want de hele familie was zich boven aan het verkleden en de gasten waren nog niet aangekomen. Jack keek op zijn horloge en zag dat het tien voor twee was. De receptie begon pas over ruim een uur, dus voorlopig verwachtte hij nog niemand.
Langzaam liep hij het vertrek door naar de witte marmeren schouw. De bundels winters zonlicht die door de vele hoge ramen naar binnen vielen, zetten de ruimte in een zacht licht en gaven de met perzikkleurige zijde behangen muren een gouden gloed. Hij had altijd van deze kamer met zijn zachtoranje-en-roomwitte tinten gehouden. Er stonden sierlijke meubels in régencestijl en aan de muren hingen mooie impressionistische schilderijen.

Hij ging voor de open haard staan en keek naar het landschap van Sisley dat erboven hing, en dat Emma daar meer dan vijftig jaar geleden had opgehangen. Vervolgens liet hij zijn blik naar de twee andere Sisleys glijden, en naar de twee Monets. Deze vijf schilderijen moesten hier altijd blijven hangen, dat had Emma in haar testament laten vastleggen.
Terwijl Jack rondkeek, viel het hem opnieuw op dat Paula alles had gelaten zoals het was. Ze verving bekleding die versleten raakte of andere dingen die lelijk werden, maar aan de oorspronkelijke inrichting veranderde ze niets.
Overal stonden bloemen. Een aantal hoge kristallen vazen waren gevuld met lelies, geïmporteerde seringen en mimosatakken, in porseleinen schalen dreven anjers of tulpen, en hier en daar stonden Paula's geliefde orchideeën in mooie Chinese bakken. Er stonden geen rozen. Dat had Emma verboden en daar hield Paula zich aan.
Toen Jack voor een van de ramen ging staan en naar het terras en de besneeuwde tuin staarde, dacht hij aan Paula. Ze zag er de laatste tijd doodmoe uit, maar toen hij haar vanmorgen in de Stenen Hal had geholpen naamkaartjes op de tafels te zetten, had ze iets minder vermoeid geleken. Ze was vrolijk en had een wat meer ontspannen indruk gemaakt. Hij was ervan overtuigd dat de geheime plechtigheid vanmorgen vroeg daar iets mee te maken had.
Jack wist dat ze erg ongerust was over Jonathan Ainsley, en hij wilde dat hij iets kon doen om haar zorgen te verlichten. Maar hij was net zo hulpeloos als zij, tenzij hij Ainsley van kant zou laten maken natuurlijk. Dan zou Paula rust hebben. Maar dat was geen optie. Toch moest hij een manier zien te vinden om die man in bedwang te houden. Hij moest een plan maken.
Jack was al jarenlang een deel van de familie en zo voelde hij zich ook. Omdat hij zo veel van hen allemaal hield, was hij bereid om al het mogelijke te doen om hun lasten te verlichten, vooral die van Paula. Tussen Paula en hem bestond een hechte vriendschap. Hij slaakte een diepe zucht. Hij moest haar helpen, vooral vandaag. Om te beginnen moest hij voor meer bewaking zorgen. Hij zou Lorne aanraden een chauffeur in dienst te nemen die bij de politie was geweest, dan werd hij beter beschermd. Lorne was een beroemde acteur en een knappe jongeman, en hoewel hij Fairley heette, was hij ook een echte Harte. Om die redenen was hij een perfect doelwit. Dat had hij allemaal al tegen Lorne gezegd,

maar het had niet genoeg indruk gemaakt. Daarom moest Jack zelf voor Lornes veiligheid zorgen.
Toen hij zich omdraaide om de salon te verlaten, kwam Linnet haastig binnen en wuifde naar hem. 'Ik kom mijn spullen halen,' zei ze, en ze kwam naar hem toe.
Jack knikte en haalde een dikke envelop uit zijn zak.
Ze pakte de envelop aan. 'Het microfoontje en het oortelefoontje?' vroeg ze.
'Ja. Zorg ervoor dat het microfoontje niet wordt afgedekt door de bloem die je op je revers speldt,' waarschuwde hij. 'Je moet de zender aan je rokband hangen en het snoer van de microfoon erin steken.' Hij draaide zich om, trok zijn jasje omhoog en liet zien hoe hijzelf zijn zendertje op zijn rug aan zijn broekband had bevestigd. 'Zie je hoe het zit?'
'Ja, ik zie het. En ik weet ook wat ik met het oortelefoontje moet doen.'
'Wat trek je aan, Linnet?' vroeg hij.
'Een lange rok met een topje en een lange zijden jas eroverheen. Speciaal uitgekozen om deze spullen te kunnen verbergen,' zei ze trots, en ze hield de envelop omhoog.
'Mooi zo. Zoals jij is er maar één, Linnet.'
'Dat hoop ik niet,' zei ze vlug. Ze nam hem kritisch op en voegde eraan toe: 'Je ziet er heel gedistingeerd uit, Jack. Echt waar.'
'Dank je voor het compliment. Waar is Julian?'
'Die is zich boven aan het verkleden en dat ga ik nu ook gauw doen. Want ik heb Evan beloofd dat ik haar zou helpen.' Ze wierp een blik op de staande klok op de schoorsteenmantel. 'O hemel, het is al twee uur geweest! Ik moet opschieten.'
'Ga dan maar gauw, Beauty...' Hij maakte de zin niet af omdat zijn mobieltje rinkelde, en hij haalde het uit zijn zak. 'Hallo?'
'Met Pete, Jack.'
De detective klonk gespannen. 'Wat is er gebeurd, Pete?' vroeg Jack.
'Een deel van de westelijke muur van de kerk in Pennistone Royal is zojuist opgeblazen. Gelukkig was de kerk leeg, anders zou het een nog veel grotere ramp zijn geweest.'
'O mijn god!'
Hoewel Jack heel zacht sprak, had Linnet de uitroep gehoord en ze keek naar zijn geschrokken gezicht. Ze bleef staan terwijl hij aandachtig luisterde naar wat de man aan de lijn nog meer te vertellen had.

'Iemand had er explosieven of een kleine bom verstopt,' vervolgde Pete. 'Als de kerk vol had gezeten, waren er doden gevallen, Jack.'
'Dat besef ik. Heb je de politie in het dorp gewaarschuwd?'
'Dat heeft de dominee inmiddels gedaan.'
'Ben jij niet gewond geraakt, Pete? Ik weet dat je tegenover de kerk geparkeerd stond.'
'Ik mankeer niets en Chuck is ook oké. Hij staat een eindje verderop.'
'Waar is Al?'
'Op de heuvel, op zoek naar de daders. Maar hij heeft nog niemand gezien.'
'Weet je soms ook waar de dominee is?'
'Hij staat vlakbij en inspecteert de schade aan de kerk. Samen met de koster. Wil je hem spreken?'
'Ja, geef hem maar even.'
'Hier komt-ie.'
Even later vroeg de eerwaarde Henry Thorpe: 'Wie heeft dit gedaan, meneer Figg? Weet u dat al?'
'Nee, dominee. Maar ik vermoed dat het iemand is die een wrok koestert tegen de familie. Gelukkig is er niemand gewond geraakt.'
'Ja, gelukkig. Wat wilt u dat ik doe?'
'Ik heb begrepen dat de politie er al is. Als zij de kerk grondig hebben geïnspecteerd en zeker weten dat er verder geen gevaar dreigt, moet de rommel worden opgeruimd en het gat met planken en dekzeilen worden afgedicht om ongedierte buiten te houden.'
'Ik zal ervoor zorgen dat dat gebeurt.'
'Is er iemand anders die daar toezicht op kan houden, dominee? Want het zal vreemd worden gevonden als u hier niet om drie uur op de receptie bent.'
'Natuurlijk kom ik op de receptie. Ik begrijp dat dat belangrijk is.'
'Dominee?'
'Ja, meneer Figg?'
'Ik denk dat we zo discreet en verstandig moeten zijn om er tijdens de receptie niet over te praten. Mevrouw O'Neill zou erg ontdaan zijn, laat staan de bruid en bruidegom als ze zouden horen dat iemand hen dit wilde aandoen.'
'Ik begrijp het en ik zal mijn mond houden. Maar het was een

harde knal en er zijn al enkele dorpelingen komen kijken. Wat moet ik tegen ze zeggen?'
'Niets. Zeg maar dat u niet weet wat er is gebeurd. Wees vaag, doe verbijsterd. Hoe minder u zegt, des te beter.'
'Ik zal even met sergeant Lyons gaan praten, die heeft de leiding. Ik zal het woord "wrok" vermijden, als u begrijpt wat ik bedoel.'
'Dat begrijp ik zeker, dominee, en dat lijkt me erg verstandig. Dan zie ik u straks. Intussen blijven er een paar van mijn mannen in het dorp rondkijken. Als u me Pete weer wilt geven, zal ik tegen hem zeggen dat hij u zo goed mogelijk moet helpen. En denk eraan, geen woord over dit voorval wanneer u hier bent.'
'Maakt u zich over mij maar geen zorgen, meneer Figg,' zei de dominee ferm. 'Hier is Pete.'
Even later zei Pete: 'Weer met mij, Jack. Ik denk dat het een bom is geweest. Hij is er waarschijnlijk de afgelopen nacht neergelegd en om ongeveer tien over twee ontploft.'
'Dat klinkt logisch, Pete. Als we dat andere plan niet hadden uitgevoerd, had de kerk op dat tijdstip vol mensen gezeten, de Hartes en hun familie. Blijf in de buurt van de politie en laat ze weten dat je bereid bent te helpen, hoewel ik denk dat ze het wel alleen afkunnen. Houd me op de hoogte, Pete.'
'Zal ik doen.'
Jack verbrak de verbinding en keek Linnet aan, die voor hem was blijven staan. Zacht zei hij: 'Een deel van de westelijke muur van de kerk in Pennistone Royal is opgeblazen. Er zijn geen gewonden, maar dat heb je al begrepen, denk ik. Pete denkt dat de bom er de afgelopen nacht is neergelegd en dat hij is ontploft toen de plechtigheid net had moeten beginnen. Om ongeveer tien over twee.'
Linnet was bleek geworden en ze zei zacht en fel: 'Dat heeft Ainsley gedaan, dat kan niet anders.'
'Maar we kunnen het niet bewijzen. De politie zal alleen restanten van de bom vinden, geen bewijsmateriaal. Dat weet ik zo goed als zeker.'
'Wat moeten we nu doen?'
'Niets, Linnet,' antwoordde Jack hoofdschuddend. 'De politie zal alles onderzoeken, de kerk inspecteren om te zien of hij nu veilig is en een rapport opmaken. Ik denk niet dat er in de kerk of in het dorp verder nog iets zal gebeuren.'
'Maar het kan zijn dat Ainsley alsnog probeert Evan en Gideon iets aan te doen.'

'Vandaag niet, vandaag zal hij zich koest houden. Ik denk eerder dat hij al uit Yorkshire is vertrokken en op weg is naar Parijs of Hongkong. Hij is slim genoeg om te beseffen dat we nu extra goed zullen opletten. Hij is niet gek, hij weet dat we hem verdenken.'

'Dat zegt mama ook altijd. We mogen haar nog niets vertellen over die bomaanslag in de kerk, Jack.' Ze keek hem bezorgd aan.

'Natuurlijk niet! We zeggen het nog tegen niemand. Tot na het huwelijksfeest. Tot morgen zwijgen we erover, goed?'

Linnet knikte en beet op haar lip.

'Je ziet erg bleek, Beauty. Voordat je je op de receptie vertoont, zul je je onbewogen Emma Hartegezicht moeten opzetten, hoor. En zeg ook alsjeblieft geen woord tegen Evan of Gideon.'

'Geen denken aan. Zo dom ben ik heus niet, Jack. Maar als je het goedvindt, zeg ik het wel tegen Julian.'

'Dat is goed, mits je hem op het hart drukt er verder over te zwijgen. We willen de receptie niet bederven.'

'Nee, vooral niet nadat ik hun trouwplechtigheid ook al heb bedorven door die in het geheim te laten plaatsvinden.'

'Je hebt een heleboel mensen het leven gered, Linnet,' zei Jack zacht en op ernstige toon. 'Dat mag je niet vergeten.'

16

Gideon Harte was woedend. Boze woorden lagen op het puntje van zijn tong. Maar voordat hij ze kon uitspreken, zag hij de waarschuwende blik op het gezicht van zijn moeder, een blik die hij kende van vroeger. Hij bedacht zich, deed zijn best ze in te slikken en liep naar Evan. Ze stak een hand naar hem uit en hij pakte die stevig vast, vol liefde.

Terwijl hij naar mildere woorden zocht om Owen Hughes van repliek te dienen, kwam zijn vrouw hem te hulp.

'Papa, hou alsjeblieft op,' zei Evan. 'We zijn allemaal net zo teleurgesteld als jij. Maar Gid en ik zijn inmiddels getrouwd en dat is dat.'

'Maar we hadden erbij willen zijn! We hoorden erbij te zijn! We zijn je ouders! Waarom heb je ons niet gevraagd vanmorgen met jullie mee te gaan?'

Evan gaf niet rechtstreeks antwoord op zijn vraag, maar zei een beetje vermoeid: 'Sinds ik onlangs ben gevallen, maak ik me een beetje ongerust, en de dokter zei dat ik het kalmer aan moest doen, dus...'
'Maar ik weet niet eens dat je bent gevallen! Waarom heb je me dat niet verteld?'
Weer ontweek ze een eerlijk antwoord. 'Luister nou eens goed naar me, papa. Gideon en ik hebben op het laatste moment besloten dat we de huwelijksvoltrekking voor alle zekerheid zo snel mogelijk achter de rug wilden hebben. Met alleen twee getuigen erbij. We wilden een lange plechtigheid en alle drukte die daarbij hoort vermijden. En straks vieren we hier op Pennistone Royal toch het feest? Hier kan ik naar bed gaan als ik moe word of me niet lekker voel.'
Gideon keek naar zijn schoonvader en zag de ontevreden trek op zijn gezicht. Wat een zeurpiet, dacht hij. Hij denkt alleen aan zichzelf, niet aan Evan. Gideon wist inmiddels dat Owen Hughes geen hoge dunk van de Hartes had en dat hij niet bepaald blij was geweest toen hij hoorde dat hij er zelf ook een was. Waarschijnlijk had hij een afkeer van de hele familie. Hij was een erg egocentrische man. Gideon vond Marietta veel sympathieker. Toen hij naar haar keek, glimlachte ze verontschuldigend en haalde hulpeloos haar schouders op. Hij zag dat ze zich geneerde; ze was net als Evan een gevoelige vrouw.
'Nou ja, ik ben erg teleurgesteld, ik kan niet anders zeggen,' mokte Owen.
'Dat weet ik, papa,' zei Evan een beetje ongeduldig. 'Maar dat is mama ook. Net als Emily en Winston. Maar zij hebben begrip voor ons.'
Marietta liep door de zitkamer naar Owen toe en pakte hem bij een arm. 'Nu moet je niet langer zeuren, Owen. Het belangrijkste is dat Evan en Gideon getrouwd zijn. Straks kun je ervan genieten dat je met je dochter aan je arm op de receptie mag verschijnen, en nog wel op de tonen van de bruiloftsmars. Hou er nu over op, alsjeblieft.'
Owen keek haar met een vreemde blik aan, maar hij zei niets meer en probeerde haar hand van zijn arm te schudden. Wat een vreemd stel, dacht Gideon.
Winston Harte, die zich inmiddels net zo ergerde als Evan en zijn zoon, nam het heft in handen. Hij wierp een blik op Gideon en zei tegen Owen: 'Volgens mij is het een goed idee als we de da-

mes nu alleen laten, dan kan Evan zich rustig omkleden voor de receptie.'
Owen knikte en zei tegen Evan: 'Dan zal ik Elayne en Angharad naar je toe sturen om je te helpen, lieverd.'
'Nee, nee, alsjeblieft niet!' riep Evan geschrokken uit en zonder erbij na te denken. Zo vriendelijk mogelijk voegde ze eraan toe: 'Mama en Emily helpen me al en dat is genoeg, papa. Ik heb er niemand anders bij nodig.'
'Maar het is traditie dat de zusjes van de bruid haar helpen!'
'Ik hoef hun hulp niet, papa, en ik ben geen normale bruid. Ik sta op het punt te bevallen, vergeet dat niet. Bovendien kan ik er niet tegen als te veel mensen zich met me bemoeien.'
'Zoals je wilt,' zei hij kortaf, en hij liep met een nors gezicht naar de deur.
Winston schonk Evan een liefdevolle glimlach en gaf haar een kneepje in haar schouder toen hij langs haar heen achter Owen aan liep. 'Ik zie je straks beneden, meisje. Wanneer je zover bent. Doe maar rustig aan. De gasten blijven vanavond ook nog, dus hoef je je absoluut niet te haasten.'
'Dank je, Winston.' Evan beantwoordde de glimlach van haar schoonvader, een man van wie ze was gaan houden en die ze respecteerde en bewonderde. Hij was altijd erg aardig voor haar, en hij was een van de zorgzaamste mensen die ze kende.
'Ik kom er zo aan, papa,' zei Gideon, en tegen Evan vervolgde hij zacht: 'Ik ga even met je mee naar de slaapkamer, liefste, want ik wil met je praten.'

Toen ze samen in de slaapkamer van de Groene Suite stonden, waar ze hun bruiloftsweekend logeerden, sloeg Gideon zijn armen om Evan heen en drukte haar voorzichtig tegen zich aan. 'Laat je niet door je vader van streek maken,' fluisterde hij in haar haren. 'Hij komt er wel overheen.'
'Dat weet ik en ik ben niet van streek, alleen een beetje boos op hem.'
'Vergeet het alsjeblieft, Evan. Het is onze trouwdag, je mag niet boos zijn, op niemand. Ik ben zo'n bofferd...' Hij duwde haar een eindje van zich af en keek naar haar gezicht. Ze zag er brozer uit dan ooit, dacht hij opeens bezorgd. Ze zag erg bleek en haar huid was bijna doorzichtig... Hij zag een adertje kloppen op haar slaap en haar lippen trilden een beetje, als van een verdrietig kind. Ze zag er zo kwetsbaar uit dat zijn hart ineenkromp.

Hij vond het verschrikkelijk als ze zich ergens zorgen om maakte, en in gedachten vervloekte hij haar vader.
Hij boog naar voren en kuste haar voorhoofd. 'Ik ben gelukkiger dan wie ook. Ik hou ontzettend veel van je, Evan, en ik beloof je nogmaals dat ik je de rest van je leven zal liefhebben en beschermen.'
'O Gideon, liefste Gid, ik beloof jou hetzelfde.' Liefkozend legde ze een hand tegen zijn wang. 'Het gaat heus goed met me, echt waar, en ik ben erg blij dat we Linnets raad hebben opgevolgd en vanmorgen in alle stilte zijn getrouwd. Ik weet dat onze angst voor wat Jonathan zou kunnen uithalen daar de reden voor was, maar daarnaast was het verstandig, omdat ik me inderdaad een beetje misselijk voel, al de hele morgen. Ik was blij dat ik na het ontbijt een poosje kon rusten.'
'Maar je zei net dat het goed met je ging! Weet je zeker dat we niet beter de dokter kunnen bellen?' Hij keek haar ongerust aan.
'Dat weet ik zeker. De misselijkheid komt bij vlagen en ik beloof je dat ik de tweeling niet op je schoot zal laten vallen,' zei ze lachend. 'Maar te veel drukte kan ik niet meer aan, denk ik.'
'Doe dan maar heel kalm aan, zoals papa ook al zei. Verkleed je op je dooie gemak. Kan ik nog iets voor je halen?'
Ze schudde haar hoofd. 'Nee, dank je. Ik ga eerst mijn gezicht opmaken, daarna kunnen mama en Emily me helpen met aankleden.'
'Vooruit dan maar.' Hij nam haar mee naar de niervormige toilettafel in de erker en toen ze op het krukje zat, gaf hij haar een kus boven op haar hoofd. 'Zal ik tegen onze moeders zeggen dat ze binnen mogen komen?'
Evan draaide zich naar hem om en antwoordde zacht: 'Over een kwartier. Eerst wil ik even bijkomen en tijd hebben voor mijn haar en make-up.' Ze grinnikte. 'Nog een beetje tijd voor mezelf, Gid.'
Hij knikte en streelde haar haren. 'Uw wens is mijn bevel, mevrouw.' Hij glimlachte en liep naar de deur, waar hij haar nog een kushand toewierp voordat hij de kamer verliet.

'Voelt Evan zich niet lekker?' vroeg Marietta meteen toen hij de zitkamer binnenkwam.
'Ze is een beetje misselijk, zei ze, maar het is niets om ons zorgen over te maken.'
'Ik kon haar vader wel ik weet niet wát doen! Hij weet gewoon

niet wanneer hij zijn mond moet houden.' Met een geërgerd gezicht schudde Marietta haar hoofd.
'Hij ging inderdaad een beetje te ver,' beaamde Gideon met een meelevende glimlach. Wat een aardige vrouw is ze toch, dacht hij, veel aardiger dan haar man. 'Maar Evan heeft het zich niet al te erg aangetrokken en nu heeft ze haar aandacht nodig voor het omkleden voor de receptie. En daarna zal ze het druk hebben met de voorbereidingen voor de geboorte van de tweeling en zo.'
Zijn moeder glimlachte en zei: 'Ja, we zijn ook allemaal een beetje gespannen vanwege de komende uitbreiding van de familie, Gid. We moeten het Owen maar vergeven dat hij daarnet zo doordramde. Het spreekt vanzelf dat hij teleurgesteld is.'
'Dat zijn jullie toch ook?' kon Gideon niet nalaten te zeggen. 'Maar je hebt gelijk, moeder, laten we het maar vergeten. Evan heeft wat tijd nodig voor haar kapsel en make-up en wil graag een minuut of twintig alleen zijn. Ze zal jullie roepen als ze zover is, goed?'
'Natuurlijk is dat goed,' antwoordde Emily. 'Dan zien we elkaar later in de bibliotheek. Daar liggen de corsages voor de mannen op een tafeltje. Witte anjers. En er liggen takjes orchideeën voor de bruidsmeisjes, maar ik weet zeker dat Linnet dat allemaal regelt.'
'Ik zal erop toezien dat de mannen een corsage dragen, dan kan Linnet zich over de vrouwen ontfermen. Jullie zien er trouwens schitterend uit, mam en Marietta. Heel elegant.'
'Dank je, Gideon,' zei Marietta. Ze was erg op haar schoonzoon gesteld geraakt; naar haar mening was hij een heel bijzondere, capabele man. Evan bofte geweldig dat ze de man van haar dromen had gevonden, vond ze. En wie kon het iets schelen wanneer en hoe ze waren getrouwd, zolang ze samen gelukkig waren en de rest van hun leven voor elkaar wilden zorgen? Owen was soms zo'n lastpost. Maar deze keer vermoedde ze dat het kwam omdat de familie Harte hem imponeerde. Zou hij zich hier een beetje minderwaardig voelen? Ze wist het niet zeker, maar ze wist wel dat hij na dit weekend zo gauw mogelijk naar huis wilde. Zij was van plan nog een poosje in Engeland te blijven, want niet elke vrouw werd grootmoeder van twee kleinkinderen tegelijk.
Emily liep naar haar zoon, pakte hem bij een arm en trok hem mee naar het raam. 'Is Evan echt niet een beetje overstuur?' vroeg ze.

'Nee mam, dat niet, maar ze was wel boos op Owen. Ik zei dat ze het moest vergeten, dat het onze trouwdag is en dat niets die mag bederven.'
'Dat gebeurt ook niet, lieverd.' Nu ze wist dat Evan in orde was, wilde Emily niet meer over Owen praten, en ze vervolgde: 'Ik ben blij dat je vindt dat ik er elegant uitzie. Evan heeft dit ontworpen. Wat goed van haar, hè?'
Gideon beaamde het en keek nog eens goed naar wat zijn moeder droeg. 'Het staat je erg mooi. Die stof lijkt wel een antiek weefsel, of is het dat ook?'
'Dat is het ook. Evan heeft de lap op zolder gevonden. Omie moet hem lang geleden hebben gekocht met de bedoeling er iets van te laten maken, maar dat is nooit gebeurd.'
Emily deed een paar stappen achteruit en draaide langzaam rond om haar zoon ook de achterkant van de avondjas te laten zien. De hoofdkleur van de stof was grijsblauw en het patroon dat erin was geweven bestond uit rode, paarse, zachtgele, licht oranje en grijsgroene tinten. De jas zelf en de mouwen waren afgebiesd met bruin vossenbont.
'Je ziet eruit als de dame met de eenhoorn,' oordeelde Gideon. 'De jas heeft een prachtige coupe, mam. Is de jurk eronder ook een ontwerp van Evan?'
'Ja. Ik had om een eenvoudig model van lichtgrijze stof gevraagd en toen heeft ze deze lange rechte jurk van zijde voor me laten maken. Hij zit als een heerlijk comfortabele lange trui,' voegde ze er met twinkelende ogen aan toe.
'Jammer genoeg heeft Evan mijn kleren niet ontworpen,' zei Marietta. 'Was het maar waar.'
'Maar je ziet er beeldig uit!' riep Emily uit. 'Alleen zo'n blonde vrouw als jij kan die bruine en goudkleurige tinten dragen. En ik ben blij dat je die lange wijde broek met een lange jas hebt gekozen, Marietta. Want zelfs met de centrale verwarming aan en overal haardvuren kan het 's winters op Pennistone Royal flink tochten.'
'Dames, ik laat jullie alleen,' kondigde Gideon aan. 'Papa zal zich afvragen waar ik blijf. En ik wil even met Jack Figg praten. Tot straks.'

Toen Gideon weg was, zei Marietta zacht: 'Het spijt me dat Owen zo vervelend deed, Emily.'
'O Marietta, daar hoef je je echt niet voor te verontschuldigen,

hoor!' zei Emily hartelijk. 'Hij is teleurgesteld omdat hij zijn dochter niet naar het altaar mocht begeleiden. Je weet hoe vaders zijn.'
Marietta knikte en liep naar de haard, waar ze met een peinzend gezicht naar de vlammen staarde. Ze zei niets meer en maakte plotseling een afwezige indruk. Emily besefte dat ze zich nog steeds schaamde voor het kinderachtige gedrag van haar man en ze besloot er verder over te zwijgen. Wat ze ook zou zeggen, Marietta zou zich alleen maar ongelukkiger voelen.
Emily liep door de groen-met-witte zitkamer naar een grote spiegel met een druk bewerkte, vergulde lijst, die boven een Georgian ladekast hing. Ze bekeek zichzelf en was tevreden met haar spiegelbeeld, vooral met haar nieuwe kapsel in een honingblonde tint.
Emily had het uiterlijk van een typische Harte: ze was blond, ze had groene ogen en een blanke huidskleur. Maar het lichtblonde haar uit haar jeugd was langzamerhand donkerder geworden en nu liepen er grijze strepen door. De kapper had de warme honingblonde kleur voor haar uitgekozen en ze vond dat die haar erg flatteerde.
'Evan boft dat ze Gideon heeft ontmoet en dat ze nu met hem getrouwd is,' zei Marietta opeens, waardoor Emily opschrok uit haar gedachten over haar uiterlijk.
Ze draaide zich naar Marietta om en knikte. 'Maar Gideon boft ook,' zei ze. 'Evan is een lieve jonge vrouw, we mochten haar al meteen erg graag.'
Marietta leek even na te denken en iets te willen zeggen, maar ze aarzelde.
Emily wachtte even en vroeg: 'Wil je me iets vertellen, Marietta? Je kijkt een beetje bezorgd.'
'Nee, ik ben niet bezorgd, maar Owen is dat wel. Het zit hem niet lekker dat Gideon en Evan familie van elkaar zijn, neef en nicht. Ik vind het geen punt, maar ik zou graag met afdoende argumenten komen. Daarom vraag ik me af... Zou jij me kunnen uitleggen...' Ze keek Emily een beetje hulpeloos aan.
'In dit land is het volkomen legaal met een neef of nicht te trouwen, zelfs een volle neef of nicht,' legde Emily uit. 'Maar Gideon en Evan zijn geen volle neef en nicht van elkaar, ze zijn achterachterachterneef en nicht, of zoiets. Het zit zo. Mijn grootmoeder, Emma Harte, had een broer, Winston. We noemen hem Winston de Eerste.' Ze lachte en vervolgde: 'Winston de Eerste had een zoon, Randolph, en Randolph kreeg ook een zoon, die

hij weer Winston noemde, naar zijn vader. Die Winston is mijn man, Winston de Tweede. Begrijp je het tot nu toe?' Ze keek Marietta vragend aan.
'Ja, natuurlijk.'
'Oké, dan gaan we nu naar Evan. Emma Harte is haar overgrootmoeder, want Emma's zoon, Robin Ainsley, is haar grootvader. Robin hield in de oorlogsjaren van Glynnis, je schoonmoeder. Glynnis is de moeder van Owen Hughes, je man en Evans vader. Dus Evan is een rechtstreekse nakomeling van Emma Harte.'
'Dat begrijp ik ook, maar Evan zei dat Emma ook de overgrootmoeder van Gideon is. Dat moet dan toch zoiets als overoudtante zijn?'
'Ze is allebei,' antwoordde Emily, en ze ging verder met haar uitleg. 'Via zijn overgrootvader Winston de Eerste is Emma Gideons overoudtante, maar ze is ook zijn overgrootmoeder, omdat mijn moeder een dochter van Emma is. Emma is mijn grootmoeder, dus Gideons overgrootmoeder.'
'Hemelse goedheid, hoe houden jullie het uit elkaar?' vroeg Marietta lachend. 'Nu ben ik de draad toch echt kwijt.'
'Als je ermee opgegroeid was, net als wij, zou je het ook onthouden. Maar wat de tweeling betreft hoef je je heus geen zorgen te maken, hoor. De jongens zullen kerngezond zijn. Ze zullen geen genetische gebreken hebben omdat Gideon en Evan in de verte familie van elkaar zijn.'
'Dat weet ik wel, want Evan heeft allerlei testen laten doen en alles is normaal. Maar Owen...' Ze zweeg even en schudde haar hoofd. 'Owen is een tobber.' Ze zweeg opnieuw en voegde eraan toe: 'Ik word er soms gek van.'
'Dat kan ik me voorstellen,' flapte Emily er meelevend uit. Meteen voelde ze het schaamrood in haar hals omhoogkruipen om haar onnadenkende commentaar.
Marietta begon te lachen. 'Daarom ben ik blij dat hij maandag teruggaat naar Amerika,' bekende ze. 'Maar ik blijf nog een poosje hier, want ik wil eerst mijn kleinkinderen zien.'
Emily glimlachte, liep naar Marietta toe en legde vol genegenheid een hand op haar arm. 'Ik ben blij dat je blijft om de geboorte van de tweeling mee te maken en je bent altijd welkom bij ons op Allington Hall, wanneer je maar wilt komen,' zei ze zacht.
Marietta keek haar heel even verbluft aan en zei: 'Dat is erg aar-

dig van je, Emily, dankjewel! Evan zei gisteren dat zij en Gideon pas na de bevalling verhuizen naar Beck House. Dat huis is blijkbaar nog niet klaar om te bewonen.'

Emily knikte. 'Dat klopt. Bovendien vind ik dat Evan beter in Londen kan blijven tot het beter weer wordt. Ik weet niet hoe die twee erbij kwamen dat ze elk weekend naar Beck House zouden kunnen gaan, want Evan is een ontzettende koukleum. Dat was mijn grootmoeder ook, ze klaagde altijd dat ze doodvroor. Het is hier een stuk kouder dan in het zuiden. Maar ik denk dat ze eerst nog af en toe een weekend naar Pennistone Royal zullen gaan, terwijl ze Beck House helemaal in orde maken. Winston heeft aangeboden hen te helpen.'

'Ja, dat lijkt me echt iets voor Winston. Wat een aardige man is dat.'

Emily glimlachte alleen maar.

'Jullie zijn samen opgegroeid, hè?' vroeg Marietta.

'Ja. Ik werd stapelverliefd op hem toen ik zestien was. Maar hij keek straal langs me heen, hij zat met Shane achter andere meisjes aan. Wat had ik toen een liefdesverdriet!'

'Hoe is het dan toch nog goed gekomen?'

'Dat gebeurde bij de doop van Tessa en Lorne in de kerk in Fairley, al meer dan dertig jaar geleden. Jee, wat lang al, wat vliegt de tijd... Er was een probleem met Shane en mijn grootmoeder onderwierp mij aan een strenge ondervraging, en ook Winston. Daarna gingen we samen een eindje wandelen om elkaar te troosten. Ik weet niet meer hoe het kwam, maar opeens gaf hij me een kus. En wauw, dat was dat!' Emily schudde haar hoofd. 'Ik kon het nauwelijks geloven, ik kon nauwelijks bevatten dat we elkaar omhelsden. En we omhelzen elkaar nog steeds.'

'Wat een mooi verhaal,' zei Marietta zacht. Er gleed een verdrietige uitdrukking over haar gezicht en ze draaide zich vlug om.

'Is er iets?' vroeg Emily.

'Nee hoor. Ik dacht er alleen maar aan dat mij heel lang geleden ook iets dergelijks is overkomen, maar anders dan bij jou is dat niet gelukkig afgelopen.'

'Dat spijt me. Wil je het me vertellen?'

'Ik weet het niet, misschien wel... Ja, waarom niet?' Marietta ging op de bank zitten. Emily ging ook zitten en luisterde aandachtig toen Marietta haar een van de droevigste verhalen vertelde die ze ooit had gehoord.

Ze wilde dat ze snel zouden vertrekken, haar vader en haar zusjes.
Haar moeder zou tot na de bevalling blijven, en daar had Evan geen bezwaar tegen. Haar moeder was een lieve, zorgzame vrouw, haar vader en haar zusjes irriteerden haar.
Nee, dat was niet helemaal waar. Elayne was een lieve, kalme jonge vrouw, die altijd dol op Evan was geweest. Maar Angharad was een bedreiging; hoe eerder zij weg was, des te beter, vond Evan.
Haar vader was een moeilijke, norse man aan het worden. Als hem iets niet beviel, kon hij in woede uitbarsten. Zijn grootste klacht betrof Allington Hall. Hij vond het niet prettig dat het zowel een woonhuis als een renstal was, een van de beste in Engeland. Het was er altijd een komen en gaan van paarden, jockeys, stalknechten en ander personeel. Evan genoot juist van de drukte op Allington Hall, vooral door de week, wanneer er hard werd gewerkt. Ze was net zo trots en enthousiast als Gideon wanneer een van hun paarden een race had gewonnen.
Maar de sfeer op Allington Hall stond haar vader tegen en hij ergerde zich aan het rondlopende personeel. Dat had hij meteen al gezegd toen ze hem vorig jaar september had meegenomen om hem aan haar aanstaande schoonouders voor te stellen. Het had haar dan ook niet verbaasd dat hij boos was geworden toen hem werd verteld dat hij en Marietta voor de bruiloft bij Winston en Emily zouden logeren in plaats van op Lackland Priory bij Robin.
Evan had geprobeerd hem te sussen: 'Hoor eens, papa, Jonathan is weer in Yorkshire en iedereen vindt het verstandiger als jij en mama niet naar Robin gaan, maar naar Emily en Winston. Want als Jonathan het in zijn hoofd zou halen zijn vader te bezoeken en jou daar zou aantreffen, zou er een heleboel narigheid van kunnen komen.'
'Nou en? Ik kan die Jonathan heus wel aan, hoor,' had haar vader gesnauwd. Evan was er niet op ingegaan. Ze had alleen gezegd dat ze het zo hadden beslist en dat er niet aan die beslissing zou worden getornd. Zelfs zij kon er niets meer aan doen, had ze gezegd. Zijn enige andere optie was een hotel in Harrogate. 'Die beslissing is aan jou,' had ze eraan toegevoegd.
Om zijn belangstelling te wekken, had ze hem later iets van de geschiedenis van de renstal verteld. Het bedrijf was opgericht door Gideons grootvader Randolph Harte, die een van de be-

roemdste trainers en fokkers in Engeland was geworden. Randolph had ook de renpaarden van Blackie O'Neill onder zijn hoede gehad, inclusief de merrie Emerald Bow, een ster. Emma had dit paard aan Blackie cadeau gedaan en Randolph had het getraind voor de Grand National in Aintree, de belangrijkste steeplechase ter wereld. Het was een heel moeilijke baan met een paar gevaarlijke hindernissen, zoals de beruchte Beecher's Brook, waar de paarden tijdens de race zelfs tweemaal overheen moesten springen.

Toen Emerald Bow de Grand National had gewonnen, waren de drie clans door het dolle heen geweest van blijdschap en van trots op de moedige jonge merrie. Ze was met het grootste gemak over Beecher's Brook heen gezweefd en had bewezen dat ze de beste was.

Randolph Harte was inmiddels overleden en de renstal werd nu beheerd door de kolonel, zoals hij werd genoemd. Kolonel Humphrey Swale, een gepensioneerde landmachtofficier, was een uitstekende trainer. Randolph had in de laatste paar jaar van zijn leven steeds meer aan hem overgelaten, met de bedoeling dat hij het na zijn dood van hem zou overnemen.

Winston, Toby en Gideon hielden net zo veel van de renstal als Randolph had gedaan, maar omdat zij het druk hadden met het besturen van de kranten en de televisiezender die ook hun eigendom waren, lieten ze de leiding van de renstal met een gerust hart over aan de bekwame kolonel. Hij slaagde erin het succes van het bedrijf te handhaven en er evenveel winst mee te behalen als Randolph had gedaan.

Evan dacht terug aan de vorige week, toen ze haar vader op een middag had meegenomen naar de studeerkamer op Allington Hall. Zelf vond ze dat de gezelligste kamer, met zijn donkergroene muren, groen geruite vloerbedekking, comfortabele oude leren banken en leunstoelen, en een mooie verzameling antiek van het platteland. In de studeerkamer waren de vele glimmende bekers en linten uitgestald die bewezen dat de renstal een van de beste in Yorkshire was, en zelfs in heel Engeland. Maar Owen had geen enkele belangstelling getoond, voor de inrichting en de schilderijen van Stubbs noch voor het antiek en de trofeeën. Hij had alleen gemompeld dat paarden en wat ze deden hem geen snars interesseerden.

Evan zuchtte diep toen ze bedacht hoe haar vader de laatste tijd was veranderd. Of misschien was hij niet veranderd, maar bezag

zij hem tegenwoordig met andere ogen, niet langer door een roze bril. Hij kon haar nu soms vreselijk ergeren.
Ze rechtte haar rug en zette, zoals Gideon haar zojuist had aangeraden, de gedachte aan haar vader uit haar hoofd. Gideon had gelijk. Het was hun trouwdag en dan hoorde ze niet boos te zijn. Het moest een blijde dag zijn, de belangrijkste dag van haar leven, en die mocht ze niet bederven. Ze mocht hem ook niet door haar vader of Angharad laten bederven.
Ze leunde naar voren en bekeek haar spiegelbeeld. Ze zag er bleek en moe uit, dus moest ze ervoor zorgen dat ze zich wat aantrekkelijker maakte voor haar man. Met behulp van crème, poeder, blusher en oogmake-up bracht ze kleur aan op haar gezicht. Ze borstelde haar dikke, donkere, recht afgeknipte haar naar achteren en krulde het om haar oren tot het soepel en glanzend om haar hoofd lag.
Toen stond ze op, liep naar de deur van de zitkamer en opende die. 'Mam, Emily, ik ben zover,' zei ze tegen haar moeder en haar schoonmoeder. 'Willen jullie me helpen met aankleden?'
De twee vrouwen sprongen op en liepen haastig naar haar toe. 'Wat ben je mooi!' riepen ze bijna tegelijk.
Even later stapte ze in haar jurk, liet de rits op haar rug dichttrekken en draaide zich langzaam om, om Marietta en Emily haar creatie goed te laten bekijken. Ze slaakten kreetjes van verrukking.
De jurk had het model van de Franse empirestijl die keizerin Josephine had gedragen. Hij had een vierkante, lage hals, een hoge taille en lange, nauwe mouwen. De rok bestond uit een aantal lagen chiffon en waaierde van onder de borsten uit, waardoor Evans zwangerschap knap werd verborgen.
Het was een prachtig ontwerp, maar vooral de kleur maakte de jurk zo bijzonder. De stof had geen egaal blauwe kleur, maar een kleur die bestond uit vele tinten blauw die in elkaar overliepen. Donker pauwblauw ging over in licht hemelsblauw, dat overging in turquoise, dat weer overging in licht blauwgroen. Het gaf een wonderbaarlijk effect.
Toen Evan nog een keer heel langzaam in de rondte draaide en het chiffon in een mengeling van zeekleuren om haar heen liet golven, zei Emily zacht: 'Hij doet me denken aan die mooie, met kraaltjes bestikte cocktailjurk van omie, Evan. De jurk die jij en Linnet vorig jaar hebben tentoongesteld. Heeft die je soms geïnspireerd?'

'Inderdaad, Emily,' antwoordde Evan glimlachend. 'Ik was weg van de kleuren van die jurk en ik was dolblij toen ik dit chiffon vond in de stoffengroothandel van Renaud Brantes. Wat een geluk, dacht ik toen.'
'Het is een heel bijzondere jurk, Evan,' zei Marietta. 'Alle kleuren van de zee zitten erin.' Ze fluisterde het bijna terwijl ze haar dochter vol bewondering bekeek en bedacht dat Evan werkelijk beeldschoon was. 'En het zijn ook de kleuren van een pauwenstaart, hè?' voegde ze er opeens weer opgewekt aan toe.
'Ja, je hebt gelijk,' zei Emily, en Evan knikte instemmend.
'Heb je geen jas of zo om eroverheen te dragen?' vroeg Marietta bezorgd.
'Ja hoor.' Evan liep naar de kleerkast en liet een jas van een hanger glijden. 'Hij is van hetzelfde chiffon, drie lagen.' Ze gaf de jas aan haar moeder. 'Wil jij hem voor me omhooghouden, mama?'
Marietta deed wat haar was gevraagd en Evan stak haar armen in de lange jas en trok hem aan. Vervolgens liep ze naar de passpiegel om hem recht te trekken. Het was een eenvoudig model met een wijde rug en rechte voorpanden. De kraag, manchetten en zoom waren afgezet met een opgerold lint met langwerpige kraaltjes erop, in dezelfde tinten als de stof.
'Beeldig, schat,' zei Marietta. 'Alleen hoop ik dat je het warm genoeg zult hebben. Emily zegt dat dit een heel tochtig huis is.'
'Jawel hoor,' stelde Evan haar moeder gerust. 'Dit is zijden chiffon en vrij warm als er een paar lagen van over elkaar liggen. Nu moet ik alleen Emily's diamanten oorbellen nog indoen en Paula's sterbroche opspelden, dan ben ik klaar.'
'Je bedoelt jouw oorbellen en jouw broche,' verbeterde Emily. Ze liep naar Evan toe en gaf haar een kus op haar wang. 'Je bent een wondermooie bruid, Evan, en ik ben erg trots en gelukkig dat je mijn dochter bent geworden.'

17

Boos om, in zijn ogen, de onverschillige houding van zijn dochter jegens hem en nog steeds beledigd omdat hij niet was uitge-

nodigd voor de vervroegde huwelijksinzegening, slenterde Owen Hughes met een somber gezicht naar de Stenen Hal.
Maar toen hij daar om zich heen keek, vergat hij zijn ongenoegen. De hal was in de afgelopen uren klaargemaakt voor het feest en zag er indrukwekkend uit, moest hij met tegenzin toegeven. Paula en Emily verdienden een compliment voor de manier waarop ze de ruimte hadden omgetoverd tot een schitterend, sprookjesachtig tafereel.
Paula's trots en glorie waren de kassen waarin ze orchideeën kweekte, waaronder exotische en zeldzame soorten. Ze had hem een rondleiding gegeven en hij was stomverbaasd geweest over haar enorme verzameling en de honderden variëteiten.
Vandaag was de Stenen Hal versierd met wel zestig orchideeën in roomkleurige aardewerken potten. De bloemen waren sneeuwwit, rozeachtig wit, wit met een donkerroze hartje en alle soorten roze – effen, met stippels of met witte adertjes – en stonden in groepjes op de schouw en op kisten, tafeltjes en houten voetstukken van verschillende hoogte. Ook stonden ze als tafelversiering midden op de ronde tafels die speciaal voor de bruiloftslunch waren neergezet.
De tafels waren bedekt met roze zijden kleden die tot op de grond hingen, en op de met grote roze satijnen strikken versierde gouden stoeltjes eromheen lagen roze zijden kussens. De tafels stonden rondom een kleine dansvloer in het midden van de hal. De lampen brandden al, het vuur laaide op in de haard en de grote ruimte bood een gezellige, feestelijke aanblik.
Het deed Owen goed dat Paula en Emily dit allemaal voor Evan hadden gedaan, en hij vergat zijn onvrede. Toen hij tussen de tafels door naar de bibliotheek liep, zag hij dat zijn naamkaartje op een van de grotere tafels stond, tussen die van Emily en Paula in. Opeens voelde hij zich een stuk beter. Hij was de vader van de bruid en hij verdiende inderdaad een ereplaats.
Marietta zou tussen Robin en Shane zitten, zag hij. Ze vond beide mannen erg aardig, vooral Shane O'Neill. Tot zijn ergernis had hij gezien dat ze zelfs onbeschaamd met hem flirtte.
Hij fronste zijn wenkbrauwen bij de gedachte aan de manier waarop Marietta vanmorgen zijn klachten terzijde had geschoven. Blijkbaar zat zij er helemaal niet mee dat Evan en Gideon er stiekem tussenuit waren gegaan om zonder dat hun ouders erbij waren te trouwen. Maar eigenlijk zou hem dat van Marietta niet meer moeten verbazen. Ze was erg veranderd; ze was de laatste

tijd veel zelfstandiger dan vroeger. Dat kwam doordat ze, sinds ze van een tante een flinke erfenis had ontvangen, een welgestelde vrouw was geworden. Het had haar leven een nieuwe wending gegeven, ze was zich ineens heel anders gaan gedragen. Op een manier die hem absoluut niet beviel.
Het ergerde hem dat ze in Londen zou blijven, dat hij haar niet had kunnen overhalen volgende week met hem mee terug te gaan naar huis. Ze wilde in Engeland blijven tot na de geboorte van de tweeling, en die werd pas in februari verwacht. Nou ja, dat moet ze dan maar doen, dacht hij. Toen riep iemand zijn naam.
Hij draaide zich om en een eindje bij hem vandaan stond Priscilla Marney, met wie hij eerder die week al kennis had gemaakt.
'Hallo, mevrouw Marney,' groette hij glimlachend.
'Goedenmiddag, meneer Hughes. Noemt u me alstublieft Priscilla, of nog liever Prissy, zoals iedereen. Wilt u soms iets drinken? De kelners komen over ongeveer een kwartier, maar ik kan een glas wijn voor u uit de keuken halen.'
'Nee, dank je, Priscilla. Ik wandel alleen maar wat rond om de Stenen Hal te bewonderen.'
'Het ziet er mooi uit, hè? Paula en Emily hebben het schitterend gedaan.'
'Inderdaad.' Hij keek haar aan en vroeg zich af hoe het kwam dat ze die twee vrouwen bij hun voornaam noemde.
Alsof ze zijn gedachten kon lezen, zei ze vlug: 'U vindt het waarschijnlijk erg onbeleefd van me dat ik hen bij hun voornaam noem, maar...'
'Nee hoor, helemaal niet,' onderbrak hij haar glimlachend. Hij vond haar een aardige vrouw.
'We zijn allemaal samen opgegroeid. Mijn moeder was 's zomers de secretaresse van mevrouw Harte wanneer ze op Heron's Nest woonde, haar vakantiehuis aan zee in Scarborough. Daar had ze altijd haar kleinkinderen te logeren. Paula en Philip, Emily en haar broer Sandy, die inmiddels is overleden, en Sarah en Jonathan. En haar achterneef Winston. Shane kwam ook altijd, en soms Michael Kallinski. Elke zomer speelden alle kinderen daar met elkaar.'
'Dat moet erg leuk zijn geweest.'
'Dat was het ook. We waren allemaal dikke vrienden.' Glimlachend voegde ze eraan toe: 'Paula en Emily helpen me altijd door voor hun feestjes mijn cateringbedrijf te gebruiken.'

'Je doet het ook goed, Piscilla. Dat diner van een paar avonden geleden was geweldig, erg lekker allemaal.'
'Dank u, dat is erg vriendelijk van u.'
'Dan ken je mijn halfbroer Jonathan dus ook...' vervolgde Owen, opzettelijk aarzelend om geen directe vraag te hoeven stellen.
'Ja hoor, we zijn goed bevriend.' Meteen besefte Priscilla dat ze te enthousiast had gereageerd. 'Ik bedoel dat we alweer een hele tijd geleden goed bevriend waren,' verbeterde ze. 'Ik heb hem al in geen jaren meer gezien.' Ze had altijd het gevoel dat ze Jonny en hun speciale band moest beschermen. Bovendien had hij haar op het hart gedrukt dat ze niemand van de familie mocht laten weten dat ze nog met elkaar omgingen. Trouwens ook niemand buiten de familie. En ze zou hem nooit bedriegen of in de steek laten. Ze dacht aan hun afspraak aanstaande woensdag en voelde een rillinkje door haar lichaam gaan. 'Nu moet ik weer aan het werk, meneer Hughes,' zei ze. 'Het is een heel drukke dag voor me.'
'Natuurlijk. En noem me maar Owen,' zei hij toen ze wegliep.

Elayne Hughes stond in de grote, officiële eetkamer van Pennistone Royal, waar de huwelijksgeschenken waren uitgestald. Ze lagen op de lange mahoniehouten eettafel en op kleinere tafels die er speciaal voor waren neergezet. Ze keek aandachtig naar het schilderij dat ze voor Evan en Gideon had geschilderd.
Het stond op een opvallende plaats op een ezel op een lage Georgian kast. Ze knikte tevreden; ze vond het nog mooier dan toen ze er net mee klaar was. Het was een schilderij van een plek die Evan kende: een veld in de buurt van hun boerderij in Kent, Connecticut. Goudgeel graan wuifde in de wind, de achtergrond werd gevormd door de donkergroene Litchfield Hills, de lucht was helderblauw met witte wolkjes en in een hoek stonden drie rode schuren en twee grijze graansilo's – een bekend beeld in de streek waar ze waren opgegroeid. Ze was blij dat ze het schilderij had laten inlijsten, want de bewerkte, vergulde lijst maakte het imposanter, professioneler.
Elayne wist dat Evan en Gideon erg blij waren met het schilderij. Vooral Evan was er gelukkig mee, omdat het een aandenken was aan haar geboortestreek. Connecticut was niet langer haar thuis, want ze hoorde nu thuis in Yorkshire. En in Londen natuurlijk, waar het warenhuis stond waar ze al een poos met zo veel plezier werkte: Harte's in Knightsbridge. Elayne had het ge-

voel dat Evan in het mooie Yorkshire pas echt goed tot haar recht kwam en dat haar komst naar dit schitterende landhuis, Pennistone Royal, ook een soort thuiskomst voor haar was geweest. Ze vond het fijn voor Evan, die haar in hun jeugd altijd liefdevol in bescherming had genomen en van wie ze erg veel hield. In tegenstelling tot Angharad. Hun jongste zusje was een akelig kind geweest. Ze had Evan en Elayne voortdurend gepest, hun oma Glynnis regelmatig leugens over hen verteld en ervoor gezorgd dat hun moeder vaak boos op hen was geworden. Elayne had eigenlijk een enorme hekel aan Angharad, al deed ze haar best om dat niet te laten merken. Je kon Angharad beter geen reden geven om een wrok tegen je te koesteren.
Elayne draaide zich om en liep langzaam langs de tafel om de andere cadeaus te bekijken. Haar ouders hadden Evan en Gideon een prachtig zilveren theeservies gegeven. Georgian, dat sprak vanzelf, omdat hun vader een expert was op het gebied van de Georgian periode. Toen ze zich vooroverboog om naar het kaartje te kijken dat tegen de theepot stond, zag ze dat Angharads naam er ook op stond. Dus haar zusje had Evan niet apart iets willen geven, typisch iets voor Angharad. Elayne wist dat ze jaloers was op Evan en ook op haar. Angharad was ervan overtuigd dat de andere twee altijd voorgetrokken werden en noemde zichzelf vaak 'degene op de onderste tree van de ladder'. Ze kon zich belachelijk gedragen. En met dat platinablonde haar, die zware make-up en die schreeuwerige kleren zag ze er belachelijk uit.
Gelukkig maakte Angharad vandaag in haar bruidsmeisjesjurk een redelijk elegante indruk, dacht Elayne. Evan had de japonnen voor de bruidsmeisjes ook zelf ontworpen: een eenvoudig model met een strak lijfje, een lange, gerende rok en lange mouwen. Het had een kraag die van achteren en opzij omhoogstond, zoals in de tijd van Elizabeth I, en was gemaakt van dure, parelgrijze moirézijde. Eronder droegen ze een stijve onderrok om de rok wijd te laten uitlopen, zoals het hoorde. Het was een model dat alle bruidsmeisjes flatteerde: Angharad, Elayne, Gideons zus Natalie en Emsie. Tessa's dochtertje Adèle was bloemenmeisje en zij droeg dezelfde jurk in het klein. Ze zag er schattig uit, vond Elayne.
Robin, de grootvader van Evan en de oudoom van Gideon, had een heel bijzonder cadeau gegeven: een grote doos van rood leer en gevoerd met zwart fluweel met daarin twintig bewerkte, zil-

veren wijnbokalen. Opeens moest Elayne aan Jonathan denken. Angharad rekende erop dat hij zou komen en ze verheugde zich erop hem na hun ontmoeting in de dorpswinkel weer te zien. Maar hij zou niet komen. Hij was niet uitgenodigd, omdat hij het zwarte schaap van de familie was, en Paula's grootste vijand. Dat had Evan haar onlangs toevertrouwd. Maar ze had het niet doorverteld aan Angharad, want dat was vast niet de bedoeling. Nee hoor, dacht ze, laat Angharad maar lekker naar hem uitkijken en teleurgesteld worden. Jonathan was oud genoeg om haar vader te zijn. Haar zus had in die winkel blijkbaar met hem geflirt. Ze was niet alleen belachelijk, ze was gek. En veel te vrijgevochten.

'Ah, ben je hier!' riep Owen vanuit de deuropening. 'Ik loop je overal te zoeken, lieverd.'

Elayne draaide zich om en glimlachte tegen hem. 'Je ziet er geweldig uit, pap. Erg knap in dat blauwe pak met die anjer in je knoopsgat. Kom eens naar mijn schilderij kijken, dat hebben ze hier heel mooi tentoongesteld. Vind je het ook niet goed geworden?'

'Inderdaad, Ellie,' antwoordde hij glimlachend. Zij ziet er ook geweldig uit, dacht hij, in die grijze zijden jurk bij haar donkere haar en grote blauwe ogen. Mensen die niet wisten dat ze geadopteerd was, zeiden vaak dat ze op hem leek en dat was ook zo. Marietta had een keer gezegd dat ze op elkaar waren gaan lijken, maar dat vond hij een domme opmerking. Hoe kon iemand langzamerhand op een ander gaan lijken?

Hij keek lang naar het schilderij en knikte. 'Het is een van de beste dingen die je ooit hebt gedaan,' zei hij ten slotte met een goedkeurende glimlach.

'Papa, papa, heb je mama ergens gezien?' riep Angharad, en ze kwam haastig de eetkamer in. 'Je vader wil haar spreken.' Ze struikelde bijna over haar voeten toen ze opgewonden en met een rood hoofd naar hen toe kwam.

'Doe een beetje rustig, Angharad,' maande Owen, verbaasd om haar opwinding. 'Ze moet ergens in de buurt zijn. Misschien is ze nog boven bij Evan.'

'O ja, dat is waar ook. Waarom mochten wij haar niet bij het aankleden helpen?' vroeg Angharad opeens fel, terwijl ze blijkbaar vergat dat ze op zoek was naar haar moeder. 'Het is traditie dat de zussen van de bruid haar helpen aankleden voor haar huwelijk.'

'Dat weet ik, maar de omstandigheden zijn niet bepaald traditioneel, vind je niet?' zei Owen. 'Evan staat op het punt van bevallen en voelt zich niet lekker. Eerlijk gezegd verbaast het me dat die kinderen er nog niet zijn, zo dik is ze.'
Angharad knikte en zei vol leedvermaak: 'Het lijkt wel of ze vier walvissen gaat baren in plaats van twee baby's.'
Owen ging er niet op in, maar Elayne flapte eruit: 'Waarom zeg je altijd van die onaardige dingen over Evan? Je bent een gemeen, ondankbaar mens. Ze is altijd alleen maar aardig tegen jou en jij kunt niet nalaten haar eeuwig af te kammen.'
'Pas op, Elayne, het is haar trouwdag, dan mag je niet boos worden. Dat zou ze erg vulgair vinden nu ze het zo hoog in haar bol heeft gekregen.'
'Dat is helemaal niet waar!' beet Elayne terug. 'Ze is geen spat veranderd, dat weet je best.'
'Maak alsjeblieft geen ruzie, meisjes, vandaag niet. En vooral niet hier. Waarom wil mijn vader je moeder spreken?' vroeg Owen, en hij keek Angharad onderzoekend aan.
'Hoe moet ik dat verdomme weten?' snauwde ze. 'Hij mompelde dat hij bij de lunch naast jou wil zitten en dat moest zij regelen of zoiets.'
'O. Maar ik denk niet dat dat kan. Hij zit naast je moeder, dat zag ik toen ik zo-even door de Stenen Hal liep. Vertel hem dat maar vast, kind, dan komen we er zo aan. Ik wil nog even alle geschenken bekijken, ik wist niet dat ze hier lagen tot Gideon me dat zojuist vertelde.'
'Oké, maar schiet alsjeblieft op. Ik wil niet worden opgescheept met Robin.'
Owen keek haar na toen ze de kamer uit liep en vroeg zich af waarom hij haar opeens niet meer vertrouwde. Elayne heeft gelijk, ze ís gemeen, dacht hij. En dat niet alleen. Ze is achterbaks, dat zei mijn moeder ook al. Glynnis had weer eens gelijk.

Meteen toen Linnet de bibliotheek binnenliep, zag ze dat Jack Shane had ingelicht over de explosie in de kerk. Ze had een hechte band met haar vader en ze kende hem door en door, en ze zag aan zijn gezicht dat hij ontdaan en erg bezorgd was. Hij stond met Jack en Winston voor de haard.
Ze liep naar de mannen toe en viel met de deur in huis: 'Jack heeft je over de explosie verteld, hè papa?'
Shane keek haar aan en knikte. 'Inderdaad, Linnet, en ik dank

God voor je vooruitziende blik. Dankzij jouw idee om de huwelijksvoltrekking eerder te laten plaatsvinden, is er niemand gewond geraakt.'
'Jonathan heeft dit op zijn geweten, maar dat zullen we nooit kunnen bewijzen,' zei Linnet. 'Helaas.'
'Dat ben ik met je eens,' beaamde Shane. 'Maar ik denk niet dat we vandaag nog bang voor Jonathan hoeven te zijn. Hij heeft bereikt wat hij wilde bereiken, en dat is ons allemaal de stuipen op het lijf jagen.'
Linnet keek haar vader recht aan. 'Maar hij wilde ons eigenlijk vermoorden, dat begrijp je toch wel?'
'Ja, dat was natuurlijk de bedoeling. Maar hij kan alvast tevreden zijn omdat hij paniek heeft gezaaid, en ik weet zeker dat hij daar ook al van geniet. Paniek zaaien bij de Hartes, dat is zijn voornaamste hobby geworden.'
'Voorlopig blijft hij wel weg,' zei Jack tegen Linnet.
'Bedoel je dat hij niet meer in Yorkshire is?' Linnets groene ogen keken hem verbaasd aan.
'Dat bedoel ik. Hij zit nu weer in Londen en ik denk dat hij daar wel zal blijven, tenzij hij doorreist naar Parijs. Ik denk niet dat hij binnenkort terugkomt naar Yorkshire.' Jack schudde zijn hoofd. 'Maar ik heb een verrassend nieuwtje voor je, Linnet. Voordat hij gisteren vertrok, heeft hij bezoek gehad.'
'Van wie?' Ze keek hem met samengeknepen ogen nieuwsgierig aan.
Hij gaf haar een veelbetekenende blik, maar antwoordde niet.
'Toch niet van Angharad? Je wilt me toch niet vertellen dat zij zo brutaal is geweest om naar Thirsk te gaan en hem op te zoeken?'
'Inderdaad.'
'Wanneer heb je dat gehoord?'
'Vanmorgen. Gisteren zag een van de mannen die Jonathan volgen een vrouw met een sjaal om haar hoofd en een zonnebril op naar zijn huis gaan, en toen heeft hij het nummer van haar auto genoteerd om uit te vinden van wie die auto is. Toen ik hem op de hoogte bracht van de explosie in de kerk, vertelde hij me over die vrouw. De auto bleek van Winston te zijn.' Hij wierp een blik op Winston, die knikte.
'Dus ze had jouw auto geleend?' vroeg Linnet aan Winston.
'Een auto van de renstal, Linnet,' antwoordde Winston. 'Vanuit Edwina's huis had ze Emily gebeld om te vragen of ze een auto

mocht lenen om iets van de omgeving te kunnen zien. Emily zei dat dat natuurlijk geen probleem was, en toen heeft Edwina's chauffeur Angharad naar Allington Hall gebracht.'
'Nou zeg, ze laat er beslist geen gras over groeien, hè?' zei Linnet. 'Ik wil wedden dat ze elkaar ook in Londen zullen ontmoeten, als de belangstelling tenminste wederzijds is. Wat denken jullie? Jullie kennen Jonathan beter dan ik.' Ze keek de drie mannen een voor een vragend aan.
'O ja, daar zal hij haar vast ook willen zien, al was het alleen maar om informatie uit haar los te krijgen,' zei Jack beslist.
'Het kan ook zijn dat hij haar gewoon een leuke vrouw vindt,' opperde Winston.
'Dat kan,' beaamde Shane. 'Hij heeft altijd een zwak voor vrouwen gehad, vooral voor jonge vrouwen.'
'Ik denk dat je haar ook moet laten volgen, Jack,' raadde Linnet aan.
'Daar heb ik al aan gedacht en dat gebeurt al, Beauty.'
Shane ging naar Linnet toe en sloeg een arm om haar heen. 'Maak je alsjeblieft geen zorgen meer, lieverd, althans niet dit weekend. Jonathan Ainsley heeft zich uit de voeten gemaakt en ik weet zeker dat het nu rustig zal blijven.'
'Maar soms gebeuren er juist dingen wanneer hij níét in de buurt is, weet je nog wel, papa?'
'Dat is waar,' erkende Shane, en hij drukte haar tegen zich aan. 'Maar inmiddels heeft hij hier al genoeg aangericht en ik denk echt dat hij zich nu wel weer een tijdje gedeisd zal houden.'
'Ik hoop het van harte, papa.'
Ze klonk zo ontmoedigd, zijn dochter die anders altijd zo kalm, opgewekt en optimistisch was, dat Shane zijn vingers onder haar kin legde en haar hoofd naar zich toe draaide. 'Kom op, Linnet, niet zo somber,' zei hij dringend. 'Je bent een Harte en een O'Neill en je bent getrouwd met een Kallinski, dus jij bent de belichaming van onze drie clans. Die rol moet je vandaag spelen en dat moet je perfect doen. Jij moet het beste van ons vertegenwoordigen.'
Linnet knikte en haalde diep adem.
Shane boog voorover en gaf haar een kus op haar voorhoofd. 'Goed zo, meisje. Doe je best voor ons.'
'Het gaat beginnen, jongens,' zei Winston, en hij rechtte zijn rug. 'Daar komt de bruidsstoet aan. De bruidsmeisjes... en daar heb je de bruidegom ook.'

'O, dan moet ik vlug helpen met de boeketten,' zei Linnet. Ze schonk haar vader een stralende glimlach en liep naar de deur.
'Hallo Adèle,' zei ze tegen haar driejarige nichtje. 'Wat zie je er mooi uit, schat.'
'Dank u wel, tante Linnet,' zei Adèle. 'Mama zegt dat ik een ruikertje mag dragen.'
'Dat is waar, schat. Alsjeblieft, hier heb je het.' Linnet gaf het meisje haar boeketje en kuste haar op haar zilverblonde hoofdje.
Angharad kwam met een corsage van groene orchideetjes naar Linnet toe en vroeg: 'Waar moet ik deze vastspelden?' Adèle schrok en ging met een bang gezichtje tegen Linnet aan staan. Linnet nam haar bij de hand.
'Links vlak onder je schouder.' Linnet wees naar haar eigen corsage op de revers van haar jas. 'Maar iets hoger dan de mijne.'
Angharad knikte, keek om zich heen en riep: 'O, daarginds hangt een spiegel! Kom mee, Elayne.' Haastig liepen de twee zussen naar de spiegel.
Emsie kwam naar Linnet toe en fluisterde: 'Die ene adoptieveling is een walgelijk mens.'
'Ssst! Als iemand je hoort, krijg je ervanlangs.'
'Je bent er zelf mee begonnen.' Emsie grinnikte. 'Hoe zie ik eruit?'
Linnet begon te lachen. 'Je besteedt tegenwoordig erg veel aandacht aan je uiterlijk, Emsie. Terwijl je je er vroeger nooit om bekommerde hoe je erbij liep en de hele dag in de stallen bezig was met de paarden. Wat is er aan de hand?'
'Ik heb een besluit genomen,' kondigde Emsie aan. Ze keek achterom naar Natalie, de zus van Gideon. 'Ik ga net als Natty voor een van onze kranten werken.'
'Echt waar?' zei Linnet op plagende toon. 'Ik dacht dat je jockey wilde worden.'
'Dat heb ik nooit gezegd!' protesteerde de zeventienjarige Emsie blozend. 'En dat weet je best.'
Linnet glimlachte en zei tegen Natalie: 'Pak je corsage, lieverd, dan zal ik hem voor je opspelden. Die van jou ook, Emsie, als je hem even gaat halen.'
Natalie liep naar Linnet toe en omhelsde haar. Ze waren boezemvriendinnen, al sinds hun jeugd. Ze leken eerder zussen dan nichtjes van elkaar. Net als Linnet had Natalie Harte Emma's rode haar geërfd, en ook haar groene ogen en blanke huid.

Natalie maakte zich los en zei: 'Ik neem aan dat mama en Marietta bij Evan zijn?'
'Ja, ze zijn nog boven, ze komen om kwart voor drie beneden. Het lijkt me een goed idee als we voor de receptie een paar foto's laten maken van het bruidspaar met de bruidsmeisjes en zo. Wat vind jij?'
'De drie fotografen staan klaar waar je ze wilde hebben, Linnet. Een in de Crème-met-Gouden Salon, een in de Grijze Salon en een in de tuinkamer. De Oranje Salon is, zoals je had gezegd, vrijgehouden voor de receptie. Iedereen kan dus ongestoord rondlopen terwijl overal foto's worden gemaakt.'
'Bedankt dat je dat hebt geregeld, Natalie. Dat is voor mij weer een zorg minder.'
Natalie bekeek Linnet even aandachtig en siste: 'Heb je een microfoontje in je oor?'
'Ssst! Ja, om in contact te blijven met Jack.'
'O. Waarom is dat nodig?' vroeg Natalie nieuwsgierig.
'Om ervoor te zorgen dat alles soepel verloopt,' bedacht Linnet vlug. Ze draaide zich om naar Emsie. 'O jee, Emsie, de corsage hangt bij jou bijna ondersteboven! Kom gauw hier, dan speld ik hem opnieuw voor je vast.'
'Ha, daar zijn tante Edwina en oom Robin!' zei Natalie verheugd. Ze overhandigde Linnet haar corsage en vroeg: 'Wil je de mijne eerst doen, zodat ik naar Edwina kan gaan? Iemand moet die schat een beetje helpen.'
'Ze is net zo hulpbehoevend als de graaf van Warwick geharnast op zijn strijdros, dat weet je toch wel?' grapte Linnet. 'Ze zou zijn rechterhand kunnen zijn. Kijk maar, ze ziet eruit alsof ze op het punt staat de aanval te openen tegen de troepen van Lancaster.'
Emsie giechelde en het kostte Natalie moeite haar gezicht in de plooi te houden. Linnet kon ontzettend geestig zijn.
'O jee, ze komt onze kant op,' mompelde Emsie. 'Schiet op met mijn corsage, Linnet.' Ze keek omlaag toen ze een rukje aan haar rok voelde. 'Wat is er, Adèle?'
'Waar is mama?'
'Ik geloof dat ze met oma naar de Stenen Hal is gegaan.' Emsie pakte het meisje bij de hand. 'We zullen haar zo gaan zoeken.'
Adèle lachte gerustgesteld tegen Emsie. 'Dat is goed.'
'Aah, Adèle, schatje, wat zie je er beeldig uit vandaag! Een plaatje!' zei Edwina.

'Dank u, tante Edwina. U ook,' antwoordde Adèle.
Edwina begon te lachen. 'Kinderen en onnozelen spreken de waarheid!' zei ze. Tegen de anderen vervolgde ze: 'Goedemiddag, dames. Jullie zien er ook beeldschoon uit. Je zou altijd lichtblauw moeten dragen, Linnet.'
'En u altijd paars, tante Edwina,' antwoordde Linnet.

Hij voelde zich als een lid van de familie en zo beschouwden ze hem ook, maar hij was een buitenstaander. Dat vergat Jack Figg nooit, maar hij had er geen last van. Hij voelde genegenheid voor hen allemaal, al kon hij niet zeggen dat ze hem allemaal even lief waren. Maar sinds hij zelf geen bloedverwanten meer had, waren zij zijn familie.
Het liep tegen drieën en hij keek in de Grijze Salon geamuseerd toe hoe Linnet en Natalie, de twee roodharige jonge vrouwen van wie hij erg veel hield, als sergeant-majoors de hele familie opstelden voor de grote bruidsfoto. De fotograaf stond al een poosje geduldig te wachten.
Terwijl hij aandachtig volgde hoe Linnet en Natalie diverse mensen van plaats lieten wisselen, drong het tot hem door dat ze een bepaalde kleurschikking nastreefden. Ze hadden allebei een klembord in de hand en overlegden steeds wanneer ze een paar stappen achteruit deden om de groep te bekijken.
Iemand had blijkbaar een kleurenschema bedacht, zowel voor het huwelijksfeest zelf als voor deze foto, en dat moest Evan zijn. Zij was degene die zich met mode bezighield. Vol belangstelling zag hij hoe het patroon zich ontwikkelde, en hij vond het briljant.
De mannelijke leden van de familie droegen allemaal een donkerblauw pak, een wit overhemd en een lichtblauwe das. Ze hadden een witte anjer in hun knoopsgat. Hijzelf zag er ook zo uit, dat was hem opgedragen.
De vier bruidsmeisjes: Natalie, Emsie, Elayne en Angharad, droegen allemaal een lange lichtgrijze tafzijden jurk en Adèle zag er schattig uit in hetzelfde model in het klein. De jonge vrouwen hadden ieder een corsage van groene orchideeën op hun linkerschouder en Adèle had een boeketje van dezelfde bloemen.
Linnet droeg een lichtblauw zijden pak met een lange rok en daaroverheen een lange getailleerde jas. Tessa droeg een licht grijsblauwe kaftan met blauw kraaltjesborduursel langs de hals. Hun nichtje India had gekozen voor een lange tuniek in Indiase stijl met een nauwe zijden broek in dezelfde kleur als Tessa's kaftan.

Wauw, dacht Jack. Donkerblauw voor de mannen, grijs voor de bruidsmeisjes en licht- of grijsblauw voor drie andere jonge vrouwen. Een prachtige combinatie.
Jacks blik ging naar de oudere vrouwen. Paula, die hem erg dierbaar was, droeg een lange lichtpaarse fluwelen jas met daaronder een lichtpaarse jurk van chiffon. Emily droeg een jas van een soort handgeweven meubelstof met grijsblauw als hoofdkleur en andere kleuren erdoorheen, en Marietta droeg goudkleurige brokaatzijde over donkerbruine zijde.
Zijn blik gleed door de rijen en bleef hangen op nog iets van goudbrokaat, gedragen door Elizabeth, de tweede dochter van Emma Harte. Daisy, de dochter van haar en Paul McGill, had een jurk aan in een fuchsiaroze kleur.
Oudtante Edwina, Emma's oudste dochter, droeg donkerpaars, haar lievelingskleur. Jack glimlachte breed. God zegene haar, dacht hij. Als een prachtig oud slagschip doorploegt ze de zeeën, nog steeds. Hij was erg gesteld op Edwina, een heel bijzondere vrouw, vond hij.
Hij vond nog iemand in paars met goud: Sally, de gravin van Dunvale, de moeder van India. Zij droeg een lange jas van goudbrokaat over een wijde broek van goudkleurige zijde, terwijl haar zus Vivienne een jurk met een fluwelen jas droeg in dezelfde paarse kleur als van Edwina.
Kortom, dacht Jack, de hoofdkleuren zijn donkerblauw, parelgrijs en grijsblauw, en ze worden opgevrolijkt door licht- en donkerpaars, fuchsia-roze en goud.
Midden in dit palet stond de bruid in haar glanzende chiffon in alle kleuren van de zee. Ze was beeldschoon.
Jack moest om zichzelf lachen. Als conventionele heteroseksuele man had hij blijkbaar een heleboel van Emma Harte geleerd, dat bleek nu wel!
Het wordt een indrukwekkend mooi familieportret, dacht hij vervolgens. Dat had Evan knap voor elkaar gekregen, want zij was natuurlijke degene die iedereen wat hun kleding betrof had geadviseerd, al dan niet nadrukkelijk.
Ten slotte stond iedereen op zijn of haar plaats. Linnet en Natalie gingen ook bij de groep staan en de fotograaf mocht eindelijk zijn werk doen. Maar toen deed Shane een paar stappen naar voren.
'Nee, wacht even!' riep hij tegen de fotograaf. Hij keek om naar Jack. 'Waarom sta jij daar nog, Jack? Kom gauw hier, jij hoort er ook bij, hoor. Vooral voor de groepsfoto.'

‘Maar ik...’
‘Geen gemaar, Jack. Je hoort bij de familie. Kom vlug hier bij mij en Paula staan.’
Jack deed wat hem werd opgedragen. Hij was zo aangedaan dat hij geen woord meer kon zeggen.

DEEL DRIE

Duo

Het lot is na één ramp niet voldaan.
PUBLILIUS SYRUS: *Maxim 274*

18

Linnet was zo enthousiast dat ze zonder erbij na te denken Evans nummer intoetste om haar het goede nieuws te vertellen. Aan de andere kant van de lijn bleef de telefoon rinkelen en net toen ze wilde afbreken, nam Evan op.

'Met mij!' riep Linnet meteen. 'Ik heb je schetsen van de bruidsjurken voor onze nieuwe afdeling bekeken en ik vind ze geweldig! Hoe heb je het voor elkaar gekregen om vijftig ontwerpen te maken? Waar heb je de tijd vandaan gehaald?'

Evan lachte. 'Ik ben blij dat je ze mooi vindt, Linnet. Ik had er al minstens twaalf klaar van toen ik vorig jaar jouw bruidsjurk ontwierp. Nadat we voor jou voor de tudorprinsesstijl hadden gekozen, had ik de rest bewaard. De andere ontwerpen heb ik in de loop der jaren gemaakt, steeds wanneer ik er tijd voor had. De meeste vind ik mooi en heb ik gehouden, maar ik heb er ook wel wat weggegooid.'

'Nee toch! Wat zonde. In het vervolg moet je alles bewaren en door mij laten beoordelen, want wat je eigen werk betreft, ben jij veel te kritisch.'

'Ik beloof je dat ik niets meer zal weggooien, zelfs geen ruwe schets. Goed?'

'Heel goed. In elk geval bedankt dat je je map naar kantoor hebt laten brengen. Ik ben er erg blij mee, en ik hoop dat we binnenkort een aantal van je jurken kunnen laten maken. Voor vrouwen die in juni willen trouwen.'

'Natuurlijk kunnen we dat. Ik zal je een e-mail sturen met namen van naaisters die ik gebruik, en erbij zetten wie van hen welke modellen het best voor haar rekening kan nemen. Heb je daar alvast wat aan?'

'Dus je kunt nog niet naar de zaak komen? Zelfs niet alleen maar om de ontwerpen met me door te nemen?' vroeg Linnet een beetje teleurgesteld.

'O Linnet, dat zou ik dolgraag willen, maar dokter Addney heeft het me absoluut verboden.' Evan begreep Linnets teleurstelling, want ze besefte zelf ook dat het tijd werd dat ze weer aan het werk ging. 'Hij zegt dat ik kalm aan moet doen, dat ik thuis moet blijven om uit te rusten en dat ik me nergens druk over mag maken,' legde ze uit. 'Maar kun jij niet hier komen? Dan kunnen we hier toch samen die ontwerpen bekijken en de naaisters kiezen?'

'Dat is een goed idee, maar daar heb ik vandaag echt geen tijd voor.'
'Nou ja, dan doen we het later deze week. Wanneer je wel tijd hebt. Mijn moeder is er nu, ze gaat met me mee om samen met Emily dat appartement op Belgrave Square te bekijken. Dat van Emily's vriendin Lavinia Constable, die in Los Angeles zit. Ik geloof dat Gid het tegen je heeft gezegd.'
'Ja, dat is zo. Een paar dagen geleden. Wat een toeval, zeg, dat dat appartement vlak bij Emma's huis ligt.'
'Ja, dat is juist zo prettig, dan zouden we bij Paula en Shane in de buurt wonen. Maar we kunnen dat appartement maar voor een jaar huren, Linnet. Wel is het helemaal opgeknapt, dus het ziet er fris en nieuw uit. En het is ongemeubileerd, wat betekent dat we onze eigen spullen mee kunnen nemen. Gid vindt het prachtig, hij heeft het al gezien. Als ik het ook mooi vind, nemen we het, ook al is het maar een tijdelijke oplossing.'
'Gid vindt het mooi, dus jij vindt het vast ook mooi en dan is het een goed idee om het voor een jaar te huren. Als de tweeling er is, kunnen jullie niet in dat flatje van Gid blijven, dan barst het uit zijn voegen.'
'Dat weet ik. Als we het appartement nemen, wil ik het dan ook vlug inrichten. Waarschijnlijk vinden we bij Harte's de meeste dingen die we nodig hebben.'
'Dat denk ik ook wel, en ik zal je helpen en Emily vast ook. Dan maken we het nog voor de bevalling in elk geval bewoonbaar.'
'Dan mogen we wel opschieten,' zei Evan lachend.
'Je voelt je toch goed, hè?' vroeg Linnet bezorgd.
'Ja hoor, ik voel me prima. Ik weet zeker dat ik pas in februari zal bevallen, gewoon wanneer ik uitgerekend ben.' Evan zweeg even en vervolgde: 'Het spijt me dat je nu alleen India hebt om je te helpen, want ik weet hoe druk je het hebt. Wanneer komt Tessa terug uit Parijs?'
'Over een paar dagen, zodra Jean-Claude naar Afghanistan is vertrokken. Hij wilde dat ze eerst nog een poosje bij hem kwam. Heeft ze je verteld dat ze dan ook kennis zal maken met zijn zoon?'
'Nee. Maar wat leuk, wat een goed idee! Vind je niet? Want Tessa en Jean-Claude zijn nu immers verloofd?'
'Ja, dat vind ik ook,' beaamde Linnet. 'Mijn moeder vertelde me gisteravond dat Tessa's scheiding er aan het eind van deze week door zal zijn. Dan kunnen ze zo gauw mogelijk trouwen.'

Evan zei niets.
'Ben je daar nog, Evan?'
'Ja, ja, ik ben er nog. Ik ben alleen verbaasd. Geeft Tessa dan haar baan op en gaat ze in Parijs wonen?' Ze klonk bijna samenzweerderig.
'Ik weet niet of ze...' Linnet maakte de zin niet af en schraapte haar keel voordat ze vervolgde: 'Ik geloof niet dat ze het daar al met Paula over heeft gehad.' De andere lijn op haar toestel begon te piepen en ze riep snel: 'Ik bel je straks nog wel, Evan. Iemand anders wil me spreken.'
'Ik bel jou wel nadat ik het appartement heb bekeken,' zei Evan, en ze verbrak de verbinding.
Op haar kantoor nam Linnet het andere gesprek aan: 'Met Linnet O'Neill.'
'Met India,' zei haar nichtje. 'Heb je even tijd voor me?'
'Ja, natuurlijk. Is er iets aan de hand? Je klinkt raar.'
'Ik denk dat ik een probleem heb, althans, dat ik een probleem zal krijgen.'
'Hier of in Leeds? Of is het iets persoonlijks?'
'Iets persoonlijks,' antwoordde India, en ze zuchtte. 'Mevrouw Caldwell, de oma van Dusty's dochtertje, als je je dat nog herinnert, is opeens erg achteruitgegaan. Ik heb net Dusty aan de telefoon gehad en hij stelde me een heel moeilijke vraag, die ik niet kon beantwoorden. Ik heb je raad nodig, Linnet. Mag ik even naar je toe komen?'
'Natuurlijk, kom maar meteen.'
Even later kwam India Linnets kantoor binnen, ging op de stoel aan de andere kant van het bureau zitten en wierp een luchtkus in de richting van haar nichtje. 'Het spijt me dat ik je hier om tien uur in de morgen mee lastigval, maar ik weet echt niet wat ik tegen Dusty moet zeggen. Ik heb geen verstand van dat soort dingen.'
Linnet leunde over haar bureau naar voren en zei: 'Vertel me dan eerst eens waar het over gaat.'
'Dusty denkt dat Molly Caldwell zal overlijden. Hij zegt dat hij daar al ruim een week een voorgevoel van heeft, en hij weet niet of hij Atlanta mee moet nemen om afscheid van haar oma te nemen of niet. Is dat een goed idee of juist niet?'
'Wauw, daar vraag je me wat.'
'Precies. Ik zit er al een uur over na te denken.'
Linnet leunde met een nadenkend gezicht naar achteren op haar

stoel en sloot haar ogen om zich beter op het probleem te kunnen concentreren. Plotseling opende ze haar ogen, ging rechtop zitten en zei: 'Laten we het eens analyseren, doen alsof het óns probleem is. Als Paula bijvoorbeeld stervende was, zouden we dan Tessa aanraden om Adèle afscheid van haar oma te laten nemen?'
India beet op haar lip en schudde haar hoofd. 'Dat weet ik niet.'
'Oké, ander voorbeeld. Als tante Edwina, jouw oma, dood zou gaan en jij had een kind dat veel van haar hield, wat zou jij dan doen?'
'Ik denk dat ik haar dan mee zou nemen naar Edwina. Zowel voor Edwina als voor mijn kind.'
'Dat zou ik ook doen. En niemand hoeft Atlanta toch al te vertellen dat haar oma er binnenkort niet meer zal zijn?'
'Nee, dat niet,' zei India. 'Maar ik denk dat Dusty aarzelt vanwege de manier waarop Molly erbij ligt, aan een infuus en zo. Hij wil niet dat Atlanta bang voor haar wordt. En ik heb ook het gevoel dat hij vindt dat ze zich haar oma moet herinneren zoals ze was toen ze elkaar voor het laatst hebben gezien.'
'Wil je naar Yorkshire gaan om Dusty hiermee te helpen?'
'Ja. Ik denk dat hij dat erg fijn zou vinden en dat het de zaak wat minder beladen zou maken. Maar het is donderdag, ik ben pas drie dagen hier en mijn bureau ligt vol zaken die ik moet afhandelen.'
'Ja, ik weet wat je bedoelt. Maar zijn er dringende zaken bij?'
'Dat niet, maar ik moet uitzoeken hoe het zit met de kleren en accessoires die we voor het voorjaar hebben besteld. Nou ja, dat kan ook nog wel een dag wachten. Ik zou morgenochtend vroeg kunnen gaan en Dusty in Leeds ontmoeten.'
'Is er haast bij? Is mevrouw Caldwell op dit moment stervende?'
'Nee, dat nog niet. Maar de vrouw die haar altijd helpt heeft tegen Dusty gezegd dat ze steeds zwakker wordt en dat ze zich zorgen maakt om Atlanta.'
'Ga dan vandaag, India,' drong Linnet aan. 'Je kunt over een paar uur in Leeds zijn. Waarom zou je nog wachten? Om het lot te tarten? Ik vind het erg belangrijk dat het meisje haar oma nog een keer ziet en dat het tot haar doordringt waarom ze in het ziekenhuis ligt. Bovendien is het belangrijk dat Molly Caldwell haar kleindochter nog een keer ziet, zodat ze vredig kan sterven. Je hoort nu bij Dusty te zijn, je bent zijn verloofde.'
'Als hij zou besluiten om Atlanta mee naar Molly te nemen, zou ik natuurlijk meegaan.'

'Dat spreekt vanzelf. Natuurlijk moet je laten merken dat je met hen meeleeft,' zei Linnet zacht.
'Ja. Bedankt, Linnet, voor je hulp. Nu kan ik Dusty helpen om een besluit te nemen.' In India's melodieuze stem klonk nog een vleug van het zangerige Ierse accent door. 'Ik weet zeker dat hij mijn suggestie zal opvolgen,' voegde ze er met een glimlachje aan toe.

Toen India weg was, liep Linnet naar haar werktafel om Evans schetsen, die ze erop had uitgespreid, bij elkaar te pakken. Voorzichtig legde ze ze terug in de map en dacht onderwijl aan het aanstaande huwelijk van India en Dusty. Evan had voor India een prachtige bruidsjurk met een hoepelrok ontworpen, in edwardiaanse stijl, van ivoorkleurige zijde. Evan was een heel talentvolle ontwerpster.
Met een diepe zucht knoopte Linnet het lintje om de map met schetsen dicht, liet hem op haar werktafel liggen en ging weer aan haar bureau zitten.
Ze staarde een poosje voor zich uit en dacht aan Dusty Rhodes en het probleem dat hij zou krijgen als Molly Caldwell zou overlijden. Ze wist een heleboel over Melinda Caldwell, omdat Gideon, om India te beschermen, zijn best had gedaan om zo veel mogelijk over haar te weten te komen.
Melinda was een gevaarlijke vrouw, dat stond vast. Ze was verslaafd aan drugs, ze kon erg gewelddadig zijn en ze was moeilijk in de omgang. Linnet wist nu al zeker dat ze haar dochtertje niet zonder meer naar Dusty zou laten gaan. Dat had tante Edwina ook gezegd, toen ze tijdens het huwelijksfeest op Pennistone Royal het afgelopen weekend haar zorgen om India met Linnet had gedeeld.
'Het zal weer net zo'n vervelende situatie worden als die van Tessa en Mark Longden,' had Edwina somber voorspeld. 'Wacht maar af. Ik kan je nu al verzekeren dat Dusty er zijn handen vol aan zal krijgen.'
'Kunnen we iets doen om hem te helpen?' had Linnet gevraagd, terwijl ze Edwina had weggeloodst van haar zusters, met wie ze had staan praten. Elizabeth, de moeder van Emily, en Daisy, de moeder van Paula en Linnets grootmoeder, popelden altijd om alle nieuwtjes over de familie te horen, en ze smulden van de intriges en de roddels.
Edwina, die meteen had geweten wat Linnets bedoeling was, had

met een geamuseerde blik gezegd: 'Ja, laten we even een rustig hoekje vinden om erover te praten, anders moeten we eerst mijn zussen tekst en uitleg geven.'
Linnet had Edwina lachend meegenomen naar de andere kant van de Stenen Hal, en daar had Edwina gezegd: 'Ik zal Dusty aanraden een uitstekende advocaat in de arm te nemen om hem bij te staan, dan kunnen we wellicht voorkomen dat de zaak voor de rechter komt. Misschien moeten we die firma nemen die Emma en Paula altijd van dienst is geweest. Mmm, ja, dat is een goed idee. En er zal geld op tafel moeten komen, dat zal ongetwijfeld helpen.' Edwina had op besliste toon gesproken en haar sombere bui leek meteen over te zijn.
'Hoewel geld niet altijd de beslissende factor is,' had Linnet gewaarschuwd.
Edwina had haar goedkeurend aangekeken en gezegd: 'Je klinkt als een echte Harte, lieve Linnet. En nu we het er toch over hebben, ik reken erop dat je India zult blijven steunen. Op je eigen slimme en moedige manier. Als ik soms niet in de buurt ben om het te doen.'
'Ga je dan ergens naartoe, Edwina?' had Linnet vlug gevraagd. Soms noemde ze haar oudtante gemoedelijk bij haar voornaam.
Edwina had geschaterd van het lachen. 'Nee hoor, ik heb geen reisplannen. Maar ik zou binnenkort de pijp uit kunnen gaan, je weet maar nooit. Hoewel ik dat heel vervelend zou vinden, want voorlopig heb ik het nog erg druk.'
Linnet had haar armen om haar oudtante heen geslagen en haar lachend omhelsd, terwijl ze opnieuw had beseft wat een bijzondere vrouw Edwina was. Een unieke vrouw.
Edwina heeft gelijk, dacht ze nu. Dusty moet een heel goede advocaat in de arm nemen, er zit niets anders op. Ze nam zich voor er later op de dag met haar moeder over te praten en ervoor te zorgen dat Paula Dusty zou introduceren bij haar eigen advocatenfirma: Crawford, Creighton, Phipps en... Nou ja, nog iemand. Die had een uitstekende naam en zulke mensen had Dusty nodig om, als het nodig mocht zijn, met Melinda af te rekenen.
Net had ze dit bedacht toen de telefoon rinkelde. Ze nam op en zei: 'Met Linnet O'Neill.' Het bleek haar moeder te zijn.
'Goedemorgen, Linnet,' zei Paula. 'Heb je het op dit moment erg druk?'
'Nee, mama. Ik heb net een aantal prachtige ontwerpen voor bruidsjurken bekeken, van Evan. Als je tijd hebt, wil ik je die dol-

graag laten zien.' Opeens kwam het bij haar op dat dit misschien een mooie gelegenheid was om haar moeder haar idee voor te leggen voor een hele verdieping voor aanstaande bruiden, een van de projecten die ze nog op een laag pitje had staan.
'Ik wil ze graag zien, maar niet vandaag. We hebben een probleem, een vrij ernstig probleem. Kun je naar mijn kantoor komen?'
'Bedoel je nu?'
'Nu meteen, Linnet.'
'Wat is er dan?' vroeg ze geschrokken.
'Kom alsjeblieft eerst naar mijn kantoor, Linnet.'
'Ik kom eraan, mama.' Linnet legde de hoorn neer, sprong op en liep vlug haar kantoor uit. In het voorkantoor zei ze tegen haar secretaresse waar ze naartoe ging, en daarna rende ze bijna de gang door naar het grote kantoor van de directrice van het bedrijf. Ongerust en een beetje nerveus liep ze het domein van haar moeder in en zei tegen Jonelle, een van de secretaresses: 'De bazin heeft naar me gevraagd.'
'Loop maar door, Linnet,' zei Jonelle met een glimlach.
Linnet ging de grote, mooie kamer binnen die Emma's kantoor was geweest vanaf de dag dat het warenhuis werd geopend tot haar dood, en ze schrok toen ze Jack Figg op een stoel naast haar moeder zag zitten. Paula zat op de leuning van de bank, in een mooi zwart mantelpak het toppunt van elegantie, maar met een gespannen gezicht.
Linnet onderdrukte haar ongerustheid, liep zo kalm mogelijk naar hen toe en vroeg: 'Mama, Jack, wat is er? Waarom kijken jullie zo bezorgd?'
'Hallo Linnet,' zei Jack een beetje vermoeid. Hij klonk schor en het viel Linnet op dat hij er uitgeput uitzag, met donkere kringen onder zijn ogen.
Haar blik ging naar haar moeder.
Paula glimlachte zwakjes en gaf een paar klapjes op de bank. 'Kom naast me zitten, lieverd. Jack is gekomen om ons iets te vertellen. Het is slecht nieuws, eigenlijk rampzalig nieuws.'
Linnet ging zwijgend naast haar moeder op de bank zitten. Ze kon haar nieuwsgierigheid nauwelijks bedwingen.
'Vertel jij het haar maar, Jack,' zei Paula, en ze slaakte een zucht. Hij knikte, maar begon niet meteen te praten. Hij keek naar de twee vrouwen, moeder en dochter, erfgenamen van Emma Harte, die altijd in alle opzichten haar uniform hadden gedragen. Van-

daag waren ze ook weer allebei gekleed in het soort zwarte mantelpak waaraan Emma op haar werk de voorkeur aan had gegeven, met een witte blouse eronder. Het was altijd een duur pak van een couturier, en ze droegen er hooggehakte schoenen bij. Geen overdadige juwelen, alleen parels in hun oren, een horloge om hun pols en een gladde gouden trouwring om hun vinger. Net als Emma. En niet alleen waren het intelligente, briljante zakenvrouwen, maar ook aardige, zorgzame vrouwen. Hij moest er niet aan denken dat hen iets zou overkomen. Woedend en gefrustreerd onderdrukte hij een vloek, haalde diep adem en zei tegen Linnet: 'Ik heb een goede reden om te geloven dat Angharad Hughes heeft aangepapt met Jonathan Ainsley.'

Linnet knikte. 'Ik moet bekennen dat me dat niet verbaast, Jack. We hebben het op Evans trouwdag nog over die mogelijkheid gehad, weet je wel?'

'Dat is zo. Ik herinner me dat Shane zei dat dit zou kunnen gebeuren, gezien Jonathans liefde voor vrouwen en vooral voor jonge vrouwen.'

'Wat heb je precies ontdekt?' vroeg Linnet met een angstig voorgevoel.

'Je weet al dat Angharad Jonathan die vrijdagmorgen heeft opgezocht in zijn huis in Thirsk. Wat er toen is gebeurd, weten we niet, maar ze is ongeveer een halfuur bij hem gebleven. Daarna is Ainsley naar Londen gegaan. Angharad was op de bruiloft, dat hebben we gezien, maar ze is maandagmorgen vroeg uit Yorkshire vertrokken. Ze is op de eerste trein naar King's Cross gestapt en heeft een kamer genomen in het hotel van George Thomas, die oude vriend van haar vader.'

'Haar vader en moeder zijn samen met Elayne op dinsdag naar Londen gereisd,' zei Linnet. 'En ik geloof dat Owen Hughes en Elayne gisteren terug zijn gevlogen naar New York. Klopt dat?'

'Dat klopt,' beaamde Jack met een hoofdknik. 'Marietta logeert nog in dat hotel. Ze blijft tot na de geboorte van de tweeling in Engeland, dat heeft ze op de receptie tegen me gezegd. Ik geloof dat iedereen daarvan op de hoogte is.'

'Ja. Op dit moment is ze bij Evan.' Linnet keek op haar horloge. 'Ze zijn nu op weg naar een appartement op Belgrave Square, dat Gideon en Evan via Emily een jaar mogen huren.'

'Inderdaad,' bevestigde Paula. 'Een oude vriendin van Emily, Lavinia Constable, had het net laten opknappen toen ze een prachtig aanbod kreeg om de decors te ontwerpen voor een belangrijke film die in Los Angeles wordt opgenomen. Ze blijft een jaar weg.'

'Dus we weten waar alle leden van de familie Hughes zich bevinden,' zei Jack. 'Vooral Angharad,' voegde hij er minachtend aan toe.

'Is Angharad nu bij Jonathan in Londen?' vroeg Linnet.

'Nee, ze is in Parijs. En hij ook,' antwoordde Jack met een veelbetekenende blik. 'Sinds ze op King's Cross uit de trein is gestapt, wordt ze door een van mijn mannen geschaduwd. We weten precies wat ze die maandag heeft gedaan. Ze heeft ingecheckt in dat hotel van Thomas vlak bij Cadogan Square, ze is om de hoek naar de kapper gegaan en daarna ruim een uur bij Harvey Nichols gaan winkelen. Die avond is ze naar het appartement van Jonathan Ainsley op Grosvenor Square gegaan, om een uur of zeven, en daar is ze tot halfelf gebleven. Waarschijnlijk heeft ze daar gegeten, of misschien niet. Op dinsdagmiddag heeft ze een uur bij hem in dat appartement doorgebracht en die avond heeft ze met haar ouders en George en Arlette Thomas in het hotel gedineerd. Elayne was er ook bij. Op woensdagmiddag is ze weer gaan winkelen, die avond heeft ze met haar moeder gegeten en vanmorgen is ze naar Parijs gevlogen. In alle vroegte. In Parijs heeft ze een kamer genomen in het George v. Ze wordt voortdurend bewaakt.'

'En J.A. was inmiddels al in Parijs?'

'Inderdaad, Linnet. Hij is er woensdagmorgen met een privévliegtuig naartoe gevlogen en zit nu in zijn flat aan de Avenue Foch.'

'Er is iets gaande tussen die twee, dat is nu wel duidelijk,' stelde Linnet vast. 'Ik denk dat ze, toen Angharad naar zijn huis in Thirsk is gegaan, hebben afgesproken elkaar in Londen te ontmoeten. Ze hebben die afspraak gemaakt omdat hij vrijdag waarschijnlijk geen tijd voor haar had.'

'Dat klopt!' beaamde Jack. 'Hij had zijn bagage al in de auto gezet en wilde net weggaan toen zij kwam aanrijden. Hij heeft haar mee naar binnen genomen, maar zoals ik al zei is ze niet lang gebleven, ongeveer een halfuur.'

'Wat er toen ook tussen die twee is gebeurd, het was genoeg om ervoor te zorgen dat ze elkaar terug wilden zien,' zei Paula. 'Het klikte tussen hen, dat moet wel. Hij stond op het punt om naar Londen te vertrekken en zij wist dat ze daar ook naartoe zou gaan, dus maakten ze een afspraak. En in Londen besloot hij haar uit te nodigen in Parijs, wat ze natuurlijk prachtig vond.' Paula keek Jack scherp aan. 'Zo is het volgens mij gegaan. Denk je ook niet?'

'Ik denk het ook, Paula.' Jack wierp een blik op Linnet en keek weer naar Paula. 'Ik wil jullie iets vragen. Wat denken jullie: is er tussen die twee sprake van een persoonlijke of seksuele aantrekkingskracht of gebruikt hij haar om informatie over Evan en Gideon in te winnen? Of over Owen en Marietta? Of zelfs de hele familie Harte? Ik zou graag willen weten wat deze ontwikkeling heeft te betekenen.'

'Misschien is ze voor hem zowel een prettig als een nuttig tijdverdrijf,' opperde Linnet. 'Plotseling heeft hij een spionne die rechtstreeks contact heeft met de familie en met Owen. Hij haat ons allemaal, dus dat komt prachtig uit.' Linnet leunde tegen de kussens en verafschuwde Angharad nog meer dan ze al deed. Ze was een ordinair type en een vals kreng. Tessa en India konden haar ook niet uitstaan. In de paar dagen dat Angharad in Yorkshire was geweest, had ze geprobeerd met vleierij hun groepje binnen te dringen, maar dat was haar niet gelukt. Niemand mocht haar, zelfs Evan had haar zo veel mogelijk op een afstand gehouden. En het was haar opgevallen dat ook Natalie en Emsie ervoor hadden gezorgd dat ze bij Angharad uit de buurt bleven.

'Ze is nuttig voor hem en gevaarlijk voor ons, Jack,' zei Paula. 'Ze weet precies wat er in haar eigen familie gebeurt en ze heeft onze familie waarschijnlijk ook aardig in kaart gebracht. Evan en Marietta zien elkaar dagelijks, en er wordt in hun gezin natuurlijk ook heel wat gebabbeld.'

'Maar Evan is absoluut niet op Angharad gesteld, mama. Dat heeft ze me in vertrouwen verteld. Ze hebben nooit een hechte band gehad, ook niet toen ze klein waren. Eerlijk gezegd denk ik dat Evan een ontzettende hekel aan haar heeft. Ze haat haar zusje, al is dat een groot woord. Gideon kan haar ook niet luchten of zien. Hij denkt dat zij er de schuld van is dat Evan onlangs op kantoor is gevallen. Dat heeft hij me verteld.'

'Denkt Gideon dat ze Evan omver heeft geduwd of zo?' Paula keek Linnet met samengeknepen ogen aan.

'Nee, dat niet, omdat Evan heeft gezegd dat Angharad haar niet heeft aangeraakt. Maar Gideon denkt dat ze Evan zo van streek heeft gemaakt dat Evan van de zenuwen naast haar stoel is gevallen in plaats van erop te gaan zitten. Hij is ervan overtuigd dat Evan, als ze alleen was geweest, niet was gevallen. Hij ver-

moedt dat Angharad Evan expres op stang heeft gejaagd, al vinden wij dat misschien ongeloofwaardig klinken.'
'Dus voor zover we weten, zijn twee gevaarlijke mensen dikke vrienden geworden,' zei Jack. 'Maar met welk doel? Daar moeten we achter zien te komen. Hoe kunnen we dat doen? Wie kan ons daarmee helpen?' Jack leunde achterover op zijn stoel en wreef nadenkend met zijn hand over zijn kin.
'Volgens mij is er maar één die dat kan en dat is Marietta,' zei Paula. 'Als Evan en Elayne allebei een hekel aan Angharad hebben, blijft alleen hun moeder over als iemand met wie Angharad misschien vertrouwelijk praat.'
'Denk je niet dat ze onder deze omstandigheden ook haar moeder liever niet van haar doen en laten op de hoogte houdt?' vroeg Linnet. 'Bovendien zal ze het nooit toegeven als ze samen met Jonathan Ainsley een plan bedenkt om onze familie kwaad te doen.'
'Natuurlijk niet,' zei Jack instemmend. 'Maar wat Marietta betreft, heb je volgens mij gelijk, Paula. Angharad zal haar moeder regelmatig willen spreken, vooral als ze inderdaad een verhouding heeft met Jonathan Ainsley. Ze zal ermee te koop willen lopen. Ze is een ondernemende jonge vrouw en hij is een knappe, stinkend rijke oudere man van de wereld en bovendien een lid van de familie Harte. Ze wil beslist bekendmaken dat ze zo'n begerenswaardige vrijgezel aan de haak heeft geslagen.' Jack stond op, liep naar het raam en staarde omlaag naar het drukke verkeer in Knightsbridge. Maar hij zag er niets van, want in gedachten was hij heel ergens anders. Hij probeerde te bedenken wat Angharad zou doen, wat haar zou aansporen om haar geheim met haar moeder te delen. Wrok? Afgunst? Haar jaloezie op Evan? Dat was het, besloot hij.
Even later draaide hij zich om naar Paula en Linnet op de bank. 'Ja, zo zit het, denk ik,' zei hij. 'Als Ainsley opnieuw kwaad in de zin heeft, zal Angharad dat niet tegen haar moeder zeggen, maar als ze een verhouding met hem heeft, zal ze dat waarschijnlijk wel doen. Dat zal ze niet voor zich kunnen houden. Want ze beschouwt Evan als haar rivale en dan heeft ze haar zus bijna ingehaald.'
'En wat moeten wij intussen doen?' vroeg Linnet.
'Marietta op de hoogte brengen en haar overhalen met ons samen te werken,' stelde Paula voor.
Jack glimlachte, die morgen voor het eerst. 'Ik geloof niet dat dat een probleem zal zijn, Paula. Jij wel? We hoeven haar alleen maar

uit te leggen dat Evan en de tweeling wellicht in gevaar verkeren. Ik denk niet dat ze het risico zal willen lopen dat haar dochter en haar eerste kleinkinderen iets overkomt.'
Paula schudde haar hoofd. 'Geen enkele vrouw zou dat willen.'
'We moeten Marietta uitleggen hoe gevaarlijk Angharad is als ze een verhouding heeft met Jonathan Ainsley, dan zal ze ons vast wel willen helpen. Misschien weet ze al dat Angharad in Parijs is en dan zou ze naar haar toe kunnen gaan om haar op te zoeken.'
'Marietta is de enige die voor ons kan uitzoeken wat er aan de hand is,' zei Jack. 'Want dat moeten we weten.'
'We moeten ook Evan en Gideon vertellen dat Angharad en Jonathan met elkaar omgaan, dat mogen we niet verzwijgen,' zei Paula. 'Misschien kunnen we vragen of ze vanavond een borrel komen drinken, en Marietta ook.'
Linnet knikte. Ze werd overmand door zo'n verstikkend gevoel van naderend onheil dat ze even niets meer kon zeggen.

19

Linnet en Jack Figg verlieten het directiekantoor en Paula pakte een map van de stapel op een hoek van haar bureau en ging weer aan het werk.
Ze probeerde de eerste bladzijde van de balans tot zich te laten doordringen, maar ze kon zich niet concentreren. Ze moest steeds aan Jonathan Ainsley denken. Plotseling kreeg ze een idee, en ze ging rechtop zitten. Het beeld van haar nichtje Sarah was door haar hoofd geflitst. Vroeger was Sarah met Jonathan bevriend geweest, maar tegenwoordig stond ze aan de kant van de familie. Zou zij de huidige situatie niet beter kunnen beoordelen dan Marietta Hughes? Marietta zou erop moeten vertrouwen dat haar dochter haar de waarheid vertelde, maar zou Angharad dat echt doen?
Misschien wel. Maar stel dat Angharad niet van Jonathans ware bedoelingen op de hoogte was? Het was een ingewikkelde situatie en Angharad Hughes was natuurlijk geen partij voor de bijzonder gevaarlijke Jonathan Ainsley. Hij was een schurk, maar hij was ook scherpzinnig, briljant en een doorgewinterde bedrieger.

Nu ze erover nadacht, was Sarah Lowther Pascal, die weer helemaal door de familie werd geaccepteerd, de enige die het gevaar kon inschatten. Sarah had haar er vorig jaar van overtuigd dat ze eindelijk had ingezien hoe onbetrouwbaar hun neef was en dat hij zijn uiterste best deed om de Hartes zo veel mogelijk schade te berokkenen.

Ze pakte haar rode boekje met alle telefoonnummers van de familie en tikte het nummer in van de privélijn naar Sarahs kantoor in Parijs.

Sarah nam meteen op. 'Hallo Sarah, met Paula.'

'Paula, hallo!' riep Sarah verheugd. 'Hoe gaat het met je?' Haar melodieuze stem klonk hartelijk en oprecht.

'Goed. We vonden het allemaal jammer dat je niet bij het huwelijk kon zijn, vooral Emily, maar we begrepen waarom het niet kon. Gaat het inmiddels weer wat beter met Chloë?'

'Ja, dank je. Bedrust en een antibioticum doen wonderen en de bronchitis neemt af. Ze was echt niet in staat mee naar Yorkshire te gaan en ik wilde haar liever niet alleen laten. En Yves had het veel te druk. Hij bereidt een nieuwe tentoonstelling van zijn werk voor en daar is hij altijd erg bij betrokken. Maar ik weet zeker dat het een mooie huwelijksdag was en dat alles goed is verlopen.'

'Dankzij Linnet wel.' Paula haalde diep adem en vertelde Sarah over de vervroegde, geheime huwelijksvoltrekking en de explosie in de kerk op het tijdstip waarop de dienst oorspronkelijk zou plaatsvinden. 'Goddank is er niemand gewond geraakt, omdat de kerk toen leeg was,' besloot ze haar relaas.

'Hij is echt helemaal gek geworden!' riep Sarah ontsteld. 'Wat mankeert hem om zo destructief te zijn? Waarom wil hij de familie kapotmaken? Ik begrijp er niets van.'

'Vanwege het verleden, Sarah. Hij vindt dat hij niet heeft gekregen wat hem toekomt en daar kan hij zich niet overheen zetten. Het is een obsessie voor hem geworden.'

'Onze grootmoeder heeft gedaan wat ze rechtvaardig vond, wat ze het beste vond. Het was niets persoonlijks, het had niets met jou of mij of wie dan ook te maken. Geen van haar kinderen of kleinkinderen heeft invloed gehad op haar testament. Waarom wil dat er bij hem niet in?'

'Dat weet ik niet. Eerlijk gezegd denk ik dat hij aan waanvoorstellingen lijdt,' antwoordde Paula. 'Hij is geestesziek, volgens mij. En hij vergeet voor het gemak dat hij net als wij deelt in de winst van de firma Harte, daar zorgt Emily voor. Daarnaast heeft hij een inkomen uit het fonds dat omie voor hem opzij heeft gezet. Bovendien heeft hij dankzij Emma's nalatenschap en zijn zakeninstinct zelf ook nog eens miljoenen verdiend. Daarom begrijp ik niet waarom hij zo wraakzuchtig is.'

'Je zei het al, Paula. Hij is geestesziek.'

'En gevaarlijk. Jack Figg heeft bewijs dat hij een verhouding heeft met Evans zus, Angharad Hughes. Ze liep Jonathan tegen het lijf in de dorpswinkel in Pennistone Royal en volgens haar moeder, die erbij was, begonnen ze meteen met elkaar te flirten. Sindsdien is ze bij hem thuis in Thirsk geweest en heeft ze hem in Londen ook al twee keer gezien. En nu zijn ze samen in Parijs. Ze zijn er apart naartoe gevlogen en zij logeert in het George v, maar ze is daar natuurlijk om hem. Dat weet ik zeker en Jack Figg ook.'

Even bleef het stil en toen zei Sarah: 'Dus zij is degene...'

'Over wie heb je het?'

'Hij heeft me vanmorgen gebeld om me uit te nodigen om zaterdag met hem te gaan eten. Hij zei dat hij een protegee aan me wilde voorstellen. Ik wist niet wie hij daarmee bedoelde, maar ik heb de uitnodiging afgeslagen omdat Yves het veel te druk heeft met zijn tentoonstelling.'

'Zou je toch willen gaan? Voor mij? Voor de familie, Sarah? We willen dolgraag weten of hij haar gebruikt om informatie over ons in te winnen en zo aan de weet te komen waar en wanneer hij een nieuwe poging kan wagen om ons iets aan te doen. Of dat het alleen maar een kwestie is van een oude bok en een jong blaadje. Ze is drieëntwintig en heeft platinablond haar, een knap gezicht en een sexy figuur.'

'Drieëntwintig? Hemelse goedheid, ze kan bijna zijn kleindochter zijn!'

'Inderdaad, maar we weten nog niet of ze een seksuele of alleen maar een zakelijke verhouding hebben. Linnet zegt dat Angharad een hongerige vrouw is, zo'n vrouw die naar alles hongert. Mannen, geld, een luxueus leven... Dus kan het zijn dat ze alleen een zakelijke overeenkomst hebben gesloten. Angharad is vreselijk jaloers op Evan. Volgens Linnet hebben de zussen geen enkele band. En jaloezie kan heel wat aanrichten, nietwaar?'

'Je hebt gelijk,' beaamde Sarah zacht. Ze dacht aan Shane, hoe veel ze heel lang geleden van hem had gehouden en hoe jaloers ze toen op Paula was geweest.

'Wil je erover nadenken, Sarah? Of je zaterdag met hem wilt gaan eten? Om die relatie te beoordelen?'
'Ik hoef er niet over na te denken, Paula. Ik doe het,' beloofde Sarah vastberaden. 'Ik wil zelf ook weten wat hij nu weer in zijn schild voert.'

Tessa was blij dat ze na drie dagen in Parijs te hebben doorgebracht naar Clos-Fleuri waren gegaan. Ze was erg veel van het mooie oude landhuis van Jean-Claude gaan houden en het was een perfecte plek voor Adèle, want voor een kind was er van alles te zien en te beleven. Elvira had het er ook naar haar zin en deed niets liever dan met Adèle op sleeptouw de enorme tuin verkennen.
Terwijl Tessa zich aan haar toilettafel zat op te maken, dacht ze aan de komende paar dagen. Voordat Jean-Claude naar Afghanistan zou vertrekken en zij terug zou gaan naar Londen, zou Jean-Claudes enige zoon het weekend bij hen komen logeren.
Ze verheugde zich erop met Philippe Deléon kennis te maken. Hij was eenendertig, kunstschilder en woonde in Zuid-Frankrijk. Hij was niet getrouwd en blijkbaar nogal eenzelvig. Volgens zijn vader had hij veel talent en kreeg hij eindelijk de erkenning die hij verdiende. Ze had hem al een paar keer aan de telefoon gehad en toen was hij erg vriendelijk geweest, en ze hoopte dat hij haar ook aardig zou vinden. Toen ze dat gisteren tegen Jean-Claude had gezegd, had hij gelachen en uitgeroepen: '*Mon Dieu, chérie*, natuurlijk vindt hij je aardig! Maak je daar alsjeblieft geen zorgen om.' Meer had hij er niet over gezegd. Ze wist dat Philippe bij zijn moeder in Zuid-Frankrijk was opgegroeid, in een stadje tussen Nice en Monte Carlo dat Beaulieu-sur-Mer heette, en dat hij in de vakanties bij zijn vader in Parijs had gelogeerd.
Ze pakte haar kam en haalde hem door haar zilverblonde haar. Vervolgens stond ze op en liep naar de kleerkast. Een paar minuten later had ze een witte zijden blouse, een witte wollen broek en een wit kasjmieren jasje met borduursel op de voorpanden aan. Ze stak haar voeten in beige suède schoenen met hoge hakken, liep naar het raam, trok een gordijn opzij en keek naar buiten.
Het was een heldere avond. De volle maan hing laag in de inktzwarte lucht en wierp een zilveren glans over het bevroren grasveld en de donkere skeletten van de bomen. Verlaten, dacht ze. De tuin ziet er in dit zilveren licht treurig verlaten en spookach-

tig uit. Ze staarde naar het bijna angstaanjagend mysterieuze landschap en rilde onwillekeurig. Vlug liet ze het gordijn vallen en liep terug naar de toilettafel. Ze spoot parfum op, deed parels in haar oren en schoof haar verlovingsring aan haar vinger. Ze bleef er even naar kijken en dacht aan Jean-Claude en zijn reis naar Afghanistan de volgende week.

Zijn opdracht om de oorlog daar te verslaan baarde haar veel zorgen. Steeds moest ze denken aan al die wapens, de verwoesting en de doden. Ze wilde hem niet laten merken hoe bang ze was, omdat ze wist dat hij dat vervelend zou vinden en ze hem niet tot last wilde zijn. Hij moest opgewekt kunnen vertrekken en zich tijdens zijn reis geen zorgen hoeven te maken om haar. Hij had al zijn aandacht nodig voor wat hij daar zou moeten doen, maar ze kon het niet helpen dat zij af en toe helemaal in paniek raakte. Ze had in haar leven al veel mensen verloren en ze zou het niet kunnen verdragen als ze weer iemand moest verliezen.

Jim Fairley, haar vader, was overleden toen ze nog klein was. Hij was neergestort met het vliegtuig dat hij zelf bestuurde. Haar grootvader, David Amory, zat ook in dat vliegtuig en hij was ook verongelukt. Haar halfbroer Patrick, een heel lieve jongen, was toen hij nog maar een tiener was aan een zeldzame bloedziekte gestorven. En ook het falen van haar huwelijk met Mark Longden was een soort verlies, omdat ze elke mislukking als een verlies beschouwde.

Ze zuchtte en beet nerveus op haar onderlip. Ze moest zich beheersen, ze moest flink zijn. Er zou hem niets overkomen. Hij zou hooguit een maand wegblijven en hij was een ervaren oorlogscorrespondent. Hij was eraan gewend kogels te ontwijken en zich in veiligheid te brengen. Hij had gezegd dat hij nooit risico's nam, dat hij zoals alle journalisten en oorlogsfotografen een kogelvrij vest zou dragen en dat hij zich vast had voorgenomen gezond en wel terug te komen om met haar te trouwen.

Trouwen. Het woord galmde na in haar hoofd. Ze was nog niet eens van Mark Longden gescheiden en nu al was ze verloofd met een ander om binnenkort met hem te trouwen en een nieuw leven te beginnen. Maar ze was zeker van Jean-Claude; ze wist hoeveel hij van haar hield en ze hield met heel haar hart van hem. Ze was ervan overtuigd dat dit huwelijk een succes zou worden, omdat Jean-Claude een heel ander soort man was, een geweldige man. Hij was bijzonder intelligent, als schrijver en filosoof stond hij

hoog aangeschreven, en hij was vriendelijk, zorgzaam, gul, meelevend en sterk. Hij had een liefdevolle, zachtmoedige ziel.
Mark Longden had haar ziel willen verpulveren, haar geest willen verpletteren. En hij had haar lichamelijk mishandeld. Ze was zielsgelukkig dat ze van hem af was. Doordat haar moeder een buitengewone afspraak met zijn advocaat had kunnen maken, zat hij nu in Australië en kon hij voorlopig niet naar Engeland terugkeren. Niet als hij het geld wilde houden dat Paula hem bij zijn vertrek had gegeven.
Binnenkort was haar scheiding een feit en kon ze met Jean-Claude trouwen wanneer het haar uitkwam. Hij wilde dat het huwelijk zo gauw mogelijk zou plaatsvinden en dat wilde zij eigenlijk ook. Bij de gedachte dat ze dan voorgoed bij hem zou horen, stroomde er een golf van geluk door haar heen. Ze stond op en liep door haar slaapkamer, die ze nu als kleedkamer gebruikte, naar de slaapkamer van Jean-Claude. Daar keek ze om zich heen.
Meteen kwam hij uit zijn eigen kleedkamer, terwijl hij nog bezig was een tweed sportjasje aan te trekken. Toen hij haar zag staan, lichtte zijn gezicht op en zei hij: 'Tessa! Wat zie je er mooi uit, chérie.'
'*Merci beaucoup, monsieur.*' Toen hij voor haar stond, leunde ze naar hem toe en gaf hem een kus op zijn wang. 'Ik ga even kijken wat Adèle aan het doen is.'
Jean-Claude lachte met een twinkeling in zijn lieve bruine ogen. 'Ze zat zonet nog met Elvira in de keuken.'
Tessa liep glimlachend naar de deur. 'Ik ga toch maar even kijken,' zei ze. 'Ze is vast erg moe; ze heeft een heel drukke dag gehad en ze is nog maar klein.'
'Ik kom zo,' zei Jean-Claude. Hij liep naar een klein bureau in een hoek van de kamer. 'Ik moet nog even iemand bellen, over zaken, maar het duurt niet lang.'

Adèle was bijna vier. In de afgelopen weken was ze opeens een heel stuk gegroeid en nu was ze vrij lang voor haar leeftijd. Met haar schattige gezichtje, grijze ogen en lichtblonde haar leek ze sprekend op haar moeder. Ze was een mooi meisje met een lief, volgzaam karakter.
Iedereen was dol op haar, en Lourdes, de kokkin van Jean-Claude, was geen uitzondering. Ze was voor dit lange weekend op het platteland, met diverse logés, uit Parijs meegekomen om voor hen te koken. Ook Hakim was meegekomen. Hoewel Gérard de but-

ler was op Clos-Fleuri, had Jean-Claude besloten dat Gérard hulp nodig had en toen had Hakim zich aangeboden.
Toen Tessa de gezellige ouderwetse keuken in liep, zat Adèle een speciaal voor haar klaargemaakt hapje te eten en druk met Elvira te babbelen. Lourdes en Hakim keken toe, en Tessa zag dat de genegenheid voor haar kind van hun gezichten afstraalde. Ze vond het fijn dat het personeel van Jean-Claude al vanaf het begin een zwak had voor Adèle. Zowel hier als in Parijs hadden ze het kind allemaal met een glimlach en een paar vriendelijke woorden begroet en op haar gemak gesteld. En Adèle had laten merken dat ze zich bij hen thuisvoelde. Hoewel het merendeel van het personeel geen Engels sprak, had haar dochtertje door de toon waarop ze spraken en hun vriendelijke gezichten geweten dat ze welkom was.
'Mama!' riep Adèle toen ze Tessa naar zich toe zag komen, en ze wilde van haar stoel glijden. Maar Elvira legde een hand op haar arm en zei zacht: 'Eerst je bord leegeten, Adèle.'
Tessa knikte tegen Hakim en Lourdes en ging naast Adèle zitten. 'Dag schat. Wat eet je voor lekkers?'
'Vis, mama. Een klein beetje vis met aardappelpuree en *petits pois*. Dat zijn doperwtjes.'
Tessa glimlachte. 'Inderdaad. Dus je leert ook al Frans?'
Adèle knikte. 'Lourdes leert me de namen van dingen die je kunt eten. Daar moeten we mee beginnen, zegt ze. *Pommes de terre* zijn aardappels, *viande* is vlees, doperwtjes weet je al, *crème caramel* is vanillevla en *lait...*'
'... is melk,' viel Elvira haar in de rede. 'Nu eerst je bord leegeten, Adèle.'
'Ik hoef niet meer, dank je wel,' zei Adèle. Tegen haar moeder vervolgde ze: 'Jullie krijgen vanavond geen vis, jullie krijgen viande. Lamsvlees. Jean-Claude vindt lamsvlees lekker, zegt Lourdes. Waar is hij, mama?'
'Hier, *ma petite*,' zei Jean-Claude vanuit de deuropening, en hij kwam binnen. Hij legde liefdevol een hand op Adèles hoofd, bukte om haar een kus te geven en ging naast Tessa zitten. Toen vroeg hij aan Hakim, die een ijsemmertje aan het vullen was: 'Is mijn zoon er al?'
'Hij is een kwartier geleden aangekomen, monsieur. Gérard heeft zijn koffer naar boven gebracht.'
'*Bien*,' zei Jean-Claude. Hij sloeg een arm om Adèle heen en vroeg: 'Heb je lekker gegeten, *ma petite choux à la crème*?'

'Ja, het was lekker, merci.' Ze keek hem stralend aan.
Hij lachte terug en met een liefdevolle blik zei hij tegen Tessa: 'Dus ze leert Frans, wat leuk.'
'Wanneer mag ik Philippe zien?' vroeg Adèle aan Jean-Claude.
'Zo meteen. Ik denk dat hij over een minuut of tien wel beneden zal komen om voor het eten een borrel met ons te drinken.'
'O, fijn! Hij wordt mijn grote broer, heeft mama gezegd.'
'Dat is zo, daar heeft je mama gelijk in.'
Adèle liet zich van haar stoel glijden en bleef afwachtend staan.
'Maar je hebt nog geen toetje gehad,' zei Elvira.
'Ik wil geen toetje, Elvira.' Adèle pakte Jean-Claude bij de hand. 'Mogen we nu naar de kleine kamer gaan waar ik naar mijn video van Assepoester kan kijken? Alsjeblieft, Jean-Claude,' vroeg ze smekend.
'Wel ja, waarom niet?' Hij stond op, gaf Tessa een knipoog en nam Adèles hand stevig in de zijne.
Adèle keek om naar de kokkin en zei met haar hoge stemmetje: 'Dank je wel, Lourdes. Merci beaucoup.' Toen liep ze met Jean-Claude mee de keuken uit.

20

Wat ze ook over hem zeiden, niemand kon hem ervan beschuldigen dat hij niet grondig te werk ging. Dat had Emma Harte hem geleerd; ze had er altijd op aangedrongen dat hij aandacht besteedde aan de details en vooral dat hij niets aan het toeval overliet.
Deze nauwgezetheid was de reden dat hij op een avond om halfzeven aan zijn bureau ging zitten en de zwarte leren map opensloeg waarin hij alle gegevens over de familie Hughes verzamelde.
Vanaf het moment dat werd aangekondigd dat Evan Hughes ook een achterkleindochter van Emma Harte was, had Jonathan Ainsley een team van Amerikaanse en Engelse detectives opdracht gegeven hem zo veel mogelijk informatie over de familie Hughes te geven. Dek alle risico's, dat was zijn motto.
Zijn blik ging naar de naam ANGHARAD HUGHES, en hij las de pagina die hem vertelde wie ze was. Drieëntwintig jaar. Als ba-

by van een paar maanden was ze geadopteerd door Marietta en Owen Hughes. Ze had een behoorlijke opleiding gehad en nu was ze net als haar vader een expert op het gebied van Georgian antiek. Ze was een losbandige tiener geweest en mannen van alle leeftijden voelden zich seksueel tot haar aangetrokken. Ja, dat kon hij zich inmiddels voorstellen. Ze was mooi. Dat had hij nu met eigen ogen gezien. Ze had geen band met haar zussen, Evan en Elayne, en ze was vrij eenzelvig. Ze trok meer naar haar moeder dan naar haar vader. Haar grootmoeder, Glynnis Hughes, was niet erg op haar gesteld geweest. Enzovoort, enzovoort.
Met een zucht sloeg hij de map dicht. Al deze dingen wist hij al maanden en sindsdien was er niets bij gekomen, ook niet over de rest van haar familie. Maar wat hij echt wilde weten, kon niet in een dossier worden vermeld.
Waarom achtervolgde ze hem?
Wat wilde ze van hem?
Hadden de Hartes haar achter hem aan gestuurd om hem te bespioneren?
Een van die vragen had hij haar in Londen gesteld. 'Wat wil je eigenlijk van me?' had hij gevraagd toen ze een borrel bij hem was komen drinken in zijn appartement op Grosvenor Square.
'Niets,' had ze geantwoord. 'Ik wilde je alleen maar weer zien. Toen we elkaar in dat dorpswinkeltje ontmoetten, vond ik je de aantrekkelijkste man die ik ooit had ontmoet. Maar dat heb ik je ook al verteld toen ik in Thirsk bij je langskwam.' Schouderophalend had ze eraan toegevoegd: 'Ik dacht dat eh... dat je met me had geflirt en ik eh... nou ja, ik wilde er wel op ingaan.' Weer had ze haar schouders opgehaald en hem op een verleidelijke manier aangekeken, en hij had gedacht: slaapkamerogen, ze heeft slaapkamerogen. En hij had zich afgevraagd hoe die ouderwetse term zomaar bij hem op was gekomen. Wat later die avond had ze hem nog duidelijker laten merken dat ze tot zijn beschikking stond, graag zelfs. En dat ze van plan was een tijdje in Europa te blijven. Eigenlijk zo lang als hij wilde.
Hij was ervan overtuigd dat hij haar toen meteen mee naar bed had kunnen nemen, dat ze daarop had aangestuurd. Maar hoewel de aantrekkingskracht wederzijds was, had hij geluisterd naar een stemmetje in zijn hoofd dat waarschuwde dat hij voorzichtig moest zijn. Het laatste waaraan hij behoefte had, was een vrouw in zijn bed die naderhand de familie Harte uitgebreid zou inlichten over zijn seksleven, zijn zaken, zijn medewerkers en alle an-

dere dingen die ze zou oppikken als ze een poosje bij hem in de buurt was.
Daarom had hij haar die avond weggestuurd en haar de volgende middag uitgenodigd om in zijn flat in Londen te komen theedrinken. Tegen beter weten in had hij haar toen gevraagd mee te gaan naar Parijs.
Ze had de uitnodiging gretig aangenomen en de uitdrukking op haar gezicht had hem duidelijk gemaakt dat ze bereid was alles voor hem te doen, in bed. Nu vroeg hij zich af wat ze nog meer voor hem zou willen doen, als de beloning naar haar zin was.
Jonathan leunde naar achteren op zijn stoel en liet zijn blik door de bibliotheek dwalen, zijn favoriete plek in het appartement aan de Avenue Foch. Het vertrek was met behulp van een van de bekendste interieurontwerpers van Parijs stijlvol, erg comfortabel, maar niet overdadig ingericht. De wanden waren betimmerd met licht eiken en er stonden heel dure antieke meubels, zoals twee mooie Lodewijk xv-kasten en een prachtige pendule van Le Roy. De banken en leunstoelen waren bekleed met donkerrood fluweel. Er lag een Savonneriekleed op de vloer en er hingen impressionistische schilderijen aan de muur: twee met danseresjes van Degas en boven de bewerkte antieke schouw een heel mooie Sisley. Steeds wanneer hij naar de Sisley keek, moest hij denken aan de Sisley van zijn grootmoeder op Pennistone Royal, en dan glimlachte hij zelfgenoegzaam. De zijne was veel beter, een van de beste die de schilder ooit had gemaakt. Een kostbare schat, waarop hij trots was en die hij koesterde.
Hij stond op, liep naar de open haard en ging met zijn rug naar het vuur staan, terwijl hij weer nadacht over Angharad Hughes. Hij had haar uitgenodigd om die avond eerst een borrel te komen drinken en daarna met hem te dineren. Maar hij was niet van plan haar mee te nemen naar een van zijn favoriete restaurants, want hij wilde niet in haar gezelschap worden herkend.
Onder al die troep die ze op haar gezicht smeerde, was ze een mooi meisje, maar dat haar was verschrikkelijk. Toch wilde, nee, móést hij haar weer zien om te ontdekken wat ze te bieden had. Hij wilde in elk geval één keer met haar naar bed. Vanavond. Hij wist dat ze niet zou tegenstribbelen, maar eerst moest hij zeker weten dat ze geen bijbedoelingen had. Dat ze alleen een liefdesverhouding met hem wilde en geen informatie wilde loskrijgen voor de familie.
Wanneer ze er zo meteen was, zou hij haar opnieuw observeren

en een besluit nemen. Hoe dan ook zouden ze hier thuis eten, en nadat hij ook in de slaapkamer van haar gezelschap had genoten, zou hij haar naar haar hotel terugsturen. Of niet.
Er werd geklopt en Gaston, zijn butler, verscheen in de deuropening. 'Marie-Claire wil weten of u kaviaar bij het aperitief wilt, monsieur Ainsley.'
Jonathan schudde zijn hoofd. 'Nee, dank je, Gaston. Vanavond niet.'
De butler knikte en deed de deur achter zich dicht.
Jonathan hield niet van kaviaar. Hij vond de zoute vissmaak niet lekker en hij wilde niet dat Angharad ernaar zou ruiken. De vorige keer dat hij kaviaar had gegeten, was tijdens een hartstochtelijk afspraakje met Priscilla, en toen had hij er te lang van moeten naproeven.
Priscilla Marney. Natuurlijk! Misschien kon zij hem helpen bij zijn beoordeling van Angharad Hughes. Prissy had vorige week de catering verzorgd voor de huwelijksreceptie op Pennistone Royal en ze had scherpe ogen. Hij wilde haar mening horen zonder dat ze besefte waarom. Ze was een jaloerse vrouw en bovendien was ze gepikeerd omdat hij hun afspraak in Thirsk had afgezegd. Gisteren zouden ze elkaar daar ontmoeten. Maar als hij haar nu opbelde en met stroop smeerde, haar vertelde hoe erg hij het vond dat ze elkaar niet hadden kunnen zien, dan zou hij haar misschien wat nuttig commentaar op het familiefeest kunnen ontlokken.
Hij liep terug naar zijn Franse *bureau plat*, ging zitten, pakte de telefoon en toetste haar nummer in Harrogate in. Toen ze even later opnam, zei hij zacht: 'Hallo schat, met mij, Jonathan.'
'Dat hoor ik,' zei ze, op een toon die niet verried hoe ze het vond zijn stem weer te horen.
'Ik bel je om je te laten weten dat ik je vreselijk mis, liefje. Ik had me er erg op verheugd je gisteren te zien en je in Thirsk helemaal voor mezelf te hebben.'
'Ik ook.' Ze liet zich niet gemakkelijk vermurwen.
'Ik weet dat je boos op me bent, Prissy, maar dat is niet terecht. En ik zal het goedmaken, dat beloof ik je. Ik ben volgende week weer in Yorkshire en daarom bel ik. Ik wil graag dat je dan naar me toe komt in Thirsk, zoals we voor gisteren hadden afgesproken, en de dag en de nacht bij me blijft.'
Toen ze geen antwoord gaf, zei hij met een zachte, sexy stem: 'Je weet dat ik je niet kan weerstaan, schat, en ik móét je nog een

keer zien voordat ik terugga naar Hongkong. Zeg alsjeblieft dat je komt, dat zou ik erg fijn vinden.' Hij hoopte dat het als een oprechte smeekbede overkwam.
'Goed dan,' antwoordde ze langzaam. 'Maar je hebt nog geen dag genoemd, Jonny. Ik weet niet of ik kan.'
'Ik denk aan donderdag, precies over een week. Dan vlieg ik vroeg naar Yeadon zodat we samen kunnen lunchen, en dan hebben we de rest van de dag voor onszelf. Hoe klinkt dat, schat? Zeg alsjeblieft ja, Priscilla. Je weet hoeveel ik van je hou.'
Haar afstandelijke, mokkende houding sloeg opeens om, dat voelde hij al aan voordat ze antwoordde: 'Dat klinkt fantastisch, Jonny. Donderdag komt me gelukkig goed uit. Ik mis jou ook, ik verlang er ontzettend naar je weer te zien. Ik had me vreselijk op ons rendez-vous verheugd en ik was gisteren erg teleurgesteld toen het niet doorging. Alsof ik een blauwtje had gelopen, eerlijk gezegd.'
'Dat heb je niet, schat. Verheug je nu maar op volgende week donderdag, een lange, sexy dag en nacht samen in Thirsk. Geen personeel om ons heen, alleen wij tweeën. Denk daar maar vast aan, Prissy.'
'O Jonny, het klinkt heerlijk!'
'Mijn god, Prissy, je klinkt zo lief en sexy dat ik wilde dat je nu al hier bij me was. Wat ik dan niet allemaal met je zou willen doen...'
'O Jonny, dat zou ik ook wel willen!'
'Ik denk dat we nu beter over iets anders kunnen praten.' Hij lachte, blij dat zijn opzet was gelukt. Ze at werkelijk uit zijn hand. 'Vertel me maar eens hoe het huwelijk is verlopen, daar was je de vorige keer nogal terughoudend over.'
'Ja, dat weet ik, sorry. Maar toen was ik boos omdat je onze afspraak had afgezegd.'
'Hoe was het? Heb ik iets gemist?'
'In elk geval het vuurwerk, als ik het zo mag noemen. Linnet had bedacht dat ze het tijdstip van de huwelijksvoltrekking moesten veranderen en toen zijn Gideon en Evan al om halfnegen 's morgens in het geheim getrouwd.'
'O ja? Waarom was dat nodig?' Hij deed zijn best om verbaasd te klinken.
'Evan voelt zich de laatste tijd niet zo goed. De tweeling wordt pas in maart verwacht, maar Evan ziet eruit alsof ze elk moment kunnen komen. Daarom vond Linnet het een goed idee om de

kerkdienst zo gauw mogelijk achter de rug te hebben. Volgens Margaret was iedereen bang dat de opwinding van een lange plechtigheid met de hele familie erbij de bevalling te vroeg op gang zou brengen.'
'O. En de receptie?'
'Die was erg leuk. Iedereen zag er prachtig uit. Jij zou er ook van genoten hebben, Jonny, om samen met je vader en je neven en nichten het huwelijk te vieren.'
'Ja, vast wel,' beaamde hij op neutrale toon. 'Dus je hebt mijn vader gezien?' Hij wilde het gesprek voorzichtig op de familie Hughes brengen.
'Ja, hij zag er heel gedistingeerd uit. Marietta Hughes heeft zich veel om hem bekommerd, ze is erg aardig voor hem.'
'En die geadopteerde dochters van haar, hoe zijn die, Pris? Die zusjes van Evan? Zijn ze net zo knap als zij?'
'Nee, dat niet. Elayne, de middelste, is een brunette en zij is erg aardig, maar de jongste, Angharad, is vreselijk.'
'O jee, het lelijke eendje?'
'Nee, ze is niet echt lelijk,' legde Priscilla uit, en haar toon verried al dat ze Angharad niet mocht, 'maar ze ziet er goedkoop uit. Ze heeft een vreselijk kapsel, van die platinablond geverfde pieken. Wel een knap gezicht, maar met veel te veel make-up erop. Ik moet toegeven dat ze een spectaculair figuur heeft, Jonny, maar ze gedraagt zich veel te sexy. Ik dacht even dat Lorne op haar zou vallen, maar dat was niet zo, hij kon haar niet uitstaan. Niemand kan haar uitstaan.'
'Waarom niet?' vroeg hij nieuwsgierig.
'Dat weet ik eigenlijk niet, ik heb geen kans gehad om met haar te praten. Daar had ik het te druk voor. Maar toen ik na afloop bij Margaret in de keuken een kop thee dronk, vertelde zij me dat geen van de vrouwen van de familie Angharad sympathiek vindt. Dat Angharad met iedereen vriendschap probeert te sluiten, maar dat ze haar allemaal ontwijken, letterlijk. En dat Evan een hekel aan haar heeft. Gideon ook.' Priscilla haalde diep adem en voegde er zacht aan toe: 'Ik heb zelfs het gerucht gehoord dat Gideon denkt dat zij de schuld is van Evans ongeluk.'
'O ja? Maar ik wist niet eens dat Evan een ongeluk heeft gehad!' Dat was waar. Jonathan klemde de hoorn vaster in zijn hand. 'Wat voor ongeluk was dat dan?'
'Blijkbaar is ze vlak voordat ze naar Yorkshire kwam om te trouwen in haar kantoor gevallen. Ze wilde op haar bureaustoel gaan

zitten, miste en viel op de grond. Ze moest naar het ziekenhuis omdat iedereen bang was dat ze een miskraam zou krijgen. Of in elk geval problemen met de zwangerschap.'
'Maar waarom dacht Gideon dat het de schuld van haar zus was?'
'Omdat zij onverwachts bij Evan op kantoor kwam en ze ruzie kregen. Er wordt gezegd dat Angharad expres naar haar toe was gegaan om haar van streek te maken. Margaret had Marietta tegen Emily horen zeggen dat Angharad altijd jaloers op Evan is geweest en dat die jaloezie alleen maar erger is geworden. Vanwege Gideon en de Hartes en zo.'
'O jee, vertel me niet dat 't er hommeles is,' zei Jonathan.
'Dat vertel ik je wel,' verzekerde Priscilla hem. 'De vader en de middelste zus van Evan zijn terug naar New York, maar je hebt natuurlijk al van je vader gehoord dat ze eerder zijn vertrokken dan ze van plan waren.'
'Inderdaad.' Dat had hij inderdaad al gehoord, maar niet van zijn vader. Maar dat hoefde Priscilla niet te weten. 'En die vreselijke zus, waar is zij nu?'
'Met haar moeder in Londen. Maar ik denk niet dat Gideon en Evan daar blij om zijn. Wiggs, de tuinman, heeft me verteld dat Gideon wil dat zij ook naar Amerika teruggaat. O ja, Jonny, ik heb nog een nieuwtje voor je. Tessa heeft zich verloofd met die Franse schrijver.'
'Ja, dat heb ik ook gehoord,' zei hij, en hij grinnikte onhoorbaar omdat wat Angharad hem over bepaalde familieleden had verteld, waar bleek te zijn. 'Ik vind het erg jammer dat ik ook daar niet bij kon zijn,' vervolgde hij. 'Vooral omdat wij dan in dat weekend misschien een paar uur samen hadden kunnen ontsnappen.'
'Je mag me niet plagen, Jonny. Ik raak er opgewonden van.'
'Dat mag niet, Prissy. Je moet wachten tot volgende week.'
Haar antwoord was een diepe zucht.
'Ik bel je maandag weer, schat,' beloofde hij, en hij maakte een eind aan het gesprek.
Toen stond hij op en liep weer naar de haard. Met een zelfvoldaan glimlachje staarde hij naar de Sisley, maar in plaats van het schilderij zag hij Angharad Hughes voor zich. Dus ze mochten haar niet, geen van allen. Misschien was ze dan toch alleen maar een sexy meisje dat zich uitsloofde om een rijke oudere man aan de haak te slaan, een suikeroom die voor haar zou zorgen. Nou ja, waarom niet? Daar had hij geen enkel bezwaar tegen.

Zijn hartstocht was gewekt en hij kon nauwelijks meer wachten tot ze kwam. Maar eerst wilde hij haar nog eens goed observeren en naar haar mening vragen over haar eigen familie en de Hartes. Het zou interessante verrassingen kunnen opleveren. Zijn beste champagne zou ongetwijfeld haar tong losmaken. Toch klonk ze ook als een meisje aan wie hij wat zijn plannen met de Hartes betrof nog veel zou kunnen hebben, als hij het op de juiste manier aanpakte. Want daar draaide het altijd om, dat je de dingen op de juiste manier aanpakte. Dan kreeg je de gewenste resultaten.

Toen Angharad Hughes een uur later de bibliotheek binnenkwam, was Jonathan aangenaam verrast. De vorige keren dat hij haar had ontmoet, was ze erbarmelijk slecht gekleed, maar nu kon je haar zelfs elegant noemen. Ze droeg een zwarte wollen jurk, zwarte schoenen met heel hoge hakken en een kanten panty. De panty was een misser en de jurk had een veel te lage halsuitsnijding, maar het was een verbetering. Blijkbaar had ze haar best voor hem gedaan.
Terwijl Gaston haar binnenliet en vlug weer verdween, stond hij op en liep naar haar toe.
'Hallo,' zei ze, toen ze midden in de kamer tegenover elkaar stonden.
'Wat leuk dat ik je weer zie,' zei hij op neutrale toon, en hij gaf haar een hand.
Met haar hand in de zijne deed ze een stap naar hem toe, ging op haar tenen staan en gaf hem een kus op zijn wang. 'Deze begroeting bevalt me beter,' zei ze, en ze keek hem met een verleidelijke blik aan. 'Nu vind je me waarschijnlijk erg vrijpostig, hè?'
'Nee hoor,' zei hij met een glimlachje. 'Misschien een beetje vrijmoedig, maar je laat zien dat je een meisje bent dat weet wat ze wil.' Hij nam haar mee naar de haard en vroeg: 'Ik hoop dat je van champagne houdt, of wil je liever iets anders?'
'Ik wil een heleboel, maar we kunnen met champagne beginnen.' Ze ging op de bank zitten en gaf een paar klapjes op het kussen naast zich. 'Kom je naast me zitten?' vroeg ze.
Jonathan wilde voorlopig liever wat afstand bewaren, dus schudde hij zijn hoofd. 'Ik ga tegenover je zitten, meisje, dan kan ik je beter zien.'
'Bevalt het je wat je ziet?'
'Wat je aanhebt, bevalt me beslist, Angharad. Je ziet er elegant uit.'

'Ik weet dat je van elegantie en stijl houdt, maar ik heb eigenlijk geen idee hoe ik me moet kleden. Daar moet je me bij helpen, Jonathan. Dat wil je toch wel? Me dingen leren?'
'Hoe je je moet kleden?'
Ze keek hem onderzoekend aan voordat ze antwoordde: 'Ja, wat dacht je dan dat ik bedoelde?'
Hij dacht nog over een antwoord na, niet zeker of hij op haar uitdaging in zou gaan, toen Gaston binnenkwam en hem het antwoord bespaarde.
Gaston zette het dienblad dat hij droeg op een daarvoor bedoeld tafeltje. Met een plofje trok hij de kurk uit de fles Dom Perignon, schonk de champagne in hoge kristallen glazen en bracht die op een zilveren blaadje naar Jonathan en Angharad bij de haard.
'Merci, Gaston,' zei Jonathan. 'Ik bel wel als ik je weer nodig heb.'
'*Oui, monsieur.*'
Toen ze weer alleen waren, stond Jonathan op, liep naar Angharad toe en tikte met zijn glas tegen het hare. 'Op onze kennismaking,' zei hij.
'En wat eruit voortkomt,' zei ze.
Het kostte hem moeite zijn gezicht in de plooi te houden. Hij herinnerde zich dat hij haar op de dag dat ze in Thirsk onverwachts voor zijn neus stond een uitdagend schepsel had gevonden. Ze had zich al meteen heel verleidelijk gedragen en suggestieve dingen gezegd. Nou ja, ze was pas drieëntwintig. Gedroegen alle jonge mensen zich tegenwoordig zo? Plotseling zag hij het beeld voor zich van Jasmine Wu-Jen met haar wereldwijsheid en bijzondere elegantie, maar hij schoof het meteen opzij. Aan haar wilde hij vanavond niet denken.
'In Londen heb ik ook al tegen je gezegd dat ik erg teleurgesteld was dat je niet op het huwelijksfeest was,' zei Angharad. 'Ik heb je daar overal lopen zoeken. Waarom ben je niet gekomen?'
'Helaas moest ik opeens dringend naar Londen.' Hij keek haar onderzoekend aan. 'Maar dat heb ik je maandag toch ook al verteld, toen je een borrel bij me kwam drinken?'
'Toen zei je niet dat het dringend was, alleen dat er een afspraak tussen was gekomen. Met een vrouw?'
'Dat gaat je niets aan.'
'Dat weet ik. Maar was het met een vrouw?'
Hij schudde een beetje geërgerd zijn hoofd, maar antwoordde tot zijn verbazing: 'Nee, niet met een vrouw. Het was zakelijk.'

'O, mooi zo.' Ze sloeg glimlachend een been over het andere en nam een slokje champagne. Met het glas nog tegen haar onderlip keek ze hem over de rand heen aan en vervolgde: 'Als je wel op het feest was geweest, had ik je meegelokt naar een stil hoekje om eh... nou ja, om even dicht bij je te zijn, je misschien te kussen. Zou je me dan teruggekust hebben?'
Hij schrok van de vraag en pakte vlug zijn glas om ook een slok te nemen. Toen leunde hij weer achterover en bekeek haar nadenkend. Ze had prachtige benen, lang en mooi gevormd, en de nauwe jurk onthulde een perfect figuur met voluptueuze borsten. Ze verschoof iets op de kussens en haar rok gleed nog verder omhoog. Zijn adem stokte toen hij zag dat ze geen ondergoed droeg, althans niet iets wat veel van haar lichaam bedekte.
Hij stond op, liep naar het tafeltje met de champagne en schonk zich nog een glas in. Toen hij weer zat, vroeg hij: 'Was het een leuk feest? Heb je je vermaakt?'
'Nee, helemaal niet,' antwoordde ze fel. Ze ging rechtop zitten en streek haar rok glad.
De uitdrukking op haar gezicht was veranderd, zag hij. Ze keek gespannen en haar ogen hadden een harde blik.
'Omdat ik er niet was?' vroeg hij verder. Misschien kreeg hij nu inzicht in haar ware gevoelens, hoopte hij.
'Nee, daarom niet. Ik was teleurgesteld omdat je er niet was, maar ik wist dat ik je in Londen terug zou zien. Je had al gezegd dat ik dan een borrel bij je mocht komen drinken. Ik heb me niet vermaakt omdat mijn ouders alleen oog hadden voor Evan, omdat Elayne gemeen tegen me deed en de rest zich kil en arrogant gedroeg. Het zijn allemaal snobs, echt waar.'
'Dus zo denk je over mijn familie,' constateerde hij, terwijl hij haar met samengeknepen ogen aankeek.
'Zo denk jij toch ook over ze?' zei ze meteen.
Hij gaf geen antwoord, maar nam haar met nog meer belangstelling op.
'Ik heb geruchten over je gehoord en je schijnt het zwarte schaap van de familie te zijn,' vervolgde ze. 'Is dat zo?'
Langzaam gleed er een glimlach over zijn magere, knappe gezicht en zijn blauwgrijze ogen begonnen te twinkelen. 'Ik heb dat gerucht ook gehoord, Angharad. Maar je moet geruchten nooit voor waar aannemen, hoor.'
Ze lachte en leunde terug tegen de kussens. Haar rok kroop weer omhoog, en hij ving een glimp op van een rode jarretel en wend-

de vlug zijn ogen af. 'Ik hoop dat het wel waar is, ik hou van zwarte schapen,' zei ze.
'O ja?' Hij zette zijn glas neer en leunde naar haar toe, terwijl hij haar indringend aankeek. 'Waarom?'
Met een lachje boog Angharad naar voren, likte uitdagend over haar onderlip en antwoordde zacht: 'Omdat ik het zwarte schaap van mijn familie ben. Nou ja, dat zeggen ze niet hardop, maar ze hebben wel altijd gezegd dat ik een stout meisje ben.'
'Ben je dat ook?'
'Wat denk je? Natuurlijk ben ik dat, en dat wil ik ook zijn! Ik vind het geweldig steeds weer stoute dingen te doen.'
'Wat voor stoute dingen zijn dat dan?' vroeg hij op geamuseerde toon.
Ze gaf een paar klapjes op het kussen naast zich. 'Kom maar naast me zitten, dan zal ik het in je oor fluisteren. Of nee, dan zal ik het je laten zien.'
Omdat Jonathan zich toch al had voorgenomen later die avond met haar naar bed te gaan, had hij er geen bezwaar tegen alvast met het voorspel te beginnen. Hij ging naast haar op de bank zitten.
Meteen pakte ze zijn hand, hief die naar haar mond en gleed met haar tong over zijn handpalm. Ze liet zijn hand los, keek hem diep in zijn ogen, leunde dicht naar hem toe en fluisterde: 'Maandagavond vroeg je me wat ik van je verlangde, maar toen heb ik geen antwoord gegeven. Zal ik dat nu wel doen?'
Hij knikte geboeid. Hij had het gevoel dat ze seks uitstraalde, dat seksualiteit als een aura om haar heen hing. Toen ze bleef zwijgen, drong hij aan: 'Nou, wat verlang je dan van me?'
Ze bleef nog even stil en ten slotte antwoordde ze: 'Alles. Dat verlang ik van je. Ik wil je helemaal hebben. En dan ben ik helemaal van jou. Ik zal andere mannen zelfs voor je opgeven.'
Zijn schrandere ogen namen haar van hoofd tot voeten berekenend op en hij vroeg zacht: 'Zou je iedereen voor me willen opgeven?'
Ze keek hem niet-begrijpend aan en riep uit: 'Maar ik héb verder niemand om op te geven, alleen vriendjes! Wie bedoel je met iedereen?' Opeens drong tot haar door wat hij wilde weten en verbaasd vervolgde ze: 'Bedoel je mijn familie? Mijn vader, mijn moeder en mijn zusjes?'
Hij knikte, terwijl hij haar strak bleef aankijken.
Ze begon te schateren van het lachen en schudde haar hoofd. 'Ik

geef niets om hen,' legde ze uit. 'En wat mij betreft, hebben zij al lang geleden de hoop opgegeven. Mijn ouders zijn alleen geïnteresseerd in Evan, hun biologische kind. Ik ben maar een adoptieveling.'
'Adoptieveling? Wat een raar woord.'
'Zo noemt Linnet ons, Elayne en mij. De adoptievelingen. Dat heb ik zelf gehoord.'
'Dat is niet aardig, maar echt iets voor de Hartes, moet ik toegeven. Hoe vind je dat, Angharad?'
'Het kan me niets schelen.'
'Voel je je ook een adoptieveling?'
'Ik heb me altijd een adoptiekind gevoeld, maar dat doet er niet toe. Ik ben de baas over mezelf, dat ben ik altijd geweest, zolang ik me kan herinneren. Ik trek me al heel lang niets meer van hen aan.'
'Ik begrijp wat je bedoelt...' zei hij peinzend. Ze keek hem met zo'n smachtende blik aan dat het hem bijna van zijn stuk bracht en hij besefte dat ze zich op dat moment heel kwetsbaar voor hem opstelde.
Zacht bekende ze: 'In die dorpswinkel wilde ik al meteen niets liever dan mijn armen om je heen slaan en je kussen. Had jij dat gevoel ook?'
'Ik voelde me wel meteen tot je aangetrokken en begon een beetje met je te flirten. Merkte je dat niet?' Hij glimlachte bij de herinnering.
'Dat merkte ik wel.' Ze drukte zich tegen hem aan en gaf hem een kus op zijn mond.
Ze overviel hem ermee, maar als vanzelf kuste hij haar terug en verzette zich niet toen ze haar tong in zijn mond stak en haar hand naar zijn kruis liet glijden. Hoewel ze hem opwond, legde hij even later toch haar hand opzij en maakte zich van haar los.
'Laten we ons niet haasten,' zei hij zacht.
Zonder iets te zeggen sloeg Angharad een been over zijn schoot, greep zijn hand en trok haar rok omhoog. 'Voel eens hoe ik naar je verlang,' fluisterde ze.

21

Het kind droeg een boeketje bloemen in haar ene hand en hield met de andere de hand van haar vader stevig vast. Ze liepen door de gang van het ziekenhuis in Leeds naar de kamer van Molly Caldwell.

'Gaat oma straks met ons mee naar huis, papa?' vroeg Atlanta, en ze keek met een bezorgd gezichtje omhoog naar Dusty. 'Is haar been weer helemaal beter?'

'Ik denk het wel,' antwoordde hij met een geruststellende glimlach. 'Maar ze moet toch nog een poosje hier blijven om uit te rusten, liefje.'

Het meisje knikte en vroeg niets meer. Even later stonden ze voor de deur van Molly's kamer. Dusty boog voorover naar Atlanta en zei: 'We mogen niet lang blijven, want dan wordt oma te moe. Maar ik heb een verrassing voor je.'

'Een verrassing? Wat dan?' vroeg ze blij.

'Als ik dat nu al zeg, is het geen verrassing meer,' antwoordde hij plagend.

'Alsjeblieft, papa,' drong ze aan, en haar grote blauwe ogen in het hartvormige gezichtje keken smekend naar hem op.

'Ik verklap het je een beetje, is dat goed?'

Ze knikte met een lief lachje.

'Na ons bezoek aan oma gaat India met ons mee ergens lunchen.'

Nu lachte ze voluit en gaf een kneepje in zijn hand. 'O, fijn, Indi gaat mee! Wat is de verrassing nog meer?'

'O nee, nieuwsgierig Aagje, dat vertel ik je nog niet, dat zul je straks wel zien.' Hij klopte op de deur, liep naar binnen en kondigde met gedempte stem aan: 'Hier zijn we, Molly.'

Toen Molly Caldwell Dusty en haar kleindochter bij de deur zag staan, begon haar vermoeide gezicht te stralen: 'Kom gauw binnen!' zei ze met glanzende ogen van blijdschap.

Atlanta liet de hand van haar vader los en rende naar het bed. Ze duwde Molly het bosje bloemen onder de neus en zei: 'Deze zijn voor jou, oma.'

'Wat lief dat je bloemen voor me meebrengt, schatje,' zei Molly, en ze keek haar kleindochter onderzoekend aan. Atlanta zag er kerngezond uit, met roze wangen, heldere, hyacintblauwe ogen en glanzende donkere krullen.

'Wat zie je er weer mooi uit, lieverdje. Je bent mijn lieverdje.' Ze

ging rechtop zitten en trok het meisje naar zich toe om haar even te knuffelen en een kus te geven. 'Zullen we die bloemen maar gauw in een vaas zetten?'
'Goed idee.' Dusty sloot de deur en kwam ook naar het bed. 'Zal ik het een van de verpleegkundigen vragen?'
'Ja, doe dat maar.'
Eerst bukte hij zich om Molly op haar wang te kussen, waarna hij haar schattend opnam om te zien of ze vooruit was gegaan. 'Hoe gaat het nu met je?'
'O, al een heel stuk beter. Ze zorgen erg goed voor me en ik denk dat ik binnenkort wel uit bed mag.' Ze leunde weer tegen de kussens en vervolgde: 'Wil je je nu even om die bloemen bekommeren, Dusty? Dank je wel dat je ze hebt meegebracht, ze zijn prachtig.'
Glimlachend pakte hij het boeketje aan, liep naar de deur en ging op zoek naar iemand die het in een vaas kon zetten.
Atlanta ging vlak naast haar grootmoeder staan en pakte haar hand, die op het laken lag. 'Ik ben blij dat je been beter is, oma. Deed het erg pijn?' Met haar hoofdje schuin keek ze Molly vragend aan.
Molly schudde haar hoofd. 'Een klein beetje maar, lieverd.'
'Je hebt niet gehuild toen je viel, dat was erg flink van je,' verklaarde Atlanta met een ernstig gezicht.
'Mmm,' was het enige wat Molly van ontroering opeens nog kon uitbrengen. Ze hield meer van haar driejarige kleindochter dan van wie ook ter wereld en ze wilde niets liever dan haar zien opgroeien, maar ze wist dat ze die kans niet zou krijgen. Ze slikte, knipperde haar tranen weg en vroeg zo opgewekt mogelijk: 'Vind je het fijn om bij papa op Willows Hall te zijn?'
'Ja hoor. Valetta is erg lief en Paddy en Angelina zijn ook heel aardig. Maar ik mis jou, oma. Je moet gauw weer thuiskomen.' Atlanta's stem begon te trillen en ze sperde haar ogen wijd open.
'Zodra het kan, kom ik weer naar huis, maar intussen moet je lief zijn en bij papa blijven.' Molly trok het kind naar zich toe tot hun hoofden dicht bij elkaar waren. Ze drukte haar gezicht in Atlanta's krullen en vervolgde: 'Ik wil je iets zeggen over je papa, Atlanta. Hij is een goed mens, een lieve man, en ook een heel sterke, betrouwbare man.' Molly hief haar hoofd op en keek Atlanta ernstig aan. 'Ik hoop dat je begrijpt wat ik je duidelijk wil maken, lieverdje,' zei ze zacht. 'Ook al ben je nog klein.' Met een glimlach voegde ze er op fermere toon aan toe: 'Je papa houdt

erg veel van je en hij zal altijd doen wat het beste voor je is. Dat moet je goed onthouden. Denk eraan dat je naar hem luistert en doet wat hij zegt.'
Atlanta knipperde met haar ogen, gaf haar oma een kus en fluisterde: 'Ik vind papa heel lief.' Plotseling betrok haar gezichtje en verdrietig legde ze haar hand tegen Molly's wang. Molly pakte de hand en drukte er een kus op, terwijl ze zich afvroeg wat er allemaal zou gebeuren als zij er niet meer was. Maar Dusty zou haar niet teleurstellen, dat wist ze zeker. Hij zou voorkomen dat Melinda haar zin kreeg, hoe dan ook.
'Kun jij niet bij ons op Willows Hall komen wonen, oma?' vroeg Atlanta. 'En Gladys ook?'
'Misschien wel. Het zou fijn zijn als we allemaal bij elkaar waren, hè?'
Atlanta knikte, opeens weer vrolijk. 'Met Indi erbij. Zij is ook heel lief, oma. Straks gaan we met haar lunchen. Ga je met ons mee?'
'Dat zou ik graag doen, maar ik heb je al verteld dat ik nog een poosje in het ziekenhuis moet blijven. Als ik weer thuis ben, gaan we een keer samen lunchen, met ons drieën. Jij en India en ik.'
'Ik wou dat je nu al naar huis mocht,' zei Atlanta op klaaglijke toon, terwijl ze haar grootmoeder opnieuw verdrietig aankeek.
Plotseling zwaaide de deur open en daar stond Dusty weer, met een brede glimlach op zijn gezicht. 'Ik heb de andere helft van je verrassing gevonden, bonenstaak,' zei hij tegen Atlanta. Hij kwam binnen en achter hem verscheen Gladys. 'Kijk eens wie er is?'
'Gladys!' riep Atlanta uit. Ze rende naar Gladys toe en ze omhelsden elkaar blij. Gladys gaf het meisje nog een kus op haar wang voordat ze naar het bed liep om Molly te begroeten.
'Dag Gladys. Bedankt dat je bent gekomen.'
'Ik ben blij dat je er weer iets beter uitziet,' zei Gladys oprecht, want Molly was inderdaad iets vooruitgegaan. 'Het spijt me dat ik gisteren niet kon komen, maar toen moest ik mijn zus uitzwaaien. Ze gaat naar Canada.'
'O, dus ze is al weg?'
'Ja. Ze is weer helemaal beter en we hebben alles uitgepraat.'
'Zussen moeten geen ruzie maken, dat is niet goed. Ik ben blij dat jullie het hebben bijgelegd.'
'Er is geen vuiltje meer aan de lucht.'

'Het was India's idee,' zei Dusty. Hij schoof een stoel naast het bed en ging zitten. 'Als Gladys en Atlanta haar van het warenhuis gingen halen, zouden jij en ik een poosje rustig met elkaar kunnen praten.'

'Dat was slim bedacht en ik ben inderdaad blij dat ik je even voor mezelf heb.' Molly ging wat gemakkelijker liggen. 'Ik ben erg blij dat je Atlanta hebt meegebracht, Dusty. Ik mis haar vreselijk en ik wilde haar dolgraag zien.' Ze lachte hem dankbaar toe. 'Ze vindt het erg fijn bij jou, net als altijd, en ze heeft niet onder de situatie te lijden. Ze vertelde me dat ze India ook erg lief vindt.'

'Je hebt nog niet gezegd of je op onze trouwerij komt, Molly. We zouden het allebei erg op prijs stellen. Ik zou alles zo comfortabel mogelijk voor je regelen, ook de reis en zo.'

Er viel een stilte.

Molly staarde hem aan en haar gezicht verried niet wat ze dacht of voelde.

Dusty slikte en wachtte gespannen op haar antwoord. Een paar dagen geleden had hij het onderwerp niet durven aan te roeren, want toen had hij gedacht dat Molly niet lang meer te leven had. Maar vandaag zag ze er zoveel beter uit dat het hem verbaasde, en dacht hij dat hij zich had vergist en dat ze nog jaren mee zou gaan.

Molly schraapte haar keel en zei: 'Als ik kan, kom ik, dat weet je. Ik ben blij dat je de juiste vrouw hebt gevonden, iemand om je leven mee te delen. Het is ook een troost voor me dat Atlanta een nieuwe moeder zal hebben wanneer ik er niet meer ben om voor haar te zorgen. Denk eraan dat je haar niet naar Melinda stuurt, Dusty. Dat heb ik ook al gezegd toen je vlak na mijn hartaanval de eerste keer hiernaartoe kwam.'

'Dat weet ik, maar denk je niet dat Melinda zal protesteren? Ik geloof niet dat ze het zomaar goed zal vinden dat Atlanta dan bij mij blijft.'

'Ik geloof het ook niet, maar met een goede advocaat moet het je lukken de voogdij over haar toegewezen te krijgen, misschien zelfs wel zonder dat het tot een rechtszaak komt.' Er kwam een verdrietige trek op Molly's gezicht en ze zuchtte toen ze aan haar enige kind dacht, de jonge vrouw die ze verloren had, die verloren wás. Een verspild leven, dacht ze. Ze vermande zich en ging vastberaden verder: 'Het zal niet moeilijk zijn om te bewijzen dat ze ongeschikt is als moeder en dat moet je, als ik doodga, ook doen. Wanneer ik dood ben, bedoel ik.'

'Vanwege de drugs en haar drankprobleem?' Dusty dacht even na. 'Je denkt dat die ontwenningskuur niets uithaalt, hè?'
'Het helpt misschien een poosje, maar ik ken haar en ik weet dat ze uiteindelijk toch weer in haar oude gewoonten zal vervallen. Ze heeft foute vrienden, Dusty, dat weet jij ook, en zodra ze uit die kliniek komt, gaat ze daar weer naartoe. En dan duurt het niet lang voordat ze opnieuw verslaafd is.' Molly zweeg even voordat ze eraan toevoegde: 'Ze is mijn dochter en ik hou van haar, maar ik kan haar niet helpen. Ik denk dat niemand haar kan helpen. Daarom moet ik me bekommeren om haar kind, mijn kleinkind. Jouw dochter, Dusty. Wat is het beste voor Atlanta, dat is het enige waaraan ik nu nog denk. Je moet me nog een keer beloven dat je ervoor zult vechten om als enige de voogdij over Atlanta te krijgen.'
'Dat heb ik je al beloofd en ik zal me aan die belofte houden, Molly,' zei Dusty geruststellend. 'Ik weet ook wel dat Melinda een verloren zaak is. Ik wou dat ik haar kon helpen, maar... Ik heb het wel geprobeerd, Molly.'
'Je hebt alles gedaan wat je kon doen. Je bent goed voor haar geweest en je bent een goede vader voor je kind. En je bent ook goed voor mij, en daar ben ik je eeuwig dankbaar voor.' Molly leunde naar hem toe en pakte zijn hand stevig vast. 'Ik wil je iets duidelijk maken wat je nooit mag vergeten, Dusty. Als Atlanta bij haar moeder zou komen te wonen, zou haar leven niet meer veilig zijn. Melinda is een onverschillige, onverantwoordelijke, zelfzuchtige, losbandige jonge vrouw. Als ze dronken of high is, is er geen land met haar te bezeilen. Laat dat onschuldige kind dus alsjeblieft nooit met haar moeder alleen, nooit!' Molly's stem brak en opeens begon ze te huilen.
Dusty sloeg zijn armen om haar heen en drukte haar troostend tegen zich aan. Hij wilde niets liever dan haar een vredig gevoel geven door haar ervan te overtuigen dat Atlanta bij hem in goede handen was en dat hij Melinda net zo goed kende als zij. Molly had onverbloemd de harde waarheid gesproken en hij zou haar waarschuwing niet vergeten.
'Maak jezelf nou niet zo van streek, Molly. Je weet dat je op me kunt rekenen,' zei hij, terwijl hij zachtjes over haar rug wreef.
Even later werd het snikken minder hevig en ten slotte was de huilbui voorbij. Molly maakte zich moeizaam los uit zijn armen en keek hem aan. 'Het spijt me, Dusty,' zei ze, 'het was niet mijn bedoeling me zo te laten gaan. Maar ik maak me zo vreselijk veel

zorgen om Atlanta, vooral omdat ze nog zo klein en kwetsbaar is...'
'Maar ze heeft mij en ik zal ervoor zorgen dat haar niets overkomt.'
Molly knikte. Ze pakte een zakdoekje van het nachtkastje en bette haar ogen. 'Dat weet ik. Neem me mijn huilbui alsjeblieft niet kwalijk.'
'Natuurlijk niet.' Om haar op te vrolijken ging hij verder: 'Toen ik Gladys gisteravond belde om te vragen of ze vandaag ook hierheen wilde komen, zei ze dat ze me nu wel kon helpen door af en toe op Atlanta te passen. Dat is goed nieuws.'
'Inderdaad,' beaamde Molly. 'Nu haar zus Gertrude terug is naar Canada en ik nog in het ziekenhuis lig, heeft zij meer tijd. Ze houdt van Atlanta en Atlanta is graag bij haar, ze is aan haar gewend. Ze kunnen het goed met elkaar vinden.'
'Die indruk heb ik ook. Maar je hebt me nog niet verteld wat de dokter de laatste keer heeft gezegd, Molly. Hoe gaat het nu met je?'
'Dokter Bloom is een beetje vaag, hij zegt niet veel,' antwoordde ze, 'maar hij is alleen mijn huisarts. De cardioloog hier in het ziekenhuis zegt dat ik vooruitga. Een aardige man, dokter Laver. Meer kan ik je niet vertellen.'
Dusty haalde opgelucht adem. 'Maar dat is goed nieuws! Ik ben erg blij dat je beter wordt, Molly. Eerlijk gezegd heb ik vreselijk om je in de rats gezeten.'
'Dat weet ik, maar nu komt alles weer goed. Je moet nog even geduld hebben.'

Molly Caldwell was erg blij dat haar kleindochter en India Standish zo goed met elkaar konden opschieten. De jonge vrouw met wie Dusty Rhodes zou gaan trouwen was een tengere, koele blonde schoonheid, maar haar uiterlijk legde voor Molly geen gewicht in de schaal. India had een zachtmoedig, vriendelijk karakter en dat stelde haar gerust. Ze kon zien dat India van Atlanta hield en dat Atlanta net zo dol was op India.
Plotseling voelde ze zich opgelucht en werd ze weer blij. Gladys en Atlanta waren met India teruggekomen en opeens was het vol in haar ziekenkamer, vooral met Dusty erbij. Hij was altijd nadrukkelijk aanwezig. Ze nam hem onopvallend op en probeerde een objectief oordeel over hem te vellen.
Dat hij een knappe man was, stond buiten kijf. Maar hij was

knap op een stoere manier, alsof hij uit een oeroud rotsblok was gehouwen dat van de hei was gesleept. Hij is een Heathcliff, concludeerde ze. Een forse, mannelijke man, een deel van de natuur, een sterke, donkere zigeuner. Maar zijn ogen verrieden zijn spiritualiteit, zijn gevoeligheid. Ze waren blauwer dan de ereprijs in de velden aan de voet van de bergen, blauwer dan de lucht erboven. Bovennatuurlijk blauw.

En hij had talent, een gave van God. Een talent zoals het zijne was zeldzaam: de gave om mensen met door hem gecreëerde schoonheid in vervoering te brengen. Molly had altijd bewondering voor kunstenaars gehad, wat ze ook maakten. Maar haar voorkeur ging uit naar beeldende kunst, en lang voordat ze Dusty persoonlijk had ontmoet, lang voordat hij Melinda had leren kennen en ze haar een kleindochter hadden gegeven, had ze zijn schilderijen bewonderd.

Voor haar eigen kind had ze alle hoop opgegeven. Melinda was al bezig zichzelf te vernietigen toen Dusty Rhodes langskwam, in haar seksuele val liep en zich daar korte tijd liet vasthouden. Gelukkig was hij zo verstandig geweest om zich van Melinda te bevrijden, vond Molly. Hij had een levensdoel, een talent om te gebruiken, ambitie. Hij kon zich niet veroorloven tijd te verspillen aan de ontoerekeningsvatbare vrouw die Melinda was geworden. Later, toen hij had gehoord dat Melinda zwanger was en zijn kind verwachtte, was hij zo correct geweest om naar haar terug te gaan. Maar hij had het niet kunnen opbrengen in dat gekkenhuis van Melinda en haar vrienden te blijven. Hij had beseft dat hij, al kon hij haar met de beste wil van de wereld niet meer redden, zichzelf moest redden.

Hij was een goede vader voor Atlanta: verantwoordelijk, zorgzaam en liefdevol. Hij moet haar grootbrengen, dacht Molly, terwijl ze zag hoe hij met zijn dochter op schoot met India zat te praten. Zijn liefde voor India en Atlanta straalde uit zijn ogen. Molly werd warm van geluk en ze keek naar Gladys, die knikte om te laten merken dat ze precies wist wat er in Molly omging. Beide vrouwen waren zich ervan bewust dat de ziekenkamer op dat moment was gevuld met onvoorwaardelijke liefde.

22

Meteen toen Linnet het kantoor van haar moeder binnenkwam, merkte ze dat Paula een beetje boos op haar was. Ze wist het zo zeker dat ze vlug 'Hallo, mam' zei, naar de stoel voor het bureau liep en ging zitten met de eerste zin van wat ze wilde zeggen al op het puntje van haar tong.

'Goedemorgen, Linnet,' antwoordde Paula, en ze keek op van de paperassen op haar bureau. 'Ik begrijp dat...'

'Wacht even, mam. Sorry dat ik je onderbreek, maar voordat we de paasmodeweek gaan bespreken, wil ik je iets uitleggen.' Ze haalde een vel papier uit de map die ze bij zich had en vervolgde: 'Ik heb een memo voor je geschreven over een nieuw idee dat ik heb. Ik ben er net mee klaar en ik wil het je nu alvast geven.' Ze leunde naar voren en gaf het vel aan haar moeder.

'Dank je.' Paula las het vluchtig door en zei: 'Ik ben blij dat ik nu iets op papier heb staan. Je vader zei dat hij Bonnadell Enloe had gesproken en dat ze zich had laten ontvallen dat je informatie had opgevraagd over haar schoonheidsinstituut. Ben je op het idee gekomen om haar hier bij ons ook een salon te laten openen? Heb je haar daarom gebeld?'

Linnet leunde naar voren en antwoordde enthousiast: 'Inderdaad! Het hoort allemaal bij mijn idee.'

'Maar daar hebben we toch geen ruimte voor?' Paula's stem ging omhoog.

'Jawel, op de plaats van de kapsalon. Die ruimte is groot genoeg en...'

'En waar moet de kapsalon dan naartoe? We hebben geen ruimte over,' zei Paula een beetje kribbig, en ze keek Linnet geërgerd aan.

'Dat staat allemaal in het memo, maar eerlijk gezegd vind ik dat we die kapsalon moeten opdoeken. Er komt bijna niemand meer. Volgens mij kunnen we die plek beter gebruiken voor een schoonheidssalon.'

Paula leunde achterover op haar stoel en keek haar dochter verbijsterd aan. 'Hoe kom je erbij dat een schoonheidssalon meer klanten zal trekken dan een kapsalon?' vroeg ze op kille toon.

'Omdat vrouwen daar tegenwoordig dolgraag naartoe gaan. Vooral hardwerkende jonge vrouwen. Ze vinden het zalig om er een dag door te brengen met ontspannende dingen zoals een massage, een schoonheidsbehandeling, een pedicure of manicure, of allerlei andere verwennerijen. Volgens mij zou het een heel succesvolle aanwinst voor ons zijn.'

'O ja?' Paula klonk nog steeds afkeurend. 'Heb je ook rekening gehouden met de prijs van de verbouwing? Het zou ons een lieve duit kosten.'

'Dat valt wel mee,' antwoordde Linnet kalm. 'Als de kapsalon helemaal leeg is gehaald, hebben we een grote kale ruimte over, waarin we alleen maar houten schotten hoeven te plaatsen om eenpersoonskamertjes te maken voor alle soorten behandelingen. Ik heb overal aan gedacht en volgens mij zal een schoonheidssalon van Enloe het in ons warenhuis net zo goed doen als in papa's hotels overal ter wereld.'

'Ik weet het niet, Linnet. Ik denk dat die verbouwing veel duurder zal zijn dan je denkt. Bovendien betwijfel ik of het verstandig is de kapsalon op te heffen. En wie zou die schoonheidssalon moeten beheren? Wij of Enloe?'

'Daar heb ik nog niet over nagedacht. Maar ik denk dat het minder gedoe zou zijn als Enloe die onder haar beheer zou houden. Daarom heb ik afgelopen vrijdag Bonnadell gebeld.' Linnet lachte kort. 'Ik vind trouwens wel dat ze tegen papa haar mond had moeten houden.'

'Ja, dat vind ik ook. Ze belde hem vanmorgen op over iets anders en toen vertelde ze erbij dat jij haar had gebeld. Zij is erg enthousiast over een schoonheidssalon in Harte's in Knightsbridge, maar...'

'Dat is goed nieuws, mama!'

'... maar dat wil nog niet zeggen dat ik dat ook ben,' ging Paula verder. 'Ik moet er eerst nog eens goed over nadenken, want ik weet niet of je wel gelijk hebt. En als Enloe de salon beheert, hoe moeten wij er dan aan verdienen? Wat heeft Harte's er dan eigenlijk aan? Ik vind dat je je plan nog maar eens goed moet bestuderen voordat...'

Ze werd onderbroken door het gerinkel van haar privételefoon en ze nam op: 'Met Paula O'Neill.'

'Hallo, Paula, met Sarah. Sorry dat ik niet eerder heb gebeld, maar ik had een bespreking met twee leveranciers en die bleven langer dan ik had gedacht. Maar nu heb ik even tijd om je verslag te doen, zoals ik had beloofd.'

'Ik neem aan dat Yves en jij zaterdagavond met onze neef hebben gedineerd.'

'Nee, Paula, dat ging niet door, omdat Jonathan het wilde verschuiven naar zondagavond en dat kwam Yves ook beter uit. Dus hebben we gisteravond in het Relais Plaza van het Plaza Athenée met hem gegeten.' Het bleef even stil. Sarah nieste, zei: 'Sorry' en vervolgde: 'We hebben eerst geborreld en toen gegeten en...'
'Had hij dat meisje meegebracht? Zijn protegee, zoals hij haar noemde?' viel Paula haar ongeduldig in de rede.
'Ja, en het was Angharad Hughes. Zij is zijn protegee, en daar kan ik je heel wat over vertellen.'
'Ik popel om het te horen, maar mag ik dan de luidspreker aanzetten, Sarah? Want Linnet zit hier ook. Linnet, ik heb Sarah aan de lijn, zeg haar even gedag.'
Linnet nam de hoorn over en zei: 'Dag tante Sarah. Dank u wel dat u ons hiermee wilt helpen. Mama maakt zich grote zorgen om J.A. en is er vreselijk van geschrokken dat hij de kerk heeft opgeblazen.'
'Dat kan ik me voorstellen, Linnet. Jonathan is echt een bedreiging voor ons geworden. Ik hoop dat je bij je volgende bezoek aan Parijs bij ons langskomt. Mag ik nu je moeder weer?'
'Hier komt ze.' Linnet gaf de hoorn terug aan Paula.
'Vertel me nu het verhaal maar, Sarah. Mag het via de luidspreker?'
'Ja, natuurlijk. Luister goed. Jonathan had inderdaad Angharad Hughes bij zich, maar wel een heel andere Angharad Hughes dan je je kunt voorstellen.'
'Hoezo?' vroeg Paula nieuwsgierig.
'Ik denk dat ik maar beter bij het begin kan beginnen.' Sarahs welluidende stem klonk door het hele kantoor. 'Jonathan belde me vrijdagmorgen vroeg met de vraag of we het etentje naar zondag konden verschuiven. Toen ik zei dat dat goed was, vroeg hij of ik iets voor hem wilde doen. Hij legde uit dat hij de naam van een goede kapper wilde hebben en een adres waar hij chique dameskleding kon kopen. Ik stelde voor dat hij naar een couturier zou gaan, bijvoorbeeld Pierre Balmain, Valentino of Givenchy, maar hij zei dat hij geen tijd had om iets te laten maken. Hij wilde iets kant-en-klaar kopen.'
Sarah wachtte even en Linnet riep uit: 'U wilt ons toch niet vertellen dat hij couturekleding voor haar heeft gekocht? Voor Angharad? Dat is gewoon belachelijk! Ze ziet er zo bizar uit, een beetje goedkoop zelfs.'
'Ik weet wat je bedoelt,' zei Sarah. 'Maar ik beloofde hem dat ik

een afspraak met een goede kapper voor hem zou maken, Carita of Alexandre, en dat ik hem zou meenemen naar Madame Valencia, die ook wel eens kleren voor mij maakt. Ze heeft een klein atelier aan de Avenue Montaigne en ze heeft meestal wel wat mooie, met de hand genaaide dingen hangen. Jonathan zei dat de jonge vrouw van gemiddelde lengte was en maat achtendertig had. Ik brandde natuurlijk van nieuwsgierigheid naar hun relatie, en ik zorgde ervoor dat ik iets eerder bij Madame Valencia was dan hij en zocht alvast een paar dingen uit. Toen hij met Angharad binnenkwam, schrok ik gewoon van haar uiterlijk. Ze was veel te zwaar opgemaakt en dan dat vreselijke platinablonde haar... Ik kon mijn ogen niet geloven.'

'Dus hij kocht chique kleren voor haar en zorgde ervoor dat ze er anders ging uitzien, dat wil je ons toch vertellen, Sarah?' Paula begreep meteen dat als Jonathan zo veel moeite voor Angharad deed, hij een heel speciale relatie met haar was begonnen. Want als hij haar alleen maar als tijdverdrijf beschouwde, zou hij niet zo veel geld aan haar besteden. Dat zei ze tegen Sarah, die het met haar eens was.

'Je hebt gelijk. Die kleren waren echt heel duur.'

'Nu maakt u me nieuwsgierig,' zei Linnet. 'Wat heeft hij dan voor haar gekocht?'

'Een grijs flanellen mantelpakje, dat ik mooi vond en al voor hem had uitgezocht. Het jasje leek wel van Givenchy en er was een zijden blouse bij, die haar paste. Jonathan zag een grijze wollen jas hangen die was afgezet met chinchillabont, en die nam hij ook. Verder kocht hij een zwart jurkje voor overdag met een kasjmieren jas erbij, en een chic pakje van zwart fluweel. Dat was het wat de kleren betrof, maar hij kocht er ook accessoires bij.'

'Hoe zag ze er in die kleren uit?' vroeg Linnet. 'Ik denk niet dat ze haar een andere uitstraling gaven, maar...'

'Nee, natuurlijk niet,' beaamde Sarah. 'Maar alles paste haar goed en stond haar ook goed. Nadat ze in de boetiek van Madame Valencia ook nog grijze en zwarte schoenen, bijpassende tassen en handschoenen hadden gekocht, nam Jonathan haar mee naar Carita om iets aan haar kapsel te laten doen.'

'Vertel ons alleen nog maar hoe ze er zondagavond uitzag,' zei Paula ongeduldig.

'Beeldschoon, echt waar. Ik herkende haar nauwelijks,' gaf Sarah toe. 'Ze had dat grijze pakje met die grijze jas aan en grijze accessoires erbij, maar dat was niet het belangrijkste. Ik was sprakeloos toen ik haar kapsel zag. Ze hadden haar haar een mooie roodbruine kleur gegeven met alleen een paar blonde plukjes erin. En ze was nauwelijks opgemaakt, ze zag er een stuk frisser uit. Haar gezicht was licht bepoederd en ze had alleen lichtroze lipstick op en net genoeg oogmake-up om de nadruk op haar ogen te leggen.'

'Dat is heel interessant,' zei Paula bedachtzaam. 'Want daaruit blijkt dat hij haar de moeite waard vindt, denk je niet, Sarah?'

'Dat denk ik ook. Hij heeft een andere vrouw van haar gemaakt, althans aan de buitenkant. Yves vond dat ze op de jonge Audrey Hepburn leek en ik moest hem gelijk geven. O ja, ze droeg ook nog oorbellen met parels en diamanten, maar die hoefden natuurlijk niet echt te zijn.'

'Volgens mij betekent al die verwennerij dat hij met haar naar bed gaat en van plan is haar bij zich in de buurt te houden,' zei Paula. 'Tenminste voorlopig. Maar is het alleen een persoonlijke relatie of denk je dat hij haar via haar moeder wil gebruiken als verbinding met ons? Dat is het enige waar ik me zorgen om maak.'

'Ik heb geen flauw idee of ze hem informatie verschaft over de Hartes, dat heb ik natuurlijk niet kunnen vragen,' bekende Sarah eerlijk. 'Maar naar mijn mening is het in de eerste plaats een seksuele relatie.'

'Waarom denk je dat?' wilde Paula weten, hoewel ze op Sarahs oordeel vertrouwde.

'Angharad adoreert hem, dat was duidelijk te zien. Ze hing voortdurend aan zijn lippen, en aan hem helemaal. Zo was het zondagavond tenminste,' legde Sarah uit. 'En Jonathan zat almaar hongerig naar haar te kijken en kon zijn handen niet van haar afhouden. De wederzijdse passie straalde ervan af, dat zei Yves ook. Hij vond haar trouwens supersexy,' eindigde Sarah met een geamuseerd lachje.

'Dan hoop ik maar dat het inderdaad alleen een seksuele relatie is,' zei Paula opeens zakelijk. 'Want wat Evan en Gideon aangaat, staat ze een beetje al te dichtbij.'

'Dat weet ik,' zei Sarah zacht, vol begrip voor Paula's zorgen om wat de verhouding tussen Jonathan en Angharad tot gevolg zou kunnen hebben. 'Maar misschien stelt het je gerust als ik je vertel dat ik echt denk dat hij smoorverliefd op haar is. Sinds die tijd met Arabella Sutton heb ik nooit meer meegemaakt dat hij zich zo gedraagt.'

'Wat bedoel je precies?' vroeg Paula, nog steeds op zakelijke toon.

'De manier waarop hij naar haar keek, de blik in zijn ogen, zijn zorgzaamheid... Hij was tot over zijn oren verliefd op Arabella Sutton en toen zij de relatie verbrak, was hij er kapot van. Dat is echt waar, Paula. Dat weet ik, omdat ik hem jaren geleden door die afschuwelijke periode heen heb geholpen. Sindsdien heeft hij nooit meer zo veel van een vrouw gehouden. Hij heeft natuurlijk wel weer allerlei vriendinnen gehad, wat ik maar al te goed weet omdat hij die meebracht als hij bij ons langskwam. Maar deze zou wel eens net zoveel voor hem kunnen betekenen als Arabella destijds. Volgens Yves, en neem me de uitdrukking niet kwalijk, heeft Angharad Jonathan bij zijn ballen, dat zei hij toen we zondagavond thuiskwamen. Ze heeft hem seksueel in haar macht. En Yves heeft onze neef precies door.'
'O.' Paula dacht even na en vroeg: 'Zie je ze binnenkort weer?'
'Ja, want ik heb toch beloofd dat ik je zou helpen? Ik heb gevraagd of ze eind deze week bij ons thuis komen eten. Jonathan zal het me nog laten weten, maar hij zei wel dat hij binnenkort weer naar Hongkong moet. Toen Angharad dat hoorde, keek ze opeens heel sip en toen zei hij vlug dat hij haar die stad ook wilde laten zien. Wat nog duidelijker maakte hoe zwaar hij het te pakken heeft.'
'Op dit moment,' zei Linnet droog. Ze keek Paula doordringend aan. 'Toch kunnen we geen risico nemen, mama. Evan en Gideon moeten dit meteen weten en we moeten Marietta inlichten. Bovendien moeten we de rest van de familie Hughes waarschuwen dat ze Angharad niets over Evan mogen vertellen, en ook niet over ons.'
'Je hebt gelijk.' Paula knikte. 'Vind je ook niet, Sarah?'
'Ja, dat vind ik ook. Haar familie moet weten dat ze haar in het vervolg op een afstand moeten houden.'
'Eigenlijk zou haar familie het contact met haar moeten verbreken,' zei Linnet ferm. 'Ik zal ervoor zorgen dat dit gebeurt, zo gauw mogelijk. We kunnen ons niet veroorloven dat iemand toch zijn mond voorbijpraat.'
'Misschien is het beter als je je er niet mee bemoeit, Linnet,' zei Paula. 'Misschien heeft haar familie zonder jouw inmenging ook al genoeg van haar.'
'Dat kan,' gaf Linnet toe, hoewel ze haar moeders inzicht in de familie Hughes betwijfelde.

Nadat Paula Sarah had bedankt en haar had gevraagd vooral met

Jonathan te blijven omgaan, legde ze de hoorn neer en schakelde de luidspreker uit. Ze keek Linnet aan en zei: 'Ik weet dat je met Evan en Gideon zult praten, maar wil jij ook Marietta de situatie uitleggen of zal ik dat doen?'
'Ach mam, dat doe ik vanmiddag wel, jij hebt het al druk genoeg. Ik vind wel dat ik het persoonlijk moet doen en niet per telefoon, denk je niet?'
'Ja, dat is wel zo aardig.'
'Ik mag Marietta graag, ze is een heel lieve vrouw. Ik denk dat ze het vreselijk zal vinden als ze hoort waar Angharad mee bezig is.'
'Angharad gedraagt zich niet bepaald loyaal.' Paula schudde haar hoofd. 'Maar ik heb de indruk dat haar familie niet erg op haar gesteld is.'
'Dat klopt. Goed, dan ga ik ook met Marietta praten. Denk je trouwens dat Sarahs oordeel over de situatie juist is?'
'Sarah is een intelligente, scherpzinnige vrouw, dus ja, ik vertrouw op haar oordeel. En ik weet absoluut zeker dat ze aan onze kant staat. Zij vindt Jonathan nu ook een gevaarlijke man. Ze heeft hem al lang geleden laten vallen en alleen weer contact met hem opgenomen om ons te helpen.'
'Dus daar ben je van overtuigd.'
'Ja. Ik vertrouw haar volkomen. Ze wil dolgraag weer bij de familie horen en zal alles doen om weer bij mij in een goed blaadje te staan.'
Linnet knikte. 'Mooi zo. En nu nog even iets anders. Wil je mijn idee over de schoonheidssalon in overweging nemen?'
'Ik zal erover nadenken, maar ik weet niet of het wel verstandig zou zijn onze kapsalon te sluiten...' Paula's stem zakte weg. Ze werd een beetje duizelig en opeens voelde ze zich doodmoe, hoewel het volgens haar bureauklokje pas elf uur was. Ze haalde diep adem en vervolgde langzaam: 'Ik heb nog wat meer informatie nodig, Linnet. Daarna praten we verder.'
'Ik kom er over een paar dagen op terug, mama. Maar had je me eigenlijk geroepen om over de paasmodeweek te praten of over mijn nieuwe idee?'
'Over je nieuwe idee. Toen je vader me had verteld dat je Bonnadell Enloe had gebeld, wilde ik weten waarom.'
'Aha.'
Paula leunde naar voren over haar bureau en zei op vertrouwelijke toon: 'En dan is er nog iets, Linny. Vind je niet dat je het

op dit moment al druk genoeg hebt? Evan heeft drie maanden zwangerschapsverlof en Tessa is inmiddels verloofd met Jean-Claude. Zij zal uiteindelijk bij ons weggaan, heb je daaraan al gedacht?'
'Daar zou ik maar niet op rekenen.' Linnet rechtte haar rug. 'Ze zal nog steeds de baas willen worden en tussen Parijs en Londen heen en weer gaan reizen. Dat zul je zien.'
Paula leunde achterover en keek haar dochter verbaasd aan, maar ze zei niets. Het kon zijn dat Linnet gelijk had en dat Tessa nog steeds in haar hoofd had dat ze op een dag de leiding van Harte's zou overnemen. Al sinds haar jeugd beschouwde ze zich als de kroonprinses van het bedrijf, en dat idee zou ze niet zomaar opgeven. Maar Jean-Claude dan? Zou hij daar geen moeite mee hebben en protesteren? Nou ja, misschien niet. Misschien vond hij het prachtig een jonge vrouw met moderne ideeën en een eigen carrière te hebben.
'Is er iets? Je kijkt opeens zo raar, mam,' zei Linnet met een bezorgd gezicht.
'Nee hoor, er iets niets,' antwoordde Paula geruststellend. 'Ik dacht alleen maar aan Tessa. Misschien heb je gelijk en zal ze het bedrijf en haar ambitie toch niet kunnen loslaten. Maar ik ga nog niet met pensioen, hoor, nog lang niet. Houden jullie daar voorlopig maar rekening mee.'

'Sorry dat ik zo laat ben,' verontschuldigde Marietta zich toen Evan haar in de hal van Gideons flat verwelkomde.
'Dat hindert niet, mam. Ik ben een lijst aan het maken van spullen die we in ons nieuwe appartement nodig hebben. Voor de keuken en zo.'
Moeder en dochter omhelsden elkaar en daarna trok Marietta haar jas uit en hing hem in de kast. Toen ze achter Evan aan naar binnen liep, legde ze uit: 'De makelaar was lang van stof.'
'De makelaar?' herhaalde Evan. Haar mooie grijsblauwe ogen keken haar moeder vragend aan.
In de zitkamer ging Marietta tegenover haar dochter zitten. 'Een van de redenen dat ik je vandaag wilde zien, is dat ik je iets wil vertellen,' begon ze. 'Ik wil hier een appartement kopen, Evan. Niet alleen om jou en mijn kleinkinderen, maar ook omdat ik Londen een heerlijke stad vind en hier een deel van het jaar wil gaan wonen.'
'O wat leuk, mam! Wat enig dat papa en jij hier dan vaak zul-

len zijn en de tweeling zullen zien opgroeien! Ik wil wedden dat papa zich daarop verheugt, en Robin zal het ook geweldig vinden.'
Even wist Marietta niet meer wat ze moest zeggen. Ze staarde Evan met een uitdrukkingsloos gezicht aan en vroeg zich af hoe ze Evan de situatie moest uitleggen zonder haar te veel van streek te maken.
'Wat is er, mam? Je kijkt opeens zo vreemd.'
'Er is niets, Evan. Ik probeer alleen maar te bedenken hoe ik je moet vertellen dat je vader niet zo vaak naar Londen zal komen.'
'Bedoel je vanwege zijn antiekzaak en wat daarbij komt kijken?'
Marietta haalde diep adem en antwoordde: 'Ik ga bij je vader weg. We gaan scheiden.'
Evan liet zich tegen de bankkussens vallen en staarde haar moeder met open mond aan. Even was ze te verbijsterd om een woord te kunnen uitbrengen, maar ten slotte vroeg ze: 'O mijn god, waarom heb je me dat niet eerder verteld dat je dit van plan was?'
'Omdat ik je vlak voor je huwelijk niet aan het schrikken wilde maken en ook omdat je zwanger bent. Het was al erg genoeg dat je onlangs in je kantoor zo bent gevallen, wat trouwens Angharads schuld was, dat weet ik zeker. Ze gedraagt zich steeds slechter.' Marietta schudde haar hoofd. 'Je grootmoeder zei vaak dat we niets van haar wisten, wie haar ouders waren en zo, en ze had gelijk. Volgens Glynnis wordt iemands karakter bepaald door zijn genen, en daar had ze ook gelijk in. Angharad was een vondeling; iemand had haar op de stoep voor de kerk achtergelaten.'
'Dwaal alsjeblieft niet af, mam. Vertel me over jou en papa. Waarom gaan jullie uit elkaar?'
'Hemelse goedheid, Evan, moet je me dat nog vragen? We hebben het vorig jaar nog over mijn huwelijk gehad en je weet heel goed dat het al jaren fout zit tussen mij en je vader. Dat is alleen maar erger geworden.'
'Sinds je tante je die erfenis heeft nagelaten? Dat heeft er ook mee te maken, of niet soms?' Evan keek haar moeder fel aan. 'Of niet soms?' herhaalde ze dringend.
'Nee, niet wat je vader betreft. Hij vindt het niet erg dat mijn tante me zo veel heeft nagelaten dat ik nu tamelijk welgesteld ben. Mijn geld interesseert hem niet, zijn zaak loopt erg goed.'
'Maar hij voelt zich vast wel een beetje gekwetst, op het tweede plan gezet. Omdat jij nu onafhankelijk bent en kunt doen en laten wat je wilt. Haar geld heeft jou vrijgemaakt.'
Marietta knikte en staarde een poosje peinzend voor zich uit.

Toen ze aan het verleden dacht, aan alles wat er tussen haar en Owen was gebeurd, viel er een schaduw over haar gezicht. Ze kreeg een brok in haar keel en kon even niets meer zeggen. Het verleden... Maar ze kon er niets meer aan veranderen, dat was de laatste paar jaar wel tot haar doorgedrongen. En je kon er niet aan ontsnappen, nooit, hoe hard je het ook probeerde.
Evans ogen lieten haar moeders gezicht niet los en ze zag dat Marietta ergens mee worstelde. Ze besloot er niet naar te vragen en rustig te wachten tot haar moeder eraan toe was haar te vertellen wat ze kwijt wilde. Ze bleef stil zitten, met haar handen losjes om haar buik, alsof ze de tweeling wilde beschermen. Ze telde de dagen tot de geboorte; ze snakte ernaar haar jongetjes in haar armen te houden en ze verlangde er hevig naar weer een normaal figuur te hebben. Op momenten zoals dit voelde ze zich nog zwaarder en logger dan anders.
Mariëtte ging opeens rechtop zitten en zei: 'Ons huwelijk is al heel lang niet goed meer, Evan. Al sinds jij klein was. Toen ben ik een keer bij je vader weggegaan, maar ten slotte ben ik toch teruggekomen. Om verschillende redenen, maar vooral om jou. En toen ontdekte ik dat hij...'
'... me helemaal ingepalmd had,' viel Evan haar in de rede. 'Daarom heb je eerst Elayne en toen Angharad geadopteerd, nietwaar? Omdat jij ook dochters wilde hebben, en een groot gezin.'
'Ja, zo is het gegaan, daar hebben we het vorige zomer ook al over gehad. Die adopties waren een idee van Glynnis. Ze hield van mij en van haar zoon en van jou, we waren erg belangrijk voor haar. Daarom smeekte ze Owen me terug te nemen en dat heeft hij toen ook gedaan, maar...'
Deze keer werd ze onderbroken door het rinkelen van de telefoon. 'Ik neem wel op, blijf jij maar zitten,' zei ze, en ze liep er vlug naartoe. 'Met het huis van de familie Harte,' zei ze, met een glimlach naar haar dochter.
'Ben jij dat, Marietta?'
'Ja, met Marietta, Linnet.'
'Goedemorgen! Ik ben blij dat ik je aan de lijn heb, want ik wil jou en Evan vandaag graag spreken. Mag ik nu komen? Dan nodig ik jullie uit voor de lunch. Of zal ik iets lekkers meebrengen uit het warenhuis?'
'Mag ik Evan even vragen of zij soms andere plannen heeft? Een ogenblikje.' Marietta legde haar hand op de hoorn en keek naar haar dochter. 'Het is Linnet, dat heb je al gehoord. Ze wil met

ons gaan lunchen of iets voor de lunch meebrengen omdat ze ons allebei wil spreken. Wat zal ik antwoorden? Heb je straks een afspraak met de dokter of zo?'
'Nee mama, ik heb de hele dag vrij. Ik denk dat ik liever heb dat ze iets meebrengt, maar wat wil jij?'
'Ik vind het een goed idee.' Tegen Linnet vervolgde ze: 'Kom maar naar ons toe, Linnet, en breng een picknicklunch mee, dat lijkt ons erg lekker. Hoe laat denk je hier te zijn?'
'Over een halfuurtje, als dat uitkomt.'
'Dat is prima. Tot zo dan.' Marietta hing op, liep terug naar haar stoel en ging zitten. 'Kan ik alvast iets doen, Evan? Ze is over een halfuurtje bij ons. Zal ik de tafel dekken?'
'Ja, laten we dat doen. Zei Linnet ook waarom ze ons wil spreken?'
'Nee, alleen dat ze ons allebei wil spreken.'
'O.' Evan dacht even na en ze kreeg een somber voorgevoel. Met samengeknepen ogen keek ze haar moeder aan en vroeg: 'Waar is Angharad? Weet jij dat soms?'
'Nee, niet precies. Ze zei dat ze naar Zuid-Frankrijk ging, misschien via Parijs.'
'Aha.'
Marietta keek Evan scherp aan. 'Waarom kijk je zo?'
'Wat bedoel je, mam?'
'Toe, Evan, doe niet zo dom, dat weet je best. Je kijkt zoals iemand die weet wat er gaande is, maar dat niet wil zeggen. Samenzweerderig, dat bedoel ik.'
'Welnee, mam, hoe kom je erbij!' protesteerde Evan hoofdschuddend. 'Hoe weet ik nu waarom Linnet ons wil spreken? Maar ik vermoed dat het over die afschuwelijke Jonathan gaat.'
'O god, alsjeblieft niet!' Marietta werd bleek.
'Nou ja, misschien ook niet,' zei Evan vlug, om haar moeder gerust te stellen. 'Laten we er niet naar raden en het nog even over papa en jullie huwelijk hebben. Hoe reageerde hij toen je het hem vertelde?'
'Net zo onverschillig als anders,' antwoordde Marietta zacht, en ze stond langzaam op. 'Ik ga de tafel dekken, Evan. Als we straks na de lunch weer alleen zijn, kunnen we verder praten over mijn scheiding.'
'Goed.' Evan kwam moeizaam overeind. 'Maar je moet niet denken dat ik het dan vergeten ben, hoor.'
'Gut nee, dat zou niet bij me opkomen,' mompelde Marietta.

23

Marietta deed open en Linnet kwam het appartement binnenwaaien alsof er geen vuiltje aan de lucht was, beladen met een paar grote tassen van Harte's. 'Hallo, hier is onze lunch!' riep ze. 'Groentesoep, allerlei soorten broodjes en fruit. Ik hoop dat jullie het lekker vinden.'
'In elk geval klinkt het lekker,' zei Marietta, terwijl ze een paar tassen van Linnet overnam. 'Laten we het allemaal in de keuken zetten. Moet ik de soep opwarmen?'
'Hij is vrij warm gebleven, maar misschien is het een goed idee.'
Linnet liep achter Marietta aan naar de keuken, hielp haar alles uit te pakken en ging terug naar de hal om haar jas op te hangen.
Even later kwam Evan uit de slaapkamer en begroette Linnet hartelijk. 'Wat een leuke verrassing, Linny, dat je ons komt opzoeken.' Zacht vroeg ze: 'Gaat het over Jonathan Ainsley? Of over Angharad?'
'Allebei. Maar laten we eerst eten, want wat ik te zeggen heb, kan nog wel even wachten.'
'Goed.' Evan begreep dat het geen zin had aan te dringen. 'Wil je iets drinken?'
'Nog niet, dank je. Ik neem bij de lunch wel een glas water. Waar eten we, in de keuken of hier?'
'In de keuken, dat is gemakkelijker, vind je niet?'
Linnet knikte en samen liepen ze naar de keuken.
Terwijl Marietta de soep opdiende, vertelde Linnet Evan over het gesprek dat ze met haar moeder had gehad over de schoonheidssalon. 'Als het een beetje meeloopt, denk ik dat ze wel toestemming geeft,' beëindigde Linnet opgewekt haar relaas.
'Ik hoop het van harte. Een schoonheidssalon in de winkel lijkt me geweldig. Ik zal er beslist gebruik van maken en jij ook, denk ik.'
Linnet lachte. 'Hé, het is bedoeld voor de klanten, hoor. Niet voor ons.'
Evan lachte mee. 'Wanneer leg je haar het plan voor om een hele verdieping aan aanstaande bruiden te wijden? Binnenkort, hoop ik.'
'O ja, deze week. Ik moet nog even de laatste hand aan al mijn voorstellen leggen en dan geef ik het hele zaakje aan haar, samen

met mijn prognose voor de komende jaren. Ik hoop dat mama inziet waar ik naartoe wil en dat ze het met me eens zal zijn.'

'Dus je noemt ook meteen de zes snackbars op de voedselafdeling?' vroeg Evan een beetje twijfelachtig. 'De delicatessentoonbank en de kaasbar en zo?'

'Ja, dat ben ik wel van plan. Ik heb mijn ideeën voor alle onderdelen apart uitgebreid beschreven, want volgens mij is dat duidelijker dan als ik ze alleen maar uitleg. Bovendien wil mijn moeder altijd graag alles op papier hebben.'

Marietta zat vol belangstelling te luisteren, en toen er even een stilte viel, zei ze: 'Dat van die afdeling voor bruiden vind ik een geweldig idee en die schoonheidssalon trouwens ook. Aan de laatste ben ik gewoon verslaafd geraakt; je wordt er heerlijk verwend, het is pure ontspanning.'

Evan wierp een blik op haar moeder en zei tegen Linnet: 'Mijn moeder koopt hier een appartement. Ze wil een deel van het jaar in Londen gaan wonen.'

'O, wat leuk! Ik kan het me voorstellen, Marietta, je kleinkinderen zullen hier opgroeien. Heb je al iets gevonden?' Omdat Linnet Marietta sympathiek vond, was ze geïnteresseerd in haar plannen.

'Ja, ik heb in een zijstraat van Sloane Street een flat gezien die me heel geschikt lijkt. Ik wil graag dat jullie ernaar komen kijken.'

Marietta stond op en bracht twee lege soepkommen naar het aanrecht. Linnet zette daar ook haar lege kom neer en hielp Marietta de broodjes en het fruit op tafel te zetten.

'Willen jullie er een kop thee bij?' vroeg Marietta. Ze vulde de waterketel en stak de stekker in het stopcontact.

Evan schudde haar hoofd.

'Ja, ik wil toch liever thee,' zei Linnet. 'Dank je, Marietta.' Ze ging weer zitten, pakte een broodje met komkommer en nam een hap. Evan volgde haar voorbeeld en ze kauwden zwijgend. Ook toen Marietta er weer bij kwam zitten, bleef het stil. Ze concentreerden zich op hun lunch alsof ze aarzelden om aan het moeilijke gesprek te beginnen dat ongetwijfeld zou volgen.

Toen ze hadden gegeten en alles hadden opgeruimd, verbrak Evan de stilte. 'Vooruit, Linnet, kom nu maar op met je slechte nieuws,' zei ze. 'Want ik denk dat het slecht nieuws is, of niet soms?' Gespannen wachtte ze op Linnets antwoord, omdat ze wist dat ze gelijk had.

'Het is bizar nieuws,' antwoordde Linnet. Zo tactvol mogelijk deed ze in het kort verslag van het gesprek dat Paula die morgen had gehad met Sarah.

Zowel Evan als haar moeder schrokken ervan dat Angharad bij Jonathan in Parijs was, maar Marietta was het meest ontdaan. Ze was bleek geworden en toen het verhaal uit was, keek ze alsof het huilen haar nader stond dan het lachen.

Evan nam het kalmer op. Eigenlijk verbaasde het haar niet dat Angharad met Jonathan had aangepapt, want sinds haar moeder haar het verhaal over hun ontmoeting in de dorpswinkel had verteld, had ze zoiets wel verwacht.

'Ik had al een akelig voorgevoel dat dit zou gebeuren,' zei Evan, en ze keek van Linnet naar haar moeder. 'Vroeger heeft Glynnis het met betrekking tot Angharad eens over slecht zaad gehad. Ze had een vooruitziende blik, hè mam?'

Marietta was zo van streek dat ze alleen maar kon knikken.

'Angharad is niet alleen een slet, maar ook is ze hebberig, gemakzuchtig en egocentrisch. En loyaliteit is haar vreemd,' zei Evan kil. 'Mijn god, voor een nacht in bed met Jonathan Ainsley en een paar glinsterende cadeaus zal ze ons allemaal aan hem uitleveren.'

'Ah, maar het zijn al meerdere nachten en cadeaus,' zei Linnet. 'Nou ja, ze doet maar. Ik wil het met jullie hebben over wat wij moeten doen.'

Evan knikte zwijgend.

'Hoe komt ze erbij aan zoiets te beginnen?' riep Marietta uit. 'Hoe haalt ze het in haar hoofd een relatie aan te knopen met de grootste vijand van de familie? Ik kan het nauwelijks geloven.'

'Wist ze dat?' vroeg Linnet zich hardop af. 'Wist ze dat hij onze vijand is?'

'Natuurlijk wist ze dat!' riep Evan uit, haar woede niet langer verbergend. 'Ze heeft ons over Jonathan horen praten, ze heeft ons horen zeggen dat hij een lastpak en een bedreiging is. Maar dat kan haar niets schelen, want wij kunnen haar niets schelen. Ze heeft nooit om ons gegeven. Ze heeft zich altijd op een afstand gehouden, van kinds af aan. Vroeger was ze ook al zo'n gemeen meisje en ze is niets veranderd. Ze geeft alleen om zichzelf, de rest van de wereld kan doodvallen.'

'Dus nu is zij ook onze vijand geworden,' merkte Marietta op.

'Inderdaad,' beaamde Linnet. 'Daar wilde ik met jullie over praten.' Ze leunde naar voren. 'We weten wat Angharads bedoeling

is, dat ze achter Jonathan aan zit en het vooral op zijn geld heeft voorzien. Dat hebben jullie me al duidelijk gemaakt. Ze wil onder de pannen zijn en dure cadeaus krijgen. Maar wat wil hij? Mijn moeder is bang dat hij haar zal gebruiken als contactpersoon met de familie Harte, vooral met jou, Evan, en met Gideon. Ze is een lid van jullie gezin, ze is je zus en daarom kan ze heel gemakkelijk aan de weet komen wat jullie allemaal doen en van plan zijn.'
'O nee hoor, van mij krijgt ze niets te horen!' Evan schudde gedecideerd haar hoofd. 'Ze staat allang niet meer op mijn lijstje. Ik wil niets meer met haar te maken hebben, nooit meer.'
'Ik ook niet,' verklaarde Marietta. Ze rechtte haar rug en deed haar best om haar gedachten te ordenen. 'Angharad is overgelopen naar de vijand, wat betekent dat er in mijn leven geen plaats meer voor haar is.'
'Ik ben blij dat te horen.' Linnet schonk Marietta een warme glimlach en legde even haar hand op die van de oudere vrouw, die op de keukentafel lag. 'Ik vind het heel erg dat ze jullie in de steek heeft gelaten, maar nu ze dat zo duidelijk heeft laten merken, mogen jullie niet meer met haar omgaan.'
'Ik zei toch net...' zei Marietta een beetje bits.
'Dat weet ik. Maar het geldt ook voor Owen en Elayne. Hoe zouden zij erover denken als ze dit hoorden? Aan welke kant staan zij?'
'Aan onze kant,' antwoordde Evan. 'Daar twijfel ik niet aan. Elayne vindt Angharad ook een kreng.'
'Dat is waar,' beaamde Marietta. 'En zelfs Owen heeft haar door, hij weet dat ze geen goed mens is. Ik denk niet dat we ons om hem of Elayne zorgen hoeven te maken.'
'Maar ze moeten dit wel weten,' zei Linnet. 'Ze moeten weten dat Angharad nu bij Jonathan woont en wat er allemaal al is gebeurd. Wil jij Owen bellen, Marietta, of zal ik het doen?'
Marietta aarzelde.
'Ik bel papa wel,' bood Evan aan.
'Nee.' Marietta schudde haar hoofd. 'Dat zal ík doen.'
'Dat vind ik geen goed idee, mam.'
'Eigenlijk lijkt het me beter dat ik het doe,' zei Linnet. 'Dat heeft misschien meer effect.'
'Misschien wel,' gaf Marietta toe.
Evan knikte.
'Dat is dan afgesproken. Ik bel hem straks in zijn zaak in Con-

necticut en ik zal hem duidelijk maken dat hij geen contact meer met Angharad mag hebben. Dat ze niets meer over de families Harte en Hughes te horen mag krijgen.' Linnet nam een slok water en vervolgde: 'Het is natuurlijk ook best mogelijk dat Jonathan echt verliefd op haar is geworden en dat hij haar helemaal niet wil gebruiken om van ons doen en laten op de hoogte te blijven. Dat denkt Sarah.'

'Maar we kunnen geen risico nemen,' zei Marietta. 'Angharad is altijd jaloers op Evan geweest, ze heeft altijd gevonden dat zij werd verwaarloosd. Al jaren geleden heeft ze zich in het hoofd geprent dat we Evan en Elayne voortrekken, en ze heeft me altijd verweten dat ik haar Evan tot voorbeeld heb gesteld. Dat Evan de ster is, zoals ze het noemt. Maar dat is helemaal niet waar.'

'Ze is verbitterd,' merkte Evan zacht op. Opeens had ze het koud en voelde ze zich niet op haar gemak.

'Marietta, Angharad zal Evan niet bellen, maar jou misschien wel. Jij bent ten slotte haar moeder.'

'Ik denk het niet, Linnet.' Marietta schudde haar hoofd.

'Zal ze je niet laten weten waar ze is?'

'Waarschijnlijk niet.'

'Maar nu misschien wel, om op te scheppen over haar verovering,' opperde Evan.

'Ja, als ze iets heeft om over op te scheppen...' gaf Marietta toe.

'Wat Angharad betreft,' begon Marietta toen zij en Evan een poosje later weer alleen waren, 'wilde ik nog zeggen, Evan...'

'Alsjeblieft, mam, ik wil het niet meer over Angharad hebben. En ook niet over Jonathan Ainsley,' viel Evan haar vastberaden in de rede. 'Vandaag niet meer. Ik wil veel liever horen hoe het zit met papa en jou.'

Marietta liep door de woonkamer naar de grote leunstoel bij de haard. Ze dacht even na en zei: 'Daar kan ik eigenlijk niet veel meer over zeggen. Je vader en ik zijn uit elkaar, einde verhaal. Ik zei al dat het hem nauwelijks lijkt te raken, het is alsof het hem geen bal kan schelen.'

'Ik bedoel niet nu, mam, maar wat er jaren geleden is gebeurd. Voordat Linnet kwam, vertelde je dat je toen ik klein was een keer bij hem weg was gegaan. Waarom was dat?'

Marietta wierp een blik op Evans gezicht en antwoordde niet meteen. Ze ging gemakkelijker zitten, sloeg een been over het ande-

re en staarde voor zich uit, alsof ze het verleden weer voor zich zag. 'Ik wil eerlijk tegen je zijn,' zei ze ten slotte. 'Zo eerlijk mogelijk. Dat ben ik je verschuldigd. Toen je klein was, hadden je vader en ik ook al allerlei problemen, maar dat was niet de reden dat ik hem verliet.'
'Wat was de reden dan wel?' Evan wilde dolgraag weten wat er nu eigenlijk met haar ouders aan de hand was, want de laatste tijd begreep ze er helemaal niets meer van.
'Ik werd verliefd op een ander.'
Evan keek haar moeder met open mond aan, want dit had ze niet verwacht. Ze vermande zich en vroeg vlug: 'Wie was hij? Vertel me eens iets over hem.'
'Hij heette Val Timball en we hadden hem in Londen leren kennen, je vader en ik. Hij was kunstenaar en decorontwerper, een heel talentvolle man, en hij werkte meestal in theaters in het West End. Toen hij naar New York kwam om de decors voor een Broadway-show te maken, zagen we hem daar ook vaak. In de paar maanden dat hij in Manhattan woonde, klikte het tussen ons en werden we verliefd op elkaar. Hij had me al vanaf het begin heel aardig gevonden en ik was erg ongelukkig met je vader, en toen kregen we een verhouding. Het was heel heftig allemaal. Toen Val terug moest naar Londen, smeekte hij me met hem mee te gaan. Hij wilde dat ik zou scheiden en met hem zou trouwen. Maar ik kon het niet doen, Evan. Ik ontdekte dat ik jou niet achter kon laten.'
'Maar net zei je dat je bij papa weg was gegaan.'
'Ja, uiteindelijk wel. Maar alleen omdat Val erg ziek werd. Zijn zus Solange vertelde me toen dat hij er vreselijk naar verlangde me weer te zien en daarom ging ik naar hem toe, met de bedoeling maar een paar dagen te blijven. Maar ik hield zo veel van hem dat ik het niet kon opbrengen weer weg te gaan. Hij had me nodig. Toen ik je vader vertelde dat ik hem verliet omdat ik bij Val wilde zijn, werd hij razend. Hij kwam meteen naar Londen, schold me de huid vol en maakte me allerlei verwijten, zonder naar me te luisteren of te proberen er iets van te begrijpen. Hij verzekerde me dat hij zich wegens overspel van me zou laten scheiden. Zijn gedrag maakte de situatie alleen maar erger.'
'Hoelang ben je toen bij Val gebleven, mama?'
'Maar een paar weken. Het bleek dat hij stervende was. Hij had een zeldzame vorm van leukemie.' Marietta's stem trilde en ze haalde diep adem. Even later ging ze zacht verder: 'Ik kon hem

niet alleen laten sterven. We hielden oprecht van elkaar. Daarna heeft hij nog geen maand meer geleefd. Ik had die zomer het gevoel dat mijn hele wereld in elkaar was gestort. Val was gestorven. Je vader wilde per se scheiden en hij zei dat ik jou nooit meer mocht zien. Dat hij dat nooit zou toestaan.'
Evan was zo verbijsterd over het verhaal dat ze niets wist te zeggen. Ze wachtte tot haar moeder ook de rest zou vertellen.
'Je oma is toen tussenbeide gekomen. Ze was woedend op je vader, ze vertelde hem dat hij zich onvolwassen gedroeg en niet de moeite nam mij te begrijpen,' ging Marietta verder. 'Ze praatte met ons en haalde ons over toch bij elkaar te blijven. Je vader wilde dat niet en ik eigenlijk ook niet, omdat ik inmiddels doorhad dat we nooit gelukkig met elkaar zouden worden.' Marietta slaakte een diepe zucht en schudde haar hoofd. 'Toch ben ik teruggegaan, maar alleen om jou. Ik wilde je zelf grootbrengen en een liefhebbende, goede moeder voor je zijn.'
'En toen heeft hij me van je afgepakt. Daar komt het eigenlijk op neer.'
'Ja. Dat was zijn wraak, denk ik.'
'Was dat het begin van je depressie?'
Marietta knikte en haar gezicht stond gespannen toen ze vervolgde: 'Die overviel me opeens. Op een dag kon ik niet meer uit bed komen en voelde ik me ontzettend neerslachtig. Ik begreep er niets van. Eerst dacht ik dat het kwam omdat Val dood was.' Ze schudde heftig haar hoofd. 'Het was afschuwelijk, angstaanjagend. De wereld om me heen was pikzwart geworden. En plotseling werd het weer licht en was alles weer normaal. Dat duurde een maand of zes en toen gebeurde er weer iets en bleef ik weer in bed liggen, bang voor alles en iedereen. Doodsbang. Uiteindelijk ben ik natuurlijk naar de dokter gegaan en heb ik er medicijnen voor gekregen.'
'Ik herinner me dat je langzaam beter werd, mam, in mijn tienertijd. Maar ik weet ook nog dat je soms ineens weer ziek was, zonder dat ik begreep hoe dat kwam.'
'Ik had eeuwig zo kunnen doorgaan als mijn tante Dottie, God zegene haar, me niet vorig jaar naar een andere dokter had gestuurd. Tante Dottie zei dat het hoog tijd werd dat ik bedacht wat ik met de rest van mijn leven wilde doen en...'
'... en dat heb je gedaan,' maakte Evan de zin voor haar af. 'Goed zo, mam. Je hebt recht op geluk, en dat heeft papa ook. Misschien is dit voor hem ook veel beter.'

'Ik denk het wel, Evan. En ik verwijt hem niets, hoor.'
'Dat weet ik, dat ligt niet in je aard. Wil je me nog wat meer over je depressie vertellen?' Evan keek haar moeder onderzoekend aan. 'Als het helpt, wil ik best naar je luisteren, hoor.'
'Misschien een andere keer, lieverd. Ik maak me nu zorgen om Jonathan Ainsley. Denk je echt dat hij jou en Gideon iets zou willen aandoen?'
'Op dit moment niet, nu heeft hij het vast te druk met Angharad. Ik denk dat Sarah Pascal gelijk heeft, mama. Ik denk ook dat hij gewoon smoorverliefd op Angharad is geworden en dat het hem er niet om gaat informatie over ons los te peuteren.' Evan begon te lachen. 'Misschien is het wel andersom en wantrouwt hij háár! Misschien denkt hij dat wij haar naar hem toe hebben gestuurd om spion voor óns te zijn! Zou dat niet grappig zijn?'
'Inderdaad,' beaamde Marietta, maar ze klonk twijfelachtig. 'Toch maak ik me zorgen om je. Om je veiligheid, bedoel ik.'
'Er zal ons niets overkomen, heus niet. We worden op allerlei manieren beschermd, ook al merk je dat niet.'
'Heb je het over lijfwachten en zo?'
'Ja. Ik word dag en nacht bewaakt, net als de andere Hartes. Daar kun je echt gerust op zijn, mam. Jonathan zal het niet winnen, hij krijgt ons niet klein.'
'Kan de familie helemaal niets doen om hem te beletten jullie zo dwars te zitten en zulke gevaarlijke streken uit te halen?'
'Helaas niet, mam. Hij knapt het vuile werk namelijk niet zelf op, maar neemt daar anderen voor aan. En hij zorgt ervoor dat niemand iets kan bewijzen.'
'Nou ja, misschien krijgt hij toch een keer zijn verdiende loon,' mompelde Marietta, meer tegen zichzelf dan tegen Evan. 'Misschien wordt Angharad zijn ondergang. Met een beetje geluk.'

Veel later, toen haar moeder weg was, lag Evan slaperig op de bank voor de haard en dacht na over het leven van haar moeder. Dat was eigenlijk niet erg gelukkig geweest, vaak zelfs erg zwaar. Maar het leven was nooit gemakkelijk, voor niemand. Voor sommigen was het een regelrechte ramp.
Ze was blij dat haar moeder een uitweg uit haar doolhof van depressies en eenzaamheid had gevonden. Nu begreep ze waarom Marietta zo graag in Londen wilde wonen.
Een nieuw begin, dat is het voor haar, dacht Evan. Een nieuw appartement in een stad die ze leuk vindt, voorpret omdat ze bin-

nenkort oma zal zijn en de jongens zal zien opgroeien, en eindelijk kan ze zonder tussenkomst van papa met mij omgaan.
Ze verheugde zich erop haar moeder een groot deel van het jaar bij zich in de buurt te hebben en ze zou haar best doen om haar te helpen hier gelukkig te zijn. Ze zou Marietta betrekken bij haar leven en haar de dochterliefde tonen die ze zo lang had moeten missen.
En hoewel ze nu erg boos op haar vader was, zou ze haar best doen om dat niet te blijven. Met een glimlach op haar gezicht dommelde ze in.

24

Linnet staarde naar de laatste omzetcijfers op de papieren die op haar bureau lagen uitgespreid. Eerst had ze gedacht dat ze ze niet goed gelezen had, maar toen ze alles nog een keer doornam, was het tot haar doorgedrongen dat de verkoopresultaten echt zwaar tegenvielen. Elke afdeling van de drie modeverdiepingen onder haar leiding had het slecht gedaan.
'Maar dat kan toch niet,' mompelde ze, met haar blik op de rijen getallen. Toch was er de afgelopen week nauwelijks iets verkocht.
Ze leunde naar achteren op haar stoel en vroeg zich af waarom haar moeder dit niet tegen haar had gezegd. Paula kreeg de omzetcijfers een paar dagen eerder op haar bureau dan zij, maar misschien had ze nog geen tijd gehad om ze te bestuderen. Zijzelf had het erg druk gehad met het verzamelen van informatie over haar nieuwe ideeën, en Paula werd blijkbaar in beslag genomen door haar zorgen om Jonathan Ainsley.
Ze had de indruk dat haar moeder voortdurend aan het telefoneren was met Sarah in Parijs, misschien wel elke dag. Wat had dat voor zin? Het enige wat ze te horen kreeg, was dat Jonathan nog steeds smoorverliefd was op Angharad en dat het wederzijds was.
Linnet was blij dat de twee booswichten het zo druk hadden met elkaar, in alle opzichten. In hun liefdesroes zouden ze de rest van de familie met rust laten, dat hoopte ze tenminste.
Gideon was het met haar eens. De dag nadat ze met Evan en Ma-

rietta had geluncht, had ze een borrel gedronken met Gideon en toen had hij dat gezegd. Omdat ze samen waren opgegroeid en dikke vrienden waren, hoefden ze elkaar niets wijs te maken en had hij eerlijk zijn mening gegeven. 'Angharad deugt niet,' had hij gezegd. 'Toen ik haar die middag nadat Evan was gevallen in het ziekenhuis voor het eerst ontmoette, zag ik meteen dat ze een slecht mens is. Ik geef haar nog steeds de schuld van Evans ongeluk, omdat ik denk dat ze Evan expres van streek heeft gemaakt. Nou ja, laten we maar afwachten wat er verder gebeurt.' Met een glimlach had hij eraan toegevoegd: 'Ainsley en Angharad zijn beslist aan elkaar gewaagd. Angharad Hughes is een feeks en ze zal hem tot het uiterste tergen.'

Linnet zuchtte en keek opnieuw naar de cijfers. Het leek wel of er uitroeptekens achter stonden. 'Verdorie!' mompelde ze. Ze stonden er nog slechter voor dan ze had verwacht.

De informatie die ze aan Paula had gegeven en waaraan ze dagenlang had gewerkt, betrof het moderniseren van het warenhuis in Londen. De cijfers die nu voor haar lagen, benadrukten hoe belangrijk het was dat ze het bedrijf aanpasten aan de eisen van de eenentwintigste eeuw. Hun voortbestaan hing ervan af.

Eigenlijk moest het hele warenhuis een opknapbeurt hebben. De etalages moesten een nieuwe geest ademen, de uitstallingen op alle afdelingen moesten een frisse uitstraling krijgen en het aanbod moest meegaan met de tijd. Dat idee had ze al veel langer, maar pas toen ze naar New York was gegaan om hun warenhuis daar en ook andere winkels te bekijken, was het goed tot haar doorgedrongen.

Harte's in Londen had minder cachet dan vroeger. Natuurlijk was het nog steeds een chique winkel en een wereldberoemd baken, maar het was een beetje ouderwets geworden, vooral voor de jongere generaties.

De laatste omzetcijfers van de modeafdeling waren niet rampzalig voor het hele warenhuis, dat wist ze natuurlijk wel. Maar ze waarschuwden voor de veranderingen in de maatschappij. Als ze geen drastische maatregelen zouden nemen, zou het met het hele bedrijf al binnen een jaar bergafwaarts gaan. Ze leden nog geen verlies, nog niet tenminste. Maar zover zou het kunnen komen als ze zich niet vernieuwden, als ze niet met ideeën kwamen die de jongere generaties aanspraken en meer klanten opleverden. Vooral intelligente, moderne jonge vrouwen met een heel andere smaak en andere behoeften dan de oudere generaties.

Ze sprong op en liep naar haar werktafel om de *Financial Times* te pakken, die ze daar toen ze vanmorgen op kantoor kwam had neergelegd. Vlug sloeg ze de roze pagina's om tot ze de aandelenkoersen vond, en daar zocht ze naar de prijs van een aandeel van Harte's. Met een zucht van verlichting knikte ze. De prijs was stabiel en was die morgen zelfs iets gestegen.
Ook al was dat een geruststelling, ze wist dat ze haar plannen moest doorzetten, hoeveel moeite het ook zou kosten. Opeens voelde ze zich sterker, en ze nam zich ferm voor om zich niet van haar stuk te laten brengen en een manier te vinden om haar moeder ervan te overtuigen dat veranderingen noodzakelijk waren. Dat ze niet stil mochten zitten en hulpeloos toezien hoe het schip verging. Haar moeder leefde te veel in het verleden; ze klampte zich vast aan het bewind van Emma Harte en haar herinneringen aan haar grootmoeder.
Ze ging weer achter haar bureau zitten en belde India, die deze week in Leeds zat.
India nam meteen op: 'Met India Standish.'
'Met Linnet, India. Hoe gaat het met je? En met Dusty? O ja, en met Atlanta?'
'Het gaat goed met ons allemaal. Met jou ook? Je klinkt een beetje gespannen, Linny,' zei India met haar lieve, melodieuze stem met het lichte Ierse accent.
'Zo voel ik me ook. Ik heb net de laatste omzetcijfers van de modeafdeling bekeken en die zijn niet positief. Ze zijn zelfs erg slecht. Eerlijk gezegd joegen ze me de stuipen op het lijf.'
'Maar januari is altijd een slechte maand, vergeet dat niet. Bovendien hebben we dit jaar voor het eerst in die maand geen uitverkoop gehouden. Ik weet niet waarom tante Paula dat niet wilde, maar ik was het niet met haar eens,' biechtte India op.
'Ik ook niet. Maar dat kan ik niet tegen haar zeggen, want ze is toch al een beetje kribbig vanwege mijn voorstellen voor de toekomst,' antwoordde Linnet.
'O jee, en ik had nog wel zo gehoopt dat ze er blij mee zou zijn en dat ze onze ideeën, ook die van mij en Evan, zou toejuichen. Waarom is ze ertegen, weet je dat?'
'Ze heeft nog niet alles gezien, want ik moest nog wat dingen afmaken. Maar een schoonheidssalon vindt ze helemaal niet nodig.'
'Jemig, en dat is het beste idee van allemaal,' zei India verbaasd. 'Ik vraag me af wat ze dan van je plan met de snackbars zal vin-

den.' India grinnikte. 'Daar zal ze dan ook niet vrolijk van worden.'
'Dat weet ik. Maar we moeten vernieuwen, met de tijd meegaan. Ik belde je eigenlijk om je te vragen hoe de winkels in Leeds en Harrogate het vorige week hebben gedaan, vooral de modeafdelingen.'
'Heel goed,' antwoordde India. 'Eerlijk gezegd verbaasde me dat een beetje. Maar zoals je weet doet de modeafdeling in Leeds het al een poosje uitstekend, vooral voor de groep vrouwen tussen de twintig en dertig jaar. Voor hen hebben we een prima selectie, en natuurlijk wemelt het hier van de studenten, door de universtiteit en andere hogere opleidingen. We doen goede zaken.'
Linnet had aandachtig geluisterd en ze antwoordde vlug: 'Misschien is het een goed idee om hier in ons warenhuis in Londen ook meer aandacht aan kleren voor die leeftijdsgroep te besteden. Volgens mij hebben we die altijd een beetje verwaarloosd.'
'Dat is waar. Hé,' vervolgde India enthousiast, 'er komt nog iets bij me op! Sinds Atlanta bij Dusty woont, heb ik meer belangstelling gekregen voor kinderkleren en speelgoed. Vorige week heb ik bedacht hoe we die afdelingen naast elkaar kunnen plaatsen, want volgens mij zal dat de verkoop stimuleren. En ik ga kijken naar een paar andere ontwerpers van kinderkleding.'
'Blijkbaar zijn jullie daar in Leeds ons een heel stuk voor, nichtje,' zei Linnet lachend.
India lachte mee. 'Ik doe alleen maar mijn best.'
'Je doet veel meer dan je best, India. Hoe staat het met Harrogate?'
'Daar gaat het ook goed. Zal ik je onze omzetcijfers sturen?'
'Nee, dank je. Blijf maar lekker je best doen.'
'Vanzelfsprekend. Heb je nog nieuws over akelige Angharad en haar niet bepaald beminnelijke minnaar?'
'Niets anders dan wat we steeds opnieuw van Sarah horen: dat hij gek is op Angharad en zij op hem, enzovoort, enzovoort. Maar volgens Gideon zijn de tortelduiven aan elkaar gewaagd.'
'Hoezo?'
'Gideon heeft een hekel aan Angharad Hughes, hij wantrouwde haar al meteen. Hij denkt dat ze Ainsley uiteindelijk flink te kakken zal zetten.'
'Dan kan ik haar alleen maar aanmoedigen,' zei India droog.
'Ik ook. Waar ga je dit weekend naartoe? Naar Willows Hall?'
'Ja, vanaf vanavond. Ik vind het leuk dat Atlanta er is, ze is een schatje, ik ben echt dol op haar geworden. Het is pas donderdag

vandaag, maar ik wil er wat langer achterelkaar zijn. Het is een beetje eenzaam op Pennistone Royal met alleen Emsie om me gezelschap te houden, en zij heeft het altijd druk met huiswerk. Als jullie allemaal in Londen zijn, is het er lang niet zo gezellig. Maar zijn Julian en jij soms van plan dit weekend hierheen te komen? Dan kunnen we misschien met z'n vieren iets gaan doen.'
'Dat zou leuk zijn, maar we blijven in Londen. Julian moet het gedenkschrift voor zijn grootvader afmaken. Hij gaat zaterdagochtend naar zijn vader en dan ga ik naar kantoor. Mama en papa gaan naar Yorkshire en Lorne ook.'
'Tessa is al ruim een week niet in Harrogate geweest, dus ga ik daar zaterdagmorgen maar eens een kijkje nemen. Als je me nodig hebt, zit ik dan daar en de rest van de tijd bij Dusty.'

Na het telefoontje met India ging Linnet verder met het sorteren van de informatie die ze had verzameld voor haar moeder. Toen ze alle gegevens zo overzichtelijk mogelijk had geordend, vermeldde ze er nog bij wat India haar over het warenhuis in Leeds had verteld, met de nadruk op het succesvolle resultaat.
Ten slotte printte ze haar voorstel, stopte de papieren in een map en legde die in een la van haar bureau, die ze op slot deed. Morgen zou ze de map aan haar moeder geven, voordat ze het weekend naar Pennistone Royal ging.
Ze wierp een blik op haar bureauklokje en zag dat het al vier uur was. Ze stond op en verliet haar kantoor. Ze wilde weten hoe de modeafdeling erbij lag en de ronde doen door het hele warenhuis. Dat deed ze 's middags altijd, het was een ritueel. Emma Harte, de oprichtster van hun bedrijf en haar grote voorbeeld, had dat eveneens gedaan. De hele familie noemde haar 'Emma's kloon' en dat wilde ze ook zijn. De nieuwe Emma Harte. Daar streefde ze naar.

Een paar honderd kilometer ten noorden van Londen deed India Standish hetzelfde in het warenhuis in Leeds. Toen haar bureau schoon was, verliet ze haar kantoor en ging naar de modeafdeling.
India was getraind door Linnet, dus had ze min of meer dezelfde dagelijkse routine. Elke ochtend vroeg, rondom het middaguur en om een uur of vier 's middags deed ze de ronde door de winkel, net als hun overgrootmoeder had gedaan. Linnet stelde haar Emma's discipline en werklust altijd tot voorbeeld.

Donderdag was meestal een drukke dag in het warenhuis, dan wemelde het er van de meisjes en jonge vrouwen die rondslenterden en van alles bekeken, vooral op de modeafdeling. Vandaag was geen uitzondering, zag India. Er werd veel kleding verkocht en vanzelfsprekend deed dat haar genoegen.
India was een intelligente jonge vrouw en ze had een gedegen opleiding genoten. Een van de geheimen van haar succes was dat ze aandachtig luisterde als iemand, wie dan ook, iets tegen haar zei. Ze luisterde vooral naar Linnet en kon haar stemming haarscherp aanvoelen. En nu maakte haar nichtje zich erg veel zorgen om de verkoopcijfers van haar eigen tak van het bedrijf. Als Linnet bezorgd was, was zij dat ook, en ze was het met Linnet eens dat het warenhuis in Knightsbridge dringend aan vernieuwing toe was.
Maar net als Linnet was India bang dat Paula erg boos om de nieuwe plannen zou worden. Ze twijfelde er niet aan dat hun bazin bij het lezen van Linnets voorstellen een rood waas voor de ogen zou krijgen.
Paula is erg onwrikbaar geworden, dacht India toen ze door het warenhuis liep. Uit eerbied voor Emma Harte weigert ze te veranderen en dat is een probleem aan het worden. Paula negeert Linnets smeekbeden om met de tijd mee te gaan omdat ze is vastgeroest in het verleden. Bij Emma. Ze doet nog steeds wat Emma vroeger wilde.
Omdat ze zo in gedachten verzonken was, zag ze niet dat ze werd gevolgd door een vrouw, die steeds dichterbij kwam. Pas toen de vrouw haar bij de arm greep, bleef ze geschrokken staan. Ze draaide zich om en riep: 'Hé, wat doe je? Laat me los! Wie ben je?'
Maar toen ze de vrouw goed aankeek, kromp haar maag ineen. Ze had een bekend gezicht: het was Melinda Caldwell. Hoe kon dat? Melinda zat toch in een afkickcentrum? Nee, blijkbaar niet meer.
India probeerde zich los te rukken, maar Melinda hield haar stevig vast. Toch slaagde India erin haar weg te trekken uit het gangpad en haar achter een rek met kleren tegen de muur te drukken. Hoewel India er bleek en broos uitzag, was ze zowel lichamelijk als geestelijk een sterke vrouw. Melinda weigerde haar nog steeds los te laten, dus leunde India tegen haar aan en siste: 'Laat me onmiddellijk los, anders heb je een probleem!' Ze wilde geen alarm slaan en een opstootje veroorzaken.

'Jullie hebben een probleem, jij en die rotzak Dusty Rhodes! Jullie hebben me mijn kind afgepikt!' gilde Melinda hysterisch.
'Hou je mond en laat me los!' beval India. 'Laat me nu meteen los, zeg ik je.'
'Ik weet dat ze bij hem op Willows Hall is. En jij woont daar ook, slet. Mijn moeder heeft me verteld waar mijn kind is. Dacht je soms dat mijn moeder me dat niet zou vertellen?' Melinda schreeuwde nog steeds en probeerde India weg te duwen in een poging om vrij te komen van de muur.
Plotseling deed India een stap achteruit, trok Melinda naar voren en gaf met haar hand een harde klap op Melinda's onderarm. De zegelring aan haar pink hakte in Melinda's pols en Melinda liet haar meteen los.
Een van de verkoopsters had gezien dat er iets gaande was en kwam vlug naar hen toe. 'Waarschuw de veiligheidsdienst!' riep India tegen haar. Ze draaide zich weer om naar Melinda, die nu een eindje bij haar vandaan stond, en wilde de vrouw op haar beurt vastgrijpen, maar Melinda was haar te snel af. Ze ontweek haar hand, rende naar de roltrap en verdween naar beneden.
Toen even later twee bewakers naar India toe kwamen, was Melinda uit het gezicht verdwenen. India legde vlug uit dat ze was aangevallen door een hysterische vrouw, en de mannen gingen haastig op weg naar de begane grond.
'We vinden haar wel, maakt u zich maar geen zorgen, lady India!' riep een van hen nog, voordat hij op de roltrap stapte.
India knikte, maar ze dacht: nee hoor, jullie vinden haar niet. Ze loopt allang weer op straat.

Nadat India de verkoopster had bedankt voor haar snelle reactie, ging ze een beetje trillerig terug naar haar kantoor. Ze was er vooral van geschrokken dat Melinda Caldwell weer vrij was en kon gaan en staan waar ze wilde. Ze was een gevaarlijke vrouw en haar gedrag was onvoorspelbaar.
Ze ging achter haar bureau zitten, pakte de telefoon en toetste Dusty's nummer in. Toen hij opnam, zei ze: 'Dusty, Melinda zit niet meer in die kliniek. Ze is in Leeds.'
'Mijn god, hoe kan dat? Hoe weet je...'
'Ik weet niet hoe het kan, maar ze was hier in Harte's,' viel India hem in de rede. Kalm vervolgde ze: 'Ze pakte me in de winkel vast, schold me uit en zei dat ze wist dat haar kind bij jou

was. Dat haar moeder haar had verteld dat Atlanta op Willows Hall was.'
'Goeie hemel, nee toch!' riep Dusty geschrokken. 'Ik kan al nauwelijks geloven dat ze Molly heeft opgezocht in het ziekenhuis. Wat een ramp. Maar hoe gaat het nu met jou, liefste? Heeft ze je pijn gedaan? Mankeer je iets, India?' vroeg hij bezorgd.
'Ik ben natuurlijk geschrokken, maar ik mankeer niets. Helaas was Melinda er al vandoor voordat de bewakers eraan kwamen. Ze is via de roltrap ontsnapt en waarschijnlijk meteen naar buiten gegaan. Ik weet zeker dat ze haar niet meer te pakken hebben gekregen, ook al zijn ze meteen achter haar aan gerend. Maar ik wilde je waarschuwen, Dusty, dat ze nu misschien op weg is naar Willows Hall.'
'Dank je, maar hier kan ze niet binnenkomen. Ze kan zelfs de tuin niet in. Jack Figg heeft overal bewakers neergezet. Niemand kan ongemerkt langs de beveiliging. Wanneer vertrek je van kantoor?'
'Zo meteen. Ik wacht nog even op de bewakers om te horen wat ze me te vertellen hebben. Intussen...'
'Wacht even, Paddy wil me spreken.'
'Goed.' India's vingers klemden zich om de hoorn en gespannen wachtte ze tot Dusty weer aan de lijn zou komen. Ze hoorde Paddy vaag iets zeggen en Dusty antwoorden: 'Maar dat is afschuwelijk. Vraag haar of ze even wil wachten, Paddy.'
Toen zei hij weer tegen haar: 'Gladys belt op het andere toestel om te zeggen dat een buurvrouw van Molly Melinda heeft gezien. Die buurvrouw heeft Gladys gebeld. Melinda probeerde Molly's huis in Meanwood binnen te komen, maar Molly heeft onlangs de sloten laten veranderen. Dat was erg verstandig van haar. Ik wil zelf ook even met Gladys praten. Hou me op de hoogte en laat me weten wanneer je daar weggaat, India.'
'Dat zal ik doen, Dusty. Ik blijf niet lang meer. Maak je alsjeblieft geen zorgen.'
'Kom in elk geval zo gauw mogelijk.'
'Ik ben hier heus wel veilig, hoor.'
'Echt waar?' Hij klonk twijfelachtig.
'Echt waar. Ik kom zodra ik de bewakers heb gesproken.'
India legde de hoorn neer, ruimde haar bureau op en zette de computer uit. Een paar minuten later kwamen de twee bewakers door de openstaande deur binnen. 'We hebben geen spoor meer van haar kunnen vinden, lady India,' meldde Mack Slater. Hij

was de oudste van de twee mannen en hij werkte al jaren voor Harte's. 'Ze is door de hoofdingang naar buiten gerend en toen wij ook buiten kwamen, was ze al uit het gezicht verdwenen. De portier heeft haar in de richting van City Square zien rennen. Dat denkt hij althans. Misschien was het iemand anders. Wie was die vrouw, lady India? Hebt u enig idee?'
Het leek India beter geen uitleg te geven, dus schudde ze haar hoofd. 'Sorry, Mack, dat weet ik niet. Een vrouw die een beetje over haar toeren was, denk ik.' Ze lachte kort en haalde haar schouders op. 'Er lopen tegenwoordig heel wat gekken rond, vind je niet?'
'Dat is waar. De wereld is volkomen veranderd, dat merk je dagelijks. Het spijt me dat we haar niet te pakken hebben gekregen,' zei Mack.
'Je hebt je best gedaan, bedankt Mack. Jij ook, Jerry.'
De bewakers verlieten haar kantoor en India begon de spullen die ze mee naar huis wilde nemen in een grote tas te pakken. Daarna liep ze naar de kast en haalde er haar jas van schapenbont en een wollen sjaal uit. Toen ze haar jas aanhad, ging de telefoon. Ze leunde over het bureau, nam op en zei: 'Hallo?'
'Met Dusty. Ik heb slecht nieuws. Molly Caldwell heeft opnieuw een hartaanval gehad. Ze ligt weer op intensive care. Ik weet zeker dat het Melinda's schuld is. Melinda is bij haar geweest en dit is het gevolg.'
'Ach jee, de arme vrouw, wat vreselijk,' zei India zacht. 'Wil je dat ik eerst naar het ziekenhuis ga, Dusty? Of kan ik iets anders doen?'
'Nee, je hoeft niet te gaan en ik zou niet weten wat je anders kunt doen. Molly zou je op dit moment niet herkennen, ze is buiten bewustzijn. Het ziekenhuis belde vijf minuten geleden om het me te vertellen. Ze zullen me op de hoogte houden.'
'En Gladys, wat had zij te vertellen?'
'Dat weet je al. De buurvrouw had gezien dat Melinda Molly's huis binnen wilde gaan. Gladys was boodschappen aan het doen. Een andere buurvrouw had gezien dat Melinda bij Gladys op de deur stond te bonzen. Daar werd dus ook niet opengedaan. Gladys gaat nu meteen naar Molly toe. Blijkbaar heeft Molly de vorige keer dat Gladys bij haar was tegen haar gezegd dat ze een koffertje met papieren naar mij toe moest brengen.'
'Gaat ze dat koffertje nu halen? Heb je haar daarom naar het ziekenhuis gestuurd?'

'Dat lijkt me het beste. Gladys is ervan geschrokken dat Melinda opeens weer opgedoken is en dat kan ik me goed voorstellen. Het lijkt me beter dat ik dat koffertje zo gauw mogelijk krijg, en het lijkt me ook beter dat Gladys voorlopig veilig bij ons op Willows Hall komt. Denk je ook niet, India?'
'Zodat Melinda Gladys niet meer lastig kan vallen, bedoel je.'
'Precies. Je weet nooit waartoe Melinda allemaal in staat is.

25

Jack Figg had er onlangs op aangedrongen dat Tessa, Linnet, India en Evan hun eigen auto lieten staan en zich lieten vervoeren in onopvallende zwarte wagens met ex-militairen als chauffeurs. Ze waren dan moeilijker te volgen en hadden meteen een lijfwacht bij zich. Dit gold in elk geval voor door de week, wanneer ze min of meer dezelfde dagelijkse routine volgden en daardoor een gemakkelijker doelwit waren. Hij wilde hen zo goed mogelijk tegen een eventuele bedreiging van Jonathan Ainsley beschermen.
Maar India stond erop in de weekends, wanneer ze in Yorkshire was, in haar Aston Martin te blijven rijden. Jack probeerde haar nog steeds over te halen die voorlopig te laten staan, maar tot nu toe was dat tevergeefs.
Nu zat India achter in de zwarte sedan die haar van kantoor had gehaald. Ze leunde naar voren en zei tegen de chauffeur: 'Het spijt me Larry, maar ik heb vergeten tegen je te zeggen dat ik vandaag niet naar Pennistone Royal ga. Wil je me naar Willows Hall brengen?'
'Natuurlijk, lady India,' antwoordde Larry Cox even beleefd en opgewekt als altijd.
India leunde comfortabel naar achteren en dacht opeens aan Jack Figg. Natuurlijk, ze moesten hém om raad vragen en misschien kon hij hen zelfs helpen! Melinda Caldwell zou nog veel meer problemen veroorzaken, niet alleen voor Molly, maar ook voor hen. Ze pakte haar mobieltje en toetste Jacks nummer in. Hij nam meteen op en ze zei: 'Hallo Jack, je spreekt met India.'
'Wat een genoegen, India! Is alles in orde?' vroeg hij er op scherpere toon achteraan.

'Ik denk dat Dusty en ik je hulp nodig hebben.'
'Wat is er gebeurd? Leg het me maar rustig uit.'
'Melinda Caldwell was vandaag in het warenhuis en ze viel me lastig,' zei India zacht.
'Waar ben je nu?'
'In de auto. Larry brengt me naar Willows Hall.'
'Goed, dan zal ik vragen stellen en geef jij alleen antwoord, dat is wel zo veilig.' Hij vertrouwde Larry volkomen, maar het kon geen kwaad om extra voorzichtig te zijn.
'Prima,' zei India.
'Had je verwacht dat Melinda je binnenkort wel een keer zou opzoeken?' begon Jack zijn ondervraging.
'Absoluut niet. Ik dacht dat ze nog in een afkickcentrum zat. Ik wist niet wat ik zag, Jack.'
'Aha. Maar blijkbaar hebben ze haar ontslagen en loopt ze weer vrij rond. En daar maak je je zorgen om, hè?'
'Inderdaad. Ze gedroeg zich vanmiddag op z'n zachtst gezegd nogal vreemd. Ik denk dat ze ook bij haar moeder is geweest.'
'In het ziekenhuis? Of is mevrouw Caldwell weer thuis?'
'In het ziekenhuis. Dusty belde vanmiddag om me te vertellen dat Molly opnieuw een hartaanval heeft gehad, terwijl ik van Melinda heb begrepen dat ze vandaag bij haar moeder langs is gegaan.'
'O god, nee toch! Wat erg voor mevrouw Caldwell. Ik hoop van harte dat ze er toch weer bovenop komt.' Jack schraapte zijn keel. 'Heeft Melinda ook gezegd wanneer ze uit die kliniek is vrijgelaten?'
'Nee, en dat is het hem juist. Dusty denkt dat ze niet is ontslagen, maar gewoon is weggelopen.'
'O.' Jack zweeg even en vroeg toen: 'Hoe kwam ze op je over? Was ze in de war of gedroeg ze zich vrij normaal? Wat voor indruk maakte ze op je?'
'Ze was kwaad. Ik denk niet dat ze stoned of dronken was, alleen erg kwaad. Ja, ik denk dat ze door het dolle heen was van woede.'
'Ze is een probleem, India, en ik denk dat ze gevaarlijk kan worden. We moeten haar zo gauw mogelijk vinden.'
'Kunnen we er vanavond over praten, Jack? Om de mogelijkheden op een rijtje te zetten? Ben je hier of in Londen?'
'In ben in Yorkshire, maar niet in de buurt. Ik ben in Scarborough.'

'Je wilt me toch niet vertellen dat je een paar dagen uitrust op Heron's Nest, hè?' zei India ongelovig.
'Gek dat je dat zegt,' antwoordde Jack verbaasd, 'want ik ben vandaag toevallig wel op Heron's Nest geweest. De beheerder denkt dat iemand dat huis de laatste paar weken heeft gebruikt. Dat vertelde Paula me onlangs, dus wilde ik zelf even gaan kijken.'
'En?'
'En niets, India. Nog niet tenminste. Ik denk er het mijne van, maar ik kan nog niets bewijzen. In elk geval is er niets beschadigd en zijn er geen sloten geforceerd.'
'Hoe weet de beheerder dan dat er iemand binnen is geweest?'
'Ze zegt dat ze er een paar keer licht heeft zien branden en er zijn dingen verplaatst.'
'Ik vraag me af wie er in februari op Heron's Nest zou willen logeren, want dan is het in Scarborough ijzig koud. Geen van ons zou het in zijn hoofd halen. Misschien heeft iemand het huis wel gebruikt voor een stiekeme ontmoeting of zo.' India lachte. 'Het ligt tenslotte erg afgelegen, geen mens die je ziet.'
'Hoe kom je op het idee van een stiekeme ontmoeting, India?' vroeg Jack nieuwsgierig. 'Bedoel je dat er leden van de familie zijn die dat huis daar wel eens voor gebruiken?'
'Heb je het over de generatie van mijn moeder of die van ons? Onze familie bestaat uit een aantal generaties met vrij veel leden, Jack.'
Jack lachte. 'Dat weet ik, maar ik heb het nu niet over je grootmoeder Edwina of over Robin. Ik denk eerder aan jouw generatie, India.'
'Dan kan ik eigenlijk niemand bedenken. Wie van ons zou zoiets verzinnen? Toby? Hij is op dit moment de enige die geen vaste relatie heeft en hij zit midden in een scheiding. Maar zijn vrouw is in Los Angeles, dus is hij in Londen zo vrij als een vogel. Hij hoeft niets stiekem te doen.' Toen Jack niet antwoordde, vroeg ze: 'Ben je het niet met me eens?'
'Jawel, je hebt gelijk.'
'Waarom maakt tante Paula zich eigenlijk zorgen omdat er iemand in dat huis is geweest?' vroeg India nieuwsgierig.
'Ik denk dat ze bang is dat er is ingebroken, dat er spullen gestolen zijn.'
'O. Misschien moet ik je uitleggen, Jack, dat mijn generatie lang niet zo'n sterke band heeft met Heron's Nest als de generatie van

mijn moeder. Voor hen was het huis een belangrijk onderdeel van hun jeugd, want ze gingen er elke zomer bij Emma logeren. Ze noemden het Emma's opleidingskamp.'
'Ja, dat kan ik me nog wel herinneren. Ik kwam er ook vaak, om met je overgrootmoeder over mijn werk te praten. Heeft de generatie van je ouders het nog wel eens over Heron's Nest?'
'O ja, hoor. Mama zei pas nog tegen me dat ze erg op dat huis is gesteld en dat Paula haar vaak hielp zich daar schuil te houden toen haar relatie met papa nog geheim was. En Linnet zei een keer dat haar ouders elkaar daar ook stiekem ontmoetten, toen Paula nog verwikkeld was in haar scheiding van Jim Fairley.'
'Aha, nu begrijp ik waarom je aan geheime afspraakjes dacht,' zei Jack. 'Goed dat ik het weet, dankjewel. Maar wat Melinda Caldwell betreft, ik zal een paar van mijn mannen achter haar aan sturen en ik zal met wat vrienden bij de politie in Leeds praten, lui van de afdeling criminaliteit. Ik zal ze waarschuwen dat Melinda een drugsverslaafde is en gevaarlijk kan zijn. Ze heeft jou toch geen pijn gedaan?'
'Nee, natuurlijk niet. Al heeft ze dat wel geprobeerd. Ze heeft ook geprobeerd vandaag Molly's huis in Meanwood binnen te komen. Ik weet het adres niet, maar ik zal het Dusty vragen en het je doorgeven.'
'Mooi zo. Hoe ziet Melinda eruit?'
'Ze is ongeveer net zo groot als ik, ze heeft lichtbruin haar en een knap gezicht met hoge jukbeenderen. Ik was eigenlijk verbaasd dat ze er zo goed uitzag. Ze droeg een zwarte spijkerbroek en een zwarte jas.'
'Oké, ik heb het genoteerd. Wil je Dusty vragen de ontwenningskliniek te bellen en met haar arts te praten? Het is belangrijk dat we weten hoe haar gemoedsgesteldheid is.'
'Dat zal ik doen. Kun je vanavond bij ons langskomen of lukt dat niet, Jack?'
'Dat lukt wel, denk ik. Ik ben hier over een uur klaar en dan kan ik om ongeveer halfacht op Willows Hall zijn. Is dat goed?'
'O Jack, dat is geweldig, dank je wel. Ik bel je zo gauw mogelijk om je Molly's adres in Meanwood door te geven.'
'Dank je, India. Maak je maar geen zorgen, dit probleem lossen we gauw genoeg op.'

Niet veel later belde India Standish Jack Figg weer om hem de informatie te geven die hij nog nodig had. Ze vertelde hem ook dat Dusty al met een dokter Jeffers van de ontwenningskliniek had gepraat, die hem had verteld dat hij Melinda niet ontslagen had. Hij wilde dat ze zo gauw mogelijk terug zou komen om de behandeling af te maken.

Jack bedankte haar en belde vervolgens twee van zijn detectives in Yorkshire, en daarna een paar vrienden bij de politie in Leeds. Toen hij met iedereen had gesproken en zeker wist dat hij het probleem met Melinda Caldwell aan bekwame mensen kon overlaten, dronk hij ontspannen een kop thee. Eén gevaarlijk sujet in de buurt was al meer dan genoeg, vond hij.

Net voordat India hem voor de eerste keer belde, was hij het Grand Hotel in Scarborough binnengelopen om in de lounge thee te drinken. Hij had een hele pot besteld en een plak cake, en nu keek hij om zich heen en dacht aan de keren dat hij hier vroeger met Emma thee had gedronken. In die dagen hadden ze zich ook te goed gedaan aan kleine sandwiches, scones met aardbeienjam en dikke room en heerlijke taartjes, terwijl hij zich daar nu niet meer aan waagde omdat hij dan veel te dik zou worden.

Na een drukke dag was het goed om even bij te komen. Hij dacht aan India's opmerking over Heron's Nest en verweet zich dat hij kortzichtig was geweest door alleen aan de jongere generatie van de familie te denken en niet aan de mensen van zijn eigen leeftijd. Natuurlijk zou geen van de kinderen, zoals hij hen in gedachten nog steeds noemde, op het idee komen om naar Heron's Nest te gaan, en al helemaal niet midden in de winter. Het huis had voor hen geen speciale betekenis, maar dat had het wel voor Emma's kleinkinderen, die er in hun jeugd heel wat zomers hadden doorgebracht. Het sprak vanzelf dat zij nog erg op dat mooie oude huis aan zee waren gesteld.

Dat waren hun zorgeloze jaren, dacht hij. Allemaal denken we nostalgisch terug aan onze jeugd. De mooiste tijd van ons leven, omdat we toen nog dachten dat het altijd zo zou blijven en dat we onsterfelijk waren.

Hij zocht in zijn zakken naar het notitieboekje waarin hij dingen opschreef die hij wilde onthouden en haalde zijn pen uit de binnenzak van zijn jasje. Vervolgens schreef hij onder elkaar de namen op van de kleinkinderen van Emma die vroeger altijd op Heron's Nest logeerden, met eronder de namen van Shane O'Neill en Michael Kallinski omdat zij daar ook vaak op bezoek waren geweest.

Daarna bestudeerde hij het lijstje, borg het boekje weer weg en dronk zijn thee op.
Hij betaalde contant, knikte tegen de serveerster en liep naar buiten, waar zijn auto stond. Even later was hij op weg naar Harrogate, via de weg over de hei. Hij was India dankbaar dat ze hem een aanwijzing had gegeven. Daardoor was hem het een en ander duidelijk geworden en wist hij waarschijnlijk wie deze winter de indringer in het afgelegen Heron's Nest was geweest.

'Wat zit er in het koffertje dat mevrouw Caldwell voor jou had bestemd?' vroeg India vanuit de deuropening van de bibliotheek op Willows Hall.
Dusty zat aan zijn bureau de documenten te sorteren en toen hij India's stem hoorde, keek hij op en glimlachte haar toe. 'Haar testament en nog een aantal andere papieren,' antwoordde hij. 'Wat zie je er mooi uit!' vervolgde hij vol bewondering. 'Blijf daar niet staan, liefste. Kom binnen.'
India glimlachte terug en liep met haar sierlijke gang naar het bureau. Ze droeg een lange paarse kasjmieren kaftan, die langs de hals en middenvoor was afgezet met een band van gevlochten gouddraad. Haar lichtblonde haar zat in een paardenstaart, en de enige sieraden die ze droeg waren grote gouden oorringen, een horloge en haar verlovingsring met saffieren.
Dusty sprong op en omhelsde haar innig. Met zijn gezicht in haar haren zei hij: 'Ik vind het afschuwelijk wat je vandaag is overkomen, India. Dat heb je niet verdiend. Melinda Caldwell is mijn probleem, niet het jouwe.'
'Doe niet zo mal,' zei India – een uitdrukking die haar grootmoeder ook graag gebruikte. 'Haar gedrag is niet jouw schuld en misschien niet eens haar eigen schuld, het arme kind. Het zou best kunnen dat ze intussen alweer aan de drugs is, denk je niet?'
Dusty keek haar onderzoekend aan. 'Had je vanmiddag dan de indruk dat ze stoned was?'
'Nee, eerlijk gezegd niet. Ze was kwaad, dat heb ik ook tegen Jack gezegd. Woedend.'
Hij zuchtte diep. 'Volgens mij is Melinda niet meer te redden. Ze is een hopeloos geval. Ik hoop dat Jacks detectives haar kunnen vinden, maar ik zou niet weten waar ze haar moesten zoeken.'
'Hij heeft ook de politie ingeschakeld. Blijkbaar kent hij een paar mensen van de afdeling criminaliteit en hij zei dat die ook weer allerlei contacten hebben.'

Dusty knikte. 'Ja, dat zijn prima kerels, ik ken er ook een paar. Zij weten precies waar de drugshandelaars zitten.' Hij staarde even voor zich uit. 'Ik hoop maar dat Melinda deze keer van de drugs afblijft.' Maar zijn ogen stonden somber, want hij wist dat het vergeefse hoop was.
Hij zette zijn pessimistische gedachten van zich af en vervolgde: 'Molly is een fantastische vrouw. Ze had me een heel lieve brief geschreven en het geboortebewijs van Atlanta en de sleutel van het koffertje erbij ingesloten.' Hij wees naar zijn grote Georgian bureau, waarop hij alles had uitgespreid. 'In het koffertje zaten haar testament en een brief voor de notaris. En een envelop met duizend pond in contanten, een zakje met haar juwelen – best mooie dingen trouwens – en de koopakte van haar huis. Ze heeft het helemaal afbetaald. O ja, en dan zijn er ook nog twee mapjes met afschriften van haar spaarrekeningen bij. Ze laat alles na aan Atlanta, dat spreekt vanzelf.'
'Dat begrijp ik. Ik neem aan dat ze wil dat jij die dingen voor haar bewaart zolang ze in het ziekenhuis ligt,' zei India.
'Daar ga ik van uit.' Dusty beet op zijn lip en keek India vragend aan. 'Denk je dat Molly bang was dat Melinda uit die kliniek zou ontsnappen en voorzag dat ze dan bij haar langs zou komen?'
'Dat zou best kunnen. In elk geval is het koffertje bij jou in veilige handen.'
Paddy klopte aan en kwam binnen. 'Neem me niet kwalijk dat ik u stoor, meneer Rhodes, maar ik wil even zeggen dat meneer Figg er is.'
'Dank je, Paddy. Breng hem maar naar ons toe, dan drinken we hier een borrel, dat is wel zo gezellig.'
'Goed, meneer. Meneer Figg is zich even aan het opfrissen. Zal ik alvast een fles witte wijn openen?'
'Doe dat maar.' Dusty keek naar India, die voor het hoog opvlammende haardvuur stond. 'Of drink je liever iets anders?' vroeg hij.
'Nee, dank je, graag witte wijn.'
Paddy knikte en ging weg.
Dusty liep naar de haard, legde een arm om India's schouders en koesterde zich net als zij in de warmte van het vuur. 'Heb je Jack gevraagd hier te blijven slapen?' vroeg hij.
India schudde haar hoofd. 'Nee, daar heb ik niet aan gedacht. Maar nu je het zegt, vind ik het een goed idee. Anders moet hij straks dat hele eind terugrijden naar Robin Hood's Bay.'

'Ik weet dat hij soms in Harrogate in een hotel overnacht, maar ik zal hem vragen of hij hier wil blijven, dat is veel comfortabeler.' Dusty boog voorover en gaf haar een kus op haar hoofd. 'Ik heb een verrassing voor je.'
'O ja? Wat dan?' Ze keek hem vragend aan.
'Je portret is bijna klaar. Eindelijk. Ik wil het je zaterdag laten zien.'
'O Dusty, wat leuk!'
'Ik hoop dat je het mooi zult vinden,' zei hij zacht.
'Natuurlijk vind ik het mooi! Je bent de beste schilder die we hebben!'
'Ah, maar mijn aanstaande bruid is erg bevooroordeeld,' zei hij lachend. Zijn blauwe ogen twinkelden.
Op dat moment kwam Jack binnen, met een brede glimlach. Hij werd gevolgd door Paddy met een dienblad met glazen en een fles witte wijn in een zilveren ijsemmertje.
'Welkom, Jack!' Dusty liep naar Jack toe, gaf hem een hand en nam hem mee naar de haard.
'Bedankt voor je uitnodiging, Dusty,' zei Jack, en hij begroette India met een omhelzing. 'Fijn dat ik je weer zie, India.'
'Hallo Jack. Ik hoop dat de rit over de hei niet al te vermoeiend was.'
Jack grinnikte. 'Een beetje wel, 's winters is die weg soms vrij gevaarlijk. Maar ik heb het weer overleefd.'
'En we willen dat je het vannacht ook overleeft, daarom staan we erop dat je hier blijft slapen,' zei Dusty. 'We vinden het geen goed idee dat je straks nog helemaal naar Robin Hood's Bay rijdt.'
'Maar ik kan toch naar een hotel gaan?' wierp Jack tegen.
Voordat hij nog meer kon zeggen, riep Dusty uit: 'Geen sprake van! Je bent van harte welkom, man, en het is hier een stuk prettiger dan in welk hotel ook.'
'Vooruit dan maar, dank je wel,' zei Jack, oprecht blij met de uitnodiging.
'Kom gezellig naast me zitten, Jack.' India ging op de bank zitten en gaf een paar klapjes op het kussen naast zich. 'Het is lekker warm bij de haard.'
'Wat wil je drinken, Jack?' vroeg Dusty.
'Eh, geef mij ook maar een glas witte wijn.'
'Paddy, drie glazen witte wijn alsjeblieft.' Dusty keek het hoofd van zijn huishouding aan en voegde eraan toe: 'Kunnen we over ongeveer drie kwartier aan tafel?'

'Dat is goed, meneer.' Paddy kwam met drie glazen witte wijn op een blaadje naar het zitje bij de haard. Ze namen ieder een glas en bedankten hem, waarna hij glimlachend verdween.
Na een toost ging Dusty weer met zijn rug naar het vuur staan. Hij dacht even na en begon: 'Ik weet dat het nog te vroeg is om te vragen of je al nieuws hebt, maar ik wil iets zeggen. Ik ben je erg dankbaar voor je hulp en ik zal alles doen wat je van me vraagt. Zeg maar hoe ik je kan helpen.'
'Dat weet ik eigenlijk niet, tenzij je me kunt vertellen waar Melinda in Leeds meestal rondhangt. Of wie haar vrienden zijn.'
'Nee, dat kan ik niet.' Dusty keek Jack met gefronste wenkbrauwen aan. 'Ze woont al jaren niet meer in Leeds, Jack. Ze is naar Londen verhuisd en kwam alleen af en toe terug om Atlanta te zien. Molly zorgt al voor Atlanta sinds ze een baby was.'
'O.' Jack blies gefrustreerd een zuchtje lucht uit en staarde even voor zich uit. Toen vroeg hij: 'India zei dat je de ontwenningskliniek had gebeld. Hebben ze je verteld hoe Melinda eraan toe is?'
'Ja. Ze zijn erg openhartig, ze houden geen informatie achter. Hoewel haar behandeling nog niet afgelopen is, hebben ze me uitgelegd dat ze op dit moment wel van de drugs af is. Melinda noemde hun therapie altijd een hersenspoeling, maar volgens mij doen ze goed werk.'
'Ik laat Molly's huis door een van mijn mannen in de gaten houden, want misschien probeert ze daar nog een keer binnen te komen. Hij let meteen op het huis van Gladys Roebotham, voor het geval dat Melinda zich daar ook weer laat zien. Ik hoop dat we haar in Meanwood zullen vinden en niet...'
'... in het lijkenhuis,' vulde Dusty met opgetrokken wenkbrauwen aan.
Jack schudde zijn hoofd. 'Nee, dat wilde ik niet zeggen, maar dat hoop ik natuurlijk ook. Ik wilde zeggen: niet bij een drugshandelaar of een groepje verslaafden, want dat zou betekenen dat ze niet lang van de heroïne is afgebleven. Ze gebruikte toch heroïne?'
'Ja. En wat ze nog meer te pakken kon krijgen. Melinda kan niet buiten haar verslaving. Het is een soort ziekte, om eerlijk te zijn.'
'Dat weet ik. Nou ja, ze zullen me bellen zodra ze iets weten.' Jack klopte op zijn tweed jasje. 'Mijn mobieltje staat altijd aan. Hoe gaat het nu met mevrouw Caldwell?'
'Hetzelfde,' antwoordde Dusty zacht.

'Tenzij jullie nog iets te zeggen hebben over Melinda,' kwam India tussenbeide, 'wil ik het nu graag over iets anders hebben, als jullie dat niet erg vinden.'
'Ga je gang, liefste,' zei Dusty, en hij deed zijn best om weer wat opgewekter te kijken. 'Het is inderdaad deprimerend het steeds over een drugsverslaafde te hebben, vooral nu we er persoonlijk bij betrokken zijn.'
Jack knikte instemmend. 'Ik wil alleen nog zeggen dat we bij onze speurtocht naar Melinda Caldwell in het nadeel zijn, Dusty.'
'O, dat weet ik maar al te goed.'
'Mogen we het nu even over Heron's Nest hebben, Jack?' India draaide zich iets naar opzij om Jack te kunnen aankijken. 'Ik wil graag weten waarom mevrouw Hodges denkt dat er onlangs iemand in dat huis is geweest.'
'Stof,' antwoordde hij laconiek, en hij begon te lachen toen hij de verbijsterde uitdrukking op India's gezicht zag.
'Stof? Hoezo?'
'De stoflaag is verstoord. Ze zegt dat het er, omdat het zo'n oud huis is, binnen heel gauw erg stoffig wordt, en de afgelopen weken heeft ze een paar keer sporen in het stof gezien.'
'Wat bizar!' riep Dusty uit, en hij keek Jack verbaasd aan. 'Stof!' Hij begon te lachen.
'Ik zal het uitleggen,' zei Jack. 'Iemand die over een stoffige vloer loopt, laat niet altijd duidelijke voetsporen na, maar het stof is wel verstoord. Dat bedoelt ze, denk ik. Bovendien heeft iemand volgens haar boven de badkamer gebruikt. Daar zit een kraan die lekt als hij niet heel stevig dicht wordt gedraaid, en onlangs lekte die kraan. En op een kussen in een van de slaapkamers heeft ze zwarte haren gevonden. Dat soort dingen is haar opgevallen. En een van de buren heeft haar verteld dat er onlangs licht heeft gebrand. Om precies te zijn, dat er een deinend licht door het huis is gegaan. Dat moet iemand met een zaklantaarn zijn geweest.'
'Zo te horen doet mevrouw Hodges niet voor een echte detective onder, Jack,' zei India. 'Straks komt ze ook nog met een DNA-monster aan.'
'Ja, ze lijkt Miss Marple wel,' beaamde Jack lachend. 'En dat DNA-monster heeft ze me al gegeven, in de vorm van die zwarte haren. Ik heb ze in een cellofaan envelop gestopt, al weet ik niet met wiens haar ik ze zou moeten vergelijken. Bovendien is er geen misdaad gepleegd.'

'Voor zover we weten,' verbeterde India hem.
'Onze Miss Marple zei dat er niets uit het huis is gestolen,' zei Jack.
'En er is ook geen moord gepleegd.'
'Waar hebben jullie het in vredesnaam over?' Dusty keek vragend van de een naar de ander.
Jack legde uit wat er met Heron's Nest aan de hand was en vroeg met een blik op India: 'Dus je hebt Dusty nog nooit meegenomen naar Scarborough om hem Emma's mooie oude huis aan zee te laten zien?'
'Nog niet,' gaf India toe. Met een schaapachtig lachje vroeg ze Dusty: 'Weet je nog dat ik vorig jaar na die steekpartij heb gezegd dat ik je graag wilde meenemen naar Emma's vakantiehuis om een paar dagen uit te rusten en bij te komen?'
'O ja, dat is waar ook. En toen ik zei dat ik graag mee wilde, bleek je om de een of andere reden van gedachten veranderd te zijn.'
'Ja, omdat Linnet het had afgeraden. Ze zei dat het huis de hele winter leeg had gestaan en dat mevrouw Hodges er alleen af en toe ging afstoffen.'
Dusty dronk de laatste slok wijn uit zijn glas, liep naar het tafeltje waar de fles stond aan de andere kant van de bibliotheek en schonk zichzelf nog eens in. 'Zal ik jouw glas ook bijvullen?' vroeg hij Jack.
Jack stond op en liep met zijn glas naar hem toe. 'Graag. Ik hoef vanavond niet meer te rijden, dus mag ik ervan genieten. Dank je, Dusty.'
Vanaf de bank zei India: 'Ik weet zeker dat het niet mijn moeder of vader is die in het geheim een verhouding heeft en Heron's Nest als liefdesnestje gebruikt.' Ze lachte.
Jack liep terug naar de haard en ging weer naast haar zitten. 'Paula of Shane is het ook niet, net zomin als Emily of Winston. Wie dan wel?'
'Niet Sarah Pascal, want zij woont in Parijs en komt zelden in Yorkshire. En beslist niet Amanda, die altijd op reis is, of haar tweelingzus Francesca, die een man en een groot gezin heeft.'
'En Alexander is dood,' zei Jack. 'Ik weet dat Michael Kallinski ook bij het groepje van Emma's opleidingskamp hoorde, maar hij is gescheiden en hoeft niets stiekem te doen.' Jack haalde zijn notitieboekje uit zijn zak en liet zijn blik over de rij namen van Emma's kleinkinderen glijden. Toen keek hij India weer aan en

zei: 'Dan blijft er maar één persoon over: Jonathan Ainsley.'
'Dat weet ik, daar dacht ik net ook aan. Maar Jonathan is vrijgezel, Jack. Hij kan doen en laten wat hij wil. Bovendien heeft hij een huis in Thirsk, een flat op Grosvenor Square, een boerderij in de Provence en een kast van een huis op de Peak in Hongkong. Waarom zou hij Heron's Nest dan als geheime ontmoetingsplaats willen gebruiken?'
Jack schudde vertwijfeld zijn hoofd.
'Misschien omdat de vrouw in Yorkshire woont en om de een of andere reden niet ver van huis kan gaan. Vanwege een man, kinderen of haar werk.'
'Dat zou best kunnen,' gaf India toe.
'Jonathan is een man van de wereld, dus voor wie zou hij hier in Yorkshire belangstelling kunnen hebben?' vroeg Jack zich hardop af.
'Iemand die we niet kennen, dat moet haast wel,' opperdc India.
'Maar inmiddels heeft hij een verhouding met Angharad Hughes...' bracht Jack aarzelend in het midden.
Opeens kreeg Dusty een idee en hij riep uit: 'Hé, er komt iets bij me op! Als iemand teruggaat naar een plek uit zijn jeugd, is dat omdat hij daar fijne herinneringen aan heeft, omdat die plek iets voor hem betekent. Hij heeft er een emotionele reden voor. Misschien is Jonathan teruggegaan naar Heron's Nest om er iemand uit het verleden te ontmoeten, iemand die er dezelfde herinneringen aan heeft als hij.'
'Briljant!' riep India uit.
'Ja, dat is een heel knappe redenering, Dusty,' stemde Jack in. 'Nu moet ik in het verleden duiken, terug naar de tijd dat ik Emma in dat huis vaak opzocht, en proberen te bedenken wie die persoon kan zijn.'
'Denk aan de dingen die iedereen daar deed, Jack. Dan komt je misschien een gezicht voor de geest van iemand die daar ook wel eens heeft gelogeerd, of die wel eens een dag langskwam.'
'Goed idee. Eh, ze tennisten, zwommen, deden al die dingen waar jonge mensen zich mee bezighouden. Emma nodigde mij regelmatig uit om te gaan theedrinken in het Grand Hotel in Scarborough. Daar nam ze de kinderen ook vaak mee naartoe, om thee te drinken of te eten.'
'Hé, nu schiet mij ook iets te binnen!' riep India, en ze ging rechtop zitten. 'Mama heeft me een keer verteld dat zij, haar broer Winston en Emily wel eens stiekem 's avonds naar het Grand Ho-

tel gingen om daar iets te drinken. In de Cocktail Lounge. Dan voelden ze zich erg volwassen. Maar ze werden betrapt. De secretaresse die Emma 's zomers in dienst had, zag hen daar een keer zitten en dreigde dat ze het tegen Emma zou zeggen, tenzij ze beloofden het nooit meer te doen. En die secretaresse...'
'Priscilla Marney,' onderbrak Jack haar plotseling. 'Natuurlijk. Priscilla's moeder was elke zomer Emma's secretaresse. Ze woonden in Scarborough.'
India staarde hem met grote ogen aan. Ze was bleek geworden. 'Priscilla werkt voor Paula, Jack. Ze heeft een cateringbedrijf. Ze heeft onlangs nog gecaterd voor het huwelijk van Evan en Gid. Ze kent ons allemaal.'
'Dat weet ik,' zei Jack somber. 'Ik zag haar aan het werk tijdens de receptie. Ze is er altijd als er iets wordt gevierd en ik heb totaal geen aandacht aan haar besteed.'
'Misschien was dat ook niet nodig,' zei India hoopvol.
'Dat kan. Dat ze Jonathan jaren geleden goed kende, wil niet zeggen dat ze nu nog met hem omgaat.' Jack leunde tegen de fluwelen kussens terwijl beelden uit het verleden door zijn hoofd tolden. 'Ik was destijds niet veel ouder dan de kleinkinderen, pas achttien. Ik was het vak aan het leren,' vervolgde hij. 'Mijn oom werkte al jaren voor Emma; ik was zijn protegé en toen werd ik ook haar protegé. Ze nam me onder haar hoede en behandelde me als een lid van het gezin, net als mijn oom.'
'Als Priscilla Marney nog steeds contact heeft met Jonathan Ainsley, is zij de spion waarover Linnet het altijd heeft,' zei India op bezorgde toon. 'Linnet beweert al heel lang dat er iemand in ons midden is die Jonathan goed kent en hem allerlei dingen over ons vertelt.'
'Misschien is ze het niet,' zei Jack, 'maar ik zal het meteen onderzoeken.'
'Al ziet het ernaar uit dat hij haar inmiddels vergeten is,' zei Dusty. 'Angharad Hughes heeft hem in haar net gevangen en nu zet hij met haar de bloemetjes buiten in Parijs. Zo is het toch?'
'Zo is het,' beaamde India.

26

India zag zijn omtrekken in het maanlicht. Dusty stond voor het raam en keek omlaag naar de tuin. Hij stond doodstil, als een standbeeld.

Nadat ze vanuit het bed een poosje naar hem gekeken had, zwaaide ze haar benen over de rand en liep vlug naar hem toe. Voorzichtig legde ze een hand op zijn schouder.

Meteen draaide hij zich naar haar om en in het licht van de winterse volle maan zag ze sporen van tranen op zijn wangen.

Ze ging voor hem staan en veegde ze met haar vingertoppen teder weg. Hij sloeg een arm om haar heen en trok haar dicht tegen zich aan, zonder een woord te zeggen.

Het was zo stil in de kamer dat ze zijn hart bijna kon horen kloppen, in de maat met het hare. Ik hou zo verschrikkelijk veel van hem, dacht ze, dat ik het niet kan verdragen als hij verdriet heeft.

Alsof hij haar gedachten kon lezen, zei hij zacht: 'Ik heb dit ontzettend stom aangepakt; ik had de kwestie met Melinda heel anders moeten regelen. Nu heb jij er ook onder te lijden.'

'Dat valt best mee. Geef jezelf alsjeblieft niet de schuld,' antwoordde ze zacht. 'Je hebt gedaan wat je onder de omstandigheden het beste leek. Je hebt je best gedaan. Meer kan niemand van je verwachten.'

'Ik heb wel mijn best gedaan voor Melinda,' zei hij met een zucht, 'maar ik wou dat ik beter voor Molly had gezorgd. Ik had een huisje voor haar op mijn eigen terrein moeten laten bouwen, dan had ik haar en Atlanta beter kunnen beschermen. En dan was ik in de buurt geweest om Atlanta wat vaker te kunnen zien.'

'Maar daar is het toch nog niet te laat voor?' India hief haar hoofd op van zijn borst en keek hem aan. In het schemerige licht hadden zijn ogen de donkerblauwe kleur van lapis lazuli. 'Ik vind het een fantastisch idee! Laten we dat doen, hier een huis bouwen voor Molly en Atlanta.'

Hij gaf niet meteen antwoord. Toen zei hij verdrietig: 'Nu is het te laat. Ik heb er te lang mee gewacht.'

'Waarom is het te laat?' vroeg ze, verbaasd over de droevige klank van zijn stem.

'Omdat ik denk dat Molly de hartaanval van vandaag niet zal overleven. Het was een heel zware, dat had ik je nog niet verteld.'

'Ach, nee toch... Terwijl ze al aardig aan het opknappen was. Maar ze lijkt me een sterke vrouw. Misschien mogen we morgen bij haar op bezoek, dat moeten we in elk geval proberen. Dan praten we met haar artsen. Ik ga met je mee, als je dat tenminste prettig vindt.'
Hij knikte. 'Ja, laten we dat doen. Dan kunnen we haar een beetje opvrolijken.' Hij klonk weer wat opgewekter.
'Dan vertellen we haar dat we een huis voor haar zullen laten bouwen, dan heeft ze iets om naar uit te kijken. Dat zal ook helpen, Dusty.'
'Goed, dat zal ze fijn vinden. Als we haar tenminste mogen zien.'
'Vast wel, schat. Kom nu maar weer mee naar bed, het is midden in de nacht.'
'Het spijt me, ik kon niet slapen. Heb ik je wakker gemaakt?'
'Nee hoor. Ik weet gewoon of je naast me ligt of niet, ook als ik slaap.'
Toen ze weer in bed lagen, trok hij haar naar zich toe en fluisterde: 'Wat zou ik zonder jou moeten beginnen? Je staat altijd achter me, wat er ook is. Ik hou van je.' Hij zweeg even en voegde eraan toe: 'Dat kan ik nu zeggen, hoor je wel?'
'Ik hou ook van jou,' fluisterde ze tegen zijn naakte borst. Ze vlijde zich dichter tegen hem aan. 'En je hoeft het nooit zonder me te doen, ik blijf de rest van mijn leven bij je.'
'O god, dat hoop ik wel!' Hij drukte zich op een elleboog omhoog en keek haar met een glimlachje aan. Vervolgens bracht hij zijn gezicht naar het hare en begon haar innig te kussen. Bijna meteen laaide zijn hartstocht op, en ook de hare.
'O mijn liefste, liefste India...' Zijn mond ging naar haar borsten, zijn handen gleden brandend van verlangen over haar lichaam. India reageerde met evenveel passie. Ze streelde zijn buik en zijn dijen, en toen hij een zucht van verrukking slaakte, werd haar streling intiemer. Even later hing hij over haar heen en keek diep in haar ogen. Hij wilde zich zo graag met haar verenigen dat hij haar bijna ruw tegen zich aan trok. Ze slaakte een kreet toen hij bij haar naar binnen gleed en klemde haar armen om hem heen. Hun bewegingen volgden hetzelfde ritme en voortgestuwd door hun intense opwinding raakten ze buiten zichzelf van extase. Plotseling voelde Dusty al zijn zorgen en verdriet van zich afglijden en zich lichter worden. Wat een heerlijke opluchting, en dat kwam door haar. Zijn geliefde, zijn leven...

Jack Figg keek ademloos van bewondering naar het mooiste vrouwenportret dat hij ooit had gezien. Maar het woord 'mooi' was lang niet toereikend, dacht hij. Daarmee deed hij het tekort.
Hij raakte zo in de ban van het schilderij dat hij zijn blik niet kon afwenden. Het beeldschone gezicht en de schitterende achtergrond overweldigden hem.
Als achtergrond had Dusty een prachtig, typisch Engels landschap geschilderd: donkergroene bomen tegen een lichtblauwe lucht met zachtgouden wolkjes, alsof ze waren gevuld met zonlicht. Het gras onder de zomerlucht was lichter groen en maakte op de voorgrond plaats voor de donkere aarde van een tuin. Het geheel leek een soort bank, waarop een vrouw zat.
Ze had een bleek, hartvorming gezicht met een smalle neus, hoge jukbeenderen en elegant gebogen wenkbrauwen boven grote, zilvergrijze ogen. Haar gezicht werd omlijst door lang, glanzend zilverblond haar. Haar hoofd was zo realistisch geschilderd dat Jack aandrang voelde om het aan te raken en te voelen of het echt was of niet.
Het was India natuurlijk, maar een India die hij niet kende, die hij nooit had gezien. Deze vrouw had een sensuele uitstraling; in haar glanzende ogen lag een dromerige, maar tegelijk veelbetekenende blik en haar halfopen mond met volle, rode lippen was onverbloemd voluptueus.
India was afgebeeld als een verliefde vrouw die onlangs innig was bemind, dus sprak het vanzelf dat hij haar zo niet kende. Deze India kende alleen haar minnaar, Russell Rhodes, die dit portret met hart en ziel had geschilderd. Het was een ode aan zijn minnares, een getuigenis van zijn liefde.
Haar lichaam lag uitgestrekt op de bank die tuin was en waar een donkerrood fluwelen kleed overheen was gespreid. Ze droeg een wijde broek van dunne zwarte chiffon met een gedrapeerde, bijpassende blouse, die haar mooie, marmer-blanke armen bloot liet. Haar lange voeten waren ook bloot, met de nagels gelakt in dezelfde kleur als het fluwelen kleed.
Jack wist dat het portret een sensatie zou worden als het ooit zou worden tentoongesteld. Waarschijnlijk zou dat wel gebeuren, omdat Dusty het aan de wereld zou willen laten zien. Jack vond het een van zijn beste schilderijen.
'Vooruit, man, zeg eens wat je ervan vindt!' Dusty kwam naar Jack toe en ging naast hem voor de ezel staan. 'Je mag het rustig zeggen als het je niet aanspreekt, Jack.'

'Eerlijk gezegd ben ik sprakeloos van bewondering,' zei Jack ten slotte, en hij keerde zich af van het schilderij om Dusty aan te kijken. 'Ik vind het zo fascinerend en zo adembenemend mooi dat ik er geen woorden voor heb.' Jack schudde zijn hoofd. 'Ik vind het sensationeel, overweldigend en onuitsprekelijk ontroerend. Je bent een wonderbaarlijk groot kunstenaar, Dusty. Een genie. Het is een perfect voorbeeld van klassiek realisme. Het verbaast me niets dat ze je vaak de nieuwe Pietro Annigoni noemen.'
Hoewel Dusty zich vereerd voelde door Jacks commentaar, kon hij het niet laten hem te plagen. Hij keek hem indringend aan en zei: 'Is dat alles, Jack? Wat een lauwe reactie nadat ik er verdomme bijna een jaar aan heb gewerkt.'
Even wist Jack niet hoe hij het had. Hij knipperde met zijn ogen, maar toen drong het tot hem door dat Dusty hem voor de gek hield. Hij grinnikte en zei: 'Het is mijn oprechte mening, grapjas. Het zal heel wat stof doen opwaaien.'
'Dat denk ik ook.' Dusty ging een paar stappen achteruit en bekeek het schilderij nog eens goed. Met een blik op Jack voegde hij eraan toe: 'Het zal beter uitkomen als er een lijst omheen zit. En India is degene die wonderbaarlijk is.'
'Bedankt dat je het me hebt laten zien,' zei Jack. Hij keek toe hoe Dusty het laken weer over het doek trok. 'Wanneer mag India het bekijken?'
'Zaterdag, heb ik tegen haar gezegd. Morgen dus. Ik hoop dat zij het ook mooi vindt.'
'Ik geloof niet dat je je daar zorgen om hoeft te maken.'
'Mensen zien zichzelf meestal heel anders dan dat anderen hen zien. Ze kijken naar zichzelf alsof ze maar één oog gebruiken, ze zien maar de helft.' Dusty lachte.
'Je legt het goed uit en je zou wel eens gelijk kunnen hebben.'
'Laten we nog een kop koffie drinken voordat je weggaat,' stelde Dusty voor, en hij nam Jack bij de arm mee naar de deur. Toen hij die achter zich dicht had gedaan en de sleutel in zijn zak had gestoken, liepen de mannen naast elkaar terug naar het grote landhuis op de heuvel. Ze zwegen allebei, in gedachten verzonken.

Nadat Jack afscheid had genomen van Dusty verliet hij Willows Hall en nam via Harrogate de weg naar Ripon, in de richting van Pennistone Royal. Het was een prachtige dag, helder en koud. De zon scheen en de lucht was zachtblauw.

Voordat hij die ochtend naar beneden was gegaan om te ontbijten, had hij de twee detectives gebeld die Melinda Caldwell moesten opsporen, en ook zijn vrienden bij de criminele dienst. Maar geen van hen had iets te melden, niemand had haar gevonden.
Dusty had geen telefoontje uit het ziekenhuis gekregen, dus had hij zelf de intensive care gebeld en te horen gekregen dat Molly's toestand hetzelfde was gebleven. De verpleegkundige die hij had gesproken, had beloofd te zullen bellen als er iets veranderde.
Onderweg dacht Jack aan Jonathan Ainsley en Priscilla Marney. Waren die twee vroeger verliefd op elkaar geweest? Hadden ze elkaar onlangs op Heron's Nest in het geheim ontmoet? Jack overwoog de mogelijkheden en opeens kwam het bij hem op dat Priscilla toen hij haar vroeger op Heron's Nest had gezien nog erg jong moest zijn geweest. Dertien? Veertien? Zou ze toen al met Jonathan naar bed zijn geweest? Nee, dat kon niet, besloot hij. Hoewel... Tegenwoordig hadden kinderen van die leeftijd ook seksuele contacten. Maar veertig jaar geleden?
Jack slaakte een zucht en vroeg zich af of hij op het verkeerde spoor zat. Hij was op weg naar Pennistone Royal om met Margaret te praten. Het was India's idee. Voordat ze vanmorgen vroeg naar het warenhuis in Leeds was gegaan, had ze hem voorgesteld Paula's huishoudster een paar vragen te stellen. 'Margaret weet bijna alles van onze familie,' had India gezegd. 'Vergeet niet dat haar ouders vroeger ook al voor Emma op Pennistone Royal werkten. Margaret is daar opgegroeid, samen met Paula en alle neefjes en nichtjes. Daarom doet ze soms zo familiair. Misschien weet zij of Jonathan en Priscilla vroeger een stel waren.' Lachend had ze eraan toegevoegd: 'Margaret kan soms lekker roddelen, hoor. Maar het kan natuurlijk zijn dat die twee vroeger ook al heel geheimzinnig deden, als ze toen inderdaad een verhouding hadden.'
Jack had meteen ingezien dat het een goed idee was met Margaret te gaan praten. Voordat hij wegreed, had hij Paula gebeld op haar kantoor in Londen. Hij had haar één vraag gesteld: welke slaapkamer op Heron's Nest was vroeger van Jonathan? Toen ze het uitlegde, wist hij meteen dat dit de kamer was waar volgens mevrouw Hodges iemand was geweest en waar zwarte haren op de roze kussens hadden gelegen. 'En het zijn nieuwe kussens,' had mevrouw Hodges erbij gezegd. 'Mevrouw O'Neill heeft ze vorige zomer toen ze het huis opknapte, gekocht.'
Dus nu was hij op weg naar Pennistone Royal, met het excuus

dat hij het alarmsysteem wilde controleren. Dat had hij tegen Margaret gezegd, omdat hij nog niet zeker wist of hij met haar over Jonathan en Priscilla wilde praten. Hij wilde een slag om de arm houden.
Het duurde niet lang meer voordat hij voor de achteringang van het grote landgoed stond. Hij toetste de code van het alarmsysteem in en reed over de oprijlaan naar het huis, in een langzaam tempo, om de paarden die vaak los rondliepen op het terrein niet aan het schrikken te maken. Er was niemand te zien. Zelfs Wiggs, de hoofdtuinman, was nergens te bekennen. Maar na de bocht, vlak voor het met keien bestrate erf, zag hij Wiggs op een kaal stuk grond een groot vuur stoken.
Jack verminderde nog meer vaart, draaide het raampje omlaag en riep: 'Goeiemorgen, Wiggs!'
'Morgen, meneer Jack! Mooie dag vandaag, nietwaar?'
'Inderdaad.' Jack reed het erf op, zette de auto stil en stapte uit. Toen hij het vuur rook, moest hij opeens weemoedig aan vroeger denken. Zijn vader had graag in de tuin gewerkt en had ook altijd takken en bladeren verbrand. Het was een bekende lucht; bij de herinnering aan zijn jeugd kreeg hij bijna een brok in zijn keel.
Hij schudde het verleden van zich af, liep met ferme passen naar de keukendeur en klopte aan voordat hij naar binnen liep. 'Goeiemorgen, Margaret!' begon hij, en toen zag hij tot zijn verrassing dat Priscilla Marney bij de huishoudster aan de keukentafel zat. Hij deed zijn best om zijn gezicht in de plooi te houden en voegde er op neutrale toon aan toe: 'Hallo Priscilla.'
'Goedemorgen Jack,' antwoordde Priscilla met een glimlachje.
Margaret sprong meteen op, kwam met een blijde lach op haar moederlijke gezicht naar hem toe en zei hartelijk: 'Je komt als geroepen, Jack.' Ze pakte hem bij de arm en trok hem mee naar de grote grenen tafel midden in de ruime keuken. 'Toen ik twintig minuten geleden op de knop drukte om Prissy binnen te laten, ging het hek niet open. Ik denk dat de verbinding kapot is of zo. Ik moest naar buiten gaan om Wiggs te vragen het hek open te doen. Denk je dat er ergens kortsluiting is?'
'Dat zou best kunnen, Margaret. Blijkbaar komt het goed uit dat ik had besloten het systeem vandaag te controleren omdat ik toch in de buurt was.'
'Dat komt zeker goed uit, Jack. Maar ga eerst even zitten, jongen. Wil je een kopje thee?'

'Dat zal ik niet afslaan.' Jack nam de stoel tegenover Priscilla en bedacht dat het ook goed uitkwam dat zij er was, waarschijnlijk om de catering voor de een of andere feestelijke gelegenheid te bespreken. Wanneer dit soort dingen gebeurde, hield hij zich voor dat het zo moest zijn. Alsof een onzichtbare, almachtige hand de situatie voor hem had geregeld, precies zoals hij het wilde. Dat dacht hij nu weer. Want hier zat Priscilla, en hij hoefde alleen nog maar een manier te bedenken om het gesprek zo achteloos mogelijk op Jonathan Ainsley te brengen.
Hij glimlachte vriendelijk en vroeg belangstellend: 'Hoe gaat het met je cateringbedrijf, Prissy?'
'Heel goed, dank je, Jack. We zijn de laatste tijd erg druk; ik mag beslist niet klagen.'
'Daar ben ik blij om. Ik moet zeggen dat je Evans huwelijks prima hebt verzorgd.' Hij knikte. 'Je bent een succesvolle vrouw geworden. Ik zie je nog voor me zoals je vroeger was, een slungelig schoolmeisje in Scarborough. Als ik langsging bij mevrouw Harte op Heron's Nest, zag ik jou daar ook vaak.'
Priscilla staarde hem aan, duidelijk verbaasd om zijn opmerking over het verleden en het noemen van Heron's Nest. Ze knikte zwijgend. Jack vroeg zich af of hij het zich verbeeldde of dat ze echt een beetje bleek was geworden. Om de stilte te verbreken, vroeg hij: 'En hoe gaat het met je dochter? Ze heet toch Samantha?'
Nu glimlachte ze en haar donkere ogen lichtten op. 'Ja, zo heet ze. Ze is een geweldige meid en ze doet het goed, Jack. Ik ben erg trots op haar.'
'Ja, Samantha is een leuk meisje,' beaamde Margaret. Ze zette een schone kop en schotel op tafel, ging zitten en schonk thee in voor Jack. 'Ze lijkt precies op haar vader, ze is het evenbeeld van Conner. God hebbe zijn ziel.'
Jack kon zich vaag herinneren dat Margaret hem een paar jaar geleden had verteld dat de man van Priscilla in Manchester was aangereden door een bus. 'En hij was nog maar zo jong,' had ze erbij gezegd.
'Wil je iets eten, Jack?' vroeg Margaret.
'Nee, dank je.'
Margaret leunde naar achteren en vervolgde: 'Emily wil de doopplechtigheid ook hier vieren...' Toen ze de misprijzende uitdrukking op Jacks gezicht zag, hield ze abrupt op, schraapte haar keel en verbeterde vlug: 'Mevrouw Emily wil zich aan de traditie hou-

den en het doopfeest hier houden, en daar is mevrouw Paula het mee eens. Dit huis is daar ook veel geschikter voor dan Allington Hall. Prissy verzorgt natuurlijk de catering.'

'Daarom ben ik nu hier,' legde Priscilla Jack met een glimlachje uit. Tot zijn verbazing ging ze op vertrouwelijke toon verder: 'Ik heb diverse ideeën en menu's meegebracht, zodat Emily en Paula die dit weekend kunnen bekijken. En ik mag ook het huwelijk cateren.'

Jack begreep niet wat ze bedoelde en met gefronste wenkbrauwen vroeg hij: 'Het huwelijk? Welk huwelijk?'

'Dat van Tessa natuurlijk,' antwoordde Margaret, voordat Priscilla dat kon doen. 'Mevrouw Paula heeft me vorig weekend verteld dat de scheiding zo goed als een feit is. Ik denk dat Tessa nu wel heel gauw met meneer Deléon zal gaan trouwen. In Londen, op het gemeentehuis. Zo willen ze het. Maar daarna komt iedereen hiernaartoe voor de receptie en ze blijven het hele weekend. Daarom hebben we Prissy dan ook weer nodig.'

'Maar meneer Deléon is toch naar Afghanistan vertrokken om de oorlog te verslaan?' zei Jack, met vragend opgetrokken wenkbrauwen. 'Daarom denk ik niet dat ze binnenkort zullen trouwen. Dat duurt vast nog wel even.'

'Nee hoor,' zei Priscilla beslist, 'ze trouwen direct na zijn terugkeer. Dat heeft Paula me onlangs door de telefoon verteld. Daarom moet ik daar ook een plan voor indienen. Ik heb er de laatste paar dagen heel hard aan gewerkt. Ze wil het vandaag hebben, want ze komt in de namiddag aan.'

Jack knikte alleen maar.

Priscilla pakte haar kopje vast en nam een slok thee, en toen pas zag hij dat ze een trouwring droeg met daarnaast een verlovingsring met saffiertjes. Opeens schoot hem te binnen dat Margaret hem ook had verteld dat Priscilla een paar jaar geleden was hertrouwd. Hij vroeg zich af of ze nog steeds getrouwd was, want dat kon de reden zijn dat ze Jonathan op Heron's Nest had willen ontmoeten. Als ze elkaar hadden ontmoet. Want met haar drukke bedrijf, haar dochter en haar man had ze waarschijnlijk geen tijd om naar Londen te gaan. Of waar dan ook naartoe.

Omdat hij wilde weten hoe het zat, vroeg hij: 'Je bent toch hertrouwd, Prissy?'

'Ja, maar Roger en ik zijn niet meer bij elkaar.'

'O, dat spijt me.'

'Dat hoeft helemaal niet, want het is een waardeloze vent,' zei

Margaret nadrukkelijk, terwijl ze naar voren leunde en Jack veelbetekenend aankeek. 'Hij is niet goed genoeg voor haar, bij lange na niet.'
Priscilla haalde haar schouders op. 'We maken allemaal fouten,' zei ze. 'Het werkte niet, maar nu gaat het weer goed met me. Er lopen nog genoeg leuke mannen rond, hoor,' zei ze glimlachend, en ze leunde ontspannen naar achteren.
'Aha, dus je zit niet om een man verlegen,' flapte Jack eruit.
Priscilla bloosde donkerrood en gaf geen antwoord.
Jack had ook geen antwoord nodig, want haar gezicht sprak boekdelen.
Margaret lachte. 'Het ontbreekt Priscilla niet aan bewonderaars, Jack, en je kunt zelf wel zien hoe dat komt.'
'Inderdaad. Maar ik ben vooral blij dat je bedrijf zo succesvol is, Priscilla. Je verdient het. Op Evans huwelijksfeest hebben we heerlijk gegeten. Nu ik het over een huwelijk heb, doe je ook de catering voor dat van Jonathan? Of trouwt hij niet in Yorkshire?' Terwijl hij de beladen vraag stelde, hield hij zijn blik strak op haar gezicht gericht.
'Wat vertel je me nou?' riep Margaret uit, met grote, verbaasde ogen.
Priscilla keek Jack als met stomheid geslagen aan. Eerst werd ze knalrood en toen trok alle kleur uit haar gezicht weg en werd ze lijkbleek. Ze opende haar mond om iets te zeggen, maar in plaats van woorden kwam er een kreet van ontzetting uit.
'Bedoel je dat Jonathan Ainsley gaat trouwen, Jack?' vroeg Margaret. 'Asjemenou! Met wie?'
'Met de zus van Evan,' antwoordde Jack, nog steeds met zijn ogen gericht op Priscilla, die was gaan trillen als een espenblad in de wind. 'Angharad Hughes. Je weet vast nog wel wie dat is, Margaret. Die platinablonde jonge vrouw die ook bruidsmeisje was. Ze was...'
'O god, toch niet met haar?' riep Priscilla schril van ellende. 'Toch niet met die lelijke, vulgaire Amerikaanse?'
'Zo lelijk is ze niet meer, heb ik gehoord,' zei Jack. 'En volgens Linnet ook niet meer zo vulgair.'
'Hoezo?' vroeg Margaret met een bezorgde blik op Priscilla voordat ze hoofdschuddend weer naar Jack keek.
'Ik heb gehoord dat Angharad en Jonathan samen in Parijs zijn. Volgens Linnet, die dat weer van Paula heeft gehoord, is Angharad nu een elegante brunette gehuld in smaakvolle couturekleren.

En ze draagt dure juwelen. Degene die Paula dit heeft verteld, heeft erbij gezegd dat ze binnenkort samen naar Hongkong gaan, waar hij haar alle bezienswaardigheden zal laten zien. Hij is blijkbaar smoorverliefd op haar geworden.'
'Maar het is een vreselijk meisje!' zei Priscilla boos. Haar ogen vulden zich met tranen, haar lippen begonnen te beven en ze was zo ontdaan dat ze niets meer kon uitbrengen.
'Nadat ze onder handen is genomen door een beroemde kapper, een visagist en een couturier is het lelijke eendje blijkbaar een zwaan geworden,' zei Jack. 'Ze schijnt nu op de jonge Audrey Hepburn te lijken. En ze is pas drieëntwintig, dat zal ook wel gewicht in de schaal leggen. Een oude bok als Jonathan Ainsley lust natuurlijk wel een jong blaadje.'
Priscilla riep iets onverstaanbaars, begon te kreunen en barstte in tranen uit. Ze sloeg haar handen voor haar gezicht en huilde alsof haar hart was gebroken.

27

Priscilla lag op de grote bank voor de open haard in de bibliotheek. Margaret had haar daar mee naartoe genomen en een plaid over haar heen gelegd. Daarna had ze een lucifer bij de proppen papier in het stapeltje aanmaakhout gehouden tot het vuur begon te branden, een glas calvados voor Priscilla ingeschonken en haar bevolen het leeg te drinken, omdat ze ervan zou opknappen.
Maar Priscilla had het glas na één slok op de lage tafel gezet. Ze was misselijk en wist dat ze voorlopig niets binnen zou kunnen houden, vooral geen sterkedrank. Ze verkeerde nog steeds in een shocktoestand.
Jack Figgs onverwachte verklaring dat Jonathan, haar Jonny, samen met dat afschuwelijke meisje in Parijs zat, was een verschrikkelijke klap. Het ergste nieuws sinds ze te horen had gekregen dat haar lieve Conner in het lijkenhuis in Manchester lag. Toen Jack had gezegd dat Jonathan zou gaan trouwen met de zus van Evan was ze daar zo door van streek geraakt dat ze zich niet had kunnen beheersen en volkomen hysterisch had gereageerd. En nu wisten ze dat zij een verhouding met Jonathan had gehad, dat was zo klaar als een klontje. Eerst had ze zich daarvoor ge-

schaamd, maar dat deed ze nu niet meer. Ze was hun of wie dan ook geen uitleg verschuldigd over haar gedrag; ze was een volwassen vrouw en ze had niets verkeerds gedaan.
Ze sloot haar ogen en probeerde zich te ontspannen, maar dat was onmogelijk. Ze kon Jacks onthullingen niet van zich afzetten en voelde zich diep gegriefd. En ze was jaloers, merkte ze opeens, zo jaloers dat ze dat meisje en ook Jonathan haatte om wat ze haar aandeden.
Jonathan Ainsley bleek een onbetrouwbare man en een doortrapte leugenaar te zijn. Hij had hun romantische afspraakje in Thirsk twee keer afgezegd. De eerste keer omdat hij wegens zaken in Londen was opgehouden en geen tijd meer had om naar Yorkshire terug te gaan, de tweede keer omdat hij in Parijs was. Weliswaar had hij door de telefoon allerlei lieve dingen tegen haar gezegd en haar van alles beloofd, maar waarschijnlijk had dat meisje, Evans zus, toen al dicht naast hem gezeten. Drieëntwintig was ze. Een sappig jong blaadje, volgens Jack Figg. En dat was ze natuurlijk. Welke man van in de vijftig, vooral zo'n wellustige man als Jonathan, kon dat weerstaan?
Toen ze voor zich zag hoe ze in zijn appartement in Parijs samen in bed lagen, voelde ze een golf van haat door zich heen stromen. De rotzak. Hij had al vaak beloofd haar mee te nemen naar Parijs, maar dat had hij nooit gedaan. Plotseling kon ze de gedachte dat hij nu voor dat meisje dure kleren en juwelen kocht, niet meer verdragen. Ze begon weer te trillen en haar wanhoop, woede, verdriet en teleurstelling persten zich samen tot een harde klont in haar maag. Ze begon onbedaarlijk te huilen. Met haar gezicht in een kussen gedrukt huilde ze zich leeg, waarna ze uitgeput stil bleef liggen.
Na een poosje merkte ze dat ze heel kalm was geworden, dat ze haar emoties weer onder controle had. Kil en verbitterd besloot ze afstand van Jonathan te nemen en overwoog ze hoe ze zich op hem kon wreken.

Margaret ging op een stoel naast de bank zitten en pakte Priscilla's hand vast. 'Voel je je al een beetje beter?' vroeg ze meelevend, terwijl ze Priscilla bezorgd aankeek.
Priscilla slikte moeizaam, knikte en antwoordde: 'Ja, dank je, Margaret. Ik ben er al bijna overheen, hoor.' Ze dwong zich te glimlachen. 'Het spijt me dat ik daarnet zo overstuur raakte. Je bent erg aardig voor me.'

'Volgens Jack raakte je in een shock. Ik denk dat hij gelijk heeft.'
Priscilla knikte alleen maar.
Margaret aarzelde even en vroeg toen: 'Hoe kwam je erbij je met die man in te laten, lieverd? Met zo'n slechte kerel als Jonathan?'
Priscilla beet op haar lip voordat ze antwoordde: 'Ik ken hem al mijn hele leven. Hij zocht me steeds weer op, liet me niet met rust. Hij gaf me complimentjes en hij was soms erg lief voor me.'
Margaret zei niets meer. Ze bleef Priscilla's hand vasthouden en was blij dat de huilbui over was. Hoewel ze aan de ene kant medelijden met Priscilla had, verweet ze haar aan de andere kant dat ze zo dom was geweest. Maar ja, ze was bij lange na niet de enige vrouw die voor een slechterik was gevallen. Ze kende er wel meer die in die val liepen.
Er werd geklopt en Jack verscheen in de deuropening. 'Gaat het weer wat beter, Prissy? Mag ik binnenkomen?'
'Ja hoor, kom maar binnen.'
Jack deed de deur van de bibliotheek achter zich dicht, kwam naar hen toe en ging op een stoel tegenover de bank zitten.
Margaret stond op en liep naar de deur, omdat ze dacht dat het beter was als ze Jack even met Priscilla alleen liet.
'Je hoeft niet weg te gaan, Margaret,' zei Jack. 'Ik denk zelfs dat het beter is als je blijft.'
'Zoals je wilt, Jack.' Margaret ging op de andere bank zitten.
'Ja, dat heb ik liever.' Jack glimlachte tegen Priscilla en keek haar meelevend aan. 'Ik wil je mijn verontschuldigingen aanbieden, Prissy,' zei hij met een oprechte klank in zijn stem. 'Het spijt me dat ik je zo heb gekwetst toen ik die opmerking over Jonathan maakte. Maar ik had geen idee dat je een relatie met hem had.'
'Dat had niemand,' zei Priscilla zacht.
'Waarom eigenlijk niet?' Jack keek haar doordringend aan.
'Omdat hij het geheim wilde houden.'
'O.' Jack leunde naar voren en zijn ogen lieten haar gezicht niet los. 'Omdat je getrouwd bent? Was dat de reden?'
'Nee, dat niet.' Ze aarzelde even en ging verder: 'Hij weet dat ik bij Roger Duffield weg ben en van plan ben van hem te scheiden.'
'Maar waarom deed hij dan zo geheimzinnig? Dat begrijp ik niet.'
'Hij wilde niet dat de familie het te weten kwam,' biechtte ze eindelijk op. 'De Hartes.'
'Aha.' Jack leunde naar achteren en staarde even nadenkend voor

zich uit. 'Had jij je dan nooit afgevraagd waarom hij jullie relatie geheim wilde houden?'
'Ja, soms wel. Maar eh... Nou ja, ik verlangde altijd zo naar hem dat ik het maar accepteerde. En deed wat hij wilde.'
'Je ontmoette hem soms op Heron's Nest, nietwaar?'
'Ja,' gaf ze ronduit toe, terwijl ze beschaamd haar blik neersloeg.
'Waarom was dat?'
'Omdat dat huis veel voor hem betekent, en voor mij ook. We zijn daar voor het eerst met elkaar... met elkaar omgegaan, in onze tienertijd. Daarom houden we allebei zo veel van dat huis. Bovendien vond hij het spannend om elkaar daar te ontmoeten.' Ze bloosde en wendde verlegen haar hoofd af. Terwijl ze in het vuur staarde, vroeg ze zich af waarom ze hem dit allemaal vertelde.
Jack schraapte zijn keel en vervolgde: 'Ik neem aan dat hij een sleutel had?'
'O ja, al sinds onze jeugd. Ik geloof dat hij toen al een extra sleutel voor zichzelf heeft laten maken, en Paula heeft die sloten nooit laten veranderen.'
Hoewel Jack schrok van deze nalatigheid, liet hij dat niet merken en zei op een kalme, ferme toon: 'Ik moet je iets heel belangrijks vertellen, Priscilla. Luister alsjeblieft goed.'
Ze knikte. 'Ik zal goed luisteren, Jack.'
'Jonathan had een heel goede reden om jullie relatie geheim te houden. Hij wilde niet dat Paula erachter kwam omdat hij en zij elkaars vijanden zijn. Hij is de vijand van de hele familie, en dat is niet overdreven. Als Paula had ontdekt dat jullie contact met elkaar hadden, had ze je nooit meer gevraagd de catering voor haar feesten te verzorgen en dan was hij zijn informant kwijt geweest.'
Priscilla vloog overeind en zwaaide haar benen van de bank. Ze verbleekte en staarde hem ongelovig aan. 'Maar ik was helemaal niet zijn informant!' Haar stem ging omhoog en haar blik werd fel. 'Dat zweer ik je! En je hebt het mis, Jack. Hij is absoluut geen vijand van de familie. Want dat zou ik geweten hebben.'
'Nee, dat denk ik niet. Vond je het niet vreemd dat hij nooit op familiefeestjes kwam, dat hij er nooit bij was als er iets werd gevierd?'
'Maar hij wilde altijd wel komen!' riep ze uit. 'Hij zei vaak dat hij zou gaan, maar dan moest hij plotseling naar Parijs of Hongkong. Of ergens anders naartoe. Zo was zijn leven nu eenmaal,

hij is een belangrijke zakenman.' Ze schudde haar hoofd. 'En ik heb hem nooit iets over Paula of de rest van de familie verteld. Ik wist nauwelijks iets van hen af, niemand nam mij ooit in vertrouwen.'
Jack stond op, liep naar de haard en ging met zijn rug naar het vuur staan, genietend van de warmte. Hij dacht even na en zette zijn ondervraging rustig voort: 'Maar je vertelde het Jonathan waarschijnlijk wel als je weer een opdracht van Paula had gekregen, of niet soms?'
Dat moest Priscilla toegeven en ze knikte.
'Dus dan was je toch zijn contact met de familie, ook al besefte je dat zelf niet. Hij wist dan ook precies wanneer de hele familie weer op Pennistone Royal bijeen zou komen.'
'Dat is waar,' fluisterde ze, en haar maag verkrampte. 'Maar ik wist niet dat hij hun vijand was. Hij deed altijd alsof hij het uitstekend met iedereen kon vinden. Je moet me geloven, Jack.'
'Hij is een sluwe kerel, hè Margaret?' Jack keek met een grimmig lachje naar de huishoudster. 'Een gevaarlijke kerel.'
'Dat is hij,' beaamde Margaret. 'Hij zou ons het liefst allemaal vermoorden, echt waar.' Ze keek Priscilla streng aan om deze uitspraak goed tot haar te laten doordringen.
'Maar dat is niet waar!' riep Priscilla opgewonden. 'Daar geloof ik geen woord van! Zo is Jonny niet. Jullie overdrijven, dat weet ik zeker.'
'Helaas overdrijven we niet,' zei Jack kil. Hij begon zich een beetje aan Priscilla te ergeren. 'Margaret spreekt de waarheid en dat doe ik ook. We hebben geen van beiden een reden om tegen je te liegen, Prissy. Wat zou dat voor zin hebben? Jonathan wil Paula en haar familie te gronde richten, zo is het nu eenmaal.'
Priscilla zat kaarsrecht op de bank en staarde Jack verbijsterd aan. Ze kon het niet bevatten. Maar toen ze de woede in zijn ogen zag, accepteerde ze dat wat hij zei inderdaad de waarheid moest zijn. Het schokte haar diep. Hoe was het mogelijk dat ze, wanneer ze bij Jonathan was, nooit iets van zijn bedoelingen had gemerkt? Nerveus en een beetje angstig vroeg ze zich af hoe het kwam dat haar mensenkennis en haar gezond verstand haar zo in de steek hadden gelaten. Liefde maakt blind, dacht ze vol zelfverwijt.
Toen ze bleef zwijgen, vroeg Jack: 'Heb je gehoord wat er op de dag van het huwelijk van Evan en Gideon met de kerk is gebeurd?'

'Nee. Wat dan?' Ze keek hem vragend, maar ook op haar hoede aan.
Hij gaf niet meteen antwoord. 'Weet je wel dat het tijdstip van de plechtigheid was veranderd? Of was je dat vergeten?'
'Nee, dat weet ik. Ze zijn vroeg in de morgen getrouwd en Margaret zei dat dat was omdat Evan zich niet lekker voelde en iedereen zich zorgen maakte om haar conditie. Om haar zwangerschap, een voortijdige bevalling.'
'Dat is allemaal waar, maar dat was niet de reden voor de verandering van het programma. De familie maakte zich meer zorgen om Jonathan Ainsley; ze waren bang dat hij van plan was Evan en Gideon tijdens de dienst iets aan te doen. Daarom kwam Linnet op het idee het tijdstip van de huwelijksvoltrekking te vervroegen, en dat bleek een heel goed idee te zijn. Want op de oorspronkelijke tijd, om kwart over twee, werd een deel van de westelijke muur van de kerk opgeblazen. Door een bom die waarschijnlijk de nacht ervoor was geplaatst. We weten zeker dat Ainsley de dader is, maar dat kunnen we natuurlijk niet bewijzen.'
Priscilla staarde Jack hoofdschuddend aan. 'Ik ben die zondag naar Londen gegaan en daarna heeft niemand me over die ontploffing verteld.' Ze had het gevoel dat iemand haar met een knuppel een klap tegen haar maag had gegeven. Ze was zo geschrokken dat het haar moeite kostte haar gedachten bij elkaar te houden. 'O mijn god, Jack, dat kan toch niet waar zijn? Ik kén hem, beter dan wie ook. Zoiets ergs zou hij nooit doen.' Ze begon weer bijna te huilen. 'Waarom zou hij?'
'Omdat hij de familie haat,' zei Margaret ferm. 'Hij is jaloers op mevrouw Paula en sinds Evan bij de familie hoort ook op haar.'
'Hoe weten jullie dat hij de schuldige is?' vroeg Paula, en haar ogen flitsten nerveus van Margaret naar Jack. 'Hij was die dag niet eens in Yorkshire,' voegde ze er verdedigend aan toe. 'Hoe kan hij die bom dan in de kerk hebben gelegd?'
'Je denkt toch niet dat hij zo dom is geweest om zelf het vuile werk op te knappen?' Jack keek haar met samengeknepen ogen aan, terwijl hij zich afvroeg of ze echt zo traag van begrip was. 'Je bent een intelligente vrouw, Prissy, je hoort beter te weten.' Hij schudde met een ernstig gezicht zijn hoofd. 'Nee hoor, dat zou hij nooit doen. Hij betaalt anderen om het voor hem te doen, al zullen we dat nooit voor een rechter kunnen bewijzen.'
Priscilla keek weer naar de huishoudster en zei dringend: 'Margaret, jij kent me al bijna mijn hele leven. Zeg jij me alsjeblieft

eerlijk of wat Jack me heeft verteld de waarheid is.' Ze keek Margaret smekend aan.
'Ja kind, het is de waarheid. Het spijt me je te moeten vertellen dat je jarenlang een relatie met een schurk hebt gehad. Ik vind het heel erg voor je.'
'Maar ik wist het niet, echt niet! Ik wist nergens van! Dat zweer ik jullie!'
Margaret vond dat het haar plicht was Priscilla goed duidelijk te maken hoe ernstig de situatie was, en op fermere toon dan anders vervolgde ze: 'Mevrouw Paula is al jaren bang dat hij haar iets zal aandoen, of andere leden van de familie. Ze maakt zich daar ontzettend veel zorgen om. Toen Sandy Jonathan ontsloeg, jaren geleden, werd Jonathan zo kwaad dat hij zich tegen de hele familie keerde. Want na de dood van mevrouw Harte had hij ook al beweerd dat zij hem in haar testament benadeeld had. Dat was absoluut niet waar, dat weet ik zeker. Maar zijn haat voor de familie wordt steeds groter en hij is een slecht mens. Een gevaarlijke man.'
Plotseling drong het tot Priscilla door dat wat Jack en Margaret haar vertelden, inderdaad de waarheid moest zijn. Ze voelde zich zo ellendig dat ze geen woord meer kon uitbrengen. Ze kreeg het ijskoud, en ze sloeg haar armen om zich heen en bleef als verdoofd zitten. Het was verschrikkelijk allemaal. Wat een uilskuiken was ze al die jaren geweest. Hij had haar gebruikt, dat was alles.
Alsof hij begreep hoe ze zich voelde, stond Jack op en kwam naast haar zitten op de bank. 'Hij heeft je bedrogen, Prissy. Ik vind het heel erg voor je.'
Haar ogen vulden zich met tranen. 'Ja, Jack, dat is me eindelijk duidelijk geworden. Maar ik wil nog een keer nadrukkelijk zeggen dat ik hem nooit iets over de familie heb verteld, behalve dat ik het zei wanneer ik weer een opdracht voor een feestje had gekregen. En dat zei ik dan alleen maar omdat ik dacht dat hij er ook naartoe zou gaan. Ik kon echt niets meer vertellen, want ik wist niets van hen.' Toen Jack niet reageerde, vroeg ze dringend: 'Je gelooft me toch wel?'
'Ik geloof je, Priscilla.'
'Ik denk niet dat Paula me ooit nog zal vragen voor haar te cateren,' zei ze mismoedig, en ze keek Jack vragend aan.
Hij zag de angst in haar ogen en begreep meteen dat het succes van haar bedrijf voor een groot deel van Paula's opdrachten af-

hing. Voor het eerst kreeg hij met haar te doen. 'Misschien niet,' zei hij. 'Ik zal haar de situatie uitleggen. Maar dan mag je nooit meer contact met Jonathan hebben, dat begrijp je toch wel, hè?'
'Je denkt toch niet dat ik dat nog zou willen?' antwoordde ze misprijzend, terwijl ze hem met opgetrokken wenkbrauwen aankeek.
Hij bestudeerde haar gezicht en zag de wraaklust in haar ogen.

Jack liet de vrouwen in de bibliotheek achter en verliet het vertrek om het alarmsysteem te inspecteren. Hij had gezegd dat hij daarvoor naar Pennistone Royal was gekomen, dus kon hij dat net zo goed doen, dan was het geen smoesje. Bovendien had Margaret gezegd dat de schakelaar in de bijkeuken het niet deed en kon het zijn dat er inderdaad iets mis was.
Toen hij op weg naar de kelder door de keuken liep, rinkelde zijn mobieltje.
'Jack Figg,' zei hij, leunend tegen de grenen tafel.
'Met India, Jack.'
'Hallo India! Ik was van plan je straks te bellen om je te vertellen dat je een slimme meid bent! Ik heb net een lang gesprek gehad met Priscilla Marney, heel toevallig, en dat was een voltreffer.'
'O, mooi zo. Dat hoop ik tenminste. Maar ik belde voor iets anders, Jack,' zei ze vlug. 'Ik wilde je vertellen dat Molly Caldwell vanmorgen is overleden.'
'Ach nee, wat jammer nou, het arme mens... Ik zal meteen Dusty bellen en vragen of ik hem ergens mee kan helpen.'
'Daar kun je beter nog even mee wachten, Jack, want hij is naar het ziekenhuis gegaan. Molly had Atlanta als naaste familielid opgegeven en nu moet hij van alles regelen. Hij heeft mij gevraagd je op de hoogte te stellen.' Ze zweeg even en vroeg: 'Heb je nog nieuws over Melinda?'
'Jammer genoeg niet, nee. Maar ik heb voortdurend contact met mijn detectives en met de politie. Ik zal ze meteen weer bellen.'
'Dank je, Jack. Tot gauw.'
'Tot gauw, meisje.'
Na het gesprek belde Jack zijn twee detectives in Leeds. Ze hadden Melinda nog niet gevonden en toen hij vervolgens zijn vrienden bij de politie belde, bleken die ook geen nieuws te hebben. 'We zoeken een naald in een hooiberg,' legde Ted Fletcher uit, en Jack was het met hem eens. Hij wist dat ze Melinda Caldwell

waarschijnlijk pas zouden vinden als ze in een ziekenhuis terecht was gekomen, of in het lijkenhuis.
Hoewel hij tevreden was dat hij het mysterie van Heron's Nest had opgelost, werd hij opeens bezorgd toen hij naar de kelder liep om het schakelbord van het alarmsysteem te inspecteren. Zolang Melinda Caldwell vrij rondliep, hadden India en Dusty geen rust. Zou er een andere manier zijn om haar te vinden? vroeg hij zich af. Hij betwijfelde het.

28

Paula O'Neill liep door haar slaapkamer op Pennistone Royal toen de telefoon begon te rinkelen. Haastig liep ze naar haar nachtkastje en nam op: 'Pennistone Royal.'
'Dag mevrouw O'Neill. U spreekt met Bolton.'
'Goedemiddag Bolton. Gaat alles goed op Lackland Priory?' Ze vroeg zich af waarom de butler van Robin haar belde.
'Dat wel, maar meneer Ainsley is de laatste paar dagen een beetje van slag...' begon de man aarzelend.
'Dan moet je misschien de dokter bellen, Bolton. Dan kan hij uitzoeken wat er mis is. Of wil je dat ik het doe?'
'Ik geloof niet dat meneer Ainsley ziek is, mevrouw O'Neill...' Bolton zweeg even en ging voorzichtig verder: 'Ik denk eerder dat hij zich ergens zorgen om maakt, en ik vroeg me af of u dit weekend misschien even langs kunt komen. Onverwacht, bedoel ik. Ik wil niet dat hij denkt dat ik me ergens mee bemoei.'
'Natuurlijk kan ik dat, Bolton, dat is geen probleem. En ik heb een goede reden om hem te willen spreken, dus hoef je niet bang te zijn dat hij wantrouwig wordt. Mevrouw Marietta Hughes logeert dit weekend bij ons en zij zal hem natuurlijk willen opzoeken.'
'Dank u, mevrouw O'Neill. Zal ik dan toch maar tegen hem zeggen dat u dit weekend komt?'
'Nee, nee, doe dat maar niet,' antwoordde Paula vlug. 'Laten we er een verrassing van maken. Ik denk dat we morgenochtend koffie komen drinken. Ik bel je wel wanneer we van huis gaan.'
'Dan wacht ik daarop. Nogmaals bedankt, mevrouw O'Neill.'
'Tot morgen, Bolton. Ik ben blij dat je me hebt gebeld,' zei Pau-

la voordat ze ophing. Met haar hand op het toestel bleef ze nog even staan en probeerde te bedenken wat er met Robin aan de hand kon zijn. De laatste keer dat ze hem had gezien, had hij een kalme, fitte indruk gemaakt. Even overwoog ze of ze oudtante Edwina zou vragen wat er mis was met Robin, maar bij nader inzien besloot ze dat het beter was er voorlopig geen anderen bij te betrekken.

Ze liep naar haar toilettafel, haalde een kam door haar korte zwarte haar en stiftte haar lippen. Toen ging ze voor de passpiegel in een hoek staan om zichzelf beter te bekijken. Ze was rechtstreeks vanuit haar kantoor in Londen naar Yorkshire gereisd en had haar zwarte mantelpakje nog aan.

Ze wierp een blik op haar horloge, deed een van de deuren van haar kleerkast open en haalde er een donkerrood wollen broekpak uit. Snel verkleedde ze zich en liep naar de deur die naar de zitkamer op de eerste verdieping leidde. Automatisch stond ze even stil om het vruchtbomenhouten kistje op de Queen Anneladekast te strelen, maar dat stond er natuurlijk niet meer. Ze had het aan Evan gegeven. Ze tuitte haar lippen en liep hoofdschuddend door, terwijl ze bedacht dat het moeite kostte om levenslange gewoonten af te leren.

In de zitkamer ging ze voor het raam staan en keek uit over de hei. Ze dacht aan haar grootmoeder. Emma Harte was een heel rechtvaardige vrouw geweest, en Paula was er trots op dat zijzelf ook rechtvaardig was. Waarom deed ze dan zo moeilijk tegen Linnet? Gedroeg ze zich onrechtvaardig tegen haar?

Op weg naar Yorkshire had ze de gedetailleerde plannen bekeken die Linnet haar had meegegeven, en ze was woedend geworden. Omdat Tessa en Marietta bij haar in de auto zaten, had ze de papieren teruggestopt in haar tas om die later dit weekend in haar eentje beter te bestuderen.

Met haar blik gericht op de sombere heuvels schudde ze haar hoofd, teleurgesteld in zichzelf. Toen kwam er iets bij haar op. Alle veranderingen die Linnet voorstelde, zouden geld kosten, veel geld. En dat had ze er niet voor over.

Ze liep weg van het raam en ging aan haar bureau zitten. Zuchtend keek ze naar de map met de informatie. Maar toen herinnerde ze zich dat zijzelf toen ze jong was ook allerlei dingen had willen veranderen. Helaas had zij een grote fout gemaakt. Was ze soms bang dat haar dochter dat ook zou doen? Haar fout had haar bijna het bedrijf gekost.

Er werd op de deur geklopt en meteen kwam Margaret binnen met een dienblad met de thee. Jack Figg kwam achter haar aan.
'Hallo Paula,' zei hij met een brede glimlach.
'Jack, wat fijn dat je er bent!' Paula stond op om hem hartelijk te begroeten en ging daarna op de bank zitten.
Margaret zette het blad op tafel. 'Alstublieft, mevrouw Paula. Ik heb de gemberkoekjes gevonden die u zo lekker vindt.'
'Dank je wel, Margaret.'
Toen Jack op de bank tegenover Paula was gaan zitten, keek Margaret hem veelbetekenend aan en fluisterde hoorbaar: 'Denk eraan dat je haar alles verteld wat er vanmorgen is gebeurd, hoor. Niets overslaan!'
Toen Margaret naar de deur liep, keken Paula en Jack elkaar geamuseerd aan, en toen de huishoudster de deur achter zich dicht had gedaan, begonnen ze allebei te lachen.
'Wat een apart mens is ze toch.' Jack schudde glimlachend zijn hoofd. 'Precies haar moeder.'
'Dat is waar. Maar...' Paula zweeg toen de telefoon begon te rinkelen, stond op en liep naar haar bureau bij het raam.
Jack keek goedkeurend om zich heen. Plotseling kreeg hij enorme heimwee naar het verleden. Hoe vaak had hij vroeger niet op deze zelfde bank gezeten en theegedronken met Emma, zijn unieke en dierbare vriendin. Hij kon zich het aantal keren niet meer herinneren, maar hij wist nog heel goed hoe bijzonder die middagen waren geweest.
De zitkamer op de eerste verdieping was erg gezellig, vond hij. De zonnig gele muren, de met gebloemde chintz overtrokken banken, de eerbiedwaardige antieke meubels en de prachtige schilderijen zorgden voor een rustgevende, warme sfeer.
Hij vond het leuk dat de kamer nooit was veranderd, dat Emma's inrichting stand had gehouden. Emma had oog voor mooie dingen en een uitstekende smaak gehad. Paula liet alleen af en toe iets opknappen, als dat nodig was. Dit was de kamer waar iedereen altijd bijeenkwam. Eigenlijk is dit het middelpunt van dit kolossale huis, dacht Jack. Hier gebeuren de belangrijke dingen.
Vooral nu vond hij de kamer een soort knusse cocon. In de haard knapte een groot vuur en de lampen met zijden kappen straalden zacht licht uit, mooi in contrast met de donkere heuvels met besneeuwde toppen die buiten nog net zichtbaar waren. En overal stonden potten met de witte orchideeën die Paula zelf in haar kas kweekte.

Paula kwam terug en ging weer op de bank zitten. 'Dat was Shane. Hij zit in Leeds en moet nog even op kantoor blijven, daarom kan hij niet op tijd zijn voor de thee. Maar hij hoopt dat je blijft eten, en dat hoop ik ook. Kun je blijven?'
'Ik ben blij met de uitnodiging, Paula, dank je wel. En ik neem hem graag aan, maar onder voorbehoud. Ik moet nog een paar dingen checken, maar als het een beetje meezit, hoef ik niet naar Londen.'
'Je weet dat je hier altijd welkom bent, Jack, je hoort bij onze familie. Marietta is er ook, ze is vanmiddag met Tessa en mij mee hierheen gekomen. Ze blijft het weekend logeren, dus kunnen we een paar dagen van haar gezelschap genieten.'
'O ja?' zei Jack verbaasd. 'Ik dacht dat ze, nu Evans tweeling elk moment kan komen, liever bij haar in de buurt zou willen blijven.'
'Marietta is een verstandige vrouw, niet zo'n type dat haar kinderen altijd wil betuttelen. Toen ik haar vroeg of ze zin had dit weekend bij ons te komen, nam ze de uitnodiging graag aan. Ze wil geen blok aan Evans been zijn, zei ze. Ze vindt dat Evan en Gideon genoeg tijd voor elkaar moeten hebben.'
'Dat klinkt inderdaad verstandig. Linnet vertelde me dat ze een flat zoekt in Londen.'
Paula knikte, maar ze gaf geen commentaar. Met haar paarsblauwe ogen keek ze Jack onderzoekend aan en opeens vroeg ze zich af wat ze al die jaren zonder hem hadden moeten beginnen. Zolang ze zich kon herinneren, was hij hun zorgzame, trouwe beschermer. Geen moeite was hem te veel.
Toen Jack zag hoe ze keek, begon hij te lachen. 'Ik herken die blik, Paula,' zei hij. 'Ik neem aan dat je wilt weten hoe het zit met Heron's Nest.'
'Eerlijk gezegd dacht ik na over jou, hoe je altijd een rots in de branding voor ons bent geweest. Je bent een trouwe vriend, Jack.' Ze glimlachte kort. 'En je kent me te goed, want natuurlijk wil ik weten hoe het zit met Heron's Nest. Is er ingebroken?'
'Nee, dat niet. Daar zag het ook niet naar uit, want er was niets kapot. Daarom vond ik het allemaal zo vreemd.' Hij dronk zijn thee op en liet zich ontspannen tegen de kussens zakken. 'Je had de sloten van Heron's Nest eigenlijk lang geleden moeten laten vervangen, Paula,' berispte hij haar mild.
'O ja?' Ze fronste haar wenkbrauwen. 'Wil je me soms vertellen dat er iemand gewoon met een sleutel naar binnen is gegaan?'

'Inderdaad.'
'Wie dan?'
'Jonathan Ainsley.'
Ze staarde hem onthutst aan en vroeg: 'Maar wat had hij daar midden in de winter dan te zoeken? Wat heeft hij er trouwens überhaupt te zoeken?'
'Het was zijn geheime liefdesnestje. Hij ontmoette er iemand.'
'Weet je ook wie?'
'Priscilla Marney.'
'Grote hemel, Jack! Prissy?' Paula schudde verbijsterd haar hoofd. 'Dat is wel het laatste wat ik had verwacht.'
'Zal ik je vertellen wat ik vanmorgen allemaal heb gehoord?'
Paula knikte en leunde met een verwachtingsvol gezicht achterover. Zonder hem in de rede te vallen luisterde ze naar zijn relaas.
'En dat,' eindigde hij tien minuten later, 'was het betreurenswaardige verhaal over onze Prissy en de schurk Jonathan Ainsley. Ze is heel dom geweest en heeft zich jarenlang door hem voor de gek laten houden. Toch denk ik dat ze een fatsoenlijke vrouw is, eerlijk en betrouwbaar. Ik geloof niet dat ze hem met opzet informatie over jou en de rest van de familie heeft verstrekt. Ze zegt trouwens dat ze nauwelijks iets van jullie af wist. Klopt dat?' Hij keek Paula vragend aan.
'Dat klopt. Ze wist alleen wanneer we hier feestjes of diners of zo gaven, want verder heeft ze niets met ons leven te maken.'
'Volgens India praat Margaret wel eens haar mond voorbij,' zei Jack, om te kunnen vaststellen of hij het lek in die richting moest zoeken.
'Dat is waar, Jack, maar dat kan ook nauwelijks kwaad. Margaret weet ook niet veel van ons leven, ze ziet ons alleen als we op Pennistone Royal zijn. Ik geloof niet dat zij Prissy veel wijzer heeft kunnen maken.'
'O.' Maar Jack was er zeker van dat Paula wat Margaret betrof de plank missloeg. Margaret wist veel meer over de familie dan Paula besefte, had India gezegd.
Paula's gedachten gingen terug naar Heron's Nest en ze zei op meewarige toon: 'Arme Prissy, wat is ze dom bezig geweest. Ze had zich nooit met mijn afschuwelijke neef moeten inlaten. Wanneer is dat begonnen?'
'O, al heel lang geleden, in hun tienertijd. Ze is trouwens bang dat je haar nu geen opdrachten meer zult geven. Ik heb de indruk

dat de catering voor jouw feestjes haar grootste bron van inkomsten is.'
Paula knikte. 'Dat denk ik ook. Ik zal erover nadenken of ik haar aanhoud. En misschien moet ik de sloten van het huis in Scarborough alsnog laten veranderen, al heeft het nu waarschijnlijk geen zin meer.'
'Jawel hoor, dat heeft beslist zin. Je weet maar nooit. Ik zal ervoor zorgen dat het gebeurt.'
'Je zei dat je tegen Priscilla hebt gezegd dat Jonathan Ainsley verloofd is met Angharad Hughes, maar is dat wel waar, Jack?' Ze keek hem ongelovig aan.
'Ik weet het niet zeker, maar ik denk het wel. Je zou me natuurlijk kunnen verwijten dat ik een voorbarige conclusie trek.'
'Vertel me eens hoe je tot die voorbarige conclusie komt.'
'Angharad draagt al een paar dagen een grote diamanten ring. Dat heeft Sarah jou verteld en ik heb het gehoord van de man die ik naar Parijs heb gestuurd. Hij belde me een paar uur geleden op en omdat ik hem had opgedragen Jonathan Ainsley niet uit het oog te verliezen, weet hij precies wat er zich daar afspeelt. Maar behalve die ring heeft hij nog iets belangrijks ontdekt wat erop wijst dat een huwelijk tussen die twee aanstaande is.'
'Maar dat zou Sarah dan toch ook weten, Jack? Jonathan heeft Sarah altijd van zijn leven op de hoogte gehouden. Nou ja, van de meeste dingen.'
'Dat weet ik, Paula. Maar luister nu eens naar de rest. De detective die Jonathan volgt, kent een verkoopster bij Harry Winston op de Avenue Montaigne, waar ze de ring hebben gekocht. Zij heeft hem verteld dat Jonathan Angharad aan haar heeft voorgesteld als zijn verloofde, en ze zei erbij dat de jongedame perfect bij hem past en dat hij een gezin wil stichten.'
'Dat lijkt me gewoon roddel.' Paula keek hem hoofdschuddend aan.
'Inderdaad. Maar verder vertelde mijn detective dat Ainsley en Angharad Hughes een bezoek hebben gebracht aan een beroemde vruchtbaarheidskliniek in Parijs. Vanmiddag!'
'Grote goedheid, hij wil echt een kind!' Paula ging verbijsterd rechtop zitten.
'Waarom niet? Hij wil natuurlijk een erfgenaam. En zij heeft de perfecte leeftijd om hem die te geven. Misschien is dat een van de redenen dat hij voor haar gevallen is. Haar vruchtbaarheid.

Hoe zeggen ze dat ook alweer? Een erfgenaam en een reserve.'
Paula zat hem als verstijfd aan te kijken. Ze was sprakeloos. Het was een schokkende gedachte dat de relatie tussen Angharad Hughes en Jonathan serieus zou kunnen zijn.
Jack wachtte geduldig op een scherpe reactie, maar die kwam niet. Hij verbrak de stilte. 'Toen ik Prissy vertelde dat Jonathan zou gaan trouwen, raakte ze compleet overstuur. Ze werd zo emotioneel en hysterisch dat ik meteen doorhad dat zij degene was die Jonathan in het geheim had ontmoet.'
Paula keek Jack met samengeknepen ogen aan en vroeg: 'Hoe kwam het eigenlijk dat je vermoedde dat zij het was?'
'Door India. Ik had haar gevraagd of ze zich kon voorstellen dat een familielid van haar generatie geheime ontmoetingen had op Heron's Nest. Toen ze dat ontkende, vroeg ik haar of ze iemand uit de generatie van haar moeder, en dus ook van jou, kon bedenken die zoiets zou kunnen doen. Ik wist natuurlijk dat geen van jullie vroeger intiem met Jonathan bevriend was, maar mevrouw Hodges had gezegd dat Jonathans kamer was gebruikt. Dus toen probeerde ik me te herinneren welke buitenstaanders vroeger op Heron's Nest waren geweest.' Jack zweeg even en haalde diep adem. 'Zo kwam ik op Emma's secretaresse en haar dochter Priscilla.'
'Aha, dus je hebt als een echte detective alle stukjes van de puzzel in elkaar kunnen passen. Nou ja, ik heb altijd geweten dat je een scherpzinnige man bent. Ik ben erg blij dat je de puzzel hebt opgelost, Jack, en...'
Ze brak af toen de deur openzwaaide en Tessa in de deuropening verscheen. Ze bleef er even roerloos staan, als een standbeeld. *Ze ziet eruit als een geest*, flitste het door Paula heen. Tessa was helemaal in het wit gekleed en haar gezicht was net zo wit als haar kleren.
Paula wist meteen dat er iets ergs was gebeurd. Vlug stond ze op en liep Tessa tegemoet, die de kamer binnenkwam en riep: 'Mama, er is iets gebeurd met Jean-Claude! Hij is verdwenen, in Afghanistan! Ik weet niet wat ik moet doen!'
Paula sloeg haar armen om Tessa heen en drukte haar tegen zich aan toen ze begon te huilen. 'Ze vinden hem wel, Tessa. Waarschijnlijk is hij intussen alweer boven water. Kom even bij ons zitten, schat, en vertel ons eens rustig wat je hebt gehoord.'
Jack stond op en liep naar de twee vrouwen toe. Hij legde een hand op Tessa's schouder en zei vriendelijk: 'Je moeder heeft ge-

lijk, Tessa. Kom bij de haard zitten. Wil je iets drinken? Een kopje thee, een glas water of misschien een beetje cognac?'
Tessa maakte zich los uit de armen van haar moeder en schudde haar hoofd. Zacht stamelde ze: 'Ik ben zo bang dat hij... dood is.'
'Ach welnee, je moet niet meteen het ergste denken, dat is helemaal niet nodig,' zei Paula ferm, om haar dochter gerust te stellen. Ze trok Tessa aan de hand mee naar het zitje bij de haard en naast zich op de bank.
Jack legde een paar nieuwe houtblokken op het vuur en ging ook weer zitten. Hij besefte dat hij nu eerst even zijn mond moest houden en Paula het woord moest laten doen. Een moeder was de geschiktste persoon om een dochter die van streek was, zoals Tessa op dit moment, te kalmeren, vond hij.
'Heb je dit zonet gehoord?' vroeg Paula.
'Ja, van Philippe, de zoon van Jean-Claude. Hij belde me vanuit Parijs. Ik heb hem onlangs in het landhuis van Jean-Claude ontmoet, weet je nog wel? Hij belde me op mijn mobieltje en zei dat hij tien minuten geleden was gebeld door het hoofd van de nieuwsafdeling van de omroep waar Jean-Claude voor werkt. De man had gezegd dat Philippes vader werd vermist, dat hij drie dagen geleden was verdwenen. Ze hadden al drie dagen niets van Jean-Claude gehoord en begonnen zich zorgen te maken. De cameraman met wie Jean-Claude op pad was gegaan, was alleen teruggekeerd naar Kaboel en had Parijs gebeld om te vertellen dat hij Jean-Claude ergens onderweg kwijt was geraakt en dat hij geen idee had waar Jean-Claude naartoe was gegaan.'
'Dat klinkt inderdaad zorgelijk, Tessa, maar we moeten niet meteen het ergste denken,' zei Paula zo kalm mogelijk. 'Dat hij vermist wordt, betekent niet dat hij dood is.'
'Misschien hebben ze hem gevangengenomen,' snikte Tessa. 'Ik zou het niet kunnen verdragen als hem iets overkwam.'
Paula sloeg opnieuw een arm om Tessa heen en trok haar naar zich toe. 'Meer kon Philippe je niet vertellen?'
'Nee, meer weet hij ook niet. Hij heeft beloofd dat hij me op de hoogte zal houden.' Tessa tastte in haar zak naar een zakdoek en bette haar ogen.
'Wanneer heb jij Jean-Claude voor het laatst aan de lijn gehad?' vroeg Paula.
'Maandag. Hij zei dat hij de rest van de week niet meer zou bellen, dat hij uit Kaboel zou vertrekken omdat hij iets wilde on-

derzoeken. Hij zei dat ik pas dit weekend weer een telefoontje van hem kon verwachten. Ik wou dat hij dat niet had gezegd...'
Paula streelde haar dochter troostend over haar rug en keek naar Jack met een uitdrukking op haar gezicht die hem duidelijk maakte dat ze wilde dat hij ook iets zei.
Jack dacht even na en zei zacht: 'Maar ik begrijp het wel, Tessa. Als hij iets bijzonders op het spoor is, wil hij niet worden afgeleid door de gedachte dat jij je zorgen om hem maakt omdat hij niet belt. Het was juist erg verstandig van hem dat hij je waarschuwde dat hij de rest van de week niet meer zou bellen.'
Tessa gaf niet meteen antwoord. Ze ging rechtop zitten, streek haar haren glad en knikte tegen Jack dat ze het begreep. Even later zei ze: 'Ja, waarschijnlijk heb je gelijk. Hij moet zich inderdaad helemaal op zijn werk kunnen concentreren, vooral omdat het daar zo gevaarlijk is.'
Ze zwegen alle drie.
Tessa schoof een eindje bij haar moeder vandaan en keek Paula aan. Ze slikte en zei met trillende stem: 'Ik ben in verwachting. Jean-Claude en ik verwachten een kind.'
'O Tessa, lieverd, waarom heb je me dat niet eerder verteld?' Paula keek Tessa stralend aan, maar meteen betrok haar gezicht.
'Omdat ik het eerst tegen Jean-Claude wilde zeggen, maar dat kan nu niet meer,' antwoordde Tessa zacht. Ze begon weer te huilen. Met verstikte stem vervolgde ze: 'Ik hoop toch zo dat hem niets overkomen is... Stel dat er iets met hem is gebeurd? Wat moet ik dan doen?'
'Luister nu eens goed naar me, Tessa,' zei Paula vastberaden. 'Hij is een doorgewinterde oorlogscorrespondent, dat heb je me zelf verteld. Hij zal heus geen geen enkel risico lopen. Hij zal je dit weekend bellen, dat heeft hij je beloofd. Je hoort binnenkort weer van hem, dat weet ik zeker.'
Jack vond dat hij Tessa en Paula nu beter alleen kon laten en stond op. 'Je moet op een goede afloop vertrouwen, Tessa,' zei hij. 'En je moeder heeft gelijk. Jean-Claude zal het gevaar heus niet opzoeken.' Met een blik op Paula voegde hij eraan toe: 'Nu ga ik, dan kunnen jullie hier nog een poosje blijven praten.'
'Blijf eten, Jack. Dat zouden we erg op prijs stellen.'
Hij glimlachte tegen Paula en liep naar de deur. Ze laat zich nergens door uit haar evenwicht brengen, dacht hij. Als hoofd van de familie heeft ze altijd wel iets om zich zorgen om te maken, maar ze is en blijft een sterke, moedige vrouw.

29

Jaren geleden had Emma Jack op Pennistone Royal een comfortabele slaapkamer toegewezen en die gebruikte hij nog steeds. Hij bleef er vaak slapen, vooral als het 's avonds te laat was geworden om nog naar Robin Hood's Bay aan de kust te rijden.
Toen Jack de deur van de zitkamer zacht achter zich dicht had getrokken, ging hij naar boven, naar zijn kamer. Opeens was hij moe en had hij behoefte aan wat rust om weer tot zichzelf te komen. Ook moest hij India bellen om te vragen hoe het met Dusty was gegaan, en moest hij contact opnemen met enkelen van zijn ondergeschikten. Maar die telefoontjes konden nog wel even wachten.
In zijn in zachte tinten ingerichte slaapkamer keek hij even vergenoegd om zich heen voordat hij zijn mobieltje op het nachtkastje legde, zijn jasje en schoenen uittrok en met zijn handen onder zijn hoofd op het bed ging liggen.
Hij staarde naar het plafond en dacht terug aan het bericht waarmee Tessa zojuist naar haar moeder was gekomen. Paula had kalm gereageerd, zoals ze meestal deed wanneer iemand van de familie aankwam met slecht nieuws. Een ongetrouwde vrouw die een kind verwachtte, was niet langer ongewoon, bedacht hij. Maar als Jean-Claude in Afghanistan inderdaad iets overkomen was, kon hij zich voorstellen hoe erg dat voor Tessa zou zijn. Waar zou Lorne dit weekend doorbrengen? Als hij toevallig ook naar Pennistone Royal zou komen, zou dat een zegen zijn.
Het getinkel van zijn mobieltje verbrak de stilte. Jack nam op: 'Jack Figg.'
'Met Ted, Jack. We hebben de vrouw waarschijnlijk gevonden. In het lijkenhuis in Leeds. Ze zat in een auto die geparkeerd stond in een zijstraat in de buurt van Roundhay Park. Ze had geen identiteitsbewijs bij zich, maar de beschrijving die je me had gegeven, klopt precies.'
'Mijn god,' zei Jack geschrokken. 'Wat is de doodsoorzaak, Ted?'
'Dat weet de patholoog-anatoom nog niet zeker, maar hij denkt dat het een overdosis is geweest. Hij heeft geen kneuzingen of wonden op haar lichaam gevonden. Ze is gisteravond overleden, omstreeks middernacht, volgens de lijkschouwer.'
'Je zegt dat ze geen identiteitsbewijs bij zich had, maar hebben jullie dan geen handtas gevonden of had ze niets in haar zak?' vroeg Jack verbaasd.

'Nee, geen van beide. Het portier van de auto zat niet op slot en het sleuteltje zat in het contact, maar ze had niets bij zich.'
'Ook geen spuit of naalden of wat dan ook?'
'Ook niet. Dat is inderdaad allemaal erg vreemd. Haar dood en de omstandigheden zijn nog een raadsel voor ons, we weten ook nog niet of ze wel in die auto is gestorven. Kun jij hiernaartoe komen om haar te identificeren, Jack?'
'Ik zou het graag doen, maar ik heb Melinda Caldwell nooit ontmoet.'
'Heeft ze familie?'
'Het treurige is dat haar moeder vanmorgen is gestorven. In het ziekenhuis in Leeds.'
'Jemig, een moeder en een dochter die vlak na elkaar overleden zijn!' riep Ted verbaasd. 'Hoe moet ik dit nu verder aanpakken?'
'Ik denk dat Melinda's vroegere vriend, de vader van haar kind, haar wel zal willen identificeren. Ik zal hem het nieuws doorgeven en ik bel je straks terug.'
'Bedankt, Jack. Tot straks dan.'
Jack stond op en liep naar het bureau. Hij toetste Dusty's nummer in op de vaste lijn en toen Paddy opnam, zei hij: 'Met Jack Figg, Paddy. Kan ik meneer Rhodes even spreken?'
'Dat kan, meneer. Een ogenblikje, dan verbind ik u door.'
Even later kwam Dusty aan de lijn. 'Bedankt dat je belt, Jack. India had me al gezegd dat je dat zou doen,' zei hij mat. 'Ik ben naar het ziekenhuis geweest en heb alles geregeld.'
'Ik vind het heel erg dat Molly Caldwell is gestorven, Dusty. Ik dacht dat ze het wel zou halen.'
'Ik ook,' zei Dusty, hoewel hij een voorgevoel had gehad van het tegendeel.
'Ik ben net gebeld door Ted Fletcher van de criminele dienst in Leeds, Dusty. Ze hebben Melinda gevonden.'
'O. Maar ik hoor aan je stem dat er iets mis is. Is ze... dood?'
'Ja, het spijt me.' Jack schraapte zijn keel en vertelde Dusty wat hij zojuist van Ted had gehoord. 'Jij bent de enige die haar kan identificeren, Dusty. Wil je dat doen?'
'Er is nog iemand die dat kan, ze heet Gladys Roebotham. Ze is hier op Willows Hall en zorgt voor Atlanta. Maar ik heb liever dat zij hier blijft, dus zal ik die taak op me nemen. Waar moet ik naartoe?'
'Blijf maar thuis, dan kom ik je halen en dan gaan we samen naar het lijkenhuis.'

'Doe niet zo mal, Jack. Ik ben een grote jongen, hoor, ik kan best alleen naar Leeds rijden.'
'Het is een akelige ervaring iemand te moeten identificeren die je goed hebt gekend en die plotseling op de snijtafel in het mortuarium ligt. Ik ben op Pennistone Royal, ik moet nog even met Paula praten en dan ben ik over een halfuur bij je.'
'Voordat je ophangt, Jack: was het een overdosis?'
'Dat weten ze nog niet zeker. Ze is gisteren omstreeks middernacht gestorven.'
Het bleef even stil voordat Dusty mompelde: 'Tot zo dan, Jack. En alvast bedankt.'

Op zaterdagmorgen besloot Paula vroeg naar Lackland Priory te gaan, alleen. Als Robin ergens mee in zijn maag zat en wilde praten, dacht ze, konden ze dat beter onder vier ogen doen. Marietta kon later bij hem langsgaan, of misschien had Robin zin om vanavond te komen eten.
Voordat ze vertrok, ging ze naar Tessa's kamer om haar dochter nog even bemoedigend toe te spreken. Maar Tessa was in een neerslachtige bui en verwachtte elk moment het bericht dat het met Jean-Claude slecht was afgelopen. Paula kon haar niet troosten en het feit dat Tessa die nacht geen oog dicht had gedaan, maakte het er niet beter op.
Tijdens de korte rit naar het huis van Robin dacht Paula na over de gebeurtenissen van de vorige dag. Het was een soort Zwarte Vrijdag geworden, of zoals Shane het bij het avondeten had genoemd: '*Bad Day at Black Rock*,' wat de titel was van een van zijn lievelingsfilms.
'Twee doden,' had Margaret bij het opdienen van de gerookte zalm tegen haar gemompeld. 'Dan komt er nog een derde. Want driemaal is scheepsrecht, dat weet u ook, mevrouw Paula.'
Toen Jack haar over het overlijden van zowel Molly als Melinda had verteld, moeder en dochter, was er een rilling over haar rug gelopen. Daarna was hij vertrokken om met Dusty mee te gaan naar het mortuarium in Leeds, met de belofte dat hij om acht uur, wanneer ze aan tafel gingen, terug zou zijn. Die belofte was hij nagekomen.
Terwijl ze over de snelweg reed, dacht ze aan Priscilla Marney en haar betreurenswaardige relatie met Jonathan Ainsley. Ze was perplex geweest toen ze daarvan hoorde, en nu moest ze beslissen of ze nog steeds van de diensten van Prissy's cateringbedrijf

gebruik wilde maken. Hoewel Prissy zichzelf in de nesten had gewerkt, had ze toch een beetje medelijden met haar. De ontdekking dat Jonathan haar alleen maar had willen gebruiken, moest een grote schok voor haar zijn geweest. Volgens Jack was Priscilla een fatsoenlijke, loyale vrouw. Zou ze haar dan maar aanhouden? Ze zou het met Shane bespreken.

Toen ze door het toegangshek de oprijlaan van Lackland Priory opreed, vroeg ze zich af wat haar bij Robin te wachten stond. Ze had de motor nog niet eens stilgezet toen de voordeur opengiing en Bolton op het bordes verscheen. Hij begroette haar opgewekt en liep samen met haar het mooie oude huis in.

Binnen nam hij haar jas aan en bracht haar naar de kleine eetkamer, waar Robin zat te ontbijten terwijl hij de krant las.

'Wat een leuke verrassing,' zei Robin. Hij stond op en gaf haar een kus op haar wang. 'Toen Bolton zei dat je zou komen, heb ik hem gevraagd ook voor jou te dekken. Heb je nog zin in een ontbijt?'

Paula ging tegenover hem zitten en schudde haar hoofd. 'Nee, dank u, oom Robin. Ik wil wel graag een kop koffie.'

Nadat Bolton haar koffie had gebracht en hen alleen had gelaten, zei ze: 'Het is een prachtige dag vandaag, zonnig en vrij zacht.' Ze lachte. 'Maar dat hoef ik niet te zeggen, want hier schijnt de zon volop naar binnen.'

Robin glimlachte en vroeg: 'Waar ga je zo vroeg naartoe, Paula?'

'Ik heb met Emily afgesproken in West Tanfield. We moeten nog een paar dingen doen op Beck House. Omdat ik toch langs uw huis zou komen, leek het me een goed idee u even gedag te zeggen. Hoe gaat het met u, oom Robin?'

'Niet slecht, helemaal niet slecht. Ik maak me natuurlijk wel zorgen om Evan en de tweeling. Ik zal blij zijn als de bevalling achter de rug is.'

'Zij ook, denk ik.'

'Alles is toch in orde?'

'Ja hoor, u hoeft zich echt geen zorgen te maken. Alles verloopt zoals het hoort.' Paula nam een slok koffie en vervolgde: 'Marietta logeert dit weekend bij ons en ik vroeg me af of u zin hebt om vanavond te komen eten.'

'Dat klinkt gezellig, Paula, maar ik wilde naar Edwina toe.'

'Zij is ook welkom, tenzij u liever met haar alleen bent.'

Robin dacht even na en antwoordde: 'Goed, dan vragen we haar

wat ze wil. Ik denk dat zij het ook gezellig zal vinden. We zijn graag op Pennistone Royal.' Hij leunde naar Paula toe en vroeg: 'Zullen we een wandeling door de tuin maken? Zoals je al zei, is het een prachtige dag en ik wil met je over mijn rozen praten.'
De vraag kwam zo onverwacht dat Paula hem geschrokken aankeek. Toen ze de zorgelijke blik in zijn ogen zag, antwoordde ze: 'Dat is een goed idee. Maar dan moet u wel een warme jas aantrekken.'
Een paar minuten later liepen ze, allebei met een jas aan en een sjaal om, door de tuin. 'Ik vind het niet prettig in het bijzijn van het personeel over familiezaken te praten, Paula,' legde Robin uit.
'Dat begrijp ik, oom Robin. Maar u vertrouwt Bolton toch wel?'
'Natuurlijk. Hij is al jaren bij me en hij is een trouwe ziel, maar het kan geen kwaad om voorzichtig te zijn. Het is beter dat ze zo min mogelijk weten.'
'Dat ben ik met u eens. Ik weet heus wel dat u me niet mee naar buiten hebt genomen om over uw rozen te praten,' vervolgde Paula onomwonden, terwijl ze om zich heen keek, 'maar ze moeten wel in de zon staan. Die struiken daar hebben 's zomers te veel schaduw.'
'Dat heb ik gezien. Ik zal ze verplaatsen zodra de grond weer wat zachter is. Als ik er dan nog ben.'
'Vast wel. Waar wilde u het over hebben?'
'Twee dingen. In de eerste plaats wil ik je vertellen dat ik Evan mijn huis in Belgravia nalaat. Oorspronkelijk was dat huis van Edwina, maar ik heb het jaren geleden van haar gekocht. Voor Glynnis. De koopakte is op naam van Edwina blijven staan, maar Anthony weet hoe het zit, dus dat zal geen probleem opleveren. Maar ik vond dat jij het ook moest weten, omdat jij als hoofd van de familie optreedt.'
'Ik vind het fijn dat u me dit hebt verteld, oom Robin...' Paula beet op haar lip en keek Robin bezorgd aan.
'Om Jonathan hoef je je geen zorgen te maken,' zei Robin meteen. 'Hij weet niet eens dat ik dat huis lang geleden heb gekocht. We hebben afgesproken dat Gideon het na de dood van Edwina zogenaamd zal kopen als investering. Jonathan denkt dat het nog steeds van Edwina is en dat ze het goedvindt dat ik er logeer wanneer ik wil.'
'Ah, nu begrijp ik het. Dank u voor de uitleg, oom Robin. U zei dat u over twee dingen wilde praten, dus wat is het tweede?'
'Ik heb een fonds opgericht voor Evans tweeling. Via jouw no-

taris, John Crawford, ook al is hij al gedeeltelijk met pensioen. Ik ken hem al jaren en hij is een rechtschapen man, volkomen betrouwbaar. Ook wat dit betreft, hoef je niet bang te zijn dat Jonathan erachter komt, omdat ik jarenlang een fonds had in Amerika. Ook voor Glynnis. Maar ze heeft er nooit iets van gebruikt en het mij nagelaten. Eerst wilde ik het op Owens naam laten zetten, maar ik heb me bedacht. Het is voor de tweeling van Evan.'
'O.'
'Je hebt een rare uitdrukking op je gezicht, Paula.' Robin keek haar onderzoekend aan. 'Wat denk je?'
'Weet u zeker dat Jonathan dat niet zal ontdekken?'
'Heel zeker. Ik heb dat fonds in de jaren vijftig voor Glynnis opgericht met geld dat ik in Amerika had geïnvesteerd. Bovendien krijgt de tweeling dat geld pas als ze eenentwintig zijn. John heeft ervoor gezorgd dat het waterdicht is, Paula, echt waar.'
'Ik weet dat hij briljant is en altijd heel zorgvuldig te werk gaat, maar ik wil u graag iets vragen, als dat mag.'
'Vraag maar raak, lieve kind.'
'Waarom bent u wat Owen Hughes betreft van mening veranderd?'
'Hij heeft het geld niet nodig, maar dat is niet de reden.' Robin schudde met een verdrietig gezicht zijn hoofd. 'Hij mag me niet, Paula. Hij doet niet de minste moeite om me te zien. Ik begrijp het wel, hoor. Hij is grootgebracht door Richard Hughes en Richard is een uitstekende vader voor hem geweest. Ik denk dat ik voor Owen niet meer ben dan de minnaar van zijn moeder en dat hij me als zodanig niet hoog aanslaat.' Robin pakte Paula bij de arm en glimlachte haar toe. 'Bovendien kijk ik liever naar de toekomst. De tweeling heeft ook mijn genen en zij zijn de toekomst.'

DEEL VIER

Solo

Geen onheil zal u treffen en geen plaag zal uw tent naderen, want Hij zal aangaande u Zijn engelen gebieden dat zij u behoeden op al uw wegen.

Psalm 91

30

Linnet vond Harte's de mooiste plek ter wereld. Al toen ze nog maar een baby was, had haar moeder haar meegenomen naar het grote warenhuis in Knightsbridge. Of eigenlijk al voor haar geboorte, want Paula had tot de dag voordat ze was uitgerekend, gewerkt.

Ze vond het ook een magische plek, omdat het een overdaad bood aan prachtige dingen. Alles wat iemand zich maar kon wensen was er te vinden, althans op materieel gebied. Elk onderdeel van de door haar overgrootmoeder opgerichte winkel was haar lief, maar ze hield vooral van de modeafdeling, die zij leidde. Emma was vooral trots geweest op de voedselafdeling, en dat was Linnet ook. Geen enkel warenhuis ter wereld kon aan hun aanbod van voedselproducten tippen. Ze liep er altijd watertandend doorheen.

Ze beschouwde Harte's als een soort grot van Aladdin. Als kind had ze er gespeeld en nu was het haar eigen domein.

Op maandagmorgen had ze, afgezien van de schoonmakers en de bewakers, het hele warenhuis voor zichzelf. Ze liep er van beneden naar boven doorheen terwijl ze haar ogen goed de kost gaf en een heleboel aantekeningen maakte. Tegelijkertijd probeerde ze zich voor te stellen hoe het eruit zou zien als de veranderingen die ze haar moeder had voorgesteld een feit waren. Op sommige afdelingen bleef ze langer rondkijken, zoals de modeafdeling, de verdieping waar de kapsalon zich bevond en de afdeling bedden en matrassen. 'De bedden moeten naar de meubelafdeling,' mompelde ze met een afkeurende blik op een rij matrassen voordat ze naar de roltrap liep.

Ze was al om zes uur op haar werk aangekomen en nu was ze klaar om naar haar kantoor te gaan om haar aantekeningen door te nemen en te ordenen. Toen ze op de roltrap stond, keek ze op haar horloge en zag tot haar verbazing dat het al acht uur was. Ze was twee uur bezig geweest en de tijd was omgevlogen. Alles wat ze vanmorgen had gezien, stond in haar geheugen geprent. Ze bofte dat ze een fotografisch geheugen had en zich alles meteen weer voor de geest kon halen. Het maakte haar werk een stuk gemakkelijker.

In de gang van de kantoorverdieping bleef ze staan voor de nis met Emma's portret. Emma was een beeldschone vrouw geweest

en in haar lichtblauwe jurk en juwelen met smaragden zag ze er heel elegant uit, maar op dit moment bewonderde Linnet niet haar schoonheid. Wat ze zag, was haar kracht. Emma straalde uit dat ze een heel sterke persoonlijkheid was geweest.
Linnet ging vlak voor het portret staan en zei zacht: 'Je moet achter me staan, Emma. Je moet me onvoorwaardelijk steunen.' Ze keek om zich heen om er zeker van te zijn dat niemand haar kon horen en voegde eraan toe: 'Dat heb je me beloofd.'
Ze leunde naar voren en raakte voorzichtig Emma's gezicht aan. 'Ik sta achter je,' hoorde ze Emma zeggen, alsof het van heel ver kwam. Ze glimlachte tegen het portret en liep door.
Linnet hield zich voor dat het niet normaal was dat ze de laatste tijd steeds tegen haar overgrootmoeder praatte. Maar het vreemde was dat Emma antwoord gaf. Ze was ervan overtuigd dat ze Emma's stem hoorde. Toen ze dit aan Julian had verteld, had hij haar niet uitgelachen, maar gezegd: 'Ik geloof je, Linny. Maar vertel het niet aan anderen.' Niet dat ze dat van plan was geweest. Emma zat in haar hart, in haar ziel. Ze dacht heel vaak aan Emma en wilde haar met niemand delen.
Toen ze zich even later achter haar bureau had geïnstalleerd, las ze haar aantekeningen nog eens door en voegde er hier en daar iets aan toe. Daarna gingen haar gedachten naar haar moeder. Paula had erin toegestemd vanmorgen met haar te praten over de informatie die ze haar moeder dit weekend had meegegeven naar Yorkshire. Maar eigenlijk vond ze dat nu niet meer zo'n goed idee, omdat haar moeder te veel in beslag werd genomen door haar bezorgdheid om Tessa en de verdwijning van Jean-Claude in Afghanistan. Bovendien had ze een probleem met Priscilla Marney, die de minnares van Jonathan Ainsley was geweest.
Linnet leunde naar achteren op haar stoel toen ze aan het gesprek dacht dat ze met haar moeder over die kwestie had gehad. In elk geval was haar moeder wel zo sportief geweest om toe te geven dat Linnet gelijk had toen ze had volgehouden dat ze een spion van Jonathan in hun midden hadden. Niemand had haar willen geloven. 'Maar ze heeft hem alleen verteld wanneer ze weer eens een feestje voor ons moest cateren,' had haar moeder gezegd. Linnet vond niet dat Priscilla er zo gemakkelijk van af hoorde te komen. 'Dat is al erg genoeg, mama,' had ze geantwoord. 'Op die manier wist Jonathan altijd precies wanneer we weer bij elkaar zouden komen en dan had hij zo een bom op het huis kunnen laten vallen om in één keer van ons af te zijn.'

Haar moeder had geprotesteerd en haar vlug verteld dat Molly en Melinda Caldwell allebei waren overleden. Meteen na dit telefoongesprek had Linnet India gebeld om te laten merken dat ze met haar meeleefde. Daarna had ze Tessa gesproken, die zo van streek was dat geruststellende woorden zinloos waren.
Linnet wist dat ze haar zus opnieuw moest bellen om te vragen of ze intussen iets van Jean-Claude had gehoord.
Ze trok het toestel naar zich toe en belde naar Pennistone Royal. Tessa nam aan, met een hoge, gespannen stem.
'Met Linnet. Heb je al iets gehoord?'
'Nee, nog geen woord,' antwoordde Tessa somber. Linnet wist dat Tessa teleurgesteld was omdat zij aan de lijn was en niet Jean-Claude.
'Ik ben op van de zenuwen. Ik zou het liefst naar Parijs gaan, naar Philippe, maar dat vindt Lorne geen goed idee. Ik zit in de bibliotheek en probeer op mijn laptop een beetje te werken, en vanmiddag ga ik naar het warenhuis in Harrogate. Lorne zegt dat ik bezig moet blijven.'
'Is hij daar ook?' vroeg Linnet.
'Ja, gelukkig wel. Mama en papa zijn vanmorgen teruggegaan naar Londen.'
'Hoe gaat het met Adèle?'
'Heel goed,' antwoordde Tessa iets opgewekter. 'Ik breng zo veel mogelijk tijd met haar door, want ze vrolijkt me op.' Ze zweeg even en vroeg bijna fluisterend: 'Heeft mama het je al verteld?'
'Wat?'
Tessa begreep meteen dat haar zus niet wist wat ze bedoelde. 'Nee dus. Ik ben zwanger. Jean-Claude en ik krijgen een kind.'
'O mijn god, Tessa, wat fantastisch! Gefeliciteerd!' Linnet hield abrupt op en zei vlug: 'Geen wonder dat je je zo veel zorgen maakt. Zwangere vrouwen maken zich immers altijd zorgen, of niet soms? Maar hij komt heus wel terug, hoor...' eindigde ze zwakjes.
'Ja, dat moet ik blijven geloven.' Tessa klonk opeens erg vermoeid. 'Daar moet ik me aan vastklampen.'
'Als je het vandaag niet kunt opbrengen naar Harrogate te rijden, kan India dat misschien voor je doen.'
'Zij heeft al genoeg aan haar hoofd, vind je niet? Haar eigen werk en dan ook nog Dusty's problemen.'
'Ja, maar hun problemen zijn minder erg dan de jouwe. Laat me

weten als ik iets voor je kan doen en bel me alsjeblieft als je iets weet. We leven allemaal met je mee, Tessa.'
'Zodra ik iets heb gehoord, zal ik je bellen.'
Een paar minuten later had Linnet India aan de lijn. Ze was nog op Willows Hall, maar ze stond op het punt naar kantoor te gaan in Leeds. 'Ik ben blij dat jullie daar alles onder controle hebben, India,' zei Linnet. 'Tessa klinkt verschrikkelijk somber, en geen wonder. Ik heb gezegd dat ze vandaag niet naar Harrogate hoeft te gaan. Of is ze daar dringend nodig?'
'Nee, dat heb ik gisteren ook al tegen haar gezegd. Maar Lorne is thuis en hij vindt dat ze bezig moet blijven, dus probeert ze dat. Arme meid. Ik bid voor haar en voor Jean-Claude. Ik kan me voorstellen dat ze wanhopig is; dat zou ik ook zijn als Dusty in een oorlogsgebied werd vermist.'
'Ja, natuurlijk. Hoe gaat het met Dusty?'
'Och, je weet hoe hij is, hij slaat zich overal doorheen. Net als de Hartes. Als het erop aankomt, staat hij zijn mannetje. Hij heeft verdriet om Molly en hij vindt het vreselijk dat Melinda op deze manier om het leven is gekomen, maar hij redt het wel. Hij is bezig hun begrafenis te regelen.'
'O jee, wat akelig dat hij dat moet doen. Wat heeft hij eigenlijk tegen Atlanta gezegd?'
'Niet dat haar moeder dood is. Atlanta kent... eh, kende haar moeder nauwelijks, omdat ze bij haar grootmoeder woonde.' India zuchtte. 'Wat Molly betreft, heeft hij Atlanta verteld dat haar oma op reis is gegaan naar de engelen, meer niet. Ze stelde natuurlijk meteen allerlei vragen, maar het is ons gelukt daar antwoorden op te geven waarmee ze tevreden was. Gelukkig is ze dol op Gladys, die voorlopig hier blijft en die een schat van een mens blijkt te zijn.'
'Ik vraag me wel eens af, India, of wij, ik bedoel de familie, meer problemen hebben dan anderen. Dat lijkt soms wel zo.'
'Grappig dat je dat zegt, want die opmerking heb ik vanmorgen aan het ontbijt ook tegen Dusty gemaakt.'
'Paula zegt dat dat komt omdat we zo'n grote familie zijn, onze drie clans. Met zo veel mensen is er altijd wel iets aan de hand, dat kan haast niet anders. Dan weer dit, dan weer dat, zo zei ze het.'
'Ze heeft waarschijnlijk gelijk. Maar nu moet ik weg, Linny. Ik bel je gauw weer.'

Linnet was stomverbaasd geweest toen Tessa haar had verteld dat ze in verwachting was. Ze vond haar oudere halfzus een berekenende vrouw, die altijd precies wist wat ze deed. Vooral de laatste tijd. Haar huwelijk met Mark Longden en hun scheiding waren natuurlijk een ramp geweest, maar uiteindelijk was Tessa als winnares uit de strijd gekomen. Ze had alles gekregen wat ze hebben wilde: haar vrijheid en haar kind, terwijl Mark Longden naar de andere kant van de wereld was gestuurd.
En ooit wilde Tessa de leiding van het bedrijf van hun moeder overnemen. Had ze die ambitie opgegeven? Als ze het grootvader Bryan zou vragen, zou die haar vierkant uitlachen. Hij hield haar voortdurend voor dat Tessa Fairley voor eens en altijd haar rivale was. Dat zou nooit veranderen. En hij had gelijk. Maar nu had Tessa een relatie met een beroemde man die in het buitenland woonde en verwachtte ze zijn kind. Zou ze er dan toch nog naar streven de hoogste baas van Harte's te worden? Wilde ze dan echt tussen Parijs en Londen heen en weer blijven reizen? Beschouwde ze zichzelf nog steeds als de kroonprinses, de rechtmatige erfgename van hun moeder?
Linnet kon zich deze dingen alleen maar afvragen, want ze wist de antwoorden niet.
Ze sloeg een van de mappen op haar bureau open en bladerde door de e-mailcorrespondentie tussen haar en Bonnadell Enloe. De overeenkomst tussen haar en de Amerikaanse zakenvrouw die zo veel succes had met haar keten van schoonheidssalons, die ze heel toepasselijk *Sereen* had genoemd, stond min of meer op papier. Ze twijfelde er niet aan dat een schoonheidssalon in het warenhuis ook een succes zou worden. Ze had er alle vertrouwen in.
Ze pakte een andere map, met de aantekeningen die ze had gemaakt tijdens haar gesprek met Bobbi Snyder. Bobbi was een oude vriendin van Marietta uit de tijd voordat ze getrouwd was, toen ze nog kunstgeschiedenis studeerde in Londen. Bobbi was ook Amerikaanse, maar zij was na Marietta's vertrek in Londen gebleven. Ze was met een Engelsman getrouwd en had een dochter, en ze had een aantal jaren de modeafdeling van Harvey Nichols geleid. Toen Marietta van Evan had gehoord dat Linnet een ervaren manager zocht voor de nieuwe bruidsafdeling, had Marietta haar oude vriendin aanbevolen.
Linnet had nog geen poging kunnen doen om de veelgeprezen Bobbi in dienst te nemen, maar ze hoopte dat het niet lang meer zou duren voordat ze haar kon benaderen.

De derde map op haar bureau bevatte gegevens over haar eigen modeafdeling. Met een wrang gezicht sloeg Linnet die ten slotte ook open, nog steeds teleurgesteld over de slechte verkoopcijfers. Toen ze de verdiepingen waar kleding werd verkocht vanmorgen had geïnspecteerd, was het haar nog veel duidelijker geworden dat daar iets moest gebeuren.
De vierde map bevatte informatie over het openen van een afdeling met dure luxegoederen, als haar moeder het daarmee eens zou zijn. Dat was nog een groot vraagteken. Het andere vraagteken, ook voor Evan, was of haar moeder zou instemmen met het inrichten van een aantal snackbars op de voedselafdeling. Nadat Linnet ook nog een keer vluchtig door de daarbij behorende map had gekeken, sloeg ze hem dicht en wenste ze dat ze die haar moeder het afgelopen weekend niet had meegegeven. Paula had zich er waarschijnlijk alleen maar boos om gemaakt.
Linnet sloot haar ogen en probeerde zich voor te stellen hoe het warenhuis eruit zou zien als al haar plannen werden uitgevoerd. Over drie maanden, zes maanden, een jaar... Ze werd er opgewonden van. Op de een of andere manier moest ze haar moeder haar nieuwe visie duidelijk zien te maken. Net als zij moest Paula Harte's zien zoals het zou kunnen worden in plaats van zoals het was. Het warenhuis moest een heel nieuw aanzien krijgen, een moderne uitstraling. Het moest niet alleen een zaak met smaak zijn, maar ook een zaak met flair. Ze moesten ook kleren van talentvolle jónge ontwerpers in hun collecties opnemen. Hun beroemde service moest natuurlijk gehandhaafd blijven. Naast dure juwelen moesten ze betaalbare sieraden gaan verkopen. En dan de bruidsafdeling... Die moest ook een compleet huwelijksfeest kunnen organiseren, misschien met inbegrip van een huwelijksreis. En in de schoonheidssalon zouden vrouwen van alle leeftijden zich heerlijk kunnen laten verwennen...
Linnet ging rechtop zitten en zei hardop: 'We moeten Harte's wakker schudden! De eenentwintigste eeuw in schoppen!'
Dat zal ik straks ook tegen mijn moeder zeggen, dacht ze. En dan vraag ik haar of ze mij tot creatief directeur wil benoemen. Dát zou haar moeder beslist doen, want dat had haar vader al een tijdje geleden voorgesteld. En haar moeder luisterde altijd naar haar vader.
Linnet pakte de telefoon en belde Evan, die even later opnam.
'Gaat het wel goed met je?' vroeg Linnet. 'Je klinkt een beetje mat.'

'Hallo Linnet. Het gaat prima, hoor. Ik ben alleen zo ontzettend dik, ik lijk wel een olifant! Ik heb het gevoel dat Robin en Winston elk ogenblik tevoorschijn zullen komen, veel vroeger dan we verwachten.'
'Hé, je hebt ze namen gegeven!'
'Ja, dat was ik vergeten je te vertellen. Gideon en ik hebben ze vorige week gekozen. Robin Harte en Winston Harte de Derde, dat klinkt goed, vind je niet?'
'Dat vind ik ook. Maar je vader dan?'
'Vind jij dat we een van de jongens eigenlijk naar hem horen te vernoemen?' Evan zuchtte diep. 'Ach, daar wil ik niet eens over nadenken, Linny. Bovendien krijgt Robin Owen als tweede naam, daar moet papa tevreden mee zijn. Maar zo aardig is hij niet voor ons, Linnet. Ik heb het er niet uitgebreid met je over gehad, maar hij deed nogal afstandelijk tegen Robin, Winston en Gideon, en tegen mij stroomde hij ook niet over van genegenheid.'
'Nee, daar heb je me niets van verteld. Wat akelig, Evan. Heb je enig idee wat hem dwarszit?'
'De Hartes zitten hem dwars, en daar ben ik er nu ook een van. Ik ben met een Harte getrouwd en mijn kinderen worden Hartes. Volgens mij verafschuwt hij de hele familie. Diep vanbinnen, zonder dat hij het zelf beseft. Hij zou het niet eens onder woorden kunnen brengen.'
Linnet schrok ervan en wist even niet wat ze moest zeggen.
'Linny? Ben je er nog?'
'Ja hoor. Maar als je vader zo'n hekel heeft aan de Hartes, denk je dan niet dat hij bereid zal zijn ons te verraden en over te lopen naar Angharad?'
'Nee, dat denk ik niet. Hij is nooit erg op haar gesteld geweest. Bovendien houdt hij wel van me. Hij moet alleen leren niet zo jaloers te zijn. Want dat is het, volgens mij. Dat denkt mijn moeder ook. Ik ben destijds naar Londen gegaan, heb een baan gekregen bij Harte's, ben verliefd geworden op een Harte en heb ontdekt dat ik zelf ook een Harte ben. Vanuit zijn gezichtspunt is hij me kwijtgeraakt aan de machtige familie Harte. Hij vergeet dat hij zelf ook een Harte is.'
'Maar hij is je helemaal niet kwijtgeraakt! Of wel?'
'Nee, maar hij ergert me mateloos met zijn gedrag.'
'Komt hij naar de doop?'
'Ja, vast wel. En het valt allemaal best mee, hoor. Hij doet alleen een beetje koel tegen me. Laten we het nu over iets anders heb-

ben. Ga je vandaag met Paula over al je nieuwe ideeën praten?'
'Ja. Duim alsjeblieft voor me.'
'Dat zal ik doen. Ik ga ervan uit dat je je zin zult krijgen.'

In de bibliotheek schrok Tessa op toen er een bundel zonlicht door de hoge ramen op haar bureau viel. Knipperend met haar ogen draaide ze haar hoofd om en keek naar buiten, en opeens viel het haar op dat de lente zich aankondigde.
Ze stond op en liep langzaam naar het raam dat uitzicht bood op de hei. Verbaasd constateerde ze dat de sneeuw die er in het weekend nog op de hellingen had gelegen, gesmolten was. En in de tuin staken er hier en daar groene topjes uit de zwarte aarde. Plotseling voelde ze aandrang om naar buiten te gaan, een wandeling te maken en een frisse neus te halen. Ze zat nu al een paar dagen thuis zich zorgen te maken, te huilen en Philippe in Parijs lastig te vallen met haar gebel. Gelukkig was hij altijd even aardig, zorgzaam en op elk moment bereid om met haar te praten en haar te kalmeren. Ze was de zoon van Jean-Claude steeds sympathieker gaan vinden.
Ze hadden elkaar vanaf het eerste moment gemogen, dat weekend een paar weken geleden op Clos-Fleuri. Doordat ze zich allebei zorgen maakten om Jean-Claude, was er inmiddels een hechte vriendschap tussen hen ontstaan. Hoewel Philippe een heel ander karakter had dan zijn vader, leek hij uiterlijk precies op hem en klonk zijn stem bijna hetzelfde. Het troostte haar met Philippe te praten, vooral omdat hij haar zo aan Jean-Claude deed denken.
Jean-Claude, waar ben je? Wat is er met je gebeurd? Waarom laat je niets meer van je horen? De vragen tolden door Tessa's hoofd en haar borst verkrampte bij de gedachte dat hij misschien al dood was. Sinds vorige week maandag, inmiddels een hele week, had ze niets meer van hem gehoord. Niemand had sindsdien nog contact met hem gehad.
Tessa pakte haar mobieltje van het bureau en liep naar de keuken. Ze deed de deur open en zei tegen Margaret: 'Ik ga een eindje wandelen, Margaret. Ik ben over tien minuten terug.'
'Kleed je warm aan, kind,' maande Margaret, moederlijk bezorgd als altijd. 'Ik maak een heerlijke lunch voor je klaar en daar ga je straks iets van eten, al moet ik je voeren.'
Voor het eerst in een paar dagen begon Tessa te lachen. 'Ik ben geen vier meer, hoor. Je hoeft me heus niet te voeren, ik zal braaf iets eten.'

'Mooi zo. Want je eet nu voor twee, denk daaraan.'
Daar gaf Tessa geen antwoord op. Ze deed de deur weer dicht, en in de hal pakte ze een dikke jas van haar moeder uit de kast en trok die aan. Toen ze over het met keien bestrate erf liep, vroeg ze zich hoofdschuddend af hoe Margaret wist dat ze zwanger was. Margaret wist altijd alles wat er zich in de familie afspeelde, maar hoe ze dat wist, was een raadsel. Tessa vond het niet erg dat Margaret van haar toestand op de hoogte was, iedereen mocht het weten. Het enige waar ze zich nog om bekommerde, was Jean-Claudes veiligheid.
Terwijl ze naar het rododendronlaantje liep, dacht ze aan de baby. Ze was niet met opzet zwanger geraakt en toen ze het ontdekte, was dat een schok voor haar geweest. Maar algauw had de schrik plaatsgemaakt voor blijdschap en nu vond ze het heerlijk dat ze een kind van Jean-Claude zou krijgen. Wanneer ze het hem vertelde, zou hij het ook fijn vinden, dat wist ze zeker.
Nu had ze spijt dat ze het blijde nieuws voor zichzelf had gehouden en het hem niet had verteld voordat hij naar Afghanistan vertrok. Als ze dat wel had gedaan, had hij weliswaar nog steeds moeten gaan omdat hij een contract had met de omroep, maar als hij had geweten dat hij opnieuw vader zou worden, was hij misschien wat voorzichtiger geweest en had hij minder gevaarlijke dingen ondernomen.
Ze had vannacht bijna geen oog dichtgedaan uit angst dat ze het kind helemaal alleen zou moeten grootbrengen, als het ergste zou gebeuren en Jean-Claude niet terug zou komen. Uiteindelijk was ze ingedommeld en toen ze vanmorgen wakker werd, had ze zichzelf gemaand niet meer zulke domme dingen te denken. Ze voedde Adèle immers ook in haar eentje op, dus wist ze precies hoe het moest. Bovendien was ze helemaal niet alleen, maar werd ze omringd door een grote, liefhebbende familie.
Van nu af aan zal ik negatieve gedachten uitbannen, beloofde ze zichzelf terwijl ze flink doorliep, met een hand om haar mobieltje gekruld in haar zak. Ik zal positief zijn, mijn werk blijven doen en lief zijn voor Adèle. Voor haar moet ik opgewekt zijn, en voor de baby moet ik goed voor mezelf zorgen.
Omie heeft ook alles alleen moeten doen en als het moet, kan ik dat ook. Ik ben tenslotte ook een Harte, en de familie Harte bestaat uit sterke vrouwen. We zijn bekwaam en ondernemend, en we kunnen alles aan.
Maar nu ze een kind verwachtte, moest ze er rekening mee hou-

den dat ze over een poosje een paar maanden vrij zou moeten nemen. Of zou ze zich uit het bedrijf terug moeten trekken? Maar wat zou er dan van haar ambities terechtkomen? Wellicht zou ze toch nog steeds tussen Londen en Parijs heen en weer kunnen reizen. Misschien bleef dat een mogelijkheid. Dan kon ze elke week drie dagen in Londen doorbrengen en een lang weekend in Parijs. Ze had er al een paar keer met Jean-Claude over gepraat, maar hij had steeds gezegd dat ze zelf moest beslissen.
Zou ze de hoogste baas van Harte's kunnen zijn terwijl ze niet fulltime aanwezig was? Ze wist het niet. Wilde ze die baan eigenlijk nog wel? Ze had er altijd van gedroomd, maar niet elke droom hoefde werkelijkheid te worden. En was een gelukkig huwelijk met een fantastische man en heerlijke kinderen niet een veel mooiere droom?

31

Hoewel haar moeder erg bleek zag, vond Linnet haar die morgen een bijzonder mooie vrouw. Haar witte huid benadrukte haar zwarte haar en paarsblauwe ogen, wat haar een exotische uitstraling gaf.
Zoals gewoonlijk was Paula chic gekleed, deze keer in een mantelpakje van een heel aparte kleur, tussen paars en donkerrood in. Eronder droeg ze een lichtroze topje, ze had een roze zijden bloem van Chanel op een revers gespeld en ze droeg grote parels in haar oren.
Toen Linnet naar haar bureau liep, keek Paula op en zei met een glimlachje: 'Goedemorgen, Linnet.'
'Morgen, mama. Je ziet er fantastisch uit vandaag, veel beter dan vorige week. Toen maakte je een dodelijk vermoeide indruk.'
Paula knikte. 'Zo voelde ik me ook, maar ondanks alles wat er dit weekend is gebeurd, heb ik toch kunnen uitrusten. Op Pennistone Royal kom ik altijd bij, net als Emma vroeger.'
Linnet ging zitten en vervolgde: 'Ik had Tessa vanmorgen aan de lijn en ze vertelde me dat ze nog steeds niets van Jean-Claude heeft gehoord.'
'Dat weet ik.' Paula slaakte een zucht. 'Maar we moeten positief blijven, we moeten haar helpen op een goede afloop te vertrou-

wen. Ik heb het gevoel dat hij nog leeft. Ik hoop dat ik gelijk heb.'
Linnet vroeg zich af of ze over Tessa's zwangerschap zou beginnen, maar ze besloot ermee te wachten en vroeg op zakelijke toon: 'Heb je nog tijd gehad om mijn voorstellen door te nemen?'
'Ja. Je hebt er veel tijd aan besteed en alles tot in de kleinste details uitgewerkt, dat kon ik zien. Het was een hele opgave alles door te nemen.' Paula nam haar dochter met een scherpe blik op. 'De informatie was uitgebreider dan ik eigenlijk nodig vond.'
Linnet zag meteen dat haar moeder een beetje streng keek, zelfs een beetje misprijzend, al had ze op vriendelijke toon geantwoord.
'Het was waarschijnlijk een beetje te veel tegelijk,' zei ze. 'Ik weet dat ik...'
'Het wás niet te veel tegelijk, je wílt te veel tegelijk,' viel Paula haar opeens bits in de rede. 'Het lijkt wel of je het hele concept van het hele warenhuis wilt veranderen. Besef je wel hoeveel dat zou kosten?'
'Niet van het hele warenhuis, mama. Dat zou heus niet bij me opkomen. Maar we leven inmiddels in de eenentwintigste eeuw en ik ben oprecht van mening dat Harte's met zijn tijd mee moet gaan.'
'O ja?' Paula keek haar met opgetrokken wenkbrauwen een beetje spottend aan.
Linnet besefte dat ze op deze manier niet verder kwam. Ze leunde naar voren en zei zacht en smekend: 'Word alsjeblieft niet boos, mam. Ik heb veel onderzoek naar de detailhandel en productstrategieën gedaan en ik ben deze week langs een paar van onze concurrenten gegaan: Harvey Nichols, Harrods en Selfridges. Het is me opgevallen dat zij er net zo over denken als ik. Zij voeren ook allerlei veranderingen door en werken ook aan een nieuwe uitstraling, bijvoorbeeld door meer rekening te houden met jonge, moderne vrouwen. Naast mode van bekende couturiers zoals Chanel, Valentino en Armani verkopen ze nu ook kleding van talentvolle jónge ontwerpers. Zij kijken wel naar de toekomst, mama.'
'Maar wij staan ver boven dat soort zaken,' zei Paula een beetje minachtend. 'Om te beginnen zijn wij in de loop der jaren een instituut geworden. We trekken zelfs buitenlandse toeristen aan. Daarnaast is onze persoonlijke dienstverlening de beste in Londen, zelfs de beste ter wereld. Je kunt ons niet met andere warenhuizen vergelijken, Linnet. Wij zijn uniek.'
'Wat je zegt, is waar, mama. Dat ontken ik niet. We zijn inder-

daad een instituut, maar zo langzamerhand wel een enigszins ouderwets instituut. Voor onze kern van trouwe klanten kunnen we gewoon een instituut blijven, maar we kunnen tegelijk met onze tijd meegaan. We trekken toeristen aan, dat is ook waar, maar de meesten van hen komen alleen maar kijken, ze kopen niet.'
Linnet keek haar moeder even zwijgend aan en vervolgde: 'Ik ben het ook met je eens dat we ons kunnen beroemen op de beste persoonlijke dienstverlening, maar het kan allemaal best wat pittiger, vind ik. We kunnen blijven wie we zijn, maar we kunnen net iets meer bieden dan vroeger.'
Paula keek haar dochter onderzoekend aan en gaf niet meteen antwoord. Ze staarde nadenkend voor zich uit en antwoordde ten slotte op koele toon: 'Je moet je niet zo door je enthousiasme laten meeslepen, Linnet. Je gaat echt te ver. Ik geef je geen toestemming om halsoverkop van alles te veranderen, omdat ik het geen goed idee vind. Ik keur je plannen af.'
Linnet had het gevoel dat haar hart een tuimeling maakte van teleurstelling.
'Bedoel je dat je geen enkel voorstel wilt overwegen?' vroeg ze zacht, terwijl ze dacht aan alle tijd en moeite die ze eraan had besteed. Maar ze was vooral teleurgesteld omdat ze wist dat ze gelijk had. Als ze zich hardnekkig aan hun oude imago bleven vastklampen, zou hun winst misschien al volgend jaar afnemen.
'Kijk alsjeblieft niet zo sip, Linny,' zei Paula, opeens weer vriendelijk. 'Misschien heb ik mezelf niet goed uitgedrukt.' Ze glimlachte warm en vervolgde: 'Wat ik wil zeggen, is dat ik niet vind dat we het hele warenhuis in een nieuw jasje moeten steken. Dat vind ik echt niet nodig. Maar met enkele van je ideeën kan ik vrede hebben, die mag je uitvoeren.'
Linnet rechtte haar rug en wachtte alweer een beetje opgelucht af.
Paula bladerde door de papieren, keek op en zei: 'Een bruidsafdeling is een goed idee, dat zal een succes worden, denk ik. God mag weten waar je dan de beddenafdeling onderbrengt, maar dat is jouw probleem. En die schoonheidssalon Sereen mag je ook laten komen. Heb je al met Bonnadell onderhandeld? En misschien iets afgesproken?'
Linnet knikte, iets minder ontmoedigd. 'Ja, de onderhandelingen zijn al in een vergevorderd stadium,' antwoordde ze enthousiast. 'Het belangrijkste is dat ze erin toegestemd heeft dat wij de verbouwing mogen doen. Dat bespaart ons geld, want dan kunnen

we Charlie Fromett en zijn ploeg werklieden gebruiken in plaats van haar dure architect en ontwerpers. Ik heb gezegd dat ze, als je met de schoonheidssalon zou instemmen, haar producten zowel op onze cosmetica-afdeling als in haar salon mag verkopen. Dat is voordelig voor haar en ook voor ons.'
'Ik neem aan dat zij het personeel voor de salon zal leveren?' zei Paula.
'Daar heb ik het met papa over gehad en hij zegt dat dat beter is, omdat haar personeel de juiste opleiding heeft gehad en hun producten door en door kent. Zo werkt het ook in zijn hotels.'
Paula knikte. 'Hij heeft me verteld dat je er met hem over hebt gepraat en hij vindt een schoonheidssalon in ons warenhuis ook een goed idee.'
Dus daarom vindt ze het goed, dacht Linnet, maar ze zei: 'Dank je wel, mama, dat je me dat plan laat uitvoeren. Ik weet zeker dat er daardoor meer jonge vrouwen in de winkel zullen komen, die dan hopelijk ook nog even bij onze modeafdeling langs zullen gaan.'
'Wie krijgt de leiding over de bruidsafdeling, Linnet?' Paula keek haar nieuwsgierig aan. 'Evan heeft drie maanden zwangerschapsverlof en jij hebt het al druk genoeg.'
'Ik heb precies de juiste vrouw gevonden.' Vlug vertelde Linnet Paula over Marietta's vriendin Bobbi Snyder. 'En de kosten van het verbouwen van de beddenafdeling vallen reuze mee,' voegde ze eraan toe. 'De muren moeten natuurlijk opnieuw worden geschilderd en er moet nieuwe vloerbedekking worden gelegd, maar verder zijn het kleine aanpassingen.'
'Ja, dat begrijp ik,' zei Paula. Ze stond op en liep naar het raam, waar ze even zwijgend neerkeek op Knightsbridge. Toen draaide ze zich om naar Linnet en vervolgde nadrukkelijk: 'Maar ik wil je voor eens en voor altijd duidelijk maken, Linnet, dat ik het nooit, nooit goed zal vinden dat je snackbars inricht op de voedselafdeling. Alleen het idee al bezorgt me rillingen, ik vind het afschuwelijk. Onze voedselafdeling is legendarisch, beroemd in de hele wereld, en ik zal nooit toestaan dat iemand daar ook maar iets aan verandert.'
'Maar we kunnen best hier en daar ruimte maken voor een snackbar zonder verder iets te veranderen, mama.'
'Ik wil hier verder niet over discussiëren, Linnet, dus hou er alsjeblieft over op. Er komen geen snackbars op de voedselafdeling, punt uit. Harte's heeft genoeg restaurants: de Vogelkooi, het Ver-

re Paviljoen, de Brug van Londen en de koffiebar. Meer hebben we niet nodig. Begrepen?'
'Maar...'
'Ik zei néé, Linnet.'
Paula klonk zo boos dat Linnet geschrokken haar mond hield.
Toen Paula terugliep naar haar bureau, gebeurde er iets met haar. Daarvan was ze zich sterk bewust. Het hele kantoor werd opeens helder wit verlicht. Het licht was zo onnatuurlijk fel dat het haar verblindde.
Ze voelde dat ze de controle over haar benen verloor en strompelde naar haar stoel, want ze besefte dat ze zo gauw mogelijk moest gaan zitten.
'Mama, wat is er?' riep Linnet, die zag dat er iets met haar moeder aan de hand was. Ze sprong op en liep vlug naar Paula toe om haar te helpen.
Paula kon geen antwoord geven. Ze was opeens vreselijk misselijk en had verschrikkelijke hoofdpijn gekregen. Ze hief haar handen en pakte haar hoofd vast. De pijn drong door tot in haar nek.
'Wat is er, mama?' riep Linnet nogmaals.
'Weet niet. Bel ambulance. Vreselijk hoofdpijn... O god, de pijn...'
Linnet greep de hoorn van de voorgeprogrammeerde telefoon op het bureau en toetste nummer 2 in.
'Ja, Paula?' vroeg Jack Figg.
'Niet met mama, met Linnet!' riep Linnet schril. 'Mama is ziek geworden! Bel een ambulance! Er is iets met haar hoofd, ik denk dat ze een beroerte heeft gekregen!'
'Zal ik doen.' Jack legde met een klap de hoorn op zijn toestel.
Vervolgens toetste Linnet nummer 1 in, de rechtstreekse verbinding met het kantoor van Shane. Zijn telefoon rinkelde driemaal voordat hij opnam. 'Hallo Paula...'
'Met Linnet, papa.' Haar stem begon te trillen. 'Ik denk dat mama een beroerte heeft gekregen. Jack belt al een ambulance. Ze heeft verschrikkelijke hoofdpijn.'
'Over vijf minuten ben ik bij je.' Shane verbrak de verbinding.
Linnet rende naar de deur en trok die open. Jonelle keek geschrokken op van haar werk en staarde Linnet met gefronste wenkbrauwen aan.
'Wil je zo snel mogelijk mijn jas en tas uit mijn kantoor halen, Jonelle? Mijn moeder is ziek geworden, er komt een ambulance. Ik denk dat ze een beroerte heeft gekregen.'

Jonelles mond zakte open, maar ze stond meteen op en rende het kantoor uit om te doen wat Linnet haar had gevraagd.

Ze zaten met z'n vieren in de wachtkamer van het ziekenhuis: Shane, Linnet, Emily en Jack. Met bezorgde, sombere gezichten wachtten ze op nieuws over Paula's conditie. Ze waren er al twee uur en nadat ze eerst hun ongerustheid hadden geuit en nog wat hadden gepraat, zaten ze nu zwijgend en verdiept in hun eigen gedachten voor zich uit te staren.
Opeens schoot Shane overeind in de stoel waarin hij onderuit was gezakt en riep: 'Jack, wat onbeleefd van me! Ik was helemaal vergeten je te bedanken omdat je tegen de ziekenbroeders hebt gezegd dat ze Paula naar dit ziekenhuis moesten brengen.'
'Dat zouden ze toch wel hebben gedaan,' antwoordde Jack. 'Het is mijn ervaring dat ambulancepersoneel en paramedici weten wat ze doen. Ze zeiden al meteen dat ze haar naar het King's Hospital wilden brengen, omdat dat op het gebied van neurologie het beste ziekenhuis in Londen is. Waarschijnlijk is het zelfs een van de beste van het land, zo niet het beste. Ze maken hier gebruik van de allermodernste technieken en hebben een uitstekende naam.'
'Ik zal blij zijn als we weten wat er vanmorgen met mama is gebeurd,' zei Linnet zacht. Ze keek haar vader met een gekwelde blik aan. 'Ik voel me verschrikkelijk, papa. We hadden net een verhit gesprek gevoerd over het warenhuis en toen kreeg ze die aanval, wat het dan ook was. Het is mijn schuld,' fluisterde ze, bijna in tranen.
'Zeg niet zulke domme dingen, lieverd,' maande Shane op geruststellende toon, en hij pakte troostend haar hand vast. De uitdrukking in zijn donkere ogen verried hoe bang hij was. 'Zoiets wordt niet veroorzaakt door een woordenwisseling, maar door een lichamelijk mankement.'
'Denk je dat het een hersenbloeding of een infarct was?' vroeg Emily aan Shane.
'Ik weet het niet, Emily, en ik wil er niet naar raden. Ik hoop alleen maar dat Paula, wat het ook is, weer beter wordt.'
'Ik denk dat het een hersenbloeding was,' zei Jack.
'Waarom?' Shane keek het hoofd van de veiligheidsdienst vragend aan.
'Vanwege de symptomen. Linnet zei dat Paula opeens verschrikkelijke hoofdpijn kreeg en misselijk werd. De pijn was onverdraaglijk. Ik weet niet of dat ook de symptomen van een infarct

zijn. Bovendien viel me op, toen ze de brancard in de ziekenauto tilden, dat Paula's gezicht een beetje scheef hing. Dat kan een teken zijn van hersenbeschadiging. Maar ik weet het natuurlijk ook niet precies.'

Op dat moment ging de deur open en kwam de arts die ze eerder hadden gesproken de wachtkamer binnen. 'Nu kan ik u iets meer vertellen, meneer O'Neill,' zei hij.

Shane kwam meteen overeind en liep naar de arts toe. 'Legt u me dan alstublieft uit wat er vanmorgen met mijn vrouw is gebeurd.'

'Mevrouw O'Neill heeft een subarachnoïdale bloeding gehad,' antwoordde de arts kalm.

'Wat betekent dat?' vroeg Shane ongeduldig.

'Dat is een bloeding die het gevolg is van een zwakke plek in de wand van een van de slagaders die bloed naar de hersenen brengt,' legde de arts uit.

'Waardoor is die zwakke plek ontstaan?'

'Dat weten we niet. Zo'n zwakke plek kan gaan uitpuilen en dan ontstaat er een aneurysma, misschien kent u dat woord.'

Shane knikte. 'Ja, daar heb ik wel eens van gehoord.'

'Het enige wat ik u verder nog kan vertellen, is dat er een bloeding ontstaat wanneer de druk zo groot wordt dat het bloed zich door de aderwand heen perst,' zei de arts.

'En verspreidt het zich dan door de hersenen?'

'Inderdaad, meneer O'Neill. De bloeding vindt plaats tussen de schedel en het hersenoppervlak, onder het middelste hersenvlies, de arachnoïdea.' De arts legde meelevend een hand op Shanes arm. 'Het is maar een klein beetje bloed, hoor. Ongeveer tien cc, een vingerhoed vol.'

'Mijn god, zo weinig?' vroeg Shane verbaasd.

'Helaas genoeg om rampzalig te zijn.'

'Wordt mijn vrouw wel weer beter?' vroeg Shane dringend, vervuld van angst.

'Mevrouw O'Neill is ernstig ziek. We willen haar morgenochtend vroeg opereren.'

'Waarom niet meteen?'

'We zijn nog allerlei onderzoeken aan het doen, meneer O'Neill.'

'Mag ik naar haar toe?'

'Nee, het spijt me. Zoals ik al zei, zijn we nog met haar bezig. Maar ik houd u op de hoogte.'

Shane knikte. 'Dank u, dokter Gilleon, voor uw uitleg en uw goede zorgen voor mijn vrouw.'

De arts gaf Shane een hand, knikte naar de anderen en liep met haastige passen de wachtkamer uit.
'Dus je had gelijk, Jack,' zei Shane toen hij terugkwam bij de anderen. 'O god, ik hoop dat Paula erdoorheen komt...' Hij wendde zijn hoofd af en liep naar het raam. Zijn ogen stonden vol tranen en hij wilde niet dat de anderen konden zien hoe hij leed.
Maar Linnet merkte meteen dat haar vader zijn emoties niet meer in bedwang kon houden. Ze stond op, ging naast hem staan en pakte zijn arm vast. 'Maak je nou niet al te veel zorgen, papa,' zei ze sussend. 'Mama wordt heus wel weer beter, dat weet ik zeker.' Ze stak haar arm door de zijne, boog zich naar hem toe en fluisterde: 'Je weet toch wat ze altijd zegt? De Hartes zijn gebouwd van het sterkste staal.'
'Laten we het hopen,' mompelde Shane. Hij veegde met een hand over zijn ogen, sloeg zijn armen om zijn dochter heen en omhelsde haar alsof hij haar nooit meer los zou laten. Paula was zijn leven, en hij wist dat Linnet dat besefte. Ze had altijd geweten hoeveel haar ouders van elkaar hielden, al hun hele leven.
Met zijn armen om zijn oudste dochter heen bad hij zwijgend: 'O God, laat haar blijven leven. Laat mijn Paula blijven leven.'

32

Maandagavond ging Linnet naar huis en huilde uit in Julians armen. Ook al deed hij zijn best om haar ervan te overtuigen dat de ziekte van haar moeder niet haar schuld was, ze bleef zichzelf verwijten maken.
Pas toen ze zich helemaal leeg had gehuild en uitgeput op de bank zat, sprak Julian haar wat strenger toe.
'Niemand kan bij een ander een hersenbloeding veroorzaken, Linnet,' zei hij ferm, terwijl hij haar ernstig aankeek. 'Het is een medisch probleem, dat heeft je vader ook al tegen je gezegd. En je weet donders goed dat Paula er al sinds we terug zijn van onze huwelijksreis slecht uitzag, al sinds januari.'
'Ja, dat is waar.' Linnet ging rechtop zitten en keek iets minder somber. 'Maar ze zei steeds dat ze alleen erg moe was en te veel had gedaan, en natuurlijk heeft ze het extra druk gehad met ons

huwelijk en dat van Evan. Waarschijnlijk was er toen al iets met haar gezondheid aan de hand.'
'Ik denk het wel. Hou dus alsjeblieft op met dat zelfverwijt, want het is niet jouw schuld. Denk daaraan.'
Linnet knikte alleen maar en pakte Julians hand. 'Het is me vooral de laatste paar jaar duidelijk geworden dat mama een echte piekeraar is. Vooral de laatste tijd heeft ze zich erg veel zorgen gemaakt, over die afschuwelijke Jonathan Ainsley en over de gezondheid van oom Robin. En nu heeft ze het hele weekend weer in zak en as gezeten om Tessa en de vermissing van Jean-Claude. Dat zei papa tenminste, toen we vanmiddag samen het ziekenhuis uit liepen.'
'Maar ik geloof ook niet dat haar zorgelijke aard de oorzaak van haar hersenbloeding is, liefje. Het is een fysiek mankement, heus waar.' Julian zuchtte en schudde zijn hoofd. 'Ik vind het ellendig voor Tessa. Al dat wachten op nieuws over Jean-Claude, ze is zo langzamerhand op van de zenuwen.'
'Ze is zwanger,' flapte Linnet eruit. 'Dat heeft ze me vanmorgen verteld, toen ik haar aan de telefoon had. Voordat mama ziek werd.'
Julian liet het nieuws tot zich doordringen en toen keken zijn donkerblauwe ogen haar scherp aan. 'O jee, dat maakt de zaak een stuk ingewikkelder, nietwaar?'
'Inderdaad. Ze is blij met de baby, maar ik denk dat ze erg bang is dat ze het kind zonder vader zal moeten grootbrengen.'
'Maar ze brengt toch al een kind zonder vader groot?' zei Julian een beetje verbaasd. 'En daar heeft Adèle zo te zien niet onder te lijden. Het is waarschijnlijk veel beter voor haar dat die schreeuwlelijk Mark Longden niet in de buurt is. Goddank was je moeder slim genoeg om hem helemaal naar Sydney te sturen.'
'Nou ja, hij was natuurlijk niet zomaar gegaan als mama hem niet een smak geld mee had gegeven.'
'Met geld en goede woorden krijg je alles voor elkaar,' beaamde Julian glimlachend. 'Maar zoals jij altijd zegt, zijn er ook nog andere betaalmiddelen.'
Eindelijk kon er bij Linnet weer een lachje af. Ze leunde naar hem toe en kuste hem licht op zijn mond. 'Jij bent de enige man met wie ik getrouwd wil zijn, Jules.'
'Als je dat maar onthoudt,' antwoordde hij streng, maar ze wist dat hij haar plaagde.
'Emily en papa zouden de rest van de familie bellen om te ver-

tellen wat er met mama is gebeurd. O god, ik hoop zo dat ze beter wordt...' De tranen sprongen Linnet opnieuw in de ogen en ze drukte een hand tegen haar trillende lippen.
Julian sloeg zijn arm weer om haar heen, trok haar dicht tegen zich aan en streelde het rode haar dat hij zo bewonderde. 'Nu moet je ophouden met huilen, schat, en je best doen kalm te blijven. Je moet nu alleen positieve gedachten hebben en er gewoon van uitgaan dat ze beter wordt. Beloof me dat je dat probeert.'
'Dat beloof ik,' zei ze zacht, met haar hoofd tegen zijn borst.
Met hun armen om elkaar heen bleven ze een poosje zitten op de bank voor de open haard. Ze hadden nog geen moeite gedaan om een groter huis te vinden en woonden nog steeds in Julians kleine appartement in Chester Street. Voorlopig waren ze daar allebei tevreden mee. Ze vonden het een prettige wijk en Linnet vond het handig dat het niet ver was naar het huis van haar moeder op Belgrave Square.
Julian Kallinski dacht aan zijn schoonmoeder. Hij deed zijn best om zich te beheersen om Linnet, die anders altijd zo flink was, te kunnen steunen, maar hij maakte zich net zo veel zorgen om Paula als zij. Een zus van zijn moeder, Ashley Preston, was een paar jaar geleden aan een hersenbloeding overleden en hij kon zich nog herinneren dat zijn moeder hem toen had verteld dat maar weinig mensen zo'n beschadiging overleefden. Bijna iedereen stierf meteen of in elk geval binnen een paar dagen. Hij hoopte dat Paula geluk zou hebben en weer beter zou worden. Shane kon niet zonder haar en ze was de steun en toeverlaat van de rest van de familie. Paula McGill Harte Amory Fairley O'Neill... Mijn god, wat een naam... Haar doopnaam was Paula McGill Harte Amory – naar haar grootvader Paul McGill, Emma Harte en haar vader David Amory. Haar eerste man heette Fairley en daarna was ze getrouwd met Shane O'Neill, haar grote liefde.
Julian vermoedde dat Paula de grote liefde van zijn vader was. Na zijn scheiding van Valentine, Julians moeder, was Michael Kallinski niet hertrouwd en doordat Julian zijn ogen niet in de zak had, was het hem in de loop der jaren duidelijk geworden dat zijn vader Linnets moeder aanbad. Ach Michael, dacht Julian nu opeens, daar had je jezelf al jaren geleden van moeten genezen! Je had iemand anders moeten zoeken, papa. Paula was niet voor jou bestemd. Linnet was ervan overtuigd dat Jack Figg ook van Paula hield en omdat Linnet veel mensenkennis had, dacht Julian dat ze gelijk had.

Maar voor Paula waren beide mannen alleen goede vrienden, dat wist hij zeker. Paula's leven draaide om Shane, dat was altijd zo geweest. Zoals Julians leven draaide om Linnet, het bundeltje tegenstellingen dat hij nu in zijn armen hield. Wat hield hij toch veel van zijn Linnet, precies om wat ze was, zoals ze in elkaar stak. Ze was een echte Harte, door en door. Loyaal, koppig, zorgzaam, ondernemend, sterk, intelligent en moedig. Haar moed zou haar door deze moeilijke tijd heen helpen. Hij hield al van haar sinds ze klein waren, en hij had altijd geweten dat ze met haar moed en vastberadenheid alle tegenslagen zou overwinnen.
Ze bewoog in zijn armen en hij hief zijn hoofd op en keek haar vragend aan. 'Je hebt vandaag niet gegeten, hè?'
Linnet ging rechtop zitten en schudde haar hoofd. 'Nee, ik heb geen trek. Ik denk niet dat ik een hap door mijn keel zou kunnen krijgen.'
'Nou, ik wel, ik rammel.' Julian stond op en liep naar de keuken. 'Mevrouw Ludlow heeft iets voor ons klaargezet, Linny.'
'O ja? Wat dan?' Linnet kwam ook overeind en toen ze achter hem aan liep, merkte ze dat ze zelfs een beetje misselijk was van de honger en dat haar maag knorde.
Julian tilde het deksel van de pan die op het fornuis stond. 'Aha, hachee,' zei hij. 'Ik weet dat er nog gerookte zalm in de koelkast ligt en we hebben sla, kaas en fruit. Daar is vast wel iets bij waar je een paar hapjes van wilt nemen.'
'Dat lijkt me toch wel een goed idee, want ik heb een leeg gevoel in mijn maag.' Linnet deed het gas onder de pan met hachee aan en vervolgde: 'Ik hoop dat papa zich redt vanavond. Hij is na het ziekenhuis weer naar kantoor gegaan, maar ik had hem moeten vragen bij ons te komen eten.'
'Ik weet zeker dat Emily hem niet aan zijn lot heeft overgelaten en dat hij op dit moment bij haar en Winston aan tafel zit. Wedden?'
'Nee, want je hebt natuurlijk gelijk. Ze zijn al hun hele leven elkaars beste vrienden.'

Op woensdag, twee dagen nadat Paula op kantoor zo ziek was geworden, hoorde Shane O'Neill eindelijk dat het team artsen van het King's College Hospital in Londen haar leven had gered. Niet alleen zou ze blijven leven, maar ook hadden de artsen hem verzekerd dat ze weer helemaal gezond zou worden. De hersenoperatie was een groot succes.

Toen Shane op kantoor de hoorn op het toestel had gelegd, huilde hij van opluchting. De spanning van de afgelopen dagen had zijn tol geëist en hoewel hij een sterke, moedige man was, had de gedachte dat hij Paula misschien zou verliezen hem lamgeslagen. Met inspanning van al zijn krachten was het hem gelukt zich in aanwezigheid van anderen kalm en beheerst te gedragen, maar hij was doodsbang geweest en soms totaal in paniek geraakt.
Meteen nadat hij het goede nieuws had gehoord, begon hij de familie te bellen. Eerst toetste hij het nummer van zijn vader in, want hij wist dat Bryan zich erg veel zorgen om Paula maakte en dat het voor een man van in de tachtig niet goed was zo lang in spanning te zitten. Daarna belde hij zijn kinderen, die net zo blij waren als hij en die beloofden de andere familieleden op de hoogte te stellen, terwijl hij Emily en Winston zou inlichten.

Pas op zaterdagmorgen mocht Shane naar Paula toe, en toen hij haar kamer in het ziekenhuis binnenliep, keek hij haar verbaasd aan. Hoewel ze net een hersenoperatie achter de rug had, zat er geen verband om haar hoofd. Toen hij daar tegen dokter Gilleon zijn verwondering over uitsprak, antwoordde de arts: 'We hebben een nieuwe techniek gebruikt.'
Paula was verschrikkelijk blij dat ze Shane eindelijk mocht zien, en nadat de arts even met haar had gepraat, liet hij hen alleen. 'Niet te lang blijven, hoor,' maande hij Shane voordat hij de kamer uit liep.
Shane gaf Paula liefdevol een kus op haar wang, trok een stoel naast het bed en pakte haar hand. 'Wat een opluchting, schat, dat het weer goed gaat met je,' zei hij. 'We hebben ons vreselijk veel zorgen gemaakt.'
'Dat kan ik me voorstellen.' Met een wrang lachje vervolgde ze: 'Ik kan me er niets van herinneren, Shane. Gisteren heeft de chirurg me uitgelegd wat me is overkomen. Hij zei dat ik erg ziek ben geweest en een hersenbeschadiging had opgelopen.'
Shane knikte. 'Dokter Gilleon zei dat je ontzettend hebt geboft.'
'Ja, dat besef ik. Maar wat is er dan precies gebeurd? Ik herinner me alleen dat ik maandagmorgen op kantoor een gesprek had met Linnet. De rest is blanco.'
'Linnet zei dat je voor het raam naar buiten stond te kijken en toen je terugliep naar je bureau begon je te strompelen en viel je bijna. Ze vloog naar je toe en ondersteunde je tot je op je stoel zat, en toen zei je dat je opeens verschrikkelijke hoofdpijn had

gekregen en dat ze een ambulance moest bellen. De ambulance heeft je van kantoor rechtstreeks naar dit ziekenhuis gebracht, en ze hebben je dinsdag geopereerd.'

'Wat gek dat ik daar niets meer van weet... De artsen zeiden dat ik de typische symptomen van een hersenbloeding had. De rechterkant van mijn gezicht was scheef gezakt en ik kon geen licht meer verdragen.'

'Hoe voel je je nu, Paula?' Shane keek haar onderzoekend aan, maar hij kon niets abnormaals meer aan haar gezicht ontdekken.

'Moe, een beetje zwak. Eigenlijk een beetje verdwaasd.' Ze glimlachte zwakjes en leunde nog wat comfortabeler tegen de kussens. 'We zeggen in de familie altijd dat de Hartes van staal zijn, maar nu heeft iemand van ons zelfs platina in haar lichaam: ik!'

Daar moest Shane om lachen, en hij streelde liefkozend haar wang. Hij was zielsgelukkig dat de vrouw van wie hij zo veel hield en die al sinds zijn jeugd bij zijn leven hoorde, buiten gevaar was. 'Ja, dat heb ik gehoord,' zei hij. 'Dokter Gilleon heeft me uitgelegd dat ze bij zo'n operatie platina spiraaltjes gebruiken om de bloeding tot stilstand te brengen.'

'Dat weet ik ook, maar verder heb ik geen flauw idee wat ze hebben gedaan. Ik moet nog een beetje bijkomen van de schrik, denk ik.'

'Dat verbaast me niets, schat. Zal ik je vertellen hoe hij het mij heeft uitgelegd? Ik zal het zo eenvoudig mogelijk herhalen. Ze vinden de plek van het aneurysma door via een slangetje een kleurstof in je hoofd te laten lopen en er dan röntgenfoto's en een echo van te maken. Daarna duwen ze een platina draad door het slangetje en voor zover ik het begrijp, wordt de uitstulping in de ader met stukjes van die draad, die zich spiraalvorming opkrullen, gevuld. De spiraaltjes blijven daar voorgoed zitten om te voorkomen dat er een nieuwe bloeding ontstaat.'

'Is het niet wonderbaarlijk wat ze in de geneeskunde tegenwoordig allemaal kunnen doen? Goddank, anders zou ik hier nu niet liggen,' zei Paula zacht.

'Moderne wonderen,' beaamde Shane. Hij schraapte zijn keel en vervolgde langzaam en duidelijk: 'Het gaat weer heel goed met je, Paula, maar blijkbaar is dat na een hersenbloeding niet met iedereen het geval. Sommige patiënten krijgen naderhand last van een gebrekkig geheugen, wazig zicht of een moeizaam spraakvermogen. Jij hebt daar nog geen last van, lieveling, maar je moet het voorlopig wel heel kalm aan doen.'

'Ja, dat weet ik. Maar wanneer mag ik naar huis, Shane? Heeft de dokter dat al tegen je gezegd?'
'Je moet hier nog een poosje blijven, schat. Tot je wat sterker bent. Vergeet niet dat je een zware operatie achter de rug hebt. Als je op deze manier vooruit blijft gaan, mag je eind volgende week naar huis, zei de dokter.'
'O Shane, maar dat duurt nog heel lang!' zei ze op klaaglijke toon. Ze was teleurgesteld omdat ze niet meteen met hem mee mocht.
'Als je eraan denkt wat er met je is gebeurd, valt dat best mee,' zei Shane. 'Vooral als je beseft dat het ook had gekund dat je nooit meer thuis was gekomen en dat ik het de rest van mijn leven zonder je had moeten doen.'
Paula gaf een kneepje in zijn hand en zei op liefdevolle toon: 'Je hebt gelijk, liefste. Maar ik mag toch wel bezoek hebben? Ik wil de kinderen zien. O ja, dat was ik bijna vergeten, hoe is het met Jean-Claude?'
Hij schudde met een somber gezicht zijn hoofd. 'Niemand heeft nog iets van hem gehoord. Wat bezoek van de kinderen betreft, daar is vast geen bezwaar tegen, maar ze mogen je niet vermoeien.'
Ze glimlachte gelukzalig toen hij vooroverboog om haar een kus te geven.

'Mevrouw Paula! Wat doet u aan uw bureau? U mag nog niet werken, u hoort in bed te liggen!'
'Ik werk niet, Margaret. Ik zit hier alleen maar.' Paula trok een gezicht en schudde haar hoofd. 'Ik wilde alleen even een paar dingen opschrijven, maar het lukt me niet. Mijn brein werkt niet meer zoals vroeger. Ik hoop niet dat het blijvend is.'
'Ach welnee, natuurlijk niet,' zei Margaret op moederlijk sussende toon. 'Na alles wat u hebt meegemaakt, spreekt het vanzelf dat u nog erg moe bent,' ging ze geruststellend verder. 'Ik heb een lekker kopje thee voor u. Waar wilt u het hebben, hier of in bed?'
'Ik denk dat ik maar beter weer naar bed kan gaan,' antwoordde Paula, in het besef dat ze verstandig moest zijn. Ze was doodmoe geworden van de inspanning om uit bed te stappen en achter haar bureau te gaan zitten. Hoewel ze had gedacht dat ze in haar eigen omgeving wel weer vlug de oude zou zijn, merkte ze nu dat ze zich had vergist. Ze was inmiddels twee weken thuis, maar soms was de eenvoudigste handeling al te veel voor haar. Ze werd nog steeds heel snel moe of duizelig.

De huishoudster pakte Paula bij een arm en ondersteunde haar toen ze samen door de zitkamer en even later door de slaapkamer naar het bed liepen. Ze hielp Paula zich te installeren, schudde de kussens op en trok de sprei glad voordat ze terugliep naar de zitkamer om het blad met het kopje thee te halen.
Terwijl ze de thee op het nachtkastje zette, vroeg ze: 'Heeft Tessa al bericht gehad van haar verloofde?'
'Nee, nog steeds niet, en hij wordt al ruim vier weken vermist. Tessa is in alle staten.'
'O wat erg, wat vind ik dat akelig voor haar. Komt ze het weekend hier?'
'Ja, en ze brengt Adèle en Elvira mee. Linnet en Julian komen ook, en het kan zijn dat mevrouw Hughes komt logeren.'
'Ah, dan hebben we weer een huis vol mensen.' Margaret lachte tevreden. 'Ik weet dat u dat fijn vindt, mevrouw Paula, en dat vind ik ook. Het is hier een beetje eenzaam als alleen wij, de oudjes, erin ronddolen.'
'Daar reken je mij toch nog niet toe?' riep Paula verontwaardigd uit. Ze pakte haar kopje en nam een slok thee.
'Is Tessa van plan te koken of is ze daar niet toe in staat?' vroeg Margaret.
'Dat weet ik niet. Ik ben vergeten het haar te vragen.'
'Zal ik dan Priscilla bellen? Of wilt u haar voorlopig liever niet zien?'
'Natuurlijk wel. Maar eh... Nou ja, eerlijk gezegd is de rest van de familie boos op haar. Ze denken dat ze die ellendige neef van mij allerlei dingen over ons heeft verteld.'
'Dat weet ik, maar ik ben ervan overtuigd dat Priscilla geen slecht mens is.'
'Laten we eerst afwachten wie er allemaal komen – dat weten we wanneer meneer Shane vanavond thuiskomt – en dan een besluit nemen. Is dat goed?'
'Ja, dat is prima. Dan ga ik nu weer naar de keuken. Ik maak voor de lunch een lekkere schol voor u klaar, met een geroosterde appel erbij. U bent altijd dol geweest op geroosterde appels.'
'Dank je wel, Margaret,' zei Paula zacht, en ze zakte terug in de kussens. Ze was alweer doodmoe, maar Margaret kon soms ook erg vermoeiend zijn.
Een halfuur later rinkelde de telefoon op het nachtkastje en schrok Paula wakker uit haar slaapje. Ze nam op: 'Met Paula.'
'Met Emily, Paula. Hoe gaat het met je?'

'Ik lig nog in bed, ik ben doodmoe.'
'O jee, wat vervelend. Heb je soms te veel willen doen?'
'Nee hoor, ik denk dat die vermoeidheid er gewoon bij hoort.'
'Ik wilde bij je komen lunchen. Ik ben gisteravond naar Yorkshire gekomen. Maar dat is misschien geen goed idee.'
'Natuurlijk wel, dikkerdje. Ik wil je graag zien.'
'Het is belachelijk een vrouw van in de vijftig dikkerdje te noemen. Wil je daar alsjeblieft mee ophouden?'
Paula lachte. 'Tot straks.'
'Tot zo.'
Een paar minuten later kwam Emily de slaapkamer binnen. Paula keek haar verbaasd aan en vroeg: 'Hoe ben je hier zo snel gekomen?'
'Toen ik je belde, stond ik buiten op het terras.'
'Emily! Dat had je moeten zeggen!'
'Ik wilde niet dat je met me zou lunchen als je er te moe voor was.'
'Ik ben helemaal...'
Paula zweeg abrupt toen Emily's mobieltje, dat ze nog in haar hand had, begon te rinkelen. 'Met Emily Harte. O hallo, tante Edwina! Hoe gaat het met u?'
Emily liep naar een stoel, ging zitten en luisterde aandachtig. 'O hemel, wat erg, wat verdrietig,' zei ze even later. 'Ja hoor, ik zal het haar vertellen, en dan bel ik u daarna terug.' Ze zette haar mobieltje uit, keek Paula aan en zei op bedroefde toon: 'Dat was tante Edwina, zoals je hoorde.' Ze wachtte even en vervolgde zacht: 'Oom Robin is dood. Hij is net gevonden.'
Paula vloog overeind in bed en staarde Emily met open mond aan. 'Waar?'
'Op Lackland Priory. Bolton heeft hem daar dood aangetroffen. Hij was blijkbaar een eindje gaan wandelen, oom Robin bedoel ik, en toen hij terugkwam, vroeg hij Bolton om een kop koffie. Een minuut of tien later bracht Bolton hem de koffie in de bibliotheek en toen zat oom Robin morsdood in zijn leunstoel bij de haard. Bolton is natuurlijk helemaal overstuur, niet alleen omdat oom Robin gestorven is, maar ook omdat hij hem daar totaal onverwacht dood in zijn stoel vond.'
'Ja, dat kan ik me voorstellen. Maar hoewel ik het vreselijk vind, is het wel een fantastische manier om te sterven. Hij heeft niet eerst een slopende ziekte gehad of zo.' Paula's stem brak en haar ogen vulden zich met tranen. Ze veegde ze weg en voegde eraan

toe: 'Ik ben de laatste paar jaar erg op Robin gesteld geraakt.'
'Ik ook. Wat jammer dat hij de tweeling niet meer heeft gezien, zijn achterkleinkinderen. Hij verlangde er vreselijk naar ze in zijn armen te houden.'
'In elk geval heeft hij Evan leren kennen, zijn enige kleinkind, en wist hij dat zij en Gideon erg gelukkig zijn samen. En hij wist dat hij achterkleinzoons zou krijgen om zijn geslacht voort te zetten.' Paula liet zich weer in de kussens zakken.
'Je hebt gelijk.' Emily zuchtte diep. 'Mijn moeder zal het heel erg vinden dat haar tweelingbroer er niet meer is.'
'Ja, arme tante Elizabeth, ze zal ervan ondersteboven zijn. Tante Edwina trouwens ook.'
Er viel een stilte toen ze allebei aan de zussen van Robin dachten.
Even later riep Emily uit: 'Weet je wat er opeens bij me opkomt, Paula? Dat de kans groot is dat Jonathan Ainsley weer naar Yorkshire komt om oom Robins begrafenis bij te wonen. Wat denk jij?'
'Ik zou het echt niet weten, lieverd. Waarschijnlijk wel. Robin is tenslotte zijn vader.'
'Laat ik tante Edwina nu maar terugbellen, want ze wil weten wie de begrafenis zal regelen en zo. Toen Bolton haar belde, zei hij dat hij jou daar niet mee lastig wilde vallen.'
'Mooi zo, want ik zou het niet kunnen doen, Emily. Het spijt me, maar zoiets kan ik nog niet aan. Ik ben nog lang niet de oude.'
'Dat weet ik, schat. Ik zal het wel doen of ik doe het samen met Edwina, het hangt ervan af wat zij wil. Zal ik haar dat vragen?'
'Natuurlijk, maar vergeet niet dat ze al vijfennegentig is.'
Emily's mobieltje rinkelde weer. Ze klikte het aan en zei: 'Met Emily Harte.'
'Met Gideon, moeder.'
'Hallo Gideon. Goed dat je belt, want ik moet je iets vertellen.'
'Laat mij jou eerst iets vertellen, moeder,' viel hij haar opgewonden in de rede. 'Evan kreeg vanmorgen vroeg weeën en toen wilde ik niet bellen omdat ze dacht dat het een vals alarm was omdat ze pas over een paar dagen uitgerekend is. Maar nu bel ik toch, want je bent oma geworden! Je hebt twee prachtige kleinzoons gekregen! En je kunt nu al zien dat het Hartes zijn, want ze hebben allebei kastanjebruin dons op hun hoofd.'
'O Gideon, gefeliciteerd! Wat heerlijk! Is alles goed gegaan? Hoe is het met Evan?'

'Heel goed, moeder, maar ze is erg moe.'
'Wat jammer dat ik nu net in Yorkshire ben, Gid. Ik zou graag meteen willen komen, maar we hebben hier een probleem.'
'Dat hindert niet, ma. Marietta is al in het ziekenhuis en papa is onderweg. Nu moet ik...'
'Wacht even, Gideon. Ik moet jou ook iets vertellen en dat is minder goed nieuws. Ik zit bij Paula en we hebben net te horen gekregen dat oom Robin vanmorgen is overleden. Rustig thuis in zijn stoel bij de haard.'
'O moeder, wat verdrietig. Nu heeft hij de tweeling niet kunnen zien, terwijl hij me vorige week nog heeft verteld dat hij zich er ontzettend op verheugde ze in zijn armen te houden.'
'Ben je van plan het meteen aan Evan te vertellen?' vroeg Emily bezorgd.
'Nee, vandaag niet. Dat zou haar te veel verdriet doen. Wat vind jij?'
'Het lijkt me beter dat je daar minstens tot morgen mee wacht, Gideon. Vandaag mag je haar geluk niet bederven. Maar je moet het wel tegen je vader zeggen, want er moet een overlijdensadvertentie in de krant komen te staan.'

33

'Ik ben de oudste van de familie, dus vind ik dat ik Robins begrafenis hoor te regelen,' zei tante Edwina, en ze keek van Paula naar Emily, die naast haar op de bank zat. 'Maar daar heb ik wel je hulp bij nodig, Emily, want ik ben niet meer zo snel.'
'Natuurlijk help ik u,' beloofde Emily. Terwijl ze naar voren leunde, de zilveren theepot pakte en zich nog een kopje thee inschonk, bedacht ze dat Edwina een stuk sneller was dan een heleboel andere mensen die ze kende. 'Maar ik zit in mijn maag met Jonathan Ainsley. Wat doen we met hem?'
'Ik heb alle informatie die we nodig hebben, Emily. Zijn telefoonnummers over de hele wereld en de naam van zijn notaris.' Edwina pakte haar handtas en haalde er een envelop uit, die ze aan Emily gaf. 'Robin heeft me een paar weken geleden deze envelop gegeven. Ik denk dat hij wist dat hij niet lang meer zou leven.'

'Vreemd dat u dat zegt, tante Edwina, want dat denk ik ook,' zei Paula. Ze lag tegenover Edwina en Emily, met de salontafel tussen hen in, op de bank, met haar hoofd en schouders op een stapel kussens en met een dunne quilt over zich heen. 'Een paar weken geleden, vlak voor mijn operatie, ben ik nog bij hem langs geweest en toen heeft hij me op de hoogte gesteld van een paar dingen met betrekking tot zijn testament.'
'Ja, dat heeft hij me verteld.' Edwina keek Paula veelbetekenend aan. 'Maar wat Jonathan betreft, Emily, vind ik dat we gewoon zonder hem te raadplegen de begrafenis moeten regelen. Hij is hier nooit en heeft nooit naar Robin omgekeken. Ze hadden zelfs ruzie gekregen. Waar zullen we de dienst houden, hier in de kerk in Pennistone of in Fairley?'
'Jeetje, ik had niet eens aan de kerk in Fairley gedacht!' riep Emily met een blik op Paula.
'Omie ligt daar ook begraven,' bracht Paula haar in herinnering. 'En haar broers en ouders. Plus nog een aantal Fairleys.'
'Ach, die Fairleys zijn niet belangrijk,' zei Edwina. 'Robin was geen Fairley, alleen ik ben er een.' Alsof ze dat niet wisten, want dat had ze vroeger iedereen voortdurend onder de neus gewreven. Die nadruk op haar afkomst had Emma altijd mateloos geërgerd.
Paula sloot haar ogen en werd overmand door het besef dat ze het allemaal niet kon verwerken. Ze kon niet meer rustig nadenken, het werd haar ineens te veel.
'Het zou wel zo gemakkelijk zijn, als dat meetelt, als we oom Robin zouden begraven op het kerkhof naast de kerk in Pennistone Royal,' zei Emily. 'Want is het echt nodig dat we in deze tijd van het jaar met z'n allen de hei oversteken?'
'Een verstandige opmerking, Emily.' Edwina nam een slokje thee, leunde naar achteren en trok de rok van haar donkerpaarse wollen jurk glad. 'Wat vind je een geschikt tijdstip voor de dienst? Ik geef de voorkeur aan de ochtend, want dan kunnen we daarna met z'n allen nog een hapje eten, een lopend lunchbuffet of zo, geen soesa.' Met opgetrokken wenkbrauwen keek ze Emily aan.
'Als we om tien uur beginnen, is het om elf uur afgelopen en kunnen we om een uur of halfeen lunchen,' stelde Emily voor, en ze streek een haarlok uit haar gezicht. 'Wat vindt u daarvan?'
'Dat lijkt me een goed idee,' antwoordde Edwina zacht. Ze legde een vinger tegen haar lippen en wierp een blik op Paula.
Emily volgde haar blik en knikte. Paula was in slaap gevallen.

'Dan kunnen we nu Jonathan Ainsley laten weten hoe we de begrafenis van zijn vader geregeld hebben en hem ervoor uitnodigen, en ook de rest van de familie vertellen hoe we het doen,' zei ze.
'Wil jij daarvoor zorgen, lieverd?' vroeg Edwina, en vlug voegde ze eraan toe: 'Ik bedoel de rest van de familie op de hoogte brengen?'
'Natuurlijk, en ik zal ook Jonathan inlichten. Ik zal...'
'O nee, nee, nee!' viel Edwina haar in de rede. 'Jonathan bel ik zelf.'
'Goed, tante Edwina. En wanneer wilt u oom Robin begraven? Volgende week maandag, dinsdag of woensdag?'
'Vandaag is het vrijdag, dus maandag is te vroeg, dan hebben we niet genoeg tijd voor de voorbereidingen. Waarschijnlijk is het beter om eerst met de dominee in Pennistone te praten en hem te vragen welke dag hem het beste uitkomt, dinsdag of woensdag. Ik denk dat woensdag het beste is, omdat Anthony en Sally natuurlijk willen overkomen uit Clonloughlin en andere familieleden ook hierheen moeten reizen.'
'Ja, daar hebt u gelijk in. Tante Edwina...' Emily aarzelde en staarde haar tante, de zus en beste vriendin van haar moeder, weifelachtig aan.
'Wat is er?' vroeg Edwina toen ze de vreemde uitdrukking op Emily's gezicht zag. 'Schiet je nog iets te binnen wat je me wilt vertellen?'
Emily knikte en legde uit: 'Ja, want het is eigenlijk heel bizar, dat vindt Paula ook. Meteen na uw telefoontje vanmorgen belde Gideon om te vertellen dat de tweeling om een uur of elf was geboren. Het gaat prima met Evan en de baby's, en hun dolgelukkige vader vertelde erbij dat ze allebei rood dons op hun hoofd hebben, maar vindt u het niet toevallig?'
Edwina leunde weer naar achteren, schudde haar hoofd en keek Emily peinzend aan. 'Ja, dat is inderdaad toevallig. Op het moment dat Robin stierf, kwamen zijn achterkleinzoons ter wereld. Verbazingwekkend. Heel bizar. Misschien is het een soort zegen, een teken dat ze een goed leven zullen leiden. Dat ze Robins talenten hebben geërfd en niet zijn tekortkomingen. Hoewel... Niemand is volmaakt.'
'Dat is waar,' beaamde Emily.
'En met Evan is alles goed, zei je?' Edwina keek Emily vragend aan.

'O ja, uitstekend. We moeten haar vader natuurlijk ook van oom Robins dood op de hoogte stellen, want hij wil misschien ook op de begrafenis komen.'
'Of niet. Eerlijk gezegd heb ik een hekel aan begrafenissen. Lang geleden heb ik mezelf beloofd dat ik alleen nog naar trouwerijen en doopfeesten zou gaan, maar deze begrafenis is natuurlijk een uitzondering. Robin was mijn broer en ik ben altijd erg op hem gesteld geweest. Maar ik ga nooit naar begrafenissen van vrienden. Ten eerste komen die tegenwoordig te vaak voor en ten tweede staan ze me tegen. Ik ben voor het leven, Emily, niet voor de dood.'
Emily barstte in lachen uit; ze kon er niets aan doen.

Tessa Fairley zat achter in de auto en staarde uit het raampje. Haar gezicht stond somber, haar mooie ogen waren dof en leeg. Hoewel er langs de route naar Pennistone Royal overal tekenen van het naderende voorjaar waren te zien, viel dat Tessa niet op. Haar gedachten waren heel ergens anders: bij Jean-Claude, die nog steeds werd vermist en om wie ze voortdurend in angst zat, en bij haar moeder, om wie ze zich na haar hersenbloeding veel zorgen maakte.
Voor Jean-Claude kon ze niets anders doen dan bidden om zijn veiligheid. Wat haar moeder betrof, wilde ze niets liever doen dan haar beschermen, vertroetelen en helpen weer helemaal beter te worden.
Ze had geen idee of de andere leden van de familie ook wisten hoe moeilijk haar moeder het op het ogenblik had. Kort nadat ze uit het ziekenhuis was gekomen met de gedachte dat ze de draad van haar leven weldra weer zou kunnen oppakken, had ze tot haar ergernis ontdekt dat dit een misvatting was. Al meteen had ze gemerkt dat handelingen die ze haar hele leven als vanzelfsprekend had verricht, nu veel meer tijd in beslag namen. En ze had aan Tessa opgebiecht dat haar brein zelfs een normale dagelijkse hoeveelheid informatie niet meer kon verwerken. Ze kon niet meer logisch nadenken en elke inspanning putte haar uit.
Wat het extra moeilijk maakte, was dat ze geen verband om haar hoofd had. Ze had geen wond aan de buitenkant van haar hoofd, dus was dat niet nodig. Ze zag er nog precies zo uit als toen ze nog gezond was, waardoor de mensen om haar heen geneigd waren te vergeten dat ze een zware hersenbeschadiging had opgelopen. 'Ze denken dat ik weer dezelfde ben, maar dat is niet zo,'

had ze een week geleden tegen Tessa geklaagd. 'Ik heb er nog steeds last van, ik ben nog lang niet beter. Als ik een verband om mijn been had of mijn arm in het gips, zouden ze zien dat me iets mankeerde, maar nu zien ze dat niet.'
Paula's naaste familie – Shane, Linnet, Lorne, Emsie en Desmond – en het personeel op Pennistone Royal waren er natuurlijk wel van doordrongen dat Paula nog steeds ziek was. Toch nam Tessa zich tijdens de rit van Londen naar Yorkshire voor de rest van de familie er dit weekend nog eens aan te herinneren.
Adèle werd onrustig.
Tessa keek naar haar dochtertje, dat naast haar op de bank lag, en toen naar Elvira, die Adèles haar streelde. 'Ik denk dat ze naar gedroomd heeft,' zei Elvira zacht. 'Maar we zijn er bijna en dan kan ze...'
Elvira zweeg toen Tessa's mobieltje begon te rinkelen. Tessa haalde het vlug uit haar grote tas, klikte het aan en zei: 'Hallo?'
'Tessa?'
'Ja.'
'Met Philippe. Ik heb fantastisch nieuws voor je.'
Tessa's hand klemde zich nog vaster om het mobieltje en ze zei ademloos: 'O ja? Wat dan?'
Zijn stem zakte weg en toen vroeg hij: 'Heb je me goed verstaan?'
'Nee, ik kon je niet meer horen.'
'Mijn vader is terug in Kaboel. Amerikaanse soldaten hebben hem ergens in een gammel ziekenhuisje gevonden en hem mee terug genomen. Hij komt weer thuis, Tessa.'
'O mijn god, Philippe, dat is inderdaad fantastisch nieuws!' riep Tessa, bang dat de verbinding opnieuw zou wegvallen. Haar ogen vulden zich met tranen en met verstikte stem vroeg ze: 'Wanneer komt hij naar huis?'
'Dat weet ik nog niet, maar ik bel je zodra ik weer iets hoor.'
Hij verbrak de verbinding voordat ze hem kon vertellen dat ze het weekend op Pennistone Royal zou doorbrengen en dat hij haar daar via de vaste telefoonlijn moest bellen.
Tessa keek Elvira aan en zei stralend: 'Meneer Deléon is gevonden en in veiligheid gebracht.'
'O wat fijn, mevrouw Fairley!'
'Waarom huil je, mama?' Adèle ging rechtop zitten en raakte Tessa's natte wang aan.
'Omdat ik blij ben, liefje. Heel blij.'
Adèle staarde haar moeder niet-begrijpend aan.

Even later zette de chauffeur de auto stil voor het bordes van Pennistone Royal. Toen Tessa het portier opende, zag ze tante Edwina en Emily in de deuropening staan. Vlug stapte ze uit de auto, rende zwaaiend naar hen toe en riep: 'Hij is terug! Jean-Claude is veilig! Hij komt naar huis!'
Emily kwam haar haastig tegemoet en ze omhelsden elkaar. Toen Tessa weer begon te huilen, huilde Emily mee. Even later konden ze zich weer beheersen en liepen ze samen naar tante Edwina, die hen stralend stond op te wachten.
'Tessa, lieve Tessa, wat een heerlijk nieuws! Hier moeten we op drinken. Ik wilde net naar huis gaan, maar nu vind ik dat we naar binnen moeten gaan en een kurk laten knallen, of op z'n minst een lekker glaasje sherry nemen.'
'Wat een goed idee, tante Edwina. Hopelijk kunnen we dat boven bij mama doen,' zei Tessa.
Adèle kwam naar tante Edwina toe rennen en bleef lachend voor haar staan, met haar gezichtje naar de oude vrouw opgeheven. 'Mama heeft gezegd dat u mijn oud-oud-oud-oudtante bent.'
Edwina keek neer op het schattige blonde meisje – uiterlijk een echte Fairley, vond ze – en zei: 'Er mag één oud af, liefje. Zo oud ben ik nu ook weer niet.'
'Hoeveel blijven er dan over?'
'Een is genoeg, Adèle. Je mag me oudtante Edwina noemen.'
Adèle lachte en liep gehoorzaam met haar kinderjuf mee naar binnen. Terwijl Elvira Adèle meenam naar haar kamer, hielp Tessa Edwina de trap weer op, gevolgd door Emily.
Toen ze de zitkamer op de eerste verdieping binnenkwamen, keek Paula naar de deur en vroeg: 'Waar waren jullie opeens gebleven?' Toen ze Tessa zag, klaarde haar gezicht op en riep ze uit: 'Dag schat, wat fijn dat je er weer bent!'
'Ik heb fantastisch nieuws, mama. Jean-Claude is in veiligheid gebracht.' Opnieuw begon Tessa te huilen en terwijl ze elkaar omhelsden, huilde Paula mee.
'Terwijl jullie je ogen drogen, ga ik naar de keuken om een fles champagne te halen. We gaan een dronk uitbrengen op Jean-Claude.'
Toen Emily de kamer uit was, vertelde Tessa haar moeder over het telefoontje van Philippe. 'Ik ga zondag terug naar Londen en dan vlieg ik maandag naar Parijs,' zei ze. 'Dan is hij vast al wel op weg naar huis.'
Paula keek haar even zwijgend aan en zei zacht: 'Wij hebben ook

nieuws, lieverd, maar dat is verdrietig nieuws. Oom Robin is vanmorgen overleden.'
'O mama, wat akelig. Wat was er dan gebeurd?'
'Hij is rustig ingeslapen.'
'En hij wordt woensdag begraven,' voegde Edwina eraan toe.
Tessa's gezicht betrok. 'O jee...'
'Maar daar hoef je echt niet bij te zijn, hoor,' zei Edwina vlug. 'Jij kunt beter naar Parijs gaan om voor die lieve verloofde van je te zorgen en hem een beetje te vertroetelen. Robin zal het je niet kwalijk nemen dat je om die reden niet op zijn begrafenis komt, want hij was een echte romanticus. Denk maar eens aan zijn romance met Glynnis, die wel vijftig jaar heeft geduurd.'
Tessa beet op haar lip en keek naar Paula.
Paula knikte. 'Edwina heeft gelijk, lieverd.'
Een paar minuten later kwam Emily terug met een fles champagne in een ijsemmer, gevolgd door Margaret met een blad met glazen. 'Wat een goed nieuws, Tessa!' zei de huishoudster. 'Ik ben blij dat hij weer veilig is.'
'Dank je, Margaret.'
Emily schonk de Pol Roger in en gaf iedereen een glas. 'Op Jean-Claude! En op de twee nieuwe Hartes!'
Tessa keek Emily stomverbaasd aan. 'De tweeling is geboren?'
'Ja,' antwoordde Emily stralend. 'En volgens hun dolblije vader hebben ze allebei rood haar.'
'Dus het zijn echte Hartes,' constateerde Tessa. Ze keek Edwina aan en vroeg zacht: 'Weet u zeker dat ik niet naar de begrafenis hoef, tante Edwina?'
'Heel zeker. Ik verbied het je zelfs te gaan.'
De vier vrouwen lachten. Wat een dag, dacht Paula. Goddank heb ik dit allemaal kunnen bevatten. Twee blijde gebeurtenissen en een droevig verlies. Zo blijft alles in evenwicht.

34

Jack Figg stond met Linnet en Julian bij het toegangshek van de kerk in Pennistone Royal te wachten op de rest van de familie. Overal liepen veiligheidsagenten rond en de kerk werd al een paar dagen streng bewaakt. In de kerk had Jack een paar mannen met

speciaal getrainde honden laten speuren naar bommen en enkele mannen hadden rondgelopen met een metaaldetector om te voorkomen dat er niet, net als op de trouwdag van Evan en Gideon, opnieuw een ontploffing zou plaatsvinden. De schade aan de muur was inmiddels vakkundig hersteld.
Jack had een overmaat aan voorzorgsmaatregelen genomen, omdat niemand kon voorspellen of Jonathan Ainsley opnieuw iets in zijn schild voerde. Hij vermoedde dat Jonathan de begrafenis van zijn vader niet zou overslaan en dat de kerk en de aanwezigen daarom deze keer geen doelwit zouden zijn.
Alsof Linnet zijn gedachten kon lezen, keek ze hem plotseling aan en zei: 'Ik wil wedden dat Ainsley ook komt, en dan zal ons niets overkomen. De Hartes lopen alleen gevaar als hij een heel eind uit de buurt is.'
Jack grinnikte en zei: 'Je kunt mijn gedachten lezen, Beauty.'
'Ja, dat doet ze helaas bij mij ook steeds vaker. Ik begin te denken dat ze een heks is,' zei Julian.
Linnet begon vlug over iets anders. 'Ik ben blij dat papa mama heeft kunnen overhalen thuis te blijven. Jij niet, Jack?' vroeg ze.
'Ik ook. Dit zou nog veel te vermoeiend voor haar zijn.' Jack keek naar de lucht, die dankzij de morgenzon een tere, bleekblauwe kleur had. 'Het is een mooie voorjaarsdag, maar vanaf de hei waait een gure wind. Op het kerkhof zal het koud zijn, daarom ben ik blij dat Evan er ook niet is. Bovendien is een begrafenis altijd een emotionele gebeurtenis en kan ze zich beter nog een tijdje in acht nemen.'
Linnet knikte. 'Tessa komt ook niet. Dat weet je toch, hè?'
'Ja, dat heeft je vader me verteld. Hij zei dat tante Edwina haar heeft verboden te komen en haar naar Parijs heeft gestuurd om op Jean-Claude te wachten.'
'Ja, dat is waar. En Edwina heeft natuurlijk gelijk. Het leven is voor de levenden, dat zei mama vanmorgen ook. Tessa heeft Adèle en Elvira achtergelaten op Pennistone Royal, dat vonden we allemaal het beste. Ze heeft in Parijs al genoeg aan haar hoofd.'
'Ik heb gehoord dat ze zwanger is.' Jack keek Linnet onderzoekend aan. 'Mag ik aannemen dat jij dan toch de grote baas wordt?'
'Natuurlijk!' zei Julian enthousiast.
'Voorlopig alleen tot mama weer aan het werk gaat,' zei Linnet vlug. 'Ze is niet van plan om nu al met pensioen te gaan. En met Tessa weet je het nooit. Het kan best zijn dat ze na de geboorte

van de baby toch vanuit Parijs gaat pendelen, tenslotte beschouwt ze zich nog altijd als de kroonprinses.'
'Maar de komende tijd doet Linnet het alleen,' zei Julian. 'Ze gaat een solovlucht maken. Evan blijft nog een tijdje met zwangerschapsverlof, Tessa zal het in Parijs druk hebben met Jean-Claude en hun baby en India heeft haar handen vol aan Dusty en de warenhuizen in het noorden. Ik twijfel er geen moment aan dat mijn meisje het uitstekend zal doen.'
'Dat ben ik met je eens,' zei Jack. 'Wanneer denk je dat je moeder weer aan het werk kan gaan? Over een maand of zo?' vroeg hij aan Linnet.
'O nee, Jack. De neuroloog heeft tegen haar gezegd dat ze het minstens een halfjaar kalm aan moet doen. Dat ze de draad van haar normale leven heus wel weer kan oppakken, als ze daar behoefte aan zou hebben, maar dat ze zes tot acht maanden of misschien wel langer rust moet houden. Papa heeft gisteren tegen me gezegd dat hij haar de komende zomer meeneemt naar Villa Faviola, omdat hij denkt dat een verblijf in Zuid-Frankrijk goed voor haar zal zijn.'
'Ik heb altijd op het oordeel van je vader vertrouwd,' zei Jack. Hij haalde een vel papier uit zijn zak en bestudeerde het. 'Emily heeft me gisteravond dit lijstje namen gegeven,' vervolgde hij. 'Ik zal ze je even voorlezen, Linnet, dan kun jij me vertellen of er nog wijzigingen zijn aangebracht.'
'Ja, lees maar voor, Jack. Want ik denk wel dat er namen bij zijn gekomen. De telefoon heeft de hele ochtend gerinkeld.'
Jack wierp een blik op haar gezicht en begon: 'In de eerste plaats de familie Hughes. Owen, Marietta en Elayne. Ik neem aan dat zij er in elk geval zullen zijn.'
'Nee, alleen Marietta is er. Ze is gisteravond laat op Pennistone Royal aangekomen en vertelde me vanmorgen aan het ontbijt dat Owen en Elayne niet zijn overgekomen uit Amerika, zoals eerst was gepland.'
'O nee?' zei Jack verbaasd. 'Wat vreemd. Een paar dagen geleden heeft ze nog tegen me gezegd dat Owen wilde overkomen en dat hij Elayne mee zou brengen.'
'Dan is hij op het laatste moment van gedachten veranderd. Ze heeft er niet over uitgeweid, maar ik denk dat ze het erg beschamend vindt dat Owen niet eens de moeite neemt de begrafenis van zijn vader bij te wonen. En je weet al dat Evan er niet bij zal zijn, zij is nog erg moe van de bevalling. Bovendien is er iets niet

helemaal in orde met haar. Het is niet ernstig, maar ze ligt nog steeds in het Queen Charlotteziekenhuis en mag pas eind deze week naar huis.'

'O jee, maar het komt toch wel goed?' vroeg Jack bezorgd.

'Ja hoor, over een paar dagen zal alles weer in orde zijn. Ze moet alleen nog een poosje uitrusten.'

'Oké, dan is Marietta de enige van de familie Hughes.' Jack streepte een paar namen door. 'Dan gaan we verder met de familie uit Clonloughlin. Emily heeft een vraagteken achter hun namen gezet. Weet jij of ze komen of niet?'

'Ze komen niet, dat heeft Edwina hen afgeraden. Ze wilde de kring zo klein mogelijk houden en ze vond het niet nodig dat Anthony, Sally en de anderen helemaal vanuit Ierland over zouden komen om erbij te zijn. Vooral omdat ze over een paar maanden een grote herdenkingsdienst voor Robin wil houden in Londen.'

Jack streepte de Dunvales en hun twee zoons ook door en zei: 'Dus India vertegenwoordigt haar ouders en broers.'

'Ja, en Dusty komt met haar mee,' zei Linnet.

'Inderdaad, hij staat op de lijst. De andere zussen van Robin komen allebei, hè? Je grootmoeder Daisy en zijn tweelingzus Elizabeth.'

'Ja, natuurlijk. Oma logeert bij ons en Elizabeth bij Emily op Allington Hall. O, en vergeet de man van Elizabeth niet, Marc Deboyne. Emily's stiefvader.'

'Hij staat vermeld, maar Amanda en Francesca ontbreken.'

'Amanda is in China, je weet dat ze daar voor de firma Harte van alles inkoopt. Emily vindt het overdreven om haar speciaal voor de begrafenis terug te laten komen. En haar tweelingzus Francesca is op vakantie in Thailand. Emily vindt dat zij en haar gezin hun vakantie rustig moeten afmaken.'

Jack knikte begrijpend en vervolgde: 'Van de Hartes komen dus Emily, Winston, Toby, Gideon en Natalie. Dat is zeker. Verder komen jij en Julian, je vader, grootvader Bryan en Emsie. Je moeder komt niet, maar hoe zit het met je broer Desmond? Hij staat niet op de lijst.'

'Papa vindt het niet nodig hem voor een begrafenis die maar een uur zal duren van zijn kostschool naar huis te laten komen en mama is het met hem eens. Dat vindt ze te ver gaan.'

'Mijn vader komt wel,' zei Julian. 'Ik weet zeker dat hij is uitgenodigd.'

'Inderdaad, Jules. Goed, dan is dat duidelijk.'

Linnet rilde en zei: 'Brrr, ik krijg het koud. Zullen we alvast naar de kerk lopen?'
Julian en Jack volgden haar naar het kerkportaal, waar ze beschut stonden tegen de koude wind.
Even later kwam de stoet begrafenisauto's de heuvel afrijden naar het dorp en hield stil voor de kerk. De in het zwart geklede familieleden stapten uit en liepen achter elkaar over het pad naar de ingang. Toen iedereen binnen was, werd de kist op de schouders van Winston, Toby en Gideon Harte, Michael Kallinski en Shane O'Neill, vertegenwoordigers van de drie clans, in langzame pas vanuit de lijkwagen de kerk in gedragen.

Binnen was de kerk overdadig versierd met bloemen. Het zonlicht viel door de mooie glas-in-loodramen naar binnen en orgelmuziek vulde de ruimte toen de baardragers de kist met het lichaam van Robin door het middenpad naar het altaar brachten. Toen Linnet op de bank dichter naar Julian toe schoof, herkende ze de eerste maten van *Jerusalem* van William Blake, haar lievelingsgezang. Het jongenskoor begon te zingen, en ze kreeg een brok in haar keel en tranen in haar ogen van ontroering. Ze dacht aan Evan en het gesprek dat ze gisteren met haar had gevoerd. Evan vond het heel erg dat ze niet kon komen om de laatste eer te bewijzen aan de grootvader die ze pas ruim een jaar geleden had leren kennen, maar van wie ze veel was gaan gehouden.
De dienst begon met gebeden en gezangen. Daarna hield de dominee, de eerwaarde Henry Thorpe, een heel mooie toespraak over Robin Ainsley als mens, als politicus en als kerkganger. Toen hij was uitgesproken, gingen Robins drie zussen samen op de preekstoel staan.
Edwina, het oudste kind van Emma Harte, nam als eerste het woord. Oprecht prees ze Robin wegens zijn liefde voor zijn zussen en de vriendschap die ieder van hen tot aan zijn dood met hem had onderhouden.
Elizabeth, zijn tweelingzus, vertelde over hun hechte band en met een stem die af en toe haperde over zijn vele moedige daden in de Tweede Wereldoorlog. Hij was piloot geweest bij de RAF en had zich volledig ingezet voor zijn gevaarlijke werk.
Als laatste van de drie vrouwen sprak Daisy, de dochter van Emma en Paul McGill, over Robins vriendschap met zijn kameraden in de RAF. Tijdens de Slag om Engeland had hij hun afleiding en gezelligheid geboden door hen mee te nemen naar huis, waar

ze werden vertroeteld door zijn moeder, Emma Harte, en zijn zussen. Ze eindigde met de verklaring dat Robin een door en door rechtschapen mens was geweest.
Winston Harte sloot de rij sprekers af met een lofrede over Robins briljante carrière als parlementslid en de belangrijke dingen die hij voor het land had gedaan. Hij had nieuwe wetsvoorstellen ingediend, triomfen gevierd in het Hogerhuis en tijdens zijn lange politieke loopbaan tal van successen op zijn naam geschreven.
Toen Linnet tegen het einde van de dienst achteromkeek, zag ze Jonathan Ainsley bij de ingang staan. Ze pakte Jack bij de arm en gaf hem fluisterend de informatie door, maar toen Jack omkeek, was Jonathan al verdwenen.
Buiten op het kerkhof was hij ook nergens te bekennen, maar bij de teraardebestelling zag Jack hem plotseling weer staan, een eindje bij hen vandaan tussen een paar bomen.
Pas helemaal aan het eind kwam hij dichterbij, zodat iedereen hem kon zien. Maar hij groette niemand en de familie negeerde hem. Toen de dominee op plechtige toon zei: 'Want gij zijt stof en tot stof zult gij wederkeren', boog Jonathan voorover, raapte een handvol aarde op en gooide die op de kist. Daarna draaide hij zich zonder een woord te zeggen en zonder iemand aan te kijken om en liep weg, een lange, sombere figuur in het zwart.

Marietta werd wakker uit een diepe slaap toen haar mobieltje rinkelde. Een beetje verdwaasd ging ze rechtop in bed zitten, pakte het toestel en drukte op een toets: 'Hallo?'
'Ik hoop dat het niet te laat is om je te bellen, mama,' zei Angharad. 'Ik hoop dat je niet boos bent.'
Verrast omdat ze de stem hoorde van de dochter die zelfs maar zonder afscheid te nemen opeens uit haar leven was verdwenen, antwoordde Marietta scherp: 'Eerlijk gezegd ben ik dat wel, Angharad. Vind je het niet erg ongemanierd om wekenlang niets van je te laten horen en me dan om elf uur 's avonds wakker te maken?'
'Hè mam, doe niet zo onaardig. Ik wilde alleen maar even een praatje maken. Ik heb gehoord dat je vandaag op de begrafenis was. Logeer je dan nu bij Paula op Pennistone Royal?'
Marietta haalde diep adem. 'Waarom bel je me eigenlijk, Angharad?'

'Om iets van me te laten horen. Hoe gaat het met Paula na haar hersenbloeding? Is ze nu helemaal in de war?'
'Doe niet zo mal!' zei Marietta bits. 'Ik maak een eind aan dit gesprek.'
'Nee, niet doen, mam! Ik wilde je vertellen dat ik me heb verloofd. Of weet je dat al?'
'Nee,' loog Marietta.
'Het is waar. Ik heb een schitterende diamant aan mijn vinger, een knots van een steen. Ik ga met Jonathan trouwen. Hij is gek op me, omdat ik hem gek maak in bed.'
'Ik heb echt geen zin naar dit soort onzin te luisteren, Angharad.'
'Papa is niet op de begrafenis geweest, hè? Waarom niet?'
'Het is laat, Angharad. Welterusten.'
'Ik wil je graag zien, mama. Wanneer je terug bent in Londen, bedoel ik. Ik ben niet in Yorkshire. Jonathan wel, hij is naar de begrafenis van zijn vader geweest. Nu wordt hij nog rijker dan hij al was, dat wist je zeker niet, hè? Hij krijgt de hele erfenis en onze arme Evan krijgt geen cent. Hoe gaat het eigenlijk met haar? Zijn de olifantjes al geboren?'
'Welterusten, Angharad.'
'Niet ophangen, mam! Ik ben de hele week in Londen en ik wil dat je me ziet. Laten we gaan theedrinken in het Ritz.' Ze begon schril te lachen.
'Ik weet niet of ik daar tijd voor heb. Ik bel je nog wel.'
'Ik vertrek maandag weer, mama. We gaan terug naar Parijs. Bel me voor die tijd, goed?'
'Dat zal ik doen.'
'Je zult me niet herkennen. Ik zie er tegenwoordig erg chic uit, dat zegt iedereen. Zelfs Jonathan zegt het.' Weer lachte Angharad schel. 'Ik ben binnenkort rijker dan Evan, mama. Veel rijker. Want ik word mevrouw Ainsley.'
'Welterusten, Angharad,' herhaalde Marietta, en ze verbrak de verbinding.
Het lukte Marietta niet meteen weer in slaap te vallen, want ze moest voortdurend denken aan wat Angharad allemaal had gezegd. Goddank had ze zich niets laten ontvallen over Paula of de geboorte van de tweeling.
Was het een goed idee om later in de week met Angharad ergens te gaan theedrinken? Ze wist het niet. Ze zou Evan vragen wat zij ervan dacht, of misschien kon ze het beter aan Linnet vragen.

Misschien wilde Linnet dat ze de kans zou aangrijpen Angharad uit te horen.

35

Zo kwam het dat Linnet opeens harder moest werken dan ooit, harder dan wie ook in het bedrijf, behalve vroeger Emma Harte. Lang geleden had Emma zich voorgenomen een rijke, machtige vrouw te worden. Dat was haar gelukt, ze was zelfs rijker en machtiger geworden dan ze ooit had gedroomd. Dankzij haar wilskracht, zelfdiscipline, opofferingsgezindheid en volharding had ze haar doel bereikt. Ze was zeventien toen ze aan haar reis naar de top begon. Haar achterkleindochter Linnet was inmiddels bijna tien jaar ouder, en haar doel was niet het vergaren van geld of macht. Zij wilde het door Emma gestichte, wereldberoemde warenhuis aanpassen aan de eenentwintigste eeuw. Sneller en beter dan hun concurrenten, die op dezelfde klanten aasden en dezelfde doelstellingen hadden.

Linnet was meer dan wie dan ook in de familie gezegend met dezelfde karaktertrekken als van Emma: prestatiegerichte werklust en koppige volharding. Bovendien had ze Emma's zakentalent en intelligentie geërfd, en had ze net als Emma een vooruitziende blik.

Haar moeder, Paula, had de warenhuizen jarenlang heel bekwaam bestuurd, waarbij ze zelden van Emma's koers was afgeweken. Emma had haar opgeleid, ze had haar grootmoeder aanbeden en ze had het roer stevig in handen gehouden. Maar hoewel ze een uitstekende zakenvrouw was met een heleboel kwaliteiten, had ze niet het zakeninstinct dat Emma zo'n grote voorsprong op haar rivalen had gegeven. Dat gold ook voor Emma's drie andere achterkleindochters: Tessa, India en Evan. Alleen Linnet had Emma's unieke inzicht meegekregen.

Instinctief wist Linnet wat goed zou gaan of fout zou kunnen aflopen. Vaak, vooral de laatste tijd, mompelde ze: 'Ik weet wel wat er goed zal gaan, maar ik moet scherp in de gaten houden wat er fout kan gaan.'

Soms leek het wel of er een plaaggeest om haar heen zweefde die haar, wanneer ze aan haar bureau voor zich uit zat te staren, een

blik in de toekomst gunde. Dan kreeg ze de ene keer een visioen van alles wat er mis kon gaan en haar hele wereld kon laten instorten, en verscheen er de andere keer een adembenemend beeld van de vervulling van al haar dromen.
Hoewel ze, doordat Paula haar de titels creatief directeur en algemeen directeur had gegeven, voorlopig de leiding van het bedrijf van haar moeder had overgenomen, besefte ze maar al te goed dat ze voor al haar beslissingen verantwoording moest afleggen aan het bestuur. Harte's was een naamloze vennootschap, hun aandelen werden verhandeld op de Londense beurs. Weliswaar was het merendeel daarvan in handen van haar moeder en andere leden van de familie, maar ze was zich er maar al te goed van bewust dat ze op haar tellen moest passen. Daar had haar vader haar voor gewaarschuwd toen hij haar een paar dagen na de begrafenis van Robin Ainsley op haar kantoor in Knightsbridge had opgezocht. Dat had Emily, die samen met Paula, Winston en de zelden aanwezige Amanda Linde alle Harte-bedrijven runde en samen met hen in het bestuur van de warenhuizen zat, trouwens ook gedaan.
En dus paste ze op haar tellen, zoals haar vader haar had gezegd, maar tegelijkertijd deed ze haar uiterste best om haar plannen uit te voeren. De schoonheidssalon Sereen was klaar om in bedrijf te worden genomen. De bruidsafdeling was verbouwd en ingericht; het wachten was alleen nog op de bestelde goederen en dan kon de verkoop beginnen. Ze was nog bezig met het ontwerpen van een afdeling voor super-de-luxe producten. Hoewel haar moeder het daar niet mee eens was, wist Linnet dat die er ook moest komen.
Om in een zo kort mogelijke tijd zo veel mogelijk voor elkaar te krijgen, had ze twee nieuwe assistenten en nog twee secretaresses aangenomen. Jonelle zwaaide de scepter in het directiekantoor, en dat deed ze op een onvolprezen manier.
Hoewel Linnet nog nooit zulke lange werkdagen had gemaakt, hield ze het vol, voornamelijk doordat ze haar uitgaansleven ervoor had opgegeven. En ook dankzij haar man, Julian Kallinski. Hij was de kameraad uit haar jeugd en hij had een even verantwoordelijke baan als zij, want hij zou later het grote, internationale bedrijf van zijn familie erven. Kallinski Industries was opgericht door zijn overgrootvader David, die werd beschouwd als de stichter van hun clan. Het was achtereenvolgens overgenomen door zijn grootvader sir Ronald en zijn vader Michael. Julian wist

dus precies wat Linnets werk inhield en waarom het bedrijf haar zo dierbaar was, en hij moedigde haar aan en stond achter haar. Hij bewonderde haar en was ervan overtuigd dat alles wat ze aanpakte een succes zou worden.
Het kwam erop neer dat Linnet een glorieus bolwerk uit het verleden mee wilde nemen naar de toekomst om het te behoeden voor verval.
Harte's moest niet alleen wedijveren met de andere warenhuizen in Londen, maar ook steeds meer met de boetieks, ateliers en kleine winkels die de modebewuste jonge vrouw, en ook de mondaine oudere vrouw, als hun afzetgebied beschouwden.
Samen met Julian had Linnet een routine uitgewerkt waarmee ze allebei konden leven. Elke ochtend stonden ze om halfvijf op en terwijl Linnet een douche nam, zette Julian koffie. Even later stond hij onder de douche en maakte zij zich op. Daarna scheerde hij zich en smeerde zij toast. Vervolgens ontbeten ze in hun ochtendjas, waarna ze zich aankleedden en naar hun werk gingen.
De chauffeur bracht eerst Linnet naar het warenhuis en zette daarna Julian af bij Kallinski House. Linnet zat om kwart voor zes aan haar bureau, Julian om zes uur.
Elke avond om zeven uur haalde Julian haar van kantoor, en dan bracht de chauffeur hen naar huis om voor de haard een hapje te eten, of naar hun lievelingsrestaurant voor een maaltijd. Omdat Linnet 's zaterdags moest werken, deed Julian dat ook. Na een maand waren ze helemaal op elkaar ingespeeld en genoten ze van hun nieuwe manier van leven, omdat ze allebei merkten dat hun extra inspanningen resultaat opleverde.

Op een mooie voorjaarsochtend in mei ging Linnet vol verwachting naar de modeafdeling. Vandaag zou het gebeuren: de schoonheidssalon zou zijn deuren openen en de bruidsverdieping, die de naam BRUIDEN had gekregen, zou trots een schitterende collectie bruidsjaponnen tonen en alles wat een bruid zich nog meer kon wensen. Zelfs de afdeling met luxeartikelen was klaar en vanaf vandaag toegankelijk voor het publiek.
Maar Linnet was net zo blij met de totale vernieuwing van de rest van de modeafdeling. Meteen na de begrafenis van Robin was ze drie dagen naar Parijs geweest om bij bekende modeontwerpers zoals Valentino, Ungaro en Chanel, en ook bij minder bekende collega's, kleren te kopen uit hun prêt-à-portercollectie,

en daarnaast een grote hoeveelheid accessoires. Daarbij had ze de frisse, moderne uitstraling die ze het warenhuis wilde geven geen moment uit het oog verloren.
De afdeling lederwaren was ook gemoderniseerd. Haar nieuwe assistente Phyllis Peters had de schappen gevuld met de mooiste, chicste en meest sexy schoenen en tassen die Linnet ooit had gezien.
Linnet keek op haar horloge en zag dat het pas acht uur was. Er was nog niemand anders aanwezig. Maar de deur naar de schoonheidssalon bleek open te zijn, en meteen stond Sophie Forrester voor haar, de vrouw die er de leiding had.
'Goedemorgen Linnet,' zei Sophie. Ze trok de deur verder open en vroeg: 'Wil je hier nog een keer rondkijken?'
'Graag, Sophie.'
Samen liepen ze nog een keer door de hele salon en Linnet werd opnieuw getroffen door de weldadig kalme sfeer. De verlichting was gedempt, overal brandden reukkaarsen en er klonk geluid van water dat over stenen kabbelde. Het thema van het decor was oriëntaals. Hier en daar stonden bloemstukjes in Japanse stijl en de behandelkamertjes leken op pagodes. De vredige rust werd benadrukt door zachte achtergrondmuziek.
'Ik krijg meteen zin om me hier te laten behandelen,' zei Linnet glimlachend. 'De naam Sereen is goed gekozen, want er heerst hier inderdaad een serene rust.' Voordat ze wegging, zei ze: 'Bedankt voor de rondleiding, Sophie, en veel succes vandaag.'
'Dank je, Linnet.'
Schuin tegenover de schoonheidssalon lag de afdeling met luxeartikelen, dat vond Linnet een voor de hand liggende plaats. Het was een halfopen boetiek, die ze de naam LUXE had gegeven. Het assortiment bestond uit bijzondere avondtasjes, pashmina's, sjaals van antieke zijde, kettingen en oorbellen van zeldzame kralen, exotische sandalen, met de hand geborduurde kasjmieren jasjes en ochtendjassen, en nog veel meer exclusieve zaken. 'Laten we duimen dat het een succes wordt,' mompelde ze terwijl ze naar de lift liep.
Niemand betwistte dat de bruidsafdeling een van de mooiste van het hele warenhuis was geworden. Dankzij Bobbi Snyder, dacht Linnet toen ze erdoorheen liep en naar de schitterende bruidsjaponnen keek die op paspoppen tentoon werden gesteld. In de boetiek van deze afdeling, die ze de naam EVAN HARTE COUTURE had gegeven, was ook haar eigen bruidsjurk te zien. Dat kwam

doordat de naaisters in de korte tijd die ze voor hun eerste opdracht hadden gekregen slechts vijf jurken hadden kunnen maken, terwijl Bobbi er voor een completer aanbod zes wilde hebben. Evans modellen werden op maat gemaakt en Evan had beloofd door te gaan met ontwerpen, ook al zou ze nog een half jaar thuisblijven.

Verder kon een aanstaande bruid er een sluier uitzoeken, een tiara van parels of glinstersteentjes, bloemenkransjes voor in het haar, jurken voor de bruids- en bloemenmeisjes, fluwelen of satijnen pakjes voor de bruidsjonkers, schoenen, sandalen, lingerie... Alles lag even fraai uitgestald. Met een positief gevoel nam Linnet de roltrap naar beneden.

Op de modeafdeling hing een vrolijke, lenteachtige sfeer. Linnet was nog steeds erg tevreden over de manier waarop de voorjaarskleding, jurken en pakjes in mooie pasteltinten en gemaakt van chiffon, zijde of dunne wol, was uitgestald. Overal stonden potten met azalea's en hortensia's om het zomerse gevoel te benadrukken.

Toen Linnet twintig minuten later weer in haar kantoor zat, was ze vooral haar nieuwe medewerkers erg dankbaar voor alle moeite die ze hadden gedaan om de veranderingen in het warenhuis op tijd af te krijgen.

Even later rinkelde haar mobieltje. Het was India. 'Ik bel even om je veel succes te wensen, Linny,' zei ze. 'Ik weet zeker dat alles er prachtig uitziet.'

'Ja, het is echt heel mooi geworden. En met al die bloemen en voorjaarskleren lijkt het hier binnen ook wel lente. De ontwerpers van de inrichting van de diverse afdelingen hebben zichzelf overtroffen en de schoonheidssalon doet zijn naam eer aan, want het is er heel sereen.'

'Ik ben erg benieuwd, ik kom later deze week kijken. Dan moet ik nog een keer mijn bruidsjurk passen.'

'Zullen we dan een afspraak maken voor de lunch of een etentje die avond?'

'Allebei graag, als je tijd hebt,' antwoordde India lachend. 'Ik mis je, en ik mis de winkel in Londen.'

'Ik mis jou ook, en Evan.'

'Wat is het laatste nieuws van Tessa?'

'Alleen dat Jean-Claude goed vooruitgaat. Hij heeft een akelige schotwond in zijn been. Maar mama zei dat hij opgewekt klinkt.'

'Toen ik Paula gisteren sprak, zei ze tot mijn teleurstelling dat ze

waarschijnlijk niet in staat zal zijn om mijn huwelijk bij te wonen.'
'Ja, dat vermoedde ik al. Papa zei dat ze van de minste inspanning nog steeds doodmoe wordt. We moeten maar gewoon afwachten hoe het tegen die tijd met haar gaat. Maar op mij kun je rekenen, hoor.'
'Dat spreekt vanzelf, want Evan, Tessa en jij zijn mijn bruidsmeisjes. Hoe gaat het trouwens met Evan?'
'Heel goed. Ze straalt van geluk en de jongetjes zijn schattig. Ze hebben in plaats van haar kastanjebruin dons hun hoofd, zoals Gideon het noemt, en groene ogen. Het zijn echte Hartes, verkondigt oom Winston overal.' Linnet aarzelde even voordat ze vervolgde: 'Evan heeft haar zwangerschapsverlof verlengd, India. Ze blijft nog bijna een halfjaar weg. Daar mag ze natuurlijk zelf voor kiezen, maar eerlijk gezegd vind ik het erg vervelend.'
'Jemig, dat kan ik me voorstellen! Ik wou dat ik wat vaker in Knightsbridge kon zijn, maar ik heb het hier al zo druk, vooral nu Tessa er ook niet is.' Op haar beurt aarzelde India voordat ze vroeg: 'Wat is Tessa nu verder van plan? Weet iemand dat al?'
'Nee. Maar ze is meestal in Parijs en ik denk niet dat daar verandering in komt.'
'Ik ook niet. Wat Parijs betreft, heb je verder nog iets over Angharad gehoord?' vroeg India nieuwsgierig.
'Mama hoort zo nu en dan iets van Sarah en zij zegt dat Angharad en Jonathan zich inderdaad hebben verloofd. Marietta heeft een paar weken geleden met Angharad theegedronken, en volgens haar deed haar dochter niets dan opscheppen over wat ze allemaal van Jonathan heeft gekregen.'
'Wat ze Jonathan op een sluwe manier heeft afgetroggeld,' zei India minachtend.
Linnet lachte. 'Precies. Maar in elk geval houdt ze hem bezig. Ledigheid is des duivels oorkussen, moet je maar denken, dus nu hij zijn handen vol heeft aan zijn verloofde, laat hij ons misschien een poosje met rust.'
'Dat hoop ik ook. Mijn vader vertelde me dat Jack Figg in Ierland is geweest om te inspecteren of het in Clonloughlin veilig is. Daar ben ik blij om. Ik vind het leuk dat hij als gast op ons huwelijk komt, want ik beschouw hem zo'n beetje als een lieve oom.'
'Ik ook. Nu moet ik ophangen, India, want ik wil voor alle zekerheid nog een keer door de winkel lopen.'

Het had niet gewerkt.
Aan het eind van de week wist Linnet dat het in het warenhuis niet drukker was geweest dan anders en dat de schoonheidssalon maar een paar klanten had gehad. Op de modeafdeling was weinig verkocht, op de bruidsafdeling waren maar twee jurken besteld en op de luxeafdeling was helemaal niets verkocht.
Op zaterdagmorgen was Linnet de wanhoop nabij. Ze had een grote fout gemaakt. Ze had gedacht dat ze het warenhuis weer populair kon maken door met allerlei vernieuwingen te komen, maar ze had zich volkomen vergist.
De frisse, moderne uitstraling, de allernieuwste mode, het bijzondere schoonheidsinstituut... Voor zover ze wist, had geen van haar ideeën nieuwe klanten opgeleverd.
Op de voedselafdeling was het wel druk geweest, maar dat was normaal. Ze kromp ineen toen ze aan de woordenwisseling dacht die ze met haar moeder had gehad over de snackbars, en onderdrukte de herinnering meteen. Het gekke was dat er op de beddenafdeling, die naar het souterrain was verhuisd, juist meer was verkocht dan anders. Ze had geen flauw idee waar dat aan lag.
Toen ze met haar hoofd in haar handen aan haar bureau de mislukking zat te overdenken, kwamen de tranen. Ze had gefaald, iets wat ze in de verste verte niet had verwacht. En dat moest ze het bestuur meedelen, en vooral haar moeder. Ze rilde al bij de gedachte. Zo bleef ze heel lang zitten, als verlamd. Ze kon niet meer nadenken, laat staan in beweging komen.
Het probleem was dat ze er met niemand over kon praten, dat ze niemand om raad kon vragen. India had haar uitstapje naar Londen uitgesteld, maar als ze toch was gekomen, wat had ze dan kunnen zeggen? Linnet wist maar al te goed dat wat de warenhuizen betrof de hele familie haar als het meest deskundig beschouwde. En nu had ze laten zien dat ze een mislukkeling was.
Een te brutale aanpak, dat zou Julian haar verwijten. En ze hoorde haar moeder al zeggen: 'Hoogmoed komt voor de val.' Weer kwamen de tranen en ze liet haar hoofd op het bureau zakken en begon hartverscheurend te huilen.
'Met huilen bereik je niets,' zei een stem die weergalmde door het vertrek.
Geschrokken hief Linnet haar hoofd op en keek haar kantoor rond, maar natuurlijk was er niemand te zien. Het was zaterdagochtend zeven uur en er was nog bijna niemand in het gebouw. Ze rechtte haar rug, veegde met haar vingers haar tranen

weg en zocht naar een zakdoekje. Toen ze haar neus had gesnoten stond ze op, liep naar de aangrenzende badkamer en bekeek haar gezicht in de spiegel. Ze had mascarastrepen over haar wangen en haar lippen waren bleek. Ze spoelde haar gezicht af met koud water en bette het droog. Terug aan haar bureau haalde ze haar poederdoosje tevoorschijn, poederde haar gezicht en deed opnieuw lipstick op.

Daarna stond ze op, verliet haar kantoor en liep de lange gang in. Voor het portret van Emma bleef ze staan. 'Dat was jij, hè omie?' zei ze tegen het bekende gezicht. 'Jij praatte tegen me, nietwaar?' Er kwam natuurlijk geen antwoord, want een portret kon niet praten en raad geven, hoe graag je dat ook wilde. Maar Linnet liet zich niet ontmoedigen. 'Hoe heb jij het alleen kunnen doen?' vroeg ze verder, terwijl ze naar de groene ogen keek die ze ook in haar eigen spiegelbeeld zag. 'Hoe hield je het vol? Wie gaf jou raad? Bij wie zocht jij steun in moeilijke tijden?'

De antwoorden wist ze al. Emma Harte had nooit iemand om hulp gevraagd. Ze had het helemaal alleen gedaan. Solo.

En zij moest het ook solo doen, net als omie. Ze boog naar het portret toe en fluisterde: 'Je hebt gelijk, met huilen bereik je niets. Ik zal niet meer huilen. Ik zal het probleem oplossen. Net zoals jij je problemen oploste, Emma.'

Zoals altijd glimlachte Linnet tegen Emma's beeltenis, streelde even haar gezicht en liep vlug terug naar het kantoor van haar moeder, dat ze sinds een paar weken af en toe gebruikte.

Ze wist dat iedereen die erachter kwam dat ze ervan overtuigd was dat Emma af en toe tegen haar sprak, zou zeggen dat ze het zich verbeeldde. Daarom had Julian haar gewaarschuwd dat ze het tegen niemand moest zeggen. Als anderen wisten dat zij soms tegen het portret van Emma praatte, zouden ze haar voor gek verklaren.

Maar wat gaf het wat anderen van haar dachten? Toen ze weer aan haar bureau ging zitten, voelde ze zich een stuk beter. Ze pakte een pen en begon aantekeningen te maken. Ze had alles goed aangepakt, dat wist ze zeker. Ze had duidelijke, aantrekkelijke advertenties in de kranten laten zetten om de klanten van de veranderingen op de hoogte te brengen. Ze had nieuwe etaleurs in dienst genomen en zelfs Perry Jones laten overkomen uit hun warenhuis in New York om een creatieve bijdrage te leveren. Aan de reclame of de etalages kon het niet hebben gelegen. Wat had ze dan over het hoofd gezien? Wat was aan haar aan-

dacht ontsnapt? Of lag het aan het weer? Het had de hele week geregend...
Ongeduldig, dat was het woord dat ineens bij haar opkwam. Ik ben veel te ongeduldig, dacht ze. Ik moet het meer tijd geven. Ja, dat zou het wel eens kunnen zijn.
Ze bleef tot elf uur aan haar bureau zitten schrijven, en toen ging ze naar beneden om buiten nogmaals naar de etalages te kijken. Toen ze de uitstallingen achter de ramen een voor een zo objectief mogelijk probeerde te beoordelen, drong het tot haar door dat ze te druk waren. Weliswaar had ze de etaleurs opgedragen voor een zomers effect te zorgen, maar was het resultaat nu niet dat het decor meer de aandacht trok dan wat er werd geëtaleerd? Toen ze doorliep de zijstraat in om naar de etalage met nieuwe tassen te kijken, ving ze een gesprek op tussen twee vrouwen. 'Je kunt door de bomen het bos niet meer zien,' merkte de ene vrouw op. 'Maar daar staat die Cholly Chello-tas, waarover ik je heb verteld. Zie je hem, die rode daar? Dat is de enige tas ter wereld die iedere vrouw wil hebben. Ik wou dat ik hem kon betalen.'
De vrouw had gelijk, er stonden veel te veel tassen uitgestald, dat zag Linnet nu ook. Maar vooral de opmerking over de Cholly Chello-tas zette haar aan het denken. Vlug ging ze terug naar haar kantoor, terwijl ze razendsnel nadacht over wat ze ermee kon doen.

In de zijetalage van Harte's stond tegen een effen roomwitte achtergrond een ruwe houten kist met daarop een rode Cholly Chello-tas. Ernaast hing een geel bord aan het plafond met daarop in grote zwarte letters: DE ENIGE TAS TER WERELD DIE IEDERE VROUW WIL HEBBEN.
'Perfect, Perry,' zei Linnet tegen de Amerikaanse etaleur die ze een paar weken geleden naar Londen had laten komen om hun etalages te helpen opleuken. 'Dit zal effect hebben, dat zul je zien.'
'Laten we het hopen.' Perry pakte Linnet bij de arm en nam haar mee naar de etalages aan de voorkant. 'Wat vind je van deze? We zijn er net mee klaar en ik hoop van harte dat ze ook effect zullen hebben.'
De grote etalages aan de kant van Knightsbridge waren net zo schaars ingericht als die in de zijstraat, zodat de kleren niet langer verloren gingen in het decor. 'Perry, wat mooi! Ja, zo is het echt fantastisch,' prees Linnet, met haar blik gericht op de lichtblauwe lucht met wattenwolkjes. Alleen de lucht en een wit hou-

ten hek met drie gele margrieten ervoor dienden als achtergrond voor de kleren, en in elke etalage stonden maar twee elegant geklede poppen, die elkaar de ruimte gaven.
'Minder, maar beter,' zei Linnet. 'Dank je wel, Perry, dat je overuren hebt gemaakt om de etalages helemaal opnieuw te doen. Ik stel het erg op prijs.'
'Geen dank. Maar jij kwam aan met die geweldige slogan voor bij de tas. Ik had nog nooit van een Cholly Chello gehoord.'
'Ik ook niet,' bekende Linnet lachend. 'Maar mijn tasseninkoper zegt dat de modebewuste vrouw binnenkort niet meer zonder kan.'
Perry lachte mee en samen liepen ze terug het beroemdste warenhuis ter wereld in.

'Die Cholly Chello lokt vrouwen in drommen naar binnen,' zei Linnet twee weken later tegen India. 'We zijn aan één stuk door uitverkocht en de fabrikant kan niet snel genoeg leveren. Ze hebben nog nooit zo veel succes gehad met een tas, echt nog nooit.'
'Wat raar.' India keek Linnet niet-begrijpend aan. 'Want ik had nog nooit van zo'n tas gehoord. Jij wel?'
'Nee, ik ook niet. Toch wil iedereen hem hebben.'
'Dat komt door die slogan die je hebt bedacht,' verklaarde India, terwijl ze een stukje vis aan haar vork prikte. 'Met die slogan heb je een markt gecreëerd.'
'Welnee joh, zo slim ben ik nu ook weer niet.'
'Hermès heeft met de Kelly en de Birkin hetzelfde gedaan. Door de productie van die tassen te beperken, hebben ze er heel slim een hebbeding van gemaakt. Tegenwoordig is er zelfs een wachtlijst voor en klanten moeten jaren geduld hebben.'
Linnet lachte. 'Wij hebben voor de Cholly Chello ook een wachtlijst. En wanneer die vrouwen die erbij willen horen hun naam op de lijst zetten, zien ze aan de overkant de schoonheidssalon. Ze lopen er even naar binnen en dan maken ze verrukt meteen een afspraak. Mijn boetiek met luxegoederen doet het opeens ook goed, net als de vernieuwde modeafdeling. Maar ik moet toegeven dat we de aanwas van klanten in eerste instantie te danken hebben aan die verdraaide tas.'
De nichtjes zaten in de Vogelkooi te lunchen en bij te praten. Linnet vond het een opluchting dat ze eindelijk de gelegenheid had om haar werk uitgebreid met India te bespreken. Evan had het te druk met de tweeling, Tessa was nog in Parijs en haar vader

wilde niet dat ze Paula ergens mee lastigviel. In het uur dat India en zij voor elkaar vrij hadden gemaakt, legde ze haar verdere plannen met het warenhuis uit, en ze spraken af dat India vaker naar Londen zou komen. De winkels in Leeds en Harrogate deden het goed, en Dusty had alle problemen betreffende de Caldwells en Molly's testament opgelost.
'En nu verheugt hij zich op onze trouwerij in Ierland,' zei India toen ze het restaurant verlieten. 'Zoals je weet, zijn Atlanta en Adèle de bruidsmeisjes die bloemen mogen strooien en daar kijkt Atlanta nu al naar uit.'
'Ik ben erg blij dat alles goed is gekomen en dat jij en Dusty nu van jullie geluk kunnen genieten, India. Ik verheug me ontzettend op jullie huwelijk in Clonloughlin in juni.'

36

Ruim zeventig jaar geleden was ze als jonge bruid naar Ierland gekomen, als de vrouw van Jeremy Standish, de graaf van Dunvale. Het was net een sprookje geweest. Hier in dit mooie Georgian huis in Clonloughlin had ze de gelukkigste tijd van haar leven doorgebracht.
Nu wenste ze dat hij erbij had kunnen zijn om opnieuw een bruid in Clonloughlin te zien: hun beeldschone kleindochter India Standish, de enige dochter van hun zoon Anthony. Ze is een mengeling van alle goede eigenschappen van haar voorouders, dacht Edwina. Ze heeft de genen geërfd van de Dunvales, de Hartes en de Fairleys.
Op een prachtige zaterdag in het midden van juni zat Edwina aan een tafeltje in de balzaal van Clonloughlin House de aanwezigen te observeren, zoals haar gewoonte was. Het grootste deel van de ongeveer vijftig gasten was familie en er was een aantal vrienden bij. Het huis was al een paar weken in rep en roer, maar het huwelijk was niet het grote feest geworden dat het had moeten zijn, om diverse redenen. Vanwege Robins dood hoorde het niet en vanwege de veiligheid was het beter. Anthony en Sally hadden naar Edwina geluisterd en toegegeven dat het verstandig was er zo min mogelijk ruchtbaarheid aan te geven, en India en Dusty hadden daarmee ingestemd. Robin was nog maar een paar maan-

den geleden gestorven en door het overlijden van Molly Caldwell en haar dochter hadden de bruid en de bruidegom ook een moeilijke periode doorgemaakt. 'Het zou erg gevoelloos en ongemanierd zijn om onder deze omstandigheden een groot societyhuwelijk te organiseren,' had Edwina een paar weken geleden streng gezegd. 'Laten we ons alsjeblieft behoorlijk gedragen.'
Wat hun veiligheid betrof, moesten ze nog steeds rekening houden met Jonathan Ainsley. Hij was een neef van Anthony en ze hadden jaren geleden erge ruzie gehad. Sindsdien had Jonathan zich ook jegens Anthony wrokkig en dreigend opgesteld, vooral nadat Anthony tijdens de crisis van een paar jaar geleden partij had gekozen voor Paula.
Maar het was een geweldig feest geworden.
Edwina had gelukkig en trots haar adem ingehouden toen India in het kerkje op het domein van het landgoed aan de arm van haar vader door het middenpad naar het altaar was gelopen. Nu liet ze haar blik opnieuw op India rusten, die met haar ouders en Winston, de broer van haar moeder, stond te praten. Wat een mooie jonge vrouw is ze toch, dacht ze. Mooi vanbinnen en vanbuiten. Haar ivoorkleurige tafzijden bruidsjurk, ontworpen door Evan, had grote pofmouwen, een boothals en een wijde hoepelrok, die als een wolk om haar heen zweefde. Ze had haar sluier afgedaan, maar de antieke diamanten tiara stond weer op haar glanzende zilverblonde haar. De tiara van Adèle Fairley, mijmerde Edwina met een glimlach. Wij zijn haar nakomelingen, India en ik.
India zag er op haar trouwdag uit als een sprookjesfee, vond Edwina. Aan het gezicht van haar donkere, knappe bruidegom was te zien hoe trots hij op haar was. Een oprechte, betrouwbare man, oordeelde ze. Begenadigd met een groot talent.
Ze zou nooit vergeten hoe hij had gekeken toen India in de kerk naar hem toe zweefde en hij met Gideon, zijn getuige, voor het altaar stond te wachten. Zijn gezicht had pure liefde en geluk uitgestraald.
Na de huwelijksplechtigheid waren ze teruggegaan naar Clonloughlin House. In de grote salon hadden ze iets gedronken terwijl een fotograaf foto's maakte. Twee uur later, om halfzeven, waren ze naar de grote eetzaal gegaan voor het diner. Alle antieke meubels in Georgian stijl waren eruit gehaald en vervangen door ronde tafels met tot halverwege de grond hangende kleden erover en vergulde stoeltjes eromheen. Edwina was onder de in-

druk geweest van het effect. De hoofdkleur was wit, van de organza tafelkleden tot en met de bloemen. De vrouwen in hun beeldige jurken brachten er de kleuren in aan. Edwina had tevreden om zich heen gekeken en opnieuw de glinsterende kroonluchters van Waterfordkristal aan het hoge plafond bewonderd, die ze lang geleden zelf had uitgezocht.
Na het diner, waarbij veel toespraken waren gehouden en veel was getoost, waren ze naar de balzaal gegaan om de rest van de avond te dansen en het feest voort te zetten. In een hoek speelde een trio, en Edwina zag tot haar grote genoegen dat de bruid en de bruidegom voor hun eerste dans als man en vrouw de dansvloer op kwamen. Toen *True Love* werd ingezet, legde Dusty zijn arm om zijn vrouw heen en walste met haar in het rond.
'Hoe gaat het ermee, tante Edwina?' vroeg Linnet, die naast haar kwam zitten.
'Uitstekend, Linnet, uitstekend.' Edwina keek Linnet indringend aan, liet haar welluidende stem zakken en vervolgde: 'Lieve hemel, in die lichtblauwe jurk en met die oorbellen van smaragd lijk je vanavond meer dan ooit op mijn moeder!'
'Dat zei grootvader Bryan ook al.' Linnet volgde het paar op de dansvloer met haar ogen en vroeg enthousiast: 'Vindt u India ook niet de mooiste bruid die u ooit hebt gezien?'
'Inderdaad, maar haar drie bruidsmeisjes mogen er ook zijn. Iedereen ziet er even mooi uit vanavond, de vrouwen heel elegant en de mannen erg knap in hun jacquet. Wat jammer toch dat Paula en Shane er niet bij zijn.'
'Ja, maar papa is erg zorgzaam voor mama en hij dacht dat de vermoeienissen van de reis en het huwelijksfeest te veel voor haar zouden zijn.'
'Toch ziet ze er erg goed uit, vind ik.'
'Ze is gauw in de war; ze kan niet meer zo goed nadenken als vroeger,' legde Linnet uit.
'Maar ze is toch niet ziek meer?' hield Edwina vol, met een scherpe blik op Linnets gezicht.
'Nee, dat niet, maar het schijnt bij het herstel te horen.'
'Dus jij moet nog steeds voor haar waarnemen?'
Linnet glimlachte een beetje wrang. 'Ik doe mijn best, maar ik moet toegeven dat het soms niet meevalt. Vooral niet nu India, Tessa en Evan er ook niet zijn. Ik voel me eenzaam.'
'De baas is altijd eenzaam. Dat weet ik nog van mijn moeder.'
'Mag ik iets vragen, Edwina?'

'Natuurlijk, lieverd.'
'U zei een keer dat u de stem van uw moeder iets tegen u had horen zeggen. Bedoelde u dat u haar stem echt had gehoord of was het een soort echo uit het verleden in uw hoofd?'
'Ik denk dat het een soort echo was,' antwoordde Edwina bedachtzaam, 'maar ik heb ook wel eens gedacht dat het echt haar stem is geweest. Waarschijnlijk was het gewoon een herinnering aan iets wat ze ooit tegen me had gezegd. Waarom wil je dat weten?'
'Omdat ik haar stem ook hoor. Ze zegt soms wat ik moet doen. Denkt u dat ik niet goed wijs ben?'
'Nee hoor, alleen dat je je het verbeeldt.'
Linnet keek haar tante zwijgend aan.
Plotseling leunde Edwina naar voren en keek Linnet recht in haar ogen. 'Al je hele leven hoor je dat je haar evenbeeld bent en dat je net zo klinkt en doet als zij. Het is je ingeprent dat vooral jij haar kracht, werklust, intelligentie en zakelijk instinct hebt geërfd. Al sinds je geboorte hangt ze om je heen. Ze is een deel van je, zoals jij een deel van haar bent, en je hebt haar genen. Dus wanneer je gestrest en bang bent en je je helemaal alleen voelt, denk je dat ze je te hulp schiet.'
'Precies, zo is het.'
'Dat verbeeld je je, Linnet. Maar daar moet je je geen zorgen om maken, want als je er baat bij hebt, dan is het toch niet erg? Dan kan het absoluut geen kwaad. Hoewel je het beter niet tegen anderen kunt zeggen.'
Linnet glimlachte, boog naar Edwina toe en fluisterde: 'Dat zegt Julian ook. Hij is bang dat ze dan denken dat ik gek ben.'
'Misschien denken ze dat dan ook. Maar waarom zou je je daar eigenlijk iets van aantrekken? Jij bent jij en je moet altijd trouw blijven aan jezelf, Linnet. Dan zul je beslist de volgende Emma Harte worden.'
Plotseling bleven India en Dusty bij hun tafel stilstaan en keken Linnet en Edwina stralend aan.
'Wil je me de eer aandoen met me te dansen, Edwina?' vroeg Dusty met een lichte buiging.
'Met genoegen, Dusty. Heb ik al gezegd dat ik je welkom heet in onze familie?'
'Dat heb je al gezegd, maar je mag het net zo vaak herhalen als je wilt,' antwoordde Dusty, en hij leidde haar galant naar de dansvloer.

India ging naast Linnet zitten, stak haar arm door die van Linnet en zei op verdrietige toon: 'Ik vind het toch zo jammer dat Paula en Shane er niet zijn...'
'Ik ook, maar mama heeft nog steeds rust nodig.'
'Wordt ze wel langzamerhand beter?' vroeg India meelevend.
'Ja.' Linnet knikte.
'Wanneer gaat ze weer aan het werk?'
'Dat weet ik niet. Papa neemt haar eind juni mee naar Villa Faviola, waar ze de maanden juli en augustus zullen blijven. Tessa heeft haar verteld dat zij en Jean-Claude in de eerste week van september willen trouwen. In Yorkshire. Dus dan komt er weer een trouwerij.'
'Ik ben blij dat Tessa ook weer gelukkig is,' zei India oprecht. Ze keek zoekend rond. 'Daar staat ze. Je kunt duidelijk zien hoeveel ze van haar aardige Fransman houdt.'
'Inderdaad. Hij is gelukkig een heel ander type dan die afschuwelijke Mark Longden.'
'Heeft Tessa al gezegd wat ze na hun huwelijk gaat doen?'
'Ik geloof niet dat ze terugkomt naar Londen, India. Mama liet doorschemeren dat Tessa het wel fijn zou vinden als ze in Parijs onze modecollectie zou mogen inkopen.'
'Dat is helemaal geen slecht idee,' zei India enthousiast.
'Misschien niet. Kijk toch eens naar je grootmoeder en Dusty, India! Ze leeft zich helemaal uit, ze lijkt Ginger Rogers wel!'
'Wat een bijzondere vrouw is ze toch, vind je niet?'
'Ze is uniek. De parel in de kroon.'
Zwijgend keken ze een poosje naar Edwina terwijl ze een wals danste met Dusty. In haar paarse avondjurk van chiffon en met haar diamanten sieraden zag ze er koninklijk elegant uit, wonderbaarlijk goed voor een vrouw van vijfennegentig.
Even later bracht Dusty Edwina terug naar haar tafel en danste weg met India. Julian kwam Linnet halen voor een dans. Edwina bleef achter en keek glimlachend naar het feestelijke tafereel. Na een paar minuten kwamen Gideon en Evan bij haar zitten, gevolgd door grootvader Bryan, Emsie en Desmond. Nog wat later voegden Jean-Claude en Tessa zich bij hun groepje, en daarna kwam Lorne er ook aan. Opeens was Edwina omringd door de mensen van wie ze hield, en ze genoot.
Grootvader Bryan raakte even haar arm aan en zei: 'Moet je nou eens kijken, Edwina. Marietta Hughes danst met Jack Figg! Ze vormen een knap stel, vind je niet, *mavourneen*?'

'Dat vind ik ook, jongen,' antwoordde Edwina met een Iers accent. 'Lang leve de romantiek!'
Bryan lachte en de anderen lachten mee.
Een poosje later keek Edwina de tafel rond en terwijl ze met haar wijze oude ogen de anderen een voor een opnam, dacht ze: de meesten hier zijn nakomelingen van Emma Harte en het zijn allemaal prima mensen. Emma zou ontzettend trots op ze zijn, omdat ze haar elke dag reden geven om trots te zijn.
Ze werd vervuld van geluk omdat ze deze dag mocht meemaken.

Een week later zat Linnet in het warenhuis in Knightsbridge nog laat te werken toen haar mobieltje rinkelde. Ze nam op: 'Met Linnet O'Neill.'
'Met India,' zei haar nichtje.
'Hallo schat! Hoe bevalt de huwelijksreis? Vindt Dusy het leuk in Clonloughlin?'
'O ja, hij vindt het hier geweldig. Maar wat ik je wil vertellen...'
'Je klinkt raar, India.'
'Oma is overleden.'
'O, nee toch! Edwina is dood?' Linnets ogen vulden zich met tranen en met verstikte stem vervolgde ze: 'Ik kan het nauwelijks geloven. Op je huwelijk was ze nog vol levenslust.'
'Maar ze was wel al vijfennegentig.'
'Iedereen verwachtte dat ze honderd zou worden. Daar streefde ze naar, dat heeft ze me een keer verteld. O India, wat erg dat ze er niet meer is... De hele familie zal haar vreselijk missen.' Linnet pakte een zakdoekje en bette haar ogen.
India begon te huilen en vervolgde hakkelend: 'Ik heb haar gevonden, Linnet. Ik dacht dat ze op de bank in haar slaapkamer lag te doezelen, maar ze was dood. Ze had een foto in haar hand van haarzelf toen ze nog klein was met Emma, waarop ze Emma's hand stevig vasthield. Waarschijnlijk was ze in gedachten bij haar moeder toen ze stierf.'
'Ik moet even de telefoon neerleggen,' zei Linnet. De tranen stroomden over haar wangen.
'Ja, doe maar,' zei India, die net zo hard huilde.
Toen Linnet even later haar neus had gesnoten en weer iets kalmer was, vroeg ze: 'Wanneer wordt ze begraven, India?'
'Ze is al begraven,' antwoordde India, ook weer wat rustiger. 'Vanmorgen, op de begraafplaats van het landgoed. Zo wilde ze het. Ze had onlangs tegen mijn vader gezegd dat ze in alle stilte

begraven wilde worden, dat ze niet wilde dat de hele familie opnieuw naar Ierland moest komen.' India haalde diep adem. 'Ze had gezegd dat ze niet van begrafenissen hield, alleen van huwelijken en doopfeesten.'

'Ik had er graag bij willen zijn,' zei Linnet. 'En ik wil wedden dat iedereen er graag voor naar Ierland had willen komen.'

'Maar iedereen was net weg, na ons huwelijksfeest. Papa vond dat hij zich bij de wens van zijn moeder moest neerleggen.' India zweeg even en begon te lachen. 'Maar oma wilde wel een herdenkingsdienst, had ze gezegd. Met alles erop en eraan.'

Na het telefoongesprek zat Linnet een poosje voor zich uit te staren terwijl ze aan Edwina dacht. Wat een bijzondere vrouw was ze geweest, en wat vreemd dat ze die foto uit haar jeugd in haar hand had gehad toen ze stierf. Maar nee, eigenlijk niet, want ze had veel van haar moeder gehouden...

Heel even voelde Linnet aandrang om de gang in te lopen en tegen Emma's portret te zeggen dat haar oudste dochter overleden was, maar ze bedacht zich. In plaats daarvan schreef ze een brief aan Anthony om hem te vertellen dat ze zijn moeder altijd een heel speciale vrouw had gevonden, dat ze haar erg zou missen en dat ze met hem meeleefde.

Later, wanneer Linnet terugkeek, had ze altijd het gevoel dat die zomer voorbij was gevlogen.

Julian en zij hielden zich strikt aan hun routine van hard werken. Tot Linnets grote opluchting werd de modernisering van het warenhuis een groot succes. In juni, juli en augustus kwamen de klanten in drommen naar de winkel. De schoonheidssalon werd druk bezocht, de modeafdeling deed goede zaken en de boetiek met luxeartikelen werd een populaire plek om de duurste spullen aan te schaffen. De bruidsafdeling liep ook goed en elke bruid die het zich kon veroorloven, wilde een bruidsjapon van Evan Harte.

Linnet deed dagelijks een schietgebedje om het succes te laten voortduren en inderdaad bleef de omzet stijgen. Er kwamen een heleboel jonge klanten bij en de vaste kern van trouwe klanten was blij met de ruimere keus. Iedereen was te spreken over de frisse nieuwe aanpak en het meer eigentijdse aanbod.

Linnet besefte dat ze erin was geslaagd Harte's in Knightsbridge mee te nemen naar de eenentwintigste eeuw, maar ze was zich er ook van bewust dat ze nog lang niet klaar was. Ze moest blijven

verbeteren en steeds met nieuwe ideeën komen om de klanten te verrassen en ervoor zorgen dat de concurrenten haar niet voorbijstreefden.
India kwam twee keer in de maand naar Londen en dan genoten de nichtjes van elkaars gezelschap. Linnet was ervan doordrongen dat ze India nodig had om de warenhuizen in het noorden te besturen, en ze vroeg zich vaak af hoe het haar overgrootmoeder was gelukt alle drie de warenhuizen te leiden terwijl zijzelf haar handen al vol had aan één ervan.
Hoewel ze soms in paniek raakte, zich eenzaam voelde, gestrest was of zelfs een beetje bang, voelde ze veel vaker diepe voldoening, vooral wanneer weer een ander idee een schot in de roos bleek te zijn. Zoals de nieuwe tas van Cholly Chello, die de naam Cholly Baby had gekregen: een chic avondtasje, dat zowel in Leeds en Harrogate als in Londen de winkels uit was gevlogen. Of een nieuw schoonheidsproduct of een baanbrekende behandeling in de salon.
Zo ging de tijd voorbij.

Eind augustus belde Jack Figg op een namiddag op haar privénummer. 'Met Jack, Beauty,' zei hij. 'Heb je even tijd voor me? Kan ik naar je toe komen?'
'Natuurlijk. Zijn er problemen?'
'Nee, zo zou ik het niet willen noemen. Ik kom eraan.'
Toen Jonelle hem even later binnenliet, stond Linnet op en liep om haar bureau heen om hem te omhelzen. Ze nam hem mee naar de ronde tafel aan de andere kant van haar moeders kantoor, wees naar de stoelen en zei: 'Laten we hier even gaan zitten, Jack. Ik ben niet zo dol op die banken daar. Je zakt er tot je middel in weg.'
Hij lachte. 'Dat is zo.'
'Wil je thee?'
'Ja, lekker. Als jij tenminste meedoet.' Hij ging zitten.
Linnet knikte, bestelde via de intercom thee voor twee bij Jonelle en nam een stoel tegenover hem.
'Hoe gaat het met je moeder?' vroeg hij.
'Heel goed. In Zuid-Frankrijk knapt ze zienderogen op, zegt papa. Julian en ik proberen al een hele tijd om even bij hen langs te gaan, maar we hebben het steeds te druk.'
'Ja, ik heb gehoord dat je zeven dagen van de week dag en nacht werkt, Linny.'

Linnet lachte en keek naar de deur toen Jonelle met een blad met thee binnenkwam.
Toen ze weer alleen waren, schonk ze twee kopjes in en vroeg: 'Als er geen problemen zijn, wat is er dan aan de hand, Jack? Waarom wil je me spreken?'
Jack nam een slok thee, zette het kopje neer en antwoordde: 'Emma zei altijd dat iedereen in het leven zijn verdiende loon krijgt, een koekje van eigen deeg, en daar had ze gelijk in.'
'Wie zaait zal oogsten, bedoel je?'
'Ja, zoiets.' Jack leunde naar achteren en keek haar met samengeknepen ogen aan. 'Een van mijn detectives in Frankrijk heeft me zojuist wonderbaarlijk nieuws gegeven. Over Jonathan Ainsley.'
'O ja? Wat dan?' vroeg Linnet nieuwsgierig. 'Je klinkt zo plechtig.'
'Hij heeft een verschrikkelijk auto-ongeluk gehad, vlak buiten Parijs. Hij ligt in het American Hospital in Parijs en volgens mijn detective is hij zwaargewond.'
'Maar niet dood.'
'Nee. Maar ze verwachten niet dat hij blijft leven.'
'Weet je ook hoe het is gebeurd?'
'Hij is frontaal tegen een vrachtauto gebotst.'
'En Angharad? Was zij erbij? Is zij ook gewond?'
'Nee, zij zat niet in de auto.' Jacks mobieltje rinkelde en hij haalde het uit zijn zak. 'Met Jack Figg.' Hij luisterde aandachtig en even later zei hij: 'Alvast bedankt, Pierre. Hou me op de hoogte.' Hij klikte het toestel uit en vervolgde tegen Linnet: 'Mijn detective is in het ziekenhuis en hij vertelde me net dat Jonathan Ainsley in een coma is geraakt en dat ze niet verwachten dat hij weer bijkomt.'
'O mijn god, dat is niet te geloven!' riep Linnet uit, en ze pakte Jack bij een arm. 'Eindelijk zijn we van hem bevrijd! Eindelijk zijn we van die ellendeling af!'
'Zijn verdiende loon, zoals Emma altijd zei,' beaamde Jack glimlachend. 'Jonathan Ainsley heeft zijn verdiende loon gekregen.'
'Ik popel om het iedereen te vertellen,' zei Linnet enthousiast. 'De hele familie zal het willen vieren.'
En zo was het.

Laat in de ochtend aan het eind van dezelfde week kreeg Linnet onverwacht bezoek. Ze zat de omzetcijfers van de afgelopen

maand te bestuderen toen een zachte stem zei: 'Dag lieverd.'
Linnet draaide verbaasd haar hoofd naar de deur en zag haar moeder op de drempel staan. 'Mama!' riep ze terwijl ze naar haar toe rende, 'ik wist niet eens dat je al uit Zuid-Frankrijk terug was!'
'We zijn gisteravond thuisgekomen.' Paula omhelsde haar dochter innig. 'Ik heb je gemist, Linny.'
'Ik jou ook, mama. Kom gauw zitten, of nee, ga maar weer aan je eigen bureau zitten. Ik heb het alleen maar geleend, hoor.'
'Nee, nee, ik ben hier niet om weer aan het werk te gaan,' zei Paula. Haar blik viel op de ronde tafel met de stoelen eromheen en ze liep ernaartoe. 'Dit is een goed idee. Beter dan die afschuwelijke banken.'
Linnet liep lachend met haar moeder mee naar het zitje, erg blij dat Paula er zo goed uitzag. 'Je bent weer de oude, mam.'
'Nog niet helemaal, maar het gaat de goede kant op.'
Ze gingen zitten en Linnet vroeg: 'Wil je soms iets drinken? Koffie of thee?'
'Nee dank je, lieverd, eigenlijk niet. De winkel ziet er geweldig uit.' Paula zweeg even, boog naar Linnet toe en gaf haar een paar klapjes op haar hand. 'Je doet het uitstekend. Het is je gelukt het warenhuis in een nieuw jasje te steken zonder onze oude tradities, die onze klanten zo aanspreken, verloren te laten gaan. Al je ideeën hebben succes. Gefeliciteerd, Linnet.'
'Dank je, mama. Soms viel het allemaal niet mee en ik wilde je dolgraag af en toe bellen, maar papa wilde absoluut niet dat ik je lastig zou vallen. Hij zei steeds dat ik gewoon mijn uiterste best moest doen.'
'Ja, dat heeft hij me verteld, Linny. Ik wilde ook dolgraag met jou praten, want ik maakte me erg veel zorgen om je, omdat ik weet hoe moeilijk deze baan is. Maar ik heb ook niet gebeld.'
'Je wilde natuurlijk zien hoe ik het er vanaf zou brengen, hè? Erop of eronder,' zei Linnet met plaaglichtjes in haar groene ogen.
'Ja, eigenlijk wel.'
'Welkom thuis, mama. Ik ben blij dat ik je weer zie. Ik zal vanmiddag je kantoor opruimen en teruggaan naar mijn eigen afdeling. Er ligt hier trouwens niet zo veel van mij, hoor.'
'Nee Linnet, dat hoef je niet te doen.'
'Waarom niet?'
'Dit is nu jouw kantoor.'
Linnet keek haar moeder verbijsterd aan. 'Wat bedoel je?'

'Ik ga niet meer aan het werk.' Paula leunde ontspannen naar achteren en terwijl ze haar dochter recht aankeek, ging ze vastberaden verder: 'Lang geleden heeft mijn grootmoeder een keer gezegd dat er voor iedereen een tijdstip komt waarop je een stap terug moet doen om jongere mensen het woord te geven en hen hun ideeën te laten uitvoeren. Ze was toen tachtig en ze zei het op een verjaarsfeest dat we voor haar hadden georganiseerd. Ze had het niet speciaal tegen mij, Linnet, het was vooral bedoeld voor mijn generatie, haar kleinkinderen. Die avond kondigde ze aan dat ze met pensioen ging.'
'Ik begrijp nog steeds niet waar je heen wilt, mama,' zei Linnet, terwijl ze haar moeder met grote ogen aankeek.
'Ik ga met pensioen, Linnet. Nu ben jij aan de beurt om het bedrijf te leiden, om de bazin te zijn, zoals je mij altijd noemde.'
'Maar...'
'Nee, geen gemaar,' viel Paula haar beslist in de rede. 'Lang geleden heeft Emma mij opgedragen haar droom te koesteren en dat heb ik gedaan. Nu draag ik jou op haar droom en die van mij te koesteren, Linnet. Dit alles is nu van jou. Ik weet dat jij net zoveel van de warenhuizen houdt als Emma heeft gedaan en ik doe, dus weet ik ook dat we onze dromen met een gerust hart in jouw kleine, maar bekwame handen kunnen leggen.'

Epiloog

De vrouw was lang, slank en elegant gekleed. In de schemerig verlichte kamer stond ze voor het raam en keek naar de bergen, waarvan de besneeuwde toppen glinsterden in de middagzon. Ze hield van Zürich, ze vond het een heel mooie stad. Ze hoopte dat ze hier kon gaan wonen. Ze draaide zich om toen de deur opening en er een man binnenkwam, die zijn hand naar haar uitstak. Vlug liep ze naar hem toe, gaf hem een hand en keek hem vragend aan. 'Wat is uw oordeel?' vroeg ze met een zachte, beschaafd klinkende stem.

'Het doet me genoegen dat de röntgenfoto's ons meer hebben verteld dan we hadden verwacht. Het probleem is minder groot dan u in eerste instantie te horen hebt gekregen. U hebt er goed aan gedaan bij ons te komen, want wij kunnen u helpen. Hij zal genezen, dat weet ik zeker. Het zal lang duren, maar het zal de moeite waard zijn er ons best voor te doen, vindt u niet? Uiteindelijk zal hij weer normaal kunnen functioneren.'

'Ja, het is zeker de moeite waard, en het geld. Ik zal u vertrouwen en de verdere gang van zaken aan u overlaten.'

De man knikte waardig.

'Wilt u me nu even alleen laten? Dan kom ik zo meteen naar uw kantoor om de details te bespreken.'

'Dat is goed, mevrouw.' De man ging weg.

De vrouw liep naar een hoek van de kamer en keek neer op het in een verband gewikkelde hoofd en het bijna levenloze lichaam dat op zijn rug op het smalle bed lag. Ze legde een hand op de schouder van de patiënt en fluisterde: 'Het komt allemaal goed. Je wordt beter.'

De man reageerde niet, maar bleef doodstil liggen.

Ze wist dat hij nog leefde. Dat hadden de artsen hier gezegd. En nu wist ze ook dat ze hem beter konden maken, dat ze hem terug zou krijgen. Dat had de directeur van de kliniek haar zojuist verteld.

Ze boog voorover, kuste zijn verbonden wang en draaide zich om. Ze wilde hem niet alleen laten, maar het moest. 'Je wordt heus weer beter, schat,' zei ze zacht, en ze liep naar de deur.

Hij moest beter worden. Ze verwachtte zijn kind. Het kind waarnaar hij zo intens had verlangd. Het kind dat Jonathan Ainsley zou heten, net als zijn vader. Angharad Ainsley Hughes glimlachte.
Uiteindelijk zouden zij het winnen. Omdat ze winnaars waren. Dat had Jonathan op hun huwelijksdag tegen haar gezegd.